芥川龍之介

佐々木雅發 | 翰林書房

文学空間

芥川龍之介　文学空間　目次

装丁　林佳恵
表紙、扉の装画は佐々木雅發『画文集　パリ土産』より

「羅生門」縁起

――言葉の時――

「羅生門」は、大正四年十一月「帝国文学」に柳川隆之介の筆名で掲載され、のち大正六年五月、第一創作集『羅生門』（阿蘭陀書房）に収録された。「老人」（「新思潮」大正三年五月）や「ひよつとこ」（「帝国文学」大正四年四月）等、先行した作品があるにもかかわらず、芥川龍之介の実質上の処女作として位置づけられ、しかも名作としての評価が高いことは周知といえよう。

しかし「羅生門」は発表当時、殆ど注目されることなく終わった。[1]

《「羅生門」は当時多少得意の作品だつたんですが新思潮連には評判が悪かつたものです。》（大正六年六月三十日付、江口渙宛書簡）

《「羅生門」も、当時帝国文学の編輯者だつた青木健作氏の好意で、やつと活字になる事が出来たが、六号批評にさへ上らなかつた。》（「あの頃の自分の事」―「中央公論」大正八年一月）

《「ひよつとこ」も「羅生門」も「帝国文学」で発表した。勿論両方共誰の注目も惹かなかつた。完全に黙殺された。》（「小説を書き出したのは友人の煽動に負ふ所が多い―出世作を出すまで―」―「新潮」大正八年一月）

《四年短篇「ひよつとこ」を「帝国文学」四月号に、「羅生門」を同誌十月《ママ》号に発表す。世評未だ一言をも加へず。》（「自筆年譜」『現代小説全集』第一巻『芥川龍之介集』新潮社、大正十四年四月）

いずれからも、〈多少得意の作品〉だったにもかかわらず、〈完全な黙殺〉を受けた様子が窺えるのである。

だがそうだとしたら、なぜ芥川は「羅生門」を、他の諸々の作品をはじめ、漱石の激賞を受けた「鼻」（「新思潮」大正五年二月）、文壇への登場を遂げた「芋粥」（「新小説」同九月）等を差し置いて、第一創作集の巻頭に据え、書名ともしたのか。無論そこには、芥川のこの作品に対する並々ならぬ愛着と自負が、いやさらにいえば、ある確かな意図が込められていたのではないか。単に、その後「鼻」「芋粥」と力を注いで書き継いだいわゆる〈王朝物〉の初発（もっともその前に「青年と死と」―「新思潮」大正三年九月があるが）としてばかりか、まさに自己の文学的内実を決定づけ、切り開いてゆく礎石として、「羅生門」をいわば公的に登録しようとする意図が――。そしてそこには、（以下に記すように）「羅生門」においてこそ、自己の文学的開眼を果たしえたという芥川の強い自覚が働いていたといえよう。

しかもたとえば江口渙が、〈芥川君の作品の基調をなすものは澄切つた理智《インテレクト》と洗錬《リファイン》されたヒューモアである〉（「芥川君の作品」―「東京日日新聞」大正六年六月二十八日～七月一日）といい、〈芥川君の凡ての長所が自然に交錯して現はれてゐる点でその準処女作である「羅生門」は推賞措く能はざる者である〉（「同」）といったとき、芥川の意図は、いわばまんまと奏効したといわざるをえない。それも、〈澄切つた理智《インテレクト》と洗錬《リファイン》されたヒューモア〉という、芥川にとって願ってもない〈看板〉までオマケされて――。たしかにここに、その文学的出発によせた芥川自身の、密かな自己認識があったわけなのだ。

《人生は二十九歳の彼にはもう少しも明るくはなかつた。が、ヴォルテエルはかう云ふ彼に人工の翼を供給した。

彼はこの人工の翼をひろげ、易やすと空へ舞ひ上つた。同時に又理智の光を浴びた人生の歓びや悲しみは彼の目の下へ沈んで行つた。

彼は見すぼらしい町々の上へ反語や微笑を落しながら、遮るもののない空中をまつ直に太陽へ登つて行つた。》

（「或阿呆の一生」―「十九　人工の翼」―「改造」昭和二年十月）

とは、その後の彼の文学的閲歴を伝える、確かな自画像であったことは言うまでもない。一切のものに〈理智の光を浴び〉せかけ、とは、一切のものを〈認識〉と〈論理〉において領略する、さらにいえば、一切のものに〈言葉〉を与える——、そこに芥川龍之介は、生涯に亙る自らの文学的命運を賭けたのである。

しかもまた芥川は「あの頃の自分の事」において、ふたたび「羅生門」縁起を語りはじめる。以後芥川の文学的出発を語るほどのものが、必ず触れなければならない例の初恋物語と絡めながら。

《自分は半年ばかり前から悪くこだはつた恋愛問題の影響で、独りになると気が沈んだから、その反対になる可く現状と懸け離れた、なる可く愉快な小説が書きたかつた。そこでとりあへず先、今昔物語から材料を取つて、この二つの短篇を書いた。書いたと云つても発表したのは「羅生門」だけで、「鼻」の方はまだ中途で止つたきり、暫くは片がつかなかつた。》

この事件——吉田弥生という女性との儚い恋の委曲はここでは略す。[2] ただすべてが終わったあと芥川は、友人恒藤（井川）恭に宛て次のように書く。あまりにも有名な手紙で引用するのも気が引けるが、以下書き取ってみよう。

《ある女を昔から知つてゐた　その女がある男と約婚をした　僕はその時になつてはじめて僕がその女を愛してゐる事を知つた　しかし僕はその約婚した相手がどんな人だかまるで知らなかつた　それからその女の僕に対する感情もある程度の推測以上に何事も知らなかつた　その内にそれらの事が少しづゝ知れて来た　最後にその約婚も極大体の話が運んだのにすぎない事を知つた
僕は求婚しやうと思つた　そしてその意志を女に問ふ為にある所で会ふ約束をした　所が女から僕へよこした手紙が郵便局の手ぬかりで外へ配達された為に時が遅れてそれは出来なかつた　しかし手紙だけからでも僕の決心を促すだけの力は与へられた

家のものにその話をもち出した　そして烈しい反対をうけた　伯母が夜通しないた　僕も夜通し泣いた
あくる朝むづかしい顔をしながら僕が思切ると云つた　それから不愉快な気まづい日が何日もつゞいた》（大正四年二月二十八日）
《イゴイズムをはなれた愛があるかどうか　イゴイズムのある愛には人と人との間の障壁をわたる事は出来ない
人の上に落ちてくる生存苦の寂寞を癒す事は出来ない　イゴイズムのない愛がないとすれば人の一生程苦しいものはない
周囲は醜い　自己も醜い　そしてそれを目のあたりに見て生きるのは苦しい　しかも人はそのまゝに生きる事を強ひられる　一切を神の仕業とすれば神の仕業は悪むべき嘲弄だ
僕はイゴイズムをはなれた愛の存在を疑ふ（僕自身にも）僕は時々やりきれないと思ふ事がある　何故こんなにして迄も生存をつゞける必要があるのだらうと思ふ事がある　そして最後に神に対する復讐は自己の生存を失ふ事だと思ふ事がある
僕はどうすればいゝのだかわからない
君はおちついて画をかいてゐるかもしれない　そして僕の云ふ事を浅墓な誇張だと思ふかもしれない（さう思はれても仕方がないが）しかし僕にはこのまゝ回避せずにすゝむべく強ひるものがある　そのものは僕に周囲と自己とのすべての醜さを見よと命ずる　僕は勿論亡びる事を恐れる　しかも僕は亡びると云ふ予感をもちながらも此ものの声に耳をかたむけずにはゐられない》（同三月九日）

一読、失恋に傷ついたというより、むしろ失恋に至るまでの人間達――信じ合っていた家族達との感情の齟齬に傷ついたように見える。が、その実際の状況がどのようなものであったにしろ、この時の家族達との感情の齟齬は、芥川を、〈何故こんなにして迄も生存をつゞける必要があるのだらう〉と問わざるをえないまでに、深い〈虚無〉

へと陥れていたのである。

もとより誕生後間もなく生母が発狂し、彼女の実家の兄のもとへ養子となったその特異な生い立ちは、早くから芥川を、孤独で感受性の鋭い少年に仕立てていたろう。しかしおそらく彼は、彼を気遣いながら育ててくれた人々の愛を思い、時に感傷に流されながらも、その寂寞を忘れようとしていたにちがいない。だが他でもない、その人々との愛の絆さえ、いざとなれば所詮幻影でしかなく、芥川は〈障壁〉の直中で、やはり孤独な自身の姿を見出すしかなかったのである。

だがそれにしても、この時芥川を真に呆然自失させていたものは、芥川がいうように、人々と自分との醜悪な〈イゴイズム〉の軋轢であったのか。いやそれほどに芥川は、その時、強く自己を主張しえたのか。

石割透氏は、芥川が〈失恋に至った要因の一番大きかったものは、何といっても「イゴイズム」以前の、龍之介の弥生に迫る行動、自己の感情の訴えの稀薄だったことではなかったか〉といっている。(3) たしかに、近づく春にことよせて〈すべてが流れてゆく〉（二月二十八日付書簡）といい、〈何だか皆とあへなくなりさうな気もする〉（三月九日付書簡）といい、繰り返し〈さびしい〉と訴えるとき、そこには、家族達と交した激しい愛憎の劇への恨みというよりも、むしろなにもなす術のなかったことへの恨み、いかなる人間の劇をも越えて、暗闇の中でなにかがただ不可避的に過ぎ去ってしまったことへの、ある深甚な剝落感が漂っているように思えるのである。

が、このことはいましばらく措くとして、二十四歳の芥川は、その胸をポッカリと空けた〈虚無〉を耐えるべく、自らの中に浮かび出た〈言葉〉に必死に縋りつく。つまり一切は〈イゴイズム〉ゆえに、と。そしてまさしく芥川は、人間における〈イゴイズム〉の必然を断言する〈認識〉と〈論理〉の屹立を急ぐのである。

あるいはそれは〈虚構の思想〉(4) とも呼ばれるべく、性急で強引な、それゆえに危うい対応であったかもしれない。しかしその〈思想〉をスプリング・ボードとして芥川は、丸ごとこの空漠たる人生を引き受けようと決断する。

〈亡びると云ふ予感をもちながら〉、しかし〈回避せずに〉――。

おそらく恒藤（井川）恭にこうした手紙を書くこと自体、芥川における〈認識〉と〈論理〉による一切の領略そのものであり、いわばそのもっとも早く、そしてもっとも生《なま》の実況報告であったといえよう。

ところでこの失恋体験が、必ずしも「あの頃の自分の事」でいうように、「羅生門」構想の直接の端緒となったのではないという意見もある。(5)だが体験と構想の時間的前後関係はともかく、芥川が人生の〈虚無〉を覆う〈言葉〉を必死に求め、求めるままに人生の〈虚無〉を丸ごと引き受けるという、その危うい〈観念〉の〈離れ業〉を演じたとき、そこにはじめて「羅生門」形成の契機が生じたこと、またその〈離れ業〉の確かな感触があればこそ、他のなににもまして「羅生門」を、自らの文学的出発と定めたこと、いわばここに芥川が、「羅生門」縁起を自ら編む所以があったことを否定できない。(6)

かくして「羅生門」は誕生する。吉田精一氏の言葉を暫く借りれば、〈生きんが為に、各人各様に持たざるを得ぬエゴイズムをあばい〉た作品(7)――、そして繰り返すまでもなく芥川は、そこに以後の人生への確かな自己実現を賭けたのである。

＊

「羅生門」は、たしかに名作の名にはじない内実を秘めている。しかし繰り返していえば、それはなんと危うい地盤の上に立った名作であろうか。――

「羅生門」は周知のように、『今昔物語』巻第二十九「羅城門 登 上層 見 死 人《ノウヘノコシニノボリテシニシヒトヲミタル》盗人語《ノコト》第十八」を原拠としている。(8)〈摂津《ツ》ノ国 辺《ノホトリ》ヨリ盗《ヌスミ》セムガ為ニ京ニ上《ノボリ》ケル男〉が日暮を待つために〈羅城《ラシヤウ》門〉の上層に上ると、ぼんやりと灯がともっている。〈恠《アヤシ》〉と思って中を覗くと、白髪の老婆が若い女の死人の髪を抜きとっている。

《盗人此レヲ見ルニ、心モ不得《エ》ネバ、「此レハ若《モ》シ鬼ニヤ有ラム」ト思《オモヒ》テ怖《オヂ》ケレドモ、「若《モ》シ死人《シニシ》ニテモゾ有ル。恐《オド》シテ試《ココロミ》ム」ト思《オモヒ》テ、和《ヤハ》ラ戸ヲ開《アケ》テ、刀ヲ抜《ヌキ》テ、「己《オノレ》ハ、己《オノレ》ハ」ト云《イヒ》テ走リ寄《ヨリ》ケレバ、嫗《オウナ》手迷《マド》ヒヲシテ、手ヲ摺《スリ》テ迷《マド》ヘバ、盗人、「此ハ何ゾノ嫗《オウナ》ノ此《カク》ハシ居《ヰ》タルゾ」ト問《トヒ》ケレバ、嫗《オウナ》、「己《オノレ》ガ主《アルジ》ニテ御《オハシ》マシツル人ノ失《ウセ》給ヘルヲ、繚《アツカ》フ人ノ无ケレバ、此《カク》テ置《オキタテマツリ》奉タル也。其ノ御髪《グシ》ノ長《タケ》ニ余《アマリ》テ長ケレバ、其ヲ抜取《ヌキトリ》テ鬘《カツラ》ニセムトテ抜ク也。助ケ給ヘ」ト云《イヒ》ケレバ、盗人、死人《シニシ》ノ着タル衣ト嫗《オウナ》ノ着タル衣ト抜取《ヌキトリ》テアル髪トヲ奪取《バヒトリ》テ、下走《オリハシリ》テ迯《ニゲ》テ去《サリ》ニケリ。》

〈羅城門《ラシヤウ》〉の上層には、こうした死体がたくさんころがっていたものだった。――と、これだけの小話だが、この小話が芥川によって、どのような変貌を遂げたのであろうか。

『今昔物語』の小話は、西郷信綱氏が言うように、〈何ら思念と虚飾を交えぬ原色さながらの素朴な文章〉によって語られている。(9) しかし、より端的にいえば、ここにはむしろ〈何ら思念と虚飾を交えぬ原色さながらの素朴な〉事実が語られているといえよう。つまりここには、盗人が盗みをしたという、いわば人間の〈行為〉だけがあり、さらに言えば〈存在〉の現前だけがあるのだ。

〈存在〉の現前――、要するに一切の意味や理由を去って、従っていかなる逡巡も懐疑もなく人間が生きるもっとも赤裸で空虚な姿、だからいわゆる人間的なるものが一切捨象されたまま、とはすでに人間ではないかのごとく、つまりそこにおいて人間がただ〈存在〉の蠢きにのみ還元された姿こそ、『今昔物語』が語るべき当体であったといえるのである。

そして、だからこそ、それは芥川にとって、〈認識〉と〈論理〉を、つまり人間的なるものを、付与しなければならないものであったのではないか。

《或日の暮方の事である。一人の下人が羅生門《らしやうもん》の下で雨やみを待つてゐた。

広い門の下には、この男の外《ほか》に誰もゐない。唯、所々丹塗《にぬり》の剥げた、大きな円柱《まるばしら》に、蟋蟀《きりぎりす》が一匹とまつてゐる。

羅生門が、朱雀大路《すじやくおほぢ》にある以上は、この男の外にも、雨《あめ》やみをする市女笠《いちめかさ》や揉烏帽子が、もう二三人はありさうなものである。それが、この男の外には誰《たれ》もゐない。》

〈この二三年、京都には、地震とか辻風とか火事とか饑饉とか云ふ災《わざはひ》がつゞいて起つた〉。それで、洛中のさびれ方は一通りでない。〈旧記によると、仏像や仏具を打砕いて、その丹《に》がついたり、金銀の箔がついたりした木を、路ばたにつみ重ねて、薪《たきぎ》の料《しろ》に売つてゐたと云ふ事である〉。洛中がその始末だから〈羅生門〉など顧る者とてない。荒れるにまかせて、狐狸が棲む、盗人が棲む。〈とうとうしまひには、引取り手のない死人を、この門へ持つて来て、棄てゝ行くと云ふ習慣さへ出来た〉。それで、日が暮れると近づくものとてない。

《その代り又鴉《からす》が何処《どこ》からか、たくさん集つて来た。昼間見《ひるまみ》ると、その鴉が、何羽となく輪を描いて、高い鴟尾《しび》のまはりを啼きながら、飛びまはつてゐる。殊に門の上の空が、夕焼けであかくなる時には、それが胡麻《ごま》をまいたやうに、はつきり見えた。鴉は、勿論、門の上にある死人《しにん》の肉を、啄みに来るのである。――尤も今日は、刻限《こくげん》が遅いせゐか、一羽も見えない。唯、所々《ところどころ》、崩れかゝつた、さうしてその崩れ目に長い草のはへた石段の上に、鴉の糞が、点々と白くこびりついてゐるのが見える。下人《げにん》は七段ある石段の一番上の段に、洗ひざらした紺の襖《あを》の尻を据ゑて、右の頬に出来た、大きな面皰《にきび》を気にしながら、ぼんやり、雨のふるのを眺めてゐた。》

ところで、「羅生門」はまず、こうして〈羅生門〉の不気味な荒廃のイメージを入念に描き出すことから始まる。言うまでもなく、王朝末期の人心の壊敗を象徴する風景が繰り広げられるわけだが、それにしても、それはあまりにも無惨な光景といわなければならない。

〈羅生門〉はすでに〈狐狸〉や〈盗人〉の棲みかであり、さらにそこには〈死人〉さえも棄てられているという。とすれば、すでにそこは、あらゆる人間的なるものの壊滅する場所（なぜなら、そこで〈死〉は意味も理由も失っており、従って〈生〉もまた、なんらの意味も理由も持たないからである）、だからそれは、人間が人間であり続けながら通り過ぎることの出来ない、まさに〈地獄〉にそそり立つ門なのである。しかもそこへ、主人から〈暇を出された〉、つまり追放された一人の〈下人〉があてもなく迷い込むのだ。

『今昔』の小話で、〈男〉はすでに〈盗セム《ヌスミ》〉ことを決断している。従ってその小話は、すべてが終わっているところから始まっていると言っても過言ではない。〈男〉にはなんらの懐疑も逡巡も残されていない。そしてその自動的〈行為〉において、〈男〉は単に盗人として論理的埒外に抜け出ているばかりでなく、すでに人間的境界をも抜け出てしまっているといえるのである。ともあれ、〈男〉の〈行為〉に理屈も糞もない。だがだからこそ芥川は、その〈男〉の〈行為〉の深淵を、人間の名において照らし出さなければならない。言うならば、〈男〉の〈行為〉をその端緒において、あるいはその必然において、意味づけ理由づけなければならないのである。

そしておそらくここに、芥川が「羅生門」において、まず〈羅生門〉の不気味な荒廃のイメージを丹念に写し取ってゆく所以があるのだ。そこはたしかに、一切の人間的なるものの敗滅する場所でなければならない。が、にもかかわらず、あるいは、だからこそ、人がその〈地獄〉の門に迷い込み、そこを通過する必然を、経緯を描き出すことにおいて、まさにそのことにおいて人間的なるものの存亡が、いや奪回が期せられているのだ。

それはすべてが終わっているともいえる『今昔』の小話に、なお始まりを与えることに等しい。そしてそこには芥川の、訳も糸瓜もないこの人生に、〈認識〉と〈論理〉を貫き通さんとする熱い願いが籠められていることは繰り返すまでもあるまい[10]。

かくして「羅生門」の〈下人〉は、彷徨を重ねながら、徐々に決断の瞬間へと近づいてゆく。依然雨はやまず夕暮が迫る。〈下人は、何を措いても差当り《さしあたり》明日の暮しをどうにかしようとして――云はゞどうにもならない事を、どうにかしようとして、とりとめもない考へをたど〉るのである。

《どうにもならない事を、どうにかする為には、手段を選んでゐる遑《いとま》はない。選んでゐれば、築土《ついぢ》の下か、道ばたの上で、饑死《うゑじに》をするばかりである。さうして、この門の上へ持つて来て、犬のやうに棄てられてしまふばかりである。選ばないとすれば――下人の考へは、何度も同じ道を低徊した揚句《あげく》に、やつとこの局所へ逢着した。しかしこの「すれば」は、何時までたつても、結局「すれば」であつた。下人は、手段を選ばないといふ事を肯定しながらも、この「すれば」のかたをつける為に、当然、その後に来る可き「盗人《ぬすびと》になるより外に仕方がない」と云ふ事を、積極的に肯定する丈の、勇気が出ずにゐたのである。》

〈下人〉が生きるためには、〈手段を選んでゐる遑《いとま》はない〉。懐疑し逡巡することなく〈行為〉に突き進まなければならないのである。しかしその〈行為〉に突き進むという、まさにそのあと一歩を〈下人〉は踏み出すことができない。そして問題は、その一歩を踏み出す〈勇気〉にこそかかっているというのだ。

そして多分ここに、芥川の主題はもっとも明らかに露表する。おそらく芥川にとって、その〈勇気〉の湧き出る必然を、過程を辿ることこそ、「羅生門」を書くことのすべてであったわけなのである。(11)

だが、ここに奇妙な問題が残る。なるほど〈下人〉にはその時あと一歩を踏み出す〈勇気〉が出ない。しかしあと一歩を踏み出すために〈勇気〉を出す必要があるとしても、その〈勇気〉を出すためにあと一歩を踏み出すことが必要である以上、たしかにこれは〈何時《いつ》までたつても〉埒があかない問題なのだ。

だが〈下人〉にはこの場合、まだ即決の判断が迫られているわけではない。〈下人〉には、〈羅生門〉の楼上で〈一晩楽にねられ〉ると思うだけの余裕が残されている。だから〈下人〉にとって〈羅生門〉は、いまだ〈地獄〉の門を意味してはいない。〈上なら、人がゐたにしても、どうせ死人ばかり〉というほどの、ただ静かな眠りをもたらす一夜の宿を意味しているにすぎなかったのである。

かくして、〈腰にさげた聖柄《ひじりづか》の太刀が鞘走らないやうに気をつけながら、藁草履《わらざうり》をはいた足を、その梯子の一番下の段へふみかけ〉た〈下人〉の意識に、〈饑死《うゑじに》〉か〈盗人《ぬすびと》〉かという問い――〈勇気〉の有無を自らに問う問いの切実さは、薄れかけていたといえる。そしておそらくここに、作品の〈断絶〉が存在する所以がある、といえよう。まさしく、〈下人〉の一日は終わったのだ。そしてこのことは、〈下人〉の〈勇気〉の有無を内に問う問いが、決して事件の核心に直結していないことを示している。事件は偶然に、その直後、〈下人〉の外部から起こってくるのである。(12)

〈羅生門〉の楼の上で一夜を送ろうと階段を上りかけた〈下人〉は、無人であるはずの上層に灯影が揺れているのを見て驚く。〈下人〉は〈守宮《やもり》〉のように階段を這い上がり、恐る恐る楼の内を覗いて見た。

《見ると、楼の内には、噂に聞いた通り、幾つかの屍骸が、無造作に棄てゝあるが、火の光の及ぶ範囲が、思つたより狭いので、数は幾つともわからない。唯、おぼろげながら、知れるのは、その中に裸の屍骸と、着物を着た屍骸とがあると云ふ事である。勿論、中には女も男もまじつてゐるらしい。さうして、その屍骸は皆、それが、嘗、生きてゐた人間だと云ふ事実さへ疑はれる程、土を捏ねて造つた人形のやうに、口を開《あ》いたり手を延ばしたりして、ごろごろ床の上にころがつてゐた。しかも、肩とか胸とかの高くなつてゐる部分に、ぼんやりした火の光をうけて、低くなつてゐる部分の影を一層暗くしながら、永久に唖の如く黙つてゐた。

下人は、それらの屍骸の腐爛した臭気に思はず、鼻を掩つた。しかし、その手は、次の瞬間には、もう鼻を掩ふ事を忘れてゐた。或る強い感情が、殆悉この男の嗅覚を奪つてしまつたからである。

下人の眼は、その時、はじめて、其屍骸の中に蹲つてゐる人間を見た。檜皮色《ひはだいろ》の着物を著た、背の低い、痩せた、白髪頭《しらがあたま》の、猿のやうな老婆である。その老婆は、右の手に火をともした松の木片を持つて、その屍骸の一つの顔を覗きこむやうに眺《なが》めてゐた。髪の毛の長い所を見ると、多分女の屍骸であらう。

下人は、六分の恐怖と四分の好奇心とに動かされて、暫時は呼吸《いき》をするのさへ忘れてゐた。旧記の記者の語を借りれば、「頭身《とうしん》の毛も太る」やうに感じたのである。すると、老婆は、松の木片を、床板の間に挿して、それから、今まで眺めてゐた屍骸の首に両手をかけると、丁度、猿の親が猿の子の虱をとるやうに、その長い髪の毛を一本づゝ抜きはじめた。髪は手に従つて抜けるらしい。

その髪の毛が、一本づゝ抜けるのに従つて、下人の心からは、恐怖が少しづゝ消えて行つた。さうして、それと同時に、この老婆に対するはげしい憎悪が、少しづゝ動いて来た。――いや、この老婆に対すると云つては、語弊があるかも知れない。寧、あらゆる悪に対する反感が、一分毎に強さを増して来たのである。》

ところで、「羅生門」はここで、いわば一挙に〈地獄〉の直中の情景を現出させる。言葉を換えれば、ここで〈下人〉は、一挙に〈地獄〉の直中へと転落するのである。

〈下人〉はその異常な光景を、いわば全身を眼にして見入る。そして〈見る〉とは一面距離を置くことであるとすれば、〈下人〉から闇雲の〈恐怖〉は〈少しづゝ消えて行〉く。だがそれに代って、その異常な光景に対する〈はげしい憎悪〉が〈少しづゝ動いて来〉るのだ。しかもまさしく全身が眼となるごとく、その光景に牽きつけられ、逆にふたたび距離を失い、その光景そのものに呑み込まれるように、〈下人〉はただただ〈はげしい憎悪〉に呑み込まれたのである。

だから、〈下人〉のその〈はげしい憎悪〉は、単に〈老婆〉に対するものではない。〈寧、あらゆる悪に対する反感〉、いやそれはもはや、なにかに〈対する〉ものではなく、いわば〈下人〉が情景そのもの、とは〈憎悪〉すべきものと一体となったのだ、といえよう。

《この時、誰かがこの下人に、さつき門の下でこの男が考へてゐた、饑死をするか盗人になるかと云ふ問題を、改めて持出したら、恐らく下人は、何の未練もなく、饑死を選んだ事であらう。それほど、この男の悪を憎む心は、老婆の床に挿した松の木片のやうに、勢よく燃え上り出してゐたのである。》

さて、この〈男の悪を憎む心〉という場合の〈悪〉とはなにか。もとより〈下人〉は〈何故老婆が死人の髪の毛を抜くか〉判からない。だから〈合理的には、それを善悪の何れに片づけてよいか〉知らないという。しかもただ〈この雨の夜に、この羅生門の上で、死人の髪の毛を抜くと云ふ事〉が、なぜだか判からぬままに、〈それ丈で既に許す可らざる悪であつた〉というのだ。要するにこの場合、〈悪〉とはいわゆる道徳上の〈悪〉ではない。いわば善悪無底の〈悪〉、人間がそれを前に、是非を超えて拒否せずにはいられない、恐るべき外部の暴力そのものであったといえよう。

しかも〈下人〉はその〈悪〉を理非を絶して拒否しつつ、しかしそれを〈憎悪〉する〈憎悪〉そのものとなって、そしてそのことによって、かく恐るべき外部の暴力そのものとなり、さらにそのことにおいて、自身、一切の人間的なるものの壊敗する〈地獄〉の底に蠢くもの、〈既に許す可らざる悪〉そのものに堕したのである。

（いや、くだくだしい説明はよそう。要は、限りなく醜陋なるものに見入るとき、限りなく醜陋なるものと化す人間の〈心〉のメカニズム、さらに言えば、〈地獄〉を見るとき〈地獄〉と化す人間の〈心〉のメカニズムを知れば足りよう。[13]）

そして要するにこの時、〈下人〉にとって、この〈地獄〉の底でほの暗い灯影に揺れる〈老婆〉の影は、そのまま自身のものとなった。だからこそ〈下人〉は、その醜怪なる自己を拒否すべく、がまた、すでに自己自身でもある〈老婆〉へと、我知らず躍り掛かったのである。

《下人は、両足《りやうあし》に力を入れて、いきなり、梯子《はしご》から上へ飛び上つた。さうして聖柄《ひじりづか》の太刀に手をかけながら、大股に老婆の前へ歩みよつた。老婆が驚いたのは云ふ迄もない。

老婆は、一目下人を見ると、まるで弩《いしゆみ》にでも弾かれたやうに、飛び上つた。

「おのれ、どこへ行く。」

下人は、老婆が屍骸につまづきながら、慌《あは》てふためいて逃げようとする行手を塞いで、かう罵《のゝし》つた。老婆は、それでも下人をつきのけて行かうとする。下人は又、それを行かすまいとして、押しもどす。二人は屍骸の中で、暫、無言のまゝ、つかみ合つた。しかし勝敗は、はじめから、わかつてゐる。下人はとうとう、老婆の腕をつかんで、無理にそこへ扭《ね》ぢ倒した。丁度、鶏《とり》の脚のやうな、骨と皮ばかりの腕である。

「何をしてゐた。云へ。云はぬと、これだぞよ。」

下人は、老婆をつき放すと、いきなり、太刀の鞘を払つて、白い鋼《はがね》の色を、その眼の前へつきつけた。けれども、老婆は黙つてゐる。両手《りやうて》をわなわなふるわせて、肩で息を切りながら、眼を、眼球が眶《まぶた》の外へ出さうになる程、見開いて、啞のやうに執拗《しうね》く黙つてゐる。これを見ると、下人は始めて明白に、この老婆の生死が、全然、自分の意志に支配されてゐると云ふ事を意識した。さうしてこの意識は、今までけはしく燃えてゐた憎悪の心を、何時の間にか冷ましてしまつた。後に残つたのは、唯、或仕事をして、それが円満に成就した時の、安らかな得意と満足があるばかりである。》

〈下人〉と〈老婆〉の〈無言〉の格闘。〈下人〉は全身で〈老婆〉に組み討ち、〈老婆〉もまた全身で〈下人〉に組み討つ。無論〈老婆〉は手もなく〈下人〉に〈扭《ね》ぢ倒〉される。だが〈老婆〉は屈服したわけではない。依然〈執拗《しうね》く黙〉ることにより、むしろ〈存在〉そのものと化して〈下人〉を拒否しつづけるのである。しかし、この時〈下人〉がその拒否に対しつつ、なお自らが〈老婆〉の〈存在〉を所有していることを感じ、〈安らかな得意と満足〉に浸るのは注目に値する、といえる。(14)

繰り返すまでもなく、〈下人〉は眼前に広がる〈地獄〉の光景を〈憎悪〉し、拒否すべく、我を忘れて躍り上がる。しかしかくして〈下人〉は厳しく〈老婆〉を拒否し、が〈老婆〉からも厳しく拒否されつつ、だが、にもかかわらずというかだからこそというか、二人は無我夢中で〈つかみ合〉い組み合いながら、まさに一体となって、その結果〈下人〉は自らの〈存在〉を、いや彼我全体の〈存在〉を一瞬所有しえたのだといえよう。その一瞬の充足、

〈安らかな得意と満足〉――。

しかしながら、この時〈下人〉が終始、一言も〈言葉〉を発しなかったといえば嘘になる。いや〈下人〉は、その組み討ちの〈行為〉の直中で、と言うよりやや遅れて、自らの〈行為〉の意味をきわめて明確に〈言葉〉へと翻訳しているのである。〈下人〉は〈老婆〉に問い糺す。〈「何をしてゐた。云へ」〉――と。

〈下人〉は〈憎悪〉の極限で、周囲を取り巻く〈地獄〉の情景そのものとして、〈老婆〉を目がけて闇雲に躍り上がる。その一瞬――。たしかにそれは（見て来たように）、〈行為〉の時であり、しかし少し遅れて、〈言葉〉の時でもあったのだ。なぜなら〈下人〉は、〈存在〉そのものに還りつつ、自他をこえてほとんど叫ぶように問い掛けずにはいられない。〈「何をしてゐた。云へ」〉――と。そしてそれがいかに叫びに似た問い掛けであったとしても、その〈言葉〉こそは、そこにおいて人間が、もっとも無惨な姿を呈し、ただ〈存在〉の痛ましい蠢きとなって蠢く〈地獄〉の暗黒に、自ら人間の名において、とは他でもない、〈認識〉と〈論理〉において、照明を投げかけることであるからである。

〈老婆〉は、〈見開いてゐた眼を、一層大きくして、ぢつとその下人の顔を見守つた。眶の赤くなつた、肉食鳥のやうな、鋭い眼〉――。〈老婆〉は依然かたくなに抵抗する。しかしやがて〈尖つた喉仏〉を動かしながら、〈喘ぎ喘ぎ〉、〈「この髪を抜いてな、この髪を抜いてな、鬘《かつら》にせうと思うたのぢや」〉と答えるのである。

が、それにしても〈下人〉がそれを聞いて、〈老婆の答が存外、平凡なのに失望した〉というのは興味深い。あるいは〈答が存外、平凡なのに失望した〉というのは、〈下人〉が期待した通りの〈答〉を〈老婆〉が語らなかったからなのか（ただ〈老婆〉はほとんど完璧に返答しているのだ）。だがそれでは〈下人〉はいかなる〈答〉を期待していたというのか。いや多分、〈下人〉はいかなる〈答〉も期待してはいなかったにちがいない。そしてだからこそ〈下人〉は、すでに闇雲に躍り出していたのであり、〈老婆〉と〈つかみ合〉っていたわけなのである。

だから〈下人〉は、もはや十分な〈答〉を手にしていたというべきではないか。全身で拒絶の意志を指し向けた〈老婆〉に、逆に全身で拒絶の意志を返されたことによって、〈下人〉は〈老婆〉と一体となつて組み合いつつ、そのことによって、とうに、〈安らかな得意と満足〉に至りえていたのではないか。

とは多分、〈下人〉の〈言葉〉による問い掛けは、一瞬遅きに失していたのであり、加えて〈老婆〉の〈言葉〉による〈答〉も、一瞬遅きに過ぎていたのだ。〈下人〉の〈失望〉のいわれはここにあり、さらにそこに、〈言葉〉というものの根源的な無力があるといえよう。しかも、〈憎悪〉はただ〈憎悪〉によってのみ答えられるとすれば、それはまさに永遠の対立を続けるしかないのだ。たしかに対立を続けるかぎり、それ自体自足しつつ、しかし無限の対立を繰り返すしかない。おそらく〈下人〉に、〈前の憎悪が、冷な侮蔑《ぶべつ》と一しよに、心の中へはいつて来た〉所以であり、〈下人〉はまたしても、すでに〈言葉〉をもってしては追いようのない〈憎悪〉と化して走り出していたのである。――〈地獄〉の闇は一層深いといわなければならない。

「羅生門」はこの後、〈下人〉の〈憎悪〉に怯んで、というより刃向かって、〈老婆〉が再び口を開く場面に続く。そして多くの評者は、まさにこの〈老婆〉の弁明に、「羅生門」の主題の開示を看取するのである。

《「成程な、死人《しびと》の髪の毛を抜くと云ふ事は、何ぼう悪い事かも知れぬ。ぢやが、こゝにゐる死人どもは、皆、その位な事を、されてもいゝ人間ばかりだぞよ。現に、わしが今、髪を抜いた女などはな、蛇を四寸ばかりづゝに切つて干したのを、干魚《ほしうを》だと云うて、太刀帯《たてはき》の陣へ売りに往んだわ。疫病《えやみ》にかゝつて死なんだら、今でも売りに往んでゐた事であろ。それもよ、この女の売る干魚は、味がよいと云うて、太刀帯どもが、欠かさず菜料《さいれう》に買つてゐたさうな。わしは、この女のした事が悪いとは思うてゐぬ。せねば、饑死《うゑじに》をするのぢやて、仕方がなくした事であろ。されば、今又、わしのしてゐた事も悪い事とは思はぬぞよ。これとてもやはりせねば、饑死《うゑじに》をするぢやて、仕方がなくする事ぢやわいの。ぢやて、その仕方がない事を、よく知つてゐたこの女は、大方わしのする事も大目に見てくれるであろ。」

　老婆は、大体こんな意味の事を云つた。

　下人は、太刀を鞘《さや》におさめて、その太刀の柄を左の手でおさへながら、冷然として、この話を聞いてゐた。勿論、右の手では、赤く頬に膿を持つた大きな面皰を気にしながら、聞いてゐるのである。しかし、之を聞いてゐる中に、下人の心には、或勇気が生まれて来た。それは、さつき門の下で、この男には欠けてゐた勇気である。さうして、又《また》さつきこの門の上へ上《あが》つて、この老婆を捕へた時の勇気とは、全然、反対な方向に動かうとする勇気である。下人は、饑死をするか盗人《ぬすびと》になるかに迷はなかつたばかりではない。その時の、この男の心もちから云へば、饑死などと云ふ事は、殆、考へる事さへ出来ない程、意識の外に追ひ出されてゐた。

たとえば三好行雄氏は、この部分(15)を次のようにいっている(16)。即ち、〈こうしなければ饑死をするから、仕方なしにするのだ。老婆の論理は明快で、素朴である。しかし、その明快さは下人になにも教えない。おなじ論理を、かれは認識の内部にすでに育てていた。また、老婆は確かに、下人の惑いをつきぬけた存在である。だからといって、観念を実践する彼女の行為だけが、下人に行動の可能性をひらいたのではない。なぜなら、下人のたゆたいは、かれの臆病に起因するのではない。下人に真に必要だったのは《許す可らざる悪》を許すための新しい認識の世界、超越的な論理をさらに超えるための論理にほかならぬ。下人と老婆の遭遇は認識と認識の出会いなのである〉——と。

　おそらく、この見解は、芥川の意図をもっとも鋭く捉えていて遺漏ない。繰り返すまでもなく、〈下人〉が〈行為〉へと踏み出すあと一歩の〈勇気〉——その〈勇気〉の湧き出す必然を辿ることにこそ、芥川がこの作品に託したことの一切があったわけなのである。しかも、その必然を辿ることとは、まさしくそこに〈認識〉と〈論理〉を貫き通すこと以外ではない。そしてこの場合それが、〈老婆〉の〈認識〉と〈論理〉において、つまり〈老婆〉の〈言葉〉として表わされたというわけなのである。

だが、〈こうしなければ饑死をするから、仕方なしにするのだ〉という〈老婆〉の〈言葉〉を〈下人〉が聞くとしても、しかし注意すべきことは、これを〈老婆〉が、その〈行為〉の後（事後）に言い、〈下人〉がその〈行為〉の前（事前）に聞く、ということである。つまり〈下人〉はその〈言葉〉に接しながら、依然〈行為〉へと、あと一歩を余していることに変わりないのだ。従って、もともと〈老婆〉の〈言葉〉は〈下人になにも教えない〉。そして〈下人〉は、すでに前もって、ただとどめようのない〈憎悪〉と化し、〈老婆〉を〈冷然〉と睨めつけるばかりなのである。

が翻って、ではどうして〈老婆〉は、かねてすでに〈行為〉へと走り出ることができたのだろうか。三好氏は続けて、それを、〈老婆〉が〈わたしは許されていると主張する〉（傍点三好氏、以下同じ）――という、まさにそのことにかかわると説く。[17]そして〈いかに不確かな許容であろうと、老婆が第三者の《許し》を主張しているのは見逃せない〉とし、〈飢餓の極限でひとは確実に死ぬ、という人間存在に課された絶対の条件が、善と悪との相対世界をすっぽりとつつんで、そうすることの仕方なさを照らしだす。だから、老婆は女の行為を咎めないし、それを咎められぬ女が自分を《許してくれる》ことを疑わない〉という。（ばかりか、少々先走れば〈下人も、その許しあう世界に身を投じることで、《では、己が引剝をしようと恨むまいな》という言葉を所有できた〉というのである。）

つまり〈こうしなければ饑死をするから、仕方なしにするのだ〉という懸崖で、〈わたしは許されている〉と主張する、いわば逆転の〈認識〉と〈論理〉こそが、〈老婆〉自身を（さらには〈下人〉をも）、〈行為〉へと駆り立たせることができたというのだ。

〈わたしは許されている〉――。三好氏はさらに続けて、〈蛇を切売りした女と、女の髪の毛を抜く老婆と〉（ばかりか、再び先走れば〈その老婆の着皮を剝ぐ下人と〉)、〈かれらは傷ついた犬が傷口を嘗めあうように、生きるためにしかたのない悪のなかでお互いの悪を許しあった〉とし、〈悪が悪の名において悪を許す――人間が人間の名においてといいかえてもよい〉という。[18] もとより〈老婆〉の〈悪〉は、〈神〉の名において許されるといいかえてもよい。が畢竟それは、現に〈わたしは許されている〉と容認する〈老婆〉自身の〈認識〉と〈論理〉の名において、究極的に許されていることはいうまでもない。

だがそれにしても、はたして〈老婆〉はそれを発条として、〈死人の髪の毛を抜く〉という〈行為〉へと突き進んだのか。いや、たしかに〈行為〉へと突き進んだとしても、まさにその時すでに早く〈老婆〉は、〈悪〉そのもの、〈許す可らざる悪〉そのものと化していたのではないか。

だが、にもかかわらず〈老婆〉は、〈わたしは許されている〉というだろう。しかもなお〈老婆〉は、依然として現に〈許す可らざる悪〉の直中にいるのだ。(そしてその無限の繰り返し――。)

とすれば〈老婆〉は、単に自身の内で、〈わたしは許されている〉と自己主張するに等しく、またそう主張するそばから、ただ自ら〈許されている〉にすぎないのだ。

〈「この女は、大方わしのする事も大目に見てくれるであろ」〉――。だがそれは、なんと欺瞞に満ちた〈言葉〉であろうか。たしかに、自らに究極の根拠を持つ〈認識〉と〈論理〉の庇護のもとに、がしかし、だからまた〈観念〉の恣意に守られて、〈老婆〉の勝利は約束された。しかしその勝利は終始、仮面の勝利にすぎないのである。

そしてこのとき、〈老婆〉の〈言葉〉は、まさに〈あとからつけられた理屈〉という相貌をあらわにする。(だが〈言葉〉とはなべて、〈あとからつけられた理屈〉ではないか。)――つまり、こうして〈言葉〉は、つねに〈行為〉そのものから少しずつ遅れ、だからその〈行為〉の中心から、中心の昏黒から少しずつずれて、従ってつねに〈行為〉そのものの謎を残して発せられるのだ(なにを? なぜ?)。そしてここに、〈言葉〉というものの根源的な欺瞞があり、しかしまた唯一無二の〈言葉〉の時があるのである。

付け加えれば、この〈言葉〉の欺瞞は、〈老婆〉と〈下人〉の間にあって、一層明らかとなる。

《「きつと、さうか。」

老婆の話が完ると、下人は嘲るやうな声で念を押した。さうして、一足前へ出ると、不意に右の手を面皰から離して、老婆の襟上《えりがみ》をつかみながら、嚙みつくやうにかう云つた。

「では、己が引剝《ひはぎ》をしようと恨むまいな。己もさうしなければ、饑死をする体なのだ。」

下人は、すばやく、老婆の着物を剝ぎとつた。それから、足にしがみつかうとする老婆を、手荒く屍骸の上へ蹴倒した。梯子の口までは、僅に五歩を数へるばかりである。下人は、剝ぎとつた檜皮色の着物をわきにかゝへて、またゝく間に急な梯子を夜の底へかけ下りた。

暫《しばらく》、死んだやうに倒れてゐた老婆が、屍骸の中から、その裸の体を起したのは、それから間もなくの事である。老婆は、つぶやくやうな、うめくやうな声を立てながら、まだ燃えてゐる火の光をたよりに、梯子《はしご》の口まで、這つて行つた。さうして、そこから、短い白髪《しらが》を倒にして、門の下を覗《のぞ》きこんだ。外には、唯、黒洞々たる夜があるばかりである。》

〈「では、己が引剝《ひはぎ》をしようと恨むまいな」〉という〈下人〉の〈言葉〉を、もとより〈老婆〉が〈許す〉はずはない。だから〈老婆〉は、ふたたび全身で〈下人〉を拒み、〈下人〉もまた全身で〈老婆〉に立ち向かわなければならないのだ。言うまでもなく、先程の〈無言〉の格闘が、ただ〈憎悪〉と〈憎悪〉の対立が、暴力が、ふたたび、と言うよりも、依然として続いているのである。(19)

たしかに、〈老婆〉の〈「大目に見てくれるであろ」〉といい、〈下人〉の〈「恨むまいな」〉という〈言葉〉は飛び交っている。しかしその〈言葉〉の飛び交うまさにその場所で、〈許す可らざる悪〉が行なわれているのだ。あるいは、〈許す可らざる悪〉が行なわれているまさにその場所で、なんの力にもならず、紛らわしく、〈言葉〉が飛び交っている。まるで〈言葉〉は、もともと自らの手に余るものを、いわば自らの〈不可能性〉とでもいうべきものを、空しく摑み取らんとするように……。

『今昔物語』の小話の〈嫗《オウナ》〉は、〈男〉にただ〈助ケ〉を乞うしかない。〈嫗《オウナ》〉は〈主《アルジ》〉の〈髪ヲカナグリ抜キ取ル〉のである。〈嫗《オウナ》〉は決して〈わたしは許されている〉などとは言わない。〈こうしなければ饑死をするから、仕方なしにするのだ〉という懸崖で、それゆえにその時、〈嫗《オウナ》〉の前に〈神〉が現われ、〈許す〉と言ったとしても、なおそれを〈許されている〉と思う自らの〈計い〉を許容しえないほど、〈嫗《オウナ》〉は背理の直中にいるのだ。だから、たとえいかなる〈認識〉と〈論理〉を尽したとしても、〈嫗《オウナ》〉は自らが断じて〈許されてい〉ないことを知っている。そしてだからこそ〈嫗《オウナ》〉は、ただ〈助ケ給ヘ〉と叫ぶしかなかったのである。

そしておそらくこの時、『今昔』の小話の主題は開示される。『今昔』の小話は少なくとも〈男〉の内面の推移を追う物語ではない。前に述べたように、〈男〉はすでに〈盗セム《ヌスミ》〉ことを決断し、〈行為〉に突き進んでいる。もうなんらの懐疑も逡巡もなく、いわば生きることの背理を丸ごと呑み込んで、ただ〈存在〉の現前そのものとして現前する——。

そしてこの、いかなる合理化も不可能な背理に生きるしかない人の世の事実こそ、『今昔』が伝えるべきその当体であったといえようか。

《其ノ上ノ層《コシ》ニハ死人《シニニシ》ノ骸骨ゾ多カリケル。死《シニ》タル人ノ葬《ハウブリ》ナド否不為《エセヌ》ヲバ、此ノ門ノ上ニゾ置《オキ》ケル。此ノ事ハ盗人ノ人ニ語《カタリ》ケルヲ聞継《キキツギ》テ此《カ》ク語リ伝ヘタルトヤ。》

それはどんな理法をもってしても救済しえない、しかも人間が耐えていかなければならない背理としての事実である。そしてだからこそ『今昔』の作者は、この驚くべき事実を、〈何ら思念と虚飾を交え〉ることなしに、ただそのままに記録したのではないか。

だが『今昔』のこの小話は、芥川によって〈下人〉の決断への物語に変貌する。〈老婆〉の〈許し〉〈許されている〉という〈認識〉と〈論理〉を自らのそれへと取り込み、かくして自らの〈行為〉を獲得しえるまでの一連の行程——。しかし〈許し〉〈許されている〉とは言いながら、所詮は〈憎悪し〉〈憎悪され〉て、だがどの道そうした〈言葉〉をこえた絶対の関係に繋がれて、その関係の業苦に喘ぎつつ、蠢くしかない——ことは繰り返すまでもない。

だが、おそらくそこに、あの失恋事件において凝視した人生の〈虚無〉を、そのまま人間の〈イゴイズム〉ゆえと断言し、いわばそのきわどい〈言葉〉の〈力技〉において、それを丸ごと引き受け、耐え、生きつづけようとした芥川龍之介の願いがあったのである。

二十四歳の青年が、人生を見限ることなく、あくまでも人生を肯定せんとした願い——。そしてその時、《下人は、既に、雨を冒して、京都の町へ強盗を働きに急いでゐた。》という結語[20]は必然であった[21]。この〈下人〉の〈強盗〉に赴かんとする決然たる姿こそ、人生の〈虚無〉に〈理智の光を浴せ〉ながら、〈遮るもののない空中をまつ直に太陽へ登つて行〉かんと決意する芥川自身の姿であったのである。

言うまでもなく、ここに芥川が〈書くこと〉にかけた一切があり、その前途があったのだ[22]。がしかし芥川は、〈書くこと〉において、真実人生を切り開いていったのか。つまり自ら〈行為〉を選び、果断に決行しえたのか。

いや人はむしろ、意味も理由もなく、従って暗闇の中でなにかに促されるように、不可避的に〈行為〉に走り、だからつねに、もう決行してしまっているのではないか。しかもそのかぎり、つねにそうするより仕方がなかったというふうに――。

《下人の行方は、誰も知らない。》

周知のように、芥川は後に、結末の一行をこう変更する。[23] 人はむしろ、意味も目的もなく、だから暗闇の中を始めから、ただ跆踉とさまようしかないのではないか――。すでに芥川はこのことに気づいていたのかも知れない。そしておそらくそこに、〈書くこと〉が、現実にはなんら人生を捕捉しえぬ事実、従って、なんら人生を超ええぬ事実への、芥川の深い幻滅が反映していたのかも知れない。

だがにもかかわらず、芥川は、まだそのことに正確に気づいていないというべきだろう。[24] 〈書くこと〉に対する幻滅への予感を留めて、しかし結末の一行の改稿は、作品の一種洒落た収束をもたらしつつ、だが作品の主題自体との矛盾を残したといわなければならない。

が、とまれここに、おそらくそうした〈亡びると云ふ予感をもちながら〉も、しかし十分気づかぬままに、なにものをも〈回避せ〉ざらんとする芥川龍之介の、いさおしい文学的出発は遂げられていたのである。

注

(1)「羅生門」評価史として、関口安義「『羅生門』研究史」(「文教大学国文」昭和五十四年三月)を参照。なお関口氏の見解はその後『芥川龍之介 実像と虚像』(洋々社、昭和六十三年十一月)、『「羅生門」を読む』(小沢書店、平成十一年二月)等にて展開されている。

(2) 森啓祐「芥川龍之介と吉田弥生」(「国文学」昭和四十五年十一月、のち『芥川龍之介の父』桜楓社、昭和四十九年二月所収)に詳しい。

(3)(4) 石割透「芥川龍之介の『歴史小説』―実生活との関連において―」(「日本文学」昭和四十九年三月、のち『芥川龍之介―初期作品の展開―』有精堂、昭和六十年二月に所収)。さらに、石割氏は、芥川がその初恋においてなんら自己を主張することなく敗北したにもかかわらず、〈自己の敗北の因を素直に容認せずして、虚構の《思想》を築くことによって知的優越を保〉たんとしたという。鋭い指摘といえる。

（5）森本修「『羅生門』成立に関する覚書」（関西大学「国文学」昭和四十年七月）、同「羅生門—諸説の検討—」（「国文学」昭和四十三年七月）、海老井英次「『羅生門』—その成立の時期—」（「国文学」昭和四十五年十一月、のち『芥川龍之介論攷—自己覚醒から解体へ—』桜楓社、昭和六十三年二月に所収）等参照。

（6）失恋後はじめて書いたとされる小説に、大正四年七月脱稿の「仙人」（「新思潮」大正五年八月）がある。大道芸人李小二の〈何故生きてゆくのは苦しいか、何故、苦しくとも、生きて行かなければならないか〉という問いには、芥川の肉声が響く。作者は、小二が一見の道士に〈何故、仙にして、乞丐をして歩くか〉と訊ねたのに対し、〈人生苦あり、以て楽むべし。人間死するあり、以て生くるを知る。死苦共に脱し得て甚、無聊なり。仙人は若かず、凡人の死苦あるに〉と道士が答えるところで終わる。思うにこのことの含む意味は、きわめて重大である。小二の〈虚無〉を超えているはずの〈仙人〉にも〈虚無〉は続く。とすれば〈虚無〉は永劫に超えることが不可能ではないのか。芥川はここで、そうした永劫に超えることの不可能な、だから永劫に終わりないものにすでに向きあっているのだ。

（7）吉田精一『芥川龍之介』（三省堂、昭和十七年十二月）。なおこの「羅生門」論は、芥川の意図をもっとも忠実に辿ったものであり、以後の種々の「羅生門」論の原点といえよう。しかし作者の意図をもっとも忠実に辿ったものが、作品の真実をもっとも深く剔抉したことにならないのは言うまでもない。

（8）岩波書店『日本古典文学大系』第二十六巻『今昔物語集』五より引用。

（9）西郷信綱『日本古代文学史』（岩波書店、昭和二十六年十月）。

（10）芥川は、〈今僕が或テエマを捉へてそれを小説に書くとする。さうしてそのテエマを芸術的に最も力強く表現する為には、或異常な事件が必要になる〉（「『昔』」初出未詳）とし、その際〈不自然の障碍を避ける為に舞台を昔に求め〉（「同」）るといっている。すなわち、自らの主題を実現すべく、その舞台として〈歴史〉＝〈古典〉を選ぶと云うわけだが、これは逆に言えば、〈歴史〉＝〈古典〉を自らの主題に沿って組み変えることに等しいといえよう。

（11）清水康次「『羅生門』試論」（大阪女子大「女子大文学」昭和五十五年三月、のち『芥川文学の方法と世界』和泉書院、平成六年四月に所収）に、〈「羅生門」は、下人における「勇気」の欠如から獲得へという展開を基本的な構造としている〉という指摘がある。

(12)「羅生門」はこの後、〈それから、何分《なんぷん》かの後である。羅生門の楼の上へ出る、幅の広い梯子の中段に、一人の男が、猫のやうに身をちゞめて、息を殺しながら、上の容子を窺つてゐた〉と続く。あきらかにここには構成上の〈断絶〉があり、しかもこの〈断絶〉は構成上必須のものであったのである。

(13) おそらくこのことは、〈知覚〉において〈主観〉〈客観〉の分節構造――たとえば〈私〉が〈世界〉を対向的に見るという対立構造は、必ずしも真実でないことを示している。つまり〈世界〉が〈無惨〉に見えるのは、〈世界〉自体が〈無惨〉なのであり、その一前景としての〈私〉も〈無惨〉な気分になるということなのだ。

(14) この前後の箇所――、たとえば海老井英次氏は、〈下人は、死骸から髪を抜き取る猿のような老婆を見出し、その非人間的行為に憎悪を燃え上がらせることから始まる、心理のドラマを展開していく。しかし、そのドラマはいかにも意味深長のようだが、実のところたいして意味のあることではない。悪と悪でないこととの間にゆれたり、悪に対する激しい憎悪を燃やしたり、一転して悪を行為する決意をしたり、そうした心理の動揺が現出させるドラマは、善悪が結局は相対的なものでしかないという認識の方眼紙の上で行なわれる以上、どこか空虚な茶番じみたものになる〉(『鑑賞日本現代文学』第十一巻『芥川龍之介』角川書店、昭和五十六年七月)といっている。はたしてそうか。

(15) この老婆の科白の部分は、『今昔物語』巻第三十一「太刀帯陣売魚媼語第三十一」により構成されているのは周知のとおりである。またその部分、『鼻』所収時に「初出」、『羅生門』のものが改変されている。

(16)(17)(18) 三好行雄「無明の闇―『羅生門』の世界―」(『芥川龍之介論』筑摩書房、昭和五十一年九月)参照。

(19) 清水氏は前掲論文において、〈老婆〉の言を〈詭弁〉とし、さらに〈下人が老婆の主張を逆手にとったとき、詭弁は無力になる。下人は許しなど期待してはいないし、老婆も下人を許そうとはしない。そして、両者は力の強弱において対立していくことになる〉と指摘している。鋭い指摘である。

(20)『羅生門』(阿蘭陀書房)に従う。なお「初出」は〈急ぎつゝあつた〉。

(21) 関口安義氏はこのことに関連しながら、「羅生門」の主題を〈己を繋縛するものからの解放〉と読み取っている(「『羅生門』・『芋粥』」『批評と研究　芥川龍之介』芳賀書店、昭和四十七年十一月)。

(22) すでに触れたように、芥川がこの時、〈なる可く愉快な小説が書きたかつた〉と言っているのも、このこととかかわっているとすればおかしくはない。そしてそれはまた芥川の終生にわたった『今昔物語』への愛着――〈野性の美しさ〉(「今昔物語鑑賞」新潮社『日本文学講座』第六巻、昭和二年四月)への憧憬ともつながっているはずである。

（23）『鼻』（春陽堂、大正七年七月）所収時。

（24）「手帳」（一）に〈"There is something in the darkness." says the elder brother in the Gate of Rasho.〉というメモがある。おそらく「偸盗」（「中央公論」大正六年四月、七月）に向けたメモなのだろうが、だとすればこの時期、芥川はまだ闇の中になにかを見すえていたのかもしれない。

「地獄変」幻想

――芸術の欺瞞――

1

昭和二年三月、死を目前に控えた芥川龍之介は、遺稿となった「歯車」において、例の〈ぼんやりした不安〉に追われながら、〈人生は地獄よりも地獄的である〉という「侏儒の言葉」の一節とともに、〈『地獄変』の主人公、――良秀《よしひで》と云ふ画師《ゑし》の運命〉を想い起こす。

自らが描いた〈良秀《よしひで》と云ふ画師《ゑし》の運命〉、その生と死――。それがすでに、まざまざと己れの現在への無惨な帰趨を暗示していたのである。丁度ナポレオンがまだ学生であった頃、ノート・ブックの最後に、〈セント・ヘレナ、小さい島〉と記していたという不吉な暗合にも似て――。芥川龍之介はあらためて、激しい恐怖を覚えなければならなかったのである。

だが言うまでもなく、この時芥川は、単なる偶然というものの不気味さに戦慄していたのではない。芥川は「地獄変」において、良秀の生を、栄光に満ちた死によって完結せしめたのではなかったか。しかしいま芥川はその生を、屈辱に塗れた死によって閉じなければならない(?)。だが、あの時すでに芥川は、良秀の死を、実は屈辱に塗れたものとして描いていたのではないか。その自らをこえた無意識の所業――。おそらく芥川龍之介は、結局はかくあるしかない己れの姿を、まさに知らぬ間に、ありありと描いてしまったという〈書く〉ことの不思議さに、しかも〈書く〉ことに生きた自らの宿命の不思議さにこそ、真に戦慄していたのである。

さて、かくして芥川龍之介の生と死を、まさにまざまざと予告して凄絶とでも評すべき作品「地獄変」は、大正七年五月一日から同二十二日にかけて、「大阪毎日新聞」（夕刊）、「東京日日新聞」（同二日から二十二日まで）に、二十回にわたり連載された。後、第三短篇集『傀儡師』（新潮社、大正八年一月）に、巻頭の「奉教人の死」と対応されて巻尾に収録される。出典[1]、および成立までの経緯、発表当時の反響、改訂、その後の評価史などの詳細はすべて諸論に譲るが[2]、芥川自身の〈いやにボンバスティックで気に食はない作品〉（薄田淳介宛書簡、大正七年四月二十四日）という謙辞にもかかわらず、芥川文学の絶巓として、つねに高い評価を得てきた作品であることは、ひとまず確認しておくことができるといえよう。

たとえば、正宗白鳥は「芥川龍之介論[3]」の中で、「地獄変」を称して次のように言っている。

《私は自分が読んだ範囲内では、この一篇を以つて、芥川龍之介の最傑作として推讃するに躊躇しない。明治以来の日本文学史に於ても、特異の光彩を放つてゐる名作である。氏の多くの切支丹物や、王朝物は、智恵の遊びに過ぎないところがあつて、一度は着想と奇才に感歎しても、二度三度繰返して読むと興味索然たることもあるが、「地獄変」は今度読み返して一層深い感銘を得た。芥川龍之介の持つて生れた才能と、数十年間の修養とがこの一篇に結晶されてゐる。聡明なる才人の智恵の遊びではない。心熱が燃えてゐる。夏目漱石や森鷗外に似て、いくらか型が小さいやうに思はれるところがないでもないが、この「地獄変」一篇は、鷗外漱石の全集中にも断じて見難いものであると確信してゐる。私は芸術の上からのみ批判してかういふのではない。「孤独地獄」や「往生絵巻」に一端を示したこの作者の心境がここでは渾然として現はれてゐるのに、ある尊さをさへ感ずるのである。……私は芥川氏の日常生活を知らない。氏が家庭に於て社交に於て、どういふ言葉を口にし、どういふ行動をしてゐたか知らないが、さういふ外形の生活はどうであらうと、氏が、良秀の「地獄変の屛風」完成の由来をここまで見たことは、氏自身が持つて来た心力の限りを尽くして、世界を見たやうなものである。……普通の人情や逆説的心理の摘出にのみ拘はつてゐた氏も、ここでは仮面を脱した人間生存の姿を見たやうなものである。「現代小説全集」の目次を開いて見ると、「地獄変」の作られたのは大正七年のことである。氏が三十歳に達した頃であらう。そんなに若くつて、かういふ大作を著はしたことに、私は驚歎してゐる。》

引用が長きに失したが、しかし後進には概ね厳しい白鳥が、これほどの讃辞を連ねるのは、ほとんど異例といってよい。しかもこれほどまでに讃辞を連ねるとすれば、そこにはおのずから白鳥自身の批評眼がかけられていなければならないのだ。

では、なぜこれほどに白鳥は、この「地獄変」に〈驚歎〉したのか。

2

物語はまず、〈堀川の大殿様《おほとのさま》のやうな方は、これまでは固より、後の世にも恐らく二人とはいらつしやいますまい〉（二、以下同）という語り手の、堀川の大殿に対する絶大なる景仰と称讃によって語り起こされる。そして語り手（おそらく、堀川の大殿に長年仕えた侍であろう）は、堀川の大殿に関する数々のエピソードを並べ、彼がいかに超凡の人物であったかを語り明かしてゆくのである。

そこには、まさにくっきりと、この豪放にして機敏な権力者の面貌が浮かび出されてくるわけだが、しかし語り手はここで言葉を継いで、〈地獄変の屛風の由来〉には、その堀川の大殿ですら震駭したほどの、〈ついぞ又とない〈凄じい見物《みもの》〉があったというのである。

《日頃は物に御騒ぎにならない大殿様でさへ、あの時ばかりは、流石に御驚きになつたやうでございました。》

大殿にとって空前絶後の〈驚き〉――。〈あえていうならば大殿の生涯における唯一の敗北のエピソード〉と竹盛天雄氏も指摘する。(4) 要するに、この無双の絶対者をも圧倒した事件、その意味で、この無双の絶対者をも相対化せずにはおかなかった絶対的な事件の顚末が、こうして語り手によって、語り始められるわけなのである。

従って語り手は、もっぱら堀川の大殿を讃美しながら、その実大殿の、〈生涯における唯一の敗北〉の経緯を語り継ぐ結果となるのだが、こうした語り手の〈語り〉の性格に、まず注意しなければならないのだ。

このことに関して芥川自身、例の大殿と良秀の娘の関係に触れながら、次のように説明している。

《あのナレエシヨンでは二つの説明が互いにからみ合つてゐて　それが表と裏になつゐる《(ママ)》のです　その一つは日向の説明でそれはあなたが例に挙げた中の多くです　もう一つは陰の説明でそれは大殿と良秀の娘との間の関係を恋愛ではないと否定して行く（その実それを肯定してゆく）説明です　この二つの説明はあのナレエシヨンを組み上げる上に於てお互にアクテユエエトし合ふ性質のものだからどつちも差し抜きがつきません　それで諄々しいがあ云ふ事になつたのです》（小島政二郎宛書簡、大正七年六月十八日）

たとえば、

《私どもの眼から見ますと、大殿様が良秀の娘を御下げにならなかつたのは、全く娘の身の上を哀れに思召したからで、あのやうに頑《かたくな》な親の側へやるよりは御邸に置いて、何の不自由なく暮させてやらうと云ふ難有い御考へだつたやうでございます。それは元より気立ての優しいあの娘を、御贔屓になつたのには間違ひございません。が、色を御好みになつたと申しますのは、恐らく牽強附会の説でございませう。いや、跡方もない嘘と申した方が、宜しい位でございます。》（五）

という語り手の、大殿に対する畏敬に満ちた弁明は、そのまま大殿の好色を暴くものとなってゆくのだ。

もとより、こうした〈語り〉の二重性は、単に大殿の人間的弱点を明かすためにだけ作用するのではない。すでに述べたように、それは根本的には、堀川の大殿という無双の絶対者が、にもかかわらず喫しなければならなかった〈生涯における唯一の敗北〉の経緯を、さらには、大殿をしてそうした敗北を被らしめた良秀という絵師の正体を、つまりその良秀という絵師に顕現するいわば〈芸術〉の絶対性をこそ、明かすべく作用するのであるといえよう。

〈見た所は唯、背の低い、骨と皮ばかりに痩せた、意地の悪さうな老人〉(二)、口の悪い連中から〈立居振舞《たちゐふるまひ》が猿のやうだ〉(同)と言われ、〈猿秀と云ふ諢名《あだな》〉(同)まで付けられたという、まさに卑小な存在でしかない良秀。いや、〈見た所が卑しかつたばかりでなく、もつと人に嫌がられる悪い癖〉(三)、すなわち、《吝嗇で、慳貪で、恥知らずで、怠けもので、強慾で――いや、その中でも取分け甚しいのは、横柄で高慢で、何時も本朝第一の絵師と申す事を、鼻の先へぶら下げてゐる事でございませう。》(四)という、およそ嫌悪の対象でしかない良秀が、やがて大殿を、文字通り一敗地に塗れさす奇蹟を、語り手は一種小気味よく語っていしまうわけなのである。

権力と〈芸術〉の確執、そして権力に対する〈芸術の鮮やかな逆転勝利〉(と一応はいっておこう)。――語り手は結局、このことをこそ語ったのだといえよう。しかもあまりに小気味よく語ってしまうので、〈地獄変神話・伝説を創り上げようとする語り手の露骨な姿勢〉さえ云々される破目となったのだ。(5)

もちろん語り手に罪はないだろう。語り手はただ、自らの眼に焼きついた〈地獄変の屏風の由来〉の強烈な印象を、ひたすら語っているにすぎないし、よし〈芸術の鮮やかな逆転勝利〉を語ったとしても、それは無意識の所為にすぎず、また少なくともそう考える方が妥当であろう。そして言うまでもなく、ここには、そう語るように語り手を背後から操っている作者の、それこそ〈露骨な姿勢〉が窺われるのである。おそらく、〈芸術の鮮やかな逆転勝利〉こそ、芸術家芥川竜之介の熱い願望であり、その〈芸術の鮮やかな逆転勝利〉を演ずる良秀こそ、同じ芸術家芥川竜之介の、熱い理想の対象であったのだ。

ところで、こうした語り手の肉声を介して事件の推移を描く方法は、三好行雄氏の言葉を借りれば、〈告白の含羞なしに、夢想する芸術家の理想像を語るもっともふさわしい方法〉であったろう。(6) 当時の私小説的文学動向――。彼に、〈もっと己れの生活を書け、もっと大胆に告白しろ〉(「澄江堂雑記」―「告白」―「随筆」大正十二年十一月)と迫る周囲の文学動向に対する、芥川竜之介のほとんど生理的ともいえる嫌悪感――。従って、語り手の設定とは芥川竜之介にとって、そうした周囲の露出症的風潮を拒否しつつ、しかも自らの胸の内に熱く滾る夢想を、まさに〈大胆に〉告白するための、いわば必至の方法であったのである。

そしてまたこのように、告白を忌避すること、つまり己れの内的、外的体験におけるありのままの事実などというものを否定し、あくまでも事実を超えた真実の世界を作り出してゆくこと、言葉を換えれば、ありのままの事実などというものを否認し、事実に対し、事実を事実たらしめている〈意味〉(たしかに、事実が事実たりうるためには、ある〈意味〉の境位というものが前提とされるのだ)を指し示すことこそ、〈小生は小説を作る男である〉(「田山花袋君に答ふ」)(7) と言った夏目漱石の弟子を任ずる芥川竜之介の、文学的出発以来の固有の軌跡であったのである。

だがしかし、そのことがまた同時に、ある重大な問題を孕んでいたことを看過できない。

たとえば、語り手の設定に関する先程の芥川の説明だが、再び三好氏の言葉を借りると、〈《日向の説明》というのが、語り手の目撃した事実の描写だとすれば、《陰の説明》とは、従者である侍の、大殿への無条件の盲従を利用し、かれの心象を濾過して事態を描く心理的説明である〉ということになろう。(8) そしてこの〈心理的説明〉が、事実の〈意味〉を、権力の絶対的優位から、権力に対する〈芸術の鮮やかな逆転勝利〉へと変換してしまうことは、繰り返し述べるまでもあるまい。

しかし、このことは芥川龍之介にとって、実は危険この上もない賭ではなかったか。語り手の事実に対する解釈（Aという意味づけ）の危うさを代償に、密かに別の解釈（Bという意味づけ）を成立させようというわけだが、しかしこうして一度《ひとたび》事実の〈意味〉を相対化してしまうことは、読み手の側に語り手に対する不信感を募らせる、ばかりか、その後に残るという(?)解釈、つまり作者の解釈に対してさえ、いかにそれが確からしくあろうとも、同じような警戒心を植えつけてしまうのではないか。（芥川の文学に、多くの人々がなんとはない胡散臭さを嗅ぎつけてしまうのも、このことに関わっているのである。）少なくとも読み手の側には、語り手の解釈への疑惑を、さらにはそれを契機に、CやDの、そして無数の解釈（意味づけ）を思い抱く自由があるし、またそのことを避けえないというジレンマに、作者はつねに晒されなければならないのである。

早い話、〈性得《しやうとく》愚《おろか》な私には、分りすぎてゐる程分つてゐる事の外は、生憎何一つ呑みこめません〉（十三）という語り手の言葉は、なるほど曰くあり気だが（だから語り手は、竹盛氏に〈老獪〉などと評されるのだ）[9]、しかしこう語り手に言わせた以上、作者は、物事の深い意味合いを〈何一つ呑みこめ〉ないこの語り手の、〈性得《しやうとく》愚《おろか》な〉地平においてしか一言も語りえないことを、そしてそうである限り、読み手の側に様々な読み取り（解釈）を、作者から見て誤解とすらいえる読み取りをも許さざるをえないことを、覚悟しなければならないのだ。

作者がいかなる意図を目論んでいようとも、一旦自らの解釈を伏せるとすれば、作者の創造行為、つまりいままさに作者芥川龍之介が語るということは畢竟除外されねばならず、というより、その排除の上にこそ（そしてそれが語り手設定の趣意なのだが）、はじめて作品世界が成立することを忘れてはならない。

言うならば、作品世界の領略を目指しつつ、しかし逆に作者は、このように、作品世界から奇妙に抹殺されてしまうのである。その、自らが自らに関われないという意味で必然的に無記名で非人称の空白に、作者は耐えなければならない。いわば彼は語る主体を喪い、自己の不在の時空に立ち続けなければならないのである。

周知のように、芥川龍之介は彼のいわゆる芸術至上主義の宣言とされる「芸術その他」（「新潮」大正八年十一月）の中で、〈芸術活動はどんな天才でも、意識的なものなのだ〉と言い、創造行為における無意識の存在を、いわば敢然と否定した。つまり創造行為の全領域への作者主体の君臨と支配――。無論これまた周知のように、彼はその後「文芸的な、余りに文芸的な」（「改造」昭和二年四月）の中で、〈あらゆる芸術的活動を意識の閾《しきひ》の中に置いたのは十年前の僕である〉以下前言を翻すのだが、しかしその変心を待たずとも、彼はすでに彼固有の方法において、己れの創造行為の中に己れの介入しえぬ空白の部分を抱え込んでいたはずであり、現にそのことを思い知らなければならなかったのではなかったか。

創造行為における意識の遍在の昂然たる主張――。しかしそこには逆に、あの創造行為の直中に厳然たる作家主体の不在（〈作者の死〉）への、芥川龍之介のまさに本能的な予感が秘められていたといえよう。

3

さて、語り手の注釈から始まって、作者と作品の間という問題に及んで大分手間を取ったが、ふたたび物語に戻るとしよう。――

語り手が良秀を非難し、〈吝嗇で、慳貪で……〉と並べ立てたことはすでに触れた。いささか感情に走りすぎる嫌いはあるが、しかしそれが単に語り手一己の好悪に基づくものではなく、良秀を知るほどのものなら誰しものものであることは、語り手のために弁じておく必要があるだろう。

だが、そうした良秀に対する様々な誹謗が、総じてあるひとつの傾向性に収束されることも、また押えておく必要があるのだ。

《いや、その中でも取分け甚しいのは、横柄で高慢で、何時も本朝第一の絵師と申す事を、鼻の先へぶら下げてゐる事でございませう。それも画道の上ばかりならまだしもでございますが、あの男の負け惜しみになりますと、世間の習慣《ならはし》とか慣例《しきたり》とか申すやうなものまで、すべて莫迦に致さずには置かないのでございます。》（四、以下同）と語り手は続け、さらに〈慢業重畳《まんごふちようでふ》とでも名づけませうか。兎に角当時天《あめ》が下《した》で、自分程の偉《えら》い人間はないと思つてゐた男〉だと良秀を罵るのである。

要するに、語り手の誹謗は、良秀の〈増長慢〉という一点に向けられるのだが、しかし語り手の言葉をより子細に聞けば、どうやら語り手には、良秀が〈画道の上〉で〈何時も本朝第一〉を自負している、ばかりか、〈世間の習慣《ならはし》とか慣例《しきたり》〉までも〈すべて莫迦に〉にする、つまり現実世界を支える一切の価値と権威を貶め、そのことによって、不遜にも〈天《あめ》が下《した》で、自分程の偉《えら》い人間はない〉と嘯く、つまり現実世界の帝王を自任しているという、そういう思い込みがあるかのようだ。

そして、たしかにここには、この現実世界を生きる一般の人々――いわば〈民衆〉[10]の思惑があるといえよう。彼等にとって、帝王とは堀川の大殿以外にいるはずがなく、従って彼を一切の価値や権威の根源と信じて、ただひたすらにこの現実世界に充ち足りる彼等からすれば、なにやらそこから外れて生きているように見える人間は、そのままで堀川の大殿に楯突く、いや彼等自身に刃向かうやくざものなのである。

だが、とは言いながら、語り手の言葉をより厳正に辿れば、語り手が良秀の憎むべき逸脱の証拠として列挙する条々のすべてが、実際には〈画道の上〉に限られているということ、そのことはきわめて重大な事柄である。

たとえば、〈檜垣《ひがき》の巫女《みこ》〉の〈御霊《ごりやう》が憑《つ》い〉た〈物凄い顔を、丁寧に写して居つた〉とか、〈吉祥天を描く時〉に、〈卑しい傀儡《くぐつ》の顔を写し〉たとか、〈不動明王を描く時〉に、〈無頼の放免《はうめん》の姿を像〉ったとか、あるいは、〈五趣《しゆ》生死《しやうじ》の図を描く為〉（十二）に、〈道ばたの屍骸さへ写した〉（同）とか……。要するに、これが良秀の憎むべき悪行の証拠として語り手が枚挙するものの一々なのだ。

しかも語り手は、良秀の生活上、道徳上の振舞いに関して、（後に触れるように、娘へのいさかか度を過ぎた愛着以外）なにひとつ語っていない。おそらく語り手には、そのことに関し、訴えるべきなんの証拠もなかったのだといえよう。

だが、そうだとすれば、一体語り手は、どこから〈この何とも云ひやうのない、横道者の良秀〉（四）という言葉を出して来たのか。(11)

第一、語り手の数え上げた良秀の醜行の数々も、語り手の判断はどうであれ、絵師として一向に非難されるべき筋合いのものではない。しかも良秀は、そうしたことによって、現実世界を逸れて生きていようなどとは考えてもみなかったろうし、まして、現実世界に逆らって生きていようなどとは思ってもみなかったにちがいない。彼はただ〈画道の上〉の人間、つまりもっぱらに絵筆を動かす男にすぎなかったというべきなのである。(12)

（他にも、良秀の評判を落としたものに、彼が〈横川《よかは》の僧都様〉（三、以下同）の〈御行状を戯画《ざれゑ》に描いた〉一件がある。以来横川の僧都は、〈良秀と申しますと、魔障にでも御遇ひになつたやうに、顔の色を変へて、御憎み遊ばし〉たというのだが、ここでも良秀に他意はなかったので、彼はひとえに絵筆を走らせていただけではなかったか。もっとも良秀は、知らぬ間に酷く僧都を傷つけたようだが、しかしこのことに関するかぎり語り手は、〈何分下ざまの噂でございますから、確に左様とは申されますまい〉と言葉を濁し、珍しく良秀を庇っている。なお良秀の描いた〈五趣生死《しゆしやうじ》の絵〉（四、以下同）から、夜更けると〈天人の嘆息《ためいき》をつく音や啜り泣きをする声〉が聞こえたり、〈死人の腐つて行く臭気〉がしたということ、また彼に〈似絵《にせゑ》〉を写されたものが、〈三年と尽たない中に、皆魂の抜けたやうな病気になつて、死んだ〉ということ等々によって、良秀を非難するなどは、もとより論外であろう。）

もっとも、良秀の絵は〈優美〉とは言いがたい。そして〈優美〉であることが伝統的な美意識に奉仕することであるとすれば、良秀の絵は、むしろそれを徹底して否定する。多分彼にとって、伝統的な美意識は陳腐きわまるものにちがいなかった。

従って良秀は、結果的には、〈画道の上〉での挑戦者、反逆者であったろう。しかしそうだとしても彼が、この現実世界の価値や権威を毀損するわけでもなく、しうるはずもない。いや彼はそれらのものに一指だに触れはしない。彼はただひたすらに自己独自の〈美〉を求めて、想像世界を飛翔するだけなのだ。（この場合の良秀に対する非難が、つねに〈仲の悪い絵師仲間〉から出ていることも注意されるべきである。）

むしろこの点で、良秀はストイックですらあるのだ。語り手は〈「良秀の描《か》いた神仏が、その良秀に冥罰を当てられるとは、異な事を聞くものぢや」と空嘯《そらうそぶ》い〉たといって良秀を罵倒する。しかしあるいはこの良秀の言葉は、彼の無垢な当惑を語っているのかもしれない。自らが描いた絵が、実際に現実を動かすことがありうるなどと、良秀は思ってもみなかったのではないか。

だが、それほどにも無害な良秀という存在が、なぜこうもスキャンダラスなのか。

〈何時ぞや大殿様が御冗談に、「その方は兎角醜いものが好きと見える。」と仰有つた時〉（しかしこれとても、良秀は決して〈醜いもの〉ばかり描いていたのではない。彼は大殿の所望で、度々女房達を描いていたようであり、後にも言うように、稚児文珠を描いた時も、大殿寵愛の童の顔を写して見事な出来栄えであったという）、良秀は、〈「さやうでござりまする。かいなでの絵師には総じて醜いものゝ美しさなどと申す事は、わからう筈がございませぬ」〉と答えたという。たしかに、良秀にも〈絵師〉として〈画道の上〉の自負が、あるいは稚気があったろう。しかしこの良秀の言葉をとって語り手が、〈如何に本朝第一の絵師に致せ、よくも大殿様の御前へ出て、そのやうな高言が吐けたものでございます〉と、良秀がなにか、とてつもなく乱暴な、まるで大殿自身を侮辱したかのごとき言辞を吐いたというふうに騒ぐのは、いかにも大人気ない仕業といわなければならない。だが、なぜ語り手は、こうまでも良秀を忌み恐れるのか。（序だが、語り手は良秀のことを〈本朝第一の絵師〉という。しかし彼は、必ずしも良秀の絵をそれと認めて言っているのではあるまい。ただ良秀が、本朝第一の権力者堀川の大殿の贔屓を得ているから、そう言うにすぎないといえよう。）

思うに、この微小きわまりない良秀という存在、このみすぼらしい老人の存在がこれほど不気味なのは、まさしく良秀が、ただ〈絵師〉であり、絵を画くというその一事に基づくのではないか。〈絵師〉——この絵を画くもの。いわば現実を忘却し、ただひたすらに自己固有の〈美〉を尋ねて想像世界に没入するもの。実物よりも幻を選び、眼前の世界よりも不在の世界に生きる人間——。たしかにこの現実世界を生きる尋常の人々、実物と眼前の世界に充ち足りる人々にとって、それに背を向け、幻と不在に生きようなどとは、ただそれだけで、もはや譬えようもなくスキャンダラスなのだ。

語り手は良秀の弟子から聞いたといって、〈何でもあの男は仕事にとりかゝりますと、まるで狐でも憑《つ》いたやうになるらしうございます〉（七）と怯える。語り手にとっては、良秀の創造行為は、それ自体すでに奇怪な謎であり、およそ理解しがたい、だからそれゆえに言語道断の悪なのである。

さらに、その逆からの証拠とでも言おうか、語り手はここで、〈しかしこの良秀にさへ——この何とも云ひやうのない、横道者の良秀にさへ、たつた一つ人間らしい、情愛のある所がございました〉（四）と調子を変える。良秀には大殿の邸に小女房として上がっている十五になる娘がいる。その娘を良秀が、〈まるで気違ひのやうに可愛がつてゐた〉（五、以下同）と語り手は言うのである。

しかし注意すべきことは、こう語る語り手の口吻に、ほとんど嫌悪の気味合いがないということである。〈まるで気違ひのやうに〉と言うほどにいささか異常な良秀の愛であり、またそれに基づくいささか奇矯な彼の行状なのだが〈良秀の娘を可愛がるのは、唯可愛がるだけで、やがてよい聟をとらうなどと申す事は、夢にも考へて居りません。それ所か、あの娘へ悪く云ひ寄るものでもございましたら、反つて辻冠者《つじくわんじや》ばらでも駆り集めて、暗打《やみうち》位は喰はせ兼ねない量見でございます〉）、しかし意外にも語り手は、それらをすべて〈あの男の子煩悩〉として大目に見るのである。

《あの娘が大殿様の御声がゝりで、小女房に上りました時も、老爺《おやぢ》の方は大不服で、当座の間は御前へ出ても、苦り切つてばかり居りました。大殿様が娘の美しいのに御心を惹かされて、親の不承知なのもかまはずに、召し上げたなどと申す噂は、大方かやうな容子を見たものゝ当推量《あてずゐりやう》から出たのでございませう。尤も其噂は嘘でございましても、子煩悩の一心から、良秀が始終娘の下るやうに祈つて居りましたのは確でございます。》

これは断るまでもなく、〈地獄変の屛風の由来〉の発端を語る重要な一節だが、たとえその内容がどうであれ、大殿の御意には絶対に服従すべきことを説く語り手も、しかも良秀のこととなれば、いささかの素振りにも反抗の気配を嗅ぎ取り、わめき立てる語り手も、この時ばかりは、良秀の見せた〈大不服〉の表情、態度にも、〈子煩悩の一心から〉と、なにも言葉を挟まない、いやひそかに同情をさえ寄せるのである。

おそらく、もっぱらこの現実世界に生きる語り手には、つまりこの〈人間らしい、情愛〉の世界に生きる常凡の語り手にとって、たとえいささか度が過ぎていようとも、いや度が過ぎているほど執拗に、この世界に繋がろうとする人間は、決して奇異な存在ではなく、なんら非難するに当たらないのである。

4

だが、そうだとすれば、まさしくここに良秀の、いわば絵師としての限界があったということを、指摘しなければならない。

たとえば芥川龍之介は「あの頃の自分の事」（「中央公論」大正八年一月）で、ポーやボードレールに触れて次のように言っている。

《彼等の病的な耽美主義は、その背景に恐る可き冷酷な心を控えてゐる。彼等はこのごろた石のやうな心を抱いた因果に、嫌でも道徳を捨てなければならなかつた。嫌でも神を捨てなければならなかつた。さうして又嫌でも恋愛を捨てなければならなかつた。が、彼等はデカダンスの古沼に身を沈めながら、それでも猶この仕末に了へない心と—— une vieille gabare sans mâts sur une mer monstrueuse et sans bords の心と睨み合つてゐなければならなかつた。》

そして多分ここには、芥川龍之介の抱懐する芸術家の理想像、そうした〈冷酷な心〉を代償にしてはじめて到達しうる芸術家の理想像が示されているといえよう。

〈道徳〉や〈神〉や〈恋愛〉を、つまり人生の一切を〈嫌でも捨て〉さるという恐るべき非人間的境地。しかし芥川龍之介のいうように、もしそういう境界があるとして、「地獄変」の絵師良秀は、いまだそのような究極の境地に到達してはいないというべきである。

なぜなら、良秀にはいまだ捨て去りえぬものが、つまり一人の娘がのこされていたからである。

しかも良秀にとって、娘＝娘への恩愛は、彼を人生に繫ぐ〈たつた一つ〉の絆であり、だがそうであれば、彼の人生のすべて、いや彼そのものであったと言ってよいのだ。

たしかに良秀は一方で、自己独特の〈美〉を求めて、想像世界を徘徊して止まない。実物と眼前の世界に背を向け、幻と不在の世界を思い焦がれる。その孤独な、しかし彼に一切を捨てさせかねない激しい渇望。(良秀は娘のこととなると〈まるで気違ひのやうに〉なるのと同じように、〈画の事を云ふと、気違ひ同様になる〉(十五) のだ。)

しかし、そうだとしても、良秀が現に自らの生身を、つまり娘＝娘への恩愛に繫がる己れの人生を、捨て去ったわけでは決してなく、またそんなことはありえはしなかったのである。

そしてこの意味で、「地獄変」の絵師良秀は、たとえいささか天才的な技能と資質を持ち、それゆえに一種デモーニッシュな雰囲気を漂わせているとしても、要するに愛する対象を持ちながらこの世を送る、幸福な一人の父親であったにすぎない。

だが、悲劇は、このようなささやかな幸福に浸る年老いた父親を突如見舞う。まさしくその幸福の根源である一人娘を失うという形において――。

すでに引用したように、〈あの娘が大殿様の御声がゝりで、小女房に上りました時も、老爺《おやぢ》の方は大不服で、当座の間は御前へ出ても、苦り切つてばかり居りました〉（五、以下同）と語り手は語る。しかし、例によって語り手の説明は、きわめて不正確であり不誠実である。良秀は〈苦り切つて〉いたというのか。いやむしろこの時良秀は、気も狂わんばかりの苦しみに喘いでいたというべきであろう。

語り手の再三の弁護にもかかわらず、大殿の好色は公然たる事実であり、いわば娘は狼の前の小羊にすぎない。娘の純潔は早晩、確実に踏み躙られるといえよう。（そしてこの意味で、良秀の眼には、娘はすでに〈地獄〉に落ちているのだということを、心に留めておく必要がある。）

例の稚児文珠を描いた折、〈「望みの物を取らせるぞ」〉という大殿の言葉に、良秀は畏まり、〈「何卒私の娘をば御下げ下さいまするやうに。」〉と臆面もなく申し上げ〉たと語り手は言う。〈臆面もなく〉――、しかし本当にそうなのか。

《外のお邸ならば兎も角も、堀川の大殿様の御側に仕へてゐるのを、如何に可愛いからと申しまして、かやうに無《ぶ》躾《しつけ》に御暇を願ひますものが、どこの国に居りませう。これには大腹中の大殿様も聊か御機嫌を損じたと見えまして、暫くは唯黙つて良秀の顔を眺めて御居でになりましたが、やがて、

「それはならぬ」と吐出《はきだ》すやうに仰有ると、急にその儘御立ちになつてしまひました。》

語り手はこう続ける。しかし語り手は、語るに落ちているというべきだろう。〈かやうに無躾《ぶしつけ》に御暇を願ひます

ものが、どこの国に居りませう〉——。要するに、それほどにもありえないことを、良秀はあえて決行しなければならなかったのである。つまり良秀はそれほどにも必死なのだ。

当然許されるはずもなく、冷笑され、一蹴され、いやそればかりか一層の不興を買い、さらに恐るべき懲罰さえ被りかねない無益で危険な願い。しかも、〈かやうな事が、前後四五遍もございましたらうか〉と語り手は呆れる。すでに良秀は絶望し、常軌を逸している。いや完全に狂気に陥っているといわなければならない。

そしておそらくこのことは、この「地獄変」においてきわめて重大な意味を持つ。良秀は大殿の絶大なる権力の前に、抗う余地なく慴伏する。（なんで良秀に、大殿と張り合い、大殿と〈せめぎあう〉(13)ことなどできようか。）それも最愛の一人娘、自らの生きる希望と意味のすべて、人生への唯一にして最後の絆を奪われ、しかもそれをもう取り返すことができないという形において——。

いわば良秀は、大殿の力によって、彼そのものを失い、あるいは葬られたのである。勿論、殺戮されたのではない。いや不幸にして〈死〉ではなく、〈死〉よりも無惨な、いわば〈生きながらの地獄〉に落とされたのである。（しかし〈地獄〉とはつねに〈生きながらの地獄〉なのだ。）

もう一度言おう。良秀は死んだのではない。生きながら死んでいる、あるいは死にながら生きている、つまりそれほどの業苦において生きているのだ。——娘がいま大殿の欲望の焔《ほむら》を浴びているという痛ましい想念において、いやすでに娘が〈地獄〉に堕ちて、烈火に燃えているという狂おしい幻想において、さらにその娘をどうしてやることもできないという身を切るような苛責において——。

もとより、すでに狂気なのだ。しかし良秀のこの錯乱——娘を失い、しかもそれを取り戻す術もない父親の、この怒りと悲しみの名づけようもない激しさと深さ、そしてそれらのことが良秀の意識にとらせる様々な相貌を思わずして、「地獄変」一篇を読んだことにはならないのである。

そして付け加えれば、ここに来てはじめて良秀は、この現実世界から、この実物と眼前の世界から真に追放されたのである。彼はいままさに一切を奪われたのだ。だから、もはや彼にはなにもない。ただあの狂おしい幻想以外、ますます鮮烈に良秀の視野一杯に広がるあの狂おしい幻想以外には——。

従って、良秀はいまや、まさしくその幻想以外になにひとつ留まるべき場所を持たない。そしてそのことによって良秀は、はじめてあの幻と不在の世界、想像の世界へと完全に繋がれたわけなのである。

5

ところで、良秀の身悶えするような懇願が何度も繰り返されるに従って（とは、良秀の狂気が次第に激しくなっていったということだろう）、大殿の良秀を見る眼が、段々と〈冷やかになつて〉いったという。そして〈良秀の御覚えが大分悪くなつ〉た頃、〈どう思召したか〉、突然大殿は良秀を呼び出し、〈地獄変の屏風を描くやうに〉と命令するのである。いよいよ物語は、〈地獄変の屏風の由来〉の本題に入る。

だが、ではなぜ大殿は良秀に、〈地獄変の屏風を描くやうに〉と命令したのか。

たしかにこの下命は、語り手も〈どう思召したか〉と訝るように、一見唐突の感を免れない。しかしよく見ると、ここにはすでに、大殿の良秀に対する恐るべき制裁が下されていたのであり、またそのことを通して、大殿の恐るべき正体が暴かれるのである。

言うまでもなく、この〈堀川の大殿様〉と呼ばれる現世の帝王は、豪放磊落の外見の背後に、細緻にして陰湿、執拗にして酷薄な本質を隠し持っている。

まず彼は、とうに、この自らの前に平伏する一介の老絵師＝〈絵師風情〉（三）の心裡に起こっていることを見抜いている。しかも見抜いているばかりか、無惨にもこれを嬲らんとするのである。

大殿は、自分が良秀に〈地獄〉を目の当たりにさせていることを知っている。然り、良秀は〈地獄〉を見ている。だから大殿は良秀に、〈地獄〉を描け、描いて苦しめと言っているのだ。

だが、大殿の悪意は単にこればかりに留まるものではない。さらに大殿は良秀に、描いて苦しめ、苦しみ抜いて、ついに苦しさに耐えないで音を上げろ、描けないと音を上げろと言っているのではないか。

つまり大殿は良秀に、一旦は〈地獄〉を目の当たりにさせつつ、しかし彼に絵を描かせることによって、〈地獄〉を見つづけるという耐えがたい苦しみを強い、あげく良秀の眼を〈地獄〉から背かせようとしているのであり、かくして良秀をして絵が描けぬように仕向ける、すなわち良秀から〈絵〉を奪わんとしているのである。

後段第十四章において、大殿が良秀に向けて放つ言葉は、まさにはっきりとこのことを明かしている。

まず語り手は、良秀から屏風の絵が〈「あらましは出来上つた」〉という報告を受けて、大殿が〈何故《なぜ》か妙に力の無い、張合のぬけた〉様子を見せたと伝える。断るまでもなく、大殿にとって、良秀は〈地獄〉を見て苦しめばよいので、決して絵を完成させてはならないのだ。

しかし大殿は、良秀が続けて、〈「唯一つ、今以て私には描けぬ所がございまする」〉といい、〈「私は総じて、見たものでなければ描《か》けませぬ。よし描けても、得心が参りませぬ」〉というのに対し、一転して〈嘲るやうな御微笑〉を浮かべ、〈「では地獄変の屏風を描かうとすれば、地獄を見なければなるまいな」〉と問いただす。つまり大殿は、〈「描けぬ所がございまする」〉という良秀の一語を聞いて、自らの盛った毒が、予期通り、良秀の五臓を漸々と冒していることを確認するのである。――〈地獄〉を見ろ、しかし苦しくて見られまい、だから描けまい、しかし描け、そして描くからには、〈「地獄を見なければなるまいな」〉。

しかもそれに対して良秀が、〈「先年」〉の〈「大火事」〉に触れ、〈「炎熱地獄の猛火《まうくわ》にもまがふ火の手を、眼のあたり眺め」〉たと答えるのだが、大殿はまるでその答えが〈御耳にはいらなかつたやうな御容子〉で（そんな過去のことはどうでもよい）、〈「しかし罪人はどうぢや。獄卒は見た事があるまいな」〉と畳み掛けるように尋ねたという。良秀が現下に〈地獄〉を見て苦しんでいることが明らかとなった以上、大殿は今度は、良秀の見る〈地獄〉の図が、まさに自らの期待通りの相において、すなわち〈「獄卒」〉＝大殿自身、〈「罪人」〉＝娘という形で良秀を苛んでいることを、一刻も早く確認したかったのである。

だが、大殿の周到な悪意も、おそらくここまでであったといえよう。

良秀は大殿の問いに、罪人も獄卒も見た、それも〈「殆ど毎日毎夜」〉見ていると、〈苦笑を洩しながら〉答える。そして、〈「私の描かうとして描けぬのは、そのやうなものではございませぬ」〉と続けるのだ。

すなわち良秀は、大殿が奸智を尽して仕掛けた〈地獄〉の苛責など、いわば苦もなく通り過ぎる。良秀が描けないで苦しんでいるものは〈「そのやうなもの」〉ではない。良秀が描けないで苦しんでいる〈地獄〉の光景とは、大殿が用意するものよりもさらに無惨であり、さらに暗黒の深みにあるのだといえよう。

大殿は〈唯苛立《いらだ》たしさうに〉、良秀の顔を睨む。大殿からすれば、良秀に対する懲罰は、すでにあらかた遂行されているはずなのに――。大殿は〈眉を険しく〉動かし、〈「では何が描《か》けぬと申すのぢや」〉と〈打捨るやうに〉言ったという。大殿はついに良秀の見ている〈地獄〉の暗黒の深みを、理解し想像することができない。だから大殿は、問題を〈打捨る〉しかないのだ。

さて、少々先走りしたが、しかしともあれ大殿が良秀に、〈地獄変の屏風を描くやうに〉と命令した真の理由が、結局良秀をして絵を描けなくすること、良秀から〈絵〉を奪うことであったことに間違いはないようである。

たしかに、〈堀川の大殿様〉と呼ばれるこの現世の帝王の辞書に、〈不可能〉という文字があってはならない。限界があってはならないのである。

だが、そうだとすれば彼は、むろん現世の成員の一人でありつつ、しかもその頂点に立つことによって、たった一人だけ、他の現世の成員すべてが知らぬ、ばかりか、忌み畏れて近づくことさえせぬ境界の向こう側、いわば〈この世〉の先の〈あの世〉、つまり〈地獄〉を知らなければならないし、またそこに出入しなければならないのである。

いや、ただ一人それを知り、そこに出入しうるがゆえに、彼は絶対の権力者たりうるのである。

そしてこの意味で、堀川の大殿の正体とは、現世の帝王でありつつ、しかも無惨にも、生きながらに冥府にも跋扈する、悪鬼、夜叉の類でもあるのだ。

そう言えば、大殿が無双の絶対者であるという評判の多くが、彼と冥界との関わりに発していたこと（〈二条大宮の百鬼夜行に御遇ひになつても、格別御障りがなかつた〉（一）とか、〈東三条の河原院に、夜な〳〵現はれると云ふ噂のあつた融《とほる》の左大臣の霊でさへ、大殿様のお叱りを受けては、姿を消した〉（同）とか）は暗示的である。いやそればかりではない。なによりも彼は人に、常住に〈地獄〉を垣間見せる、あるいは、人を、常住に〈地獄〉に送ることができたではないか。

従って大殿は、もともと良秀などを少しも恐れてはいなかった。彼は語り手をはじめ多くの人々の、良秀に対する姦しい中傷にもかかわらず、一人良秀を放置していたではないか。彼は良秀が、己れに逆うなにほどの力もないことを知っていたし、娘を奪って〈地獄〉を見せつけるほどに、良秀を侮っていたのである。

だが、まさしくその時良秀が狂気に陥り、あの想像の世界、幻と不在の世界に固く結ばれるに及び（つまり良秀が、瞳を一杯に広げて〈地獄〉をまじまじと見つめはじめたのだ）、大殿は図らずも良秀が、己れの許諾を得ずに、越えてはならぬ境界を我から越えて、〈地獄〉の直中に深く闖入する気配を見せたことに気づいたのである。

大殿は、激しい驚きを覚えたにちがいない。それは大殿にとって、自らの権力を支えるカラクリの中心を撃砕しかねぬほどの不逞な企てではなかったか。大殿はその力のすべてをあげて、良秀を罰しなければならない。しかもその良秀の無法の根源——彼の狂気を、彼の幻と不在の世界への接近を、つまり彼の〈芸術〉そのものを断滅しなければならないのである。

かくして大殿は良秀に、さらにまざまざと〈地獄〉の光景を見つめ続けさせるために、〈地獄変の屏風を描くやうに〉命令する。その実良秀が、見つめ続ける苦しさに耐えないで、描けないと言い出す時を待ちながら——。

つまり、こうして大殿は、良秀から〈絵〉を奪い、加えて良秀を、〈地獄〉から追い立てんとしているのだ。(14)

6

さて、第六章、語り手は、〈地獄変の屏風と申しますと、私はもうあの恐ろしい画面の景色が、ありありと眼の前へ浮んで来るやうな気が致します〉と言葉を挟む。そして暫く、その〈恐ろしい画面の景色〉を、激した調子で語って聞かせるのである。

そこにはまさに、人が思い及ぶかぎりの凄絶な阿鼻叫喚の〈地獄変相図〉が現出されているという。火焔、黒煙が猛風に逆巻き、その中を、あらゆる身分の罪人が、あらゆる種類の責苦を受けてのたうち回る。が、中でも一際目立って凄まじく見えるものは、画面中央の〈中空《なかぞら》から落ちて来る一輛の牛車〉であった。——語り手は、

《地獄の風に吹き上げられた、その車の簾《すだれ》の中には、女御、更衣にもまがふばかり、綺羅びやかに装つた女房が、丈の黒髪を炎の中になびかせて、白い頸《うなじ》を反《そ》らせながら、悶え苦しんで居りますが、その女房の姿と申し、又燃えしきつてゐる牛車と申し、何一つとして炎熱地獄の責苦を偲ばせないものはございません。》

と言い、

《云はゞ広い画面の恐ろしさが、この一人の人物に輳《あつま》つてゐるとでも申しませうか。これを見るものゝ耳の底には、

自然と物凄い叫喚の声が伝はつて来るかと疑ふ程、入神の出来映えでございました。》と言葉を連ねる。

だが、こう述べたからといって、むろん語り手は美術評論家よろしく、画面の〈美的性格〉[15]を喋喋しているわけではなく、またそんな芸当が語り手に出来るわけでもあるまい。

語り手はさらに熱した調子で、

《あゝ、これでございます。これを描く為めに、あの恐ろしい出来事が起つたのでございます。又さもなければ如何に良秀でも、どうしてかやうに生々《いきく》と奈落の苦艱が画かれませう。》

と言い、

《あの男はこの屏風の絵を仕上げた代りに、命さへも捨てるやうな、無惨な目に出遇ひました。云はゞこの絵の地獄は、本朝第一の絵師良秀が、自分で何時か堕ちて行く地獄だつたのでございます。……》

と言葉を継ぐのである。

つまり語り手には、画面そのものが問題なのではなく、あくまでそうした画面の成立した所以、すなわち〈地獄変の屏風の由来〉こそが問題なのである。

〈ついぞ又とな〉い、〈凄じい見物《みもの》〉として、語り手が目撃し、またそればかりか、己れの生きる意味の根基ともいうべき堀川の大殿、この絶対の権力者をも動転させた事件、そしてなによりもそのことを通して、深甚な感銘を受けた事実こそが、一貫して語り手の語らんとすべき、物語の内容であったといえよう。[16]

(そして予め言っておけば、ここに、語り手に代表される一般の人々の、〈芸術〉創造の秘奥に対する無知蒙昧が暗示されている。——ただただ作品を、その作家の実生活に結びつける通俗実証主義の、〈芸術〉創造の秘奥に対する無知蒙昧が——。)

さてこの意味で、物語は再び〈地獄変の屏風の由来〉——作品の背後で繰り広げられた事実の進行を追うのである。

第七章から第十一章にかけて、語り手は伝聞や憶測を交えて、〈地獄変の屏風〉の完成に苦心鏤骨する良秀の、異常な相貌を克明に語ってゆく。だが一体、その異常な相貌とはどのようなものであったのか。

語り手はまず、

《良秀はそれから五六箇月の間、まるで御邸へも伺はないで、屏風の絵にばかりかゝつて居りました。あれ程の子煩悩がいざ絵を描くと云ふ段になりますと、娘の顔を見る気もなくなると申すのでございますから、不思議なものではございませんか。》（七、以下同）

と語り、

《あの男が絵を描いてゐる所を、そつと物陰《ものかげ》から覗いて見ると、必ず陰々として霊狐の姿が、一匹ならず前後左右に、群つてゐるのが見えるなどと申す者もございました。その位でございますから、いざ画筆を取るとなると、その絵を描き上げると云ふより外は、何も彼も忘れてしまふのでございませう。昼も夜も一間に閉ぢこもつたきりで、滅多に日の目も見た事はございません。——殊に地獄変の屏風を描いた時には、かう云ふ夢中になり方が、甚しかつたやうでございます。》

と言う。そして、その〈甚し〉い〈夢中になり方〉のいくつかを、良秀の弟子からの伝聞として紹介するのである。

だが、その中でも、良秀が寝ながらに洩らしたという独白は、特別重要な意味を秘めているといえよう。

〈「この頃は夢見が悪い」〉ということで、〈「枕もとに坐つてゐて貰ひたい」〉と頼まれた弟子の一人は、良秀の口から、途切れ途切れに、次のような譫言を聞くのである。

《「なに、己《おれ》に来いと云ふのだな。——どこへ——どこへ来いと？　奈落へ来い。炎熱地獄へ来い。——誰だ。さう云ふ貴様は。——貴様は誰だ——誰だと思つたら」》（八、以下同）

また、

《「誰だと思つたら──うん、貴様だな。己も貴様だらうと思つてゐた。なに、迎へに来たと？　だから来い。奈落へ来い。奈落には──奈落には己の娘が待つてゐる。」》

そしてさらに、

《「待つてゐるから、この車へ乗つて来い──この車へ乗つて、奈落へ来い──」》

と。

たしかにこの場面、夢寐の間にも〈地獄変相図〉と格闘する良秀の、執念と没頭の凄まじさが伝えられていて不気味だが、しかしむろんそればかりではない。この譫言には、良秀が現《うつつ》にばかりでなく夢においてまで、つまり常住になにを見つづけているか、なにを見つづけていなければならないかが示されているのだ。

良秀が娘を失った怒りと悲しみの激しさ深さによって、常軌を逸し、狂気に陥っていることはすでに述べた。良秀の狂った眼には、すでに娘は〈この世〉にいず、現に〈地獄〉の業火に燃えているのであり、そのことによって（つまりその苦しむ姿をありありと見つめながら、ただ足摺りし、呻き続けるだけでそれをどうすることもできないことによって）、良秀もまた〈地獄〉に落ちているのだ。[17]

（良秀がなぜ娘の顔を見ようとしないのか、語り手は不思議がる。しかし言うまでもなく良秀は、幻想の中で、不断に娘の顔を見つづけているのである。）

良秀の閉じ籠もる工房は、昼でも〈夜のやうに戸を立て切つた中に、ぼんやりと灯をともし〉（七）、描きかけの〈地獄変屛風〉が〈ぐるりと立て廻して〉（同）あるという。まさに良秀を中心に、〈実物大の生ま生ましい地獄が休みなくくりひろげられている〉[18]わけなのである。

だが、あの譫言の意味はそればかりではない。それはさらに、良秀がなにを強いられているか、いや強いられつつ、密かになにを望んでいるかを示しているのだ。

たしかに良秀は、現に〈地獄〉に落ちている。しかしにもかかわらず（そして、このことが、「地獄変」一篇において最も重大なことなのだが）、良秀はなおも、〈地獄〉の遥かな深みに落ちてゆかなければならないのである。大殿の差し向ける〈「車へ乗つて」〉、〈「娘が待つてゐる」〉という〈「奈落」〉の限りない深みに――。

良秀の狂った眼に、娘の燃え苦しんでいる姿は現にありありと見えている。しかし良秀は、さらに間近に、眉も焦げるばかりに間近に、燃え苦しんでいる娘を見なければならない。いやさらに、いままさに燃えている娘の火焔を浴びて、というよりも、いままさに燃えている娘を抱き締めて、自らも火達磨となって、燃え尽きなければならない。（いわばそれほどにも、良秀は娘とともにいたいのである。）

そしておそらく、この狂おしい願いこそ、最愛の娘を奪われ、しかもそれを取り戻す術のない無力な父親の、その娘への絶対の愛がとった姿なのだ。

しかし繰り返すまでもなく、その願いを叶えるために、良秀は底無しの〈地獄〉を、現に燃えながら落ちてゆく娘に追い縋り、ともに燃えながら、さらに〈地獄〉の業火の深みへと落ちてゆかなければならない。その〈地獄〉の涯しない涯へ――。

しかも、あるいはそこにおいて、娘と良秀が燃え尽きることができるとすれば、その時そこは、娘の苦しみの真に終わる地点、そしてその苦しみを見ながらそれをどうすることもできないという良秀の苛責の真に終わる地点でもあるのだ。いわば無限にして無間の〈地獄〉のついに終わる地点。（しかし〈地獄〉とはつねに無限にして無間であり、だからこそ〈地獄〉であることをここで思い出しておく必要があろう――。）

しかもまたそうだとすれば、そこは、いままさに良秀の視界一杯に燃え広がる〈地獄〉の業火の深み、その限りなく遥かな深みにおいて、白熱に煌きながら、ひときわ強く良秀の瞳を射抜き、良秀の心を魅きつけて止まぬ究極にして絶対の地点なのである。

良秀はその地点に行かねばならぬ。そしてこの時、良秀がなすべきこと、つまり〈地獄変の屛風〉を完成することとは、まさにその地点に至り着くことであり、それ以外のことではない。すなわち、良秀にとって〈絵を画くこと〉とは、もはやなにかを象《かたど》ることではなく、良秀を誘って止まぬあの究極にして絶対の地点において、娘とともに燃え尽きること、そのこと自体なのだ。(19)

――だが、私達はまたしても、少々先を急いだようである。もう暫く、物語の進行に沿ってゆこう。

語り手は、良秀の〈悪夢〉の一件に次いで、良秀の奇矯な振舞いのいくつかを、またそれによって被った弟子達の災厄のいくつかを語って聞かせる。

〈「鎖《くさり》で縛られた人間が見たい」〉（八）という良秀の頼みに、やむなく鉄鎖に縛られ、床に投げ出されているうちに、倒れた壷から這い出した蛇に、危うく嚙まれそうになった弟子の話。

また師匠から耳木兎をけしかけられ、部屋中を逃げ惑ううちに、たまたま耳木兎と、これまた倒れた壷から這い出した蛇との争いとなり、漸く難を免れた弟子の話。

しかも良秀は、弟子達が思わず〈身の毛がよだつた〉（十、以下同）ように、彼等の苦悶や恐怖の表情や姿態を、〈冷然と〉して〈写してゐた〉というではないか。弟子達は語り手に、口を揃えて、〈「師匠が気が違つて、私を殺すのではないか」〉（八）と思い、〈一時は師匠の為に、殺されるのではないか〉（十）と思ったと告げたという。いわばそれほどにも、〈画の事を云ふと、気違ひ同様になる〉良秀の様子を、語り手は語っているのである。

（たしかに、良秀の狂気はとめどなく亢進していたというほかはない。良秀は初め弟子に、〈「枕もとに坐つてゐて貰ひたいのだが」〉と、遠慮がましく頼〉（七）んだという。そして〈その後一月ばかりたつて〉（八、以下同）別の弟子に鎖を掛ける時は、〈その癖少しも気の毒らしい容子などは見せず〉と言い条、一応〈「気の毒でも暫くの間、わしのする通りになつてゐてはくれまいか」〉と断っている。しかし次の弟子にはもうなんの挨拶もなく、突然耳木兎をけしかけるのである。あるいはここには良秀の狂気の亢進が、彼の優しさの減退として示されているのかもしれない。）

7

こうして、語り手は〈地獄変の屛風〉制作の裏面で演じられていた良秀の、異常な生活史の数々を、つまり〈地獄変の屛風の由来〉を微細、克明に語るのである。

そしてここに、語り手の、例の通俗実証主義が介在していることは繰り返すまでもあるまい。

だが、次のことは以下少しく断っておかなければならない。と言うのは、語り手は単に、良秀の〈芸術〉創造をその実生活の一々に還元するばかりではない。語り手は良秀の創造原理そのものについても、彼一流の独断と偏見を犯しているのだ。

すでに語り手の〈地獄変の屛風〉の説明にあった通り、〈弟子たちを、水干やら狩衣やら、さまぐ〳〵に着飾らせて、その姿を、一人づゝ丁寧に写した〉（七）ことが、画面の中のあらゆる種類の罪人の姿に生かされていることは断るまでもない。さらにいま委曲を尽して語られた弟子達の受難の図も、これまた種々の罪人の姿となって、すべて画面に写し出されているのである。

そして、そう言えば、語り手はことあるごとに、種々の例を語りながら、その意味でむしろ執拗に、良秀の制作原理が、〈表現すべき対象の実在を必須の条件〉[20]とする、いわば即物主義的写実主義であったことを、強調していた節があるのだ。（いや節があるどころではない。たとえば七章から十一章までの叙述などは、すべてそのことを語らんがためのものであったといってもよいのである。）

なるほど語り手は、なによりも良秀が〈「見たものでなければ描《か》けませぬ」〉と大殿の前で言った言葉を聞いている。しかもこの大殿の前で言った良秀の言葉が、あのカタストローフを招いたとすれば、語り手がこの言葉に格別な意味を読むのは、蓋し当然すぎるほど当然であるといえよう。

だが、はたして良秀の、〈「見たものでなければ描《か》けませぬ」〉という言葉は、彼のいわゆる即物主義的写実主義を語っているのであろうか。

が、このことはいま暫く問わず、語り手はこうして、彼一流の流儀で、良秀の制作原理を慎重に固めてゆくのだ。

しかし、ここで語り手は、良秀の様子にひとつの変化があったことを報告する。

《地獄変の屏風を描けと云ふ御沙汰があつたのは、秋の初でございますから、それ以来冬の末まで、良秀の弟子たちは、絶えず師匠の怪しげな振舞に、脅《おびや》かされてゐた訳でございます。が、その冬の末に良秀は何か屏風の画で、自由にならない事が出来たのでございませう、それまでよりは、一層容子も陰気になり、物云ひも目に見えて、荒々しくなつて参りました。と同時に又屏風の画も、下画が八分通り出来上つた儘、更に捗《はか》どる模様はございません。いや、どうかすると今までに描いた所さへ、塗り消してもしまひ兼ねない気色なのでございます。

その癖、屏風の何が自由にならないのだか、それは誰にもわかりません。又、誰もわからうとしたものもございますまい。前のいろ〳〵な出来事に懲りてゐる弟子たちは、まるで虎狼と一つ檻《をり》にでもゐるやうな心もちで、その後師匠の身のまはりへは、成る可く近づかない算段をして居りましたから。》(十一)

そして語り手は、〈従ってその間の事に就いては、別に取り立てゝ申し上げる程の御話もございません〉(十二)と続け、〈もし強ひて申し上げると致しましたら、それはあの強情な老爺《おやぢ》が、何故《なぜ》か妙に涙脆くなつて、人のゐない所では時々独りで泣いてゐたと云ふ御話位なものでございませう〉(同)とだけ付け加える。つまり語り手の眼には、良秀の様子の変化は、やがて事態の一時の沈静として映っているかのごとくである……。(しかし、まさにその変化において、良秀の狂気が内に激しく鬱屈し炸裂し、ついにその極限に達していることを知らなければならない。)

ところで、この時良秀に出来した、(語り手のいわゆる)〈何か屏風の画で、自由にならない事〉とは、一体どのようなことであるのだろうか。

もとよりそれは、後の良秀の言葉にあるように、〈「屏風の唯中」〉(十五、以下同)に〈「檳榔毛《びらうげ》の車が一輛空から落ちて来る所」〉を描くことであり、さらにその〈「車の中」〉に、〈「一人のあでやかな上臈が、猛火の中に黒髪を乱しながら、悶え苦しんでゐる」〉姿を描くことにほかならない。しかもそれは、それを描くべく、良秀がついに〈最愛の娘〉をも失わなければならなかった、その画面の中心の空白なのだ。

だが、良秀は、〈「それが、牛車の中の上臈が、どうしても私には描《か》けませぬ」〉と懊悩し、絶叫しなければならないのである。

では、なぜ、良秀はその画面の真中の空白を埋めることができないのか。

この点に関し語り手が、あの〈「私は総じて、見たものでなければ描《か》けませぬ」〉という言葉から想定する(と言えよう)良秀の制作原理、例のいわゆる即物主義的写実主義に、特別な役割を持たせていることは、前にも触れた通りである。

たしかに、良秀にとって、〈写生〉はきわめて重要な、というより、まさに唯一絶対の方法であったといってよい。また、だからこそ彼は、一心不乱にして傍若無人に〈写生〉に没入するのであり、さらにそういう良秀であればこそ、まだ見ぬ〈「上臈」〉の、いや娘の燃え上がる実際を見なければならなかったのである、と、少なくとも語り手は、もっぱらこの点に、事件の推移の必然を捉えているかのごとくである。

しかしそれにしても、語り手が、それほどにも良秀にとって動かしえぬものとして語る〈写生〉とは、一体どのようなものであったのであるか。

引用の繰り返しになるが、良秀の〈写生〉には、まず偶然に際会したものを写す、あるいは写しておく、という場合のあることが指摘される。

《私は先年大火事がございました時に、炎熱地獄の猛火《まうくわ》にもまがふ火の手を、眼のあたりに眺めました。「よぢり不動」の火焰を描きましたのも、実はあの火事に遇つたからでございまする。》(十四)

という良秀自身の言葉もある。

《これは永年良秀の弟子になつてゐた男の話でございますが、或日さる方の御邸で名高い檜垣《ひがき》の巫女《みこ》に御霊《ごりやう》が憑《つ》いて、恐しい御託宣があつた時も、あの男は空耳《そらみゝ》を走らせながら、有合せた筆と墨とで、その巫女《みこ》の物凄い顔を、丁寧に写して居つたとか申しました。》(四)

とか、

《龍蓋寺の五趣生死《しゆしやうじ》の図を描きました時などは、当り前の人間なら、わざと眼を外《そ》らせて行くあの往来の屍骸の前へ、悠々と腰を下して、半ば腐れかかつた顔や手足を、髪の毛一すぢも違へずに、写して参つた事がございました。》(七)

という証言もある。

だがそれと同時に、良秀の〈写生〉には、モデルを使い、それをなにかに見たてて写す場合も多いのである。たとえば、

《吉祥天を描く時は、卑しい傀儡《くぐつ》の顔を写しましたり、不動明王を描く時は、無頼の放免《はうめん》の姿を像りましたり、いろ〳〵の勿体ない真似を致しましたり、》(四)

とか、

《或時大殿様の御云ひつけで、稚児文珠《ちごもんじゆ》を描きました時も、御寵愛の童《わらべ》の顔《かほ》を写しまして、見事な出来でございま

した》（五）とか、さらに〈地獄変の屏風〉を描くために、〈弟子たちを、水干やら狩衣やら、さま〴〵に着飾らせて、その姿を、一人づゝ丁寧に写したり〉（もっとも〈それ位の変つた事なら、別にあの地獄変の屏風を描《か》かなくとも、仕事にかゝつてゐる時とさへ申しますと、何時でもやり兼ねない男〉（七）なのだ）とか、そしてあの詳細に亙って語られた弟子達の受難等々、〈かう云ふ類《たぐひ》の事は、その外まだ、幾つとなくございました〉（十一）というごとくなのだ。

しかし、こうした例から判かるように、いずれの場合においても、良秀の〈写生〉が、単に事実として描くのではなく、先ず、あるいは別に、ある〈想像《イメージ》〉（とひとまず言っておこう）があって（たとえば〈よぢり不動〉なり、〈吉祥天〉なり〈稚児文珠《ちごもんじゅ》〉なり）、その〈想像《イメージ》〉に現実味を与えるべく、事実がもっぱら利用されているにすぎないということなのである。

とすれば、良秀の制作原理とは、決して単に、即物主義的写実主義などと呼ばれるべきものではない。いわばそこには、〈実相を仮りて虚相を写す〉底の、写実主義《リアリズム》の本道こそが、踏襲されているといわれるべきなのである。[21]

そしてまたこのことから、次のことが導き出せる。すなわち、良秀において、〈想像《イメージ》〉こそまず本質的であるとすれば、時に事実そのものを必須としない場合もありうると考えられることである。

たとえば良秀は、〈「罪人はどうぢや。獄卒は見た事があるまいな」〉という大殿の詰問に、〈「私は鉄《くろがね》の鎖《くさり》に縛《いまし》められたものを見た事がございまする。怪鳥に悩まされるものゝ姿も、具《つぶさ》に写しとりました。されば罪人の呵責に苦しむ様も知らぬと申されませぬ」〉（十四）と言い、〈「又獄卒は、夢現《ゆめうつゝ》に何度となく、私の眼に映りました、或は牛頭《ごづ》、或は馬頭《めづ》、或は三面六臂の鬼の形が、音のせぬ手を拍き、声の出ぬ口を開いて、私を虐みに参りますのは、殆ど毎日毎夜のことと申してもよろしうございませう」〉（同）と答えるのである。

つまりこの場合、良秀は〈「鉄《くろがね》の鎖《くさり》に縛《いまし》められた」〉り〈「怪鳥に悩まされ」〉たりする罪人の〈想像《イメージ》〉を、弟子達をモデルに使うことによって、すでに描き終えていると同時に、幻想の中で見た〈「牛頭《ごづ》」〉〈「馬頭《めづ》」〉〈「三面六臂の鬼」〉をすら、もう描き終えていると言っているのではないか。しかもそれらがすべて、見事な出来映えであったことは、〈地獄変の屏風〉の画面を説明したときの、語り手の言葉通りであるはずなのだ。

もっとも良秀は〈「牛頭《ごづ》」〉〈「馬頭《めづ》」〉〈「三面六臂の鬼」〉などという、〈「獄卒」〉の〈想像《イメージ》〉をも、またなんらかの事実を借りて確認していたのかも知れない。（そしておそらくその時、良秀は、密かに大殿をモデルに擬していたに違いない。）しかしそうだとすれば、良秀の幻想に浮ぶ無数の〈想像《イメージ》〉は、たとえそれがいかに特異な、まったくの空想の産物であったとしても、必ずやなにかあるものによって、つまり現実に存在するなんらかの対象に託して、十分に確証することができると言えるはずなのである。

そしてその通り、良秀にはほとんどすべてのものが描けたのである。〈地獄変の屏風〉の画面に再度注目してみよう。〈剣山刀樹も爛れるかと思ふ程渦を巻〉（六、以下同）く〈一面〉の〈紅蓮大紅蓮《ぐれんだいぐれん》の猛火〉を背景に、〈十王を始め眷属〉、〈冥官《めうくわん》〉たちはいうに及ばず、業苦に悶え叫ぶ罪人たちの姿――。〈上は月卿雲客から下は乞食非人まで、あらゆる身分の人間〉たち、

《束帯のいかめしい殿上人《てんじやうびと》、五つ衣《ぎぬ》のなまめかしい青女房、珠数をかけた念仏僧、高足駄を穿いた侍学生、細長《ほそなが》を着た女《め》の童《わらは》、幣《みてぐら》をかざした陰陽師《おんみやうじ》――。》

〈一々数へ立てゝ居りましたら、とても際限はございますまい〉と語り手は言う。しかし〈兎に角さう云ふいろ〳〵の人間が、火と煙とが逆捲く中を、牛頭馬頭の獄卒に虐《さいな》まれて、大風に吹き散らされる落葉のやうに、紛々と四方八方へ逃げ迷つてゐるのでございます〉というのである。

《鋼叉《さすまた》に髪をからまれて、蜘蛛よりも手足を縮めてゐる女は、神巫《かんなぎ》の類《たぐひ》でゞもございませうか。手矛《てほこ》に胸を刺し通されて、蝙蝠のやうに逆になつた男は、生受領《なまずりやう》か何かに相違ございますまい。その外或は鉄《くろがね》の笞《しもと》に打たれるもの、

或は千曳《ちびき》の磐石《ばんじやく》に押されるもの、或は怪鳥《けてう》の嘴にかけられるもの、或は又毒龍の顎《あぎと》に嚙まれるもの――、呵責も亦罪人の数に応じて、幾通りあるかわかりません。》

そして、そうしたものの中央に、例の、中空から落下する〈一輛の牛車〉と、その中で猛火に悶え苦しむ〈「一人のあでやかな上﨟」〉（十五）が描かれなければならないのである。

だが、それが良秀には描けないという。しかしなぜ良秀に、このありとあらゆるものが描けた良秀に、それだけが描けないというのであろうか。

〈上は月卿雲客から下は乞食非人まで〉、いや〈乞食非人〉は暫く措いて、〈束帯のいかめしい殿上人《てんじやうびと》〉をすら、不敵にも猛火にくべた良秀、――そしておそらく良秀は、これを〈「先年の大火事」〉の記憶と、束帯に装わせた弟子の一人の素描とを、いわばモンタージュして描いたのであろうか。また夢幻にのみ現れる〈「牛頭《ごづ》」〉〈「馬頭《めづ》」〉を、火焔、黒煙の中にまざまざと跳梁せしめた良秀、――そして多分これを良秀は、自らの瞼に焼き付いた大殿の、恐るべき面貌をデフォルメして描いたのだ。

この良秀の旺盛な想像力と、そしてそれを表現すべく、実在するなんらかの対象から描くべきものを果敢に抜き出し的確に結び付けてゆく絶妙の手練――（なんと芥川的なことか！）、もしそれこそが良秀の〈写生〉というならば、その〈写生〉をもってして、なぜ燃えさかる〈「檳榔毛《びらうげ》の車」〉のごとき、なぜ悶え苦しむ〈「一人のあでやかな上﨟」〉のごとき、描き出すことができないというのであろうか。

しかしまた、良秀の言葉通り〈「牛車の中の上﨟が、どうしても私には描《か》けませぬ」〉ということが、実際にあったとしよう。だが、それにしても、その〈「牛車の中の上﨟」〉を描くべく、あの良秀が、あの〈画の事を云ふと、気違ひ同様にな〉り、遮二無二突き進んでゆく良秀が、なんの制作上の格闘をも試みていないこと、その形跡がないことは不可解というほかはないのだ。

再び第十一章の語り手の叙述に戻れば、〈地獄変相図〉の命令が下った〈秋の初〉から〈冬の末〉まで、弟子達は〈絶えず師匠の怪しげな振舞に、脅《おびや》かされてゐた〉という。もとより弟子達は、良秀に無理無体にモデルにされて、次々と彼の〈写生〉の犠牲となっていたわけなのである。が、〈その冬の末に良秀は何か屛風の画で、自由にならない事が出来た〉という。しかも〈屛風の画〉は、〈下画が八分通り出来上つた儘、更に捗《はか》どる模様はございません〉というのだ。

たとえ弟子達が、〈成る可く近づかない算段をして居〉たとはいえ、良秀が改めて弟子達をモデルにしようとした気配もなく、しかも良秀がなにを描き悩んでいたのか、〈誰にもわかりません〉ということであったのだから、良秀が残された画面の空白を前に、ただ徒に手を拱いていたと取るしかないのだ。

さらに良秀は、〈どうかすると今までに描いた所さへ、塗り消してもしまひ兼ねない気色〉であったというが、この語り手のさりげない叙述も、またきわめて意味深長である。

すなわち、良秀は、彼にとって唯一絶対の方法によって、そしてだからこそあれほど一意専心に描き続けてきた画面、まただからこそ彼にとって、まさにかけがえのない、まさにこれしか描きようのなかった画面をも、一切無意味なものとして、つまりなにを描き表したことにもならないものとして、〈塗り消してもしまひ兼ねない気色〉であったというのである。

だが一体、良秀はなにが不満なのか。と言わんより、良秀はそうしてまで、なにを新たに描こうというのか。あるいは、そうしてまで、なにを新たに描きうるというのか。

いや良秀には、すでにもうなにも描きえなかったというべきなのだ。しかももう描きえないのに、描こうとしているというべきなのだ。いわば描くことの絶対に不可能なことを、にもかかわらず望んでいるというべきなのである。そしておそらくそのことこそが、良秀の、〈何か屛風の画で、自由にならない事〉の本体であり、良秀の狂気の本源なのである。

8

語り手はこの後第十二章から第十三章にかけて、彼が偶然目撃した事件――邸の奥で、良秀の娘が大殿のために危く犯されようとした事件を語る。

〔ここで重要なことは、娘の、〈その容子が如何にも亦、口惜《くや》しさうなのでございます〉という一文に尽きる。すなわち娘は大殿の凌辱に抗し、健気に、負けずに、いやむしろ〈生々と《いきいき》〉生きている、あるいは成熟しているのである。(22) 良秀の幻想の中では猛火に燃えて、悶え苦しんでいるはずであるのに――。〕

そしていよいよ物語は、あの大殿と良秀の決定的な場面に移るのである。

語り手は第十四章、〈するとその晩の出来事があつてから、半月ばかり後の事でございます。或日良秀は突然御邸へ参りまして、大殿様へ直《ぢき》の御眼通りを願ひました〉と切り出す。良秀を、〈早速御前近くへ御召しにな〉った大殿、〈香染めの狩衣に萎《な》えた烏帽子を頂いて、何時もよりは一層気むづかしさうな顔をしながら、恭しく御前へ平伏〉する良秀――。この二人の間に交された会話、その前半の意味はすでにおおよそ触れた。〔良秀は大殿に〈「地獄変の屏風」〉の〈「あらまし」〉が完成したと告げる。しかし〈「唯一つ」〉描けないところがあると言う。しかも大殿の詰問に、〈「炎熱地獄の猛火《まうくわ》」〉をはじめ〈「罪人」〉も〈「獄卒」〉も見た、それも〈「毎日毎夜」〉見ていると答える。良秀に〈地獄〉を目の当たり見つめさせながら、しかしそれ以上の〈地獄〉を自身理解し想起することのできない大殿は、〈「では何が描《か》けぬと申すのぢや」〉と、〈打捨るやうに〉言ったという。〕だが一体、良秀は、なにを大殿に訴えようとしているのか。

良秀は語る――。以下少々長くなるが、ここにこそ良秀の狂気が、怒りと悲しみが、渦巻き逆巻いていることに思いを致しつつ、引用してみよう。

《「私は屏風の唯中に、檳榔毛《びらうげ》の車が一輛空から落ちて来る所を描かうと思つて居りまする。」良秀はかう云つて、始めて鋭く大殿様の御顔を眺めました。あの男は画の事を云ふと、気違ひ同様になるとは聞いて居りましたが、その時の眼のくばりには確にさやうな恐ろしさがあつたやうでございます。

「その車の中には、一人のあでやかな上﨟が、猛火の中に黒髪を乱しながら、悶え苦しんでゐるのでございまする。顔は煙に咽びながら、眉を顰《ひそ》めて、空ざまに車蓋《やかた》を仰いで居りませう。手は下簾《したすだれ》を引きちぎつて、降りかゝる火の粉の雨を防がうとしてゐるかも知れませぬ。さうしてそのまはりには、怪しげな鷙鳥が十羽となく、二十羽となく、嘴を鳴らして紛々と飛び繞つてゐるのでございまする。――あゝ、それが、その牛車の中の上﨟が、どうしても私には描《か》けませぬ。」

「さうして――どうぢや。」

大殿様はどう云ふ訳か、、妙に悦ばしさうな御気色で、かう良秀を御促しになりました。が、良秀は例の赤い脣を熱でも出た時のやうに震はせながら、夢を見てゐるのかと思ふ調子で、

「それが私には描けませぬ。」と、もう一度繰返しましたが、突然嚙みつくやうな勢ひになつて、

「どうか檳榔毛《びらうげ》の車を一輛、私の見てゐる前で、火をかけて頂きたうございまする。さうしてもし出来まするならば――」

大殿様は御顔を暗くなすつたと思ふと、突然けたたましく御笑ひになりました。》（十五）

しかしそれにしても、ここでなによりも留意せざるをえないことは、良秀が〈「一人のあでやかな上﨟」〉をこうまでありありと、すなわち、単なるデッサンとして〈「猛火の中に黒髪を乱しながら、悶え苦し」〉む女の姿を想い描くに留まらず、〈「煙に咽びながら、眉を顰《ひそ》めて、空ざまに車蓋《やかた》を仰いで」〉いる表情や〈「下簾《したすだれ》を引きちぎつて、

降りかゝる火の粉の雨を防がうとして」〉いる動作、つまりそうした細部に至るまで、まさにありありと想い描いていること、だから本来なら良秀は、もう十分それを描きうるし、描きえてもいるといえるのに、なおかつ、〈「私には描けませぬ」〉と身悶えすることなのである。

しかし、それほど歴然と見えながら、なぜ良秀は、それを描くことができないのか、つまり現実のものとして、自らの眼前に現出せしめることができないのか。

だが、実は、このことは当然のことではないか——。

何度も述べたように、狂った良秀の眼に、娘はいま〈地獄〉の深みに堕ちて業火に燃えている。しかも良秀はそれを救い出すことができず、さらに見まいとして眼を瞑ることもできないのだ。なぜなら、目を瞑ったとしても、依然瞼のうちで、娘は炎の煌きに包まれているからなのだ。

いわばそのように、〈地獄〉は良秀に絶え間なく続く。だがこのとき、そんな哀れな良秀にも、まだせめて出来ることがあるとすれば、燃えながらも彼を〈「待つてゐる」〉娘の傍に行ってやり、その火の粉を浴びて自らも一緒に燃え尽きること、そしてともに灰と化すこと、かくして父娘二人の終わりない苦しみに、真に終わりを告げることであるのだ。（いわば良秀は、一刻も早く娘を楽にしてやりたい、そしてそのことで、自分も楽になりたいのである。）

人の堕ちる〈地獄〉というものが、つねに〈生きながらの地獄〉であるとすれば、良秀はいま、その〈地獄〉の終わる深みに、つまり、死につつ生き生きつつ死ぬがごとき業苦の、しかも昼も夜も休みなく続く業苦の終わる深みへと行きつかなければならない。要するに良秀は、自身、真に死ななければならない（意識の死）のである。

そしてこの意味で、良秀の眼が見ているものは、娘の〈死〉でありつつ、同時に自らの〈死〉ではなかったか。（いやそれでなくてさえ、娘の燃え尽きるとき、どうして良秀になお生きていることなどできようか。）娘を包む炎の煌きは、同時に自らを包む炎の煌きだったのである。

だが、それはかくも痛切に、鮮明に見えながら、しかし決して現実のものとして、自らの眼前に存在せしめえないのである。

言うまでもなく、自身の〈死〉――それはいまだ来らず、また決して来ることのないもの、あるいは、いまだ至らず、決して至ることのないものだからだ。人は自身の〈死〉を、決して直接に目撃することも、体験することもできない。そしてその意味で、それは絶対に不在なもの、まさに幻想であり、想像の中にのみ煌くものであるからである。（従って良秀の訴える通り、それはついに〈「見た」〉ことのないものであり、だから〈「描《か》けぬ」〉ものなのである。）

だが、もとよりそれは、なおあれほどの煌きをもって、良秀を幻惑して止まない。近づき、手にしえるもののごとく、良秀を誘って止まないものであるのだ。

なぜなら、それに近づき、それを手にすること、つまりそこにおいて、娘とともに燃え尽きることが、良秀の最奥の願望であるからである。

そして、言葉を重ねれば、大殿によって娘を〈地獄〉に落とされた良秀、さらにそのことによって自らをも〈地獄〉に落とされた良秀、しかもそうされながらどうすることもできない良秀にとって、まだ可能なことはただひとつ、その〈地獄〉に落とされた自分達の運命を、逆に自らのものとして欲すること、つまり自ら〈地獄〉の涯しない涯にまで落ち、そこにおいて真に死なんとすること、かくして自分達の運命を、自らが作り出すものに変えることをこそ願うことであるのだ。

大殿の動かしえぬ支配と強制を自己の意志と希望にかえ、逃れえぬ罪科を解放にかえる、いやそればかりでなく、死なねばならぬ人間の絶対の運命を、自ら進んで死ぬものに変えんとする、そしておそらく、この頑是ないまでの一途な願望にこそ、人間の意識というものの、あるいは人間の精神というものの、永遠の純粋が、その自由と尊厳が秘められているのである。

だが、ではそのような願望は、果して実現しうるのか。いや、良秀にまだ残されていることは、まさに娘とともに燃え尽きながら死ぬことを願うこと、然り願うことだけなのである。もとより破滅への恐怖と悲哀に戦きつつ、しかしすでに抗しがたい衝迫によって――。が、いかに切なく追い求めた所で、その願いは叶えられない。良秀はいま、絶対に不可能なことを願望しているからである。

良秀の〈涙〉(十二、以下同)、〈春の近い空を眺め〉る良秀の眼に溢れる〈涙〉――。〈五趣生死《しゆしやうじ》の図を描く為には、道ばたの屍骸さへ写したと云ふ、傲慢なあの男が、屏風の画が思ふやうに描けない位の事で、子供らしく泣き出すなどと申すのは、随分異なものでございませんか〉と語り手は訝かる。しかし良秀の〈涙〉には、残された唯一つの願いも、ついに叶わぬことへの名づけようもない悲しみがこめられているのだといえよう。(23)

かくして、大殿に対する良秀の訴えの意味は、ことごとく明らかとなる。

良秀は〈地獄〉の中空を落下する〈「一輛の牛車」〉と、その中で猛火に喘ぐ〈「一人のあでやかな上臈」〉を描かんという。勿論その燃えさかる〈「上臈」〉の姿とは娘の姿であり、さらに娘とともに燃え尽きる自身の姿にほかならない。しかもまた、いかに激しく想いを凝らしてみても、良秀にはそれを眼前の事実とすることはできないのである。

だがこのとき、良秀の狂気は、絶望の果にまさに一つの策謀を思いつく。すなわち良秀は、この地上の(そしてあるいは冥府の)帝王、すべてのことを実現しうる大殿に、現に人の運命の一切を変え、人をこの〈地獄〉に陥れた大殿に、しかも〈「娘が待つてゐる」〉奈落の一層の深みに、〈「この車へ乗つて来い」〉と良秀を誘って止まぬ大殿に、(24)逆に強請するのである。娘とともに、さらに奈落の終わりない終わりに行きつくために、〈「では、その車を出してもらおう」〉――と。

〈地獄〉を目の当たりにしながら、しかも〈「描《か》けませぬ」〉と呻く良秀を、〈妙に悦ばしさうな御気色〉で眺めていた大殿は、〈「どうか檳榔毛《びらうげ》の車を一輛、私の見てゐる前で、火をかけて頂きたうございまする」〉という良秀の〈噛みつくやうな〉訴えを聞くや、〈顔を暗く〉したかと思うと、〈突然けたたましく〉笑い出す。おそらくこのとき大殿には、すべてのことが一瞬にして了解されたにちがいない。ひたすらそれを願いながら、しかもなおその自らの〈目ろみの恐ろしさ〉に怯みつつ、良秀が、〈「さうしてもし出来まするならば――」〉と言いかけて、さすがに口を噤まざるをえなかったにもかかわらず――。

語り手は、その後の大殿の様子を次のように写し出す。

《大殿様は御顔を暗くなすつたと思ふと、突然けたたましく御笑ひになりました。さうしてその御笑ひ声に息をつまらせながら、仰有いますには、

「おゝ、万事その方が申す通りに致して遣はさう。出来る出来ぬの詮議は無益《むやく》の沙汰ぢや。」

私はその御言を伺ひますと、虫の知らせか、何となく凄じい気が致しました。実際又大殿様の御容子も、御口の端には白く泡がたまつて居りますし、御眉のあたりにはびく〳〵と電《いなづま》が走つて居りますし、まるで良秀のもの狂ひに御染みなすつたのかと思ふ程、唯ならなかつたのでございます。それがちよいと言を御切りになると、すぐ又何かが爆《は》ぜたやうな勢ひで、止め度なく喉を鳴らして御笑ひになりながら、

「檳榔毛《びらうげ》の車にも火をかけよう。又その中にはあでやかな女を一人、上﨟の装《よそほひ》をさせて乗せて遣はさう。炎と黒煙とに攻められて、車の中の女が、悶え死をする――それを描かうと思ひついたのは、流石に天下第一の絵師ぢや。褒めてとらす。おゝ、褒めてとらすぞ。」》（十五）

大殿は良秀の懇願を即刻聞き入れる。〈「万事その方が申す通りに致して遣はさう」〉――。たしかに大殿の辞書に、〈不可能〉の文字はないのだ。

だが、大殿の居丈高な言葉とは反対に、このとき大殿の権威が、決定的に失墜しているのは明らかといわなけれ

ばならない。

言うまでもなく、すでに大殿は良秀に対し、〈「万事」〉良秀の言う通りの〈地獄〉を実現しているではないか。だから大殿は、新たになにか特別なことを追加する必要はない。現にしている通りのことを続ければよいし、またそれを中止する理由もないのだ。まさしく大殿の言う通り、〈「出来る出来ぬの詮議は無益《むやく》の沙汰」〉なのである。

だがそうであれば、大殿は逆に良秀から、〈地獄〉を実現するよう懇願されることによって、しかもそれを拒絶する理由もなく、だからそのまま良秀の意志と希望を諾うことで、完全に良秀の支配を受け、その強制に屈したわけなのである。

しかし大殿の敗北は、こればかりに留まらない。大殿の敗北は、良秀が現に大殿が実現した〈地獄〉を突き抜け、もはや大殿の力すら及ばぬ〈地獄〉の昏黒の深み、その終わりに行き着かんとしていること、そしてその意味で、すでにその〈地獄〉の終わりを見、かつ知っていることによって、真に決定的となるのである。

大殿は自らの限界を自覚し、さらに自らの限界を超えて行く人間の存在を発見する。それは大殿にとって、まさに空前絶後の〈驚き〉であったろう。大殿は、口端に泡を溜め喉を鳴らす。この時すでに大殿が、実際に娘の断末魔を目撃した時と同じ無惨な形相を示したことは、いかにも象徴的であるといわなければならない。たしかに語り手の言うごとく、大殿もまた〈良秀のもの狂ひ〉に染まり、一時、確実に、あの幻想の世界を垣間見たのである。もとよりそこには大殿はいず、従って彼は、自らの不在を、自らの〈死〉を見ることを強いられたといえよう。

かくして、大殿は一敗地に塗れたというべきだろう。しかし、だからと言って、それが良秀における〈芸術の鮮やかな逆転勝利〉に繋がるという保証はないのだ。いや、むしろこの時、良秀もまた決定的な敗北を喫していたのである。

良秀は自らの力では、所詮〈地獄〉の終わりに行き着くことを得ず、だから大殿の力を借りなければならない。

つまり良秀はつねに大殿の支配と圧制に甘んじ、ここに来てついに、我からその極限を冀わなければならなかったのである。

しかしここに至って大殿の力を俟ったことは、良秀にとって、まさに痛恨の過誤を意味していたといえよう。たしかに、良秀にとって出来ることは、〈地獄〉の終わりに行き着くことを願うこと、然り、願うことだけであり、実際に行き着くことは、到底出来はしないのである。しかもそうだとすれば、良秀はその絶対の不可能性に行き暮れつつ、しかしそのことに徹底して耐えるべきではなかったか。

そしておそらく、その終わりには決して到達することのない〈地獄〉の途中、つまり無間にして無限の〈地獄〉の業苦そのものこそが、実は良秀に残されたただ一つの存在すべき場所であり、さらに言えばその場所以外に、絵師良秀が絵を描きつづける場所――すなわち〈芸術〉の場所はないのである。

しかし良秀は耐ええず、終わりない終わりに行き着こうと、性急にも大殿を使嗾する。だがそれは、とりもなおさず良秀が、自らの絶対の場所を自ら放棄し、自らの終局の挫折を自ら宣言したことになるのである。

語り手は続ける。

《大殿様の御言葉を聞きますと、良秀は急に色を失つて喘《あへ》ぐやうに唯、脣ばかり動して居りましたが、やがて体中の筋が緩んだやうに、べたりと畳へ両手をつくと、

「難有い仕合でございまする。」と、聞えるか聞えないかわからない程低い声で、丁寧に御礼を申し上げました。これは大方自分の考へてゐた目ろみの恐ろしさが、大殿様の御言葉につれてあり〳〵と目の前へ浮んで来たからでございませうか。私は一生の中に唯一度、この時だけは良秀が、気の毒な人間に思はれました。》（十五）

もとより良秀の虚脱は、己れの〈目ろみの恐ろしさ〉が、いまさらのごとく〈あり〳〵と目の前へ浮んで来た〉からにちがいない。しかし良秀の虚脱の本当の原因は、いままさに彼が、〈画道〉を失ったからである。そしてだ

からこそ、あれほど良秀を憎み嫌った語り手にも、〈良秀が、気の毒な人間に思はれ〉たのである。すでに〈画道〉を捨てた良秀を、語り手は忌み恐れる理由はないからである。（この意味で、大殿は最初の意図通り、良秀から〈絵〉を奪ったのである。）

だが、無論良秀にとって、言うところの〈画道〉とは、つまり〈芸術〉とは、もはやなにほどのことであったろう。この時すでに良秀には、ただ娘とともに燃えながら、〈地獄〉の終わりに行き着くことができればそれでよかったのである。そのために、彼が己れの一切をあげて関わってきた〈地獄変の屏風〉の完成を見限り見棄てても——。

まさしく、それほどにも頑なで激しい願望、そしてそれこそが人間の精神の、あるいは意識の、金無垢の姿であるのだ。

しかし、またそうだとしたら、良秀に、まだ最後の希望が残されていないとはいえない。

9

物語はようやく最高潮を迎える。良秀と大殿の内なる熾烈な確執があった日から〈二三日した夜〉（十六、以下同）、大殿は〈雪解《ゆきげ》の御所〉に場所を移して〈「望み通り」〉に、良秀の眼前で牛車もろとも娘を焼き殺すのである。

語り手はその一部始終を、さすがに圧倒的な迫力で物語る。もとよりそれこそが、〈地獄変の屏風の由来〉において、語り手が真に物語るべきことの中心であったのだ。

大殿をはじめ、縁に居並ぶ御側の面々。庭前に引き据えられた一輛の牛車。青簾は重く垂れ、打たれた金具が仕丁たちのかざす松明にきらめく——、と語り手は、その場の光景を語り始める。しかしそうした周囲の光景もさることながら、語り手は良秀と大殿をめぐり、その口を突く言葉はもとより、彼等が覚えず示す微妙な表情や仕草まで、実に精細に写し伝えるのである。

さて大殿は、やや離れて、丁度縁の真向に、〈何時もよりは猶小さく、見すぼらしげに見え〉て跪く良秀に言い渡す。

《「よう見い。それは予が日頃乗る車ぢや。その方も覚えがあらう。――予はその車にこれから火をかけて、目のあたりに炎熱地獄を現ぜさせる心算《つもり》ぢやが。」》（十七、以下同）

そしてさらに、

《「その内には罪人の女房が一人、縛めた儘、乗せてある。されば車に火をかけたら、必定その女めは肉を焼き骨を焦して、四苦八苦の最期を遂げるであらう。その方が屛風を仕上げるには、又とないよい手本ぢや。雪のやうな肌が燃え爛れるのを見のがすな。黒髪が火の粉になつて、舞ひ上るさまもよう見て置け。」》

あるいは、

《「末代までもない観物ぢや。予もここで見物しよう。それ〳〵、簾《みす》を揚げて、良秀に中の女を見せて遣さぬか。」》

――たしかに、そのように、大殿の権勢はいままさに〈「目のあたりに炎熱地獄を現ぜさせる」〉ほどにも遺憾なく、発揮されんとしているのである。

だが、それにもかかわらず大殿は、何度も口を噤み、しかも時には〈急に苦々しい御調子〉になったり、あるいは〈唯肩を揺つて、声も立てずに御笑ひなさ〉ったりしたという。ばかりか彼は、〈御側の者たちの方を流《なが》し眄《め》に御覧にな〉ったり、または彼等に〈眴《めくば》せをなさ〉ったりして、何時になく落ち着きを欠いているのである。

多分大殿はこれまで、幾度〈罪人〉をこのように処刑したことであろうか。その度に彼は、眉ひとつ動かさず、平然として彼等を〈地獄〉へ送ったろう。そして大殿はいま、その時となにひとつ変わったことをしているのでもない。（彼自身断っているように、ただ〈罪人の女房〉を焚刑に処するにすぎないのである。）しかも大殿は、自分がそれら一切を良秀に強いられていることを、なんとも〈苦々し〉く感じざるをえないのである。（そして大殿が口に出さざるをえない通り、いまだ大殿が〈「目のあたりに炎熱地獄を現ぜさせる」〉以前に、もはやその光景の一切は、良秀には〈「覚えがあらう」〉ことではなかったか。）

さて、大殿の命令を受けて、仕丁の一人が松明をかざしながら簾を上げる。そこには――、〈あゝ、誰か見違へを致しませう〉と語り手は息を呑む。艶やかな〈すべらかしの黒髪〉はもとよりのこと、きらびやかな身なりこそ違え、〈小造りな体つき〉、〈色の白い頸のあたり〉、そして〈あの寂しい位つゝましやかな横顔〉――、はたして間違いなく、そこには〈良秀の娘〉が縛《いまし》められていたのである。

そして良秀は――、〈あの男はこの景色に、半ば正気を失つたのでございませう。今まで下に蹲《うづくま》つてゐたのが、急に飛び立つたと思ひますと、両手を前へ伸した儘、車の方へ思はず知らず走りかゝらうと致しました〉。しかしそう思われたのはほんの一瞬、良秀はその場に、〈まるで何か目に見えない力が、宙へ吊り上げたやうな〉格好で立ち竦んでしまったというのである。

娘を乗せた檳榔毛の車は、この時〈「火をかけい」〉という大殿の言葉とともに、仕丁達が投げる松明の火を浴びて炎々と燃え上がる。

《火は見る〳〵中に、車蓋《やかた》をつゝみました。庇についた紫の流蘇《ふさ》が、煽られたやうにさつと靡くと、その下から濛々と夜目にも白い煙が渦を巻いて、或は簾《すだれ》、或は袖、或は棟の金物《かなもの》が、一時に砕けて飛んだかと思う程、火の粉が雨のやうに舞ひ上る――その凄じさと云つたらございません。いや、それよりもめら〳〵と舌を吐いて袖格子《そでがうし》に搦みながら、半空《なかぞら》までも立ち昇る烈々とした炎の色は、まるで日輪が地に落ちて、天火が迸つたやうだとでも申しませうか。前に危く叫ぼうとした私も、今は全く魂《たましひ》を消して、唯茫然と口を開きながら、この恐ろしい光景を見守

るより外はございませんでした。》（十八、以下同）

そして〈親の良秀は――〉、

《良秀のその時の顔つきは、今でも私は忘れません。思はず知らず車の方へ駆け寄らうとしたあの男は、火が燃え上ると同時に、足を止めて、やはり手をさし伸した儘、食ひ入るばかりの眼つきをして、車をつゝむ焔煙を吸ひつけられたやうに眺めて居りましたが、満身に浴びた火の光で、皺だらけな醜い顔は、髭の先までもよく見えます。が、その大きく見開いた眼の中と云ひ、引き歪めた脣のあたりと云ひ、或は又絶えず引き攣つてゐる頬の肉の震へと云ひ、良秀の心に交々《こもごも》往来する恐れと悲しみと驚きとは、歴々と顔に描かれました。首を刎ねられる前の盗人でも、乃至は十王の廳へ引き出された、十逆五悪の罪人でも、あゝまで苦しさうな顔は致しますまい。》

一方〈大殿様は〉――、

《大殿様は緊く脣を御噛みになりながら、時々気味悪く御笑ひになつて、眼も放さずぢつと車の方を御見つめになつていらつしやいます。》

そうして語り手は、〈その車の中には――あゝ、私はその時、その車にどんな娘の姿を眺めたか、それを詳しく申し上げる勇気は、到底あらうとも思はれません〉と断りながら、しかし憑かれたように、その場の〈惨《むご》たらしい景色〉を語り続けるのである。

すると、その時〈夜風が又一渡り〉するがごとく、〈忽ち何か黒いものが、地にもつかず宙にも飛ばず、鞠のやうに躍りながら、御所の屋根から火の燃えさかる車の中へ、一文字にとびこ〉んでゆく。そして〈のけ反《ぞ》つた娘の肩を抱いて〉、〈帛を裂くやうな鋭い声〉を〈二声三声――〉。語り手は思わず声を立てながら、しかしそれが、娘の日頃可愛がっていた、〈良秀と諢名のある、猿だつた〉と認めるのである。

《が、猿の姿が見えたのは、ほんの一瞬間でございました。金梨子地《きんなしぢ》のやうな火の粉が一しきり、ぱつと空へ上つたかと思ふ中に、猿は元より娘の姿も、黒煙の底に隠されて、御庭のまん中には唯、一輛の火の車が凄じい音を立てながら、燃《も》え沸《たぎ》つてゐるばかりでございます。いや、火の車と云ふよりも、或は火の柱と云つた方が、あの星空を衝いて煮え返る、恐ろしい火焰の有様にはふさはしいかも知れません。》（十九、以下同）

しかし、その〈火の柱〉を前に、〈凝り固まつたやうに立つてゐる良秀〉は――、

《――何と云ふ不思議な事でございませう。あのさつきまで地獄の責苦に悩んでゐたやうな良秀は、今は云ひやうのない輝きを、さながら恍惚とした法悦の輝きを、皺だらけな満面に浮べながら、大殿様の御前も忘れたのか、両腕をしつかり胸に組んで、佇んでゐるではございませんか。それがどうもあの男の眼の中には、娘の悶え死ぬ有様が映つてゐないやうなのでございます。唯美しい火焰の色と、その中に苦しむ女人の姿とが、限りなく心を悦ばせる――さう云ふ景色に見えました。》

語り手はその時、〈一人娘《ひとりむすめ》の断末魔を嬉しさうに眺め〉る良秀に、〈何故《なぜ》か人間とは思はれない、夢に見る獅子王の怒りに似た、怪しげな厳《おごそか》さ〉を感じずにはいない。いやそればかりでなく、火の手に驚いて逃げ惑う夜鳥さえ、良秀の周りには、その〈不可思議な威厳〉を恐れて近づかぬ。まして、語り手をはじめとして居ならぶ人々は、〈皆息をひそめながら、身の内も震へるばかり〉、しかし〈異様な随喜の心に充ち満ちて、まるで開眼の仏でも見るやうに、眼も離さず〉良秀を見つめていたという。

《が、その中でたつた一人、御縁の上の大殿様だけは、まるで別人かと思はれる程、御顔の色も青ざめて、口元に泡を御ためになりながら、紫の指貫《さしぬき》の膝を両手にしつかり御つかみになつて、丁度喉の渇いた獣のやうに喘ぎつゞけていらつしやいました。……》

思わず、その白熱の語り口に魅せられて長い引用を重ねたが、しかしこの見事な叙述に感嘆させられながらも、なおその叙述の背後に隠された真実の、重さと苦さを見逃してはならないだろう。

たしかに、ここで一切は、語り手の伝える通りに起こったにちがいない。良秀は〈「望み通り」〉、ついに奈落の底で燃える娘を、こんなにも間近に、こんなにも火を浴びて見たのである。語り手はその時の良秀の〈恐れと悲しみと驚き〉（十八、以下同）の錯綜する表情を、〈首を刎ねられる前の盗人〉の、いや〈十王の廰へ引き出された、十逆五悪の罪人〉のそれに喩える。たしかに語り手の印象に間違いはない。その時良秀もまた、しっかりと、目ざす〈地獄〉の直中に降り立ったのだから。

だが次の瞬間、意外にも、いままで〈地獄の責苦に悩んでゐた〉（十九、以下同）良秀の表情は、さながら〈恍惚とした法悦の輝き〉に漲る。しかもそればかりか良秀の眼には、すでに〈娘の悶え死ぬ有様が映つてゐないやう〉ですらあったというのだ。

いわば語り手には、良秀の眼がただ〈美しい火焔〉に煌めき、さらに煌きに盲いて見えたというべきだろう。いやおそらく良秀の眼そのものが燃えていた、あるいは良秀自身が燃えていたのではなかったか。

なぜなら、今、今こそ良秀は、あれほどに望んでいた通り、〈火の車〉に乗って、〈嬉しさうに〉、娘を抱き締めつつ、〈地獄〉の底なしの底へと、燃えながら落ちていったのである——。

語り手をはじめ居ならぶ面々は、ただ呆気にとられ、しかし事実良秀の満面に浮かんだ〈荘厳〉と〈歓喜〉の表情に仰天する。〈何と云ふ不思議〉——、もとより彼等はそう思うしかなかったろう。そしてまたおそらくそのことで、彼等は否応なく激しい感動に誘われたのであり、あるいは誘われたまでなのである。

だが〈その中でたつた一人〉——大殿だけは良秀の表情に浮かんだものの意味に気付いている。大殿はいま良秀が、〈嬉しさうに〉娘と手を取り合いながら、〈火の車〉に乗って眼の前を通り過ぎるのを見たにちがいない。大殿はだから、あらためて自らの敗北に喘がなければならなかったのである。

さて、その夜の出来事についての語り手の物語はこれで終わる。だが、それにしても良秀はどうしたのか——。

たしかにあの時、良秀は〈美しい火焔〉と化した。しかし、やがて煮え返るような火の勢いも衰え、煙と変わって一切が灰燼となった後、——なんと良秀は依然そこに佇んでいたではないか。

実際、あの時良秀は、視野一杯に広がる〈美しい火焔〉の中に飛び込んでいった。そしてたしかに彼は、娘とともに燃えながら、〈地獄〉の終わりに行き着いたのではなかったか——。しかしいま良秀は、良秀だけは、いまだそこに行き着きはしなかったかのように、あるいはすでに行き過ぎてしまったかのように、たった一人でもとの場所に、なにごともなかったかのごとく佇んでいるのだ。

無論良秀は幻想を見ていたにすぎない。それは人には見えずとも、良秀には確実に見えたのだ。その幻想のかぎりない輝き、かぎりない深まりの中に、良秀は魅せられていったのだ。然りそれこそが、良秀の最奥の願望であったからだ。

しかし、幻想の輝きと深まりは、決定的な瞬間において、いかにも幻想のごとく、消え失せてしまったのである。要するに、良秀は死なず一人生き残る。——しかも生き残ったかぎり、ふたたび眼の前に、彼は〈地獄〉の業火に悶え苦しむ娘の姿を、ありありと見つめなければならないだろう。それは眼を開いていても、いや眼を閉じたところで、決して消え去ることはない。しかも良秀は、それをどうすることもできないのだ。そしてそうだとすれば、良秀にとって、すべては以前とまったく同じではないか。まさしく良秀は、依然として、無間にして無限の〈地獄〉を生きつづけるのである。

無論彼は、業火に悶え苦しむ娘を見た。だから彼には絵が描けるだろうし、描けばよい。しかしいまとなって、それがなにになるだろう。

いや彼はすでに、作品の完成そのものを見限り見棄てて、ただひたすら娘とともに〈地獄〉の終わりに行き着くこと、つまり、真に死ぬことを願ったのではないか。そしてその願いこそが、良秀の精神の、あるいは意識のとる最終にして絶対の姿ではなかったか――。

しかしその願いはついに挫折した、と言うより、それは根源的に不可能なのだ。なぜなら人は、自分以外の人の〈死〉を見ることができても、自分の〈死〉を見ることは、つまり自分の〈死〉を知り、それを自らに証すことは決してできないからである。とすれば良秀は、その根源的な不可能性のただ中で、とは挫折のただ中で、虚ろに、絵を描き上げるしかなかったのだ。

有態に言えば、良秀は、あの娘の肩を抱きながら死んでいった猿にも劣って、娘が死んでゆくのをただ徒に見ていたにすぎない。おめおめと見ていたにすぎないのだ。だが、またおめおめと見ていたればこそ、彼は絵を描き上げることができたのではないか。しかしそうして生き残り、作品を完成することがいまさらなにになるのか。なにか本質的な時と場所から外れて、あるいは隔てられて、はぐらかしといつわりの中で――。だが、〈芸術〉とはそうしたものではないか。絶対に不可能なことを企てつつ、だからそのまま欺瞞に満ちて――、そうだ、〈芸術〉とはそれほどのものでしかないのだ。

10

さて、物語は第二十章、いよいよ大団円に至る。

この夜の出来事は、〈誰の口からともなく世上へ洩れ〉、人の世の常として、人々の無責任な〈批判〉を呼んだのである。

先ず第一に、〈何故《なぜ》大殿様が良秀の娘を御焼き殺しなすつたか、――これは、かなはぬ恋の恨みからなすつたのだと云ふ噂が、一番多うございました〉と語り手は言う。しかし大殿の眼中に娘などいない。大殿が〈御口づから〉言ったように、大殿はただ〈絵師根性の曲《よこしま》なのを懲らす御心算《おつもり》だつた〉のであり、そのことは大殿のために、弁じておく必要があるだろう。実際大殿の敵は、ただ良秀一人であったのである。

またさらに、〈画の為には親子の情愛も忘れてしまふ〉良秀を、〈人面獣心の曲者〉と罵るものもいたという。中でもあの〈横川《よかは》の僧都〉の、〈「人として五常を弁へねば、地獄に堕ちる外はない」〉などという声高の声が――。

しかし〈横川《よかは》の僧都〉については、竹盛氏が言うべきことを言っていて、もはや付け加えるなにものもない。〈彼のように既成宗団のとりでの中で、ぬくぬくと地獄極楽の絵説きをしているものには、事態のきびしさは何もわかっていないのだ。いまさら、「地獄に堕ちる外はない」などと悠長なことをいってもどうにもなりはしない。良秀はとうの昔から地獄そのものに住みついている芸術家であった。横川の僧都とはよほど見えていない男というべきだ。ところが、そんな彼がいよいよ完成した地獄変の屏風画を「一目御覧」になると、「思はず知らず膝を打つて、『出かし居つた』」と言ったということになっているから滑稽である〉[25]。――

すなわち、あの夜の出来事があってから〈一月ばかり〉良秀は描き上げた〈地獄変の屏風〉を早速邸に運び、〈恭しく大殿様の御覧に供へ〉たという。その時、たまたま居合わせた横川の僧都は、それを見て、なぜか一人出し抜けに感心してしまうのである。

〈この言を御聞になつて、大殿様が苦笑なすつた時の御容子も、未だに私は忘れません〉と語り手は続ける。たしかに、大殿には見えているのである。いわば大殿の〈苦笑〉は、彼があの夜見たものの恐ろしさに較ぶれば、いま良秀が描き上げて来た画面など、なにほどのことでもないと言っているのだ。おそらく画面は、大殿が見た、というより瞳を射貫かれ、実際に〈獣のやうに喘〉がなければならなかった、あの稲妻のような一瞬の光の炸裂と氾濫とは無縁に、だからこそただ一張の屏風絵として、こともなく人々の嘆賞に晒されているにすぎないのだ。

しかしそうだとしたら、横川の僧都は一体なにをそんなに感心したのか。いや〈彼は本当のところは、何だって構いはしないのだ。ただ臨機応変におよそオーソリティとすべきものに護摩を焚いておればよい男なのだ[26]〉。しかし、だが、にもかかわらず彼の一言によって、それ以来、人々の良秀への評価は一変したと語り手はいう。しかし、そんな評価に一体どんな意味があるというのか。少なくとも良秀が目論み、そして挫折した願いの凄まじさに、〈獣のやうに喘〉ぐことを知らぬものの、さらになによりも、その願いに挫折した良秀の、取り返しようもない喪失の深さを知らぬものの、ほとんど気まぐれな毀誉褒貶が――。

語り手は最後に、良秀が屏風絵を完成させた次の夜、〈自分の部屋の梁《はり》へ縄をかけて、縊《くび》れ死んだ〉ことを告げ知らせる。

《一人娘《ひとりむすめ》を先立てたあの男は、恐らく安閑として生きながらへるのに堪へなかつたのでございませう。屍骸は今でもあの男の家の跡に埋まつて居ります。尤も小さな標《しるし》の石は、その後何十年かの雨風《あめかぜ》に曝《さら》されて、とうの昔誰の墓とも知れないやうに、苔蒸《こけむ》してゐるにちがひございません。》

だが良秀は、いまさらなんで、なにによいて死んでゆくのか――。

少なくとも良秀の死に、芸術家の栄光と勝利など読み取ってはならない。ただ一人生き残り、いわば本質的な時と場所から外れて、あるいは隔てられて、虚ろに絵を描き上げたのと同じように、と言うよりそれゆえに、良秀はもはや真に死すべき時と場所から外れて、あるいは隔てられて、惨めに死んでゆかなければならなかったはずだから――。

しかしそれにしても、いまさらなぜに――。いやおそらく良秀は、ただ堪《こら》えようもなく空しかったにちがいない。そしてその意味で、まさしく語り手の言うように、〈生きながらへるのに堪へなかつた〉のだといえよう。しかしだとしても、すでに〈地獄〉にいる良秀に、しかも〈地獄〉にいつづけるしかない良秀に、はたして死んだ後、行き着く先はあったのか……。

〈その後何十年〉、良秀の墓標の石さえが、〈雨風《あめかぜ》に曝《さら》されて、とうの昔誰の墓とも知れないやうに、苔蒸《こけむ》してゐる〉とすれば、屛風の画面が、いつ色褪せ、消え失せないともかぎらない。所詮一切は滅ぶのである。

だがもし滅びぬものがあるとすれば、昔、良秀という男がいて、いや誰でもあれ人々は、昔から、己れに課せられた絶対の運命を超えんとする夢を見つづけてきたのだ。もとより決して叶えられず、決して形とはならぬ夢を抱いて——。だからその意味で、人々が知るそのたとえようもない空しさだけは、滅びぬままに、永遠に受けつがれてきたし、受けつがれてゆくのである、といえよう。

＊

さて、物語は終わった。だがそれにしても芥川龍之介は、この物語を通し、一体なにを語ったのであるか。

たしかに彼は、三好行雄氏が「芸術その他」などに徴しつつ、鋭く論じたように、[27] 絵師良秀を、自らの夢想する理想の芸術家として、つまり自らの人生を、ただ表現行為の中にのみかけて死んでいった人間として描こうとしたにちがいない。そしてその意味で、彼はここに、そうした芸術家の栄光と勝利の死をこそ、能うかぎり鮮烈に語らんとした、といえよう。

だが見てきたように、彼はむしろここで、芸術家の無惨な死を、彼がもっとも怖れたであろう無惨な死を、まさに完璧に描いてしまっているのだ。

鋭利にして明敏な知性をもって臨みながら、しかし彼は、その意図とは反対のものを、だから無意識のうちに語ってしまったわけなのである。

もとより彼は、そのことにやがて気付くであろう。彼は「侏儒の言葉」（「創作」——「文芸春秋」大正十二年七月）において、次のように書いている。

《芸術家は何時も意識的に彼の作品を作るのかも知れない。しかし作品そのものを見れば、作品の美醜の一半は芸術家の意識を超越した神秘の世界に存してゐる。一半？　或は大半と云つても好い。
我我は妙に問ふに落ちず、語るに落ちるものである。我我の魂はおのづから作品に露るることを免れない。一刀一拝した古人の用意はこの無意識の境に対する畏怖を語つてはゐないであらうか？》

だが、もしそうならば、すなわち、〈芸術〉が〈意識〉と関わることなく、つねに〈無意識〉にのみ関わるものであるならば、そのことを〈意識〉したとしてもどうにもならない、つまり依然として〈無意識〉を通してしか人は〈芸術〉と関わることはできないのである。

とすれば芥川龍之介は、なにも気付かぬままに、あるいは気付いていてもどうしようもなく、従ってなにかに操られ欺かれているかのように、しかも留まりようも引き返しようもなく、自らの〈魂〉に向かって歩み続けるしかなかったのである。

そして、おそらく宿命とはこうしたことの謂であろうか。その、いかにも〈ぼんやりした不安〉に閉ざされているであろう歩みを行く芥川龍之介に、私達は黙礼を送るしかない――。

注

（1）　『宇治拾遺物語』巻三第六話「絵仏師良秀の家の焼をみてよろこぶこと」、および『古今著聞集』巻十一「弘高の地獄変の屏風を書ける次第」等。

（2）　稲垣達郎「『地獄変』をめぐって」(「解釈と鑑賞」昭和三十三年八月、のち『稲垣達郎学芸文集』第三巻、筑摩書房、昭和五十七年七月に収録)、長野甞一『古典と近代作家―芥川龍之介―』(有朋堂、昭和四十二年四月)、その他。

（3）　『文壇人物評論』(中央公論社、昭和七年七月)。

（4）（5）　竹盛天雄「地獄変―語り手の影―」(『批評と研究　芥川龍之介』芳賀書店、昭和四十七年十一月、のち『介山・直哉・龍之介』明治書院、昭和六十三年七月所収)。なお小論はこの論考に多くの教示を得ている。

(6) 三好行雄「『地獄変』について」(「国語と国文学」昭和三十七年八月、のち「ある芸術至上主義—『戯作三昧』と『地獄変』—」として『芥川龍之介論』筑摩書房、昭和五十一年九月に所収。ただし引用は後者による)。なお小論はこの論考にも多くの教示を得ているが、しかし意見を異にする部分も少なくない。

(7) 「国民新聞」(明治四十一年十一月七日)。

(8) 前掲三好氏論文。

(9) 前掲竹盛氏論文。

(10) 和田繁二郎『芥川龍之介』(創元社、昭和三十一年三月)。

(11) 竹盛氏は前掲論文で、〈語り手によって投げかけられる良秀譏謗のいちいちは、ほとんどが、良秀の人間的中味を非難するたぐいのものではない、ということが確認される〉とし、さらに、〈むろん、良秀が人間的なゆとりもはばもある人格者ということにはならない。その点に関しては、かなり破綻の多い人物であることはいうまでもないからである。しかし、「この何とも云ひやうのない、横道者の良秀」というような要約のしかたには、語り手の「横道」ぶりが露骨にあらわれているというほかはないのである〉といっている。

(12) 従って、良秀が〈あらゆる徳目をふみにじって傲然と生きている〉(前掲三好氏論文)というのは、まさに語り手の良秀に対するいわれない誹謗を、そのまま真に受けた評言でしかない。

(13) 三好氏前掲論文。

(14) この点で、三好氏前掲論文の、〈大殿にとって、芸術がついに拒絶された世界であったかぎり、芸術家のなかの唯一の人間らしさ、つまり、かれが手にふれることのできるただひとつの人生が、良秀を罰しようとする意図のいけにえに供される〉という見解は、当を得たものとは思われない。大殿にとり、〈芸術〉は〈拒絶された世界〉であってはならない。どこであれ、〈拒絶された世界〉など大殿にあってはならない。もしあれば、その世界こそ断滅されなければならない。だから大殿は、直接、良秀の〈芸術〉に手を下すのだ。娘はこの場合、問題とはなっていない。(なぜなら、娘はもう奪ってしまっているからである。)

(15) 笹淵友一「芥川龍之介『地獄変』新釈」(「文学」昭和五十四年十二月)。

(16) 笹淵氏は右の論文で、〈屛風〉の画面に関する語り手の叙述の内に、〈女御、更衣にもまがふばかり、綺羅びやかに装つた女房〉という言葉があるのを捉え、本来〈画中の人物は上﨟にちがいないが、良秀の娘がモデルであるために、女房という印象を与えているのではないか〉として、そこに良秀の構想と反する〈不調和〉を指摘し、また〈美の完璧性が損われた〉として、良秀における〈芸術至上主義の挫折〉を結論している。しかし言うまでもなく、この叙述はもっぱら語り手の口を通したものであり、しかも自らの体験をこそ語るに急な語り手であってみれば、そこに〈娘のモデル性〉が強調されるのも、むしろ当然であるといえよう。なおこのことに関し、すでに渡辺正彦「芥川龍之介『地獄変』覚書―その地獄へと回転する構造―」（「日本近代文学」第二十七集、昭和五十五年十月）が批判している。

(17)　吉田精一氏は『日本近代文学大系』第三十八巻『芥川龍之介集』（角川書店、昭和四十五年二月）の頭注において、〈「奈落には――奈落には己の娘が待つてゐる」〉という良秀の譫言に関し、〈地獄変の屏風の説明に出てきた「女房」が良秀の娘のたどる運命であることが暗示されている。良秀はここで屏風の完成が自分と娘とにどのような運命をもたらすかを予感している〉と言っている。しかし良秀の譫言は、良秀の現下の窮迫を伝えているのであって、〈予感〉などという悠長なものではないのだ。

(18)　前掲竹盛氏論文。序ながら竹盛氏は、良秀がすでに〈地獄〉に堕ちているという前提で考察を進めている。これは決定的なことである。

(19)　手帳(二)に〈大殿は地獄変の屏風と共に娘を返す約束をす〉という旨のことを〈書き加へよ〉というメモがあるが、無論それは実現しなかった。なぜなら、良秀に娘を取り返す希望のあるうちは、こんな悲劇は起こらないからである。

(20)　前掲三好氏論文。

(21)　小島政二郎（中谷丁蔵）「『地獄変』を読む」（「三田文学」大正七年五月）以来、九、十、十一章は、天才良秀の〈芸術的エクスタシイ〉を迫真的に描出しているとして好評だが、それに相違ないとしても、しかしここにおける良秀の、モデルを〈写生〉する際の〈気違ひじみた〉執念の描出から、その制作原理のなにやら神秘的なまでに厳密な実写絶対主義を結論づけることは危険である。たとえば良秀が、鉄鎖で縛った弟子を〈写生〉していたとき、蛇が壷から這い出してあわや弟子に嚙みつこうとする場面。良秀はやむなく〈写生〉を中止し、蛇の尾を攫みながら、〈「おのれ故に、あつたら一筆《ふで》を仕損《しそん》じたぞ」〉といまいましげに呟いたという。しかしその〈「一筆《ふで》を仕損《しそん》じた」〉ものが、〈地獄変相図〉の中に堂々と、しかも見事に再生されているとすれば（そしてこのことは耳木兎をけしかけ、逃げ惑う弟子を〈写生〉しようとした例においてもまったく同じなのである）、どうやら良秀の〈写生〉とは、かなり融通無礙のものであり、さてこそ良秀の天才ぶりが窺われるわけなのである。

(22)　中村完「『地獄変』論」（「国文学ノート」昭和五十年三月）は、娘を襲った者の正体を、絵師として娘を〈女〉と見てしまう、従って、父親としてそのような〈地獄〉を生きねばならぬ良秀その人と解いているが、穿ちすぎである。しかし序に言えば、襲われた娘を、〈眼は大きくかゞやいて居ります。頰も赤く燃えて居りましたらう。そこへしどけなく乱れた袴や袿《うちぎ》が、何時ものの幼さと打つて変つた艶《なまめか》しささへも添へてをります〉と見る語り手の〈眼〉は、たしかに〈男〉のそれであるといえよう。そしてこの〈眼〉は、また大殿のものでもあったにちがいない。とすれば大殿は娘に拒まれながら、しかし娘が抗えば抗うほど一層その姿に、〈艶《なまめか》しさ〉を見てしまうのである。つまりそういう形で娘は、もはや十分大殿に玩ばれ、大殿はすでに十分娘を犯しているのだ。（先に、大殿が〈娘をもう奪ってしまっている〉と述べたのは、この謂である。）

(23) 三好氏は前掲論文において、「芸術その他」の一節を引きながら、〈良秀の不覚の涙こそ、山へのぼる途中で見おろす下界のなつかしさであり、みずから捨てねばならぬ《人生》への哀惜である〉と説いている。しかし良秀は、みずから〈人生〉を捨てたのではない。〈人生〉から追放されたのであり、もはや戻ろうにも戻れない。しかも彼はどこにも至りえないのだ。従って良秀の〈涙〉は、そのような〈絶望の涙〉でこそあるといえよう。少くともまだ還りうるし行き着く当てもあるといった、可能性の残されたものの流す〈感傷の涙〉でないことだけは確かのようである。

(24) もとよりこのようなことを、大殿は一言も言ってはいない。（むしろ大殿は良秀が、〈地獄〉から顔を背けることを願っていたことは、先にも述べた通りである。）つまり一切は、良秀の孤独な夢想の産物だったのである。あの良秀の譫言も、実は彼の一人合点であったこと、そしてそのことを作者は、周到にも、良秀が自らの悪夢に出現する獄卒たちを、〈「音のせぬ手を拍き、声の出ぬ口を開いて、私を虐みに参ります」〉と語っていることで示している。なおこのことに関し笹淵友一氏は前掲の論文で、〈良秀は獄卒の声を聞いていない、より正確にいえばさきの譫言を覚えていない〉と言い、良秀の譫言の意味を〈意識下〉のものとし、〈顕在意識〉となっていないとしているが、こうした苦しい解釈をする必要はないといえよう。

(25)(26) 竹盛氏前掲論文。

(27) 三好氏前掲論文。

「奉教人の死」異聞

――その女の一生――

1　はじめに

「奉教人の死」は大正七年九月「三田文学」に発表された。芥川龍之介の歴史小説のうち、いわゆる切支丹物、あるいは南蛮物の系列に属し、名作との評判が高い。(1) また、のち第三短篇集『傀儡師』の巻頭に、他の力篇を抑えて掲載されたように、芥川の自信の程も窺われるのである。

作品はまず二句のエピグラムに始まり、(2) 本文部分（一）とあとがき部分（二）から成る。しかもそれぞれが緊密に関係しあっていることは、後に述べる通りである。

この作品には、堀辰雄が〈彼のいかなる傑作の中にも、前世紀の傑作の影が落ちてゐる〉と評したごとく、(3) なんらかの典拠があったと考えられる。実際種々の出典考が試みられたわけだが、(4) 現在ではほぼそれは、旧蔵書中にある斯定筌《スタイシエン》著『聖人伝』（秀英社、明治二十七年）所収の「聖マリナ伝」と推定されている。(5) 作品との比較は折に触れて見るが、いまはとりあえず、「奉教人の死」本文部分のあらすじを辿っておこう。

《去んぬる頃、日本長崎の「さんた・るちや」と申す「えけれしや」(寺院) に、「ろおれんぞ」と申すこの国の少年がござつた。これは或年御降誕の祭の夜、その「えけれしや」の戸口に、餓ゑ疲れてうち伏して居つたを、参詣の奉教人衆が介抱し、それより伴天連の憐みにて、寺中に養はれる事となつたげでござるが、何故かその身の素性を問へば、故郷《ふるさと》は「はらいそ」(天国) 父の名は「でうす」(天主) などと、何時も事もなげな笑に紛らいて、とんとまことは明した事もござない。なれど親の代から「ぜんちよ」(異教徒) の輩《やから》であらなんだ事だけは、手くびにかけた青玉の「こんたつ」(念珠) を見ても、知れたと申す。されば伴天連はじめ、多くの「いるまん」衆(法兄弟) も、よも怪しいものではござるまいとおぼされて、ねんごろに扶持して置かれたが、その信心の堅固なは、幼いにも似ず「すぺりおれす」(長老衆) が舌を捲くばかりであつたれば、一同も「ろおれんぞ」は天童の生れがはりであらうずなど申し、いづくの生れ、たれの子とも知れぬものを、無下にめでいつくしんで居つたげでござる。》

冒頭の一節だが、一読喫驚させられるその異風な文体につき、芥川は「風変りな作品二点に就て」(「文章往来」大正十五年一月) において次のように自注している。

《自分の小説は大部分、現代普通に用ひられてゐる言葉で書いたものである。例外として、『奉教人の死』と『きりしとほろ上人伝』とがその中に這入る。両方とも、文禄慶長の頃、天草や長崎で出た日本耶蘇会出版の諸書の文体に倣つて創作したものである。

『奉教人の死』の方は、其宗徒の手になつた当時の口語訳平家物語にならつたもので(中略)、倣つたといつても、原文のやうに甘くは書けなかつた。あの簡古素朴な気持が出なかつた。》

この文体についても、後に触れることがあるであろう。

《して又この「ろおれんぞ」は、顔かたちが玉のやうに清らかであつたに、声ざまも女のやうに優しかつたれば、一しほ人々のあはれみを惹いたのでござらう。中でもこの国の「いるまん」に「しめおん」と申したは、「ろおれんぞ」を弟のやうにもてなし、「えけれしや」の出入《ではひ》りにも、必仲よう手を組み合せて居つた。この「しめおん」は、元さる大名に仕へた、槍一すぢの家がらなものぢや。されば身のたけも抜群なに、性得の剛力であつたに由つて、伴天連が「ぜんちよ」ばらの石瓦にうたるるを、防いで進ぜた事も、一度二度の沙汰ではござない。それが「ろおれんぞ」と睦じうするさまは、とんと鳩になづむ荒鷲のやうであつたとも申さうか。或は「ればのん」山の檜に、葡萄《えび》かづらが纏ひついて、花咲いたやうであつたとも申さうず。》

しかし、それから数年後、〈ろおれんぞ〉が元服の年頃になった時、信者の一人である〈傘張りの翁の娘〉との兎角の噂が囁かれはじめる。〈ろおれんぞ〉は否定したが、〈娘〉は懐妊し、子供の父は〈ろおれんぞ〉だと訴えたので、〈ろおれんぞ〉はついに寺院から追放され、〈町はづれの非人小屋に起き伏しする、世にも哀れな乞食〉となった。〈ろおれんぞ〉は人々の蔑みと迫害を受けながら、しかし〈ぜす・きりしと〉への信仰は決して棄てなかった――。

〈ろおれんぞ〉の破門の因となった〈傘張りの娘〉は、まもなく女の子を産み落とした。この不倫の子をめぐる様々な愛憎を描いて、物語はようやくカタストローフを迎える。

《この国の諺にも、光陰に関守なしと申す通り、とかうする程に、一年《ひととせ》あまりの年月《としつき》は、瞬くひまに過ぎたと思召されい。ここに思ひもよらぬ大変が起つたと申すは、一夜の中に長崎の町の半ばを焼き払つた、あの大火事のあつた事ぢや。まことにその折の景色の凄じさは、末期の御裁判《おんさばき》の喇叭の音《ね》が、一天の火の光をつんざいて、鳴り渡つたかと思はれるばかり、世にも身の毛のよだつものでござつた。その時、あの傘張の翁の家は、運悪う風下にあつたに由つて、見る見る焔に包まれたが、さて親子眷族《けんぞく》、慌てふためいて、逃げ出《いだ》いて見れば、娘が産んだ女の子の姿が見えぬと云ふ始末ぢや。一定《いちぢやう》、一間《ひとま》どころに寐かいて置いたを、忘れてここまで逃げのびたのであらうず。されば翁は足ずりをして罵りわめく。娘も亦、人に遮られずば、火の中へも馳せ入つて、助け出さう気色に見えた。なれど風は益加《ますます》はつて、焔の舌は天上の星をも焦さうず吼りやうぢや。それ故火を救ひに集つた町方の人々も、唯、あれよあれよと立ち騒いで、狂気のやうな娘をとり鎮めるより外に、せん方も亦あるまじい。》

馳せつけたあの〈いるまん〉の〈しめおん〉も火勢に押されて、いまは手を拱くばかり。と、その時、〈「御主《おんあるじ》、助け給へ」〉という高らかな声とともに、群がる人々の間から真一文字に業火の中に駆け込んだのは〈ろおれんぞ〉であつた。そして〈ろおれんぞ〉は、無事幼子を救い出したのだが、自らは焼け落ちた梁に打たれて倒れる。我が子を再び胸にかき抱いた娘は、感動の極〈「この女子《をなご》は『ろおれんぞ』様の種ではおじやらぬ」〉と懺悔し、〈ろおれんぞ〉の無実を明かす。奉教人衆の間から〈「まるちり」(殉教)ぢや、「まるちり」ぢや〉という声が起こり、伴天連は〈「わが身の行儀を、御主『ぜす・きりしと』とひとしくし」〉たものとして〈ろおれんぞ〉を称える。が、その時、〈ろおれんぞ〉の〈焦げ破れた衣のひまから、清らかな二つの乳房が、玉のやうに露れて居〉たのだ。

《見られい。「しめおん」。見られい。傘張の翁。御主「ぜす・きりしと」の御血潮よりも赤い、火の光を一身に浴びて、声もなく「さんた・るちや」の門に横はつた、いみじくも美しい少年の胸には、焦げ破れた衣のひまから、清らかな二つの乳房が、玉のやうに露れて居るではないか。今は焼けただれた面輪《おもわ》にも、自らなやさしさは、隠れようすべもあるまじい。おう、「ろおれんぞ」は女ぢや。「ろおれんぞ」は女ぢや。見られい。猛火を後《うしろ》にして、垣のやうに佇んでゐる奉教人衆、邪淫の戒を破つたに由つて「さんた・るちや」を逐はれた「ろおれんぞ」は、傘張の娘と同じ、眼なざしのあでやかなこの国の女じや。》

やがて、〈ろおれんぞ〉は〈「はらいそ」の「ぐろおりや」を仰ぎ見て、安らかなほほ笑みを脣に止《とど》めたまま、静に息が絶え〉た。そして物語は、次の一節とともに終わる。

《その女の一生は、この外に何一つ、知られなんだげに聞き及んだ。なれどそれが、何事でござらうぞ。なべて人の世の尊さは、何ものにも換へ難い、刹那の感動に極るものぢや。暗夜《やみよ》の海にも譬へようず煩悩心の空に一波をあげて、未出ぬ月の光を、水沫《みなわ》の中に捕へてこそ、生きて甲斐ある命とも申さうず。されば「ろおれんぞ」が最後を知るものは、「ろおれんぞ」の一生を知るものではござるまいか。》

2　研究史をめぐって

周知のように、「奉教人の死」をめぐっては三好行雄氏の卓抜な論考がある。[6] しばらく氏の論説に耳を傾けたい。

三好氏は第一に、いま引用した本文部分（二）の最後に着目し、〈小説の真のモチーフが、龍之介の肉声とともに提示された箇所〉と指摘する。芥川は後に遺稿「或阿呆の一生」（「改造」昭和二年十月）の中で、〈架空線は不相変鋭い火花を放つてゐた。彼は人生を見渡しても、何も特に欲しいものはなかつた。が、この紫色の火花だけは、――凄まじい空中の火花だけは命と取り換へてもつかまへたかつた〉（「八　火花」）と書いた。まさしくそのような〈刹那の感動〉に生きること、いや死ぬことこそが、芥川の生涯と芸術を貫くもっとも痛切な祈念であったにちがいない。そして三好氏は、「奉教人の死」こそは、芥川自身によるその祈念のもっとも〈昂然たるマニフェスト〉[7]であったとして、以下、厳密なる論証を展開するのである。

氏はまず作品と典拠との異同を検証する。そして〈泰西の聖人伝を《日本の聖教徒の逸事》におきかえてはいるものの、背徳をうたがわれた男装の少女が、迫害に耐えて真相をあかさず、死後に殉教者の栄を受けるという、物語の骨子はまったく一致する〉[8]としつつ、しかし原典の主人公が、父に伴われて女子禁制の修道院に入るため男装したと記されているのに対し、作品の主人公については、ただ寺院の門前に行き倒れていたというだけで、彼女が男装をしていたということも、いわんやなぜ男装をしていたのかということも、一切記されていないことを重視し、この〈主人公の男装の理由を伏せたこと〉に、芥川の〈もっとも重要な独創〉があったと断定するのである。

さらに氏は、原典の〈マリナが病死である点〉も作品との大きな相違点としながら、しかしこれに関しては、芥川が「一つの作が出来上るまで――『枯野抄』――『奉教人の死』――」（「文章倶楽部」大正九年四月）において、〈小説の仕舞のところに、火事のことがある。その火事のところは初めちつとも書く気がしなかつたので、只主人公が病気か何んかになつて、静かに死んで行くところを書くつもりであつた。ところが、書いてゐるうちに、その火事場の景色を思ひついてそれを書いてしまつた〉と明かしていることに徴し、むしろ偶然の着想であり、〈構想の段階で、モチーフにまでかかわる出典離れは、少女の前半生を闇に沈めた独創だけだったといってよい〉と説くのである。

なぜ少女が男装して巷間をさすらい、あげく教会の門前に〈餓ゑ疲れてうち伏〉さねばならなかったのか。芥川は、そういう問いに対応すべき〈近代小説のリアリズム〉を敢然無視する、と三好氏は言う。そしていささかの説明も抜きに〈男装の少女が忽然と出現する〉、その〈ろおれんぞ〉の半生をついに消し去った〈作為〉こそが、〈その女の一生は、この外に何一つ、知られなんだげに聞き及んだ〉という結末の一行に呼応し、さらに〈なべて人の世の尊さは、何ものにも換へ難い、刹那の感動に極るもの〉という一篇の主題を提示しえた所以だと言うのである。(9)

《生きることの意味は、あるいは真の人生とは、飴のように延びる地上の時間に沿って過ぎてゆく、無意味で、退屈な生の総体では決して測れない。〈人の世の尊さは、何ものにも換へ難い、刹那の感動に極る〉。生のきわみを具現する充実した一瞬を所有することなしに、人生とはついに茫々として灰色の風景にすぎぬではないか。「ろおれんぞ」の半生は未知の闇にとざされている。しかし、少女が生涯の最後に演じてみせたドラマこそが〈生きて甲斐ある命〉、彼女の存在の明証なのであって、そこまでの道程はことごとく〈人生の残滓〉（「戯作三昧」）にすぎぬ。竜之介がここで語ろうとしているのは、人生へのある決然とした姿勢である。》

こう三好氏は結論する。ばかりか、〈「ろおれんぞ」の死顔にうかぶ《安らかなほゝ笑み》は刹那の感動を生きえた人間の至福の表情である〉と続け、芥川は同じ〈恩寵の一瞬〉を、「戯作三昧」における馬琴の〈恍惚たる悲壮の感激〉、「地獄変」における良秀の〈恍惚とした法悦の輝き〉、「枯野抄」における丈艸の〈恍惚たる悲しい喜び〉などで繰り返し書いたと例示し、それらはいずれも〈実人生の脈略や恩愛を《残滓》として葬り、孤独な創造者の栄光に自己を賭けた芸術家を描いている〉としつつ、《当時、自然主義の伝統を継ぐ文学観もいぜんとして強固で、芥川文学の虚構性を、こしらえ物視する批判もようやく高まりつつあった。実生活の告白をせまり、人生に直截に相渉ることをよしとする自然主義の徒に対して、龍之介は自己の理想とする芸術家像を描くことで、芸術家における真の人生とはなにかを問い、生の充実した一瞬を具現する芸術創造の営為に、それを求めたのである。「奉教人の死」もまた、一連の芸術家小説の変奏であった。》と縷説する。まさしく芥川龍之介＝「奉教人の死」における、いわゆる芸術至上主義の内的構造と、さらに外的連関（文学史的状況）をも合わせ論じて、もはやすべてが論じ尽くされたかの感を抱かせる周到にして重厚な論考であると言わなければならない。(10)

だが一方、「奉教人の死」が名作とされながら、つねにある種のスキャンダラスな疑惑や保留を付せられてきたことも看過できない。

たとえば、これも周知のことだが、志賀直哉に〈主人公が死んで見たら実は女だつたといふ事を何故最初から読者に知らせて置かなかつたか〉、〈仕舞ひで背負投げを食はすやり方〉は〈読後の感じからいつても好きでなく、作品の上からいへば損だと思ふ〉という批判がある。(11)また渋川驍に〈どうもペテンにかけられたやうで非常に不愉快なもの〉、〈小説である以上、大時代風に寓話的な粗放さに放置してゐてはならない〉という批判もある。(12)要するに最後の、あの男から女への突然の逆転——そのトリックに対する疑義である。

たしかに、このトリックには、「奉教人の死」のほとんどの読者がまんまと嵌められてしまうので、だからこそいやでもその見事さに目を見張るのだが、しかしこのトリックが見事であればあるほど、この作品がただそのトリックの見事さだけのものとして、つまりただに〈趣向〉の面白さだけのものとして終わってしまう危険性を孕んでいるといえるのである。そして志賀や渋川の批判が、単にまんまと嵌められたものの反感でないとすれば、おそらくそれは、その危険性によせる彼等の〈作家〉としての危惧の念であったといえよう。

だがそうだとすれば、このトリックに一読まんまと嵌められた後も、だから最初からこのトリックを承知しながら、なお読者をして再読、三読せしめるこの作品の力の本質はなにか。[13] いわばこのトリックを含み、あるいはこのトリックを超えたこの作品の真の問題性が問われなければならないのだ。

この意味で、そのトリックを一旦〈芥川の面目〉と肯いつつ、〈ただ、私には、「ろおれんぞ」の殉教の物語と、末段の刹那の感動に人生の極致があるという「教訓」との間に、どことなくつながりのしっくりしない点が感じられる〉と言った関良一氏の疑問[14]は、（ただこれだけの記述だが）注目されるものであるといわなければならない。事実、以後の発言の多くは、〈ろおれんぞ〉の〈殉教の物語〉（?）と〈なべて人の世の尊さは、何ものにも換へ難い、刹那の感動に極るもの〉という〈教訓〉（?）との間の不整合感に向けられたのだ。

もとよりその二者の間に、あのトリックが仕組まれているわけなので、だからそのトリックに言及することは依然不可避なのだが、しかし要はその二者の間の不整合感をいかに繋ぎうるか——、その後研究史は、それに対する三好氏のすぐれて整合的な解釈の出現を見るに及び、いわば三好氏への反論という形で、（ことにキリスト者といわれる人々において）、この問題が問われ続けたのである。[15]

三好氏はその論理の必然として次のように言う。

《「奉教人の死」に描かれたのは、宗教としてのキリスト教に対する感動でもなければ、信仰をつらぬいた殉教者への讃美でもない。龍之介がここで書きとめようとしたのは〈わが身の行儀を、御主「ぜす・きりしと」とひとしく〉した一少女の生きざまを通して、〈未出ぬ月の光を、水沫の中に捕へ〉るような、人生の充実した時間を所有しえた幸福な人間と、その浄福に対する感動だけである。》

三好氏は、この作品に、〈宗教的感動〉は片鱗も描かれていないと言う。そして氏がそこに描かれていると言うのは、生の極みにおいて男が女に変身するという魔術であり、さらにその手練の魔術のみがよく生み出しうる〈一瞬の感動〉であって、しかもそれは作中にもある通り、〈人の世の尊さは、何ものにも換へ難い、刹那の感動に極るもの〉というほどにも確かなものであるというのだ。

だが、たとえば笹淵友一氏は、おそらくはこの三好氏に反問しつつ、まず〈「『ろおれんぞ』の最期を知るものは、『ろおれんぞ』の一生を知るもの」といえるほどの豊かさを、彼女の死の刹那の感動が果してもっているかどうか疑問である〉と言う。[16] 断っておくが笹淵氏は、この作品に〈宗教的感動〉があるといっているのではない。いやむしろ氏は、原典と作品を比較しながら、原典に横溢する〈宗教的感動〉が作品においてまったく捨象されてしまったとして、それを厳しく批判するのである。

たとえば原典では、主人公〈マリン〉が〈その冤罪を神の恩寵の試煉として受取った〉のに対し、小説では、主人公〈ろおれんぞ〉はその冤罪を〈不条理な災難であり、信仰とは没交渉の問題〉として受け止めたごとき、[17] ここには芥川の〈キリスト教とキリスト者に対する理解の浅さ〉があるとして笹淵氏は、〈このような理解の限界が、宗教的感動の芸術化という、恐らく芥川が最初に抱いていた主題〉を、むしろ〈宗教的感動から芸術的感動への変質という方向〉にずらしてしまったと指摘するのである。

そしてさらに、〈芸術的感動というのは、いうまでもなく大火という異常な、ショッキングな事件と、その中におけるろおれんぞの殉教死、そしてろおれんぞが女であったことの確認という、相つぐ人の意表に出た事件の視覚的描写によってもたらされるものである〉と続け、よしそれが〈ろおれんぞの殉教と没交渉ではない〉としても、〈最高潮の感動の場面が、ろおれんぞの内面の問題よりも猛火に照らし出された、女性としての肉体の確認にあることはいうまでもない〉と重ねながら、

《架空線の火花が人生と対置され、しかも人生に対する積極的関心を放棄し、これと断絶した地点において火花の美学が成立したということが芥川の審美主義の立場を弱めていることも否定できない。それは要するに火花の美が単純な感覚的刺激以上のものを内包してはいないからである。したがって芥川の、「なべて人の世の尊さは、刹那の感動に極る」という認識も、人の世の透徹した認識を放棄して、刹那の芸術的感動――その感動の中枢は感覚的刺激である。――に依存しており、そういう刺激が果して人の世の尊さを本当に実感せしめうるか疑問であろう。》と結論するのである。

たしかにこれは、〈信仰〉によらざればすべては虚妄であるというごとき、いささか一方的な論点ではある。しかし篤信なるキリスト者として、しごくもっともな論点であるにちがいない。

芥川が人生の一切を揚棄して〈火花の美学〉にかけたという三好氏に対し、それを衰弱であると笹淵氏はいう。よしそこに深い〈芸術的感動〉が生まれ出たとしても、それは単に〈感覚的刺激〉に過ぎないというのだ。

無論、にもかかわらず、いや、だからこそ芥川は、その虚妄の〈美学〉にかけたのだと三好氏はいいたいのだろう。しかし笹淵氏はそれをまた、軽薄といってはばかるまい。かくして笹淵氏の批判は、この作品にいわゆる〈宗教的感動〉がないという（と氏が感受した）、その一点に向けて永久に続くものといわざるをえないのである。

ところで、佐藤泰正氏も[18]三好氏に対し、〈果してこの作は、「宗教的感情」（あるいは感動）の問題を一切抜きにして論じうるものであろうか〉と疑問を投げかけながら、一方笹淵氏にも、〈作の主想が、「ろおれんぞの内面の問題よりも猛火に照らし出された女性としての肉体の確認」という感覚的描写にあったとは、やはり断じえまい〉と駁して、〈ろおれんぞ〉の死を、〈己を陥れた憎むべき敵のためにも、みずからの命を与えんとする無償の愛につながるもの〉としつつ、〈作者〉が〈いま、この無償の愛（アガペエ）を描くに、猛火に照らし出された女性のあでやかな裸身という、最もエロス的な場面をからませて呈示した〉ところに、その〈かけがえのない独創があった〉と語るのである。

《ろおれんぞの「内面の問題」と「猛火に照らし出された女性としての肉体の確認」とは、二元的に対置されうるものではなく、両者はまさに不可分のものであり、その「内面性」は「感覚的なものに覆われている」のではなく、まさにその「感覚的な」描写の只中に、作の主想――無償の愛をうたうという「内面性」は、生きえたと言うべきであろう。》

いわば〈宗教的感動〉か〈芸術的感動〉かという二元対立を止揚せんとする姿勢が顕著だが、しかし佐藤氏の意図はともかく、氏が別に〈アガペエを描くに、エロスを以て包む〉（傍点佐々木）とも表現しているごとく、結局は氏が、この作品評価史の中で駆逐された〈宗教的感動〉の復権を企てていることは明らかである。

そしてこのことは、たとえば笠井秋生氏がこの佐藤氏の論考を踏まえ、〈芥川がここで描いたのは、娘の懺悔によってもたらされたろおれんぞの無償の愛への感動、特に、女であることを知って更に深まることになった名状しがたい感動の瞬間であった〉として、〈これを宗教的感動と呼ばないなら、一体なんと言うべきであろうか〉と論じていること[19]で一層明らかになるといわざるをえない。

さて次に、かく錯綜し対立する研究史において、川鎮郎氏の論考[20]は、地味だが、きわめて重要な一歩を進めているといえる。川氏はまず、藤多佐太夫氏の論考[21]を承けて、この作品が〈二章仕立ての作品〉であることに注目、その上に立って〈語り手〉の存在を重視し、〈語り手〉こそこの作品の〈真の主人公〉、つまり〈刹那の感動〉という〈テーマを荷った中心人物〉であると提言するのである。

ただ川氏によれば、この〈語り手〉は、まさに〈刹那の感動〉という〈テーマ〉を主張せんとする〈作者〉芥川によって、些か〈強引〉に操られたその〈分身〉、いや〈作者そのもの〉であって、だからそのように〈作者〉芥川が、原典の〈宗教的感動〉を〈切り捨て〉て、敢えて〈強引〉にその〈刹那の感動〉という〈テーマ〉を語った結果、それと、本来〈語り手〉が語るべき〈「ろおれんぞ」という一人の宗教的な人間が身をもって生きた《生》の重さ〉との間に、齟齬が生じてしまったというのである。

読者は、〈「ろおれんぞ」という一人の宗教的な人間が身をもって生きた《生》の重さを、心のどこかで感じ続けているのではあるまいか。そして、その方がむしろ自然な素直な読み方なのではあるまいか〉と川氏は続ける。つまり〈作者〉芥川の意図にもかかわらず、〈ろおれんぞ〉は原典の〈マリン〉と同じように、まさに篤い信仰の中で、その宗教的な〈日々の行〉のはてに〈殉教〉していったのであり、またそこに生み出される〈宗教的感動〉にこそ、この作品の力の本質があると言うのだ。

そして、〈ここには、あの芥川の才能をもってしても乗り越えられぬ何か、作品における作者の意図と、一度選び取られた人形ならぬ登場人物の、作者の手を離れた一個の人格としての生き方に関する何かがある〉と説くのである。

ところで、この川氏の所論はやや〈宗教的な人間〉という側面にこだわりすぎて、いまだ十分納得しうるものとはいえないが、しかしきわめて重要な論点を提出していて秀抜である。いまそれを列挙すれば、㈠に〈語り手〉の位相を正確に解明したこと、㈡に〈語り手〉と〈作者〉との関係に言及したこと、㈢に〈作者〉の意図を超えた〈登場人物〉の〈生〉の絶対性に触れていること、しかもなによりも、作品をそうしたものの重層性において捉えていること等々である。[22] そして、おそらくこの作品は、こうした論点を抜きに、その根源の問題性に迫りえないものといえよう。

3　語り手をめぐって

すでに冒頭で述べたごとく、作品は二句のエピグラムに始まり、本文部分（一）とあとがき部分（二）より成る。いま〈語り手〉について考察すべく、（二）の全文を引用してみたい。

《予が所蔵に関《かゝ》る、長崎耶蘇会出版の一書、題して「れげんだ・おうれあ」と云ふ。蓋し、LEGENDA AUREA の意なり。されど内容は必しも、西欧の所謂「黄金伝説」ならず。彼土の使徒聖人が言行を録すると共に、併せて本邦西教徒が勇猛精進の事蹟をも採録し、以て福音伝道の一助たらしめんとせしものの如し。

体裁は上下二巻、美濃紙摺草体交り平仮名文にして、印刷甚しく鮮明を欠き、活字なりや否やを明にせず。上巻の扉には、羅甸《らてん》字にて書名を横書し、その下に漢字にて「御出世以来千五百九十六年、慶長二年三月上旬鏤刻也」の二行を縦書す。年代の左右には喇叭を吹ける天使の画像あり。技巧頗幼稚なれども、亦掬す可き趣致なしとせず。下巻も扉に「五月中旬鏤刻也」の句あるを除いては、全く上巻と異同なし。

両巻とも紙数は約六十頁にして、載する所の黄金伝説は、上巻八章、下巻十章を数ふ。その他各巻の巻首に著者不明の序文及羅甸字を加へたる目次あり。序文は文章雅馴ならずして、間々欧文を直訳せる如き語法を交へ、一見その伴天連たる西人の手になりしやを疑はしむ。

以上採録したる「奉教人の死」は、該「れげんだ・おうれあ」下巻第二章に依るものにして、恐らくは当時長崎の一西教寺院に起りし、事実の忠実なる記録ならんか。但、記事中の大火なるものは、「長崎港草《みなとぐさ》」以下諸書に徴するも、その有無をすら明にせざるを以て、事実の正確なる年代に至つては、全くこれを決定するを得ず。

予は「奉教人の死」に於て、発表の必要上、多少の文飾を敢てしたり。もし原文の平易雅馴なる筆致にして、甚

しく毀損せらるる事なからんか、予の幸甚とする所なりと云爾《しかいふ》。》

この長崎耶蘇会版『れげんだ・おうれあ』なる書が、まったくの架空の書であり、このことで種々の混乱が巻き起こされたことについては触れない。[23] ただここに〈予〉という人物によって記述された事実内容を信ずるかぎり（同じ文学空間としての（一）の事実内容を信じて、（二）の事実内容を信じないという謂れはない）、本文部分は『れげんだ・おうれあ』下巻第二章に記載されたものであり[24]、〈語り手〉は〈本邦西教徒〉の一人〈ろおれんぞ〉が〈勇猛精進の事蹟〉を、〈福音伝道の一助たらしめん〉と聴衆に向けて語りかけている人物であると言うことができる。[25]

つまり、〈語り手〉は首尾一貫、〈ろおれんぞ〉という聖人の信仰の生涯を、熱烈なる〈宗教的感動〉によって景仰していることにかわりはないのだ。

彼女が（そう、〈語り手〉はすでに〈ろおれんぞ〉が女であることを知っている）あらぬ疑いをかけられて教会を追われ、あらゆる艱難に遭いながら人知れず神に祈っていたことも知っている。さらにそれに耐えぬき、最後、自分を陥れた女の子供の命を救うために、果敢にも火中に身を投じたことも知っている。しかも〈語り手〉は自らはそれを知らぬごとく、ただ事件が時々刻々継起するのを目撃し仰天するように、従って〈ろおれんぞ〉の信仰が時々刻々顕現するのを目睹し驚嘆するように、とりわけ最後の場面において、まさにその場に居合わせ、〈ろおれんぞ〉の純白がいま明証されるその劇的瞬間に心ふるわせながら、高まりゆく感激をともに分かちあうごとく、熱心に聴衆に語り告げてゆくのである。

いわばこの昂った〈語り〉の一切は、実際この事件に遭遇した人々の強い感激を、そのまま聴衆に共有させるための〈語り手〉の工夫であり努力であったといってよいのだ。[26]

が、そうだとすれば、あの〈語り手〉の言葉——〈なべて人の世の尊さは、何ものにも換へ難い、刹那の感動に極るものぢや〉という言葉は、一体なにを表しているのか。

もとより〈語り手〉は〈ろおれんぞ〉の篤信の〈日々〉を知っている。またたから〈語り手〉は、〈ろおれんぞ〉の最後の行為が、その〈日々〉の信仰の連続であり必然であることを信じて疑わないのだ。

しかしさらに、〈ろおれんぞ〉の最後の行為がわが身を捨てて子供の命を救うという死を賭した究極の行為であったこと、いわば〈日々〉の信仰に留まることなく、さらにその信仰をまさにその中心の目的と意味――完全なる自己犠牲において結晶せしめ、自証したことが重要だったのではないか。

またそうであればこそ、そこに惹起された〈刹那の感動〉は、いわば〈日々〉の信仰を超えて、〈何ものにも換へ難い〉もの、つまり〈「ろおれんぞ」が最後を知るものは「ろおれんぞ」の一生を知るもの〉というほどにも貴重なものとして、〈語り手〉は受けとめたのだ。

たしかに〈語り手〉は、最後の場面へと〈ろおれんぞ〉の信仰が結実されてゆく経緯を正確に追跡している。たとえば海老井英次氏はこのことに関し、〈ろおれんぞ〉の〈聖化〉の過程が〈三段階の組立て〉となっていると指摘する。(27)

まず、幼児を救うために〈ろおれんぞ〉が炎の中に飛び込んだ段階で、人々は驚きはするが、それを〈ろおれんぞ〉一己の父性愛によるものとして、冷やかに反応しただけである。

《なれどあたりに居つた奉教人衆は、「ろおれんぞ」が健気な振舞に驚きながらも、破戒の昔を忘れかねたのでもござらう。忽兎角の批判は風に乗つて、人どよめきの上を渡つて参つた。と申すは、「さすが親子の情あひは争はれぬものと見えた。己が身の罪を恥ぢて、このあたりへは影も見せなんだ『ろおれんぞ』が、今こそ一人子の命を救はうとて、火の中へはいつたぞよ」と、誰ともなく罵りかはしたのでござる。》

しかし人々は、娘の懺悔を聞くに及んで、〈ろおれんぞ〉の行為が崇高なる〈殉教〉であったことを一挙に悟るのである。

《二重《ふたえ》三重《みえ》に群つた奉教人衆の間から、「まるちり」（殉教）ぢや、「まるちり」ぢやと云ふ声が、波のやうに起つたのは、丁度この時の事でござる。殊勝にも「ろおれんぞ」は、罪人を憐む心から、御主「ぜす・きりしと」の御行跡を踏んで、乞食にまで身を落いた。して父と仰ぐ伴天連も、兄とたのむ「しめおん」も、皆その心を知らなんだ。これが「まるちり」でなうて、何でござらう。》

だが、あるいはこの段階では、〈ろおれんぞ〉の〈聖化〉はいまだ十分行われていないといえるかもしれない。海老井氏のいうように、〈娘の懺悔が嘘ではない保証はない〉のである。

ただこの時、人々の〈宗教的感動〉はもはや最高潮に達していたといってよいだろう。

《やがて娘の「こひさん」に耳をすまされた伴天連は、吹き荒ぶ夜風に白ひげをなびかせながら、「さんた・るちや」の門《かど》を後《うしろ》にして、おごそかに申されたは、「悔い改むるものは、幸ぢや。何しにその幸なものを、人間の手に罰しようぞ。これより益《ますく》、『でうす』の御戒を身にしめて、心静に末期の御裁判《おんさばき》の日を待つたがよい。又『ろおれんぞ』がわが身の行儀を、御主『ぜす・きりしと』とひとしくし奉らうず志は、この国の奉教人衆の中にあつても、類《たぐひ》稀なる徳行でござる。別して少年の身とは云ひ――」ああ、これは又何とした事でござらうぞ。ここまで申された伴天連は、俄にはたと口を噤んで、あたかも「はらいそ」の光を望んだやうに、ぢつと足もとの「ろおれんぞ」の姿を見守られた。その恭しげな容子はどうぢや。その両の手のふるへざまも、尋常《よのつね》の事ではござるまい。おう、伴天連のからびた頰の上には、とめどなく涙が溢れ流れるぞよ。》

すなわち、ここに至ってすでに娘の懺悔は容れられ、〈ろおれんぞ〉の行為は〈「わが身の行儀を、御主『ぜす・きりしと』とひとしくし奉らうず志」〉によせて、つまり最大級の栄誉において嘉せられているのである。

ただ、すでにこのとき〈ろおれんぞ〉の〈焦げ破れた衣のひまから、清らかな二つの乳房が、玉のやうに露れて居〉る。それを見て、人々の感動は一層激しく、ほとんど極限に達するのだ。

もとより、〈もはや一切の疑念の入り込む余地なく「ろおれんぞ」は女〉であり、だから〈彼女は、無罪・無垢〉であって[28]、されば彼女の最後の行為は、完全なる自己犠牲であったという感動以外のなにものでもない。そしてそうだとすればここに来て漲り溢れるものは、まさに厳粛なる〈宗教的感動〉でこそあったといわなければならない[29]。

従って〈語り手〉は、〈まことにその刹那の尊い恐しさは、あたかも「でうす」の御声が、星の光も見えぬ遠い空から、伝はつて来るやうであつたと申す〉と言い、〈されば「さんた・るちや」の前に居並んだ奉教人衆は、風に吹かれる穂麦のやうに、誰からともなく頭《かうべ》を垂れて、悉「ろおれんぞ」のまはりに跪いた〉と続けるのだ。

《やがてその寂寞《じやくまく》たるあたりをふるはせて、「ろおれんぞ」の上に高く手をかざしながら、伴天連の御経《おんきやう》を誦せられる声が、おごそかに悲しく耳にはいつた。して御経の声がやんだ時、「ろおれんぞ」と呼ばれた、この国のうら若い女は、まだ暗い夜のあなたに、「はらいそ」の「ぐろおりや」を仰ぎ見て、安らかなほほ笑みを脣に止めたまま、静に息が絶えたのでござる。……》

紛れもなく〈語り手〉は、終始一貫、〈「ろおれんぞ」と呼ばれた、この国のうら若い女〉の信仰の生涯とその奇蹟への敬虔なる〈宗教的感動〉に身ぬちを貫かれながら、それを人々と分かちあうべく、種々の工夫と苦心を怠りなく、しかし自らも心昂らせつつ、ここに語り終えた次第なのだ――。

さて、こう見てくれば、この〈語り手〉の〈語り〉の機能は、いささかの撞着も遅疑もなく作動しているといえる。そしておそらくこの完璧な〈語り〉に、〈作者〉芥川の、まさに端倪すべからざる技巧の冴えが窺われるのである。

要するに、〈作者〉芥川は、まこと巧緻の限りを尽くして、これが〈語り手〉の〈語り〉であることを、すなわち〈福音伝道〉のために編まれた『れげんだ・おうれあ』なる書の一章であることを、完全に偽証し果《おお》せたのである[30]。

4　作者をめぐって

だが、断るまでもなく、〈語り手〉の意図が〈作者〉の意図であるとはかぎらない。そしてこの場合ももしそうであるとしたら、〈語り手〉による〈福音伝道〉の物語、その〈宗教的感動〉を完璧に擬装しつつ、〈作者〉芥川は「奉教人の死」という作品において、一体なにを描かんとしていたのか。

そしてこの時、まさしく〈作者〉の位相において、この作品の検討が必要となってくるのだ。〈語り手〉よりも以前にあって、〈語り手〉の知っている事実をすべて知り、さらに〈語り手〉の知らない事実までも知っていて、その中から相応の事実を〈語り手〉に与え、この物語を語らせたものの追究――。そしてここに来て、あらためてその〈作者〉よりもさらに以前にあったもの、つまり原典と、その作品との比較が重要な課題となってくるのである。

まず、芥川はなぜ「聖マリナ伝」を、後に〈全然自分の想像である〉[31]というほどまでに大きく改変したのか、いやしなければならなかったのか。そしてこの改変に、芥川の真の意図が秘匿されていることは言うまでもないはずなのである。

周知のごとく、芥川は「芸術その他」(「新潮」大正八年十一月)で次のように言っている。

《芸術家は何よりも作品の完成を期せねばならぬ。さもなければ、芸術に奉仕する事が無意味になつてしまふだらう。たとひ人道的感激にしても、それだけを求めるなら、単に説教を聞くことからも得られる筈だ。芸術に奉仕する以上、僕等の作品の与へるものは、何よりもまづ芸術的感激でなければならぬ。それにも唯僕等が作品の完成を期するより外に途はないのだ。》

おそらくここには、芥川の〈芸術〉＝作品に托した深い意図が言い尽くされている。そしてこの意図は、「奉教人の死」において、多分もっとも切実にその実現を託されていたのだ。

が、「奉教人の死」において、ここに標榜された〈作品の完成を期す〉ということが、（もし見て来たように）〈福音伝道〉の物語、その〈宗教的感動〉（〈人道的感激〉）という形で完全に実現されているとすれば、そのことによって与えられるべきとされる〈芸術的感激〉とは、この場合一体どのようなものであるのか――。その原典から作品への改変の真の意図をめぐり、いわば問題はこういう形で問われなければならない。

ところで、芥川が〈ろおれんぞ〉の〈男装の理由を伏せたこと〉は、三好氏の論に拠りつつすでに触れた。しかしこの作品において原典からのもうひとつの大きな改変――あの大火事の場面はどうか。

ただこのことに関して、〈火事のところは初めちつとも書く気がしなかつたので、只主人公が病気か何んかになつて、静かに死んで行くところを書くつもりであつた。ところが書いてゐるうちに、その火事場の景色を思ひついてそれを書いてしまつた〉という芥川の自解[32]に徴し、もっぱら偶然の産物であって、〈構想の段階で、モチーフにまでかかわる出典離れは、少女の前半生を闇に沈めた独創だけだった〉という[33]、これも三好氏の論を引いておいたに留めた。

が、事実、原典の主人公〈マリン〉が〈病気〉となって〈静かに死んで行く〉のに対し、〈ろおれんぞ〉が火事によって死んでゆくのであってみれば、まさにこれこそ原典からの改変であって、またこの改変によってこそ、作品は真にその〈出典離れ〉を行いえたともいえるのではないか。あるいはこの改変こそは、この作品のもっとも決定的な独創ではなかったか、という観点もありうると思うのである[34]。

たしかに、この大火の場面によって、〈少女の死はより鮮烈で、印象的な状況のなかで実現する〉[35]――。〈空をどよもして燃えしきる、万丈の焔〉の下で息絶える少女の、〈焦げ破れた衣のひま〉からこぼれる〈清らかな二つの乳房〉。〈おう、「ろおれんぞ」は女ぢや〉――。〈ろおれんぞ〉が女であることを初めて知った読者の、盛り上がる感動は見事に計算し尽くされている。

だが、芥川がここに托した真の意図は、単にそのような緊迫したクライマックスを現出させるべき〈趣向〉にのみ留まらないのではないか。

繰り返すまでもなく、原典の主人公〈マリン〉はいわば篤い信仰の日々、その宗教的な〈日々の行〉のはてに、やがて〈病気〉となって〈静かに死んで行〉く。それに対して、〈ろおれんぞ〉はおなじく篤い信仰の日々、その宗教的な〈日々の行〉のなかで、しかしほとんど奇蹟のごとく一人の赤子を救いながら、自らは火炎に焼かれて死んでいったのである。つまり二者の異同はその〈死〉のありように――自然の〈死〉と、決定的な行為による〈死〉との違いにあるので、だから大火事の場面は、単に少女の〈死〉を〈より鮮烈で、印象的な状況のなかで実現する〉ためにのみ用意されたものではなく、むしろその決然たる〈死〉への行為を可能とすべき契機としてこそ構想されたものではなかったか。

まこと少女は、幾重にも重なる偶然の中を、――偶然にも大火があり、偶然にもその場に居合わせ、そして己れを陥れた憎むべき敵の子を救う、あるいは、偶然にもその場に通り合わせ、ほとんど反射的に火中に飛び入り、一人の赤子を救う。しかも自らは生還の寸前で、不運にも殪れたのである。つまり彼女は、二重、三重と重なる偶然の中を一気に駆け抜け、そのことによって、あらゆる必然性、連続性を断ち切って死んでいったといえよう。

そして少女が、そのあらゆる必然性、連続性をまったく断った所で、とは、それまでの実人生の脈絡を完全に切った所で、だからなんらの現実的な理由も目的もなく、遮二無二火中に逝ったこと――、従って、その唐突な行為＝〈死〉はまさになにものにも繋がらぬまま、だからその場に凝縮し屹立する瞬間、その一点と化したのであり、さらにその瞬間、一点を現出せしめることこそ〈作者〉芥川がこの大火事の場面を描いた真の意図であったといえよう。

しかもその結果、少女はこれまた偶然にも、秘めつづけた清らかな肉体をその場に晒す。いわばその生のきわみにおいて、一切は女＝身体に還元されて、彼女はその生涯を閉じたのである。もとよりそれは、もはや人々の〈視覚〉を撃つ〈感覚的刺激〉でしかない[36]。とすれば、まさに無稽、無根なものにすぎないのだ。

だが、実はそれで十分ではないか。たとえ須臾にも消え去る裸身のあえかな輝きだとしても、いやその刹那の輝きこそが、その少女の一生におけるなにものをも超えた絶対の瞬間、その一点であったのである[37]（と〈作者〉芥川はいうのではないか）。

無論すでに述べたごとく、〈語り手〉は〈ろおれんぞ〉の行為＝〈死〉を一貫して宗教的な〈日々の行〉、その信仰の完結として称えることしか知らない。が、もしそうだとしたなら、〈ろおれんぞ〉は果して最後の動作、最後の意識に至るまで、自らの行為＝〈死〉が、献身であり殉教であると自認していたのだろうか。（が、もしそうだとしたら、その心性はかぎりなく卑しいといわざるをえない。）

〈語り手〉は、〈ろおれんぞ〉が〈「御主、助け給へ」〉と一声叫び猛火の中に躍り込んでから、子供を抱きかかえつつ、しかし自らは燃え落ちる梁にしかれ、瀕死の重傷を負って人々に〈えけれしや〉の門前に運ばれるまで、その一部始終を熱心に語り継ぎながら、ついに彼女の内面には立ち入らぬ。わずかに、

《したが、当の「ろおれんぞ」は、娘の「こひさん」を聞きながらも、僅に二三度頷いて見せたばかり、髪は焼け肌は焦げて、手も足も動かぬ上に、口をきかう気色さへも今は全く尽きたげでござる。娘の「こひさん」に胸を破つた翁と「しめおん」とは、その枕がみに蹲《うづくま》つて、何かと介抱を致いて居つたが、「ろおれんぞ」の息は、刻々に短うなつて、最期ももはや遠くはあるまじい。唯、日頃と変らぬのは、遙に天上を仰いで居る、星のやうな瞳の色ばかりぢや。》

という数行があるが、これも〈ろおれんぞ〉の内面をそのまま伝えるものとは言いがたい。しかもその直後、〈「まるちり」（殉教）ぢや〉という声が人々の口から上がり、さらに、〈ろおれんぞ〉の〈焦げ破れた衣のひまから、清らかな二つの乳房〉を窺いた人々の驚愕のどよめきが湧き起こる。そしてその光景を伝えるべく、自身感極まった〈語り手〉の涙に濡れた双眼には、やがて〈ろおれんぞ〉が〈「はらいそ」の「ぐろおりや」を仰ぎ見て、安らかなほほ笑みを脣に止めたまま、静に息が絶えた〉と見えたし、あるいはそう語るほかはなかったといえよう。

しかし、すでに〈ろおれんぞ〉は、実際には人々の称讃の声を聞くすべもなく、また〈「はらいそ」の「ぐろおりや」を仰ぎ見〉ることも叶わなかったにちがいない。というよりも、そうしたこととはまったく無縁に、いまや彼女は、彼女自身の内面とはついに関わらぬまま、もの言わぬ物体と化し、だからあれほど包み隠していた女の肌えを人々の視線に晒しながら、それを拒みようもなく、そこに空しく横たわるのみであったのである。

勿論、〈語り手〉の続ける〈まことにその刹那の尊い恐しさは、あたかも「でうす」の御声が、星の光も見えぬ遠い空から、伝はつて来るやうであつたと申す〉といい、〈されば「さんた・るちや」の前に居並んだ奉教人衆は、風に吹かれる穂麦のやうに、誰からともなく頭《かうべ》を垂れて、悉「ろおれんぞ」のまはりに跪いた〉という言葉に、露ほどの偽りもあるまい。だが、そうだとしても、ここでただ一人、まさに〈ろおれんぞ〉だけは、その人々の深甚なる感銘とは隔絶した場所で、とは、なにごとも気づかぬままに、だから、空しく横たわっていたといわなければならない。

そしてこの時、あの〈語り手〉の〈なべて人の世の尊さは、何ものにも換へ難い、刹那の感動に極るものぢや〉という信条が、まったく違った意味のものとして聞こえてくるはずである。

もとより〈語り手〉はここで、〈ろおれんぞ〉の信仰の完結を熱烈に寿いだのである。しかし、それによってそこに遍満するいわば〈宗教的感動〉を完璧に偽装しながら、その〈語り手〉の専一に語る〈言葉〉の間隙をついて、おそらく一つの根源的な逆転が、密かに封印されていたのではないか。〈語り手〉の〈言葉〉にもかかわらず、少女はただ裸身のあえかな輝きを見せて、そこに空しく横たわるのみである。ただに無根、無稽な存在に還って——。だが、それでよいのだ。なぜというに、茫々たる人生を茫々たるままに生き長らえてなんの甲斐があるというのか。〈生きて甲斐ある命〉とは、たとえ虚無＝〈死〉に帰ることであっても、いや所詮、虚無＝〈死〉に帰らなければならないのなら、むしろ進んで自ら虚無＝〈死〉に帰ること、そして茫々たる人生に自ら終わりを告げること、そのなにものにも繋がらぬ卒然たる跳躍、一瞬の至情にこそ、またなにものにも換えがたい〈人の世の尊さ〉があると、先の一条は、密かにこう告知していたのではないか。[38]——

繰り返すまでもなく、芥川は、〈架空線〉の放つ〈凄まじい空中の火花だけは命と取り換へてもつかまへたかった〉と書いた。〈空中の火花〉と〈命を取り換へ〉ること、つまりまこと無稽、無根な一瞬の閃光に打たれて自死すること、——そしてこの場合それは、あの〈ろおれんぞ〉の狂気にも似た闇雲な行為に身を委ねること、とは、まさにその一刹那を書きつつ生きることであり、おそらくそのことこそが芥川にとって、〈芸術〉という営為のもっとも究極の中心であったといえよう。

すなわち、それは〈ろおれんぞ〉とともに、虚無＝〈死〉という極限に相対し、これを翻弄し籠絡することであり、だから虚無＝〈死〉を極限まで思いのままに支配することではないか。芥川にとって〈芸術〉という営為は、まさにこの意味で、いわば至高なるものの支配、つまり至上なるものそのものであったのである（〈芸術至上主義〉!）。

ところで、かく論じて来るとき、小論の趣旨が紆余曲折しつつ、ほとんど冒頭における三好行雄氏の所論に重なって来ることを、認めなければならない。

《生きることの意味は、あるいは真の人生とは、飴のように延びる地上の時間に沿って過ぎてゆく、無意味で、退屈な生の総体では決して測れない。〈人の世の尊さは、何ものにも換へ難い、刹那の感動に極る〉。生のきわみを具現する充実した一瞬を所有することなしに、人生とはついに茫々として灰色の風景にすぎぬではないか。「ろおれんぞ」の半生は未知の闇にとざされている。しかし、少女が生涯の最後に演じてみせたドラマこそが〈生きて甲斐ある命〉、彼女の存在の明証なのであって、そこまでの道程はことごとく〈人生の残滓〉(「戯作三昧」)にすぎぬ。龍之介がここで語ろうとしているのは、人生へのある決然とした姿勢である。》

だが、にもかかわらず、小論の趣旨は、三好氏の所論と微妙にズレてゆくといわざるをえない。

たしかに、芥川龍之介は、〈ろおれんぞ〉が〈生のきわみを具現する充実した一瞬を所有〉する(?)こと、そのことに托して、〈空中の火花〉と〈命を取り換へ〉んとしたのだ。すなわち〈生の充実した一瞬を具現する芸術創造の営為〉、とはつまりその〈一瞬〉を書きつつ生きることに、あの至高、至上なるもの＝自らの〈死〉の支配を託したのである。

だが、そうだとしても、問題はこれで終わるほど単純ではない。なによりも、〈ろおれんぞ〉自身、果して〈生のきわみを具現する充実した一瞬を所有〉しえたのであろうか。いや、見て来たように、〈ろおれんぞ〉は最後の動作、最後の意識において、自らの〈死〉を自覚しえず、ただ空しく横たわるばかりであったのではないか――。

無論、〈作者〉芥川からすれば〈ろおれんぞ〉の最後の行為は、不意の衝動、無我夢中の行為であり、だからこそその純粋なる〈死〉への飛翔は、自らの〈死〉の完全な領略、絶対の自由を意味していたはずなのだ。

が、その〈作者〉芥川の意図にもかかわらず、〈ろおれんぞ〉の最後の行為が、まさに不意の衝動、無我夢中の行為であるかぎり、いわばその無自覚、無意識において、〈ろおれんぞ〉は自らの〈死〉を認識、領略しえず、その意味で彼女は、ついに〈生のきわみを具現する充実した一瞬を所有〉しえなかったといわざるをえないのである。

要するに〈ろおれんぞ〉は、所詮事故や災厄によるそれと同じく自らの〈死〉を知らず、ただに非命の〈死〉を死ぬものとして、そこに空しく横たわらなければならなかったのだ――。が、それにしても、芥川龍之介は一度でも、真に自らの〈死〉を把持しえたのか。もとより彼は、〈凄まじい空中の火花だけは命と取り換へてもつかまへたかつた〉という。しかし、ただ〈つかまへたかつた〉にすぎないのだ。つまり彼は、そう願いつつ、つねに挫折を繰り返していたにすぎなかったのだ。（しかし、思えばそれは当然のことであったといわざるをえない。）

かくして、芥川龍之介がそれに託して、自らの〈死〉の掌握を祈念して止まなかった〈芸術〉という営為の本質は明らかとなった。それはこの場合、なによりも〈ろおれんぞ〉があの〈充実した一瞬を所有〉すること、さらに芥川自らその〈一瞬〉を書きつつ生きること、まさにそのことにかけられていたのであり、だがしかし彼女につい に意識の網の目にからめとれぬ〈一瞬〉が残った以上、だから芥川自らその〈一瞬〉を生きること＝書くことがつい に不可能であった以上、彼が〈芸術〉という営為にかけた願いもまた、そこで頓挫せざるをえなかったのだ、といえよう。

そしてこの時、〈作者〉の意図は座礁し、解体する。[39] だが、その後に――いわば〈作者の不在〉、あるいは〈作者の死〉[40]の後に、依然〈作品〉＝〈テクスト〉が残っている、ということに[41]注意しなければならない。が、ならば一体、そのように〈作者〉主体から切り離されて、〈作品〉はどのように存在するのか。[42]

5　その女の一生

〈作者〉の意図を超えて、〈作品〉がすでにそこにあるとすれば、すべては〈作品〉によって語られているといわなければならない。では〈作品〉はなにを、どのように語っているのか。

たしかに〈作者〉芥川は、〈主人公の生いたちを隠し、男装の理由を伏せた〉[43]。だから少年は最後、突如少女となって死んでゆく。かくて〈作者〉芥川に、

《その女の一生は、この外に何一つ、知られなんだげに聞き及んだ。なれどそれが、何事でござらうぞ。なべて人の世の尊さは、何ものにも換へ難い、刹那の感動に極るものぢや。》

という最後の一節――この〈作品〉の主題（?）の鮮やかな提示が可能となった、ということができよう。

だがにもかかわらず、〈作者〉の意図から独立して、すでに〈作品〉があり、それが単独でなにもかも語っているとすればどうなるか。そしてこういう観点から見るかぎり、〈ろおれんぞ〉という〈女の一生〉は、もはや十全に語られているといわなければならない。少なくとも〈さんた・るちや〉に人となった日からは、ほとんど巨細に語られているといってもよいのだ。

以下その逐一を、書きとってみるとしようか――。

〈ろおれんぞ〉が〈さんた・るちや〉に養われることとなった経緯、〈天童の生れがはり〉として慈しまれた所以は、冒頭の引用で知られる。以下物語は、次のごとき展開を見たのである。

《して又この「ろおれんぞ」は、顔かたちが玉のやうに清らかであつたに、声ざまも女のやうに優しかつたれば、一しほ人々のあはれみを惹いたのでござらう。中でもこの国の「いるまん」に「しめおん」と申したは、「ろおれんぞ」を弟のやうにもてなし、「えけれしや」の出入り《ではひ》にも、必仲よう手を組み合せて居つた。この「しめおん」は、元さる大名に仕へた、槍一すぢの家がらなものぢや。されば身のたけも抜群なに、性得の剛力であつたに由つて、伴天連が「ぜんちよ」ばらの石瓦にうたるるを、防いで進ぜた事も、一度二度の沙汰ではござない。それが「ろおれんぞ」と睦じうするさまは、とんと鳩になづむ荒鷲のやうであつたとも申さうか。或は「ればのん」山の

檜に、葡萄《えび》かづらが纏ひついて、花咲いたやうであつたとも申さうず。》

さてこの〈しめおん〉なる人物が、原典にはまったく存在せず、従って芥川の完全な創作であったことは、すでに諸家の指摘する通りである。が、それはともかく、この人物の存在こそが、もっとも本質的なこの〈作品〉の〈劇〉を構成していることは確かである。なんとなれば、〈しめおん〉こそ〈ろおれんぞ〉にとって、もっとも親しく慕わしき人物であり、さらに、最初にして唯一の異性＝男であったからである。

さて物語は、そうした〈劇〉を孕んでいよいよ本題に入る――。

《さる程に三年《みとせ》あまりの年月《としつき》は、流るるやうにすぎたに由つて、「ろおれんぞ」はやがて元服もすべき時節となつた。したがその頃怪しげな噂が伝はつたと申すは、「さんた・るちや」から遠からぬ町方の傘張の娘が、「ろおれんぞ」と親しうすると云ふ事ぢや。この傘張の翁も天主の御教を奉ずる人故、娘ともども「えけれしや」へは参る慣《ならはし》であつたに、御祈の暇にも、娘は香炉をさげた「ろおれんぞ」の姿から、眼を離したと申す事がござない。まして「えけれしや」への出入りには、必髪かたちを美しうして、「ろおれんぞ」のゐる方へ眼づかひをするが定《ぢやう》であつた。さればおのづと奉教人衆の人目にも止り、娘が行きずりに「ろおれんぞ」の足を踏んだと云ひ出すものもあれば、二人が艶書をとりかはすをしかと見とどげたと申すものも、出て来たげでござる。》

まず、事件は〈ろおれんぞ〉が〈やがて元服もすべき時節〉に起きる。〈ろおれんぞ〉と〈傘張りの娘〉の間に立った〈怪しげな噂〉であるが、おそらくこれは、〈娘〉が懸想するほどに、それほどに一際艶やかに、〈ろおれんぞ〉が成長したということではないか。

が、そうだとすれば、その時〈ろおれんぞ〉はそれほどに、とは、まさに一人の女として十分に成熟したということであり、とすればこの時、彼女は初めて女として、異性＝男の存在に気づいたのだといえよう。

そして〈ろおれんぞ〉は、もともとこの上無く〈睦《むつま》じう〉していた〈しめおん〉を、この時はじめて異性として、男として意識した、さらには〈恋〉したのではなかったか。[44]
しかもこの時はじめて〈ろおれんぞ〉が、自らが男の装いをしていたことに激しい異和を感じ、深い懊悩に落ちたであろうことは見やすい。[45]
だが、そのような〈ろおれんぞ〉に、まったく降って湧いたごとく、〈傘張りの娘〉との〈怪しげな噂〉が立ったのである。

《由つて伴天連にも、すて置かれず思されたのでござらう。或日「ろおれんぞ」を召されて、白《しら》ひげを噛みながら、「その方、傘張の娘と兎角の噂ある由を聞いたが、よもやまことではあるまい。どうぢや」ともの優しう尋ねられた。したが「ろおれんぞ」は、唯憂はしげに頭を振つて、「そのやうな事は一向に存じよう筈もござらぬ」と、涙声に繰返すばかり故、伴天連もさすがに我を折られて、年配と云ひ、日頃の信心と云ひ、かうまで申すものに偽はあるまいと思されたげでござる。》

たしかにその〈噂〉は、身に覚えのないものではあった。が〈ろおれんぞ〉はこの時、いわば自らの男装という虚偽を、それゆえの自らの心奥の矛盾を突かれたのである。彼女の涙は、むしろそこに基づく悔恨にこそ発していたといえようか。

そして物語は、次の重要な一段へと進むのである。

《さて一応伴天連の疑は晴れてぢやが、「さんた・るちや」へ参る人々の間では、容易にとかうの沙汰が絶えさうもござない。されば兄弟同様にして居つた「しめおん」の気がかりは、又人一倍ぢや。始はかやうな淫な事を、ものものしう詮議立てするが、おのれにも恥しうて、うちつけに尋ねようは元より、「ろおれんぞ」の顔さへまさかとは見られぬ程であつたが、或時「さんた・るちや」の後の庭で、「ろおれんぞ」へ宛てた娘の艶書を拾うたに由つて、人気ない部屋にゐたを幸、「ろおれんぞ」の前にその文をつきつけて、嚇しつ賺《すか》しつ、さまざまに問ひただいた。なれど「ろおれんぞ」は唯、美しい顔を赤らめて、「娘は私に心を寄せましたげでござれど、私は文を貰うたばかり、とんと口を利いた事もござらぬ」と申す。なれど世間のそしりもある事でござれば、「しめおん」は猶も押して問ひ詰《なじ》つたに、「ろおれんぞ」はわびしげな眼で、ぢつと相手を見つめたと思へば、「私はお主にさへ、嘘をつきさうな人間に見えるさうな」と、咎めるやうに云ひ放つて、とんと燕《つばくら》か何ぞのやうに、その儘つと部屋を出《た》つて行つてしまうた。かう云はれて見れば、「しめおん」も己の疑深かつたのが恥しうもなつたに由つて、悄々《すご〳〵》その場を去らうとしたに、いきなり駈けこんで来たは、少年の「ろおれんぞ」ぢや。それが飛びつくやうに「しめおん」の頸《うなじ》を抱《いだ》くと、喘ぐやうに「私が悪かつた。許して下されい」と囁いて、こなたが一言も答へぬ間に、涙に濡れた顔を隠さう為か、相手をつきのけるやうに身を開いて、一散に又元来た方へ、走つて往《い》んでしまうたと申す。されればその「私が悪かつた」と囁いたのも、娘と密通したのが悪かつたと云ふのやら、或は「しめおん」につれなうしたのが悪かつたと云ふのやら、一円合点の致さうやうがなかつたとの事でござる。》

おそらく、この男と男、いや男と女の綾なす愛執の〈劇〉に、この物語の真の内実があったといえる。(46)

まず、なぜ〈しめおん〉は、かくも執拗に〈ろおれんぞ〉を追及するのか。なぜ〈兄弟同様にして居つた〉はずの〈しめおん〉が、〈伴天連の疑〉さえ〈晴れ〉た後も、〈うちつけに尋ねようは元より、「ろおれんぞ」の顔さへまさかとは見られぬ程〉に拘泥するのか。なぜ〈しめおん〉は、多分人の往来も稀な〈「さんた・るちや」の後の庭で、「ろおれんぞ」へ宛てた娘の艶書を拾〉うことができたのか。(47)

その訳は、実は〈しめおん〉が、激しい嫉妬を〈ろおれんぞ〉に抱いていたからではなかったか。つまり〈しめおん〉こそは、すでに〈傘張りの娘〉を深く恋慕していたのではなかったか。

〈ろおれんぞ〉に見てもらいたいがために、〈娘〉が〈「えけれしや」への出入り〉に、〈必髪かたちを美しうして〉いたことはすでに引いた。とすれば、その美しい〈娘〉の容姿に、〈身のたけも抜群なに、性得の剛力〉であった〈しめおん〉が、とは、まこと一人の健康な青年であった〈しめおん〉が、強く魅かれたとしても不思議ではない。[48]だから〈娘〉を恋した〈しめおん〉が、〈ろおれんぞ〉と〈娘〉の仲を〈人一倍〉、〈気がかり〉にしたのは当然であり、その真相を知るべく、密に〈拾うた〉(?)という手紙を種に、〈嚇しつ賺しつ、さまざまに問ひただいた〉のも無理のないことだといえよう。

もとより〈ろおれんぞ〉は、〈唯、美しい顔を赤らめて〉、自らの無辜を訴えるしかない。しかし〈しめおん〉の嫉妬は激しく、〈猶も押して問ひ詰つた〉というのだ。

おそらくこの時、〈ろおれんぞ〉の胸中には、様々な思いが去来していたにちがいない。〈ろおれんぞ〉は〈わびしげな眼で、ぢつと相手を見つめた〉という。そこに湛えられているものは、愛する〈しめおん〉に詰られたという悲しみであり、と同時により強く、〈しめおん〉がもはやかくも激しく嫉妬するほどに、それほどに深く〈娘〉を愛してしまっているという驚きであって、それゆえの、言うに言われぬ悲しみだったのではないか。

そしてそうだとすれば、いまさらに〈ろおれんぞ〉は、自らの虚偽と悔恨の根源――つまり己れが女でありながら男を装っていたことを、だから実際は〈傘張りの娘〉と同じ女であることを、愛する〈しめおん〉の前に明かすことができなくなってしまったのである。

〈ろおれんぞ〉は、〈「私はお主にさへ、嘘をつきさうな人間に見えるさうな」〉と言いざま、くるりと背を向けて〈しめおん〉の前から走り去ったという。思えばこれは、哀切な叫びであったといえよう。すでに〈ろおれんぞ〉は、他ならぬ〈しめおん〉にさえ〈嘘〉をつき続ける人間であらねばならなかったのである。

だが、そのように自らを嘲りながら、無論そう容易に〈ろおれんぞ〉は、〈しめおん〉を思い切ることはできない。だから自らの秘密、女であることの事実を、〈しめおん〉に知らせずにはいられないのだ。

〈少年の「ろおれんぞ」〉は再び〈しめおん〉の前に走り寄り、〈飛びつくやうに「しめおん」の頸を抱くと、喘ぐやうに「私が悪かつた。許して下されい」と囁〉きながら、しかし突如〈相手をつきのけるやうに身を開いて〉、一散にもと来た方へ走り去ったという。たしかに、これは不可解な行動である。が、おそらく〈ろおれんぞ〉は、そうして自らの肉体を、胸のふくらみを、〈しめおん〉に訴えずにはいられなかったのではないか。しかも〈ろおれんぞ〉は、もはやかくも〈しめおん〉が〈娘〉を恋している以上、だからまったく〈ろおれんぞ〉を愛していない以上、いまさらに胸のふくらみを〈しめおん〉に気づかれてはならないのである。〈ろおれんぞ〉は所詮諦めなければならない。たしかに、なににせよ〈悪かつた〉のは、女という性＝自然を蔑ろにして生きて来た〈私〉＝〈ろおれんぞ〉なのだから(49)――。

だが直ちに、次なる事件が出来する。

《するとその後間《ご》もなう起つたのは、その傘張の娘が孕《みごも》つたと云ふ騒ぎぢや。しかも腹の子の父親は、「さんた・るちや」の「ろおれんぞ」ぢやと、正しう父の前で申したげでござる。されば傘張の翁は火のやうに憤つて、即刻伴天連のもとへ委細を訴へに参つた。かうなる上は「ろおれんぞ」も、かつふつ云ひ訳の致しやうがござない。その日の中に伴天連を始め、「いるまん」衆一同の談合に由つて、破門を申し渡される事になつた。元より破門の沙汰がある上は、伴天連の手もとをも追ひ払はれる事でござれば、糊口のよすがに困るのも目前ぢや。したがかやうな罪人を、この儘「さんた・るちや」に止《とど》めて置いては、御主の「ぐろおりや」（栄光）にも関る事ゆゑ、日頃親しう致いた人々も、涙をのんで「ろおれんぞ」を追ひ払つたと申す事でござる。》

すなわち、〈傘張りの娘が孕《みごも》つた〉というのだ。ばかりか、その〈腹の子の父親は、「さんた・るちや」の「ろおれんぞ」ぢや〉というのだ。〈傘張りの翁〉はもとより、〈伴天連〉をはじめ〈「いるまん」衆〉、就中〈しめおん〉の驚きと憤りは想像にかたくない。しかし断るまでもなく、もっとも大きな衝撃を受けたのは、他ならぬ〈ろおれんぞ〉であったといえよう。

だがそれは、再びあらぬ疑いを掛けられたということによるのではない。自分が女である以上、娘の〈腹の子の父親〉が、まさに他に存在するということによるのだ。それは誰なのか。おそらく〈ろおれんぞ〉は、それが誰であるかを知っていたにちがいない。言うまでもなく、〈しめおん〉である。[50]あれほどに深く〈娘〉を恋していた〈しめおん〉が、ついに娘と通じたのではないか。いや懐妊〈騒ぎ〉がこれほどまでに早く起きたとすれば、あるいは〈しめおん〉はあの時、あの〈人気ない部屋〉で、嫉妬に駈られて〈ろおれんぞ〉に詰め寄った時、すでに〈娘〉と通じていたのかもしれない。[51]

おそらく一切は、恋する処女の直観であったといえよう。〈ろおれんぞ〉は、いよいよの時、危惧された最悪の時が来たことを知ったにちがいない。つまり〈しめおん〉が、ついにまったく手の届かぬ所へ行ってしまったのだ——。

なぜこの時、〈ろおれんぞ〉は男の装いを解かなかったのか。なぜ〈しめおん〉の前で女に戻らなかったのか。いや、いかに激しく求めたところで、〈しめおん〉の身も心も、すでにまったく取り返しようもない所に行ってしまったのである。

それは〈ろおれんぞ〉の意志によってはどうすることもできない運命であった。だが〈ろおれんぞ〉はかくも〈しめおん〉を愛するがゆえに、にもかかわらずと言うかだからこそと言うか、〈しめおん〉のために、あらぬ嫌疑を負い、一切の抗弁を自らに禁じたのである。

おそらくこの時、〈ろおれんぞ〉の人生はまこと色を失い、朽ち折れたにちがいない。彼女は〈しめおん〉をこよなく愛しながら、女として愛することを断念しなければならない。いわば女でありつつ、人間であることを、人間でありつつ、女であることを放棄しなければならなかったのである。そして、まさにこの時こそは、〈ろおれんぞ〉が神と直結すべき時であったのだ。彼女はひたすらそのこと（神と直結すること）を神に祈るしかなかった。無論この時も、神は沈黙の神であり、それゆえに無慈悲の神でしかなかったとしても――。

さて、

《その中でも哀れをとどめたは、兄弟のやうにして居つた「しめおん」の身の上ぢや。これは「ろおれんぞ」が追ひ出されると云ふ悲しさよりも、「ろおれんぞ」に欺かれたと云ふ腹立しさが一倍故、あのいたいけな少年が、折からの凩《こがらし》が吹く中へ、しをしをと戸口を出かかつたに、傍《かたはら》から拳をふるうて、したたかその美しい顔を打つた。「ろおれんぞ」は剛力に打たれたに由つて、思はずそこへ倒れたが、やがて起きあがると、涙ぐんだ眼で、空を仰ぎながら、「御主も許させ給へ。『しめおん』は、己《おの》が仕業もわきまへぬものでござる」と、わななく声で祈つたと申す事ぢや。「しめおん」もこれには気が挫けたのでござらう。暫くは唯戸口に立つて、拳を空《くう》にふるうて居つたが、その外の「いるまん」衆も、いろいろととりないたれば、それを機会《しほ》に手を束ねて、嵐も吹き出でようず空の如く、凄じく顔を曇らせながら、悄々《すごすご》「さんた・るちや」の門《かど》を出る「ろおれんぞ」の後姿を、貪るやうにきつと見送つて居つた。その時居合はせた奉教人衆の話を伝へ聞けば、時しも凩にゆらぐ日輪が、うなだれて歩む「ろおれんぞ」の頭のかなた、長崎の西の空に沈まうず景色であつたに由つて、あの少年のやさしい姿は、とんと一天の火焔の中に、立ちきはまつたやうに見えたと申す。》

一方〈しめおん〉は、〈ろおれんぞ〉に〈欺かれたと云ふ腹立たしさ〉、というよりも、愛する女を奪われたという〈腹立たしさ〉に、したたかに〈ろおれんぞ〉の頰を打つ。その時、その場に倒れつつ、〈わななく声で〉言ったという〈ろおれんぞ〉の言葉は悲痛である。〈「御主も許させ給へ。『しめおん』は、己が仕業もわきまへぬものでござる」〉――。それは一切の抗弁を自らに禁じた〈ろおれんぞ〉の、しかもなおその口より漏れた、酷薄な運命への精一杯の反噬であったといえよう。

〈さんた・るちや〉の門を出て、落日に包まれながら丘を下る〈ろおれんぞ〉の、燃えるがごとき後姿に対し、奉教人衆はすでに、彼女の最期、〈一天の火焔の中に、立ちきはまつた〉姿を見て取っている。正確な予見であった。が単に、それは予見でばかりあったのではない。まさにこの時〈ろおれんぞ〉は女として、だから人間として生きることを止めたのであり、とは事実、その最期を迎えていたのかもしれないのだ。

《その後《ご》の「ろおれんぞ」は、「さんた・るちや」の内陣に香炉をかざした昔とは打つて変つて、町はづれの非人小屋に起き伏しする、世にも哀れな乞食《こつじき》であつた。ましてその前身は、「ぜんちよ」の輩《ともがら》にはゑとりのやうにさげしまるる、天主の御教《みをしへ》を奉ずるものぢや。されば町を行けば、心ない童部《わらべ》に嘲らるるは元より、刀杖瓦石の難に遭うた事も、度々《どゞ》ござるげに聞き及んだ。いや、嘗つては、長崎の町にはびこつた、恐しい熱病にとりつかれて、七《なぬ》日《か》七夜《なゝよ》の間、道ばたに伏しまろんでは、苦み悶えたとも申す事でござる。したが、「でうす」無量無辺の御愛憐は、その都度「ろおれんぞ」が一命を救はせ給うたのみか、施物《せもつ》の米銭のない折々には、山の木《こ》の実《み》、海の魚介など、その日の糧《かて》を恵ませ給ふのが常であつた。由つて「ろおれんぞ」も、朝夕《あさゆふ》の祈は「さんた・るちや」に在つた昔を忘れず、手くびにかけた「こんたつ」も、青玉《あをだま》の色を変へなかつたと申す事ぢや。なんの、それのみか、夜毎に更《かう》闌《た》けて人音《ひとおと》も静まる頃となれば、この少年はひそかに町はづれの非人小屋を脱け出《いだ》いて、月を踏んでは住み馴れた「さんた・るちや」へ、御主「ぜす・きりしと」の御加護を祈りまゐらせに詣でて居つた。

なれど同じ「えけれしや」に詣づる奉教人衆も、その頃はとんと「ろおれんぞ」を疎んじはてて、伴天連はじめ、唯一人憐みをかくるものもござらなんだ。ことわりかな、破門の折から所行無慚の少年と思ひこんで居つたに由つて、何として夜毎に、独り「えけれしや」へ参る程の、信心ものぢやとは知られうぞ。これも「でうす」千万無量の御計《おんはか》らひの一つ故、よしない儀とは申しながら、「ろおれんぞ」が身にとつては、いみじくも亦哀れな事でござつた。》

〈ろおれんぞ〉はついに自らを、この世の一切の営みから、地上の一切の幸福から追放した。いわば彼女は死し、神の国に生き返ったといえようか。――

だが、まことそうだとすれば、そこに、奇蹟が訪れていたというほかはない。そしてたしかに、人々はいくたびか、奇蹟が〈ろおれんぞ〉に起きているのを見ただろう。しかしにもかかわらず、〈手くびにかけた「こんたつ」も、青玉の色を変へなかつた〉というほどの必死の祈り、そこに秘められた〈ろおれんぞ〉の深い苦悩を誰が知ろう。言うまでもなく、〈ろおれんぞ〉は死んだのではない（だから神の国に生き返ってはいない）。不幸にして彼女は、いわば死につつ生き、生きつつ死の空間を歩み続けていたのである。

いかに〈しめおん〉への愛を断念し、神に直結せんと必死に祈つたとしても、この世に留まる以上は（いや彼女は、長崎の地を離れることすらしていない）、しかも〈しめおん〉ゆえに男の装いを続ける以上は、〈ろおれんぞ〉は人間として、とは女として、依然〈しめおん〉への愛を放棄したとはいえない。またたからこそ〈ろおれんぞ〉は、さらに切なく神に祈るしかなかったのだ。

よし彼女が、つねに神とともにあったはずならば、なぜ彼女は、夜ごと人知れず〈さんた・るちや〉に詣でていたのか。もとより人々には篤い〈信心〉ゆえと映ったろう。しかし彼女はそこに、半ば無意識に〈しめおん〉の影を追い求めていたのかもしれない。

そしてここには、人間の条件を根ごと断ち切らんとしつつも、生き続けるかぎり、踏まねばならぬ人間の現実＝運命があったといえよう。

かくして、表裏しつつ絶対的に矛盾する神と生、信仰と官能の無限の隔たりの間《はざま》に引き裂かれて、〈ろおれんぞ〉は暗い夜の中を彷徨しなければならなかったのである。

《さる程に、こなたはあの傘張の娘ぢや。「ろおれんぞ」が破門されると間もなく、月も満たず女の子を産み落いたが、さすがにかたくなしい父の翁も、初孫《うひまご》の顔は憎からず思うたのでござらう、娘ともども大切に介抱して、自ら抱《いだ》きもしかかへもし、時にはもてあそびの人形などもとらせたと申す事でござる。翁は元よりさうあらうずなれど、ここに稀有なは「いるまん」の「しめおん」ぢや。あの「ぢやぼ」(悪魔)をも挫がうず大男が、娘に子が産まれるや否や、暇ある毎に傘張の翁を訪れて、無骨な腕に幼子を抱き上げては、にがにがしげな顔に涙を浮べて、弟と愛《いつく》しんだ、あえかな「ろおれんぞ」の優姿《やさすがた》を、思ひ慕つて居つたと申す。唯、娘のみは、「さんた・るちや」を出でてこの方、絶えて「ろおれんぞ」が姿を見せぬのを、怨めしう歎きわびた気色であつたれば、「しめおん」の訪れるのさへ、何かと快からず思ふげに見えた。》

他方、〈傘張りの娘〉はやがて〈女の子を産み落と〉す。さすがにそれが誰の種であれ、〈父の翁〉はその子を〈初孫〉として愛しまずにはいない。が、〈ここに稀有なは〉と評されたごとく、〈しめおん〉の行動――〈父の翁〉からはともあれ、〈娘〉からは明らかに歓迎されざる客であったにもかかわらず、〈暇ある毎〉に子供に会いに来て、あまつさえ〈無骨な腕に幼子を抱き上げては、にがにがしげな顔に涙を浮べ〉ていたとは、いかにも不思議な光景ではなかったか。

しかし、その子が愛する女の生んだ子であり、さらに、もしかしたら〈ろおれんぞ〉の子ではなく、まさしく己れの子であるかもしれないと〈しめおん〉が思っていたとすれば(おそらく〈しめおん〉はこの数ケ月間、あの〈ろおれんぞ〉の、〈「御主も許させ給へ。『しめおん』は、己が仕業もわきまへぬものでござる」〉という言葉を、心のうちで反芻していたのではないか)、この間の複雑な事情は納得しうるといえよう。

また、より不可解なのは〈娘〉の態度である。なぜ彼女は、かくも〈しめおん〉の訪れを忌み嫌うのか。しかし、これも後の〈娘〉の告白から推して、一時自暴自棄にも似て通じた男が〈しめおん〉であり、あまつさえ我が子がその男の子供であってみれば、彼の訪れを〈娘〉が、〈何かと快からず思ふ〉のは当然であったといえるだろう。

かくして、物語はこの年若き男と女達の秘められた愛憎を描いて、やがてカタストローフを迎えることとなるのである。

さて大火事の場面――。

繰り返すまでもなく、この大火事こそは〈ろおれんぞ〉が、あの敢然たる〈死〉への行為を決行すべき契機として、設定されたものであったのである。

〈作者〉芥川は、その〈ろおれんぞ〉の決定的なる行為を現出すべく、幾重もの偶然を配置する。まず偶然にも大火があり、あの〈傘張りの翁の家〉も、〈運悪う風下にあつたに由つて〉類焼を免れない。しかも父娘が〈逃げ出《いだ》いて見れば〉、なんとあろうことか、〈一間どころに寐かいて置いた〉女の子を、置き忘れて逃げて来たというのだ。

もとより、ありえないことではない。が、もしそのようなほとんどありえないことがあったとすれば、おそらくその時その母親は、すでに完全に己れが〈母親失格〉であることを自らに言い聞かせねばならなかったにちがいない。

しかも彼女はこれまでも、我が子を父親のいない子供として育てざるをえなかったのである。その度重なる自らの身の拙さ――。おそらくその時〈傘張りの娘〉は、あれを思いこれを思いつつ、しかしなによりも我が子に対し、竦然、慚愧の思いに駆られたにちがいないのだ。

さて、その後の状況を、いまだ引用しない部分を追って見てみよう。

《所へひとり、多くの人を押しわけて、駈けつけて参つたは、あの「いるまん」の「しめおん」でござる。これは矢玉の下もくぐつたげな、逞しい大丈夫でござれば、ありやうを見るより早く、勇んで焔の中へ向うたが、あまりの火勢に辟易致いたのでござらう。二三度煙をくぐつたと見る間に、背《そびら》をめぐらして、一散に逃げ出いた。して翁と娘とが佇んだ前へ来て、「これも『でうす』万事にかなはせたまふ御計《おんはか》らひの一つぢや。詮ない事とあきらめられい」と申す。その時翁の傍《かたはら》から、誰とも知らず、高らかに「御主《おんあるじ》、助け給へ」と叫ぶものがござつた。声ざまに聞き覚えもござれば、「しめおん」が頭《かうべ》をめぐらして、その声の主をきつと見れば、いかな事、これは紛《まが》ひもない「ろおれんぞ」ぢや。清らかに痩せ細つた顔は、火の光に赤うかがやいて、風に乱れる黒髪も、肩に余るげに思はれたが、哀れにも美しい眉目《みめ》のかたちは、一目見てそれと知られた。その「ろおれんぞ」が、乞食《こつじき》の姿のまま、群る人々の前に立つて、目もはなたず燃えさかる家を眺めて居る。と思うたのは、まことに瞬く間もない程ぢや。一しきり焔を煽つて、恐しい風が吹き渡つたと見れば、「ろおれんぞ」の姿はまつしぐらに、早くも火の柱、火の壁、火の梁《うつばり》の中にはいつて居つた。「しめおん」は思はず遍身に汗を流いて、空高く「くるす」(十字)を描《ゑが》きながら、己も「御主、助け給へ」と叫んだが、何故《なぜ》かその時心の眼には、凩に揺るる日輪の光を浴びて、「さんた・るちや」の門《かど》に立ちきはまつた、美しく悲しげな、「ろおれんぞ」の姿が浮んだと申す。》

まず、〈多くの人を押しわけて、駈けつけて参つた〉のは〈しめおん〉であった。〈娘〉とのこと、〈幼子〉のことを思えば、けだし当然であったといわなければならない。

〈しめおん〉は〈ありやうを見るより早く、勇んで焔の中へ向う〉が、激しい火勢に怯んで逃げ帰る。そして傘張りの父娘に向い、〈「これも『でうす』万事にかなはせたまふ御計らひの一つ」〉、〈「詮ない事とあきらめられい」〉と言ったという。しかし、これをかならずしも、無責任な言辞とはいえなかろう。おそらく〈しめおん〉はこの時、これまでの疑惑（火中の子供が自分の子であるか、〈ろおれんぞ〉の子であるか）に自ら終止符を打ったとともに、だから少なくとも半ばは抱き続けてきた希望を、断腸の思いで切り棄てたわけなのである。

が、まさにこの時、なんと〈ろおれんぞ〉がその場に居たというのだ。

なぜ〈ろおれんぞ〉は、偶然にもその場に居たのか。が、あるいは彼女は、〈しめおん〉の姿を追ってここまで来たのかもしれない。そして逐一その場の光景を見ていたのかもしれない。彼女は、〈「御主《おんあるじ》、助け給へ」〉と一声叫び、〈群る人々の前に立つて、目もはなたず燃えさかる家を眺めて〉いたが、〈と思うたのは、まことに瞬く間もない程〉に、〈まつしぐら〉に猛火の中へと躍り入ったのである。

だが、この一瞬――。遠藤久美江氏は、〈「ろおれんぞ」に「瞬く間」であったにしろ、ためらいがあった、我身を思い返す、瞬間の沈思があった〉と指摘し、そこに〈「ろおれんぞ」一人が所有した内面の相剋〉を推測する。[52]たしかにその〈相剋〉がなんであれ、この場面はこだわってよい場面といわなければならない。

もとより〈ろおれんぞ〉は、ただ闇雲に身を翻して火中に飛び込んだのではない。なんらの現実的な理由も目的もなく火中に逝ったわけではあるまい。いや、むしろ彼女は、まこと幼子を救うために、とは、まさに恋する男の子供を救うために、火中に躍り込んだのではないか。そして、もしそこに〈ためらい〉があったとしたら、それはあの〈逞しい大丈夫〉の〈しめおん〉すらが、〈辟易〉しなければならなかった〈火勢〉のせいにすぎない。――だが、にもかかわらずこういう言い方は、なお十分真実ではないかもしれない。なぜなら、この時すでに〈ろおれんぞ〉は、願っていたごとく〈しめおん〉への恋を断ち切り、だから地上の一切の幸福の終わりを、死を生きていたのかもしれず、少なくとも、そう神に必死に祈り続けていたのかもしれないからだ。

その意味で〈ろおれんぞ〉は、ひたすら神に祈りつつ、生きながら死の空間を歩みつづけていたことは繰り返すまでもあるまい。

そして、おそらくその果てに〈ろおれんぞ〉は、ついに自らの真の死に、あるいは神に直面したのだ。

すでに死の空間を歩みつづけていたとしても、〈ろおれんぞ〉がなお真の死へと到達していなかったことはいうまでもない。だがこの時〈ろおれんぞ〉は、燃え盛る業火の中に、そしておそらく救いを求めて泣き叫ぶ幼子の中に、自らの真の死を、まさに自らがそこにおいて死すべき一点、一瞬を見、見入り、決然とそれへ身を投げたのかもしれない。しかもここで、もし〈ろおれんぞ〉に〈ためらい〉があったとすれば、それは自らの真の死へと、いやさらに、神へと合一すべき瞬間の眩暈でこそあったといえよう。

そしてこの時、あるいは〈ろおれんぞ〉の〈信仰〉は、願いのごとく成就し、実現されたといえようか。なぜなら、彼女はいま神と直結したのだから。しかし、それは見てきたように、神と合一する、とは、自らを神とする形においてなのだ。が、そうだとすれば、それ（神との合一）は紛れもなく神への挑戦であり、その意味で、彼女の〈信仰〉はここに、ものの見事に躓いていたのではないか。

だがまた、まさにその意味において、〈ろおれんぞ〉は自らを神とした、とは〈作者〉芥川の意図の通り、彼女はいま、至高なるものを支配し、至上なるものへと現成したのだ（?）。

だが、皮肉なことに〈ろおれんぞ〉は、いまだ死んではいないのだ。業火の中で生きているのだ。幼子を探し求めて、いやすでに、胸に抱き締めて、彼女は煙焔の内を駆け抜けているのである(53)。が、あるいは彼女には、もはや〈意識〉はないといえるかもしれない。ただ無我夢中となって、とは、行為そのもの、存在そのものに還元されて――。たしかに、以後物語の記述は、ついに〈ろおれんぞ〉の内面に立ち帰ることはないのである。

火中に消えた〈ろおれんぞ〉に対し、見物の奉教人衆が〈破戒の昔を忘れかね〉、〈「さすが親子の情あひは争はれぬもの」〉と、冷やかな反応を示したことはすでに触れた。さらに、記述は〈ろおれんぞ〉を離れて、《これには翁さへ同心と覚えて、「ろおれんぞ」の姿を眺めてからは、怪しい心の騒ぎを隠さうず為か、立ちつ居つ身を悶えて、何やら愚しい事のみを、声高にひとりわめいて居つた。なれど当の娘ばかりは、狂ほしく大地に跪《ひざまづ》いて、両の手で顔をうづめながら、一心不乱に祈誓を凝らいて、身動きをする気色《けしき》さへもござない。その空には火の粉が雨のやうに降りかかる。煙も地を掃つて、面《おもて》を打つた。したが娘は黙然と頭《かうべ》を垂れて、身も世も忘れた祈り三昧でござる。》

と続く。もとより〈娘〉は、ひたすら我が子の無事を祈るばかりであったろう。しかしこれもすでに述べたごとく、〈娘〉は自らの身の拙さに、母親という自覚に目ざめぬままに、だからただ女＝身体としてのみ生きて来た自らの身のグロテスクに、深く恥じ入るしかなかったといえよう。

そして物語は、いよいよクライマックスへと至る。

《とかうする程に、再《ふたたび》火の前に群つた人々が、一度にどつとどよめくかと見れば、髪をふり乱いた「ろおれんぞ」が、もろ手に幼子をかい抱いて、乱れとぶ焔の中から、天《あま》くだるやうに姿を現いた。なれどその時、燃え尽きた梁《うつばり》の一つが、俄に半ばから折れたのでござらう。凄じい音と共に、一なだれの煙焔が半空《なかぞら》に迸《ほとばし》つたと思ふ間もなく、「ろおれんぞ」の姿はたと見えずなつて、跡には唯火の柱が、珊瑚の如くそば立つたばかりでござる。

あまりの凶事に心も消えて、「しめおん」をはじめ翁まで、居あはせた程の奉教人衆は、皆目の眩む思ひがござつた。中にも娘はけたたましう泣き叫んで、一度は脛《はぎ》もあらはに躍り立つたが、やがて雷《いかづち》に打たれた人のやうに、そのまま大地にひれふしたと申す。さもあらばあれ、ひれふした娘の手には、何時かあの幼い女の子が、生死不定《しやうじふぢやう》の姿ながら、ひしと抱《いだ》かれて居つたをいかにしようぞ。ああ、広大無辺なる「でうす」の御知慧《おんちえ》、御力《おんちから》は、何とたたへ奉る詞《ことば》だにござない。燃え崩れる梁《うつばり》に打たれながら、「ろおれんぞ」が必死の力をふりしぼつて、こなたへ投げた幼子は、折よく娘の足もとへ、怪我もなくまろび落ちたのでござる。

されば娘が大地にひれ伏して、嬉し涙に咽んだ声と共に、もろ手をさしあげて立つた翁の口からは、「でうす」の御慈悲《おんじひ》をほめ奉る声が、自《おのづか》らおごそかに溢れて参つた。いや、まさに溢れようずけはひであつたとも申さうか。それより先に「しめおん」は、さかまく火の嵐の中へ、「ろおれんぞ」を救はうず一念から、真一文字に躍りこんだに由つて、翁の声は再気づかはしげな、いたましい祈りの詞《ことば》となつて、夜空に高くあがつたのでござる。これは元より翁のみではござない。親子を囲んだ奉教人衆は、皆一同に声を揃へて、「御主《おんあるじ》、助け給へ」と、泣く泣く祈りを捧げたのぢや。して「びるぜん・まりや」の御子《みこ》、なべての人の苦しみと悲しみとを己《おの》がものの如くに見そなはす、われらが御主「ぜす・きりしと」は、遂にこの祈りを聞き入れ給うた。見られい。むごたらしう焼けただれた「ろおれんぞ」は、「しめおん」が腕《かひな》に抱かれて、早くも火と煙とのただ中から、救ひ出されて参つたではないか。》

幸運にも、〈ろおれんぞ〉は幼子の命を救った。しかしまるで危惧されていた通りのように、彼女自身は〈燃え尽きた梁〉に打たれて倒れる。直後、〈しめおん〉が火中に躍り込んだのだが――。

が、それにしても一体この時、どのようなことが起きていたのか。

まさしく〈ろおれんぞ〉は火焔の中から、命に代えて〈しめおん〉の子を救い出した。〈しめおん〉がすでに諦めていた子供の命を蘇らせ、それを〈ろおれんぞ〉は〈しめおん〉に贈ったのだ。しかもいまそのために〈ろおれんぞ〉は、血に染まりつつ、〈「しめおん」が腕《かひな》に抱かれて〉――。

この、ほとんど出産の場面にも似た厳粛なる光景――。その感動に包まれて〈ろおれんぞ〉は、あの心の奥処に、あるいは無意識の内に念じていた願い通りに、いま〈しめおん〉の子の母となり、従つてまた〈しめおん〉の妻となっていたのだ。(54)

が、おそらく〈ろおれんぞ〉はこのことを、もはや明確に意識することは不可能だったにちがいない。ついに思いが叶い、己れが逞しき〈しめおん〉の胸に抱かれているとも知らず、〈ろおれんぞ〉の夢は、なお業火の中を駆け巡っていたかもしれない。しかしいまはただ、〈ろおれんぞ〉の一途な思いを酌んで、彼女の〈しめおん〉に寄せる愛が、ここに全うされたと言っておくことにしよう――。

だが、なおも皮肉なことに、物語は依然終わらない。いや、むしろここから佳境に入るごとくである。

《なれどその夜の大変は、これのみではござなんだ。息も絶え絶えな「ろおれんぞ」が、とりあへず奉教人衆の手に舁《か》かれて、風上にあつたあの「えけれしや」の門《かど》へ横へられた時の事ぢや。それまで幼子を胸に抱《いだ》きしめて、涙にくれてゐた傘張の娘は、折から門《かど》へ出でられた伴天連の足もとに跪くと、並み居る人々の目前で、「この女子《をなご》は『ろおれんぞ』様の種ではおじやらぬ。まことは妾《わらは》が家隣《いへどなり》の『ぜんちよ』の子と密通して、まうけた娘でおじやるわいの」と、思いもよらぬ「こひさん」(懺悔)を仕つた。その思ひつめた声《こわ》ざまの震へと申し、その泣きぬれた双の眼のかがやきと申し、この「こひさん」には、露ばかりの偽さへ、あらうとは思はれ申さぬ。道理《ことわり》かな、肩を並べた奉教人衆は、天を焦がす猛火も忘れて、息さへつかぬやうに声を呑んだ。

娘が涙をさめて、申し次いだは、「妾《わらは》は日頃『ろおれんぞ』様を恋ひ慕うて居つたなれど、御信《ご》心の堅固さからあまりにつれなくもてなされる故、つい怨む心も出て、腹の子を「ろおれんぞ」様の種と申し偽り、妾《わらは》につらかつた口惜《くちを》しさを思ひ知らさうと致いたのでおじやる。なれど「ろおれんぞ」様の御心《みこころ》の気高さは、妾が大罪をも憎ませ給はいで、今宵は御身《おんみ》の危さをもうち忘れ、「いんへるの」(地獄)にもまがふ火焰の中から、妾娘の一命を辱くも救はせ給うた。その御《おん》憐み、御《おん》計らひ、まことに御主《おんあるじ》「ぜす・きりしと」の再来かともをがまれ申す。さるにても妾が重々の極悪を思へば、この五体は忽《たちまち》「ぢやぼ」の爪にかかつて、寸々に裂かれようとも、中々怨む所はおじやるまい。」娘は「こひさん」を致いも果てず、大地に身を投げて泣き伏した。》

多分〈娘〉は、〈ろおれんぞ〉の哀れにも痛ましい姿を目前にし、あらためて自らの〈大罪〉を心の底から畏れ、〈ろおれんぞ〉の無実、無垢を証すべき懺悔によって、その赦しを乞わんとしたのだ。

だがこの時〈娘〉に、なお一分の理性が残っていたことは幸いであったかもしれない。〈ろおれんぞ〉が〈必死の力をふりしぼつて、こなたへ投げた幼子〉をひしと受け止めた〈娘〉は、この時ふたたび、いやはじめて、子を慈しむ母に生まれ変わっていたといえよう。その子のために、彼女はかくも激しい興奮の中で、なおも一つの真実を伏せたのである。

彼女はその子の父親を、〈「家隣の『ぜんちよ』の子」〉とのみ告白し、〈ろおれんぞ〉の重罪を晴らすとともに、子供の真の父親を隠した。つまり子供の真の父親を守ったのである。なぜなら彼女が真実を明かす時、子供の真の父親＝〈しめおん〉は失墜する。その時彼女は、再び子供から、その父親を奪わなければならなくなるのだ。(55)

そしてここに、あらたに母として生まれ変わったこの女の、その子供に対する愛の姿が、さらには、その子供の父親に対する愛の形があったといえよう。(56)

さて、この直後、〈「まるちり」(殉教)ぢや〉という人々の讃嘆の声が上がり、伴天連がいかにもしたり顔にそれを承ける経緯はすでに触れた。(57)

だが、そんな伴天連の賢しらな御託（宣）を封じて、なんとも言わぬ〈ろおれんぞ〉の存在が語りはじめていたではないか。まさしくこの物語の最高のクライマックス――。すでに何度か引用したが、もう一度引用しておこう。

《見られい。「しめおん」。見られい。傘張の翁。御主《おんあるじ》「ぜす・きりしと」の御血潮よりも赤い、火の光を一身に浴びて、声もなく「さんた・るちや」の門《かど》に横はつた、いみじくも美しい少年の胸には、焦げ破れた衣のひまから、清らかな二つの乳房が、玉のやうに露れて居るではないか。今は焼けただれた面輪にも、自らなやさしさは、隠れようすべもあるまじい。おう、「ろおれんぞ」は女ぢや。「ろおれんぞ」は女ぢや。見られい。》

そして、〈「ろおれんぞ」と呼ばれた、この国のうら若い女〉は、人々の驚嘆、感動を他所に、やがて静かに息を引き取る。かくして〈その女の一生〉は、終わったのである。

が、まさにその時になって、とは、まさにもの言わぬ存在となった時、〈ろおれんぞ〉はついに自らが女であることを、他ならぬ〈しめおん〉に明かしたのだ。

あの〈さんた・るちや〉を追われた時に、つまり、生きながら死の空間を歩み始めた時に、そうまでして断念した〈しめおん〉への愛、だが、しかもなお胸の底に秘めつづけてきた〈しめおん〉への愛――。〈ろおれんぞ〉はいまその愛を、死んで、もの言わぬ物体となって、ついに〈しめおん〉へと訴え掛け、そして貫き通したのだといえようか。[58]

だが、それにしても、〈ろおれんぞ〉が女であったことを知った時の〈しめおん〉の驚愕、恐懼は、いかばかりのものであったろうか。おそらく〈しめおん〉は、そこに語り明された〈ろおれんぞ〉の、かくも深い愛を前に、取り返しようのない己れの罪過、愚昧を知って、激しく身の震えるのを覚えたにちがいない、さらに〈しめおん〉は、それまでの己れの人生の意味の一切が、就中、〈傘張りの娘〉への己れの青春を賭けた恋が、一挙に色褪せるのを感じたにちがいないのだ。[59]

〈しめおん〉の呆然自失、その喪心の深さは想像にあまりある。そしてこの意味で、〈ろおれんぞ〉の愛は畢竟〈しめおん〉から、〈しめおん〉のすべてを惜しみなく奪ってしまった（有島武郎）といってよい。しかもその意味で、〈ろおれんぞ〉の〈しめおん〉への愛は、それ自身では充足しながら、しかし所詮はここに決定的に躓いていたのだといえよう。

因みに、〈語り手〉は〈「さんた・るちや」の前に居並んだ奉教人衆〉が、〈風に吹かれる穂麦のやうに、誰からともなく頭《かうべ》を垂れて、悉「ろおれんぞ」のまはりに跪いた〉と叙しつつ、

《その中で聞えるものは、唯、空をどよもして燃えしきる、万丈の焔の響ばかりでござる。いや、誰やらの啜り泣く声も聞えたが、それは傘張の娘でござらうか。或は又自ら兄とも思うた、あの「いるまん」の「しめおん」でござらうか。》

と続ける。たしかに、〈しめおん〉と〈娘〉の慟哭こそは、ひときわ高く人々の耳底に残響していたといえよう。もとより、〈しめおん〉と〈娘〉は、他の誰にもまして深く〈ろおれんぞ〉と結ばれつつ、だから誰よりも激しく恐れと悲しみの涙に暮れたろう。だが、一つだけ断っておくべきことは、〈しめおん〉の胸に、両の腕《かいな》に、〈ろおれんぞ〉の肌の熱さが、いまもはっきりと蘇っていたということだろう。それは、いくたびか〈少年の「ろおれんぞ」〉を戯れに抱いた時とは異なり、〈ろおれんぞ〉の女としての熱い思いを伝えていたにちがいない。無論、その思いに応えることは、もはやまったく不可能なのだ。だが、だからこそその痛恨の思いにおいて、すでに決して叶えられない、それゆえの悲痛な〈ろおれんぞ〉への愛が、いま〈しめおん〉の心の底に兆しはじめていたとしても不思議ではあるまい。

そして〈傘張りの娘〉。彼女もまた、〈ろおれんぞ〉が女であることを知って、激しい混乱に陥ったことは想像にかたくない。彼女は一挙に愛する対象を失ったのである。しかしすでに早く、母としてあらたに生まれ変わった彼女に、むしろその子の父親＝〈しめおん〉に対する密かな思いが兆しはじめていたことは繰り返すまでもない。いや彼女は、その密かな思いに縋って生きなければならないはずだ。因果な愛、これ以上なにも口に出すことのできぬ、だからまた、決して実りえぬ〈しめおん〉への不毛な愛を抱いて――。

おそらく、〈ろおれんぞ〉の亡骸《なきがら》に泣き伏した〈しめおん〉と〈娘〉のひときわ高い慟哭には、かくて、〈ろおれんぞ〉をも含め〈しめおん〉と〈娘〉とが、形こそ変われ、いままでと同じ秘められた愛憎の劇を、決して叶えられず実ることのない人間の久遠の営みを、だからこれからも無窮に繰り広げてゆかねばならぬ、そのことに対する深い歎きが籠められていたといえよう。

さて、物語――真に語られるべき物語はようやく尽きた。もはやこれ以上、いわゆる〈宗教的感動〉に盲いた

〈語り手〉の、高らかな信条の吐露の場面を語る必要はあるまい。さらに、その場面に封印された〈作者〉芥川の密かな、そして切なる信念――いわゆる〈芸術至上主義〉＝〈刹那の感動〉の思想を繰り返し語る必要もあるまい。見てきたように、いわば彼等の恣意的な〈解読〉の彼方で、真の事件は、意外な、だが尋常といえばしごく尋常な事実を秘めて展開していたのである。

勿論、〈語り手〉も〈作者〉も、まったく恣意的であったわけではない。彼等は見るべきものを見ていたし、いくつかの肯綮に当たる見解を示している。しかし、にもかかわらず肝腎な所で、彼等は目前の事実から、己れの信ずる〈意味〉のみを抽出し、自らの物語を完結せしめたといわざるをえない。

少なくとも〈ろおれんぞ〉が、信仰にかけたことは事実といえよう。しかし彼女は、その究極の一点で、信仰に躓いてはいなかったか。

さらに〈ろおれんぞ〉が、自らを神とするその死において、至高なるものを支配し、至上なるものへと現成したことも事実といえよう。しかし彼女は、やはりその究極の瞬間において、まさにそのことに躓いていたのだ。

彼女がどのような死にざまを遂げようとも、彼女は自身の死を知らず、いやそればかりか、彼女は、彼女を一極とした人の世の、相も変わらぬ愛憎の劇の渦中に生き続けているのではないか。

そして、気がついてみれば、そこに貫流していたものは、地上に生きる人間達、とは男と女達の、無限に続く愛執の営み――、人が限りなく渇望しながら、しかし決して、癒えもせず潤いもせぬ、まただからこそ絶えることなく渇望する愛執の業苦であり、そしてそこに露表する、まさにありふれた、つまりいままでもつねにそうであり、これからもおそらくそうである人間存在の、詮無い、だが永劫の息づきそのものであったといえよう。

そして、なおもいえば、「奉教人の死」という〈作品〉における芥川龍之介の〈書く〉という体験もここにあったというべきであろう。すなわち、終わりないものに終わりを与えんとして、なお終わりない人間存在の息づきに直面する……。

注

（1）たとえば室生犀星は〈キリスタン《（ママ）》物の極北的な作〉と評している（『芥川龍之介の人と作』上巻、三笠書房、昭和十八年四月）。

（2）左に引用しておく。

《たとひ三百歳の齢《よはひ》を保ち、楽しみ身に余ると云ふとも、未来永々の果しなき楽しみに比ぶれば、夢幻《ゆめまぼろし》の如し。

――（慶長訳　Guia do Pecador）――

善の道に立ち入りたらん人は、御教《みをしへ》にこもる不可思議の甘味を覚ゆべし。

――（慶長訳　Imitatione Christi）――》

なお、このエピグラムについて言及したものとして、宮坂覚「芥川龍之介『奉教人の死』論―作品論の試み・〈語り〉の視点を中心に―」（「香椎潟」昭和五十七年三月）がある。

（3）「芥川龍之介論」（筑摩書房版『堀辰雄全集』第四巻、昭和五十三年一月）。

（4）柊源一「『奉教人の死』と黄金伝説」（「国語国文」昭和三十五年八月）、上田哲「『奉教人の死』出典新考」（「岩手短歌」同九月）。

（5）三好行雄「芥川龍之介旧蔵書」（「日本近代文学館図書資料委員会ニュース」十二号、昭和四十五年七月）。

（6）「芸術と人生―『奉教人の死』―」（『作品論の試み』至文堂、昭和四十二年六月所収）。またここには初出、成立の経緯、文体、典拠、初版本文の異同等も詳細に論じられている。それ等を含めて小論も多くの教示を得ている。なお三好氏は後にこの論考をコンパクトに纏めたもの――「奉教人の死」（『芥川龍之介論』筑摩書房、昭和五十一年九月に所収）を書いている。以下小論への引用は、断らぬかぎりこれによった。

（7）三好氏「芸術と人生―『奉教人の死』―」。

（8）参考までに「聖マリナ伝」の冒頭の一章を掲げておく。

《昔し亜弗利加の国にウゼノと称する人ありけり、妻との中に一女子ありて不足なく此世を暮らしつゝありしが、盈つれば欠くる世の習ひ夜半に嵐の吹かぬものかは、一年其妻は夫に先ちて葉末に置く露よりももろく此世を去りしかばウゼノの慨き一方ならず、朝夕妻のことのみ思ひなやみて哀みの淵に沈みつゝ世をあぢきなく暮しければ、そが朋友等大に心をいためさま〴〵に慰め諫むれども、かへりて是をうるさしとていつかな用ふる気色なく、唯部屋にのみたれこめて、鬱々として日を消しぬ。其頃亜弗利加の最《い》と淋しき片山里に一の行者会と云ふものありけり。》

ウゼノは浮世を捨ててこの行者会（修道院）に入るのだが、やがて親戚にあずけおいた娘がいとしく、彼女を男装させて手元に引きとることとなる……。

（9）そしてここに、飛躍と転換を顧みぬその特異な文体や、物語の奥行を齎すその巧妙な構成等にみる、芥川の作家的全膂力が托されているというわけなのだ。

（10）たとえば鈴木秀子氏は「奉教人の死」（『芥川龍之介研究』明治書院、昭和五十六年三月）で、〈この論は、現在、既に不動のものとなり、多くの人の受容するところである〉と評している。

（11）「沓掛にて―芥川君の事―」（「中央公論」昭和二年九月）。

（12）「異国趣味と芥川」（大正文学研究会編『芥川龍之介研究』河出書房、昭和十七年七月所収）。

（13）つまり、これほどにも研究史を連ねさせる所以のものである。

（14）「奉教人の死」（「言語と文芸」昭和三十五年一月）。

（15）研究史として、村橋春洋「芥川龍之介の『奉教人の死』について」（「日本近代文学」昭和五十四年十月）を参照。

（16）「『奉教人の死』と『じゆりあの・吉助』―芥川龍之介の本朝聖人伝―」（「ソフィア」昭和四十三年十二月、のち『明治大正文学の分析』明治書院、昭和四十五年十一月に所収）。また笹淵氏は後にこれを敷衍して「砂漠の蜃気楼―芥川龍之介『奉教人の死』新釈―」（上、下）（「文学」昭和五十六年二、三月）を書いているが、論旨はほとんど動いていないといってよい。なお引用は『明治大正文学の分析』によった。

（17）ただすでに笠井秋生氏が後掲論文で指摘しているごとく、〈ろおれんぞ〉が伴天連や〈しめおん〉に抗弁したのは、傘張りの娘との仲を疑われた時であり、〈マリン〉と同様、娘の腹の子の父と疑われた時はまったく緘黙しているのである。このことは〈ろおれんぞ〉のために一言弁じておく必要があろう。

（18）「『奉教人の死』と『おぎん』―芥川切支丹物に関する一考察―」（梅光女学院大学「国文学研究」昭和四十四年十一月、のち『文学　その内なる神』桜楓社、昭和四十九年三月に所収）。

（19）「『奉教人の死』論―典拠からの改変をめぐって―」（「梅花短期大学研究紀要」昭和五十二年十二月、のち『芥川龍之介作品研究』双文社出版、平成五年五月に所収）。

(20)「芥川龍之介作『奉教人の死』のテーマと『語り手』と『主人公』について」(笹淵友一編『キリスト教と文学』第二集、笠間書院、昭和五十年四月所収)。

(21)「『奉教人の死』論―芥川版『黄金伝説』における虚構の悲劇―」(「山形大学紀要(人文科学)」昭和四十八年一月)。

(22) もとより〈語り手〉〈作者〉〈登場人物〉それぞれの位相を考察した先行論文は多い。たとえば後掲の佐々木充氏の論文などきわめて示唆的である。ただ研究史に絡めてそれらすべてを重層的に論じたのは、川氏の論考の功績であるといえる。

(23) 内田魯庵「れげんだ・おうれあ」(「文芸春秋」昭和二年九月)参照。

(24) 話を簡単にするために、「れげんだ・おうれあ」下巻第二章の記述者は、この〈語り手〉の〈語り〉をそのまま記録したものとする。またその後加えられたという〈予〉による〈多少の文飾〉についても、いまは問わないこととする。

(25) 佐々木充氏は「『奉教人の死』論―柳田国男の理論による照射―」(「国語国文研究」昭和四十九年十一月)において、この〈語り手〉を、〈と申す〉〈げでござる〉〈と聞き及んだ〉という伝聞体の〈語り〉等から、作中に登場する伴天連の後任にあたる人物ではないかと推定している。面白い指摘である。

(26) 例の〈見られい。「しめおん」。見られい〉という場面のごとく、〈語り手〉が時空を逸脱する箇所も、〈語り手〉の〈語り〉の瑕疵とか破綻とかいわれるべきでない。いわばそれは、その場の臨場感をもたらさんとする〈語り手〉の話術のうちと心得ればよいのだ。因にこのことに関し、佐々木氏は右の論文において、柳田国男の〈昔話〉の研究に依拠しつつ、〈語りとは、感化することであり、相談し加盟することであり、そして騙ることにほかならない。炉辺で孫達に昔話を語って聞かせる老媼も、そのクライマックスではかならず切迫したもの言いをし、首をふり手をふり、臨場感の増幅に努めるだろう。つまり、自意識以外の意識を生きるのだ〉と指摘している。またこれに関連して、笠井氏も前掲論文において、〈感動の瞬間を正確に再現し、聞き手に共有させるためには、あくまでも聞き手を事件の目撃者たちと同等の条件のもとにおいておく必要があった〉と論説している。

(27)(28)『鑑賞日本現代文学』第十一巻『芥川龍之介』(角川書店、昭和五十六年七月)。

(29) そしてこの〈語り手〉のレベルのかぎりで言えば(というまでのことだが)、〈猛火に照らし出された女性のあでやかな裸身〉にからめて〈無償の愛(アガペエ)〉を描いたという佐藤泰正氏の評言は、まったく正しいといえるのである。

(30) この意味で、(二)〈予〉という人物――いわば第二の〈語り手〉の発言内容)は(一)(〈語り手〉の〈語り〉)を保証しているとともに、(二)は(一)によって保証されてもいるのである。もとより、ともに「奉教人の死」という虚構の内にあるものだが、その虚構の外にいるものこそ、他ならぬ〈作者〉芥川龍之介である。

(31)「風変りな作品二点に就て」(前出)。

(32)「一つの作が出来上るまで」(前出)。

(33) 三好氏前掲論文。

(34)(二)において〈予〉が、この〈大火〉についてだけはわざと話を逸らしているように書かれているのも、曰くありげである。

(35)(33)に同じ。

(36) 前掲笹淵論文。

(37)〈ろおれんぞ〉が猛火の中から脱出せんとする途時、〈燃え尽きた梁《うつばり》の一つが俄に半ばから折れ〉たのに敷かれて死に瀕したという事実は、いまは問わない。

(38) 因みにこのことは、すでに冒頭の二句のエピグラムにおいて、同様に目論まれていたといえる。

(39) つまり〈作者〉もここで、〈非命の死〉を死んだのである。

(40) R・バルト『物語の構造分析』(花輪光訳、みすず書房、昭和五十四年十一月)。

(41) たとえばバルトは右の書で、〈作者〉によって一の意味へと閉じられた〈作品〉に対し、それに囚われぬ、無限に開かれた場としての〈テクスト〉を言っているが(「作品からテクストへ」)、〈あますところなく象徴的な性質が、想像され、認められ、引き出せる作品は、テクストである〉という説明にも見られるように、それらはそれぞれひとつことの捉え方の差を表している言葉にすぎない。そしてこのことに意識的であれば、日本語としては以下、〈作品〉で十分であるといえよう。

(42) 以上、小論は研究史を批判的に辿った結果として〈作品〉なるものに逢着した。以下、〈作者〉の意図からまったく自由な〈作品〉――〈言葉〉による純粋な生成そのものを追尋する作業が残されたわけである。

(43) 三好氏前掲論文。

(44) このこと自体は小論の創見ではない。研究史においても、すでに菊地弘「『奉教人の死』覚え書」(「文学年誌」昭和五十七年四月。のち『芥川龍之介—意識と方法—』明治書院、昭和五十七年十月に収録)や宮坂覚『Spirit 芥川龍之介—作家と作品—』(有精堂、昭和六十年七月)の解説がはっきり触れている。ただ巷間では、このことはかなり早くから、一つの異聞として伝えられていたのではないか。学生が高校の国語の授業で先生から聞いたというのは、よく耳にするところである。

(45) おそらく〈ろおれんぞ〉が男装であり続けたのは、それまで彼女が男女未分の子供であり、その訳を自らに問う必要がなかったということではないか。

(46)　もとよりこの一節が、〈しめおん〉の直話に発した叙述であることは、注意されてしかるべきである。

(47)　その前に、なぜ〈ろおれんぞ〉は不用意にもかかる手紙を落としたのか――、等々考えると、ここには、いささか強引な〈しめおん〉の策謀があったような気がする。

(48)　笹淵友一氏は「砂漠の蜃気楼―芥川龍之介『奉教人の死』新釈―」（前出）において、〈しめおん〉が〈ろおれんぞ〉に対し、〈同性愛〉的感覚を抱いていたと指摘している。たしかに、いまだ〈傘張りの娘〉に見《まみ》える以前、〈しめおん〉は現実の女性を愛する代わりに、〈少年の「ろおれんぞ」〉を愛でていたのかもしれない。

(49)　なお、この〈しめおん〉の述懐がいつなされたのか、その時点を確定することが必要である。

(50)　勿論この〈娘〉の〈腹の子の父親〉が〈しめおん〉であったという確証はない。しかし少なくとも〈ろおれんぞ〉にはそう思われたのである。よしまたそれが幻想でしかなかったとしても、人は幻想の中でこそ生きているのではないか。

(51)　そしてこのことは、〈娘〉がやがて、〈月も満たず女の子を産《う》み落〉としたことに関わってくる。

(52)　「『奉教人の死』考」（藤女子大学「国文学雑誌」昭和四十七年三月）。

(53)　有体に言えば、やはり〈ろおれんぞ〉は最後まで、生還を期していたのではなかったか――。

(54)　遠藤氏は前掲論文で、この場面の子供が、〈生後一年以上を経過した幼児〉であるにもかかわらず、〈不思議と赤子のイメージを漂わせている〉（傍点遠藤氏）と言っている。鋭い読解といえよう。

(55)　この〈娘〉の思いあまっての懺悔からは、逆に彼女が、なぜこれほどの大罪（人一人を完全に葬り去るほどの）をいままで隠しつづけたのかという疑問が生まれる。おそらくそこには、決して口にしえない事実（単に〈家隣の「ぜんちよ」の子〉との情事としてはあまりに業深い罪）が秘められていたのではなかったか。そして序にいえば、〈翁〉にはこのことに密かに気づいていた節がある。彼の〈しめおん〉への気配り――。あるいは老先短い彼には、頼り少ない孫のために、むしろその父親が〈しめおん〉であったなら、という願いが潜んでいたのかもしれない。さらに序にいえば、このことに、〈語り手〉も気づきつつあったのではないか。〈語り手〉の〈翁〉への眼差し――。

(56)　だが〈娘〉は、〈子供〉の真の父親である〈しめおん〉を守ったと同時に、あらためて〈しめおん〉を失わなければならない。なぜなら子の父を〈家隣の「ぜんちよ」の子〉と言った時、〈しめおん〉の心は激しく傷つき、彼女から離れてゆかざるをえないからである。

(57) それにしても、ここに描かれた〈奉教人衆〉の、なんと愚劣にも軽薄であることか。誰一人〈ろおれんぞ〉の無辜を思わず、罵りわめき、残忍にも彼女を放逐して死の淵に陥れたにもかかわらず、彼女が身を捨てて自らの無辜を証したとなると、このたびもそこに流された彼女の血と涙の意味を知らぬまま、ただ憐憫し、声つまらせる。無邪気といえば無邪気だが、なんともやりきれぬ無責任さというしかない。そしてそこに潜むものは、自らの一切を神という絶対者にあずけえたと思い込んで、だから自らの判断を放擲し尽した〈奴隷人間のルサンチマン〉(ニーチェ)以外のなにものでもない。おそらく彼等の一喜一憂を描く芥川の筆致には、そのような彼等に対する、ひそかな嘲笑がこめられていたといえよう。

(58) そしてこの意味で〈ろおれんぞ〉は〈傘張りの娘と同じ〉、ただただ一途に男を愛おしむことしか知らぬ、愚かにも健気な〈この国のうら若い女〉でしかなかったのである。

(59) さなきだに〈しめおん〉には、すでに〈傘張りの娘〉への幻滅が兆していた。しかしそれを決定的にしたものこそ〈ろおれんぞ〉の愛ではなかったか。

「舞踏会」追思

――開化の光と闇――

1

芥川龍之介の「舞踏会」は大正九年一月の「新潮」に掲載され、一部が改稿されて、第五短篇集『夜来の花』(新潮社、大正十年三月)に収録された。やや長い一章と短い二章とから成り、一章がまた四つの段落に分かれている。

*

《明治十九年十一月三日の夜であつた。当時十七歳だつた――家の令嬢明子は、頭の禿げた父親と一しよに、今夜の舞踏会が催さるべき鹿鳴館の階段を上《のぼ》つて行つた。明い瓦斯の光に照らされた、幅の広い階段の両側には、殆人工に近い大輪の菊の花が、三重の籬を造つてゐた。菊は一番奥のがうす紅、中程のが濃い黄色、一番前のがまつ白な花びらを流蘇《ふさ》の如く乱してゐるのであつた。さうしてその菊の籬の尽きるあたり、階段の上の舞踏室からは、もう陽気な管絃楽の音《ね》が、抑へ難い幸福の吐息のやうに、休みなく溢れて来るのであつた。

明子は夙に仏蘭西語と舞踏との教育を受けてゐた。が、正式の舞踏会に臨むのは、今夜がまだ生まれて始めてであつた。だから彼女は馬車の中でも、折々話しかける父親に、上の空の返事ばかり与へてゐた。それ程彼女の胸の中には、愉快なる不安とでも形容すべき、一種の落着かない心もちが根を張つてゐたのであつた。彼女は馬車が鹿鳴館の前に止るまで、何度いら立たしい眼を挙げて、窓の外に流れて行く東京の町の乏しい灯火《ともしび》を、見つめた事だか知れなかつた。》

「舞踏会」はこうして始まる。ここで鹿鳴館とその舞踏会について、百科事典的解説を縷々加えるつもりはない。(1)また凡百の百科事典的解説よりも、なおこの冒頭の一節が、その全体の魅惑のイメージを、生彩を放って描き出していると思えるからである。

だがそれにしてもこの鹿鳴館の舞踏会は、なんと華麗にして優美なのか——。しかしそれもその筈で、この「舞踏会」の冒頭より少なくとも一章を通して、すべてが〈生まれて始めて〉、〈正式の舞踏会に臨む〉主人公明子の、いわば眩暈にも似た内風景であるからである。

すでにトルストイ「戦争と平和」の中の、舞踏会に初めて参加するナターシャの期待と不安との類似が指摘されているが、(2)その指摘の通り、明子はナターシャのごとく、これから赴く舞踏会に彌が上にも胸脹らませているのである。

しかもそうであれば、〈鹿鳴館の階段〉は彌が上にも明るく、その両側の〈菊の籬〉は彌が上にも美しい。それに対し、いまそこへと駆けつける馬車の中の明子の眼から、〈窓の外に流れて行く東京の町〉の灯は〈いら立たしい〉までに暗いのである。

(すでに鹿鳴館の階段を上る場面と、まだ馬車の中にいる場面との倒置は、このことと無関係ではない。明子の瞳にはまず鹿鳴館のきらびやかな景観が見えていなければならず、耳にははれやかな音楽が聞こえていなければならない。)

要するに、すべては明子の期待と不安、〈愉快なる不安とでも形容すべき、一種の落着かない心もち〉に起因する。彼女がつとに受けたという〈仏蘭西語と舞踏との教育〉も、その〈心もち〉を一層強く衝き動かしていたろうし、さらにその日の彼女の出で立ちは、〈初々しい薔薇色の舞踏服、品好く頸へかけた水色のリボン、それから濃い髪に匂つてゐるたつた一輪の薔薇の花〉――、まこと〈開化の日本の少女の美を遺憾なく具へてゐた〉という。がその装いもまた、その〈心もち〉と終始強く響き合っていたにちがいないのだ。

そして、〈鹿鳴館の中へはひると、間もなく彼女はその不安を忘れるやうな事件に遭遇した〉という。〈階段の丁度中程まで来かかつた時、二人は一足先に上つて行く支那の大官に追ひついた〉。〈すると大官は肥満した体を開いて、二人を先へ通らせながら、呆れたやうな視線を明子へ投げた〉というのだ。つまり明子は自らの美しさが〈遺憾なく〉、〈支那の大官〉の眼を見開かせたことを見逃さない。おそらく明子の頰には会心の微笑があったろう。そしてその時すでに早く、〈彼女はその不安を忘れ〉ていたのである。

さらに〈階段を急ぎ足に下りて来た、若い燕尾服の日本人も、途中で二人にすれ違ひながら、反射的にちよいと振り返つて、やはり呆れたやうな一瞥を明子の後姿に浴せかけた〉という。〈それから何故か思ひついたやうに、白い襟飾《ネクタイ》へ手をやつて見て、又菊の中を忙しく玄関の方へ下りて行つた〉――。

もちろん、〈一瞥を明子の後姿に浴せかけた〉男の姿と動作を、彼女は見ることが出来なかったはずだ。しかし、すでに自らの美しさに自信を得た明子の眼には、すべての人間が自分に魅了されていると見えていたのではないか。またたからこそ、そのことが彼女にとって〈事件〉たりえたわけなのである。(3)

（なお後で言うことと関連するが、この時、〈明子の自信を形造ってゆくのが、いずれも東洋（日本人と中国人）の側からの評価である点〉(4)に注意しなければならない。）

さて〈二人が階段を上り切ると、二階の舞踏室の入口には、半白の頰鬚を蓄へた主人役の伯爵が、胸間に幾つかの勲章を帯びて、路易《ルイ》十五世式の装ひを凝らした年上の伯爵夫人と一しよに、大様に客を迎へてゐ〉る。しかしここでも、〈明子はこの伯爵でさへ、彼女の姿を見た時には、その老獪らしい顔の何処かに、一瞬間無邪気な驚嘆の色が去来したのを見のがさなかつた〉というのだ。

さらに〈人の好い明子の父親は、嬉しさうな微笑を浮べながら、伯爵とその夫人とへ手短に娘を紹介〉する。明子はその間、〈羞恥と得意とを交る〳〵味つた〉。しかも〈その暇にも権高な伯爵夫人の顔だちに、一点下品な気があるのを感づくだけの余裕があつた〉というのである。

《舞踏室の中にも至る所に、菊の花が美しく咲き乱れてゐた。さうして又至る所に、相手を待つてゐる婦人たちのレエスや花や象牙の扇が、爽かな香水の匂の中に、音のない波の如く動いてゐた。明子はすぐに父親と分れて、その綺羅びやかな婦人たちの或一団と一しよになつた。それは皆同じやうな水色や薔薇色の舞踏服を着た、同年輩らしい少女であつた。彼等は彼女を迎へると、小鳥のやうにさざめき立つて、口々に今夜の彼女の姿が美しい事を褒め立てたりした。

が、彼女がその仲間へはひるや否や、見知らない仏蘭西の海軍将校が、何処からか静に歩み寄つた。さうして両腕を垂れた儘、叮嚀に日本風の会釈をした。明子はかすかながら血の色が、頰に上つて来るのを意識した。しかしその会釈が何を意味するかは、問ふまでもなく明かだつた。だから彼女は手にしてゐた扇を預つて貰ふべく、隣に立つてゐる水色の舞踏服の令嬢をふり返つた。と同時に意外にも、その仏蘭西の海軍将校は、ちらりと頰に微笑の影を浮べながら、異様なアクサンを帯びた日本語で、はつきりと彼女にかう云つた。

「一しよに踊つては下さいませんか。」》

叙述の形態において、つねに明子が外から描かれているように見えるが、実は明子の、不安から次第に高揚してゆく内意識に沿って語られていることに注意しなければならない。

舞踏室に入ると、明子はただちに〈同年輩らしい少女〉の〈一団〉を見つけ、それに加わる。もはや明子は、少

女達が彼女の緊張をほぐし、なおかつ彼女への称賛を惜しまぬことをしたたかに計算しているかのようだ。(5)

さらに早速、〈見知らない仏蘭西の海軍将校〉が近づいて来てダンスに誘う。ここで〈意外にも〉という一句が挿入されているのも面白い。それは〈仏蘭西の海軍将校〉に言葉を掛けられた時、当然明子が、習い覚えた自慢のフランス語で応えようとした一瞬、そのフランス人が、〈異様なアクサンを帯び〉てはいるが〈日本語で、はつきりと〉、〈「一しよに踊つては下さいませんか」〉と言ったことに対する驚きとして挿入されているといえよう。（つまり明子の意識の動きに沿って語られる叙述の射程は、こうした点にまで及んでいるので、またそのことは、作品の、少なくとも一章の最後に至るまで変わらないのである。(6)）

2

「舞踏会」はここから、一章の第二段落に入る。

《間もなく明子は、その仏蘭西の海軍将校と、「美しく青きダニウブ」のヴアルスを踊つてゐた。相手の将校は、頰の日に焼けた、眼鼻立ちの鮮な、濃い口髭のある男であつた。彼女はその相手の軍服の左の肩に、長い手袋を嵌めた手を預くべく、余りに背が低かつた。が、場馴れてゐる海軍将校は、巧に彼女をあしらつて、軽々と群集の中を舞ひ歩いた。さうして時々彼女の耳に、愛想の好い仏蘭西語の御世辞さへも囁いた。

彼女はその優しい言葉に、恥しさうな微笑を酬いながら、時々彼等が踊つてゐる舞踏室の周囲へ眼を投げた。皇室の御紋章を染め抜いた紫縮緬の幔幕や、爪を張つた蒼龍が身をうねらせてゐる支那の国旗の下には、花瓶々々の菊の花が、或は軽快な銀色を、或は陰鬱な金色を、人波の間にちらつかせてゐた。しかもその人波は、三鞭酒《シャンパニェ》のやうに湧き立つて来る、花々しい独逸管絃楽の旋律の風に煽られて、暫くも目まぐるしい動揺を止めなかつた。明子はやはり踊つてゐる友達の一人と眼を合はすと、互に愉快さうな頷きを忙《せは》しい中に送り合つた。が、その瞬間には、もう違つた踊り手が、まるで大きな蛾が狂ふやうに、何処からか其処へ現れてゐた。》

ところで、言及が遅れたが、「舞踏会」がフランスの作家であり海軍士官であったピエール・ロティの日本紀行『秋の日本』所収の「江戸の舞踏会」に拠っていることは周知のことと言えよう。芥川がどの本を原典としたかは、いまだ十分明らかとはいえないが、いずれにしてもこの「江戸の舞踏会」がなければ、「舞踏会」一篇はうまれなかったと言っても過言ではない。(7)

では、ロティの「江戸の舞踏会」と「舞踏会」を比較してみて、一体どのようなことが言えるのか、まずロティの「江戸の舞踏会」から検討してみよう。

一口に言えば、「江戸の舞踏会」でロティは、鹿鳴館とそこに集う日本人に対し終始辛辣な皮肉を浴びせかけ、その拠って立つフランス人（ヨーロッパ人）としての優越感をひけらかす。たとえばロティは、鹿鳴館に着いて早々次のように言う。

《ロク・メイカンそのものは美しいものではない。ヨーロッパ風の建築で、出来立てで、真っ白で、真新しくて、なんとなくそれはフランスのどこかの温泉町の娯楽場《カジノ》に似てゐる。》

そしてロティの視線は、〈瓦斯灯の輝いてゐる玄関には、かなり正確にネクタイを結んではゐるが、殆ど眼のない黄色つぽい滑稽な小さい顔をした、燕尾服の召使たちが慇懃に接待する〉様に止まり、次いで幅広い階段の両脇を埋める〈菊の三重の籬〉に及ぶ。

《客間《サロン》は二階にある。で私たちは、故国の秋の花壇では思ひもよらぬやうな、日本の菊の三重の籬が縁取つてゐる、広い階段を通つてそこへ上つてゆく。白い籬、黄色い籬、ばら色の籬。》

ここで評家の一人は、〈鹿鳴館を飾る大輪の菊花には、ロチもすなおな讃美を隠さない〉と言っている。[8] しかしロティは〈故国の秋の花壇では思ひもよらぬやうな、日本の菊の三重の籬〉と皮肉を言うのを忘れてはいない。なぜならフランスで菊は、代表的な弔の花なのだ。

さらに階段を上ったロティは、主催者の大臣達には〈大して気を留め〉ず、その傍に立つ三人の女性、ことにその中の〈伯爵夫人〉に好奇の目を注ぐ。〈ついさつき汽車の中で、私はこの夫人の身の上を聞かされたのである。昔はguècha《ギユエーシヤ》（ニッポンの祝宴のために傭はれてゐる舞妓）だつたさうで、ゆくゆくは大臣にならうとしてゐる一外交官に見初められ、妻にして貰ひ、そして今では外国公使たちの社交界に対し、エドの名誉を示すべき役割を担つてゐるのださうだ〉という訳からである。〈ああ！　大そう立派です、夫人たち。皆さんがた三人に私は心からお祝ひを申し述べませう！　その挙措が非常に陽気で、その変装は非常にお上手です〉――。

次いでロティの眼は〈大清国の大使一行〉の横柄な態度や、〈王妃殿下方、並びに侍女たち〉の奇異な衣装を追って、やがてダンスの相手に移るのである。

《私の踊り相手の中で一番優しかつたのは、華麗な花模様のある、うつすらとした薔薇色の服を着た小柄なひと。――年はせいぜい十五歳位の、――あの日本の最も立派な工兵将校の令嬢《べーべ》であつた（ミョウゴニチ嬢か、それともカラカモコ嬢だつたのか、私にはもうよく判らない）。まだほんの子供で、心から喜んで飛び跳ねてはゐたが、その子供らしさの中に、極く高雅なところがあり、彼女がもつとちやんと身繕ひをしてゐたなら、そのお化粧にどことなく欠けてゐるところさへなかつたら、ほんとに美しい人だつたらうに。彼女は私の言ふことを非常によく理解してくれて、魅力のある小さな微笑を浮べながら、私がデゴザリマスの何か大きな間違ひをする度毎に直してくれる。》（傍点訳書、以下同）

そして、――

《午前零時半。それは所謂わが国〔日本〕の最も輝かしき工兵将校の一人であるお方の御令嬢である美しい花束を持つた小さな踊り相手と私との、三度目の、さうしてこれが、最後のワルツである。

事実彼女は、わがフランスの（と云つても正直のところ、多少田舎のカルパントラスかランデルノオ地方の）婚《とし》期《ごろ》の娘みたいに、まつたく上手に着物を着こなしてゐる、また彼女はしつくりと手袋をはめたその指の先で、匙を使つて巧みにアイスクリームを食べることも出来る。——けれども間もなく、彼女は例の紙障子のはまつたどこぞの自分の家に帰つて、ほかのすべての婦人たちと同じやうに、彼女の尖つたコルセットを外したり、鶴か或ひは別のありふれた鳥で繡取られてゐる着物を着たり、膝まづいて、神道か仏教かの御祈りをとなへたり、それから箸の助けをかりて、茶碗の中の御飯で夕食をしたりする筈である。……私たちはすつかり仲よしになる。このスマートな小さな令嬢と私は。[9]》

しかしそういうロティの心の底には、〈このアリマスカ嬢や、クーニチワ嬢や、或ひはまたカラカモコ嬢は、白、薔薇色、青色などの絽の服を着ているけれど、顔つきはどれもみな同じである。淑やかに伏せた睫毛の下で右左に動かしてゐる、巴旦杏のやうにつり上つた眼をした、大そう丸くて平べつたい、仔猫みたいなおどけた小つぽけな顔。そんなに澄ましこんだよそゆきの様子をせずに、笑ひ崩れて、日本の女性らしく、ムスメらしく、愛くるしい表情をすればよいのに！〉、あるいは、〈彼女たちはかなり正確に踊る。巴里風の服を着たわがニッポンヌ〔日本娘〕たちは。しかしそれは教へ込まれたもので、少しも個性的な独創がなく、ただ自動人形のやうに踊るだけ、といつた感じである。ひよつとして若し音楽が消えでもしたら、彼女たちをおしとどめて、もう一度はじめからやり直させねばならない。彼女たち自身だと、音楽に外れたままでいつまでもお構ひなしに踊りつづけることだらうから〉という揶揄と嘲笑のあったことを見逃がすことは出来ない。

《熱中した合奏団では、〈オン・レ・ラトラップ、オン・レ・ラトラップ、オン・レ・ラトラップラ〉が繰返されてゐる。[10] この大きな前代未聞の混乱《メリ・メロ》の中で、私の事物に対する観念は仄かな靄で曇つてゆく。私は自分の腕の中に親しくミョーゴニチ（或はカラカモコ）嬢の腕をとる。私の脳裡には、彼女に一度にあらゆる言葉で話しかけたい、剽軽で罪のない山ほどの事柄が、思ひ浮んでくる。全世界がこの瞬間、私には縮小され、圧縮され、結合され、さうしてまつたく意味のない滑稽なものになつてしまつたやうに感ぜられる……》

そしてロティは、

《結局、非常に陽気で、非常に美しい宴を、これらの日本人は鹿鳴館《そこ》で、下にも置かない歓待ぶりでわれわれに提供してくれたのである。

たとへ私がその場所で笑つたことがあつたにしても、それは悪気があつたわけではない。私はあの衣裳が、あの物ごしが、あの儀礼が、あのダンスが、皇室の命によつて恐らく心にもなく、速成的に教へ込まれたものではないか、と憶測を逞しくする時でさへ、彼らはまつたく素晴しい真似手であると思はざるを得ないのである。また私にはああ云ふ夜会は、離れ業《ジョングルリ》に対する独特の手腕をもつ、この国民の最も興味ある力演の一つではないかとも思はれるのである。

このいきさつは、私をして何ら悪意の意向もなく、その総てのこまぐしいことを書き留めさせることに興をもたさせずには措かなかつた。しかもこの中に出てくるいちいちの事柄は修正前の写真の細部のやうに、事実に忠実であることを私は保証する。何事も目まぐるしく移り変るこの国では、恐らく、それは日本人自身にとつても興味のあることに違ひない。何年か過ぎた後で、彼らの発展の過程がここに描かれてゐるのを見ることは。》

と結ぶのである。

たしかに、ここにはロティも言うごとく、なんの〈悪意〉もなかったかもしれない。〈事実〉を忠実に写しただけかもしれない。またたとえそうでなかったとしても、〈鹿鳴館の狂態が、不平等条約の改正をいそぐ維新政府の、あまりにも性急な欧米追随政策の端的なあらわれであったかぎり、ロチの皮肉な視線は甘受されねばならない〉のかもしれない。[11]しかしこれらのことすべてを諾うとしても、はたしてこれらのことはみなロティの言うように、〈まったく意味のない滑稽〉なことなのだろうか。いや〈滑稽〉であろうと〈醜悪〉であろうと、日本と日本人がなおそうしなければならなかったことに、そうしなければ、ヨーロッパと対等の、と言うより人間らしい付き合いをしてもらえなかったことに、しかもそんな切ない願いに縋らなければならなかったことに、少なくともロティは冷淡である。

さらにロティの率直さを認めるとしても、むしろその率直さの中にある自らの意識せざる優越感に、ロティは無自覚であったと言わなければならない。日本の伝統と文化の一面を認めているとしても、それはあくまでこの眼前の舞踏会をそれなりに用意しえた周到さ、その〈素晴しい真似手〉である一点に向けられているのであって、それもその言葉の端々に、〈巴里に出しても通用するやうな服装で〉とか、〈れつきとした巴里の舞踏会のやうに豊富に〉という形容句を冠しての称賛であることを見逃してはならない。（つまりロティにとっては、すべてのフランス人にとってそうであるように、パリこそが一切の比較の基準、自らの優越の根源なのだ。）

要するに「江戸の舞踏会」のロティは、〈先進国の洗練された文化人の眼にうつる皮肉で、警抜な観察と批評をちりばめ〉ている。[12]しかしそのことにおける自身の優越感と、その優越感に浸りうる自身のおめでたい境位に気づいていないのだ。[13]

だが、これに対して芥川の「舞踏会」は、一体どのようなものになっているのか。一口に言って「舞踏会」は、「江戸の舞踏会」の一切合切を引き写しながら、その冷評の部分は、ほとんど完全と言っていいほどに払拭しているのだ。

鹿鳴館の〈猿〉[14]真似騒ぎ、そこに集まった日本人の〈つるし上つた眼の微笑、その内側に曲つた足、その平べつたい鼻、何としても彼女たちは異様である〉という無惨な文言はすべてかき消され、そしてもしそれが鹿鳴館と日本人の現実であったというのなら、その現実とはまったくもって隔絶した、その意味でまったく別次元の、夢のごとき華麗にして優美な世界が描き出された、というわけなのである。

三好行雄氏はこのことに関して、〈こうして、龍之介は鹿鳴館の舞踏会と、そのヒロインとを徹底して美化した〉と言う。あるいはその〈美化〉をたやすくするための必然の手続きとして、〈ロチの描く鹿鳴館の状況を極端に単純化し〉たと言う。つまり芥川は、鹿鳴館の舞踏会をめぐる様々な〈歴史的真実〉を〈拒否〉し、徹底した〈美化〉と〈単純化〉を通して、「舞踏会」を〈たぐいまれな唯美の世界〉に仕立て上げたというのである。[15]

だが、たしかにその通りだとしても、なおここにはいささか重大な保留を付す必要があるといえよう。

そこでまず、この幻のごとき華麗で優美な世界が、あくまで明子の期待と不安、さらに高揚と陶酔の中で繰り広げられていたことを、あらためて確認する必要がある。いま明子は、いわば自らの有頂天の意識の王国で、女王のごとく振舞っている。その彼女の眼からは、すべてが自らを中心に旋回していると見えていたのである。

要するに一切は明子の意識の内に集約される。だが、ではその明子の意識は、すべていま純一な陶酔の中にあったのだろうか。たとえば彼女が当初から抱いていたあの漠然とした〈不安〉は、もはや跡形もなく消え去っていたのだろうか。いやその〈不安〉(無意識)が消え去っていた所に明子の陶酔があったとして、ではそのように明子が徹底して〈美化〉され〈単純化〉された結果、一体どのようなことが描き出されていたのだろうか。――

(しかしその答は後にして、再び本文の検討に立ち戻ることにしよう。)

先程のダンスの場面はなおも次のように続く。すなわち〈明子はその間にも、相手の仏蘭西の海軍将校の眼が、彼女の一挙一動に注意してゐるのを知つてゐた〉。そして彼女は、〈それは全くこの日本に慣れない外国人が、如何に彼女の快活な舞踏ぶりに、興味があつたかを語るものであつた〉と思うのである。ばかりか、〈こんな美しい令嬢も、やはり紙と竹との家の中に、人形の如く住んでゐるのであらうか。さうして細い金属の箸で、青い花の描いてある手のひら程の茶碗から、米粒を挟んで食べてゐるのであらうか。──彼の眼の中にはかう云ふ疑問が、何度も人懐しい微笑と共に往来するやうであつた〉と考える。然り、〈往来するやうであつた〉と明子が忖度するのである。

またそうであればこそ、〈明子にはそれが可笑しくもあれば、同時に又誇らしくもあつた〉と続くわけだ。〈だから彼女の華奢な薔薇色の踊り靴は、物珍しさうな相手の視線が折々足もとへ落ちる度に、一層身軽く滑な床の上を辷つて行くのであつた〉わけなのである。

《が、やがて相手の将校は、この児猫のやうな令嬢の疲れたらしいのに気がついたと見えて、劬《いたは》るやうに顔を覗きこみながら、

「もつと続けて踊りませうか。」

「ノン・メルシィ。」

明子は息をはずませながら、今度ははつきりとかう答へた。

するとその仏蘭西の海軍将校は、まだヴアルスの歩みを続けながら、前後左右に動いてゐるレエスや花の波を縫つて、壁側の花瓶の菊の方へ、悠々と彼女を連れて行つた。さうして最後の一回転の後《のち》、其処にあつた椅子の上へ、鮮に彼女を掛けさせると、自分は一旦軍服の胸を張つて、それから又前のやうに恭しく日本風の会釈をした。》

――一切が明子の捉えた世界であることは繰り返すまでもない。(16)

3

作品は一章の第三段落に入る。

《その後又ポルカやマズユルカを踊つてから、明子はこの仏蘭西の海軍将校と腕を組んで、白と黄とうす紅と三重の菊の籬の間を、階下の広い部屋へ下りて行つた。

此処には燕尾服や白い肩がしつきりなく去来する中に、銀や硝子の食器類に蔽はれた幾つかの食卓が、或は肉と松露との山を盛り上げたり、或はサンドウイッチとアイスクリイムとの塔を聳立てたり、或は又柘榴と無花果との三角塔を築いたりしてゐた。殊に菊の花が埋め残した、部屋の一方の壁上には、巧な人工の葡萄蔓が青々とからみついてゐる、美しい金色の格子があつた。さうしてその葡萄の葉の間には、蜂の巣のやうな葡萄の房が、累々と紫に下つてゐた。》

叙述の形態は依然変わっていない。相変わらず明子の意識、この場合、誇らかな〈得意〉の意識によって塗り込められているのである。たとえばこの後、〈明子はその金色の格子の前に、頭の禿げた彼女の父親が、同年輩の紳士と並んで、葉巻きを啣へてゐるのに遇つた〉として、〈父親は明子の姿を見ると、満足さうにちよいと頷いたが、それぎり連れの方を向いて、又葉巻きを燻らせ始めた〉とあるが、この父親の〈満足〉げな表情も、つまりは〈満足さうに〉と見る明子の心の〈満足〉度のしからしめる所であったといえよう。（まだ鹿鳴館に来る馬車の中で、漠然とした不安に襲われていた彼女にとっては、〈折々話しかける父親〉の声も、ただ彼女の〈いら立たしい〉気持を募らせるばかりであったことを想起すべきであろう。）

ばかりか、明子の心はさらに大胆になっている。

《仏蘭西の海軍将校は、明子と食卓の一つへ行つて、一しよにアイスクリイムの匙を取つた。彼女はその間も相手の眼が、折々彼女の手や髪や水色のリボンを掛けた頸へ注がれてゐるのに気がついた。それは勿論彼女にとつて、不快な事でも何でもなかつた。》

明子は自らの美しさが相手の男の眼を蠱惑しているのを知って、それを楽しんでさえいるかのようだ。

だが、この絶頂において（また絶頂だからこそ、と一応は言っておこう）、明子の心に、微妙な翳りが差すのを見落としてはならない。

《が、或刹那には女らしい疑ひも閃かずにはゐられなかつた。そこで黒い天鵞絨《びろうど》の胸に赤い椿の花をつけた、独逸人らしい若い女が二人の傍を通つた時、彼女はその疑ひを仄めかせる為に、かう云ふ感嘆の言葉を発明した。

「西洋の女の方はほんたうに御美しうございますこと。」

海軍将校はこの言葉を聞くと、思ひの外真面目に首を振つた。

「日本の女の方も美しいです。殊にあなたなぞは――」》

それにしても、この明子の〈女らしい疑ひ〉は、意外に深刻な意味を秘めているといわなければならない。それほどにも自らの美しさに酔っていた明子だが、しかし〈西洋の女〉の美しさにはついに及びえぬという〈疑ひ〉が、しつこく明子の心から離れぬことをこのことは物語っているのだ。

そしてそれを敷衍して言えば、これはいま〈西洋〉との対等な関係を願って、この鹿鳴館の舞踏会を懸命に演じている日本と日本人全体の現下の〈疑ひ〉でもあるのだ。（日本はついに〈西洋〉に及びうるのか、という〈疑ひ〉――。）

無論その〈疑ひ〉が、実際そのように深刻に明子の意識に上っていたというのではない。〈女らしい〉徒らな〈疑ひ〉に過ぎないのだが、そのことは海軍将校の、〈思ひの外真面目に首を振つた〉という箇所にも示されている。

もとより〈思ひのほか真面目に〉と取ったのは明子を措いて他にない。明子は自分にも軽い〈疑い〉が、〈思ひのほか真面目に〉否定されて戸惑いながら、さらに〈思ひのほか真面目に〉、〈「日本の女の方も美しいです。殊にあなたなぞは――」〉と褒められて、まずは満足したという次第なのだ。

《「そんな事はございませんわ。」

「いえ、御世辞ではありません。その儘すぐに巴里《パリー》の舞踏会へも出られます。さうしたら皆が驚くでせう。ワツトオの画の中の御姫様のやうですから。」》

あるいは海軍将校は事実〈真面目〉であったのかもしれない。また〈「日本の女の方も美しいです。殊にあなたなぞは――」〉という言葉も〈「御世辞」〉ではないのだろう。が、そうだとしたら〈「その儘すぐに巴里《パリー》の舞踏会へも出られます」〉という言葉は、いかにも余計なものであるといわざるをえない。（眼前の〈「美し」〉さを〈「御世辞」〉でなく賛美するのなら、なにもそこで〈「巴里の舞踏会」〉を比較に出すことはないし、第一彼はすぐ後で、〈「何処でも同じ事」〉として〈「巴里の舞踏会」〉への幻滅を語っているのだ。その同じ彼が、やはり最上のものとして〈「巴里の舞踏会」〉を口にする。おそらくここには、この海軍将校の背負う無意識＝心の原風景が示されていると言えよう。[17] それはこの海軍将校に、やはり「江戸の舞踏会」のロティの名残りがあるからだろうが、しかしそれ以上に、まさにこの海軍将校の背負う無意識＝心の原風景と取るべきことは後にも述べる通りである。）

だが、海軍将校の口にした最後の言葉に至り、明子の心に再び微妙な翳りが差すといわなければならない。

《明子はワツトオを知らなかつた。だから海軍将校の言葉が呼び起した、美しい過去の幻も――仄暗い森の噴水と凋《すが》れて行く薔薇との幻も、一瞬の後《のち》には名残りなく消え失せてしまはなければならなかつた。が、人一倍感じの鋭い彼女は、アイスクリイムの匙を動かしながら、僅にもう一つ残つてゐる話題に縋る事を忘れなかつた。

「私も巴里の舞踏会へ参つて見たうございますわ。」

「いえ、巴里の舞踏会も全くこれと同じ事です。」

海軍将校はかう云ひながら、二人の食卓を繞《めぐ》つてゐる人波と菊の花とを見廻したが、忽ち皮肉な微笑の波が瞳の底に動いたと思ふと、アイスクリイムの匙を止めて、

「巴里ばかりではありません。舞踏会は何処でも同じ事です。」と半ば独り語のやうにつけ加へた。》

海軍将校がふと口にした〈ワツトオ〉を明子は知らなかったという。もとより明子は、そのことにことさら深く恥じ入ったわけではない。しかし〈人一倍感じの鋭い彼女〉の心に、やはりあの〈西洋〉にはついに及びえぬかという〈不安〉が、再び募ったとしてもおかしくはない。

ところで開化に生まれ、はやくから〈西洋〉的教育を受けていた明子が、〈ワツトオ〉の名を知らぬとはいえ、〈ワツトオの画の中の御姫様〉という〈海軍将校の言葉が呼び起した、美しい過去の幻〉、すなわち〈仄暗い森の噴水と凋れて行く薔薇との幻〉といったロココ風の画像を知らなかったはずもない。が、それが〈一瞬の後には名残りなく消え失せてしまはなければならなかつた〉ほどに淡い知識でしかなかったことを、明子はいささか極まり悪く思ったのだ。

しかし明子は、〈僅にもう一つ残つてゐる話題に縋る事を忘れな〉い。〈西洋〉とのついに越ええぬかもしれぬ距離を一気に越えるべく、明子は〈「私も巴里の舞踏会へ参つて見たうございますわ」〉と言うのである。（つまり直接〈巴里〉に行ってしまえばよいのだ。）

だが海軍将校はすげなく答える。〈「いえ、巴里の舞踏会も全くこれと同じ事です」〉。そして〈「巴里ばかりではありません。舞踏会は何処でも同じ事です。」と半ば独り語のやうにつけ加へた〉というのである。

ここに至り、明子は〈その仏蘭西の海軍将校〉の顔に、ついに理解不能の、なにか彼女を拒絶するような表情が浮かぶのを感じたにちがいない。そしてまたしてもあの〈不安〉（〈西洋〉にはついに及びえぬかという）が蘇るのを感

じたにちがいない。明子はだから、彼の穏やかだった微笑に〈皮肉〉を見、優しかった物言いを〈独り語〉と聞かねばならない。

だが、明子に、それ以上のことはなにひとつ起こらず、だから、明子はなにも気づかなかったとしても、この時〈その仏蘭西の海軍将校〉は、一挙に周囲の歓楽からひとり醒めて、孤独な想念に沈む人間へと変貌を遂げたといわなければならない。

〈その仏蘭西の海軍将校〉は、眼前の狂騒――鹿鳴館の舞踏会から醒めているばかりではない。その最高の権威としての〈「巴里の舞踏会」〉からも醒めて、つまり〈文明〉の（とは〈西洋〉のということであり、〈近代〉のということだ）粋を尽くした舞踏会を、まさに虚妄として否定していたのである。

そしてこの時すでに彼は、もとより〈西洋人〉でありながら（とは〈文明人〉であり、〈近代人〉でありながら）、自らの中の〈西洋〉＝〈近代〉そのものを深く懐疑する孤独な人間であったのである。

さらにここに来てこの海軍将校は、三好行雄氏も言うように[18]〈ようやく、「江戸の舞踏会」を去って、芥川龍之介の独創に領略された〉。あるいは〈このニルアドミラリイはピエール・ロチのものであるより、芥川龍之介によりふさわしい〉。つまりこうしてこの海軍将校は、日本の〈開化〉＝〈近代化〉ならぬ〈未開〉＝〈近代以前〉の現実を、つねに揶揄と嘲笑を交じえて高みから見下ろしていた皮肉で軽薄な見物人ロティを超え、自らの中の〈開化〉＝〈近代化〉そのものに幻滅しつつ、しかもそれに淋しく耐える孤独で、しかし謙虚な、それゆえに普遍的な人間像と化したのである。

（繰り返すまでもなく、明子は終始海軍将校の孤独の深さをそれとして理解しえない[19]。そして明子と海軍将校のこの落差に眼を配りながら、海軍将校の深い孤独と、さらに明子のいわば揺れ動く無意識とに一貫して対峙しているものこそ、作者芥川を措いて他にない。）

4

さて、一章の第四段落は次のように始まる。

《一時間の後、明子と仏蘭西の海軍将校とは、やはり腕を組んだ儘、大勢の日本人や外国人と一しよに舞踏室の外にある星月夜の露台に佇んでゐた。

欄干一つ隔てた露台の向うには、広い庭園を埋めた針葉樹が、ひつそりと枝を交し合つて、その梢に点々と鬼灯《はうづき》提燈《ぢやうちん》の火を透かしてゐた。しかも冷かな空気の底には、下の庭園から上つて来る苔の匂や落葉の匂が、かすかに寂しい秋の呼吸を漂はせてゐるやうであつた。が、すぐ後の舞踏室では、やはりレエスや花の波が、十六菊を染め抜いた紫縮緬の幕の下に、休みない動揺を続けてゐた。さうして又調子の高い管絃楽のつむじ風が、不相変その人間の海の上へ、用捨もなく鞭を加へてゐた。》

作品の世界はここで、〈それまでの「動」の舞踏から「静」の余情の世界へ移ってゆく〉という指摘[20]は頷かれる。もとより明子に関して言えば（そして作品の世界はつねに明子の意識を追うのだが）、感動が消えてしまったわけではない。むしろ一時の興奮が退き、感動の余韻が深く静かに明子の心を充たしているといった風情である。

しかもその推移には、単に時間の経過ばかりでなく、明子が〈舞踏室の外にある星月夜の露台に佇ん〉だことが関わっている。いわゆる〈静寂な自然との交感[21]〉。だが、ただそれだけではない。鹿鳴館の上を覆う、〈乏しい灯火〉に静まった〈東京〉の夜空、鹿鳴館の庭の木立の奥の闇、その木々の参差する梢に点々と懸かる〈鬼灯提燈〉、〈冷かな空気の底〉に、〈下の庭園から上つて来る苔の匂や落葉の匂〉、そしてそれらすべてに幽かに漂う〈寂しい秋の呼吸〉――。おそらくここには、まさにこうした日本の情趣、〈秋の日本〉が関わっていたのではないか。

（後に触れるように、三十二年後明子——H老夫人は、汽車の網棚の上の〈菊の花束〉を見、〈菊の花を見る度に思ひ出す話〉として〈鹿鳴館の舞踏会の思ひ出〉を語り始める。絢爛たる〈鹿鳴館の舞踏会の思ひ出〉が、こうして〈菊の花〉を端緒として語り出されていたことは注意されてよい。明子は自らの青春の感動を、そうした〈秋の日本〉との交感においてこそ反芻していたのではないか。）

秋はフランス人にとってそうであるようには、日本人にとって凋落の季節ではない。もとより単に稔りの季節だからというわけではない。〈冷かな空気〉や〈寂しい秋の呼吸〉——。だが、むしろそういう横溢する季節感において、秋もまた日本人にとり、豊潤の季節ではないか。

明子は海軍将校とともに狂騒の舞踏室を出て、星月夜の露台に立つ。その時明子は、清澄な〈秋の呼吸〉に触れて、自らの身が浄化され、蘇生してゆくのを感じたにちがいない。そしてその落ち着きを取り戻した明子の眼に、〈すぐ後の舞踏室では、やはりレエスや花の波が、十六菊を染め抜いた紫縮緬の幕の下に、休みない動揺を続けてゐた〉し、〈調子の高い管絃楽のつむじ風が、不相変その人間の海の上へ、用捨もなく鞭を加へてゐた〉と映ったというのだ。

つい先刻まで、明子もまた〈花々しい独逸管絃楽の旋律の風に煽られて、暫くも目まぐるしい動揺を止め〉ぬ〈人波〉に混って、踊っていたはずである。しかも〈やはり踊つてゐる友達の一人と眼を合はすと、互に愉快さうな頷きを忙しい中に送り合〉い、まるで灯に狂う〈大きな蛾〉のように舞っていたはずである。海軍将校とのあまりに違う〈肩〉の高さを気にもせず、その〈愛想の好い仏蘭西語の御世辞〉を快く耳にうけて——。しかしいま明子は、その同じ光景を遠くに見やっているのである。

無論この構図は、冷静に還った同胞の眼に映る鹿鳴館の狂態であったといえようか。もとより明子自身、その構図の意味に気づいてはいない。ただ〈秋の日本〉に包まれて生き返った明子の清んだ瞳に、ふと鹿鳴館とその時代の姿が、そのままに映じていたといえよう。

〈勿論この露台の上からも、絶えず賑な話し声や笑ひ声が夜気を揺つてゐた〉と作品は続く。〈まして暗い針葉樹の空に美しい花火が揚る時には、殆人どよめきにも近い音が、一同の口から洩れた事もあつた。その中に交つて立つてゐた明子も、其処にゐた懇意の令嬢たちとは、さつきから気軽な雑談を交換してゐた〉――。

もとより〈露台の上〉には日本人に混じり外国人もいて、〈絶えず賑な話し声や笑ひ声〉が起きていたことだろう。しかしもし彼等が日本人であるなら、彼等は舞踏室での苦業から解放されて、文字通り一息ついていたのではないか。そして〈花火〉。（いささか季節遅れの、だがだからこそ懐しく名残惜しい秋の〈花火〉。）彼等はもうまったく普段の日本人に還って、大きな歓声を上げ、〈秋の日本〉を満喫していたといえよう。その中で明子もまた、まさにリラックスして、仲間同士、娘らしい〈雑談〉を交わしていたのだ。

《が、やがて気がついて見ると、あの仏蘭西の海軍将校は、明子に腕を借した儘、庭園の上の星月夜へ黙然と眼を注いでゐた。彼女にはそれが何となく、郷愁でも感じてゐるやうに見えた。そこで明子は彼の顔をそつと下から覗きこんで、

「御国の事を思つていらつしやるのでせう。」と半ば甘えるやうに尋ねて見た。

すると海軍将校は不相変微笑を含んだ眼で、静に明子の方へ振り返つた。さうして「ノン」と答へる代りに、子供のやうに首を振つて見せた。》

ここで明子が、海軍将校の腕を借りながら、しばらくの間ほとんど彼に気づいていなかったのは興味深い。重ねて言うまでもなく、彼女は身ごと〈秋の日本〉、日本の情趣に浸っていたのであり、そういう明子の眼には、舞踏会からも孤立して（無論〈秋の日本〉からも孤立して）、ひとり〈庭園の上の星月夜へ黙然と眼を注〉ぐ海軍将校の孤独な横顔は、〈郷愁でも感じてゐるやうに見えた〉のである。

〈「御国の事を思つていらつしやるのでせう」〉――。あるいはそれは、彼女自身がいま浸っていた日本への甘い

感傷（〈郷愁〉）の、思わず言わせた言葉だったのかもしれない（〈半ば甘えるやうに〉）。とまれ彼女はいま十分に充足している。そして、そんな彼女の眼からは、海軍将校の表情は〈不相変微笑を含〉み（〈皮肉〉は消え）、その仕草は〈子供のやうに〉見えたのである。

《「でも何か考へていらつしやるやうでございますわ。」

「何だか当てて御覧なさい。」

その時露台に集つてゐた人々の間には、又一しきり風のやうなざわめく音が起り出した。明子と海軍将校とは云ひ合せたやうに話をやめて、庭園の針葉樹を圧してゐる夜空の方へ眼をやつた。其処には丁度赤と青との花火が、蜘蛛手に闇を弾《はじ》きながら、将に消えようとする所であつた。明子には何故かその花火が、殆悲しい気を起させる程それ程美しく思はれた。

「私は花火の事を考へてゐたのです。我々の生《ヴィ》のやうな花火の事を。」

暫くして仏蘭西の海軍将校は、優しく明子の顔を見下しながら、教へるやうな調子でかう云つた。》

「舞踏会」一章はこうして終わる。それにしても最後の海軍将校の言葉は、作品の焦点として様々な議論を呼んでいるが、その前に、明子の心に去来するものを考察しておこう。

見て来たように明子の心は、いく度か小波のように寄せて来る〈西洋〉なるものへの〈不安〉に怯えながら、しかしその度に生得の、とはいわば、日本の〈何か不思議な力〉（「神々の微笑」――「新小説」大正十一年一月）、〈この国の山川に潜んでゐる力〉（「同」）に支えられてでもいるかのごとく、いま〈秋の日本〉に守られて、深く充足するのだ。[22]

たしかにその直中で明子には、〈蜘蛛手に闇を弾きながら、将に消えよう〉とする〈花火〉が、〈殆悲しい気を起させる程それ程美しく思はれ〉る。つまりそれほどの充足の直中で、明子はなお〈悲し〉みを感じなければならない。それが〈何故か〉は明子には判からないとしても、しかしそのことは、それほどに充足した明子もまた自らの内に、喜びと同時に憂いを宿して生きていることのなによりの証であったというべきかもしれない。あるいはそれは、一瞬に消える〈花火〉に、明子が一切は過ぎ去るという、いわゆる〈無常感〉を抱いたためかもしれない。そしてそれは日本人であれば誰しもが抱く、いわば〈生〉の実在感とでもいえようか。でがその時早く、〈「私は花火の事を考へてゐたのです。我々の生《ヴィ》のやうな花火の事を」〉と海軍将校が答える。では彼はその言葉に、一体どういう思いを籠めていたというのか。

たとえば三好行雄氏はそこに、芥川自身のこの作品に託した主題、いわゆる芸術至上主義を読んでいる。すなわち〈《生のやうな花火》という一語にこめられた感慨は、多くの指摘があるように、確かに「奉教人の死」で《なべて人の世の尊さは、何ものにも換へ難い、刹那の感動に極る》と書き、「地獄変」で、娘を焼く焔の前にたちつくす良秀の《恍惚とした法悦の輝き》を憧憬した龍之介の、いわば人生と芸術に対する決然たる姿勢と交響する〉[23]と。なるほど芥川は、架空緑の青白い火花を、〈命と取り換へてもつかまへたかつた〉（「或阿呆の一生」）。〈生《ヴィ》のやうな花火〉という言葉には、だからそうした一瞬の光に燃え尽きるべき人生と芸術への、激しい希求が籠められていたと言えば言えよう。

だが海軍将校の言葉には同時に、三好氏が続けていうごとく、〈刹那の感動を具現して、たちまちに消えねばならぬ《生》のむなしさが二重うつしにな〉っている。[24]――いやたしかに、周囲の歓楽とは無縁に花火の消えた後の夜空を仰ぐ海軍将校の感慨として、〈《生》のむなしさ〉への嗟嘆こそがふさわしい。多分彼の眼はその時、暗い闇を映して虚ろに見開かれるばかりではなかったか。

無論彼はつい先刻まで、明子の美しさに魅了され、ほとんど彼女を独占して、光の渦に身を委ねていたし、いままた夜空を彩る〈花火〉の美しさに眼を注いでいたはずである。[25]

だがそうだとしても、海軍将校の眼は現になにも見ていないと言うべきだろう。なぜなら、すでにその時（たとえ一瞬の後だとしても）、すべては過ぎ去っていて、だから彼は今、暗い闇の奥にそれをむなしく〈想起〉するしかないからである。

そしておそらくそれと同じように、海軍将校の眼には、すでに〈西洋〉＝〈近代〉は光を失い、だから彼は、むき出しの虚無と孤独の闇の中で、一人立ちつくしているのだ。

ただ明子は無論、この海軍将校の喪失の深さを理解できない。またたからこそ明子は、海軍将校が〈優しく明子を見下しながら、教へるやうな調子〉でそう言ったと聞くのである。

だが、一切の過ぎ行きを、明子もまた消えてゆく花火を見ながら、〈殆悲しい気を起させる程それ程美しく思〉う間《はざま》で、ぼんやり感じていたことに偽りはない。たしかに明子はその深い意味に気づいていない。いわば、日本的な感性に長く培われてきた〈無常〉の思いが、ふと明子の心を揺らし、しかし、すべてはこともなく過ぎていったのかもしれない。

だがこのことは、明子がなにも考えずなにも嘆かずに生きていることを意味しない。いや現に、明子は彼女なりの期待と不安に一喜一憂しながら、まさに〈日本の開化の少女〉として、国の憂いを憂い（〈西洋〉に至り着かねばならぬという）、しかもその中で一歩でも先に行き着くべく、開化の日本人の願いそのままに、〈西洋人〉からなにかを（それがなんなのだかついにはっきりとは判からないまま）、〈教へ〉てもらおうと健気にも願っていたではないか。そしてそこに明子の青春があり、明治の青春があったといえよう。

5

以下、二章。――

《大正七年の秋であつた。当年の明子は鎌倉の別荘へ赴く途中、一面識のある青年の小説家と、偶然汽車の中で一しよになつた。青年はその時網棚の上に、鎌倉の知人へ贈るべき菊の花束を載せて置いた。すると当年の明子――今のH老夫人は、菊の花を見る度に思ひ出す話があると云つて、詳しく彼に鹿鳴館の舞踏会の思ひ出を話して聞かせた。青年はこの人自身の口からかう云ふ思出を聞く事に、多大の興味を感ぜずにはゐられなかつた。

その話が終つた時、青年はH老夫人に何気なくかう云ふ質問をした。

「奥様はその仏蘭西の海軍将校の名を御存知ではございませんか。」

するとH老夫人は思ひがけない返事をした。

「存じて居りますとも。Julien Viaud と仰有る方でございました。」

「では Loti だつたのでございますね。あの『お菊夫人』を書いたピエル・ロティだつたのでございますね。」

青年は愉快な興奮を感じた。が、H老夫人は不思議さうに青年の顔を見ながら何度もかう呟くばかりであつた。

「いえ、ロティと仰有る方ではございませんよ。ジュリアン・ヴィオと仰有る方でございますよ。」》

こうした後日譚が、前半の話柄と前後照応しながら、ある種の効果を上げて作品を収束させるのは、芥川の常套手段であると言ってよい[26]。だがここで、その効果は一体どのようなものとなっているのか。

まず、よく指摘されるように、一章の内容がH老夫人の思い出話であったことが判かる仕掛けとなっていることである。舞踏会の夜から三十二年、明子はすでに四十九才となっていた。おそらく明子は、あの舞踏会の夜の晴れがましい思い出を、青春のもっとも楽しい思い出のひとつとして、繰り返し心の中に反芻していたのかもしれない。

だが明子はその記憶に焼き付く〈頰の日に焼けた、眼鼻立ちの鮮な、濃い口髭のある〉仏蘭西の海軍将校が、実はピエール・ロティであったことを知らぬと言う。その質問をした〈青年の小説家〉には、ほとんど自明の常識と思われたにも関らず[27]――。

だからこのことに関し、〈いち早く西欧文明の洗礼を受けた深窓の麗人も、ついに西欧の文学とは無縁のまま齢を重ねてしまった[28]〉とか、〈鹿鳴館時代の華やかなヒロインは、三十数年後には、ジュリアン・ヴィオが、当時広く読まれていた「お菊さん」の作者ピエール・ロティの本名であるということさえも知らぬ女性になり下がってしまっている[29]〉という理解も成り立つだろう。

だが、そういう断定とは別に、明子がなにも知らないのは、海軍将校と過ごした当夜の楽しい思い出――夢のように、蝶のように、舞い上がっていた思い出の純粋さを、今日に至るまで反芻していたなによりの証なのだという理解も成り立つだろう。

しかしそうだとしても、その一夜の記憶をめぐり、〈明子は士官とともに、永遠と対峙した瞬間を確実に共有していた。花火のように、vieのきらめく一瞬を共有したのである。その実感、非存在の仮現を牢固な《時間》に変える実感だけが、彼女の感動をささえ追憶の美しさを証明する[30]〉と言うのはどうであろうか。

見て来たように海軍将校が〈「我々の生《ヴィ》のやうな花火」〉と言った時、単に〈永遠と対峙した瞬間〉、〈花火のように、vieのきらめく一瞬〉をのみ語っていたわけではない。花火の消えた後の闇の暗さと深さにこそ思いを致していたのではないか。一方明子は、花火をそれが〈何故か〉判からず、ただ〈殆悲しい気を起させる程それ程美しく〉眺めていたにすぎず、だから海軍将校の深い孤独を分かち合うよしもなかったし、いまもなおそうなのである。

とすれば、明子は幾重にも稚く無知であったと言わなければならない。彼女は自分が鹿鳴館の舞踏会でフランスの海軍将校とともに踊ったことの意味に、必ずしも十分に気づいていない。それは単に〈西洋〉と〈日本〉の邂逅というばかりでなく、むしろ〈日本〉の開化＝近代化であり、さらに〈日本〉の青春であったといえる。がそれは不幸にも、当の相手（〈西洋〉）が深い虚無と孤独を病んでいたがゆえに、危うい青春であったのではないか。しかもその危うい青春にわが身の青春を重ね、期待と不安に胸踊らせながら、しかし明子はその深い訳も知らぬままに、〈悲しく〉も〈美しく〉、あるいは〈美しく〉も〈悲しく〉、とはどう言い当てる術もないままに、だからただ茫々としてその時を過ごしつつ、やがて今日まで〈齢を重ね〉て来たのである。

だが再び言うまでもなく、そのことは明子が愚かで無心であったことを意味しない。[31] もしそう言うなら、〈日本人〉全員がそうであったと言わなければならない。なぜなら彼等もまた明子と同じように、その深い訳（いわば世界史の現在）を知らぬまま、〈日本〉の開化＝近代化に自らの青春を重ねながら、そのことに漠然とした夢を托しつつ、一喜一憂してその人生を送って来たのではないか。

しかも明子が、自らの掛け替えのない青春の一齣を、〈菊の花〉にことよせて鮮やかに蘇らせていたように、彼等もまたその生を、そうした自然と季節のめぐりにことよせながら、まさに〈無葛藤の調和〉[32]のうちに慰め支えて来たのではないか——。

ところで、「舞踏会」初出稿がこの最後の所、〈するとH老夫人は思ひがけない返事をした〉の後、《「存じて居りますとも。Julien《ジウリアン》 Viaud《ヴィオ》と仰有る方でございました。あなたも御承知でいらつしやいませう。これはあの『御菊夫人』を御書きになつた、ピエル・ロテイと仰有る方の御本名でございますから。」》と結ばれていたのは周知のことであろう。おそらく芥川はこの末尾を落語の〈落ち〉に見立てて難じたりした当時の批評に、気を兼ねて改稿したと思われる。[33]

だがこの収束の仕方も、決して悪いものとは思われない。たしかにこうすると、明子はすでにロティの「江戸の舞踏会」を知っていたことになり、もしかすると鹿鳴館の舞踏会に対するロティの酷評を読んでいたことになる。つまり明子はすでに、自らの中で燦然と輝く青春の一夜の思い出へ冷水を浴びせ掛けられていたことになるわけで、その同じ明子が楽しげにその一夜の思い出を語るのでは〈構成上の重大の錯誤を犯した〉[34]ことになる、という理解はあるだろう。

しかしにもかかわらず明子は、相変わらず無邪気にも、ロティの辛辣な皮肉に気づいていなかったという理解もあってよい。そしておそらくH老夫人（明子）のその無邪気な横顔に、かえって語り出された彼女の半生のなすなさとはかなさこそが、芥川が終極的に、この作品に托さんとしたものであったと言えなくはない。

しかし芥川はその後、現行のように最後を改稿した。あるいは外部の批判を受けてのことであったかもしれない。が、H老夫人（明子）の空白の歳月のなすなさとはかなさを語り伝えるべく、むしろなにも知らないと呟く彼女の惚《ほう》けたような横顔こそがふさわしい。かくして芥川は、定稿に後者を選んだまでではなかったか。

——だが、それにしても芥川は「舞踏会」で、一体なにを描きたかったのか。あるいはなにを実際に描いたのか。再び三好行雄氏の言葉を引けば、ここには「奉教人の死」や「地獄変」におけると同じ、芥川の〈人生と芸術に対する決然とした姿勢〉、いわゆる芸術至上主義が貫徹されているという。ただ〈刹那の感動〉に燃え尽きる至福の一瞬への賛歌（「奉教人の死」）、〈恍惚とした法悦の輝き〉に身を焦がす恩寵の一瞬への賛歌（「地獄変」）に比べ、「舞踏会」の夜空に砕ける花火に寄せて語られた〈「我々の生《ヴィ》のやうな」〉という感慨には、同じ一閃の光芒への嗟嘆とはいいながら、光の消えた後の〈闇のふかさをのぞき見る孤独の影〉が漂うという。[35]

しかし三好氏は続けて、にもかかわらず、〈「舞踏会」を書く龍之介に、《生きて甲斐ある命》を刻む刹那の感動にこそ《真の人生》があるという確信（ないし）信条の動揺が生じていたわけではない〉、つまり終わりなく、だから意味もなく続く人生の時間を、縦に断ち切る一瞬の感動、その〈生きて甲斐ある命〉の実現、人生の意味の再建にこそ、依然芥川の芸術至上主義、観念の王国構築への熾しい憧憬がかけられていたというのだ。[36]

とすれば、そこになお濃い憂愁の翳りが差すのはなぜか。三好氏はそれを、〈かれの構築した観念の世界〉の〈徐々に〉崩れようとする〈予兆〉であり、〈芥川龍之介における《悲劇》の予兆〉であったと言って、さらに次のように結論する。すなわち〈「舞踏会」はまさしく、龍之介の《技巧の美学》のみごとな到達を示すと同時に、大正七、八年にかけて築かれた芸術的世界の終りを予兆した短編である〉と。[37]

だが、ここに語られている〈予兆〉という言葉は正確な言葉とは言いがたい。〈予兆〉というよりも、すでに「奉教人の死」や「地獄変」を描くまさにその時、芥川は、炸裂する光を描いていたと同時に、昏黒の闇を描いていたと言うべきである。そして現に「舞踏会」において、〈「生《ヴィ》のやうな花火」〉という感慨をめぐり、生の光と闇を同時に描いていたことは繰り返すまでもない。（だから光と闇を同時に描くことは、決して芥川の〈芸術的世界の終り〉を意味しない。むしろそのことこそ、芥川の〈芸術的世界〉の現在を示していたと言うべきである。）

もとより、海軍将校の〈「生《ヴィ》のやうな花火」〉という感慨がすべてなのではない。すでに見たように、海軍将校がその感慨に生の虚妄を託しながら、現にその虚妄を生きている矛盾（真実）こそがすべてなのだ。その意識と無意識、その光と闇――。だがそうであれば、むしろ明子こそその光と闇、意識と無意識の矛盾（真実）を、それと気づかぬまま、だからほとんど哀れなまでに健気に、現に生きていたではないか。

とすれば、明子の青春の一夜が、燦然とした光に包まれて描かれれば描かれるほど（そしてそう描いた結果）、余計にその背後に広がる人生の闇が、現に深々と見えてくる（そう描かざるをえない）と言わざるをえない。そしてまたこの矛盾、あるいはこの真実こそ芥川龍之介が現に、そして生涯、抱えていた〈芸術〉という行為の不可避の矛盾であり真実であったと言わなければならない。

周知のように、芥川にはすでに「開化の殺人」（「中央公論」大正七年七月）、「開化の良人」（「中外」同八年二月）等いわゆる開化物がある。それにしてもたとえば「開化の殺人」で印象的なのは、殺人や自殺に及ぶ三人の男達の修羅の間にあって、あくまでも汚れを知らぬげに生きる本多子爵夫人明子（旧姓、甘露寺）の姿である。いわばなにも知らず、ほとんど僥倖にも似て守られた無垢な魂――。しかし、はたして明子は本当になにも知らなかったのだろうか。いや人一人が生きているかぎり、いかに人形のように生きていようとも、そこには人知れぬ、と言うより、自らにもこうと名指しえぬ悲喜を抱いて生きているのではないか。（芥川はやがて「六の宮の姫君」に、〈悲しみも知らないと同時に、喜びも知らない〉、あるいは〈「極楽も地獄も知らぬ、腑甲斐ない女の魂」〉を描くことになる。[38]）

もとよりこの本多子爵夫人明子が、「舞踏会」のH老夫人明子と重なるなどと強調するつもりはない。[39] ただ芥川の眼に、おそらく彼女等の心は同じものと見えていたはずである。[40] 〈誰かの妻となり、誰かの母となつて、今尚ほ何事もない生活を送つてゐるかも知れません〉[41]。無論それは無為と索漠の人生と見えて決してそうではない。悲しみであると同時に喜びでもある人生、あるいは〈悲しみも知らないと同時に、喜びも知らない〉人生、とはつまりその間の万感の思いを秘めた人生、その刻々の時間の連環、その終わりない時間の連環こそ、芥川の対峙していたものであり、またそのことにおいて彼は、彼自身の人生全体に近づいていたのだ。

そしてそういうことであれば、芥川はつねにその道を歩んで来たはずである。芥川が歩んで来た道は、いわゆる〈刹那の感動〉への憧憬をもっぱらに謳うことではなかった。それは〈芸術至上主義〉という〈主義〉として主張することは出来ても、それがそのまま作品に結びついた例《ためし》はなかったはずだ。それは痴夢にも類する知性の惑溺にすぎない。人はその惑溺が醒めた後も生きなければならない。そしてその過ぎゆく時間、人生の全体こそ芥川の凝視を強いられたものであり、作品へと手繰り寄せたものではなかったか。[42]

注

（1）とは言え、若干のことを記しておく。場所は現在の東京都千代田区内幸町、もと薩摩藩上屋敷跡。日比谷練兵場（現公園、因みに〈花火〉はそこから打ち上げられた）に臨む。明治十四年起工、同十六年竣工。

（2）安田保雄「芥川龍之介『舞踏会』―構成について―」（「国文学」昭和四十一年五月）、神田由美子「『舞踏会』―見果てぬ〈人工〉の夢―」（「国文学」昭和五十六年五月）。

（3）もとより、こうした言い方には無理がある。ただしこの無理の陰には一つの興味深い問題が隠されている。すなわち明子の背後で起きていたことを知っていたもの、つまり〈語り手〉の存在である。それを明子本人だとすれば、明子は早ければ一瞬の事後、そう〈思考〉＝〈想起〉していたのであり、最終的には一切の事後の今、作者芥川がそう記しているのである。

（4）（5）（6）安藤宏「『舞踏会』論―まなざしの交錯―」（「国文学」平成四年二月）。なお安藤氏の論は明子の意識を〈半ば本能的なナルシシズム〉と評し、その観点からこの作品を読み通した好論である。

（7）笠井秋生「もう一つの『舞踏会』」（「芥川龍之介」第二号、洋々社、平成四年四月、のち『芥川龍之介作品研究』双文社出版、平成五年五月に所収）に次のようにある。すなわち〈海軍大尉であり、小説家でもあるピエル・ロティ（ジュリアン・ヴィオ）の乗船したフランスの巡洋戦艦トリオンファント号が、長崎に寄港したのは明治十八年（一八八五）七月のことである。清仏戦争が起こったのは前年の明治十七年で、トリオンファント号は補給補修と休養のため九月まで長崎に留まるが、ロティはその折り、〈お兼さん〉という十八歳の日本女性と同棲生活を送った。この体験を素材にした小説が、よく知られているように、二年後の明治二十年（一八八七）にパリのカルマン・レヴィ社から刊行された『お菊さん』（『Madame Chrysanthème』）である。トリオンファント号はその後、神戸と横浜に寄港し、十一月中旬に日本を後にするが、ロティはこの間、京都、日光、鎌倉などに遊び、十一月三日には鹿鳴館の舞踏会に招待された。この折りの見聞に基づく作品が四年後の明治二十二年（一八八九）に刊行された九篇の日本見聞記から成る『秋の日本』（『Japoneries d'Automne』）で、芥川の「舞踏会」はこの中の一篇「江戸の舞踏会」（「Un Bal à Yeddo」）を典拠としている〉。〈ロティの作品を最初に邦訳したのは、ベルギーに留学したことのある飯田旗軒（飯田旗郎）で、眠花道人戯訳「江戸の舞踏会」（「婦女雑誌」明25・3〜7）がそれである。旗軒はその後、『秋の日本』所収の他の五篇をも邦訳し、『傍目八目』（春陽堂、明28）と題して出版した。抄訳ではあるが、『秋の日本』の最初の邦訳である。〉〈大正期に入ると、ロティの作品も次々に邦訳されるようになった。（中略）『秋の日本』の邦訳である高瀬俊郎訳『日本印象記』（大3）、ロティの人と作品についての詳細な解説を付した野上臼川訳『お菊さん』（大4）、吉江孤雁訳『氷島の漁夫』

『埃及行』（大5）などが、「舞踏会」の執筆された大正八年までに刊行されている。大正期には、ロティの作品はかなり読まれていたのである。従って、「舞踏会」執筆中の芥川は、「江戸の舞踏会」の読者が同時に「舞踏会」の読者になることを予測していたにちがいない〉。ただ芥川が「江戸の舞踏会」をどの刊本によって読んだかは、現在意見の分かれている所である。高瀬俊郎訳『日本印象記』か、それとも英訳本か、現在のところ前者が有力のようである。なお以下の引用はすべて、村上菊一郎訳『秋の日本』（青磁社、昭和十七年四月）による。またロティは作中人物を〈変名〉にしているごとく、鹿鳴館の舞踏会の日付も変えていて、芥川もそれにならったことを付記しておく。

（8）三好行雄「青春の〈虚無〉—『舞踏会』の世界—」（『芥川龍之介論』筑摩書房、昭和五十一年九月）。

（9）どうやら明子のモデルはこの〈スマートな小さな令嬢〉のようである。他にも「舞踏会」と「江戸の舞踏会」は細部にわたり照応する所が多い。

（10）この少し前に、〈ドイツ合奏団が、ひどい調子つぱづれで、腕の限り歌劇《マスコット》の嘲笑的な反覆句《レフレエン》を弾き始める。《Ah!《アー》 n'courez《ヌクュレ》 donc《ドンク》 pas《パ》 comm'ça《コムサ》, on les rattrape《オン・レ・ラトラップ》, on les rattrapera《オン・レ・ラトラップラ》!》（まあ！そんなに追い駆けなさんな、捕まりますよ、すぐ捕まりますよ！）〉とある。なんとも皮肉な文句ではある。

（11）（12）注（8）に同じ。

（13）ロティが少時長崎で十八歳の日本女性と同棲生活を送ったことは、注(7)で紹介した。すでに長崎に上陸する前夜、彼は〈「僕はね、着いたらすぐ結婚するよ……」〉と友に語らう。〈「そうだよ……黒い髪の毛と猫のような眼をもった黄色い膚の娘とね。——可愛い娘を探しだすよ。——人形くらいの大きさの女でね」〉。そしてその後ロティはこんな感慨にふける。〈これらの可愛らしい日本の人形たちは、どれもこれもみんな何とよく笑い、よくはしゃぐことであろう！——なるほど、彼女たちの喜びは幾分お義理で笑っているような、装ったような、時としてわざとらしい調子がないとはいえない。しかし、それでもなお私たちはそれに心奪われる〉。〈お菊は特別である。なぜなら、彼女は淋しそうだから。この小さな頭の中にいったいどんなことが浮かんで来るのだろう？　彼女の語る言葉について私がもっている知識だけでは、これを発見するにはまだ充分ではない。しかし彼女の頭の中に何も浮かんで来ないだろうということは、十中八九間違いなさそうである。——そして、たといそうであろうと、私にとってはどうでもよいことだ！〉。〈私が彼女を妻に迎えたのは、楽しむためなのである。それで、他の女たちがもっているのと同じような、不安のない無表情な顔の一つを彼女に見出すことの方が私には望ましいことである。〉（根津憲三訳『お菊さん』白水社、昭和二十七年三月）。なるほどロティは西洋近代を嫌い、アンニュイを抱いて、東洋のエキゾティズムに憧れ、実際その〈黄色い膚の娘〉によって心を癒していたのかもしれない（という解説もある）。しかしロティの意識は、どう弁解してみても現在のいわゆる買春ツアーに加わる連中のそれと一般である。芥川が「江戸の舞踏会」を踏まえつつ、「舞踏会」においてそぎ落としたものは、こうしたロティの尊大で軽薄な側面であり、それをそうさせたのは芥川の中における、ロティのそうした側面に対する言うに言われぬ反感ではなかったか。

（14）これは、『秋の日本』においても『お菊さん』においても、ロティが日本人を形容する常套句である。

（15）注（8）に同じ。

（16）海軍将校の〈日本風の会釈〉が度々描かれるのも、それを明子が〈日本人〉として見ているからである。

（17）フランス人である海軍将校は、いやおうなく、パリと十八世紀フランス宮廷美学を価値の根源として生きているのである。

（18）注（8）に同じ。

（19）榎本隆司「舞踏会」（『批評と研究 芥川龍之介』芳賀書店、昭和四十七年十一月）は早くからこのことを指摘している。なおこの作品の読みにおいて、このことは前提であり、結論でもある。

（20）菊地弘「舞踏会」（『作品論 芥川龍之介』双文社出版、平成二年十二月）。

（21）注（8）に同じ。

（22）「神々の微笑」において、宣教師パアドレ・オルガンテイノの前に古代の服装をした老人があらわれて次のように言う。〈「我々は木木の中にもゐます。浅い水の流れにもゐます。薔薇の花を渡る風にもゐます。寺の壁に残る夕明りにもゐます。何処にでも、又何時でもゐます。御気をつけなさい。御気をつけなさい」〉。

（23）（24）注（8）に同じ。

（25）人は〈言ひやうのない疲労と倦怠とを、さうして又不可解な、下等な、退屈な人生〉（「蜜柑」）を、一時忘れさせるほどの感動的な光景に遭遇することもあるのだ。

（26）たとえば近い所で「お富の貞操」（「改造」大正七年五月）。

（27）この青年小説家の役割をことさらに重視する必要はないだろう。当時ロティが読者層の中で知名な存在であったこと（前掲笠井氏論文）、そしてその読者の一人がロティ作中の人物を目の前にした〈多大の興味〉や〈愉快な興奮〉、またはせいぜい作中の人物と眼前の人物の落差への〈シニカルな眼〉（梶木剛「『舞踏会』の位置―芥川文学の軌跡をめぐって―」―「芥川龍之介」第二号、洋々社、平成四年四月）が必要であっただけではないか。

(28) 吉田精一『近代文学鑑賞講座』第十一巻『芥川龍之介』(角川書店、昭和三十三年六月)。
(29) 宮坂覚「『舞踏会』試論―その構成の破綻をめぐって―」(「文学と思想」昭和五十年二月)。
(30) 注(8)に同じ。
(31) 明子は〈権高な伯爵夫人の顔だちに、一点下品な気がある〉のを感づくだけの大人びた世間智を持っていた。そしてその聡明さが、それはそれでその後の彼女を苦しめていなかったとはいえないのである。
(32) 三好行雄「仮構の生―『大川の水』をめぐって―」(『芥川龍之介論』)。
(33) 田中純「正月文壇評(二)」(「東京日日新聞」大正九年一月十一日)、水守亀之助「新春の創作を評す」(「文章世界」大正九年二月)等。
(34) 前掲笠井氏論文。
(35)(36)(37) 注(8)に同じ。
(38) 拙稿「『六の宮の姫君』説話―物語の終わりをめぐって―」(「国文学研究」平成二年十月)、「『六の宮の姫君』―物語の反復―」(「文学年誌」第十号、平成二年十二月)、ともに本書所収参照。
(39) 中村真一郎「連環小説としての開化物」(『名著復刻 芥川龍之介近代文学館』日本近代文学館、昭和五十二年七月)はいわゆる開化物が連作として着想されているという。その虚実はともかく、これらの短篇小説の背後に、長編小説を覆うに足る長い時間が想定されていたことはたしかなようである。
(40) 「開化の良人」の〈愛《アムール》のある結婚〉とはついに無縁のごとき三浦勝美の心も――。
(41) 野上臼川の「ロティのために」(『お菊さん』新潮社、大正四年五月)による。
(42) 「或阿呆の一生」の「三十五 道化人形」の中に次のようにある。〈彼はいつ死んでも悔いないやうに烈しい生活をするつもりだつた。が、不相変養父母や伯母に遠慮勝ちな生活をつゞけてゐた。それは彼の生活に明暗の両面を造り出した。彼は或洋服屋の店に道化人形の立つてゐるのを見、どの位彼も道化人形に近いかと云ふことを考へたりした。が、意識の外の彼自身は、――言はゞ第二の彼自身はとうにかう云ふ心もちを或短篇の中に盛りこんでゐた〉。おそらくこれは芥川における人生と芸術の矛盾と真実を鮮やかに語っている。〈第二の彼自身はとうにかう云ふ心もちを或短篇の中に盛りこんでゐた〉――。しかし〈彼自身〉が、依然〈道化人形〉として生きていなければならないことに違いはないのである。

「秋」前後

――時を生きる――

「秋」は大正九年四月の「中央公論」に発表され、のち第五短篇集『夜来の花』（新潮社、大正十年三月）の巻頭に飾られた。このことからも明らかなように、芥川会心の作品であったことが知られる。が、それに止まらず、芥川画期の作品でもあった。少なくとも芥川に、そのような自負を齎した、きわめて重要な作品であったといえよう。

当時芥川が深刻な作家的危機に陥っていたことは、大正八年十一月の「新潮」に掲載された「芸術その他」に徴し、よく言われている。〈恐る可きものは停滞だ。いや、芸術の境に停滞と云ふ事はない。進歩しなければ必退歩するのだ。芸術家が退歩する時、常に一種の自動作用が始まる。と云ふ意味は、同じやうな作品ばかり書く事だ。自動作用が始まつたら、それは芸術家としての死に瀕したものと思はなければならぬ。僕自身「龍」を書いた時は、明にこの種の死に瀕してゐた〉。

素材的にも趣向的にも固定化が始まり、その作品世界はようやく同工異曲を奏しつつあったのである。いわゆるマンネリズムという〈芸術家としての死〉の自覚。しかし芥川にとって問題は、あるいはもっと深い場所にあったというべきかもしれない——。

大正八年五月の「新潮」に「私の出遇つた事」（「一　蜜柑」「二　沼地」）が発表された。〈二等室〉に入って来た〈十三四の小娘〉、〈私〉はその〈如何にも田舎者らしい娘〉の〈下品な顔だち〉、不潔な服装、〈二等と三等との区別さへも弁《わきま》へない愚鈍な心が腹立たしかつた〉。しかもその小娘の存在を忘れようとして目を落とした夕刊の記事、が、それも〈私の憂鬱を慰むべく〉、〈平凡な出来事ばかりで持ち切つてゐた〉。〈私は一切がくだらなくなつて〉、〈死んだやうに眼をつぶ〉る。すると件の小娘がトンネルが近づくにもかかわらず、窓を開けようとして〈悪戦苦闘〉している。そして案の定、次の瞬間、車内は濛々たる煤煙に満たされる。が、やがて汽車がトンネルを抜けた時、〈踏切りの柵の向うに、私は頰の赤い三人の男の子が、目白押《めじろお》しに並んで立つてゐるのを見た〉。

《それが汽車の通るのを仰ぎ見ながら、一斉《せい》に手を挙げるが早いか、いたいけな喉を高く反らせて、何とも意味の分らない喊声を一生懸命に迸らせた。するとその瞬間である。窓から半身《はんしん》を乗り出してゐた例の娘が、あの霜焼けの手をつとのばして、勢よく左右に振つたと思ふと、忽ち心を躍らすばかり暖な日の色に染まつてゐた蜜柑が凡そ五つ六つ、汽車を見送つた子供たちの上へばらばらと空から降つて来た。私は思はず息を呑んだ。さうして刹那に一切を了解した。小娘は、恐らくはこれから奉公先へ赴かうとしてゐる小娘は、その懐に蔵してゐる幾顆の蜜柑を窓から投げて、わざわざ踏切りまで見送りに来た弟たちの労に報いたのである。

　暮色を帯びた町はづれの踏切りと、小鳥のやうに声を挙げた三人の子供たちと、さうしてその上に乱落する鮮な蜜柑の色と――すべては汽車の窓の外に、瞬く暇もなく通り過ぎた。が、私の心の上には、切ない程はつきりと、この光景が焼きつけられた。さうしてそこから、或得体の知れない朗な心もちが湧き上つて来るのを意識した。》

〈私はこの時始めて、云ひやうのない疲労と倦怠とを、さうして又不可解な、下等な、退屈な人生を僅に忘れる事が出来た〉――。

　おそらく芥川はその作家的出発以来、もっぱらこの一瞬の閃輝、〈刹那の感動〉を追い続けて来たのではないか。しかもその〈刹那の感動〉は、その都度、確かにこのように経験されたのだ。が、芥川はつねにすでに、ふたたび〈不可解な、下等な、退屈な人生〉の直中にいたのではないか。

《架空線は不相変鋭い火花を放つてゐた。彼は人生を見渡しても、何も特に欲しいものはなかつた。が、この紫色

の火花だけは、――凄まじい空中の火花だけは命と取り換へてもつかまへたかつた。》

周知の遺稿「或阿呆の一生」(「改造」昭和二年十月)の一節である。しかし〈彼〉＝芥川は、その〈紫色の火花〉を〈命と取り換へて〉、〈つかまへ〉ることが出来たのか。もとより芥川は、たとえば「地獄変」の良秀、「奉教人の死」の〈ろおれんぞ〉等に托して、束の間、その〈凄まじい空中の火花〉を〈つかまへ〉たと思ったかもしれない。しかし、まさしく彼等の〈命と取り換へ〉に、とは彼等の〈命〉を生贄に、が、芥川自身は繰り返し作品の外で、〈命〉を繋ぎ留めてきたのだ。相変わらず〈鋭い火花〉を前にしながら、あるいは振り返りつつ――。その希求の終わりない彷徨。

たしかに、飴のようにのびる〈不可解な、下等な、退屈な人生〉、それを縦に断ち切る一瞬の閃光――。しかもそれを目撃せんとして、また現に目撃しながら、しかし芥川はすでにつねに、なんら変わりなく、〈不可解な、下等な、退屈な人生〉を歩み続けていなければならなかったのだ。

この時、芥川にとって〈芸術〉とは、少なくとも芥川が了解し、今に至るまで追究して来た〈芸術〉とは、畢竟欺瞞であり無力ではなかったか。それはついに眼前に続く人生、さらに言えばその茫々たる〈時間〉を領略できない。そして、あるいは芥川の真に当面する作家的危機とは、このような場所にあったのかも知れない――。(しかしこの問題を芥川が、あのマンネリズムを反省していたように痛切に感受していたか今は問わない。ただ以下「秋」は、この問題に芥川を直面させてゆくと言えよう。)

周知のように、「秋」をめぐって芥川には多くの書簡が残されている。大正九年三月十一日付の南部修太郎宛の書簡に、〈頃来日々風流地獄に堕つ、僅に小品二、小説は三分の一だけ稿成りしのみ、窮状幸に同情せよ〉とあるが、この〈小説〉は「秋」と見てほぼ間違いあるまい。この後すぐに一部を「中央公論」に送稿したらしく、十三日には編集長の瀧田樗蔭に宛てて表現の訂正を申し入れている。脱稿は三月十六日。しかし翌日付けで再び訂正申し入れ、また今後も訂正のあることを伝えている（事実二十二日には、〈もう間に合はないかと思ひますが〉としながら十三日に申し入れた訂正の訂正を依頼している）。三好行雄氏も言うようにこの〈神経質すぎる推敲ぶり〉に、〈「秋」に賭けた期待の大きさ〉が窺えるが、それはまた〈作品の完成度と反響についての異常なまでの関心〉に引き継がれてゆく。三月三十一日にやはり瀧田樗蔭に宛てた、〈「秋」御褒めに預つて恐縮です自分では不慣れな仕事なので出来が好いのか悪いのか更にわからなくて閉口してゐます〉、〈何だか「秋」の出来栄えが気になつて甚不快です〉という感想に始まり、雑誌が出来上がった後の四月九日には〈今日「秋」を読み候一つ二つ気になる所なきには候はねどまづあの位ならば中央公論第一の悪作にても無之かる可き乎と聊安堵仕候〉と言ってみたり、同日の瀧井孝作宛の書簡には、〈秋は大して悪くなささうだ　案ずるよりうむが易かつたと云ふ気がする　僕はだん〳〵あゝ云ふ傾向の小説を書くやうになりさうだ〉と言ってみたりした挙句、十三日の南部修太郎宛の書簡には、〈「秋」は三十枚なれど近々三百枚で感服させる事あるべし御用心々々々実際僕は一つ難関を透過したよこれからは悟後の修業だ〉といい、十五日の小島政二郎宛の書簡には、〈或男「秋」の悪口を云つて来る貴様にはわからないのだと返事をする〉という自信に満ちた物言いに変わっている。さらに二十八日の恒藤恭宛の書簡には、〈四月号の中央公論に書いた「秋」と云ふ小説を読んでくれ給へ　この方は五六行を除いてあとは大抵書けてゐると云ふ自信がある〉とまで揚言する次第なのだ。

いささか手前味噌の感がないではないが、しかしここには、あえて〈不慣れな仕事〉に乗り出したものの不安と緊張、しかもなにか確かなものを摑んだという手応えと喜びが見て取れる。〈実際僕は一つ難関を透過した〉。が、その時芥川は、一体どのような〈経験〉をしていたというのか？

＊

「秋」は四章から成り立つ。まず第一章の冒頭を引用しよう。

《信子は女子大学にゐた時から、才媛の名声を担つてゐた。彼女が早晩作家として文壇に打つて出る事は、殆誰も疑はなかつた。中には彼女が在学中、既に三百何枚かの自叙伝体小説を書き上げたなどと吹聴して歩くものもあつた。が、学校を卒業して見ると、まだ女学校も出てゐない妹の照子《てる》と彼女とを抱へて、後家を立て通して来た母の手前も、さうは我儘を云はれない、複雑な事情もないではなかつた。そこで彼女は創作を始める前に、まづ世間の習慣通り、縁談からきめてかかるべく余儀なくされた。

彼女には俊吉と云ふ従兄があつた。彼は当時まだ大学の文科に籍を置いてゐたが、やはり将来は作家仲間に身を投ずる意志があるらしかつた。信子はこの従兄の大学生と、昔から親しく往来してゐた。それが互に文学と云ふ共通の話題が出来てからは、愈《いよいよ》親しみが増したやうであつた。唯、彼は信子と違つて、当世流行のトルストイズムなどには一向敬意を表さなかつた。さうして始終フランス仕込みの皮肉や警句ばかり並べてゐた。かう云ふ俊吉の冷笑的な態度は、時々万事真面目な信子を怒らせてしまふ事があつた。が、彼女は怒りながらも、俊吉の皮肉や警句の中に、何か軽蔑出来ないものを感じない訳には行かなかつた。》

信子は俊吉とよく、〈一しよに展覧会や音楽会〉に行った。〈大抵そんな時には、妹の照子も同伴《いつしよ》〉だった。しかし照子は〈時々話の圏外へ置きざりにされる事もあつた〉。が彼女は格別、それを〈不平に思つてもゐないらしかつた〉。信子はしかしそれに気付くと、〈必話頭を転換して、すぐに又元の通り妹にも口をきかせようとした〉。その癖〈照子を忘れるものは、何時も信子自身であつた〉。

《信子と従兄との間がらは、勿論誰の眼に見ても、来るべき彼等の結婚を予想させるのに十分であつた。同窓たちは彼女の未来をてんでに羨んだり妬んだりした。殊に俊吉を知らないものは、（滑稽と云ふより外はないが、）一層これが甚しかつた。信子も亦一方では彼等の推測を打ち消しながら、他方ではその確な事をそれとなく故意に仄かせたりした。従つて同窓たちの頭の中には、彼等が学校を出るまでの間に、何時か彼女と俊吉との姿が、恰も、新婦新郎の写真の如く、一しよにはつきり焼きつけられてゐた。

所が学校を卒業すると、信子は彼らの予期に反して、大阪の或商事会社へ近頃勤務する事になつた、高商出身の青年と、突然結婚してしまつた。さうして式後二三日してから、新夫と一しよに勤め先きの大阪へ向けて立つてしまつた。その時中央停車場へ見送りに行つたものの話によると、信子は何時もと変りなく、晴れ晴れした微笑を浮べながら、ともすれば涙を落し勝ちな妹の照子をいろいろと慰めてゐたと云ふ事であつた。

同窓たちは皆不思議がつた。その不思議がる心の中《うち》には、妙に嬉しい感情と、前とは全然違つた意味で妬ましい感情とが交つてゐた。或者は彼女を信頼して、すべてを母親の意志に帰した。又或ものは彼女を疑《うたぐ》つて、心がはりがしたとも云ひふらした。が、それらの解釈が結局想像に過ぎない事は、彼等自身さへ知らない訳ではなかつた。彼女はなぜ俊吉と結婚しなかつたか？　彼等はその後暫《ご》くの間、よるとさはると重大らしく、必この疑問を話題にした。さうして彼是二月ばかり経つと――全く信子を忘れてしまつた。勿論彼女が書く筈だつた長篇小説の噂なぞも。》

以下小説は、信子の新婚生活を写して続く。しかし、その間信子には心にかかることがあった。それは大阪に発つ時、東京駅(2)で照子から手渡された手紙の文面、〈「勿体ない御姉様の犠牲」〉、〈「御姉様は私の為に、今度の御縁談を御きめになりました」〉、〈「心にもない御結婚をなすつて御しまひになりました」〉という文面のことであった。信子は自分の結婚が〈果して妹の想像通り、全然犠牲的なそれであらうか〉と疑う。〈さう疑を挾《さしはさ》む事は、涙の後の彼女の心へ、重苦しい気持ちを拡げ勝ちであつた。信子はこの重苦しさを避ける為に、大抵はじつと快い感傷の中に浸つてゐた〉。

やがて夏が過ぎ秋も深まり、程なくして母から俊吉と照子の〈結納が済んだと云ふ〉(二) 手紙が来る。結婚式には出られなかったが、翌年の秋、信子は社命を帯びた夫と一緒に上京し、多用の夫とは別れて一人、俊吉と照子の新居を訪う。照子はあいにくと留守で、しかしその間久し振りに会った従兄と火鉢を中に語らいながら、信子には〈待つとは云へない程、かすかに何かを待つ心もちがあつた〉(三) ——。

と、一気に作品を終幕の手前まで辿ったわけだが、要するに「秋」はこのように、結婚を間に挟んだ若い男女の心の移ろい、いわば青春の彷徨から〈決定《けつぢやう》〉(3)、さらにはその後の動揺に至るまでの経緯が描かれているといえよう。

だが、そういうことなら芥川には、すでに「路上」(「大阪毎日新聞」大正八年六月三十日〜八月八日) という作品がある。主人公で文科大学の学生である俊助に配するに美貌の辰子、俊助の学友で純な野村に配するに小説家志望の初子、そしてこれまた俊助の学友でドンファンの大井とその女達——。しかし小説は俊助が野村と大井の〈愛〉を比較しながら、〈二人の愛は、どちらが本当の愛なのだらう。野村の愛が幻か。大井の愛が利己心か。それとも両方がそれぞれの意味で、やはり偽のない愛だらうか。さうして彼自身の辰子に対する愛は?〉と問う所で中断している。が、中断はしていても、そこに彷徨から〈決定〉への青春のドラマ、その流動する時間の描出が目論まれていることは注目しなければならない。

あの一瞬の閃輝、〈刹那の感動〉の追求。しかしいま芥川は、それを含んで続く茫々たる〈時間〉の全体、〈過去から未来に向つて飴の様に延びた時間〉(小林秀雄「無常といふ事」)、〈不可解な、下等な、退屈な人生〉そのものの領略を目指している。そしてそこに芥川の、真の画期の意味が潜んでいたのではないか。

ただし「路上」は中絶した。いわば「路上」は青春の〈決定〉のとば口で終わってしまっている。いや彷徨にすら至っていない。登場人物が揃っただけで、まだなんの展開もなく——。

しかし思えば理由がないとはいえない。作者はすでに冒頭近く、主人公俊助をとらえ、〈彼の眼に映じた一般世間は、実行に終始するのが特色だつた。或は実行するのに先立つて、信じてかゝるのが特色だつた。が、彼は持つて生れた性格と今日まで受けた教育とに煩はされて、とうの昔に大切な信ずると云ふ機能を失つてゐた。まして実行する勇気は、容易に湧いては来なかつた。従つて彼は世間に伍して、目まぐるしい生活の渦の中へ、思ひ切つて飛びこむ事が出来なかつた。袖手《しうしゆ》をして傍観す——それ以上に出る事が出来なかつた。だから彼はその限りで、広い世間から切り離された孤独を味ふべく余儀なくされた〉と書いている。（〈余りに所謂ニル・アドミラリな人間だつた〉ともある。）要するにこの主人公、登場するだけで行為（〈実行〉）しえないという人間であり、だからそこに止まるしかなかったのだ。

そして「秋」。少くとも信子は行為（〈実行〉）に出た。〈世間に伍して、目まぐるしい生活の渦の中へ、思ひ切つて飛びこむ事が出来〉た。つまりは青春の〈決定〉。

しかしそれはまたなんとも覚束ない〈決定《けつぢやう》〉であったろうか。たしかに信子は意志し跳躍した。しかもすべては夢の中でのように不確かで頼り無い。

だがにもかかわらず芥川は、その不確かで頼り無い信子の心の移ろいを書き切ったといえよう。しかも〈僕は一つ難関を透過した〉という自負において。

さてこうして見て来ると、やはりここで、よく指摘されることだが、夏目漱石の「三四郎」や「それから」との類縁に言及せざるをえない。

「路上」が「三四郎」とその構想や趣向の端々に至るまで相似していることは明らかである。三好行雄氏も言うように、俊助と辰子が初めて邂逅する場面は、三四郎と美禰子の大学構内での最初の出会いを思わせる。大井篤夫と佐々木与次郎はその恋の手管までそっくりである。他に医学者の新田と野々宮理学士、そして俊助の哲学は「それから」の代助に通ずる〈ニル・アドミラリ〉。

また「秋」も「三四郎」と重なる所がある。蒲生芳郎氏も言うように、(4)〈自由で知的な女〉として広田先生や野々宮さん、三四郎等の超俗的な世界——〈大抵不精な髭を生やして〉、穢い服装と貧しい生計、しかしその間にも〈晏如と〉して、〈太平の空気を通天に呼吸して憚らない〉男たちの世界に生きていた美禰子が、唐突に〈黒い帽子を被って金縁の眼鏡を掛け〉、〈髭を奇麗に剃っ〉た〈色光沢《つや》の好い〉、〈若い紳士〉と結婚する。それは信子が学友達の〈予期に反して〉、〈将来は作家仲間に身を投ずる意志があるらし〉い従兄との結婚を措いて、〈大阪の或商事会社へ近頃勤務する事になつた、高商出身の青年と、突然結婚してしまつた〉という設定と同じである。

もっとも「三四郎」はそこで終わり、「秋」はそこから始まる。しかし結婚して大阪に発った信子が上京し、自らの青春の〈決定〉に惑うという次なる設定は、結婚して大阪に去った三千代が上京し、代助があらためて青春の〈決定〉に迷うという「それから」の設定を引き継いでいるといえる。

三千代に愛を告白する日、代助は、

《「今日始めて自然の昔に帰るんだ」と胸の中で云つた。斯う云ひ得た時、彼は年頃にない安慰を総身に覚えた。何故もつと早く帰る事が出来なかつたのかと思つた。始めから何故自然に抵抗したのかと思つた。彼は雨の中に、百合の中に、再現の昔のなかに、純一無雑に平和な生命を見出した。其生命の裏にも表にも、慾得はなかつた。利害はなかつた。自己を圧迫する道徳はなかつた。雲の様な自由と、水の如き自然とがあつた。さうして凡ては幸《ブリス》であつた。だから凡てが美しかつた。》

そして告白。〈二人は斯う凝としてゐる中に、五十年を眼のあたりに縮めた程の精神の緊張を感じた。さうして其緊張と共に、二人が相並んで存在して居ると云ふ自覚を失はなかつた。彼等は愛の刑と愛の賚《たまもの》とを同時に享けて、同時に双方を切実に味はつた〉。

代助はまさしく百尺竿頭一歩を進めた。その目くるめくような一瞬の恍惚、〈刹那の感動〉——。しかしすでにその時代助は、三千代との〈落魄〉の日々、〈漂泊〉の日々の予感に脅えなければならなかったのだが(5)——。すでに告白する直前にも、あの〈一刻の幸《ブリス》〉に浸りつつ、代助は〈やがて、夢から覚め〉なければならない。〈此一刻の幸《ブリス》から生ずる永久の苦痛が其時卒然として、代助の頭を冒して来た。彼の唇は色を失つた。彼は黙然として、我と吾手を眺めた。爪の甲の底に流れてゐる血潮が、ぶる〳〵顫へる様に思はれた〉。

そして「門」。宗助はお米とともに〈永久の苦痛〉を内に抱えながら、〈腰弁夫婦の平凡な人生(6)〉、その〈落魄〉と〈漂泊〉を生きなければならない。宗助は〈自分達が如何な犠牲を払つて、結婚を敢てしたかと云ふ当時を憶ひ出さない訳には行かなかつた〉。〈二人が黙つて向き合つてゐると、何時の間にか、自分達は自分達の拵へた、過去といふ暗い大きな窖《あな》の中に落ちてゐる〉。いわば青春の〈決定〉にいまも心を残し、そのことに引き摺られて余生を過ごす——。

あるいはすでに過ぎた青春の〈決定〉を省みる「秋」の信子の姿は、この「門」の宗助の姿に重なるのかも知れない。とすれば、芥川はその作家的危機を打開すべく、先師の中期の作家的営為（いわゆる「前期三部作」）すべてを指標としていたのかも知れない。

さて、「秋」論の前提とでもいうべきものに手間を取ったが、前引の「秋」第一章の前半に続く後半に入る。《信子はその間《うち》に大阪の郊外へ、幸福なるべき新家庭をつくつた。彼等の家はその界隈でも、最も閑静な松林にあつた。松脂の匂と日の光と、——それが何時でも夫の留守は、二階建の新しい借家の中に、活き活きした沈黙を領してゐた。信子はさう云ふ寂しい午後、時々理由もなく気が沈むと、きつと針箱の引出しを開けては、その底に畳んでしまつてある桃色の書簡箋をひろげて見た。書簡箋の上にはこんな事が、細々《こまぐ》とペンで書いてあつた。

「——もう今日かぎり御姉様と御一しよにゐる事が出来ないと思ふと、これを書いてゐる間でさへ、止め度なく涙が溢れて来ます。御姉様。どうか、どうか私を御赦し下さい。照子は勿体ない御姉様の犠牲の前に、何と申し上げて好いかもわからずに居ります。

「御姉様は私《わたくし》の為に、今度の御縁談を御きめになりました。さうではないと仰有つても、私にはよくわかつて居ります。何時ぞや御一しよに帝劇を見物した晩、御姉様は私に俊さんは好きかと御《お》尋《き》きになりました。それから又好きならば、御姉様がきつと骨を折るから、俊さんの所へ行けとも仰有いました。あの時もう御姉様は、私が俊さんに差上げる筈の手紙を読んでいらしつたのでせう。あの手紙がなくなつた時、ほんたうに私は御姉様を御恨めしく思ひました。（御免遊ばせ。この事だけでも私はどの位申し訳がないかわかりません。）ですからその晩も私には、御姉様の親切な御言葉も、皮肉のやうな気さへ致しました。私が怒つて御返事らしい御返事も碌に致さなかつた事は、もちろん御忘れになりもなさりますまい。けれどもあれから二三日経つて、御姉様の御縁談が急にきまつてしまつた時、私はそれこそ死んででも、御詫びをしようかと思ひました。御姉様も俊さんが御好きなのでございますもの。（御隠しになつてはいや。私はよく存じて居りましてよ。）私の事さへ御かまひにならなければ、きつと御自分が俊さんの所へいらしつたのに違ひございません。それでも御姉様は私に、俊さんなぞは思つてゐないと、何度も繰返して仰有いました。さうしてたうたう心にもない御結婚をなすつて御しまひになりました。私の大事な御姉様。》

《信子はこの少女らしい手紙を読む毎に、必涙が滲んで来た。殊に中央停車場から汽車に乗らうとする間際、そつとこの手紙を彼女に渡した照子の姿を思ひ出すと、何とも云はれずにいぢらしかつた。が、彼女の結婚は果して妹の想像通り、全然犠牲的なそれであらうか。さう疑を挟《さしはさ》む事は、涙の後の彼女の心へ、重苦しい気持ちを拡げ勝ちであつた。信子はこの重苦しさを避ける為に、大抵はじつと快い感傷の中に浸つてゐた。そのうちに外の松林へ一面に当つた日の光が、だんだん黄ばんだ暮方の色に変つて行くのを眺めながら。》

ところで〈「秋」の読みかたには、ある種の誤解がたえずまつわりついている〉として三好行雄氏は、竹内真氏の〈「秋」は信子といふ女主人公が、妹に情人を譲つて、犠牲的な結婚をし、次第に平静な心持になる女らしい心持が描かれてゐる〉とか、岩城準太郎氏の〈女子大学出の文学少女信子が、従兄の愛が妹に移つてゐるのを見ると、自分は高商出の会社員と婚約して了つた心もち、夫が全然趣味性格を異にするのを発見した心もち、従兄と結婚した妹の家庭にその幸福らしさを目撃した心もち、此の三様の変化の描写〉が書かれているとかいう要約を例証しながら、〈妹に情人を譲つて〉とか、〈従兄の愛が妹に移つてゐるのを見ると〉とか、〈すべてありもしない風景〉、〈書かれている以上のドラマが深読みされ〉ていると批判し、続けて〈こうした誤解の根底には、信子の結婚が愛をみずから断念した、自己犠牲の結果であると決めこむ、もうひとつの誤解が根を張っている〉（傍点三好氏）と指摘している。たしかに仔細に読めば俊吉と信子の相愛は、友人たちの眼によって見られた幻にすぎず、〈来るべき彼等の結婚〉も、〈同窓たちの頭の中〉に写し出された映像にすぎないのだが[7]、にもかかわらずそれを、〈すべてありもしない風景〉といえるかどうか。

〈信子も亦一方では彼等の推測を打ち消しながら、他方ではその確な事をそれとなく故意に仄かせたりした〉という。あるいは照子の手紙にあるように、信子は自分の方がはるかに親しくしていた俊吉のことを妹に、〈「俊さんは好きか」〉と尋ねたり、〈「好きならば」〉、〈「きつと骨を折るから、俊さんの所へ行け」〉と勧めたり、さらには自身〈「俊さんなぞは思つてゐないと、何度も繰返し」〉言ったりしたという（それも自分の縁談の急に決まる二、三日前に

——）。いわばこの一種思わせぶりの風情には、信子の中の形にはならなかった俊吉への思いがあったと言ってもおかしくはない。(8)

無論、だからと言って信子は、俊吉への愛を〈みずから断念し〉、そうした〈自己犠牲〉の結果、結婚したというわけではあるまい。信子自身、そう思い込んでいるかのような照子の手紙を読みながら、〈彼女の結婚は果して妹の想像通り、全然犠牲的なそれであらうか〉と戸惑うので、〈さう疑を挾《さしはさ》む事は、涙の後の彼女の心へ、重苦しい気持ちを拡げ勝ちであつた〉とあるように、信子は自分がそれほどにも重い〈犠牲〉を払ったのか、つまりそれほどにも大それた決断をしたのか、もしそうだとしたら、かえって〈重苦しい気持ちを拡げ勝ちであつた〉と当惑しているかのようだ。

しかし一方信子には、そう思い込んでいるかのような照子の手紙、しかも涙に濡れた感謝の文言を読むことは、〈快い〉ことでないことはない。形にもならなかった俊吉への思い、だから失ったとしてもそれほどにも心痛まぬ俊吉への思いを妹に譲る、いわばその程度の〈犠牲〉を代償に、妹と相抱いて流す〈感傷〉の涙ということではなかったか——。

だが、おそらくここには信子の結婚、あの青春の〈決定〉に対する惑いが、すでにそこはかとなく兆していると評してもおかしくはない。

信子はたしかに〈幸福なるべき新家庭をつくつた〉。〈閑静な松林〉、〈松脂の匂と日の光〉、〈それが何時でも夫の留守は、二階建の新しい借家の中に、活き活きした沈黙を領してゐた〉。まさしく〈活き活きした沈黙〉の中に、充実した（〈幸福なるべき〉）新婚の時は刻々として刻まれているのだ。

しかし、にもかかわらず〈信子はさう云ふ寂しい午後、時々理由もなく気が沈む〉という。〈活き活きした沈黙〉、刻々として時を刻む今、現在の瞬間、そして〈松脂の匂と日の光〉に囲まれながら（〈知覚〉(9)）、しかしそのように充溢しながら信子は〈寂し〉く〈気が沈む〉。つまり今、現在の一齣々々は〈活き活き〉と豊かでありながら、しかし〈沈黙〉に沈み、とは〈言葉〉を失って空白なのだ。その時信子は〈きつと針箱の引出しを開けては、その底に畳んでしまつてある桃色の書簡箋をひろげて見〉る。言うまでもなく、信子は〈言葉〉を求めているのである。あの青春の〈決定〉――結婚し、今、現在、新婚の時は刻々と過ぎてゆく。信子はその空白の消光に〈言葉〉を、〈意味〉を与えようとしている。〈自己犠牲〉とするにはいささか〈重苦しい〉が、妹への〈恋譲り〉とするには〈快〉くないことはない、いささか放恣な迷い。しかしそれは信子の空白感が、まだ陶酔にも似たたゆたいでしかないことをも示している。

が、いずれにしても、〈そのうちに外の松林へ一面に当つた日の光が、だんだん黄ばんだ暮方の色に変つて行く〉。つまり相変わらず〈活き活きした沈黙〉の中で、しかし刻々に時は流れてゆくのである。

そして「秋」は、こうした信子における〈時間〉の通過、いや生活の今、現在の一齣々々、その中で、いわば生命を培い養っている信子の〈経験〉を描くことに他ならない。

＊

第二章、〈結婚後彼是三月ばかりは、あらゆる新婚の夫婦の如く、彼等も亦幸福な日を送つた〉。

《夫は何処か女性的な、口数を利かない人物であつた。それが毎日会社から帰つて来ると、必晩飯後の何時間かは、信子と一しよに過す事にしてゐた。信子は編物の針を動かしながら、近頃世間に騒がれてゐる小説や戯曲の話などもした。その話の中には時によると、基督教の匂のする女子大学趣味の人生観が織りこまれてゐる事もあつた。夫は晩酌の頬を赤らめた儘、読みかけた夕刊を膝へのせて、珍しさうに耳を傾けてゐた。が、彼自身の意見らしいものは、一言も加へた事がなかつた。

彼等は又殆日曜毎に、大阪やその近郊の遊覧地へ気散じな一日を暮しに行つた。信子は汽車電車へ乗る度に、何処でも飲食する事を憚らない関西人が皆卑しく見えた。それだけおとなしい夫の態度が、格段に上品なのを嬉しく感じた。実際身綺麗な夫の姿は、さう云ふ人中《ひとなか》に交つてゐると、帽子からも、背広からも、或は又赤皮の編上げからも、化粧石鹼の匂に似た、一種清新な雰囲気を放散させてゐるやうであつた。殊に夏の休暇中、舞子まで足を延した時には、同じ茶屋に来合せた夫の同僚たちに比べて見て、一層誇りがましいやうな心もちがせずにはゐられなかつた。が、夫はその下卑た同僚たちに、存外親しみを持つてゐるらしかつた。

その内に信子は長い間、捨ててあつた創作を思ひ出した。そこで夫の留守の内だけ、一二時間づつ机に向ふ事にした。夫はその話を聞くと、「愈《いよいよ》女流作家になるかね。」と云つて、やさしい口もとに薄笑ひを見せた。しかし机には向ふにしても、思ひの外ペンは進まなかつた。彼女はぼんやり頰杖をついて、炎天の松林の蟬の声に、我知れず耳を傾けてゐる彼女自身を見出し勝ちであつた。》

ところで、信子が結婚を急いだについては、二人の娘を抱え、〈後家を立て通して来た母の手前も、さうは我儘を云はれない、複雑な事情もないではなかつた〉ということは前に引いた。〈そこで彼女は創作を始める前に、まづ世間の習慣通り、縁談からきめてかかるべく余儀なくされた〉。

なるほど当時娘を女子大学に通わせ、展覧会や音楽会へも行かせる母子家庭は、決して貧しいとはいえない。しかしだからこそこれ以上の〈我儘を云はれない〉ということではなかったか。〈複雑な事情〉というのも、それ以外記されていない。ただ〈母の手前〉、とは母を早く安心させるためにも、信子は〈まづ世間の習慣通り〉、結婚を急いだのである。

しかしそうして、おそらくは経済的事情に敏感であったろう信子が、だから闇雲に、他のことに眼を瞑り、〈高商出身の青年〉、とはいわゆるエリート・サラリーマンと〈心にもな〉く結婚したととるのも早計である。たしかに信子は、〈生活の安定を選びとった〉[10]といえる。しかしそう言うなら彼女は、まさに〈幸福なるべき新家庭〉を選びとったので、だから信子は、十分その結婚に期待もし満足もしていたといえよう。

大阪に立つ日、中央停車場で、彼女が〈何時もと変りなく、晴れ晴れした微笑を浮べ〉ていたのも当然で、その後〈三月ばかり〉、〈あらゆる新婚の夫婦の如く、彼等も亦幸福な日を送つた〉というのも嘘ではない。

しかも夫は優しく、信子が得意の〈小説や戯曲の話〉などにも〈珍しさうに耳を傾け〉る。たとえそこに〈基督教の匂のする女子大学趣味〉の、甘ったるい〈人生観が織りこまれてゐる〉としても――。

また信子は、とかく行儀のわるい関西人に較べて、〈おとなしい夫の態度が、格段に上品なのを嬉しく感じ〉るし、〈身綺麗な夫の姿〉が、〈化粧石鹼の匂に似た、一種清新な雰囲気を放散させてゐるやう〉に感ずる。さらに〈下卑た同僚たち〉に比べ、夫が〈一層誇りがましいやうな心もち〉にさえなるのだ。

こうして信子は、ほとんど縦に、自らの〈幸福なるべき新家庭〉を日々確認し実感しているといえよう。そして、そうした心の余裕からともいうべきか、信子は長らく〈捨ててあつた創作を思ひ出〉す。しかしこれは所詮思い付きを出ない。なぜならこの時彼女には〈言葉〉も〈意味〉も必要ない。あるいは彼女は〈言葉〉や〈意味〉から遠く隔たっているといわなければならない。だからただ、〈彼女はぼんやり頰杖をついて、炎天の松林の蟬の声に、我知れず耳を傾けてゐる〉ばかりである。つまり彼女は〈炎天の松林の蟬の声〉に囲まれて、とはいわば、あの〈活き活きした沈黙〉に閉ざされて、今、現在の充溢と、そして空白を生きているのだ。

《所が残暑が初秋へ振り変らうとする時分、夫は或日会社の出がけに、汗じみた襟を取変へようとした。が、生憎襟は一本残らず洗濯屋の手に渡つてゐた。夫は日頃身綺麗なだけに、不快らしく顔を曇らせた。さうしてズボン吊を掛けながら、「小説ばかり書いてゐちや困る」と何時になく厭味を云つた。信子は黙つて眼を伏せて、上衣の埃を払つてゐた。

それから二三日過ぎた或夜、夫は夕刊に出てゐた食糧問題から、月々の経費をもう少し軽減出来ないものかと云ひ出した。「お前だつて何時《いつ》までも女学生ぢやあるまいし。」――そんな事も口へ出した。信子は気のない返事をしながら、夫の襟飾の絽刺しをしてゐた。すると夫は意外な位執拗に、「その襟飾にしてもさ、買ふ方が反つて安くつくぢやないか。」と、やはりねちねちした調子で云つた。彼女は猶更口が利けなくなつた。夫もしまひには白けた顔をして、つまらなさうに商売向きの雑誌か何かばかり読んでゐた。が、寝室の電灯を消してから、信子は夫に背を向けた儘、「もう小説なんぞ書きません。」と、囁くやうな声で云つた。夫はそれでも黙つてゐた。暫くして彼女は、同じ言葉を前よりもかすかに繰返した。それから間もなく泣く声が洩れた。夫は二言三言彼女を叱つた。その後でも彼女の啜泣きは、まだ絶え絶えに聞えてゐた。が、信子は何時の間にか、しつかりと夫にすがつてゐた。

……

翌日彼等は又元の通り、仲の好い夫婦に返つてゐた。

と思ふと今度は十二時過ぎても、まだ夫が会社から帰つて来ない晩があつた。しかも漸く帰つて来ると、雨《あま》外套も一人では脱げない程、酒臭い匂を呼吸《いき》してゐた。信子は眉をひそめながら、甲斐々々しく夫に着換へさせた。夫はそれにも関らず、まはらない舌で皮肉さへ云つた。「今夜は僕が帰らなかつたから、余つ程小説が捗取《はかど》つたらう。」――さう云ふ言葉が、何度となく女のやうな口から出た。彼女はその晩床にはいると、思はず涙がほろほろ落ちた。こんな処を照子が見たら、どんなに一しよに泣いてくれるであらう。照子。照子。私が便りに思ふのは、たつたお前一人ぎりだ。――信子は度々心の中でかう妹に呼びかけながら、夫の酒臭い寝息に苦しまされて、殆夜《よ》中《ぢう》まんじりともせずに、寝返りばかり打つてゐた。

が、それも亦翌日になると、自然と仲直りが出来上つてゐた。

そんな事が何度か繰返される内に、だんだん秋が深くなつて来た。信子は何時か机に向つて、ペンを執る事が稀になつた。その時にはもう夫の方も、前程彼女の文学談を珍しがらないやうになつてゐた。彼等は夜毎に長火鉢を隔てて、瑣末な家庭の経済の話に時間を殺す事を覚え出した。その上又かう云ふ話題は、少くとも晩酌後の夫にとつて、最も興味があるらしかつた。それでも信子は気の毒さうに、時々夫の顔色を窺つて見る事があつた。が、彼は何も知らず、近頃延した髭を嚙みながら、何時もより余程快活に、「これで子供でも出来て見ると――」なぞと、考へ考へ話してゐた。》

まことに〈「面白いのは百日ばかり」〉（「家」）、〈夫婦は不思議な顔を合せた――今迄合せたことのない顔を〉（「同」）。あたかも秋風に誘われるごとく、夫はもはや蜜月の夢から醒めて、再び世間（現実社会）に生きる男の顔に戻る。しかも妻をも同じように、世間（現実社会）に適応させるべく、その〈管理〉と〈教育〉に手を着ける。(11) なるほど〈「何時までも女学生」〉では困るのだ。そして自分が世間（信子のいわゆる〈下卑た同僚たち〉）と付き合い、懸命に闘っているという証（〈酒臭い匂〉）を、信子に吐きかけて憚らない。

信子は虚を突かれ不平、不満が顔に出る。しかし彼女も世間に生きる以上、夫に従わなければならない。いや、不信、反抗は拭えぬとも、夜ともなれば、夫婦は〈自然〉の男女となって、〈そんな事が何度か繰返される内に〉、やがて〈「子供でも出来」〉るのである。

〈信子もまた、昼に争って夜に和解することを覚えた、平凡な人妻に変貌してゆく〉と三好氏も言う。しかし〈争って〉といい〈和解する〉といい、では信子にとって結婚とは、一体どちらなのか？　いやどちらでもない、その中間に宙吊りとなって、信子は曖昧な小康＝消光を続けなければならない。（信子の〈ニル・アドミラリ〉――。）

だが、おそらくここにこそ、信子の結婚の実体が、そして実質があるのではないか。その日々の時間、日常という時間の流れ――。言うなれば信子はそのようにして、今、現在の一齣一齣を送迎する。[12] そしてそのこと以外に、信子の生はどこにもないのだ。

だから信子は、今、現在も、あの〈活き活きした沈黙〉に充たされて生きているはずなのだ。しかし、すでに結婚直後にも、信子はその豊かな〈沈黙〉に囲まれながら、時に〈寂しく〉、〈気が沈〉んだという。とはそれを、〈言葉〉と〈意味〉を失った空白として過ごしていたのである。しかもいまも、と言うよりいまや一層常住に、信子の一瞬一瞬は空しく移ろう。沈滞し、ほとんど窒息して。いやなによりも、信子自身、〈時間を殺す〉しかないではないか。[13]

そしてそんな時、信子はあらためて照子に呼びかける。〈照子。照子。私が便りに思ふのは、たつたお前一人ぎりだ〉。言うまでもなく信子は、照子の手紙の〈言葉〉に縋るのである。(おそらくいままでも信子は、心屈した時、照子の手紙を開いていたろう。)そこには、信子の結婚とその後の空白な時間が、まさに〈犠牲〉という〈言葉〉と〈意味〉を付与されて輝き連なっている。そして信子は、その〈言葉〉と〈意味〉によって、彼女の時間全体、生全体を救抜しようとしているのだ。

《するとその頃から月々の雑誌に、従兄の名前が見えるやうになつた。信子は結婚後忘れたやうに、俊吉との文通を絶つてゐた。唯、彼の動静は、――大学の文科を卒業したとか、同人雑誌を始めたとか云ふ事は、妹から手紙で知るだけであつた。又それ以上彼の事を知りたいと云ふ気も起さなかつた。が、彼の小説が雑誌に載つてゐるのを見ると、懐しさは昔と同じであつた。彼女はその頁をはぐりながら、何度も独り微笑を洩らした。俊吉はやはり小説の中でも、冷笑と諧謔との二つの武器を宮本武蔵のやうに使つてゐた。彼女にはしかし気のせゐか、その軽快な皮肉の後《うしろ》に、何か今までの従兄にはない、寂しさうな捨鉢の調子が潜んでゐるやうに思はれた。と同時にさう思ふ

事が、後《うしろ》めたいやうな気もしないではなかつた。》

月々の雑誌に〈従兄の名前が見えるやうになつた〉のは偶然としても、長い間記憶の片隅に置き忘れていたような俊吉を、信子が〈懐し〉く想い出すのは偶然ではない。照子の紡ぎ出した〈言葉〉と〈意味〉、つまり〈物語〉を前に、信子はようやく〈心にもない〉結婚をした女に自らを擬し、演じてゆく、その時、従兄もまた悲恋の共演者としてドラマに参加しなければならぬ。信子は〈気のせいか〉、従兄の〈小説〉に、〈寂しさうな捨鉢の調子〉を読み取るのである。

《信子はそれ以来夫に対して、一層優しく振舞ふやうになつた。夫は夜寒の長火鉢の向うに、何時も晴れ晴々と微笑してゐる彼女の顔を見出した。その顔は以前より若々しく、化粧をしてゐるのが常であつた。彼女は針仕事の店を拡げながら、彼等が東京で式を挙げた当時の記憶なぞも話したりした。夫にはその記憶の細かいのが、意外でもあり、嬉しさうでもあつた。「お前はよくそんな事まで覚えてゐるね。」――夫にかう調戯《からか》はれると、信子は必無言の儘、眼にだけ媚のある返事を見せた。が、何故それ程忘れずにゐるか、彼女自身も心の内では、不思議に思ふ事が度々あつた。》

たしかに当の夫の前で、〈心にもない〉結婚をした女となって、捨てて来た（?）男を〈懐し〉むのは〈後めたくないことはない。だから信子は〈夫に対して、一層優しく振る舞ふやうにな〉る。〈以前より若々しく、化粧をし〉、眼に〈媚のある返事〉を見せる。しかしそうすればするほど、彼女は余計、〈心にもない〉結婚をした女として、自らを擬し、演じてゆくことになる。一種の自己幻想、自己欺瞞――。彼女は今、現在のあの〈活き活きした沈黙〉を離れ、次第に今、現在までの必然、つまりは〈過去〉に遡る。しかもその時、〈過去〉は、またなんと鮮やかに、〈言葉〉と〈意味〉に満ちて今、現在に蘇るか。こうして信子は、〈物語〉という想い出の中に、想い出という〈物語〉の中に溺れてゆくことになる（〈小説〉を書く代わりに）[14]。

《それから程なく、母の手紙が、信子に妹の結納が済んだと云ふ事を報じて来た。その手紙の中には又、俊吉が照子を迎へる為に、山の手の或郊外へ新居を設けた事もつけ加へてあつた。彼女は早速母と妹とへ、長い祝ひの手紙を書いた。「何分当方は無人故《ぶにんゆえ》、式には不本意ながら参りかね候へども……」――そんな文句を書いてゐる内に、(彼女には何故かわからなかつたが、) 筆の渋る事も再三あつた。すると彼女は眼を挙げて、必外の松林を眺めた。松は初冬の空の下に、簇々《そうく》と蒼黒く茂つてゐた。》

こうして信子は〈物語〉を育ててゆく。しかし繰り返すまでもなく、そうして信子は来し方を〈言葉〉と〈意味〉において想い起こしているにすぎない。しかも〈物語〉の共演者、俊吉も照子も遠い彼方の存在でしかなく、ここでも信子は彼等をそう想い起こそうとしているにすぎない(〈想起〉)(15)。そして信子が〈眼を挙げて〉見れば、現にそこにあるものは、〈簇々と蒼黒く茂〉る〈松林〉なのだ。それは信子がつねに、今、現在に間近に見、触れているもの(〈知覚〉)、いわばその刻々を生きる自身のように、現にそこにあるものといえよう。それは象徴でもなければ夢想でもない。そして信子はこの時、その〈想起〉と〈知覚〉の間にいる(〈存在〉する)のだ。

《その晩信子と夫とは、照子の結婚を話題にした。夫は何時もの薄笑ひを浮べながら、彼女が妹の口真似をするのを、面白さうに聞いてゐた。が、彼女には何となく、彼女自身に照子の事を話してゐるやうな心もちがした。「どれ、寝るかな。」――二三時間の後、夫は柔な髭を撫でながら、太儀さうに長火鉢の前を離れた。信子はまだ妹へ祝つてやる品を決し兼ねて、火箸で灰文字を書いてゐたが、この時急に顔を挙げて、「でも妙なものね、私にも弟が一人出来るのだと思ふと」と云つた。「当り前ぢやないか、妹もゐるんだから。」――彼女は夫にかう云はれても、考深い眼つきをした儘、何とも返事をしなかつた。》

俊吉と照子の結婚も、遠い彼方の出来事、信子はそれを〈言葉〉と〈意味〉の中で想い起こす。つまりは自らに

〈物語〉るのである。だから信子は〈何となく、彼女自身に照子の事を話してゐるやうな心もち〉がするし、〈「私にも弟が一人出来る」〉ということを、〈「妙なもの」〉と自問自答しながら、それを自らに得心させるのである。《照子と俊吉とは、師走の中旬に式を挙げた。当日は午少し前から、ちらちら白い物が落ち始めた。信子は独り午の食事をすませた後《のち》、何時《いつ》までもその時の魚の匂が、口について離れなかつた。「東京も雪が降つてゐるかしら。」――こんな事を考へながら、信子はじつとうす暗い茶の間の長火鉢にもたれてゐた。雪は愈烈しくなつた。が、口中の生臭さは、やはり執念く消えなかつた。……》

よく取り上げられる一節だが、これもなにかの象徴でもなければ暗示でもない。〈雪〉の烈しく降るごとき外気の冷たさ、それに比する口中の体熱、その落差の中に信子は、なにかを〈知覚〉しただけなのである。それは本来なんとも言いようのないもの、しかし信子はそれを〈生臭〉いととり、しかも昼食の時の〈魚の匂〉ととる。つまりこうして信子は、いわば今、現在の不定形《アモルファス》で無名の〈知覚〉を、〈言葉〉と〈意味〉において、しかも過去に遡及し過去から継続する連続性と必然性において、〈言語命題的〉に、要するに〈物語〉として〈想起〉するのだ。(16)そしてここに瞬間に立ちながら、同時にそれを〈持続〉において語らざるをえない信子、いや人間の、〈生きられる時間〉の矛盾と真実があるといえよう。(17)

*

第三章――、〈信子はその翌年の秋、社命を帯びた夫と一しよに、久しぶりで東京の土を踏〉む。多用の夫とは別行動をとらざるをえず、信子は〈妹夫婦の郊外の新居を尋ねる時も、新開地じみた電車の終点から、たつた一人俥に揺られて行つた〉。《彼等の家は、町並が葱畑に移る近くにあつた。しかし隣近所には、いづれも借家らしい新築が、せせこましく軒を並べてゐた。のき打ちの門、要《かなめ》もちの垣、それから竿に干した洗濯物、——すべてがどの家も変りはなかつた。この平凡な住居の容子は、多少信子を失望させた。》

あいにく照子も女中も使いに出ていて、家には従兄一人がいた。彼は〈以前と同じやうに、この珍客の顔を見ると、「やあ」と快活な声を上げた〉。〈何時の間にか、いが栗頭でなくなつた〉彼。〈信子は妙に恥しさを感じながら、派手な裏のついた上衣《コート》をそつと玄関の隅に脱いだ〉。

〈俊吉は彼女を書斎兼客間の八畳へ坐らせた。座敷の中には何処を見ても、本ばかり乱雑に積んであつた〉。〈その中に若い細君の存在を語つてゐるものは、唯床の間の壁に立てかけた、新しい一面の琴だけであつた。信子はかう云ふ周囲から、暫らく物珍しい眼を離さなかつた〉。〈「来る事は手紙で知つてゐたけれど、今日来ようとは思はなかつた。」——俊吉は巻煙草へ火をつけると、さすがに懐しさうな眼つきをした〉。〈「どうです、大阪の御生活は？」「俊さんこそ如何《いかが》？　幸福？」——信子も亦二言三言《ふたことみこと》話す内に、やはり昔のやうな懐しさが、よみ返つて来るのを意識した。文通さへ碌《ろく》にしなかつた、彼是二年越しの気まづい記憶は、思つたより彼女を煩さなかつた〉。《彼等は一つ火鉢に手をかざしながら、いろいろな事を話し合つた。俊吉の小説だの、共通な知人の噂だの、東京と大阪との比較だの、話題はいくら話しても、尽きない位沢山あつた。が、二人とも云ひ合せたやうに、全然暮し向きの問題には触れなかつた。それが信子には一層従兄と、話してゐると云ふ感じを強くさせた。》

こうして信子が、この上京と妹夫婦との再会に、なにかを期待していたことは言うまでもない。その期待の内実はしばらく問わず、彼女が妹夫婦の新居一帯の〈平凡な住居の容子〉に〈多少〉の〈失望〉を感ずるのも、彼女の中になにか予断のあったことを示している。(18) ばかりか、信子は俊吉を前にして〈妙に恥し〉く、彼等の新生活から〈暫らく物珍しい眼を離さな〉い。それに〈二年越し〉、俊吉に〈文通さへ碌にしなかつた〉ことが信子の〈気まづい記憶〉を募らせる。しかし現に会って話し出してみれば、こだわるべきものはなにもない。俊吉は相変わらず

〈快活〉で、〈乱雑に積んであ〉る本に囲まれて話しているうちに、信子からあの〈気まづい記憶〉の煩いも消えてしまう。しかも昔と同じように、二人とも〈全然暮し向きの問題〉などに〈触れ〉ることもない。

《時々はしかし沈黙が、二人の間に来る事もあつた。その度に彼女は微笑した儘、眼を火鉢の灰に落した。其処には待つとは云へない程、かすかに何かを待つ心もちがあつた。すると故意か偶然か、俊吉はすぐに話題を見つけて、何時もその心もちを打ち破つた。彼女は次第に従兄の顔を窺はずにはゐられなくなつた。が、彼は平然と巻煙草の煙を呼吸しながら、格別不自然な表情を装つてゐる気色も見えなかつた。》

たしかに信子は終始、〈待つとは云へない程、かすかに何かを待つ心もち〉を引きずっている。が無論信子は、俊吉との愛の復活[19]とか、ましてや〈意識下の姦通願望[20]〉などという大それた期待を抱いているわけではない。ただ言うなれば信子は、ひたすら、しかしひそかに、あの〈物語〉の進捗と完成を、その確認を期しているのだ。照子のいわゆる〈恋をゆずった女〉の自伝――。しかしその信子の期待を他所に、共演者たるべき俊吉は〈平然〉として煙草を吹かしている。そしてここに、信子の今、現在そのものの現実があるのである。

《その内に照子が帰つて来た。彼女は姉の顔を見ると、手をとり合はないばかりに嬉しがつた。信子も唇は笑ひながら、眼には何時かもう涙があつた。二人は暫くは俊吉も忘れて、去年以来の生活を互に尋ねたり尋ねられたりしてゐた。殊に照子は活き活きと、血の色を頬に透かせながら、今でも飼つてゐる鶏の事まで、話して聞かせる事を忘れなかつた。俊吉は巻煙草を啣へた儘、満足さうに二人を眺めて、不相変にやにや笑つてゐた。》

そこへ女中も帰って来た。〈俊吉はその女中の手から、何枚かの端書を受取ると、早速側の机へ向つて、せっせとペンを動かし始めた〉（女中の留守の動機付け）。〈照子は女中も留守だつた事が、意外らしい気色を見せた。「ぢや御姉様がいらしつた時は、誰も家にゐなかつたの。」「ええ、俊さんだけ。」――信子はかう答へる事が、平気を強ひるやうな心もちがした〉。俊吉が〈「旦那様に感謝しろ。その茶も僕が入れたんだ」〉と云う。〈照子は姉と眼を見合せて、悪戯《いたづら》さうにくすりと笑つた。が、夫にはわざとらしく、何とも返事をしなかつた〉。
《間もなく信子は、妹夫婦と一しよに、晩飯の食卓を囲む事になつた。照子の説明する所によると、膳に上つた玉子は皆、家《うち》の鶏が産んだものであつた。俊吉は信子に葡萄酒をすすめながら、「人間の生活は掠奪で持つてゐるんだね。小はこの玉子から――」なぞと社会主義じみた理屈を並べたりした。その癖此処にゐる三人の中で、一番玉子に愛着《あいぢやく》のあるのは俊吉自身に違ひなかつた。照子はそれが可笑《をか》しいと云つて、子供のやうな笑ひ声を立てた。信子はかう云ふ食卓の空気にも、遠い松林の中にある、寂しい茶の間の暮方を思ひ出さずにはゐられなかつた。》
この前後、すべては後段への伏線となっている。照子の〈意外らしい気色〉、〈掠奪〉される〈玉子〉――。しかしその間にも、信子の〈物語〉は着々と進行している。しかも、その〈物語〉の進行につれて、信子はともすると、〈恋をゆずった女〉から〈恋をとられた女〉へと、一段とその悲劇性を深めていくごとくである。が、いずれにしても信子は、俊吉の〈昔の女〉という自らの妄想にかかずらう。まただからこそ信子は、強いて〈平気〉を装わなければならない。
《話は食後の果物を荒した後《のち》も尽きなかつた。微酔を帯びた俊吉は、夜長の電灯の下にあぐらをかいて、盛に彼一流の詭弁を弄した。その談論風発がもう一度信子を若返らせた。彼女は熱のある眼つきをして、「私も小説を書き出さうかしら」と云つた。》
信子はこうして俊吉と照子を眼の前にして、まさにその彼等を眼の前にする今、現在に没入する。そしてその時、まるで時間が止まったごとく、過ぎ去った時が消えたごとく、信子は〈若返〉り、〈皮肉や警句ばかり並べ〉る俊吉との論戦に熱中する。しかもその間にも信子には、本来彼女が、つねに面と向かってあるべき〈松林〉の〈茶の間〉も、逆に遠い彼方の空間として、それも〈寂しい〉日々を送るべき場所として、ふと想い起こされて来る

〈〈想起〉〉のである。

《その暇に夜が更けた。信子はとうとう泊る事になつた。

寝る前に俊吉は、縁側の雨戸を一枚開けて、寝間着の儘狭い庭へ下りた。それから誰を呼ぶともなく「ちよいと出て御覧。好い月だから。」と声をかけた。信子は独り彼の後から、沓脱《くつぬ》ぎの庭下駄へ足を下した。足袋を脱いだ彼女の足には、冷たい露の感じがあつた。

月は庭の隅にある、痩せがれた檜の梢にあつた。従兄はその檜の下に立つて、うす明《あかる》い夜空を眺めてゐた。「大へん草が生えてゐるのね。」――信子は荒れた庭を気味悪さうに、怯づ怯づ彼のゐる方へ歩み寄つた。が、彼はやはり空を見ながら、「十三夜かな。」と呟いただけであつた。

暫く沈黙が続いた後《のち》、俊吉は静に眼を返して、「鶏小屋へ行つて見ようか」と云つた。信子は黙つて頷いた。鶏小屋は丁度檜とは反対の庭の隅にあつた。二人は肩を並べながら、ゆつくり其処まで歩いて行つた。しかし蓆囲《むしろがこ》ひの内には、唯鶏の匂のする、朧げな光と影ばかりがあつた。俊吉はその小屋を覗いて見て、殆独り言かと思ふやうに、「寝てゐる」と彼女に囁いた。「玉子を人に取られた鶏が。」――信子は草の中に佇んだ儘、さう考へずにはゐられなかつた。……

二人が庭から帰つて来ると、照子は夫の机の前に、ぼんやり電灯を眺めてゐた。青い横ばひがたつた一つ、笠に這つてゐる電灯を。》

周知のクライマックス――。月光の下、草生して荒れた庭、〈俊吉は《客》と《主人》という隔たりを捨てた寝間着〉のまま、〈信子も《客》にはあるまじき素足〉となって、しかも〈唯鶏の匂のする、朧げな光と影ばかり〉、とは〈動物的匂に満ち〉[21]た空間の中で、要するに信子はそのように、不用意にも外なる〈自然〉を受け入れ、〈自然〉そのものとなって今、現在を息づいている。その〈活き活きした沈黙〉——。信子はいわばその状況を、豊かに、実感的に生きているのである。

が、しかし次の瞬間、信子はそうして生きている自分自身を、〈「玉子を人に取られた鶏」〉という〈言葉〉と〈意味〉の中に取り込んでゆく。〈物語〉の中に組み入れ、いわばそうしてあの〈恋をゆずった〉女の自伝の完成を急ぐのである。

そしてここに信子の、というより人間の、〈時間〉（過去から今、現在、そして将来）を生きる〈存在〉のありようがあるといえよう。

*

第四章、翌朝俊吉は、〈「好いかい。待つてゐるんだぜ。午頃《ひるごろ》までにやきつと帰つて来るから」〉という言葉を残し、所用で外出する。〈照子は夫を送り出すと、姉を長火鉢の向うに招じて、まめまめしく茶をすすめ〉、〈愉快なるべき話題〉を次々にしては姉をもてなす。〈が、信子の心は沈んでゐた。彼女はふと気がつくと、何時《いつ》も好《い》い加減な返事ばかりしてゐる彼女自身が其処にあつた。それがとうとうしまひには、照子の眼にさへ止るやうになつた。妹は心配さうに彼女の顔を覗きこんで、「どうして？」と尋ねてくれたりした。しかし信子にもどうしたのだか、はつきりした事はわからなかつた〉。

言うまでもなく、すでにドラマはあらかた終わったのだ。あとは信子が、はやく舞台を切り上げ、幕が降りればよい。（無論〈恋をゆずった女〉の役所は、我から引き受けたものとはいえ、なにか信子に、心の澱を残していたとしてもおかしくはない……。）

《柱時計が十時を打つた時、信子は懶《ものう》さうな眼を挙げて、「俊さんは中々帰りさうもないわね」と云った。照子も姉の言葉につれて、ちよいと時計を仰いだが、これは存外冷淡に、「まだ――」とだけしか答へなかつた。信子にはその言葉の中に、夫の愛に飽き足りてゐる新妻《しんさい》の心があるやうな気がした。さう思ふと、愈彼女の気もちは、憂鬱に傾かずにはゐられなかつた。》

おそらく照子は〈「午頃《ひるごろ》までにやきつと帰つて来るから」〉という夫の言葉を聞いて、だから当然、〈「まだ十時ですもの、帰ってはこないわよ」〉と、事もなげに言おうとしたにちがいない。その夫との〈約束〉を信じて疑わない照子の態度、〈夫の愛に飽き足りてゐる新妻の心〉――。

《「照さんは幸福ね。」――信子は頤《あご》を半襟に埋めながら、冗談のやうにかう云つた。が、自然と其処へ忍びこんだ、真面目な羨望の調子だけは、どうする事も出来なかつた。照子はしかし無邪気らしく、やはり活き活きと微笑しながら、「覚えていらつしやい。」と睨む真似をした。それからすぐに又「御姉様だつて幸福の癖に」と、甘えるやうにつけ加へた。その言葉がぴしりと信子を打つた。》

なるほど、妹のために〈犠牲的な結婚〉をした女を演ずる姉にとって、当の妹が手放しで〈「幸福」〉を振り撒く姿を見ては、〈憂鬱〉にもなり、すこしく妬ましい思いを禁じえなかったといえよう。傷心の姉――。しかもあまつさえ、〈「御姉様だつて幸福の癖に」〉と、甘えるやうにつけ加へた〉とあっては、そのあまりにも打ち付けな照子の〈「幸福」〉の押し売りに、信子の耐えていたなにかが〈切れた〉としてもおかしくはない。応戦？　反攻？　しかしいずれにしろそのことが、早く舞台を切り上げるべきであった信子に、もう一幕、〈恋をゆずった女〉の芝居を強いたのである。

《彼女は心もち眶《まぶち》を上げて、「さう思つて？」と問ひ返した。問ひ返して、すぐに後悔した。照子は一瞬間妙な顔をして、姉と眼を見合せた。その顔にも亦蔽ひ難い後悔の色が動いてゐた。信子は強ひて微笑した。――「さう思はれるだけでも幸福ね。」

二人の間には沈黙が来た。彼等は柱時計の時を刻む下に、長火鉢の鉄瓶がたぎる音を聞くともなく聞き澄ませてゐた。

「でも御兄様は御優しくはなくつて?」——やがて照子は小さな声で、恐る恐るかう尋ねた。その声の中には明かに、気の毒さうな響が籠つてゐた。が、この場合信子の心は、何よりも憐憫を反撥した。彼女は新聞を膝の上へのせて、それに眼を落したなり、わざと何とも答へなかつた。新聞には大阪と同じやうに、米価問題が掲げてあつた。》

しかし信子は、〈すぐに後悔〉する。なぜなら、信子の〈恋をゆずった女〉の芝居は、ひそかに照子の甘ったるい脚本を借りた一人芝居であったのだ。しかもそうであれば、信子は一人その虚実皮膜を享楽していれば足りたのである。

しかし演技が迫真に過ぎたというべきか、照子がそれを信子の現実と信じ、あまつさえそこに、信子夫婦の不和を読むに至ったのだ。

もとより信子は自分が夫との間で不幸であるなどと思いもしないし、思いたくもなかったにちがいない。むしろ家庭生活の自足（アンニュイ）の上に立った一人芝居。だから信子は照子の〈憐憫〉に〈反撥〉せざるをえない。しかも、だからというか、にもかかわらずというか、信子にその一人芝居——〈恋をゆずった女〉の役を降りるいわれはない。信子は今後の出方を探るべく、〈わざと何とも答へ〉ずに、一拍置いたのである。

《その内に静な茶の間の中には、かすかに人の泣くけはひが聞え出した。信子は新聞から眼を離して、袂を顔に当てた妹を長火鉢の向うに見出した。「泣かなくつたつて好いのよ。」——照子は姉にさう慰められても、容易に泣き止まうとはしなかつた。信子は残酷な喜びを感じながら、暫くは妹の震へる肩へ無言の視線を注いでゐた。それから女中の耳を憚るやうに、照子の方へ顔をやりながら、「悪るかつたら、私があやまるわ。私は照さんさへ幸福なら、何より有難《ありがた》いと思つてゐるの。ほんたうよ。俊さんが照さんを愛してゐてくれれば――」と、低い声で云ひ続けた。云ひ続ける内に、彼女の声も、彼女自身の言葉に動かされて、だんだん感傷的になり始めた。すると突然照子は袖を落して、涙に濡れてゐる顔を挙げた。彼女の眼の中には、意外な事に、悲しみも怒りも見えなかつた。が、唯、抑へ切れない嫉妬の情が、燃えるやうに瞳を火照《ほて》らせてゐた。「ぢや御姉様は――御姉様は何故昨夜《ゆうべ》も――」照子は皆まで云はない内に、又顔を袖に埋めて、発作的に烈しく泣き始めた。……》

おそらく信子は、照子の嗚咽を、もとの筋書きに復したそれとして、とは〈「勿体ない御姉様の犠牲の前に」〉、〈「止め度なく涙が溢れて来ます」〉という涙として受取ったのである。姉に〈恋をゆずってもらった〉妹としての劣位の証――。〈信子は残酷な喜びを感じ〉、そして彼女はあらためて、〈恋をゆずった女〉の演戯を熱演するのである。その時、照子が〈嫉妬〉に〈瞳を火照らせ〉ながら、二言、三言叫んで、〈発作的に烈しく泣き始め〉るのだが――。

この場面、三好氏は〈《御姉様の犠牲》のメルヘンを編んでいたはずの照子の痛烈な裏切り〉ととる。信子はだから、〈恋をゆずった女〉という〈《仮構の生》の瓦解を自覚しなければな〉らない。〈信子の夢想する稚なさのはるかかなたにまで、照子は女として成熟していた。日常の幸福に自足し、〈玉子〉を抱いて営まれる幸福な城をもろうとする照子の防衛本能の前で、《自己犠牲を生きる悲恋の女》はあまりにも無力すぎた。感傷と夢想によってはもはやいささかも倦むことを知らぬほどに、照子のエゴイズムは強靱だった〉――。しかし、はたしてこういうふうに言えるかどうか。(22)

たしかに、照子は〈夫の愛に飽き足りてゐる新妻の心〉を生きている。しかし過ぐる一年、彼女が一時も、心屈する経験を持たなかったなどとはいえまい。そんな（心屈した）時照子は、そもそも自分達の結婚が、姉の〈犠牲〉なしには成立しえなかったということを、本来夫の妻は姉であったということを、臍を噛む思いで知らされていたのではないか。もちろんその〈物語〉は、照子の編み出したものである。しかし間々、照子の新妻としての自足が破れる時、彼女はその〈物語〉に還り、その〈物語〉を育てていたにちがいない。そしてそれ以外に、照子の〈成熟〉はなかったといえよう。(23)

昨日姉と再会した折、照子が姉と〈手をとり合はないばかりに嬉しが〉り、〈暫くは俊吉も忘れて〉話し合ったことは確かである。しかし直後、彼女の留守中、夫と姉が二人だけで対座したことを知らされた時の〈意外らしい気色〉、さらに夜、俊吉と信子が庭から帰って来た時、〈夫の机の前に、ぼんやり電灯を眺めてゐた〉彼女の姿――。すべては照子が、あの〈物語〉、〈恋をゆずられた女〉の負い目に、激しくこだわっていることを語っていてあまりある。（また先程も、〈「御姉様だつて幸福の癖に」〉と言った後、照子の表情は微妙に揺れている。）そして照子はいま、その自らの中のどうしようもない負い目の意識、それを〈悲しみも怒りも〉越えた〈嫉妬の情〉として、一挙に爆発させたのである。

《二三時間の後、信子は電車の終点に急ぐべく、幌俥《ほろぐるま》の上に揺られてゐた。彼女の眼にはひる外の世界は、前部の幌を切りぬいた、四角なセルロイドの窓だけであつた。其処には場末らしい家々と色づいた雑木の梢とが、徐にしかも絶え間なく、後《あと》へ後《あと》へと流れて行つた。もしその中に一つでも動かないものがあれば、それは薄雲を漂はせた、冷やかな秋の空だけであつた。

彼女の心は静かであつた。が、その静かさを支配するものは、寂しい諦めに外ならなかつた。照子の発作が終つた後《のち》、和解は新しい涙と共に、容易《たやす》く二人を元の通り仲の好い姉妹《きやうだい》に返してゐた。しかし事実は事実として、今でも信子の心を離れなかつた。彼女は従兄の帰りも待たず、この俥上に身を托した時、既に妹とは永久に他人になつたやうな心もちが、意地悪く彼女の胸の中に氷を張らせてゐたのであつた。——》

ドラマは今度こそ終わった。フィナーレ。信子の一人芝居は照子も舞台に上がって二人芝居となり、ここに〈恋をゆずった姉〉と、〈恋をゆずられた妹〉の抱擁によって完結したのだ。

無論、二人は〈和解〉したように見えて〈和解〉したのではない。すでに〈永久に他人になつたやうな心もち〉。もとより一つの恋を、それこそ生命《いのち》をかけて争奪しあう役柄に熱中した女同士、そう〈容易《たやす》く〉、元の〈仲の好い姉妹《きやうだい》〉の顔には戻れないだろう。しかも二人は、信子は〈恋をゆずった女〉として、照子は〈恋をゆずられた女〉として、その苦い心の翳りをそれぞれの内に抱いて生きてゆくだろう。とすればドラマはまだ終わっていないのかも知れない。いよいよ佳境を迎えているのかも知れない。

後は、映画やテレビにあるタイトル・ロールのように、〈四角なセルロイドの窓〉の画面を、〈場末らしい家々と色づいた雑木の梢とが、徐にしかも絶え間なく、後《あと》へ後《あと》へと流れて行つた〉——。

《信子はふと眼を挙げた。その時セルロイドの窓の中には、ごみごみした町を歩いて来る、杖を抱へた従兄の姿が見えた。彼女の心は動揺した。俥《くるま》を止めようか。それともこの儘行き違はうか。彼女は動悸を抑へながら、暫くは唯幌の下に、空しい逡巡を重ねてゐた。が、俊吉と彼女との距離は、見る見る内に近くなつて来た。彼は薄日の光を浴びて、水溜りの多い往来にゆつくりと靴を運んでゐた。

「俊さん。」——さう云ふ声が一瞬間、信子の唇から洩れようとした。実際俊吉はその時もう、彼女の俥《くるま》のすぐ側に、見慣れた姿を現していた。が、彼女は又ためらつた。その暇に何も知らない彼は、とうとうこの幌俥《ほろぐるま》とすれ違つた。薄濁つた空、疎《まばら》な屋並、高い木々の黄ばんだ梢、——後《あと》には不相変人通りの少い場末の町があるばかりであつた。

「秋――」

信子はうすら寒い幌の下に、全身で寂しさを感じながら、しみじみかう思はずにはゐられなかつた。》

信子はもう、身を引くばかりである。また俊吉を呼び止めたとしても、なにかが起こるわけではない。彼女はそこでも、〈身を引く女〉を演じるだろう。かくして信子はこれからも自らの〈物語〉を膨らませて、そうして今、現在の時を生きてゆくだろう。[24]

注

（1）「ある終焉―『秋』の周辺―」（『芥川龍之介論』筑摩書房、昭和五十一年九月）。なお以下三好氏からの引用はすべてこの論による。

（2）明治四十一年起工、大正三年竣工。

（3）「三四郎」の中で、図書館の本の落書にある言葉。〈彼等はヘーゲルを聞て、彼等の未来を決定《けつぢやう》し得たり。自己の運命を改造し得たり〉。

（4）「芥川龍之介『秋』私見―信子の造型をめぐって―」（「宮城学院女子大学キリスト教文化研究所研究年報」第二十六号、平成四年三月、のち『鷗外・漱石・芥川』洋々社、平成十年六月）。

（5）『それから』執筆当時の断片に、〈人情ハ一刻ニシテ生ノ内容ヲ急ニ豊富ナラシム。此一刻ヲ味ツテ死スル者ハ真ノ長寿ナリ〉、あるいは〈霊ノ活動スル時、われ我ヲ知ル能ハズ。之ヲ secret ト云フ。此 secret ヲ捕ヘテ示スヿハ十年ニ一度ノ機会アリトモ百年ニ一度ノ機会アリトモ云ヒ難シ。之ヲ捕ヘ得ル人ハ万人ニ一人ナリ〉とある。いわば漱石もこうして、あの一瞬の閃輝、〈刹那の感動〉を追い続け、しかもまたそれから、隔てられ続けていたのだ。

（6）正宗白鳥「夏目漱石」（『作家論』㈠、創元社、昭和十六年八月）。

（7）そういえば冒頭の、信子の未来の女流作家としての光彩も、単に〈同窓たちの頭の中〉をよぎる風評にすぎない。

（8）照子の手紙の文面で、〈あの時もう御姉様は、私が俊さんに差上げる筈の手紙を読んでいらしつたのでせう。あの手紙がなくなった時、ほんたうに私は御姉様を御恨めしく思ひました〉という部分には疑問が残る。はたして信子が照子の手紙を読んでいたかどうかは定かでない。が、いずれにしても、信子が照子の思いを察知し、いわば妹への置土産として、俊吉との仲をとりもとうとしたことはたしかのようである。

(9)　人間は言うまでもなく、常住に生の〈今、最中〉にある。当然常住に何らかの〈行動〉なり〈知覚〉なりの〈今、最中〉(〈今……している所〉)であり、〈今、最中〉の経験を生きている。そしてそこには概して〈言葉〉はない(大森荘蔵『時間と自我』青土社、平成四年三月)。

(10)　濱川勝彦「『秋』を読む—才媛の自縄自縛の悲劇—」(「国文学」平成四年二月)。

(11)　フーコー『性の歴史II「快楽の活用」』(新潮社、昭和六十一年十月)。

(12)　「秋」では改行に際し、かならず〈時〉の副詞句、副詞節が置かれていて、ことに二章以下そうである。〈結婚後彼是三月ばかり〉、〈毎日会社から帰つて来ると〉、〈殆日曜毎に〉、〈その内〉、〈残暑が初秋へ振り変らうとする時分〉、〈それから二三日過ぎた或夜〉、〈翌日〉等々。言うまでもなく時間の経過を表しているのだが、しかしそれは単に時計の針の移動を意味しているのではない。〈現在ただいまの経験〉、とは〈現在の知覚と行動の経験〉、〈自分が生きている生のさなかの経験〉、その生活の〈生き生きとした経験〉の一齣々々を表しているといえる(大森荘蔵『時は流れず』青土社、平成八年九月)。

(13)　「門」にも宗助夫婦の会話、そして起床、就寝の場面が繰り返される。〈夫婦は毎夜同じ火鉢の両側に向き合つて、食後一時間位話しをした。話しの題目は彼等の生活状態に相応した程度のものであつた〉。〈夫婦はこんな話しをしながら、又細い空を庇の下から覗いて見て、明日《あした》の天気を語り合つて蚊帳に這入つた〉。〈夫婦はそれぎり話しを切り上げて、又床を延べて寝た。夢の上に高い銀河《あまのがわ》が涼しく懸かつた〉。〈夫婦は毎朝露の光る頃起きて、美しい日を廂の上に見た。夜は煤竹《すゝだけ》の台を着けた洋灯《らんぷ》の両側に、長い影を描いて坐つてゐた。話が途切れた時はひそりとして、柱時計の振子の音丈が聞える事も稀ではなかつた〉。〈夫婦は例の通り洋灯《らんぷ》の下に寄つた。広い世の中で自分達の坐つてゐる所丈が明るく思はれた。さうして此明るい灯影に、宗助は御米丈を、御米は又宗助丈を意識して、洋灯の力の届かない暗い社会は忘れてゐた。彼等は毎晩かう暮らして行く裡に、自分達の生命を見出してゐた〉。たしかに〈一種の甘い悲哀〉を含んだ夫婦の抱合。しかしその間にも、〈彼等は自己の心の或部分に、人に見えない結核性の恐ろしいものが潜んでゐるのを、仄《ほの》かに自覚しながら、わざと知らぬ顔に互と向き合つて年を過ごし〉てきたのだ。とすればその抱合の中で、あるいは彼等もまた、そうして〈時間を殺〉していたのかもしれない。

(14)　因に志賀直哉「創作余談」(「改造」昭和三年七月)に次のような一節がある。〈「鵠沼行」失敗した長い小説の一部分を切り離した日記のやうなものである。総て事実を忠実に書いたものだが、唯、一ヶ所最も自然に事実ではなかつた事を書いた所がある。さういふ風にはつきり浮んで来たので知りつつさう書いた。後に其時一緒だつた私の二番目の妹が、色々な事を私がよく覚えてゐると云ひ、然し自分も此事はよく覚えてゐると云つたのが、それがその一ヶ所だけ入れた事実でない場所だつた〉。つまり記憶とは〈言葉〉によって〈想起〉されるものなのである。

（15）〈一般的に言えば、一つの経験にかかわる様式には二つあって、その一つが知覚と行動の様式、今一つが想起なのである〉。そして〈想起〉は〈知覚・行動の再生経験ではなく〉、〈「かつて」の知覚・行動の現在経験に他ならない〉（『時間と自我』）。

（16）〈かりに言語以前の過去経験があるとしてもそれは形を持たない模糊とした不定形《アモルファス》な経験である。それは確定され確認された形を持たない未発の経験でしかあるまい。それが確定された形を備えた過去形の経験になるためには言葉に成ることが必要なのである。そして言葉に成り過去形の経験になること、これが想起なのである〉（『同』、傍点大森氏）。因に信子が〈式を挙げた当時〉のことを、こと細かく〈記憶〉していたのは、それが信子一流の〈言語構成〉による〈想起〉であったからである。

（17）この〈口中の生臭さ〉を菊地弘氏は〈生活臭〉（『芥川龍之介―意識と方法―』明治書院、昭和五十七年十月）ととり、海老井英次氏は〈近親相姦〉（『芥川龍之介論攷―自己覚醒から解体へ―』桜楓社、昭和六十三年二月）にまつわる心緒の乱れととり、さらに神田由美子氏は〈妹照子を《女》にする俊吉の《男》の匂いであり、肉体で結ばれる照子と俊吉が醸しだす日本の《家庭》の匂い〉（「秋」『作品論　芥川龍之介』双文社出版、平成二年十二月）ととる。まさに〈お気に召すまま〉だが、要するに信子が〈魚の匂〉ととったように、恣意的にすぎない。そしてそれはつまり、〈想起には根拠が与えられていない〉（『時間と自我』）ということなのである。〈何かが想起されるには何の理由もなく何の根拠もないのである。この想起の無根拠性、不条理性が最も明白に現れているのが夢という想起である。夢の場合はこの無根拠性は大よその所公認され受容されている。五臓六腑の疲れとかフロイトの夢解釈は未だに異端である。しかし、夢とは別の現実の想起も夢と同様に無根拠で偶然的だということは容易に承認されないだろう。だが何かのメロディが想起されるのは全く突然ではないだろうか。それと同様に、昨年のある日のことが想起に浮かぶのも全く唐突でまるで天から降ってくるようにではあるまいか。その日のことやそのメロディがそのとき思い出される理由や根拠もない。理由や根拠を必要としないのである〉（『同』）。なお海老井氏の論中、〈あるいは夏目成美の「魚食うて口腥し昼の雪」の句が参照、利用されているかもしれない〉との指摘は肯綮に当たっているといえよう。

（18）信子がひそかに、大阪郊外の〈その界隈でも、最も閑静な松林〉にある〈二階建の新しい借家〉の生活を、自恃していたということであろう。

(19)〈彼是二年越し〉、〈文通さへ碌にしなかつた〉相手に、急に〈愛の復活〉を目論むというのも変な話である。

(20) 前出神田論文。

(21) 以上同右。

(22) しかし現在までのほとんどの「秋」論は、この三好氏の説（〈仮構の生〉の崩壊）を踏襲している。

(23) エゴイスティックと言えば、あのナルシシズムたっぷりの手紙自体すでに十分エゴイスティックである。しかもあの手紙で照子は、〈姉の先回りをして俊吉に愛を告白しよう〉（酒井英行「『秋』の世界―虚と実の葛藤―」『芥川龍之介　作品《テキスト》の迷路《ラビリンス》』有精堂、平成五年七月）としていたではないか。

(24)「秋」別稿についてはいずれ論及したい。

「お律と子等と」私論

――「点鬼簿」へ――

1

「お律と子等と」は大正九年十月および十一月発行の「中央公論」に、「お律と子等」、「お律と子等（後編）」の題で発表された。単行本には収められず、『芥川龍之介全集』（全八巻、岩波書店、昭和二年十月～同四年二月）に収録され、その時「お律と子等と」に改められた。七章から構成され、主な登場人物はメリヤス問屋の主人賢造、その後妻のお律、賢造の先妻の子ですでに他家へ嫁いでいるお絹、お律の連れ子の慎太郎、賢造とお律の間に生まれた洋一、他に賢造の先妻の血筋の浅川の叔母、店員の神山、女中の松に美津、前後入れ替わる二人の看護婦、それに掛かり付けの戸沢医師とあらたに診察を仰いだ谷村博士等で、お律の死までの二日にも満たぬ時間が描かれている。

すでに触れたように、(1) 芥川は「秋」発表後に、まず瀧井孝作に〈僕はだん〳〵あゝ云ふ傾向の小説を書くやうになりさうだ〉（四月九日付書簡）と言い、南部修太郎に〈「秋」は三十枚なれど近々三百枚で感服させる事あるべし御用心々々実際僕は一つ難関を透過したよこれからは悟後の修業だ〉（同十三日）と言い、恒藤恭に〈僕はこの頃になつてやつとactive serenityの境に達しかけてゐる〉（同二十八日）と言い、ふたたび南部に〈僕は九月にもう一度諸君を感心させる〉（五月十八日）と言っている。

ここで予告めいて語られているものがなにを指すのかははっきりしない。ただ「秋」発表後に書かれた比較的長い作品といえば、「お律と子等と」を措いてない。因に芥川はその後森幸枝に〈私は九月号の中央公論に原稿が間に合はなかつた為十月号に寄稿する事になつて毎日机に向つてゐます〉（九月八日）と書き送っている。明らかに「お律と子等と」を指しているといえる。またこの作品執筆に当たって、横山町のメリヤス問屋を観察に行くなど準備を重ねていたことは、小島政二郎に書き送った手紙（九月十六日付）に詳らかである。

第一章は次のように始まる。

《雨降りの午後、今年中学を卒業した洋一は、二階の机に背を円くしながら、北原白秋風の歌を作つてゐた。すると「おい」と云ふ父の声が、突然彼の耳を驚かした。彼は倉皇と振り返る暇にも、丁度其処にあつた辞書の下に、歌稿を隠す事を忘れなかつた。が、幸ひ父の賢造は夏外套をひつかけた儘、うす暗い梯子の上り口へ胸まで覗かせてゐるだけだつた。

「どうもお律の容態が思はしくないから、慎太郎の所へ電報を打つてくれ。」

「そんなに悪いの？」

洋一は思はず大きな声を出した。

「まあ、ふだんが達者だから、急にどうと云ふ事もあるまいがね、――慎太郎へだけ知らせた方が――」

洋一は父の言葉を奪つた。

「戸沢さんは何だつて云ふんです？」

「やつぱり十二指腸の潰瘍ださうだ。――心配はなからうつて云ふんだが。」

賢造は妙に洋一と、視線の合ふ事を避けたいらしかつた。》

賢造は店の他に工場も持ち、ひとかどの実業家なのだが、すでにこの場面からも覗えるように、どこか気弱い人間として描かれている。二度目の妻の重い病への不安から気も漫ろで、高等学校の入学試験を直前に控えているのに歌などを作っている息子に、気付いているのだろうがなにも言わない。一方去年の秋から地方の高等学校へ行っている生《な》さぬ仲の慎太郎に対しては、細かい心遣いを忘れない、そういう優しい人間でもあるのだ。

〈賢造の姿が隠れると、洋一には外の雨の音が、急に高くなつたやうな心もちがした。愚図愚図してゐる場合ぢやない――そんな事もはつきり感じられた〉。――そして以下叙述は洋一を中心に運ばれていく。

洋一は兄への電文を書いてそれを店員に渡したあと、茶の間に行く。〈其処に髪を切つた浅川の叔母が、頻と耳掻きを使ひながら、忘れられたやうに坐つてゐた〉。洋一はこの叔母と二、三言葉を交わすが、〈襖一つ隔てた向うには、大病の母が横になつてゐる。――さう云ふ意識が何時もよりも、一層この昔風な老人の相手を苛立たしいものにさせるのだつた〉。

叔母の話題に姉のお絹のことが上る。〈浅川の叔母の言葉には、軽い侮蔑を帯びた中に、反つて親しさうな調子があつた。三人きやうだいがある内でも、お律の腹を痛めないお絹が、一番叔母には気に入りらしい。それには賢造の先妻が、叔母の身内だと云ふ理由もある〉。すると〈何故か唐突と、洋一の内に潜んでゐた或不安〉が呼び醒まされる。〈兄は帰つて来るだらうか?〉。〈母は兄に会ひたがつてゐる。が、兄は帰つて来ない。その内に母は死んでしまふ。すると姉や浅川の叔母が、親不孝だと云つて兄を責める。――こんな光景も一瞬間、はつきり眼の前に見えるやうな気がした〉。

そこへ店員の神山が叔母に言い付かった占の結果を持って来る。〈「御病人の方は、少しも御心配には及ばない」〉、〈「御病人は南枕にせらるべく」〉――、洋一は多少心もちが明るくなる。

やがてお絹が登場する。お絹が叔母と挨拶を交わすうちに、〈「美津がこの頃は、大へん女ぶりを上げたわね」〉

と言い、叔母がそれに〈蔑むらしい笑ひかた〉で応ずるのを見て、洋一は〈ひどく厭な気がし〉てその場を外し、病室に入る。するとお律が、〈「あのね」とさも大儀さうに〉――。

《「叔母さんにね、――」

「叔母さんに用があるの？」

「いいえ、叔母さんに、――梅川の鰻をとつて上げるの。」

今度は洋一が微笑した。

「美津にさう云つてね。好いかい？――それでおしまひ。」

お律はかう云ひ終ると、頭の位置を変へようとした。その拍子に氷嚢が辷り落ちた。洋一は看護婦の手を借りずに、元通りそれを置き直した。すると何故か眶の裏が突然熱くなるやうな気がした。「泣いちやいけない。」――彼は咄嗟にさう思つた。が、もうその時は小鼻の上に涙のたまるのを感じてゐた。

「莫迦だね。」

母はかすかに呟いた儘、疲れたやうに又眼をつぶつた。》

重い病の床にありながら、なお主婦として気を砕く母に、病室を出た洋一は、〈緩んだ帯をしめ直してゐた〉。〈どんな事があつてもお母さんを死なせてはならない。どんな事があつても――さう一心に思ひつめながら、……〉。

第二章は翌日の朝。洋一と父は茶の間の食卓に向かっている。

《「今日は慎太郎が帰つて来るかな。」

賢造は返事を予期するやうに、ちらりと洋一の顔を眺めた。が、洋一は黙つてゐた。兄が今日帰るか帰らないか、――と云ふより一体帰るかどうか、彼には今も兄の意志が、どうも不確でならないのだつた。》

そのあと洋一の入学試験のこと、お絹の嫁ぎ先が話題となる。〈この四月以来市場には、前代未聞だと云ふ恐慌が来てゐる〉。お絹のところも株で大損をしたらしい。どころか賢造の店も色々な打撃を受け、〈通算したら、少くとも三万円内外は損失を蒙つてゐるのに相違ない〉という。

一方、お律は〈昨日一昨日よりも、ずつと熱が低くなつて〉、〈「気分は大へん好くなつた」〉という。洋一は〈嬉しさにそやされ〉ながら、無論不安が消えたわけではない。そこへ友人からの電話があって、〈「一しよに明治座を覗かないか？　井上だよ」〉という誘い。さすがに断って、さて机に向かってみても、〈受験の準備は云ふまでもなく、小説を読む気さへ起らな〉い。

すると兄や彼がまだ小学生だった頃、トランプの勝負から喧嘩をした時のことがふと思い出される。騒ぎを知って駆けつけて来た母は、洋一を庇い兄を叱った。〈すると兄の眼の色が、急に無気味な程険しくなつた〉。そして〈気違ひのやうに母を撲たうとした〉が、その前に〈洋一よりも大声に泣き出してしまつた〉。洋一にはこの時の〈兄の口惜しさうな眼つき〉が〈今でもまざまざと見えるやうな気がする〉。

〈もう一つ別な記憶もある〉。兄が旅立つ前日、〈「お母さんでも死んだら、どうする？」〉と洋一が尋ねた時、〈「僕はお母さんが死んでも悲しくない」〉と兄は答える。

《「嘘ぢやない。」

兄の声には意外な位、感情の罩つた調子があつた。》

〈洋一は内心ぎよつとした。と同時にあの眼つきが、――母を撲たうとした兄の眼つきが、はつきり記憶に浮ぶのを感じた〉。――まさに母を間に対した同胞の争い。因に、母を一度も奪われたことのない洋一は、兄の〈口惜しさうな眼つき〉を、逆に〈母を奪われたもの〉のそれとして繰り返し想い起こし、そうして〈過去〉の記憶を紡ぎ出していくのだ。

二章はこの後叔母が、〈病人にはかまはず、一時間もお化粧にかかつて〉いる看護婦を換えようと言い出す場面に続く。

第三章はその日の昼過ぎ、洋一が茶の間を覗くとお絹がいて、結婚する時財産を分けてもらうはずだったのに、まだその約束が果たされていないと、父をしつこく詰っている。父は苦い顔をしてそれを聞いているが、洋一は隣室で母が苦しそうにしている今が今と、〈姉の剛情なのが、さすがに少し面憎く〉なってくる。

掛かり付けの戸沢医師の診断だけでは不安なので、谷村博士に来診を頼んだが、約束の三時を大分過ぎても、博士は現れない。洋一は心配で大通りまで見に行くが、そこで慎太郎が車に乗って帰って来るのに出会う。

この三章の末尾から、慎太郎を中心とした叙述に転じる。

《車夫は慎太郎の合図と一しよに、又勢よく走り始めた。慎太郎はその時まざまざと、今朝上りの三等客車に腰を落着けた彼自身が、頭の何処かに映るやうな気がした。それは隣に腰をかけた、血色の好い田舎娘の肩を肩に感じながら、母の死目《しにめ》に会ふよりは、寧ろ死んだ後に行つた方が、悲しみが少いかも知れないなどと思ひ耽つてゐる彼だつた。しかも眼だけはその間も、レクラム版のゲエテの詩集へぼんやり落してゐる彼だつた。……》

第四章はそれから一時間後、店の二階で谷村博士を前に、賢造、慎太郎、お絹の夫が控える。やがて戸沢医師が駆けつけ、一同博士から診察の結果を聞くが、病気は〈「十二指腸の潰瘍」〉で、すでに〈「腹膜炎」〉を起こしているという。〈「熱はずんずん下りながら、脈搏は反つてふえて来る――と云ふのがこの病の癖」〉、しかも〈「今はとても動かせない」〉ので、入院も無理。が、慎太郎は博士の言葉や、それに相槌を打つお絹の夫の様子にも、〈他人らしい無関心の冷たさを感じ〉ざるをえない。慎太郎は誰よりもずっと後に暗い階段を下りながら、〈しみじみ万事休すと云ふ心もちを抱かずにはゐられなかつた〉。

第五章。夜になり、お律はますます苦しむ。それでも慎太郎を枕元に呼び、洋一にしっかり勉強するように言ってほしいという。そして〈「帝釈様の御符を頂いたせいか、今日は熱も下つたしね、この分で行けば癒りさうだから」〉という。慎太郎は〈今になつてさへ、そんなことを頼みにしてゐる母が、浅間しい気がしてならな〉い。

茶の間に戻ると、お絹が〈「何の用だつて？」〉と訊いて来る。〈「何でもなかつた」〉と答えると、〈「ぢやきつとお母さんは、慎ちやんの顔が唯見たかつたのよ」〉というが、〈慎太郎は姉の言葉の中に、意地の悪い調子を感じ〉ざるをえない。

夜伽のことでも、お絹は暗に慎太郎を促す。〈「僕はどうでも好い」〉という慎太郎に、〈「不相変慎ちやんは煮え切らないのね。高等学校へでもはひつたら、もつとはきはきするかと思つたけれど。――」〉と畳み掛ける。さすがに叔母が〈「この人はお前、疲れてゐるぢやないか？」〉とお絹を制し、〈「今夜は一番さきへ寝かした方が好いやね」〉という。その言葉に乗って、〈「ぢや一番さきに寝るかな」〉というが、慎太郎は〈垂死の母を見て来た癖に、もう内心ははしやいでゐる彼自身の軽薄を憎〉まざるをえない。

第六章。それでも慎太郎はその夜の十二時近く、父と一つ部屋の床に着く。しかし容易に寝つけず、〈さまざまな母の記憶〉が、思い起こされる。〈が、どの記憶も今となつて見れば、同じやうに寂しかつた。「みんなもう過ぎ去つた事だ。善くつても悪くつても仕方がない」〉――。

すると小学生のころのお絹との諍いが思い出される。賢造が慎太郎に新しい帽子を買って来た時、それを嫉妬したお絹が先日父から買ってもらったばかりの白菊の花簪を畳の上に投げつけた。

《父もさすがに苦い顔をした。

「莫迦な事をするな。」

「どうせ私は莫迦ですよ。慎ちやんのやうな利口ぢやありません。私のお母さんは莫迦だつたんですから、――」

慎太郎は蒼い顔をした儘、このいさかひを眺めてゐた。が、姉がかう泣き声を張り上げると、彼は黙つて畳の上の花簪を摑むが早いか、びりびりその花びらをむしり始めた。

「何をするのよ。慎ちやん。」

姉は殆気違ひのやうに、彼の手もとへむしやぶりついた。》

〈何時か泣いてゐた慎太郎は、菊の花びらが皆なくなるまで、剛情に姉と一本の花簪を奪ひ合つた。しかし頭の何処かには、実母のない姉の心もちが不思議な位鮮に映つてゐるやうな気がしながら〉――。

真夜中、お律が賢造を呼んでいると美津が知らせに来る。父が起きていった後、ふたたび思い出が慎太郎に巡ってくる。〈これもまだ小学校にゐた時分〉、〈一人母につれられて、谷中の墓地へ墓参りに行つた〉時のことが。そこには顔も知らない彼の実父が葬られていた――。（このことについては後に詳述する。）

賢造が戻ってきて、〈「何、用つて云つた所が、唯明日工場へ行くんなら、簞笥の上の抽斗に単衣物があるつて云ふだけなんだ」〉。それを聞いて〈慎太郎は母を憐んだ。それは母と云ふよりも母の中の妻を憐んだのだつた〉。

すると今度はお絹が、お律が賢造を呼んでいると知らせに来た。ひとり残った慎太郎は電燈を点したまま床の上に起き上がり、〈母が父を呼びによこすのは、用があるなしに関らず、実は唯父に床の側へ来てゐて貰ひたいせいかも知れない〉と、ふと思われもするのだった。

そして第七章。翌早朝、お律は一晩中苦しみ抜いたが、戸沢医師の応急の注射でやや楽になったと見えた。一同はひとまず安心し、てんでに居間を出て行って慎太郎だけが残った。

《慎太郎は一人になつてから、懐炉を膝に載せた儘、ぢつと何かを考へようとした。が、何を考へるのだか、彼自身にもはつきりしなかつた。唯凄まじい雨の音が、見えない屋根の空を満してゐる、――それだけが頭に拡がつてゐた。

するとと突然次の間から、慌しく看護婦が駆けこんで来た。

「どなたいらしつて下さいましよ。どなたか、――」

　慎太郎は咄嗟に身を起すと、もう次の瞬間には、隣の座敷へ飛びこんでゐた。さうして逞しい両腕に、しつかりお律を抱き上げてゐた。

「お母さん。お母さん。」

　母は彼に抱かれた儘、二三度体を震はせた。それから青黒い液体を吐いた。

「お母さん。」

　誰もまだ其処へ来ない何秒かの間、慎太郎は大声に名を呼びながら、もう息の絶えた母の顔に、食ひ入るやうな眼を注いでゐた。》

2

　吉田精一氏は『芥川龍之介』の中で、〈中篇「お律と子等と」は「秋」に次いで、彼が写実的な題材と正面から取組んだ第二番目の作である〉として、次のように言っている。(3)
《彼は此の作に「秋」以上の努力を傾倒した。横山町のメリヤス問屋を観察に出かけたりして、場面や小道具の描写には正確を期したらしい。しかし、結果は遺憾ながら失敗だった。何よりも焦点が散漫で、注意が小道具に向いすぎている。その為に読者の頭が始終外側にそれ、かんじんの母の死という中心事件が一向内面的な深い悲しみを伴って来ない。結局描写が平面的に終っていて、彼の弱点をもっともあらわに示す結果を招いている。》
　ところでこの評言は、その正否はともかくとして、ほとんど「お律と子等と」の死命を制したものといってよい。以後今日まで「お律と子等と」は、言及されたとしても〈失敗作〉として（たとえば平岡敏夫氏は〈素材としては都会のメリヤス問屋らしい商家の家族を、二回の連載になるほど、かなり忍耐強く写実的に描いている〉としながら、理由も言わずに〈失敗作〉と断じている[4]、いや言及自体わずかなもので、おおむねは黙殺されてきたのが現状である。

吉田氏の評言を検討してみると「お律と子等と」が「秋」以来の写実的傾向を引き継いでいるということが、まずもって確認されている。たしかにこの時期、彼がそれまでの歴史小説的手法に限界を感じ、「路上」から「秋」へと現代小説を試みて、その写実的傾向を深めていったことは芥川論の常識といってよい。〈僕はだん〳〵あゝ云ふ傾向の小説を書くやうになりさうだ〉という先の瀧井孝作宛の書簡の〈あゝ云ふ傾向〉とは、このことを指しているといってもさまで見当違いではあるまい。

実際、〈場面や小道具の描写〉の正確さを始め、中心の賢造一家はしばらく措いて、口うるさい叔母や古株の女中松、新参の女中美津、どこか上っ調子な店員神山、好い加減な掛かり付けの戸沢医師、通り一遍の谷村博士、しかも彼等が同じ医師としてかもし出す対抗意識、二人の看護婦、それにまったくの傍観者お絹の夫等、いわゆる脇役、端役に至るまで、その記述は微細に亘る[5]。

そして賢造と後妻のお律以下、父と子、母と子、ことに異父兄弟、異母姉弟、なんの血縁もない姉弟の複雑に絡む家族関係、つまり三好行雄氏のいう〈《家族》というぬきさしならぬ人間関係に閉鎖されたエゴの葛藤[6]〉が、めまぐるしいまでに展開、描出されているといえよう。

しかしふたたび吉田氏の言に戻れば、氏はそうした細部の写実にもかかわらず、と言うよりそれゆえに、〈何よりも焦点が散漫〉になり、〈描写が平面的に終って〉いて、いわゆる一貫した主題（さしあたり今の三好氏の〈《家族》というぬきさしならぬ人間関係に閉鎖されたエゴの葛藤〉といっておいてもいいだろう）の深まりに失敗しているというわけなのである。

もっとも三好氏も、この小説に〈《家族》というぬきさしならぬ人間関係に閉鎖されたエゴの葛藤〉を見るとしても、あくまで〈のちに「玄鶴山房」で、みごとな到達をしめすことになる主題の萌芽〉として〈見ておくのが妥当〉といっているのであり、他の所ではこの小説と「玄鶴山房」を比較しつつ、〈しかし、家族的エゴイズムへの切り込みははるかに鈍く、狭い家庭にひしめく人間たちの葛藤を描く意図は見られない〉といっている。(7) そして三好氏は続けて〈小説の比重は、お律を慎太郎の腕の中で死なせた収束にも明らかなように、複雑に屈折しながら通い合う母と子の心情描写に傾いている〉として、この小説の意味を、むしろ芥川におけるいわゆる〈母と子の交情〉の主題に結びつけて再確認している。

たしかに一面は〈焦点が散漫〉で、〈描写が平面的〉という憾みなしとしない。しかしそうは簡単に言い切れるものでもないのだ。いやむしろ、東京下町の商家の生活、その瑣末な事象が次から次へと脈略もなく生起し、そのため逆に人生のとりとめのなさ、常ないはかなさが、おのずから描出されているとも言えるのではないか。

そして芥川のこの小説に託した真の意図とは、このことにこそあったのではないか。——おそらくある明確な主題の下に、一貫した必然や因果を連ねた人生などありはしない。些細な断片に寸断され、拡散し、縹渺として刻々に移ろう時間。おそらくそれが芥川の見ていた人生の姿であり、描くべき世界の姿ではなかったか。

管見によれば、それ自体数少ない「お律と子等と」に言及した論の中で、これを正当に位置づけていると思われるものに福田恆存氏の「芥川龍之介I」がある。(8) 氏はそこでまず次のようにいっている。

《初期の作品を見てもすぐわかることは、人間の善良さとその醜悪さとを両方同じに見てとる作者の眼であります。僕が読者諸君にお願ひするのは、さういふ龍之介の心を味はつていたゞきたいといふ一事につきます。「羅生門」や「偸盗」に人間のエゴイズムを読みとつてみてもはじまりません。「或日の大石内蔵助」に英雄や有名人の日常性を教へられたと感心してみてもはじまりません。「地獄変」も激しい芸術至上主義などといってかたのつくものではない。「手巾」や「煙管」にいぢのわるい人間観察を学んでみてもしかたないのです。「枯野抄」は芭蕉の弟子たちが敬愛する師の死をまへにして演ずる醜い自我意識の心理的葛藤を描いたものだと解釈してもつまらないのです。多くの芥川龍之介解説は作品からこの種の抽出をおこなつて能事をはれりとする。さういふ感心のしかたをするからこそ、また逆に龍之介の文学を、浅薄な理智主義あるひは懐疑主義として軽蔑するひとたちも出てくるのです。》

さらに福田氏は、〈われわれは暗々裡に人間がもはや自由意志といふものをもちえないと諦めてゐる〉、〈夢といふ夢がことごとく殺され、幻滅に出あひ、人間をもつひに環境によつて支配される機械的存在でしかな〉いと思い込むに至っている、そして〈それが人生観上の、あるひは小説技法上の、リアリズムといふもの〉であり、〈前世紀の実証主義の当然の帰結〉としつつ、が、にもかかわらず、〈その実証主義の本場であるヨーロッパでは、そのリアリズム文学でさへなお神を信じ、自己の現実を超えようとする激しい意思〉に貫かれていたという。だが、ひるがえって〈神を信ぜぬ日本〉、が、しかもなお〈現実を超えんとする意思に憑かれた人間の宿命〉、それをこそ芥川は描かんとしたのだと福田氏は続ける。そして「神々の微笑」に論及しつつ、

《この超克の意思は神といふ目標をもたぬかぎり、そのもつとも烈しい高まりにおいて、みづからあてどを失ひ、みづからを疑ひ、みづからにひけめを感ぜざるをえない。ふつと虚脱の瞬間に見まはれるのはこのときです。芥川龍之介は東洋に郷愁を寄せます――人間のあらゆるいとなみをむなしく呑みこんで静まりかへつてゐる東洋の無に、いや、それは東洋の無ではない。それほど巨大なものではない。もつと日本的な――わるくいへば微温的な――罪のない稚純と優情とにたいする郷愁が、芥川龍之介の文学を、ほとんど死の間近まで一貫して流れてをります。》

と言うのである。神という絶対の規範を持たぬ日本人＝芥川にとって、人間を〈善良なるもの〉、あるいは〈醜悪なるもの〉と一方的に決定づけることは、およそ不可能に近い。そしていわばそのどっちつかずの間《はざま》に、〈日本的な優情〉が〈歎息〉や〈吐息〉のように洩らされる――。

〈「将軍」などそのいゝ例です〉と福田氏は続ける。〈乃木将軍を皮肉な眼で見る〉などということは、〈現代人の概念的な理智〉によるそれにすぎない。〈われわれの心を打つのは最後の父子の対話であります〉。〈もつとはつきりいへば、両者の最後の妥協的な対話であります〉。

《「雨ですね。お父さん。」

「雨？」

少将は足を伸ばした儘、嬉しさうに話頭を転換した。

「又榲桲《まるめろ》が落ちなければ好いが、……」》

〈ぼくはこゝに芥川龍之介のほとんどすべての作品の末尾に読者の注意をうながしたいとおもひます〉と福田氏はいう。そしてこの芥川が繰り返したちかえる〈日本的な優情〉を、まさに〈成功〉裡に描き出したものこそ〈「お律と子等と」から「玄鶴山房」にいたる道程〉に他ならないと論ずるのである。

たしかにこの〈道程〉に、〈ひとびとは芥川のリアリズムを読んだ〉と福田氏は続ける。なるほど〈あきらかに、この二つの作品にはリアリテイがあ〉る。しかし〈このリアリテイとはなにものでせうか、どこから発するものでせうか〉。そして氏は、「お律と子等と」や「玄鶴山房」に漂う一種〈冷たい客観性〉について、〈もちろんその冷たさは近代ヨーロツパ文学における論理的な冷たさではない〉、〈あやうく主体と溶解してしまひかねない情感的な冷たさ〉と評し、〈そこにはなほ柔い温かさが残つてゐる〉と言うのである。

まさしく傾聴に値する論といってよい。たしかに芥川の〈写実的傾向〉とは（前にも触れたように）、明確な主題の下に一貫した必然や因果を追うものではないだろう。おそらく芥川の見、そして描いた人間は、そのような概念的、抽象的な人生を生きてはいない。さらにいえばそのような直線的、連続的な時間を生きていないといえよう。（芥川は大正九年六月二十五日付、小島政二郎宛書簡に、〈客観描写〉と〈主観描写〉、あるいは〈説明〉と〈描写〉の差異を論じながら、

〈斉しく解剖と云ひますが芸術家の解剖は屍体解剖ぢやありません　どこまでも生体解剖です〉といっている。）

だが、ではその概念化されれ抽象化されては捉えられぬ〈日本的な優情〉、それが現に〈情感的な冷たさ〉と同時に〈なほ柔い温かさ〉を残しつつ、描かれているとはどういうことか。〈歎息〉や〈吐息〉のように洩らされているとはどういうことか。いずれにしてもその評言は、いまだいかにも曖昧であるといわざるをえない。芥川の描いた人間＝人生、その生きた心の機微を、あらためて作品に添って、以下より具体的に検討してみよう。

3

小説の中心はお律の死であるが、すでに述べたように、それが描かれるのは、始め洋一、次いで慎太郎の視点＝意識においてである。

洋一は母の容易ならぬ病状を知り、〈どんな事があつてもお母さんを死なせてはならない〉と〈一心に思ひつめ〉る。つまり意識を母に集中し、それを持続させようとする。しかしそれがほとんど一瞬ごとに寸断されるのは、すでに荒筋を辿った折りに示した通りである。あるいは受験の不安が過り、叔母や姉に対する反発、それに根差す〈兄は帰つて来るだらうか〉という疑問、そうかと思うと友達からの観劇を誘う電話に心動かし、看護婦の目線に心騒がし、そして〈結ひたての髪を匂はせた美津〉（三）に心惹かれる。こうして洋一の意識はその都度その都度の瑣末な外部に制せられて、めまぐるしく転々するのである。

そしてことは、慎太郎の場合も同じである。彼の意識はより重く沈潜しているかに見える。彼はその朝汽車の中で、〈母の死目《しにめ》に会ふよりは、寧ろ死んだ後に行つた方が、悲しみが少いかも知れ〉ないと思う。おそらく、早く父ばかりか母を奪われた慎太郎の、それが肉親との離別に対する、己れの宿命に根差して育まれた覚悟だったのかもしれない。いわば彼もそう〈一心に思ひつめ〉ていたと言えよう。しかし同時に彼は、隣の席の〈血色の好い田舎娘の肩を肩に感じ〉、しかも眼線は〈レクラム版のゲエテの詩集〉に注がれる。さらに母への突き放した感情と愛惜に溢れた感情、姉への反感と憐憫――。こうして慎太郎の意識も、どこにその所在があるのか判からぬように転々してゆくのだ。

なるほどこれでは、記述が〈散漫〉で〈焦点〉が定まらぬという謗りも出るだろう。先程福田氏が「枯野抄」への評言として上げた、〈師の死をまへにして演ずる醜い自我意識の心理的葛藤〉になぞれば、〈母の死を前にして演ずるエゴの葛藤〉とでも言いたいが、洋一や慎太郎の転々する意識は、〈自我意識〉とか〈エゴ〉、さらにその〈葛藤〉というにはあまりに片々として空漠、それ自体なにもないかのごとく、ただその都度の外部の状況を映し、移ろっているにすぎないと言えようか――。

だが、これは決して洋一や慎太郎の意識の描出に〈失敗〉しているわけのものではないのだ。繰り返すまでもなく、人は一つの主題に集約されるような必然や因果を生きていない。そのような線条的な時間を生きていない。その都度送迎される経験の一齣々々、いわば今、今、今という今現在の切片を生きているのではないか。そしてむしろそれこそが芥川の見、描こうとしたものではなかったか。（だから翻ってお律の意識。重い病床にありながら、妻として、母として、必死に周囲に気を配る。それがまた逆に彼女の、最後まで外部の些事に意識を分散させられている姿でもあるのだ。）

4

さて、人はこうして今、今、今の今現在を生きる。しかもそれは当然、見たり聞いたり〈〈知覚〉〉、あるいはなにかをしたり〈〈行動〉〉してその刻々を生きることである。だが人は同時に、その刻々になにかを思い、考える。概ね過去を〈想起〉し、その上に未来を予期しながら――。殊にも「お律と子等と」には、刻々の時間を通し、洋一と慎太郎の追憶（過去の〈想起〉）が次々と繰り広げられる。[9]

洋一は叔母や姉の会話から、あらためて兄がこの家から排斥されていると感じ、〈兄は帰つて来ない〉かもしれないと不安になる。そしてそのことが小学生の時の兄との喧嘩の記憶を引き寄せる。母に叱られた兄の〈口惜しさうな眼つき〉、それが〈今でもまざまざと見えるやうな気がする〉という。しかし当座その〈眼つき〉がなにを意味するのか、洋一には判からなかったというのは注目すべきである。〈兄は唯母に叱られたのが、癇癪に障つただけかも知れない〉。しかし〈兄が地方へ行つて以来、ふとあの眼つきを思ひ出す〉度に、〈洋一は兄の見てゐる母が、どうも彼の見てゐる母とは、違つてゐさうに思はれる〉というのだ。

つまり洋一はその都度の今現在において――たとえば叔母と姉の会話などを聞いて、この家から兄が排除されていることに思いを致す。いわば後から記憶を反芻し、いやその都度の今現在において、兄の〈眼つき〉の意味を、ああではなかった、こうでもなかったと言葉を探しながら、解釈を重ね、要するに記憶を制作してきたのである。〈しかもさう云ふ気がし出したのには、もう一つ別な記憶もある〉。高校へ発つ前日、慎太郎が〈「僕はお母さんが死んでも悲しくない」〉といった言葉。洋一は驚くが、同時にあの〈兄の眼つきが、はつきり記憶に浮ぶのを感じ〉る。つまりこの時も洋一は、そうして解釈を重ね、いわば経験的に記憶を制作してゆくのだ。

しかし〈排除された存在としての兄〉というのは、このように、あくまで洋一の一方的な〈想起〉においてであるにすぎない。すでに述べたように、一度も母を奪われたことのない洋一の、逆に兄を、〈母を奪われたもの〉として思い起こしてきた結果ではないか。またたからこそ〈予期〉に反して、兄は早々に帰って来る。兄の〈母譲りの眼の中〉には、洋一が〈無意識に求めてゐた或表情が閃いてゐた〉という。とは、依然母を慕う心とでもいえようか。洋一が〈兄の表情に愉快な当惑を感じ〉た所以である。（もっとも、これもまた洋一の一人よがりにすぎないのだが

——。)

そしてこのことは、まさしく過去それ自体などというものはなく、過去とは〈想起〉において言語的、文脈的に後から作られてゆくものであることを示している、といえよう。要するに過去なるものは実在せず、その都度の今現在において、言葉によってとつおいつ物語られてゆくのである。しかもそれゆえに、〈想起〉とは無根拠にすぎない。もとより恣意的なものではなく、理由もある。洋一は叔母と姉の会話から〈排除された存在としての兄〉を想いやる。だから決して独断ではないにしても、しかしそれ(叔母と姉の会話)が空漠として、いわゆる出放題な饒舌であったことに変わりはないのだ。

つまり洋一はこうして、いわば記憶の捏造、とは要するに過去の虚妄ということに立ち会っているのではないか。そして慎太郎は、すでにそのことに気付いている。彼は過去の実在性をほとんど信じていない、といってよい。《彼の眶の裏には、やはりさまざまな母の記憶が、乱雑に漂つて来勝ちだつた。その中には嬉しい記憶もあれば、寧ろ忌はしい記憶もあつた。が、どの記憶も今となつて見れば、同じやうに寂しかつた。「みんなもう過ぎ去つた事だ。善くつても悪くつても仕方がない。」》〈母の記憶〉は次々と〈乱雑〉に蘇る。しかし〈どの記憶も今となつて見れば〉、同じように寂寞として空しいのだ。

さらに慎太郎の脳裏には、過去の記憶がそれからそれへと走馬灯のように蘇る。小学生の時の姉との花簪をめぐる諍いの記憶。ただ彼のいう〈頭の何処かには、実母のない姉の心もちが不思議な位鮮に映つてゐるやうな気がし〉たというのは注意しなければならない。もとより現に姉を憎んで〈一本の花簪を奪ひ合つ〉ている少年の慎太郎に、〈実母のない姉〉への相憐む思いが過る余裕はなかったろう。少なくともそれは、興奮の冷めたあと、いやそういうよりは、その後の慎太郎の長い成熟=経験の時を通して、培われた記憶といっていいだろう。しかもなお彼は、今でも〈姉の言葉の中に、意地の悪い調子を感じ〉ざるをえない。とは彼の思いは、今もその都度、姉への哀憐と反発に揺らいで定まらないのである。

しかし慎太郎は、〈ちよいと苦笑したぎり、何ともそれには答へなかつた〉(五)という。おそらくこの時も彼には、〈「みんなもう過ぎ去つた事だ」〉という空虚な思いが襲っていたのではなかったか。(しかもその側から、叔母の姉を窘める言葉に〈もう内心ははしやいでゐる彼自身〉。さらにそうした〈自身の軽薄を憎〉む慎太郎の、刻々なる意識の流動については、すでに記述を重ねるまでもあるまい。そしてこの慎太郎自身にも定かでない彼の変転する意識を、洋一が正確に把握することは到底不可能なのだ。)

だがそれにしてもその後、慎太郎の脳裏をめぐる次の想い出は、過去、そして過去の〈想起〉というものの茫々たる空しさを描いて余すところない。

《――これもまだ小学校にゐた時分、彼は一人母につれられて、谷中の墓地へ墓参りに行つた。墓地の松や生垣の中には、辛夷の花が白らんでゐる、天気の好い日曜の午過ぎだつた。母は小さな墓の前に来ると、これがお父さんの御墓だと教へた。が、彼はその前に立つて、ちよいと御時宜をしただけだつた。

「それでもう好いの?」

母は水を手向けながら、彼の方へ微笑を送つた。

「うん。」

彼は顔を知らない父に、漠然とした親しみを感じてゐた。が、この憐な石塔には、何の感情も起らないのだつた。

母はそれから墓の前に、少時手を合せてゐた。すると何処かその近所に、空気銃を打つたらしい音が聞えた。慎太郎は母を後に残して、音のした方へ出かけて行つた。生垣を一つ大廻りに廻ると、路幅の狭い往来へ出る、――

其処に彼よりも大きな子供が弟らしい二人と一しよに、空気銃を片手に下げたなり、何の木か木の芽の煙つた梢を残惜しさうに見上げてゐた。――》（六）

おそらくこれは、芥川龍之介の描いたもっとも美しい文章の一つといえよう。が、それはともかく、芥川はここに、人の生きてあることの、夢にも似たはかなさを見事に描いている。

慎太郎は父の顔も知らない。つまり父についての経験の所与がない。あるとすれば〈憐な石塔〉であり、だから〈何の感情も起らない〉、それで行き止まりなのだ。しかしそれに代わって森閑とした春先の墓地、好天の空に吸われていった空気銃の音、幼い兄弟達の〈何の木か木の芽の煙つた梢〉を見上げる姿――、まさにそうした一場の画面が、父にまつわる記憶として新たに作り出されたのだ、といえよう。

そしてそれが慎太郎の脳裏に繰り返し蘇る父の記憶のすべてであり、彼はそういう形でしか父を想い浮かべることはできない。が、しかしそれはまたなんともはかなく心もとない〈父〉ではないか。だがそれが人の記憶、つまり過去、そして過去の〈想起〉というもの実体なのだ。(10)

父との過去、いや彼の一切の過去は、こうして虚空に描かれたように、まさに夢であり、あるいは〈「みんなもう過ぎ去つた事なのだ」〉。――

（こうして過去は実在しない。今現在は今、今、今の変転流動に漂い、そして将来は文字通り夢。だとすれば、一貫した必然と因果を跡付けることは所詮出来ない。まさに無常と言っていい。おそらく先の〈日本的な優情〉という言葉は、どこかでこの無常観、いわばその〈日本的な感性〉に通じているのではないか。）

作品の最後、お律の容体は急変し、たまたま隣室に一人残っていた慎太郎の腕の中で死んでゆく。三好氏はここから〈お律の結婚によって〈母〉を奪われた慎太郎が、もういちど〈母〉をわが手に奪還するまでのものがたり〉

を読む。しかもお律が他ならぬ〈母〉を奪われた慎太郎の腕で死ぬ——〈こうした屈折した過程を経なければ、母と子の交情を描けなかったところに、龍之介のコンプレックスが彷彿する〉として、そこに芥川の実生活と芸術を架ける〈母〉奪還の物語を読むのだ。[11]

たしかに作品に、作者の実生活における痛切な〈コンプレックス〉が託されていることを、読み取ることは許されてよい。芥川晩年の作品に、ようやく禁忌の〈母〉が語り出されるのは事実のことである。

しかしこの場合、慎太郎が母を抱くことに、どれほどの必然性があったといえようか。無論慎太郎が〈母〉を奪われた存在であることに間違いはない。が、慎太郎にとっては〈「みんなもう過ぎ去つた事」〉でしかなく、母の存在もまたそうなのだ。いわば〈奪還〉するには、〈しみじみ万事休す〉と思わざるをえないほどに遠い存在なのだ。

そしてそうだとすれば、慎太郎が母を腕に抱く必然性は？　いや彼は、たまたま隣室に一人残ったこと、まさにその偶然から母の死を見取ることができたのである。

おそらく母がいて子がいれば、こういう形——遠くに去ったはずの子が、たまたま死んでゆく母を一人腕に抱くということもあるだろう。それを〈奪還〉と言ってもよい。しかしただそれだけだ。

もとよりそこに〈母と子の交情〉が描かれていると見るのも自由である。しかしまたそこに、いかにも偶然に弄ばれ、操られて、しかも所詮永訣を迎えなければならない人間存在の、空しくもはかない運命が語られていると見ることもできる、といえよう。

（あれほど一途に母を慕っていた洋一の知らないところで、母が死んでゆくというのも皮肉といえば皮肉ではないか。）

5

芥川は大正九年十一月十一日付、小島政二郎宛書簡に〈「お律と子等」の批評を書いて下さつた由感佩しますあれは未完ですもう二三回通夜や墓の事を書かないと纏りません（今後はお絹を主人公にして）但しもう嫌気がさしてゐます〉と書き送っている。暗に文面にあるように、「お律と子等と」は未完に終わった。そしてだから単行本には収録されなかったのだろうか。まただからこそこの作品が、後年〈失敗作〉であると貶下されたのだろうか。

ここに言う〈批評〉は「芥川さんの『お律と子等』を評す」（「時事新報」大正九年十一月九日、十日）である。小島はここで、芥川が〈日本橋の横山町〉の〈メリヤス問屋〉を観察に出かけたエピソードを披露し、〈短い暗示的な描写のうちにあの辺の商人の生活振りが風俗画的に如実に描き出されてゐる〉と賞している。しかしその半面、後半部において〈瀕死の母に対する兄慎太郎と弟洋一との態度の相違が、どうすることも出来ない人間性のドン底まで掘り下げられて行くのだらうと思つてゐた〉が、〈作者は、さういふ方面の心理解剖にはちつとも筆を染めずに、唯上つ皮ばかり慎太郎や洋一を書いてゐる〉て、〈物足りない。非常に物足りない〉と評している。エピソードの披露といい、〈場面や小道具〉という言葉遣いといい、さらに〈深刻な心理描写〉を求めているなど、先の吉田精一氏の評はこの小島の評に出ていると見てよいだろうが、それにしても小島は〈深刻な心理描写〉ということで、一体なにを考えていたのだろうか。小島は〈作者は、抜くぞ抜くぞと云ひながら、しまひ迄とうとう抜かずじまひ〉とも言っているが、そもそも初めから小島の期待するような大立ち回りが仕組んであったとは思われない。まさにどうという事もない〈あの辺の商人の生活振り〉。しかしその間にも〈人間性のドン底〉は、いわば〈active serenity〉（前出恒藤恭宛書簡）の内に映し出されているように思われる。[12]

ただしこの書簡からは、書き継がれたかもしれぬ〈もう二三回〉程の大よその構想――〈お絹を主人公にし〉た〈通夜や墓の事〉を窺うことができる。おそらく洋一、慎太郎の視点＝意識からされていた叙述は、以後お絹からするそれに変わり、〈通夜〉から〈墓〉（埋葬）にかけての様子、それに加えてお絹の父やお律、慎太郎や洋一との過去、のみならず実母の想い出が次から次へと、しかしこれもまた取りとめもないままに浮かんでは消えてゆく、――そんなことではなかったか。

そしてそうだとすれば、これらはすでに慎太郎を〈主人公にし〉た部分において、十分書かれていたものだといえよう。〈もう嫌気がさしてゐ〉ると芥川のいう所以かもしれない。[13]（ただ実母を失い、新しい母の子＝弟と向き合わざるをえないというお絹の境遇は、慎太郎のそれよりも芥川のそれに近いといえる。）

「お律と子等と」には別稿として「お律の死」と題されたごく短い断簡がある。[14]〈洋一は賢造の先妻の子、兄の信雄はお律のつれ子だつた。彼等の外にも夫婦の中には、悦子と云ふ娘が一人あつた。が、それは五歳の時、――洋一が中学へはひつた年に、脳膜炎を起して死んでしまつた〉という一節、そしてその妹にまつわるささやかな追憶シーンが印象的である。おそらく母の死を介し、幼くして死んだ妹――同じ父の血を引き同じ母の血を引く、いわばお互いにとってかけがえのない妹への、兄弟の辿る追憶の数齣。おそらくここには兄弟の姉妹に対する混じりけのない思いが託されていたのかもしれない。[15]

亡くなった肉親の追憶、その死や〈通夜や墓の事〉というなら、芥川はやがて「点鬼簿」（「改造」大正十五年十月）において、母をはじめ姉と父をめぐって書くだろう。

もとより「点鬼簿」冒頭の〈僕の母は狂人だつた〉という一句から、芥川晩年の自伝的作品が一段と真に迫って描き出されたのは確かである。しかしそれを単に、いわゆる〈私小説への転換〉とか〈私小説への屈服〉とか、文学史的状況判断によって捉えることは無意味だろう。（実生活上の隠蔽すべき事実の己が身の破滅を賭けた暴露、そしてそこに辛うじて証される己が身の誠実と真実、いわばそのようないじましいばかりの自己主張に〈私小説〉の秘められた性格があったとすれば、そもそも芥川にはいかようなものであっても、主張すべき自己、ましてやその誠実と真実が信じられなかったことは、すでに繰り返し説いてきたところである。）

もとより〈僕の小説は多少にもせよ、僕の体験の告白である〉（「澄江堂雑記」―「告白」）という芥川自身の言葉に徴するまでもなく、従来から芥川は〈隠約の間に彼自身を語つて〉（「侏儒の言葉」―「告白」）いたのだ。ただ依然問題なのは、〈体験〉を語るとはどういうことなのかということである。

過去の〈体験〉があれば、語ることが可能なのではない。語ることによって、とは言葉と文脈によって、はじめて過去の〈体験〉は過去の〈体験〉として蘇る。過去とは、まさにそのように、薄弱としてはかない存在ではないか。

《僕の母は狂人だつた。僕は一度も僕の母に母らしい親しみを感じたことはない。僕の母は髪を櫛巻きにし、いつも芝の実家にたつた一人坐りながら、長煙管ですぱすぱ煙草を吸つてゐる。顔も小さければ体も小さい。その又顔はどう云ふ訳か、少しも生気のない灰色をしてゐる。僕はいつか西廂記を読み、土口気泥臭味の語に出合つた時に忽ち僕の母の顔を、――痩せ細つた横顔を思ひ出した。

かう云ふ僕は僕の母に全然面倒を見て貰つたことはない。何でも一度僕の養母とわざわざ二階へ挨拶に行つたら、いきなり頭を長煙管で打たれたことを覚えてゐる。しかし大体僕の母は如何にももの静かな狂人だつた。僕や僕の姉などに画を描いてくれと迫られると、四つ折の半紙に画を描いてくれる。画は墨を使ふばかりではない。僕の姉の水絵の具を行楽の子女の衣服だの草木の花だのになすつてくれる。唯それ等の画中の人物はいづれも狐の顔をしてゐた。》（一、以下同じ）

〈僕の母は狂人だつた〉という衝撃的な出だしにしては、〈如何にももの静かな狂人〉の面差しが、これまた〈如何にももの静か〉に映し出されているといえる。しかしそれにしても、事実はどうであったのだろうか。たとえば〈西廂記を読み、土口気泥臭味の語に出合つた時に忽ち僕の母の顔を、――痩せ細つた横顔を思ひ出した〉云々の一節からは、やはり記憶が言語的、文脈的に、後から構成されていたことが判かる。（また〈画中の人物はいづれも狐の顔をしてゐた〉というのも、〈どうも虚構めいている〉と言えなくはない(16)。）

が、それはともかく「点鬼簿」はさらに、〈僕の母の死んだのは僕の十一の秋である〉、〈その死の前後の記憶だけは割り合にはつきりと残つてゐる〉として、

《危篤の電報でも来た為であらう。僕は或風のない深夜、僕の養母と人力車に乗り、本所から芝まで駈けつけて行つた。僕はまだ今日《こんにち》でも襟巻と云ふものを用ひたことはない。が、特にこの夜だけは南画の山水か何かを描いた、薄い絹の手巾をまきつけてゐたことを覚えてゐる。それからその手巾には「アヤメ香水」と云ふ匂のしてゐたことも覚えてゐる。

僕の母は二階の真下の八畳の座敷に横たはつてゐた。僕は四つ違ひの僕の姉と僕の母の枕もとに坐り、二人とも絶えず声を立てて泣いた。殊に誰か僕の後ろで「御臨終々々」と言つた時には一層切なさのこみ上げるのを感じた。しかし今まで瞑目してゐた、死人にひとしい僕の母は突然目をあいて何か言つた。僕等は皆悲しい中にも小声でくすくす笑ひ出した。》

と続く。さらに、

《僕の母は三日目の晩に殆ど苦しまずに死んで行つた。死ぬ前には正気に返つたと見え、僕等の顔を眺めてとめ度なしにぽろぽろ涙を落した。が、やはりふだんのやうに何とも口は利かなかつた。》

そして、

《僕の母の葬式の出た日、僕の姉は位牌を持ち、僕はその後ろに香炉を持ち二人とも人力車に乗つて行つた。僕は時々居睡りをし、はつと思つて目を醒ます拍子に危く香炉を落しさうにする。けれども谷中へは中々来ない。可也長い葬列はいつも秋晴れの東京の町をしづしづと練つてゐるのである。》

たしかに芥川はこうして初めて、自らの存在の根源——自らがそこから生をうけた母の記憶への遡行、いわば己が生の実在の〈奪還〉を試みるのである。

だがそれにしても芥川は、こうして自らを破壊するごとき重大な秘密の暴露、のみならず自らがこれまで培ってきた虚構の世界を破壊するごとき重大な方法の転換をかけて、己が生の実在を〈奪還〉しようとし、あるいはまた〈己れの裸形の生に肉迫し〉[17]ようとしていたのか。（しかしそれは先に述べたように、自らの破滅をかけて自らの誠実と真実を証すという私小説の秘められた性格に、いかにも照応した読み方ではあるまいか——。）

いや、それにしてはこの母の死前後の記憶の、なんとうら哀しいまでに埒もないものばかりだろうか。己が生の原点の確認というには、あまりにも取りとめのない些末な追憶の数々。が、おそらくそれが、芥川の脳裏に繰り返し、そしてその都度の粉飾（言葉と文脈）に彩られて蘇る、母の記憶のすべてであり、せいぜいそういう形でしか芥川は、母を想い出すことができなかったといえよう（慎太郎があの〈憐な石塔〉のある一幅の画面にしか父を想い浮かべられなかったように）。

が、そうだとしても、この〈どの記憶も〉他愛なく、またどこか〈同じやうに寂しい〉過去、しかもその過去の〈想起〉によってしか己が生の実在は蘇らない。おそらく芥川は茫然自失していたにちがいない。人の生きてきたということの、そして生きているということの、〈過ぎ去つ〉てなにもない、いやもともとそれ程に、寥々としてなにもないということに——。

芥川は室生犀星への書簡に、〈やつと小説らしいものを一つ書いた〉（大正十五年九月二日付）と言っている。芥川にとって「点鬼簿」執筆は、〈書く〉ことのきわめて本質的な体験であったにちがいない。また佐佐木茂索への書簡に〈点鬼簿に数枚つけ加へて改造に出したれど、その数枚に幾日もかかり、小生亦前途暗澹の感あり〉（九月十六日付）ともある。まさしく「点鬼簿」は苦心惨澹の作であった。[18] しかしその惨たる思いは、決して秘密を暴露する、とはいわゆる〈冷厳な事実を直視する〉[19] こと（花袋のいわゆる〈皮剝ぎの苦痛〉）によっていたのではない。むしろ〈書く〉ことにおいて、いわば存在の愚にもつかなさ、虚無ということに面峙しなければならなかったことによっているのだ。

さらに第二章の長姉初子の追憶は、一層朧気で、というよりほとんど空を摑むようなものと言わなければならない。〈丁度僕の生まれる前に突然夭折した姉〉、〈三人の姉弟の中でも一番賢かつたと云ふ姉〉。〈僕の家の仏壇には未だに「初ちやん」の写真が一枚小さい額縁の中にはひつてゐる。初ちやんは少しもか弱さうではない。小さい笑窪のある両頰なども熟した杏のやうにまるまるしてゐる……〉。

そして〈「初ちやん」の着物の端巾《はぎれ》〉の想い出、伯母が繰り返し語る〈木瓜の樹〉を巡る想い出。もとよりそらはすべて形見（写真、伝聞）であって、実際の〈「初ちやん」〉を〈僕〉はなにも知らない。しかし、にもかかわらず、

《僕はなぜかこの姉に、――全然僕の見知らない姉に或親しみを感じてゐる。「初ちやん」は今も存命するとすれば、四十を越してゐることであらう。四十を越した「初ちやん」の顔は或は芝の実家の二階に茫然と煙草をふかしてゐた僕の母の顔に似てゐるかも知れない。僕は時々幻のやうに僕の母とも姉ともつかない四十恰好の女人が一人、どこからか僕の一生を見守つてゐるやうに感じてゐる。》

〈全然僕の見知らない姉〉、ただ今も生きていれば〈四十を越してゐる〉。するとあるいは（同胞の姉である以上）、

記憶に残る〈僕の母の顔に似てゐる〉のではないか。が、所詮は〈母とも姉ともつかない〉、だからまさに〈幻のやう〉な〈四十恰好の女人が一人〉、しかし〈どこからか僕の一生を見守つてゐるやうに感じてゐる〉と言うのである。

だがこのほとんどなんの根拠もない、〈僕〉一人に秘められ培われた〈姉〉の記憶。そしてその記憶によって辛うじて保証される〈姉〉の存在。しかもまたその〈姉〉によって、〈僕の一生〉が保証されているように感じられると言うのだ。[20]

しかしそれはなんともはかなく心もとない自己確認――自己証明ではないか。それはほとんど祈りにも似て、当てもないと言わなければならない。

「点鬼簿」は第三章で〈父〉の死が描かれ、[21] 第四章で〈今年の三月の半ば〉、〈僕〉が母、姉、父の葬られている谷中の墓地に久しぶりに妻と訪れた場面で終わる。〈久しぶりに、――しかし小さい墓は勿論、墓の上に枝を伸ばした一株の赤松も変らなかつた〉。

《僕は墓参りを好んではゐない。若し忘れてゐられるとすれば、僕の両親や姉のことも忘れてゐたいと思つてゐる。が、特にその日だけは肉体的に弱つてゐたせいか、春先の午後の日の光の中に黒ずんだ石塔を眺めながら、一体彼等三人の中では誰が幸福だつたらうと考へたりした。

かげろふや塚より外に住むばかり

僕は実際この時ほど、かう云ふ丈艸の心もちが押し迫つて来るのを感じたことはなかつた。》

あの「お律と子等と」の、慎太郎の父の墓参りを描いた文章に勝るとも劣らぬ、美しく、哀しい一節といえよう。[22]

――母、姉、父の記憶。すべては茫々と〈過ぎ去〉って、ただそれを想い出す〈僕〉の中にだけ淡淡しく存在している。そしてそれは、そのこと以外になんの根拠もないのだ。しかもそれ〈過去〉こそが、自己を生み育てたすべてであるとすれば、繰り返すまでもなく、それに保証されている自己の存在の、いかにはかなく空虚であることか。

〈誰が幸福だつたらう〉という問いは無意味でしかない。塚の中に住むものと、塚の外に住むものと、いや所詮は同じように茫漠とした虚無の中に消えてゆく存在なのだ――。

だがしかし、そのことを記すこと自体、人が〈過去〉に失ってゆくものを、せめて一つなりとも残さんという願いであるにちがいない。先に〈祈り〉といった所以である。そしてそこに、芥川の作家としての生涯が託されている。

注

（1）拙稿「『秋』前後—時を生きる—」（「比較文学年誌」第三十四号、平成十年三月、本書所収）。

（2）「お律と子等と」には後の「玄鶴山房」（「中央公論」昭和二年一月）と重なる部分が多い。この看護婦の記述は甲野という看護婦の先蹤といえる。また数行後の慎太郎が〈レクラム版のゲエテの詩集〉を読む記述は、重吉の従弟の大学生が〈リイプクネヒト〉を読むのと同工といえる。その他色々。なお注（13）参照。

（3）『芥川龍之介』（三省堂、昭和十七年十二月）。ただし引用は新潮文庫（昭和三十三年）所収のものによる。

（4）「芥川龍之介序説」（『芥川龍之介　抒情の美学』大修館、昭和五十七年十一月）。

（5）吉田氏は続けて宇野浩二の〈出来栄えの不成功にも拘らず、そこに現れてゐる作者の苦心惨憺たる経営の跡は、私たち同じ小説に浮身を窶す者にとつて、殆ど涙なしに、襟を正さず見る事が出来ない程精進潔斎真に一刀一拝して仏を刻む底の彼の姿を見る事が出来る〉（「芥川龍之介に就いて」『文芸夜話』金星堂、大正十一年六月）という一文を引いている。

（6）「宿命のかたち—芥川龍之介における〈母〉—」（『芥川龍之介論』筑摩書房、昭和五十一年九月）。

（7）角川文庫『杜子春　南京の基督』（昭和四十四年）解説。

（8）『福田恆存著作集』第六巻『作家論』（新潮社、昭和三十三年三月）所収。

（9）大森荘蔵『時間と自我』（青土社、平成四年三月）参照。

（10）因に川端康成「葬式の名人」（「会葬の名人」―「文芸春秋」大正十二年五月）の一節を引用してみる。〈祖母の葬式は私が小学校に入学した年であつた。祖父と二人で虚弱な私を育ててゐた祖母は孫を学校に入れたといふ軽い気の弛みで死んだのだ。葬式の日は豪雨で私は家の出入りの男に負はれて墓へ行つた。白衣を着た十一二の姉が矢張り男に負はれて私の前に赤土の山道を登つて行つた〉。〈男の背の姉の姿は唯白い喪服だけしか後年思ひ浮べられなかつた。その白衣に頭と手足をつけようと瞑目して努めると赤土道と雨が次第にはつきりして来るだけで、思ひ通りにならないので焦立たしくなる。負ふてゐた男の後姿も浮んで来ない。そしてこの宙に浮んだふわりと白いもの、これが姉に関する私の記憶の総てである〉。〈姉は私が四五歳の頃から親戚の家に育てられそこで私が十一二の年に死んだ。私は父母の味と同じく姉の味を知らない。祖父は姉の死を悲しめ、悲しめと私に強要した。私は自分の心の中を捜してみたが、どの感情を何物に託して悲しみを感じたらいいかに迷つた〉。

（11）注（6）に同じ。

（12）因に「秋」に対し秀しげ子は「根本に触れた描写」（「新潮」大正九年十月）で次のように云っている。〈あゝ云ふ材料をあゝもすらすらと片づけてしまはずにもつと信子や照子の心理状態を深刻に解剖して知識階級にある現代婦人の人生に対する人間苦を如実に描写してほしいと思ひます〉。先の小島の評言の主旨とほとんど一致しているのが面白い。

（13）「或阿呆の一生」―「三十二　喧嘩」に〈彼は彼の異母弟と取り組み合ひの喧嘩をした。彼の弟は彼の為に圧迫を受け易いのに違ひなかつた。同時に又彼も彼の弟の為に自由を失つてゐるのに違ひなかつた。かれの親戚はかれの弟に「彼を見慣へ」と言ひつづけてゐた。しかしそれは彼自身には手足を縛られるのも同じことだつた。彼等は取り組み合つたまま、とうとう縁先へ転げて行つた。縁先の庭には百日紅が一本、――彼は未だに覚えてゐる。――雨を持つた空の下に赤光りに花を盛り上げてゐた〉とある。吉本隆明氏は「芥川龍之介における虚と実」（「国文学」昭和五十二年五月、のち『悲劇の解説』筑摩書房、昭和五十四年十二月に所収）で「玄鶴山房」を論じ、芥川は武夫と芳太郎の〈異母兄弟〉の〈喧嘩〉を描きつつ、この「或阿呆の一生」の〈体験を反芻していただろう〉と言っているが、おそらくそのことは「お律と子等と」においてより切実に〈反芻〉されていたことであろう。

（14）坂根俊英「芥川家族小説一班―「お律と子等と」「庭」「雛」―」（「広島女子大学国際文化学部紀要」新輯三号、平成九年三月）参照。

(15) 唐突な言及だが、ヘーゲルは『精神現象学』の中で、ギリシア悲劇に表象をえながら〈家〉をめぐって驚嘆すべき洞察を語っている。たとえば〈夫と妻、両親と子供、兄妹というきょうだい〉について、〈夫と妻相互の敬愛は、自然的な関係と感覚を混えており、その関係はそれ自身においては自己還帰しない。また、両親と子供相互の敬愛という第二の関係も、それと同じである。子供に対する両親の敬愛も、自分の現実を他者のうちにもっており、他者のうちに自立存在が生成して行くのを見るだけで、それを取りもどし得ないという感動に影響されている。かえって子供は、自己の現実をえて、よそよそしいものになったままである。だがこれとは逆に、子供の両親に対する敬愛は、自分自身の生成つまり、自体を、消えて行く両親においてもっており、自立存在や自分の自己意識は、その本源たる両親から分れることによってのみ、獲られるという感動に伴われているが、この分離のうちでその本源は枯れて行くのである〉。〈これら二つの関係は、両者に分け与えられている両側面の移行と、不等のうちに止まっている。だが、混じり気のない関係は兄と妹の間に在る。両者は同じ血縁であるが、この血縁は両者において安定し、均衡をえている。だから両者は、互いに情欲をもち合うこともないし、一方が他方にその自立存在を与えたのでもないし、一方が他方からそれを受け取ったのでもなく、互いに自由な個人である。それゆえ、女性は、妹（姉）であるとき、人倫的本質を最も高く予感している〉（樫山欽四郎訳『世界の大思想』第一期第十二巻、河出書房新社、昭和四十一年四月）。いま芥川龍之介の作品における〈家〉の問題＝〈家族〉の関係を考えるに当たり、このヘーゲルの言葉を見逃すことはできない。勿論〈兄と妹〉〈姉と弟〉の関係に〈人倫的本質を予感する〉というのはヘーゲルの夢であるに違いない。因にヘルダーリンは〈父と娘〉の関係をこそ絶対のものとする（G・スタイナー『アンティゴネーの変貌』海老根宏、山本史郎訳、みすず書房、平成元年十一月）。なにやら「地獄変」の良秀とその娘の関係を彷彿させるが、それはともかく芥川晩年の作品には、ヘーゲルのいわゆる〈姉と弟〉（芥川とその姉初）の関係が、ことのほか重要なものとして描かれるのはたしかである。なお拙著『島崎藤村──「春」前後──』（審美社、平成九年五月）で、このヘーゲルの考察に基き、「家」における人間関係を詳述した。

(16) 荻久保泰幸「『点鬼簿』小考」（「國學院雑誌」昭和三十九年九月）。なお氏は、作品中の〈対照、照応の妙は感嘆するばかりである。非常に計算された構成美、緊密な形式美をもっているといわなければならない〉という。また「点鬼簿」の虚実について三嶋譲「『点鬼簿』を読む──〈母〉の物語から〈父〉の物語へ──」（「福岡大学日本語日本文学」平成五年十月）を参照。

(17) 宮坂覚「芥川龍之介小論─その遡行・『点鬼簿』への軌跡」（「日本近代文学」第二十八集、昭和五十六年九月）。

(18) 〈その原稿を書くにも「文字通り、額から汗が流れて来て、それ以上最早一行も書くことが出来ない」といふやうなことが書いてありました〉という葛巻義敏の証言（吉田精一との対談「芥川龍之介を語る」──「明治大正文学研究」昭和二十八年十月）

参照。

(19) 登尾豊「〈告白〉への過程―『点鬼簿』論」(「国文学」昭和五十年二月)。

(20) 「歯車」―「三　夜」の〈僕〉の夢に〈年をとつた女〉が出てくる。〈僕はこの年をとつた女に何か見覚えのあるやうに感じた。のみならず彼女と話してゐることに或愉快な興奮を感じた〉とある。おそらくこの〈女〉も姉初のことを言っているように思われる。

(21) 〈父〉については拙稿「『大導寺信輔の半生』周辺―『西方の人』『続西方の人』へ―」(「繍」十四号、平成十四年三月、本書所収)で触れた。なお実父新原敏三の命日は三月十六日。大正十四年に七回忌の法要が行なわれた。

(22) 広津和郎「文芸雑感(一)」(「報知新聞」大正十五年十月十八日)に、〈あの小品の底を流れてゐる陰うつさは芥川君のものとして珍しいものだつた。自分はその陰うつさにある感動を受けずにゐなかつた〉、〈底にひそんでゐる作者のさびしさに、十分な真じつが感ぜられる〉とある。

「藪の中」捜査

——言葉の迷宮——

1　はじめに

一体、〈言葉〉とはなんであろうか。人間は〈言葉〉によってなにかを語る。しかし〈言葉〉によって、本当になにかを語ることができるのであろうか。むしろ〈言葉〉を口にした途端、本当に語るべきことはどこかへ消え去ってしまうのではないか。しかも人間は〈言葉〉なしではなにも語りえない。いや考えることも、ばかりか、生きることさえもできないのではないか。

現在、〈言葉〉は危機を迎えている。〈言葉〉は信じられていない。それはなにかを語るべく、完全でないばかりか、人に虚偽をさえ強いている。

たとえばニーチェの「道徳外の意味における真理と虚偽」を解説しつつ、西尾幹二氏は次のように言っている。[1]

《木というものはどこにも存在しない。松や杉や檜や楓が存在するだけである。いや、実際には、松も杉も檜も楓も存在しない。存在するのは、「あの松」や「この松」だけである。指で直接示すことのできるものだけが存在する。こうして、抽象の段階をどこまで降りていっても、われわれは言葉をつうじて「木そのもの」に到達することはない。つまるところ、言葉というものは、自然の多様性と個別性とを無視することによって成り立っているので

あろう。》

　事物がいまここに、他に代えがたい絶対としてあること、そしてそのことは、人間がその事物を、他に代えがたい絶対として現に体験しているということであろうが、いわば〈言葉〉とは、こうしたこととはまったく無縁に成立している、というのである。

　もとよりここには、プラトン以来、一切をその本質においてつまり抽象的一般性においてとらえてきた〈言葉〉というものに対する、ニーチェの厳しい批判が示されている。たしかに〈言葉〉は、その抽象的一般性において、いまここに、なにごとにもなにものにも代替しえずに存在する事物を、あるいはその事物に、人間が現に他を絶して関わりつつあることを、つまり人間がいまここに生きるまさにそのことを、遮蔽し抹消してしまうのだ。そしてニーチェも言うように、このことを〈言葉〉の欺瞞性と言わずして、なんといったらよいか。

　がしかし、〈言葉〉はそれほどに欺瞞的なものであろうか。つねに普遍性という幻想《イリュージョン》を描き出しながら、事物そのものを、またその事物を人間が現に生きているそのことを素通りする、その意味で、肝腎なことをなにひとつ明らかにせず、むしろ沈黙と化し不在と化す――。

　だが、そうだとすれば、逆に〈言葉〉とは、一切を沈黙と化し不在と化しつつ、また自らその沈黙と不在の中へ消え去りつつ、そのことによって、沈黙と不在そのものを現出せしめているのだ、といえないか。

　いわば〈言葉〉は、自らの無力の中へ消え去りながら、その極限において、沈黙と不在を、すなわち、決して普遍的な〈意味〉とはなりえず、とは、ついにいわゆる〈言葉〉をこえた、その意味で、〈言葉〉を絶したなにものかを語るのではないか。そしてここに、まさに〈言葉〉というものの誠実さが潜んでいるのだ、といえよう。

　ところで、ニーチェによってひときわ厳しく指摘されたように、文明というものがつねに普遍的なもの、合理的、客観的なものを目指してきたのに対し、人間はそのようなものに還元されない絶対の個を確保しなければならない。

いや、もともと人間が現に生きているということは、決して合理化も客観化もされえないことではないのか。どうしても他に還元されずにある、だから連続の断たれた所、断絶と飛躍においてこそ、人間は現に生きているのではないか。

この意味で、人間の存在する場所は〈瞬間〉である、といえよう。無論〈瞬間〉とは、どんなにしても合理的、客観的にはなりえない。しかも人間は、現に、いまここにそれを体験しつつあるのだ。

そして、そうだとすれば、〈言葉〉がまさに自らの消失において明かそうとしたもの、沈黙と不在において現前せしめようとしたこととは、実は人間が現に絶対の個として、いまここに存在するこの〈瞬間〉ではないのか。もとより〈意味〉とはならず、謎めきながら、一切を絶してあるこの生のこうした〈事実〉こそ、しかし〈言葉〉が、自らの破綻をかけて語らんとしている〈事実〉かもしれない。

〈コトバ〉が〈コト〉の一端でありつつ、なおその一端において〈コト〉に繋がっているという〈コトバ〉そのものの謂れのごとく――。

さて、以上のことは、「藪の中」捜査にあたり、きわめて重要な示唆となる。「藪の中」において、まさしく〈言葉〉は真相を隠蔽する。しかしにもかかわらず、そこには〈言葉〉の限界において、真相が語られているのではないか。無論一切の合理的、客観的な言説のかなたで、とは、一種異様な喧騒の中のしじまにおいて、しかし人々が生きるあの〈瞬間〉の真実が、いわば専心に語られているのだ――。

*

「藪の中」は大正十一年一月、「新潮」に発表された。のち第六短篇集『春服』（春陽堂、大正十二年五月）に収録された。いわゆる〈王朝物〉に属する作品で、斬新なスタイル、絶妙の技巧等により、数ある芥川龍之介の作品の中でもひときわ芥川的なものとして、人々から多大の興味をもって迎えられていることは、いまさら説明するまでもあるまい。

物語は、京都郊外山科の駅路から四五町入った藪の中で発見された男の死骸をめぐり、七人の陳述が繰り広げられる、という形で進む。――

まず「検非違使に問はれたる木樵りの物語」によれば、死骸を最初に見つけたのはこの木樵りで、〈今朝何時もの通り、裏山の杉を伐りに〉行く途中であったという。〈死骸は縹《はなだ》の水干《すゐかん》に、都風《みやこふう》のさび烏帽子《えぼし》をかぶつた儘、仰向《あふむ》けに倒れて〉いた。〈何しろ一刀《ひとかたな》とは申すものの、胸《むな》もとの突き傷でございますから、死骸のまはりの竹の落葉は、蘇芳《すはう》に滲みたやうでございます〉という。

〈太刀《たち》〉などは見当たらなかった。ただ傍の杉の根がたに、〈縄〉が一筋落ちていた。それから〈櫛〉が一つ。遺留品としてはそれだけである。ただし〈草や竹の落葉は、一面に踏み荒されて居《を》りましたから、きつとあの男は殺される前に、余程手痛い働きでも致したのに違ひございません〉という。なお〈馬〉は見かけなかった。〈あそこは一体馬なぞには、はひれない所でございます〉――。

次に「検非違使に問はれたる旅法師の物語」によると、死骸の男は〈昨日《きのふ》〉の〈午頃《ひるごろ》〉、〈馬に乗つた女と一しよに、関山の方へ歩いて〉いた。女は〈牟子《むし》を垂れて〉いて顔はわからなかった。馬は〈月毛《つぎげ》の、――確か法師髪《ほふしがみ》〉。男は〈太刀も帯びて居れば、弓矢も携《たづさ》へて〉いたという。〈殊に黒い塗り箙《えびら》へ、二十あまり征矢《そや》をさしたのは、唯今でもはつきり覚えて居ります〉――。

そして「検非違使に問はれたる放免の物語」によれば、この放免は〈昨夜の初更頃《しよかうごろ》〉、〈多襄丸《たじやうまる》と云ふ、名高い盗人《ぬすびと》〉を搦め取ったという。〈尤もわたしが搦《から》め取つた時には、馬から落ちたのでございませう、粟田口《あはだぐち》の石橋の上に、うんうん呻《うな》つて居りました〉。

さらに、〈何時ぞやわたしが捉へ損じた時にも、やはりこの紺の水干《すゐかん》に、打出しの太刀を佩《は》いて居りました。唯今はその外にも御覧の通り、弓矢の類《るゐ》さへ携《たづさ》へて居ります。さやうでございますか？　あの死骸の男が持つてゐたのも、――では人殺しを働いたのは、この多襄丸に違ひございません〉という。因みに多襄丸の持っていたものは〈革を巻いた弓、黒塗《くろぬ》りの箙《えびら》、鷹の羽《はね》の征矢《そや》が十七本〉、乗っていた馬は〈仰有る通り、法師髪《ほふしがみ》の月毛《つきげ》〉であった。

なお多襄丸という盗賊は、〈洛中に徘徊する盗人《ぬすびと》の中でも、女好きのやつ〉で、〈昨年の秋鳥部寺《とりべでら》の賓頭盧《びんづる》の後《うしろ》の山に、物詣《ものまう》でに来たらしい女房が一人、女《め》の童《わらは》と一しよに殺されてゐたのは、こいつの仕業《しわざ》〉ともっぱら噂されていたという。だから連れの女も、どこへどうされたかわからない――。

さて次に「検非違使に問はれたる媼の物語」によると、死骸の男はこの媼の娘の夫であるという。若狭の国府の侍で、名は〈金沢《かなざは》の武弘《たけひろ》〉、年は二十六歳。〈優しい気立〉で、〈遺恨なぞ受ける筈〉はない。

娘は名は〈真砂《まさご》〉。年は十九歳。これは〈男にも劣らぬ位、勝気の女〉だが、〈まだ一度も武弘の外には、男を持つた事〉はない。〈顔は色の浅黒い、左の眼尻に黒子《ほくろ》のある、小さい瓜実顔《うりざねがほ》〉であるという。

二人は〈昨日《きのふ》〉、一緒に若狭へ立った。だがこんなことになるとは何という因果か。〈しかし娘はどうなりましたやら、婿の事はあきらめましても、これだけは心配でなりません。どうかこの姥《うば》が一生のお願ひでございますから、たとひ草木を分けましても、娘の行方をお尋ね下さいまし。何に致せ憎いのは、その多襄丸とか何とか申す、盗人《ぬすびと》のやつでございます。婿ばかりか、娘までも……〉。そして媼は、後は言葉もなく、ただ泣き入るばかりであったという――。

以上は事件の起こった日の翌日、検非違使に問われた四人の証言者の陳述の大体である。内容からいって、彼等四人は事件そのものに直接関連はない。すなわち遺体を最初に発見した者、現場近くで被害者とその連れの女を目撃した者、偶然この事件のきわめて有力な容疑者を逮捕した者、被害者の家族であり、彼等は検非違使に問われるままに、彼等の立場々々から、見た事実、知っている事実をそのまま述べたにすぎない。

しかしそれにしても、この事件は、事件の大凡ということであれば、すでにこの四人の陳述によって、十分明らかにされているといえよう。――金沢武弘とその妻真砂は前日若狭へ立った。そして午頃、たしかに男は馬に乗った女と一緒に、山科から関山に通う街道を歩いていた。しかしその後男は、そこから少し入った藪の中で、一刀とはいえ胸の突き傷によって絶命していた。辺りが一面に踏み荒されている所を見ると、男は何者かとかなり激しく闘ったらしい……。男の太刀や弓矢はなく、杉の根がたに縄が、死体の側に櫛が落ちていただけである。女はいない。女の乗っていた馬も見えない。

ところが初更頃、一人の放免が粟田口の石橋の上で馬から落ちて呻っている多襄丸という盗賊を捕えた。多襄丸はいつになく弓矢を携えていたが、それはどうやら武弘のものであるらしい。落ちたという馬も、真砂の乗っていたものらしい。多襄丸は好色で、きわめて惨忍な盗賊という。さすれば二人は多襄丸に襲われ、男は殺され、女はどうされたか、おそらく無惨な目に遭ったのだろう――ということになろうか。

だが、こうして事件の概略は、状況的に見てかなり容易に推定されるのだが、周知のように、その後に繰り広げられる事件の当事者達、つまり多襄丸と、その後清水寺に現われた真砂と、武弘の死霊の言葉を語るという巫女と、それぞれ三人の陳述によって、たしかに多襄丸の犯行の経路はほぼ推定通りと断定しうるようになるにせよ、肝腎の武弘の死をめぐる決定的な局面が、なぜかまったくの謎と化してしまうのである。

すなわち武弘の死をめぐり、多襄丸は自分が闘って殺したといい、真砂は一緒に死ぬつもりで殺したといい、巫女は自殺したという。このまったく食い違う証言によって、事件は完全に迷宮に入るのである。

だが果してなぜ、あれほど容易に見えた事件の解明が一転こうまで困難となったのか。言うまでもなく困難にさせたのは、事件に直接に関係した三人[2]の証言、つまり〈言葉〉である。とすれば、ここには、まさしくあの〈言葉〉の問題が隠されているのかもしれない。

もとより彼等当事者達は、事件の核心に触れたであろう。その時、彼等は、局外者にはついに窺い知れない決定的な局面を見たにちがいない。そしておそらくそれは、あの人間が現にいまここに生きる〈瞬間〉、〈言葉〉を超え〈言葉〉を絶した一刹那ではなかったか。だから彼等は、そのいまここの〈瞬間〉の真実を語らんとして、ますます奇妙で謎めいた迷宮へと、自他を導いているのかもしれない。

だがそれにしても、彼等が現に生きた〈瞬間〉とは、一体どういうことであったのか。

ところで、簡単に解けるはずであった事件の真相が、にわかに不明となった経緯については、決定的な局面に際会した事件の当事者達の証言、つまり〈白状〉や〈懺悔〉という形をとった〈言葉〉の問題、まさしく〈言葉〉自体の問題が大きく係わっていることは、深く検討されてよい。

だがその前に、そのことに関し、事件の当事者達のそれぞれの差し迫った立場々々、しかもまたその立場々々が対立、錯綜することによって、絶対であるべき真実が相対化され、そのかぎり真実から隔絶されて生きなければならない人の世の姿を、一種冷徹に語ろうとした結果とする観点のあることを、確認しておかなければならない。

事実、「藪の中」の研究史は、種々の枝葉はあるとしても、この観点に沿って展開されてきたといっても過言ではないのだ。

たとえば吉田精一氏は早く『芥川龍之介』(3)の中で、

《当事者達の事実に対する迫り方、受けとり方が各種多様で、めいめいの関心、解釈、感情によつて、単純な一つの事実が如何に種々の違つた面貌を呈するかを、従つて人生の真相が如何に把握し得ぬものかを語らうとしたのが、この作の主題と思はれる。》

と論じ、〈各人の云ひ分の食ひちがひが、人生の機微を暗示すると共に、作者の懐疑的な人生観をも物語つてゐる〉と続けている。

すなわち、相対的な人生の呈示と、またそれゆえに、ついに人々に真実は不在でしかないとする〈懐疑的な人生観〉の表明――。そして「藪の中」に対するこのような捉え方は、以降、たとえば不条理な人生への〈絶望的な恐怖〉[4]の表白とか、〈シニカルな凝視〉[5]とか、いささかニュアンスの差はありながら、もっとも基本的な捉え方となったといえよう。

が、それにしても、なぜそれほどに人々の立場々々が対立、錯綜し、絶対であるはずの真実を相対化してしまうのか。まさに真実はひとつであり、少なくとも一人の男が死骸と化したという事実は、どうしようもなく存在していたはずであるのに――。

おそらくこのことに関して、そこにはひとつの真実を懸命に秘匿してしまおうとする人々の強い意志、つまり彼等の秘匿操作、嘘があるという理解があるだろう。決定的な局面に遭遇した事件の当事者達が、激しい危機感と、それゆえの自己防衛から、自分を守るのに都合のよい〈言葉〉（依然として問題は〈言葉〉なのだが）を、たとえ嘘であっても、いや嘘であるがゆえに固執する。しかもそこに、人間の深い必然が見定められているというのである。

たとえば駒尺喜美氏は「芥川龍之介『藪の中』」[6]において、

《「藪の中」は、二つの小テーマが見事にとけ合って、一つのテーマを形成している。第一のテーマは、告白というものがいかに真実から遠いものかであり、第二のテーマは、人間のエゴイズムというものはどのような状況にあってもぬぐい切れぬもの、否、極限状況であればあるほど一層露骨に、人間は自己の満足を中心におくかということである。この二つのテーマが溶け合って、人生における真実、事実がいかにとらえ難いかの一つのテーマが奏でられているのである。》

と論じ、〈最も真実を標榜している筈の告白が、まさにその自己密着性の故にどうしても利己心からまぬがれることができぬ――ために真実はついに知ることはできぬ〉と続けている。

すなわち、問題はまさしく、人間における〈エゴイズム〉の厳存と、しかも告白においてもっとも露骨に自己を主張する〈エゴイズム〉の執拗さに発している、と言うわけなのである。

駒尺氏はまた、〈ここで作者の見ているものは、むしろ意識的なウソだと思う。告白というものが、いかに虚偽と偽善、自己合理化からのがれ難いか、作者は明らかにそれを念頭においていたと思う〉（傍点駒尺氏）と言う。あえて〈虚偽〉や〈偽善〉をも厭わない、あるいは、〈意識的なウソ〉さえ辞さない〈エゴイズム〉の強烈さ――。もとより〈藪の中〉事件の当事者達もこのことと無関係ではありえない。そして、そうだとすれば、自己に執着し、〈ウソ〉で固めた彼等の〈言葉〉に、所詮真相など窺えるはずはないと言うのだ。

駒尺氏はさらに、〈作者は専らウソの部分に熱中しているのである。だから私たちが真実を追跡するならば、それは遂に徒労に終らざるを得ない。真実は作者にも分らない。始めからそれは想定されていないからである〉（傍点駒尺氏）とまで言う。

いわば〈エゴイズム〉と〈ウソ〉にのみ充ちた世界、だからもともと真実の一片すらありえない世界、それが芥川龍之介の見た世界であり、剔抉せずにはやまぬ世界であったと言うのであろう。

ところで、説の当否はしばらく問わず、[7]おそらくここに来て、「藪の中」の研究史がひとつの明解な結論を得たことは確かである。以後多くの論が、たとえば〈刺戟的状況下におけるエゴイズムの対立〉と〈そこから明らかにされる人間不信に根ざす絶望[8]〉とか、〈危機に直面した人間の自己暴露[9]〉とか、ここでもいささかのニュアンスの違いを示しながら、要するに問題の根源を〈エゴイズム〉に帰せしめていることで、それは明らかといえよう。

さらにその後、「藪の中」をめぐって、執拗な追究を行なった海老井英次氏の論[10]も、またこの線上に位置している、ということができる。氏もまたもっぱら問題の根源を〈エゴイズム〉に求めている。ただ氏はむしろその上に立ち、個々の人間の対立、錯綜という混乱の中で、すでに〈当事者三人の陳述は、《原画》不在の極めて恣意的なモノローグ〉でしかなく、従って、〈それらを併せても絶対に《真相》は再構成出来ない形になっている〉という点に力点を置いている、といえよう。

つまり〈恣意的なモノローグ〉を〈重層的〉に並べることによって、実は真相の再構成を徹底的に不可能とするよう試みられているのであり、あえてそういう試みを試みた所に、この作品の、〈近代的個人の、ある意味では虚無に近い孤独を表現し得た、極めて構成的な一篇〉たる所以を求めるのである。

ともあれ、こうして現在、「藪の中」の研究史はひとつの円環を巡ったという観がある。[11] すなわち問題の根源はまさに〈エゴイズム〉であり、〈エゴイズム〉の熾烈な劇である。しかも真相はその熾烈な劇の背景に消え去り、というより真相とは関わりないまでに、劇そのものが熾烈に繰り広げられたのである。従って、〈もはやわれわれは、《真相》の再構成に無駄な努力を積み重ねる必要はない〉のだ、と――。

海老井氏の結論の部分を、最後に引用しておこう。[12]

《「藪の中」の主題が〈人生の不可解〉という懐疑的傍観的な思想でないことは明らかである。むしろそこから一歩を進めて、そうした相対的位相こそ、人生の当然の姿である、あるいは人生の認識はそういうものでしかないと認めるところに、芥川の主想があったとみるべきなのである。結局のところ、主観的に人生を認識し、エゴイスチックにしか生きようとしない、近代的個人における、相対化されそれゆえに多様化されてしまった人生のあり方を、そのまま表現した作品とみてよいのではなかろうか。》

だがそれにしても、一体人間において、〈エゴイズム〉とはそれほどに決定的なものなのであろうか。〈人間のエゴイズムというものはどのような状況にあってもぬぐい切れぬもの、否、極限状況であればあるほど一層露骨に、人間は自己の満足を中心におくかということ〉——。しかし問題はこれほど単純ではない。現実にはむしろ人間は、〈自己の満足を中心にお〉こうとしてついにおきえない、そういう現実をいやと言うほど見せつけられているのではないか。

もとより貫きえなくとも、なお貫こうとする〈エゴイズム〉の熾烈さがあるという反論は十分予想される。しかしならばなお、それはまだ先のものとして、つまりなんら実体的なものではなく、ただ志向性としてのみあるのではないか。

勿論、人間にとって〈自己〉〈自我〉こそは、一切の根底にある唯一の究極的な原理であるとひとまず言っておこう。私達は通常、〈自己〉〈自我〉をまさにそのように信じながら生きているのだ。

ところで、カント哲学の後継者であるフィヒテは、人間にとり一切の根底にある唯一の究極的な原理を求めるべく、まず〈AはAである〉という命題を選ぶ。言うまでもなく、〈A＝A〉ということは、何人も前提なしに無条件に認められるからである。

では、この命題はなにを語っているのであるか。それは〈もしAが在るならば、Aは在る〉ことを表わしている。そしてこの〈もし〉と〈ならば〉の間の二つの〈A〉が同一であると判断するのは、その都度同一である〈私〉であるから、〈A＝A〉の根底には〈私＝私〉ということがなければならぬ。しかもすべての存在は〈A＝A〉という形で定立できるから、すべての定立の根底には〈私＝私〉ということがある、ということになる。さらに〈A＝A〉の場合には〈A〉が存在しているかどうかは不明である。だが〈私〉の場合は違う。これは何人も認めざるをえない〈意識の事実〉である。従ってすべての定立の前提には〈私は在〉り、〈私は私である〉ということがある。しかも〈私は私である〉ということを定立するのはこの〈私〉であるから、これはもはやこえられないこととなる。

だから人間にとって一切の根底にある唯一の究極的な原理とは、つまり〈私は在〉り、〈私は私である〉という、いわば〈私〉自身の自己同一性である、ということになる[13]――。

さて、このように、フィヒテによって、人間における一切の根底にある唯一の究極的な原理として、〈私〉自身の自己同一性、つまり〈主観〉が確立されたのである。そしてそれ以降、それこそあらゆるものが、この〈主観〉に基づいて〈客観〉として定立され、根拠づけられたことは、いまさら断るまでもあるまい。

とりわけ近代自然科学において、一切の〈自然〉は、〈主観〉の前に〈客観〉として定立され、その普遍性を、つまり客観性、合理性を保証された。しかも〈主観〉を担う主体として一切を主宰しつつ、さらに人間は自分自身をも、客観性、合理性において把握する。〈自己〉〈自我〉を〈エゴイズム〉として規定することも、またこうしたことの結果といえよう。しかもその根底には〈主観〉が、つまりあの〈自己同一性〉が、まさに疑問の余地のないものとして想定されているのだ。

そして現在、私達がそこに住みついているこの常識的、日常的世界とは、徹頭徹尾、そうした客観性、合理性に支配されている世界ではないか。いや私達が考え、生きることとは、つねに客観的、合理的に考え、生きることではないか。そして繰り返すまでもなく、そのことの根底には、あの〈自己同一性〉が、まさに自明なものとして信じられているのである。

だが、はたしてそれは、それほどに絶対的であるのか。むしろそれは、まさにその客観性、合理性に支えられているこの常識的、日常的世界というきわめて限定された領域でのみ絶対的なのではないか。

なんらかの理由で、あの〈私は在〉り、〈私は私である〉という〈自己同一性〉が崩れ去るとき（そしてそれは決して稀なことではないのではないか）、確実であるはずのこの世界はもろくも弾け飛び、私達は、私達が立つこの世界のなお下に、深く広く、私達にはついに捉えることのできない世界のあることを知るのではないか[14]。

早い話、私達ははたして本当に、あの〈私〉自身の〈自己同一性〉ということを信じられるのか。私達は本当にいつも、私達であるのか。芥川龍之介もいうように、実は私達は、〈息子、亭主、牡、人生観上の現実主義者、気質上のロマン主義者、哲学上の懐疑主義者等、等、等、――〉(「僕は」―「驢馬」昭和二年二月)であり、しかもそれらが、〈いつも喧嘩するのに苦しんでゐる〉(「同」)のではないか。

つまり〈息子、亭主、牡〉等々、私達は絶えず他者との関わりの中で、その都度それぞれの役割を演じながら、というより、演じさせられながら、結局なんらの〈自己〉〈自我〉にも徹到しえず、その意味でその都度〈自己〉からずれて、だからその都度〈自己〉ならぬものとして、現に刻々を生きながら、その間に勞然と老ゆるのではないか。

そして、そうだとすれば〈自己〉〈自我〉とは、要するになんら実体的なものではなく、まさに関係性とでもいうしかないものではないか。

勿論、人間はその〈自己〉〈自我〉の崩壊の危機に瀕しながら、しかもなおその〈自己〉〈自我〉に必死に縋りつきつつ、この人生を生きている。それは人間が生きてあること、つまり人間が存在することの最奥に根づく根源的な願望といえようか。だがにもかかわらずそれは願望であり、人間はその〈自己〉〈自我〉が、まさに幻想として消え去るという体験を体験しなければならないのだ。

そしておそらく、「藪の中」事件の当事者達は、他でもなくこうした体験を体験しなければならなかったのではないか。だから彼等はすでに〈自己〉〈自我〉を失い、さらにそうした彼等に、いわば世界の関節は完全に外れていたにちがいないのである。

たとえばこの事件において、おそらく最も無惨な運命に陥ったであろう真砂に、〈自己〉〈自我〉や世界はどのように見えていたのか。

《さうして、――さうしてわたしがどうなつたか？　それだけはもうわたしには、申し上げる力もありません。兎に角わたしはどうしても、死に切る力がなかつたのです。小刀《さすが》を喉に突き立てたり、山の裾の池へ身を投げたり、いろいろな事もして見ましたが、死に切れずにかうしてゐる限り、これも自慢にはなりますまい。（寂しき微笑）わたしのやうに腑甲斐ないものは、大慈大悲の観世音菩薩も、お見放しなすつたものかも知れません。しかし夫を殺したわたしは、盗人《ぬすびと》の手ごめに遇つたわたしは、一体どうすれば好いのでせう？　一体わたしは、――わたしは、――（突然烈しき歔欷《すすりなき》）》

真砂にはすでに、生きることも死ぬこともできない。そしてただ、〈一体《たい》どうすれば好《よ》いのでせう？〉と力なく呟くばかりである。もはや真砂には〈自己〉〈自我〉はなく、世界はまったくの謎と化した、というしかないのだ。しかしすでに触れたごとく、現在研究史は、こうした真砂の喪心にも、〈自己の正当性を主張〉(15)する、人間の強烈な〈エゴイズム〉を想定せずにはいない。たとえば笠井秋生氏はこうした意見をまとめながら、

《〈清水寺に来れる〉真砂の〈懺悔〉は、〈罪障感〉や〈自己処罰欲〉によってなされたものではなく、多襄丸の〈白状〉によって暴露されるかもしれない、あるいは暴露されたおのれの背信の事実を、打ち消すための偽りの〈懺悔〉であった、と解することができる。真砂が最も恐れたのは、多襄丸が〈極刑〉を恐れたように、多襄丸の自白によって自己の背信の事実が明るみにでることであった。夫を裏切り、盗賊のもとに走ろうとした女であるとの烙印を押されることであった。多襄丸に捨てられ、夫をも失った真砂が、今後、女として生きていくためには、そうした悪女の印象を払拭して、貞操堅固な女であるとの同情を得る必要があった。かくて、彼女は自作自演の心中未遂事件を脚色したのである。》

と論じている(16)。いかにも詳細をきわめた正確な解釈であるかに見える。しかしそう見えて、的は外れているといわなければならない。

たしかに、〈今後、女として生きていく〉にしても、〈生きていく〉ことそのことに絶望している真砂にどんな保身が可能であり、どんな狂言が可能であるというのか。むしろここで必要なことは、真砂のその喪心の深さを、ただそのままに諾うことではないか。

ところで、私達はデカルト以来追究されてきた〈近代的自己〉〈近代的自我〉が、実体的なものではなく、関係性とでもいうしかないものであることを瞥見した。しかもそのことは、そのまま〈近代的自己〉〈近代的自我〉が、解体の道を辿っていたことを意味しているといえよう。(17)

すでにフッサールにおいて、〈主観〉＝〈純粋意識〉とは〈志向性〉以外のなにものでもなかった。〈意識〉とは〈何ものかについての意識〉であり、従って、つねに外へ外へと、〈自己〉ならぬものへと向かい続ける。その意味でデカルト的な、いわば自らの内に自己同一性において在り続けるとされる〈自己〉〈自我〉は、すでにその根底からの崩壊を迎えなければならなかったのである。

――だがそれにしても、このように、〈近代的自己〉〈近代的自我〉の解体の後に、はたして人間とはなんであるのか？

ハイデッガーは『存在と時間』において、人間＝〈現存在〉とはまさしく〈自己〉を抜け出（〈脱自〉）しつつ、だが、そのことにおいて、〈現に存在する存在者〉であるという。

すなわち人間＝〈現存在〉は、はじめから世界の内にあって、種々の気遣い（〈配慮〉）をしながら存在する。ところで、そのように気を遣いながら、とは、世界の内に投げ出され、とめどなく〈頽落〉しながら、しかしまさに齷齪と気を遣うことにおいて、その都度本来の自己に立ち返る可能性を有しているのだ。

つまり投げ出され、自己を失って、〈不安〉に揺れ動きながら、そのことが同時に、本来の自己へと自らを企て投げる可能性となる。そのように、〈被投性〉と、本来の自己であろうとする〈企投性〉とが、つねに同時にあるような在り方が、〈世界内存在〉における〈現存在〉の在り方なのである。

そして、企て投げるという限り、人間＝〈現存在〉は、いつも〈自らに先んじて在る〉のでなければならない。自らの可能性に向かって、自己を超え出ていなければならない。と同時に、そうであるためには、〈現存在〉はつねにすでに世界に投げ出されているのでなければならない。つまり〈既に内に在る〉のでなければならない。要するに、人間＝〈現存在〉は、〈自らに先んじて既に世の内に在る〉のである。

さらにハイデッガーによれば、人間＝〈現存在〉とは〈死における存在〉であるという。人間は必ず死ぬ。しかもいつ死ぬか判からない。だから人間は死に対し、どうにかしなければならない。〈悔なき人生を送る〉とか〈正しいと信ずる思想に殉ずる〉とか、つまり納得のできる死を死ななければならない（あるいは生を生きなければならない）。人間のしていることは、究極的には、すべてこのことと関係しているといってよい。そしてこの意味で、死は人間にとって、もっとも根源的な可能性であるといえよう。

もとより人間は、そのような死に対し、どうにかしなければならないにもかかわらず、実際にはどうすることもできない。その意味で、死は人間にとって可能性であるとしても、どうしようもない、つまり追い越すことのできない不可能性そのものとして、現に人間に突き刺さっているといわなければならない。

が、それはともかく、人間はこうして、いつ来るか判からない死に先んじて対処している、といえる。さらに、そういう形で、未来を自己に〈到来〉させている、といえる。まだ来ていない死を、前以って自己に〈到来〉させている、つまりそういう形で、自己の本来の姿を〈将来〉させているのだ。

言葉を換えれば、人間＝〈現存在〉は死に先んじて、かくかくあらんとすることによって、自己の本来の姿を呼び戻している。死に先んじて、かくかくあらんとすることによって、本来の自己に出会う。つまりつねにかくかくあらんとしつづけている自己に出会う。先んじて自己であろうとして、すでにそうである自己に出会うのである。要するに、人間＝〈現存在〉は、〈自らに先んじて既に世の内に在る〉のだ。

そしてハイデッガーは、このことを時間性として捉え返す。人間＝〈現存在〉は、かくかくあらんとして、かくかくあらんとしつづけている自己に出会う。その意味で人間＝〈現存在〉はその都度、ついにかくかくあらんとするしかない。懸命に先へ進まんとしつつ、ついに至りえない自らの絶対の有限性に出会うのである。そしてその都度――つまりまさにいまここの〈現〉という〈瞬間〉において、人間＝〈現存在〉は絶対の有限性としてのみ、とは、連続の断たれた絶対の個としてのみ自らをあらわす（〈現成〉する）のであり、しかもまたその〈瞬間〉においてのみ、〈時間〉は〈時間〉となる（〈時熟〉する）のである。[18]

さて、長い前置きとなったが、しかしこのハイデッガーの〈現存在分析〉は、ほとんど迷宮と化した「藪の中」事件の解決に対し、きわめて重大な示唆をもたらしているようである。少なくとも事件の当事者達は、一様に差し迫った〈死〉に臨み、まさに自己を失いながら、だから必死に自己の本来を追い求めているといえよう。ではこのとき、彼等の〈実存論的機構〉とは一体どのような様相を呈していたのか。

まず、多襄丸の〈白状〉を分析してみることにしよう。このとき彼は、彼の見た決定的な局面を、その〈瞬間〉を、とは、ついに〈言葉〉とはならないその体験を、どのように語っていたのか。

2　多襄丸の白状

《あの男を殺したのはわたしです。しかし女は殺しはしません。では何処へ行ったのか？　それはわたしにもわからないのです。まあ、お待ちなさい。いくら拷問にかけられても、知らない事は申されますまい。その上わたしもかうなれば、卑怯な隠し立てはしないつもりです。わたしは昨日《きのふ》の午《ひる》少し過ぎ、あの夫婦に出会ひました。その時風の吹いた拍子に、牟子《むし》の垂絹《たれぎぬ》が上つたものですから、ちらりと女の顔が見えたのです。ちらりと、――見えたと思ふ瞬間には、もう見えなくなつたのですが、一つにはその為もあつたのでせう、わたしにはあの女の顔が、女菩薩《にょぼさつ》のやうに見えたのです。わたしはその咄嗟の間に、たとひ男は殺しても、女は奪はうと決心しました。》

「多襄丸の白状」は、まず殺人の認知に始まり、やがて犯行の動機に及ぶ。〈わたしもかうなれば、卑怯な隠し立てはしないつもりです〉という彼の言葉を、いま一応信ずるとして、つまり多襄丸は〈女を奪はう〉とし、そしてどうやら〈男を殺し〉てしまったごとくである。

ところで、多襄丸の自白を一応信ずるとしても、この場合、〈たとひ男は殺しても〉という言葉には、少々注意する必要があろう。彼には最初から、〈男を殺しても〉という意識があったかどうか。以後の陳述からすれば、おそらく彼には、本来殺意はなかったととるべきであろう。多分これは、多襄丸の自白時に付け加えられた言葉ととるべきではないか。（そして、後にも度々触れると思うが、今先走りして言えば、これはあるいは、多襄丸が実際に〈男を殺し〉た結果、勢い、口を突いて出た言葉であったかもしれない。）

さて多襄丸は、

《何、男を殺すなぞは、あなた方の思つてゐるやうに、大した事ではありません。どうせ女を奪ふとなれば、必、男は殺されるのです。唯わたしは殺す時に、腰の太刀を使ふのですが、あなた方は太刀は使はない、唯権力で殺す、金《かね》で殺す、どうかするとお為ごかしの言葉だけでも殺すでせう。成程血は流れない、男は立派に生きてゐる、――しかしそれでも殺したのです。罪の深さを考へて見れば、あなた方が悪いか、わたしが悪いか、どちらが悪いかわかりません。（皮肉なる微笑）》

と続ける。この発言を捉えて多襄丸を、中村光夫氏は〈なかなか頭のいい皮肉屋〉(19)とか、大岡昇平氏は〈この程度の皮肉しかいえないケチな紳士泥棒〉(20)とか評してからかっているが、無論多襄丸のこの発言は、それほど空疎なものではないのだ。

ここには、多襄丸の、自分はこう生きてきたという、なにか余裕を湛えた自負が、またその自負を支える秘めた情熱が窺えるともいえるのである。

多襄丸はここで、〈どうせ女を奪ふとなれば、必、男は殺されるのです〉と言っている。彼が〈洛中に徘徊する盗人の中でも、女好きのやつ〉であることはつとに知られている。彼の最後の犯行の動機も、また〈女を奪ふ〉ことであった。彼には〈女を奪ふ〉ことが、まずなによりの関心事であったことは明らかである。だが多襄丸は続けて、〈女を奪ふ〉となれば、そのとき〈必、男は殺される〉、それも〈腰の太刀〉によって殺される、と断言する。つまり〈女を奪ふ〉ために、男は命を賭して闘わなければならないと言うのだ。

多襄丸にとって、人生とはまさに修羅、闘争でなければならなかった、といえよう。それも〈権力〉や〈金〉、いや〈お為ごかしの言葉〉による闘いではない。男と男の力による闘い、〈腰の太刀〉による闘いでなければならなかったのである。しかもそうした闘いによってはじめて、男は〈女を奪ふ〉ことができるのである。

だが、こうした多襄丸の言葉は、逆に彼が、つねに〈お為ごかしの言葉〉（〈権力〉や〈金〉はもともとない）によって、いわば人を誑かしながら〈女を奪〉ってきたことを、つまり自分がつねに、狡猾で好色な盗賊でしかなかったことを、密かに知りつつ恐れていることを語ってはいないであろうか。

そしてだからこそ彼は、そうした自己を否定し、〈腰の太刀〉による闘いを通して〈女を奪ふ〉、いわば騎士へと自らを変革しなければならなかったのだ。

（そしてさらに言えば、彼は、すでに騎士を自任しているかのごとくである。あるいは彼は、すでに〈腰の太刀〉によって男を殺しているのかもしれない。彼の自負に充ちた言葉、妙に落ち着いた態度が、そのことを暗に物語っているような気がするのだが……。）

だが、もとより多襄丸は、所詮は好色で狡猾な盗賊でしかなかった。少なくとも山科の街道で、武弘、真砂の二人連れに近づいたとき、彼の念頭には、ただ〈女を奪ふ〉こと、それも出来るだけ手軽く奪うことしかなかったろう。だから〈男は殺しても〉などという大仰な気持など、毫もなかったにちがいない。そして、そうだとすれば、彼がその時の心意を次のように回想するのは、むしろ、きわめて率直な物言いであったといわれるべきなのである。《しかし男を殺さずとも、女を奪ふ事が出来れば、別に不足はない訳です。いや、その時の心もちでは、出来るだけ男を殺さずに、女を奪はうと決心したのです。が、あの山科の駅路では、とてもそんな事は出来ません。そこでわたしは山の中へ、あの夫婦をつれこむ工夫をしました。》

たしかに多襄丸にとっては、まさに〈女を奪ふ事が出来れば、別に不足はない訳〉だったのである。

だがにもかかわらず多襄丸が、〈男を殺さずとも〉とか、〈その時の心もちでは、出来るだけ男を殺さずに〉とか、いわば男の生殺に頻りとこだわっているのはなぜか。

もとより多襄丸が、ただのケチな〈女好き〉の小悪党でありながら、しかし〈腰の太刀〉で闘って〈女を奪ふ〉、つまり戦士であらねばならぬことに、やはりどこか深い所でこだわっているということは考えに入れておいてよい。だがこの時はまだ、おそらくそのことにこだわりつつ、正直のところ〈女を奪ふことが出来れば、別に不足はな〉かったと言っているのだ。

ではなぜか――。おそらく多襄丸は、やはりすでに男を殺しているのではないか。〈しかし男を殺さずとも、女を奪ふ事が出来れば、別に不足は〉なかった。〈いや、その時の心もちでは、出来るだけ男を殺さずに、女を奪はうと決心し〉ていた。だが、……自分は男を殺してしまった……。つまり多襄丸のこの言葉には、自身にも意外な結果、そうした結果を引き起こしてしまった彼の、しかもいままさにそれを想い起こしている彼の、（自白時の）心の揺れが映し出されているのではないか。

（あるいはこうした言葉に、自分には本来殺意はなく、だから罪は軽減されてしかるべきであるという多襄丸の、なにかさもしい魂胆を見透す意見もあるだろう。しかし彼の余罪を考えれば、おそらく極刑を免れるはずもなく、この場に及んで、いまさら命乞いでもないのである。そしてこのことは、誰よりも多襄丸自身が、一番よく知っていたことではなかったか。）

さて、少々予断めいたことを述べてきたが、その正否はしばらく措いて、その後多襄丸は犯行の経緯を、以下のごとく詳細に供述する。

《これも造作はありません。わたしはあの夫婦と途《みち》づれになると、向うの山には古塚がある、この古塚を発《あば》いて見たら、鏡や太刀が沢山出た、わたしは誰も知らないやうに、山の陰の藪の中へ、さう云ふ物を埋《うづ》めてある、もし望み手があるならば、どれでも安い値に売り渡したい、――と云ふ話をしたのです。男は何時かわたしの話に、だんだん心を動かし初めました。それから、――どうです、慾と云ふものは恐しいではありませんか？　それから半時もたたない内に、あの夫婦はわたしと一しよに、山路《やまみち》へ馬を向けてゐたのです。

わたしは藪の前へ来ると、宝はこの中に埋めてある、見に来てくれと云ひました。男は慾に渇いてゐますから、異存のある筈はありません。が、女は馬も下りずに、待つてゐると云ふのです。又あの藪の茂つてゐるのを見ては、さう云ふのも無理はありますまい。わたしはこれも実を云へば、思ふ壷にはまつたのですから、女一人を残した儘、男と藪の中へはひりました。

藪は少時《しばらく》の間は竹ばかりです。が、半町程行つた処に、やや開いた杉むらがある、――わたしの仕事を仕遂げるのには、これ程都合の好《い》い場所はありません。わたしは藪を押し分けながら、宝は杉の下に埋めてあると、尤もらしい嘘をつきました。男はわたしにさう云はれると、もう痩せ杉が透いて見える方へ、一生懸命に進んで行きます。その内に竹が疎らになると、何本も杉が並んでゐる、――わたしは其処へ来るが早いか、いきなり相手を組み伏せました。男も太刀を佩《は》いてゐるだけに、力は相当にあつたやうですが、不意を打たれてはたまりません。忽ち一本の杉の根がたへ、括りつけられてしまひました。縄ですか？　縄は盗人の有難さに、何時塀を越えるかわかりませんから、ちやんと腰につけてゐたのです。勿論声を出さない為にも、竹の落葉を頬張らせれば、外《ほか》に面倒はありません。

わたしは男を片付けてしまふと、今度は又女の所へ、男が急病を起したらしいから、見に来てくれと云ひに行《ゆ》きました。これも図星に当つたのは、申し上げるまでもありますまい。女は市女笠を脱いだ儘、わたしに手をとられながら、藪の奥へはひつて来ました。所が其処へ来て見ると、男は杉の根に縛られてゐる、——女はそれを一目見るなり、何時の間に懐から出してゐたか、きらりと小刀《さすが》を引き抜きました。わたしはまだ今までに、あの位気性の烈しい女は、一人も見た事がありません。もしその時でも油断してゐたらば、一突きに脾腹《ひばら》を突かれたでせう。いや、それは身を躱《かは》した所が、無二無三に斬り立てられる内には、どんな怪我も仕兼ねなかつたのです。が、わたしも多襄丸ですから、どうにかかうにか太刀も抜かずに、とうとう小刀を打ち落しました。いくら気の勝つた女でも、得物がなければ仕方がありません。わたしはとうとう思ひ通り、男の命は取らずとも、女を手に入れる事は出来たのです。》

ところで、多襄丸の犯行は、少なくともこの時点まで、ほとんど計画通りに運ばれていた模様である。〈造作はありません〉、〈思ふ壷にはまつた〉、〈面倒はありません〉、〈図星に当つた〉、そして彼は〈とうとう思ひ通り、男の命は取らずとも、女を手に入れる事は出来た〉のである。

おそらく、いつもの手慣れた仕事を仕遂げるように、ほとんど鼻歌まじりで、彼は事を進めていたのだ。自分でもいささか見え透いた嘘がいとも簡単に通って、むしろ戸惑っている感じがないではないが、これは〈慾と云ふものは恐しい〉という手持の哲学で容易に得心ができたろう。[21]無論男は若くてひ弱に見えただろうし、しかもこう側から未熟さをさらけ出してしまっては、多襄丸から完全に見縊られてしまっても仕方がない。[22] さすがに〈男も太刀を佩いてゐるだけに、力は相当にあつたやう〉だとしても、すでに相手を呑んでしまっている多襄丸に敵おうはずもない。（男の力を、多襄丸が計算していないわけはない。）女には少々手こずったようだが（実力か？）、しかしこれはもとより問題ではない。――という訳で、多襄丸はまったく支障なく、遅滞なく、だから（少々妙な言い方だが）、まったくの平常心で〈女を奪〉ったのだといえよう。

従って多襄丸は、すべてにわたり、いわば理性的に、確信をもって判断し、行動し、そして想起することができたのだ。彼の供述、すくなくともこの時点までの彼の供述に、一点の曖昧さもない所以である。

だが、多襄丸が例のごとく〈女を奪〉い、そして例のごとく一目散随徳寺をきめこもうとしたまさにそのとき、彼は、思いもかけない事件の真中へ巻き込まれてしまったのである。

《男の命は取らずとも、――さうです。わたしはその上にも、男を殺すつもりはなかつたのです。所が泣き伏した女を後に、藪の外へ逃げようとすると、女は突然わたしの腕へ、気違ひのやうに縋りつきました。しかも切れ切れに叫ぶのを聞けば、あなたが死ぬか夫が死ぬか、どちらか一人死んでくれ、二人の男に恥を見せるのは、死ぬよりもつらいと云ふのです。いや、その内どちらにしろ、生き残つた男につれ添ひたい、――さうも喘ぎ喘ぎ云ふのです。わたしはその時猛然と、男を殺したい気になりました。（陰鬱なる興奮）》

多襄丸はここでも、〈男の命は取らずとも〉と繰り返す。もちろんこれもまた、刑の軽減を願う言い分けなどでないことは断るまでもない。正直のところ、彼は〈女を奪ふ事が出来れば、別に不足はない訳〉で、また現にその通りとなった以上、後はただいつものように、その場を逃げ出せばよかったのだ。〈さうです。わたしはその上にも、男を殺すつもりはなかつたのです〉――。が、そのように明確に意識していたにもかかわらず、自分は男を殺してしまった……、と多襄丸は訴えているかのようだ。

たしかに、多襄丸自身にも意外な事態の展開であったのだ。そしてようやく多襄丸の陳述に、曖昧の翳りが兆す。彼は、いわば平常心を失ったのである。彼は冷静に考え、行い、語ることが不可能となる。ついぞ予期せぬような事態の真中に投げ出されて――。すなわち、突然、女がなにやら叫んだのである。

この女、つまり真砂の叫び声をめぐって、多襄丸、真砂、武弘の死霊の言葉を語るという巫女(23)それぞれの証言が、すべて食い違うというところから、俄に事件が謎めいてくることはあらためて指摘する価値がある。

そこで、多襄丸の証言の検討は暫く措いて、この叫び声について、当の真砂はなんと言っているのか。詳しくは後に触れるとして、今必要な部分だけを抜き出せば――、真砂は手ごめにされた後、夫の傍に走り寄ろうとして男に蹴倒される。そして丁度その時、真砂は自分を蔑んで冷たく光る夫の眼に気づき、〈我知らず何か叫んだぎり、とうとう気を失つてしま〉ったと言うのだ。

しかし真砂の証言はいかにも漠然としていて、これではなにも明らかにされえないと言える。が、そうではあるが、多襄丸の証言と合わせて、少なくとも手ごめにされたあと真砂がなにやら叫んだということだけは、動かしがたい事実として確認できると言えよう。

さらにまた多襄丸の、彼がその場を逃げ去ろうとしたまさにその時、真砂がなにやら叫んだという証言も、彼女がこれを積極的に否定していない以上、考慮されてしかるべきかもしれない。――

いや、多襄丸の言うように、あるいは彼はいつものようにその場を逃げ去ろうとして、しかしその時、たしかに真砂のなにやら叫ぶ声を聞いたのだ。しかもなぜかその声に、彼は無理無体にその場に釘付けにされてしまったのではないか。

この点に関し、多襄丸が、〈女は突然わたしの腕へ、気違ひのやうに縋りつき〉なにやら叫んだと言っているのは注意される。あるいはそれが真砂が、〈夫の側へ、転ぶやうに走り寄〉った時のことかもしれない。その時、多裏丸と真砂は交錯した。それを多裏丸は女が〈腕へ、気違ひのやうに縋りつ〉いたと取り、真砂はぶつかってその場に倒れ、男に〈蹴倒〉されたと取ったのではないか。そしてこれだけは言えることは、この直後の動顛した真砂の〈切れ切れ〉の叫び声を、多裏丸はまさに多裏丸にしか聞こえないように、さらには聞いてその場に留まらざるをえないように、聞き取ったということなのである。

〈あなたが死ぬか夫が死ぬか、どちらか一人死んでくれ〉、〈その内どちらにしろ、生き残つた男につれ添ひたい〉――。つまり多裏丸は真砂の〈切れ切れ〉の叫び声（おそらく我を失った女の絶望の叫びであり、それゆえに意味不明の絶叫ではなかったか）をこのように聞いたのである。

だがそれにしても、この多裏丸が聞き取ったという言葉が、彼にとって人生とはまさにそうあるべき修羅、闘争の論理、すなわち男と男による命を懸けた闘いを通して女は奪わるべきであるという闘いの論理によって貫かれていたことは興味深い。

多裏丸はいましがた〈女を奪〉った。それも彼が思い描いていたように、出来るだけ安直に奪ったのである。だが実は彼は、彼がもっとも忌み嫌っていた策略――〈お為ごかしの言葉〉によって、血も流さずに男を括り、女を奪ったのであり、しかも正直のところそのことに満足して、いつものように、ケチな〈女好き〉の小悪党として雲隠れしようとしていたのである。

もとよりこれが、多裏丸の通常の姿であったといえばいえよう（多裏丸が大盗賊であるという確実な保証はどこにもない）。しかし彼は、やはりどこか深い所でそのことにこだわっていたのではなかったか。ただの狡猾で好色の盗賊として、いわば馴れ切った悪事を重ねて自足する安易な自らの姿に、あえて言えばその自己欺瞞に――。そしてだからこそ多裏丸は、真砂の意味不明な〈切れ切れ〉の言葉の中に、そうした彼に対する非難を聞いたのである。

本来、男は相手の男を殺して女を奪うべきではないか。つまり〈どちらか一人死〉ぬべきではないか。そして女は、〈その内どちらにしろ、生き残つた男〉が奪えばよいのだ、と。

多襄丸は〈その時猛然と、男を殺したい気になりました〉と、〈(陰鬱なる興奮)〉の中で、はじめて殺意を示す。まさしく彼は、本来の自己へと、勇者へと自らを企て投げなければならなかったのである。

多襄丸は続ける。

《こんな事を申し上げると、きつとわたしはあなた方より、残酷な人間に見えるでせう。しかしそれはあなた方が、あの女の顔を見ないからです。殊にその一瞬間の、燃えるやうな瞳を見ないからです。わたしは女と眼を合せた時、たとひ神鳴に打ち殺されても、この女を妻にしたいと思ひました。妻にしたい、——わたしの念頭にあつたのは、唯かう云ふ一事だけです。これはあなた方の思ふやうに、卑しい色慾ではありません。もしその時色慾の外に、何も望みがなかつたとすれば、わたしは女を蹴倒しても、きつと逃げてしまつたでせう。男もさうすればわたしの太刀に、血を塗る事にはならなかつたのです。が、薄暗い藪の中に、ぢつと女の顔を見た刹那、わたしは男を殺さない限り、此処は去るまいと覚悟しました。》

多襄丸の殺意は、こうしてはっきりと形になる。しかしそれにしてもこの時多襄丸は、真砂の言葉を聞いて（その実、己れの心の声を聞いたにすぎない）から、〈猛然と、男を殺したい気にな〉ったのか、あるいはまた真砂の〈燃えるやうな瞳〉に魅かれて、翻然〈妻にしたい〉と思ったから、〈男を殺さない限り、此処は去るまいと覚悟し〉たのか。いや、おそらくここにはそうした前後関係、因果関係はあるまい。それらはすべて忽焉として同時に起こったのであり、同時であることによって、まさに〈瞬間〉としか言いようのないことであったのではないか。そして言うならばこの〈瞬間〉に、多襄丸の人生は狂ったのである。

多襄丸は難なく〈女を奪ふ〉ことができた。だがまさに難なく奪うことができたことにおいて、彼は、自らが本来の自己＝勇者でないことに面と向かわなければならなかったのである。だから彼は、本来の自己＝勇者たらんとして、男と闘い、男を殺すことを通して女を奪わなければならなかったのだ。そしてだからこそ多襄丸には、真砂はすでに奪ってしまった無用の女であるにもかかわらず、さらに奪うべき女として、つまり男が命を尽くして奪うべき証として、だがそうであれば、それを激しく望めば望むほどかえって至りがたいものとして、要するにそれほどにも彼を魅き付けて止まぬ彼方の妖しく美しい煌きとして見えたのである。

こうして、一切は、多襄丸の願い――本来の自己＝勇者たらんとする願いの内で、つまりかくかくあらんとしてかくかくあらんとする自己に出会うという、あのハイデッガーの〈実存論的機構〉において、それゆえにいまここ、の〈瞬間〉の謎のごとき断絶と飛躍において、体験されたことであったのだといえよう。

さて、多襄丸は翻然〈この女を妻にしたい〉と思ったという。たしかに彼の言うように、それは〈卑しい色慾〉ではない。繰り返せば――彼が女の〈燃えるやうな瞳〉に見ていたものは、本来の自己＝勇者たらんとする己れの、〈燃えるやうな〉全人間的意志そのものであったからである。

《しかし男を殺すにしても、卑怯な殺し方はしたくありません。わたしは男の縄を解いた上、太刀打ちをしろと云ひました。（杉の根がたに落ちてゐたのは、その時捨て忘れた縄なのです。）男は血相を変へた儘、太い太刀を引き抜きました。と思ふと口も利かずに、憤然とわたしへ飛びかかりました。――その太刀打ちがどうなつたかは、申し上げるまでもありますまい。わたしの太刀は二十三合目に、相手の胸を貫きました。二十三合目に、――どうかそれを忘れずに下さい。わたしは今でもこの事だけは、感心だと思つてゐるのです。わたしと二十合斬り結んだものは、天下にあの男一人だけですから。（快活なる微笑）》

すでに多襄丸の殺意は動かない。無論〈卑怯な殺し方〉は望む所ではない。彼は男同士の堂々の太刀打ちによって、相手を殪さなければならないのである。

多襄丸は男の縄を解く。（あるいは武弘の死霊＝巫女のいうように、〈縄を切つた〉のかもしれない。ただ彼がわざわざ縄のことに言及したのが、検非違使に問われたためだとすれば、彼はすでにそれが証拠物件として押収されていることに気づいていたであろうから、そのことに関し、ことさら虚偽をいう必要はない、ともいえよう。）もとより多襄丸にとって決死の行為であり、おそらく縄を解く彼の手は激しく震えたにちがいないのだ。

ところで、多襄丸から太刀を渡された男、つまり武弘が、どの程度の戦意を持っていたか、これはあらためて考えなければならないことである。が、それがどの程度であるにしろ（口中に残った〈竹の落葉〉を吐き出し、〈太刀〉を構える位のことはしただろう）、決闘を予期する多襄丸には、武弘が〈血相を変へ〉、〈太い太刀を引き抜き〉、〈憤然と〉、〈飛びかか〉って来たと思えたのである。

評家は、これに続く〈わたしの太刀は二十三合目に、相手の胸を貫きました〉云々という多襄丸の自供に、〈盗賊のヒロイズムと自尊心〉(24)、〈誇張〉と〈自己劇化〉(25)を見出している。なるほど、なぜ多襄丸は〈不意を打〉ったとはいえ、苦もなく杉の根方に縛りつけてしまうことのできた武弘と、〈二十三合〉も切り結ばなければならなかったのか(26)、あるいは、なぜ武弘はそれほどにも激しく多襄丸と渡り合ったのに、〈都風《みやこふう》のさび烏帽子《えぼし》をかぶつた儘〉、いわば端然と倒れていたのか(27)（その他にも、これだけ太刀打ちを続けながら、二人とも手傷を負った様子がないのはなぜか、等々）、この多襄丸の自白には、なにかことさらに自分の騎士ぶりを衒う気味合いがないとはいえないのである(28)。

しかしたしかにそうであるとしても、だからといってこの時多襄丸が（少なくとも多襄丸だけは）、激しい闘いを闘わなかったということにはならないのだ。第一、木樵りの証言にも、やはりそこに激しい闘いがあったことが示されていたではないか。

木樵りは、〈草や竹の落葉は、一面に踏み荒されて居りましたから、きつとあの男は殺される前に、余程手痛い働きでも致したのに違ひございません〉と陳述していた。しかしこの言葉の前半は真実として、後半の推測は事実であったかどうか。すでに述べたごとく、異常な体験の衝撃によって、武弘が戦意を喪失していたことは十分考えられるし、また戦意があったにしろ、未経験な武弘が、恐怖と緊張のあまりその場に立ち竦んでしまっていたことも十分考えられる（武弘の装束が乱れていなかった所以である）。

そして未経験ということならば、多襄丸にとっても、こうした必死の決闘は初めてであったろうから、これまた緊張と興奮で、しかしこちらは、立ち竦む武弘の周囲を遠巻きにして、あるいはいきりたち、あるいは地団駄を踏みながら、〈踏み荒〉していたことも十分考えられるのである（〈踏み荒され〉た跡が、多襄丸と真砂の闘い（？）の跡とだけとるのはやはり無理であろう）。

そして、おそらく多襄丸は、無我夢中のうちに武弘の胸を刺していたのだ。——

《わたしは男が倒れると同時に、血に染まつた刀を下げたなり、女の方を振り返りました。すると、——どうです、あの女は何処にもゐないではありませんか？　わたしは女がどちらへ逃げたか、杉むらの間を探して見ました。が、竹の落葉の上には、それらしい跡も残つてゐません。又耳を澄ませて見ても、聞えるのは唯男の喉に、断末魔の音がするだけです。

事によるとあの女は、わたしが太刀打を始めるが早いか、人の助けでも呼ぶ為に、藪をくぐつて逃げたのかも知れない。——わたしはさう考へると、今度はわたしの命ですから、太刀や弓矢を奪つたなり、すぐに又もとの山路へ出ました。其処にはまだ女の馬が、静かに草を食つてゐます。その後の事は申し上げるだけ、無用の口数に過ぎますまい。唯、都へはひる前に、太刀だけはもう手放してゐました。》

いずれにしても、多襄丸は見事に男を屠ったのである。そして彼はこの時、おそらくは生まれて初めて、自らの志す通りの勇者となったのである。想像を逞しくすれば、彼はこの時〈血に染まつた刀を下げたなり〉、しばし呆然とそこに佇んでいたのではなかったか。そしてさらに、自らが勇者となったことを一種異様な驚きと昂りのうちに自覚していたといえよう。

だがこの直後、我に返った多襄丸が女を見失っていたことは、きわめて興味深いことといわなければならない。〈すると、――どうです、あの女は何処にもゐないではありませんか？〉――。

普通にとれば、そして多襄丸の言葉通り、女＝真砂は〈逃げたのかも知れない〉。しかし、すでに触れたように、女＝真砂の言によれば、彼女はその場に〈気を失つてしま〉ったわけだから、辻褄が合わない。

もとより〈気を失つてしま〉ったということが、失神してその場に昏倒したことであるかどうかは断定できない。後にも触れるように、記憶を失うということもありうるからである。ともかく夢中でその場を逃げ、迷い、気が付いた時にはまた元の場所にいたということもないではない。だが、いまは真砂の証言を疑う必要はない。まさしく彼女は、その場に倒れていたのである。

だが、そうだとすれば、足元に倒れている女＝真砂を多襄丸はなぜ見出すことができなかったのか。おそらくこの時も、問題は多襄丸自身にあったようである。

多襄丸は自らが願っていたように、男を屠り、勇者へと変身した。つまり彼は、いままで夢見ていた、その意味で自らのうちに見出すことのなかった勇者を見出す。そしてこのことは、彼がすでに勇者として生きはじめていたことを示しているのだ。

いわば彼は、勇者へと自らを企て投げつつ、気が付いた時、すでに勇者へと投げ出されていた、といえよう。

（かくかくあらんとして、かくかくあらんとする自己に出会う。）――

そしてそうだとすれば、多襄丸は勇者となったいま、今度は勇者として、つねに勇者の闘いを闘いつづけなければならないのだ。

しかもその時、女は、勇者がそれを奪うべく、命を尽くして闘いつづけるための証として、妖しく美しい煌きによって彼を魅き付けつつ、しかし、あるいは、だからこそ、つねに絶対の彼方にありつづけなければならないのである。いわばそれは、男がその闘いを窮めるべき決意そのものとして、むしろ決して遂げられず、ただひたすら求めつづけられなければならないのである。（だから多襄丸は足元の女を発見しえず、所有しえないのである。）

そして注意すべきは、多襄丸がまず、女が〈どちらへ逃げたか、杉むらの間を探して見〉つつ、〈が、竹の落葉の上には、それらしい跡も残つてゐ〉ないと気付きながら、なお〈人の助けでも呼ぶ為に、藪をくぐつて逃げたのかも知れない〉と考えていることである。つまり多襄丸は、こうして眼前の事実を離れ臆測の中へ入ったわけだが、おそらくその臆測の中で、彼は逸早く、新しく闘うべき男＝敵の出現に身構えていたのであり、さらに〈今度はわたしの命ですから〉と言うのも、闘いの中での自らの当然の運命を予期していたからであるといえよう。(29)（しかも多襄丸は、真砂が〈人の助け〉を呼ぶために逃げて行ったであろう、その意味で危険この上もない〈もとの山路〉へと出て行くのである。ここにも多襄丸の闘いへの身構えが示されている。）

さて、多襄丸は〈都へはひる前に、太刀だけはもう手放してゐ〉たという。多分この太刀は武弘のものであろうが、彼は都へ入って金に換える前に、すでにそれを手放したということか。思うに多襄丸は、もはや不要の太刀を金に換えるがごとき盗賊ではない、不要の太刀であれば棄てればよい、そして弓矢は勇者が自らの身を飾るに相応のものであれば、そのまま携えていればよい、と自らに言い聞かせていたのではなかったか——。そしてそうであれば、多襄丸はそれほどに、すでに十分戦士なのだ。

《——わたしの白状はこれだけです。どうせ一度は樗《あふち》の梢に、懸ける首と思つてゐますから、どうか極刑《ごくけい》に遇はせて下さい。（昂然たる態度）》

「多襄丸の白状」はこうして終わる。言うまでもなく、その後彼は放免の証言にある通り、盗んだ馬から落ち、〈粟田口《あはだぐち》の石橋の上に、うんうん呻つて〉いたとき、捕われてしまったのである。

もとより当時のこととして、と言うよりも彼の罪状からすれば極刑は免れまい。しかし彼は、すでに極刑を恐れゆくのになんの悔いがあろうか。いや彼はすでに勇者であり、しかも命を賭して闘う勇者として、闘いに敗れ、捕われ、死んでゆくのになんの悔いがあろうか。それは勇者としての当然の末路であり、栄光の道ではないか。だから多襄丸は、処刑の危機、死の危機に臨みつつ、しかし敢然とその危機を引き受けんとしているのである。

そしてこのことで、多襄丸は自らの死に先んじて対処している、ばかりか、十二分に納得しているのである。彼の終始変わらぬ〈昂然たる態度〉は、まさに殉教者のごとく、自らの死をむしろ進んで意志するものの強い緊張感に貫かれているのだ。

だが、にもかかわらず、彼は勇者としてはあまりに腑甲斐なく、女の乗るような馬から落ち、うんうん呻っている所を搦め取られてしまった。そして彼が軽蔑する権力や金を手中にするものの手で、しかもまさに彼等の手を煩わすことなく首を切られて死んでゆくのである。それは彼の言葉や態度とはあまりにも無惨な対照である。もとより、彼は勇者として死なんとしつつ、しかしこのように締りなく死んでゆくものとして、つまりは死を追い越しえず、一種滑稽な風貌を印象づけて、刑場の露と消えたのであろう。

しかし幸福なことに、おそらく多襄丸は自らのその矛盾に気付いていないし、気付こうとしていない。そしていわばその自己韜晦が、辛うじて多襄丸の〈自己〉〈自我〉の決定的な崩壊を防いでいたのかもしれない。

しかし不幸なことに、時に人間は、その自己韜晦に気付いてしまうのである。(30)

3 真砂の懺悔

人間はいずこへかへ行こうとして、いまここにいる自分に気付く。かくかくあらんとして、かくかくあらんとする自分に出会う。しかもかくかくあらんとするしかない自分を受け止めるところに、本来的な自分が出会われている――。

ハイデッガーによれば、人間＝〈現存在〉はつねに自己の可能性へと自らを企て投げている。つまりつねに自らに先んじ、自らを先取っている。しかもそういう形で、未来を将に来たるべきものとして〈到来〉させている。この意味で、人間＝〈現存在〉にとって、将に来たるべき未来とは、自己が自己たるべく、ほとんど特権的な重要性を担っているといえよう。

しかし、未来がそのように将に来たるべきものとして自らへと〈到来〉するためには、そのような〈到来〉に先立って、まず自己が自己でなければならない。つまり自己がかしこへ行くためには、あらかじめ自己が自己としてここにいなければならない。すなわち、いわばそのように世界へと投げ出されて、つまり〈被投性〉を引き受けつつ、とは、〈おのれがそのつどすでに存在したとおりのままで本来的に存在〉する、あるいは〈おのれの「既在」〉を存在するということでなければならない。そしてハイデッガーはこのことを、〈現存在は、到来的であるかぎりにおいてのみ、本来的に既在しつつ存在している〉と表している。

しかも人間＝〈現存在〉は、このようにしながら究極的には死の可能性へと面接しているのである。すなわち、〈死は、そのつど現存在が引き受けねばならぬ一つの存在可能性なのである。死とともに現存在自身は、おのれの最も固有な存在可能において、おのれに切迫している〉――。

だがしかし、人間＝〈現存在〉は、はたしてその可能性へと自らを先立たせることができるのであろうか。先んじて死に対処することで、つまりいまだ来ぬ死を前以って自己に〈到来〉させることによって――、しかしはたしてそのことによって、自己の本来の姿、自己が自己である姿に出会うことができるのであろうか。また、よしできたと言うとしても、それがなんになるのか。私達は絶対に死すべきものとして、私達の生を徹底的に無と化す死の不安の中に、置き去りにされるだけではないのか。

〈存在可能としての現存在は、死の可能性を追い越すことはできない。死は、現存在であることの絶対的な不可能性という可能性なのである〉とハイデッガーは言う。もとよりここでは、死を〈絶対的な不可能性〉としながら、なお〈可能性〉として自らを送り定めんとするところに、人間＝〈現存在〉が肯定されているのであろうが、しかもなおここには、〈絶対的な不可能性〉においてしか、本来の自己の姿、自己が自己である姿に出会えないことの空しさに耐えているハイデッガーがいるといえよう。つまり死において、ハイデッガーの人間＝〈現存在〉は、すでに覆いようのない破綻を来たしているといわなければならない。[31]

ところで、木村敏氏は、このハイデッガーの〈現存在分析〉、つまりその時間論に示唆を受けつつ、独自の論を展開している。[32] 氏によれば、精神病の諸症状はなんらかの意味で〈時間と自己〉の関わりに、さらにいえばハイデッガーの所謂〈既存的―現前的な将来として統一的にある現象〉としての時間性の狂いの中に発現しているとされるのである。

そしてこのとき、たとえば分裂病とは、人間＝〈現存在〉が自己の可能性へと自らを企て投げながら、そうであるためにはすでにつねに世界へと投げ出され、とは、〈既に世の内に在〉りつつ、しかもそのようにして〈そのつどすでに存在したとおりのままで本来的に存在〉するわけだが、しかしその〈そのつどすでに存在したとおりのままで本来的に存在〉するということが、どうしても〈うまく行っていない〉ことに基づいているというのだ。《分裂病者は、いままでそのようにあり続けてきた自己の積み重ねとしての現在を、ハイデッガー的にいえば既存性としての事実性を、自己実現の根拠として引き受けることができない。そのために、彼は諸事物のもとにも自己が現在おかれている現実の中にも、静かに安住することができない。》（傍点木村氏）

そして木村氏は、こうした分裂病者の時間意識を〈アンテ・フェストゥム意識〉（〈前夜祭的意識〉）と名付ける。すなわち分裂病者独特の〈性急さ〉――つねに現在よりも一歩先を行こうとして必死に努力する、従って落ち着いて現在に留まりえない独特の〈未来先取〉的態度をそう評するのだが、それは要するに、分裂病者において、〈いままでが既存性という確実な根拠を失って、過ぎ去って帰らぬ可能性として、アンテ・フェストゥム的な未来先取の積み残しとしての過去としてしか意識されない〉（傍点木村氏）ためであるというのである。

たしかに分裂病者にかぎらず、人間にとって未来という時間はほとんど特権的な重要性を持っているといえる。が、とりわけ分裂病者においては、未来という時間はまさに圧倒的なものとして行手に待ち構えているのである。そしてそれは、実は彼等が、ハイデッガーの言う、将来に態度を取ることによって、〈到来〉的に、本来あった自己に立ち帰る、その〈そのつどすでに存在したとおりのままで本来的に存在〉するという、いわばごく自明な自己の〈自己同一性〉を、なんらかの理由で維持できなくなっているからなのである。

おそらく彼等は、自己自身であろうと懸命に努力しながら、ついに自己自身たりえない絶望の中で、従って、一切は未知性と他者性を帯びて見える恐怖の中で、だからこそ〈諸事物のもとに静かに逗留〉しえず、まさに狂気のごとく先走るのである。

もとより、〈私〉が、その都度他ならぬこの〈私〉という形でしか〈私〉自身を見出しえないところに、人間の有限な姿が物語られているといえよう。しかし有限ではあれ、そのことを引き受け、そのことに耐えるところに、おのずから〈私〉が〈私〉自身へと超え出てゆくということがあるのではないか。そしてそういう形で人間は、〈現〉に辛うじて生きているのではないか。

しかし、すでに立ち帰るべき〈私〉を失い、とは、〈私〉自身を完全に喪失して、だからこそ、そこから逃れ出るべく、一刻も早く自己にまつわる一切を拒み、いやさらに無限なる未来へと突き進まんとする激しい渇望――。だがこうした分裂病者の激しい焦慮には、あるいは、〈私〉がその都度他ならぬこの〈私〉という形でしか〈私〉自身を見出しえないという人間の絶対の有限性を、決して肯んずることのできない、あまりにも高い矜持が秘められているのかもしれない。

＊

さて長い前置きとなったが、以上述べたことは、以下、真砂の〈懺悔〉を辿る上において、きわめて興味深い示唆を与えているように思われる。

真砂もまた激しく未来を希求する。それは彼女の、〈自己の存在全体を過去にさかのぼって根本から変更したいという願望〉(33)と表裏する。まさしく彼女は、拠るべき自己を失い、その喪失の恐怖を否み、脱すべく、遮二無二未来へと突き進まんとしているのだ。

——さて、「清水寺に來れる女の懺悔」は以下のように始まる。

《——その紺の水干を着た男は、わたしを手ごめにしてしまふと、縛られた夫を眺めながら、嘲るやうに笑ひました。夫はどんなに無念だつたでせう。が、いくら身悶えをしても、体中にかかつた縄目は、一層ひしひしと食ひ入るだけです。わたしは思はず夫の側へ、転ぶやうに走り寄りました。いえ、走り寄らうとしたのです。しかし男は咄嗟の間に、わたしを其処へ蹴倒しました。》

真砂の告白は、〈紺の水干を着た男〉(この場合彼女は、多襄丸を〈盗人《ぬすびと》〉と呼んでいない)に、夫の前で〈手ごめ〉にされた所から始まる。言うまでもなく、この時から真砂の人生は一挙に変貌したのであり、いわば事件はここから始まったのである。

激しく動顛した真砂の意識、そしてその記憶とそれによる発言は、従って、終始不連続であり断片的である。曖昧であり異常としかいえない場合もある。しかし彼女の言葉を注意深く聞けば、そこには意外に的確に、事態の微妙な推移が映し出されているように思われるのである。——

まず、真砂は突然の暴力に驚怖したであろう。しかも夫の眼の前で、他の〈男〉に犯されたことに、女として、と言うより、妻として、激しい衝撃を受けたにちがいない。身を放たれたとき、彼女の意識が自分の身を通り越して、〈縛られ〉、〈嘲るやうに笑〉われた夫の身に向けられていることがそれを証している。

だが、まさにそのことにおいて、彼女には、自分が犯されたことがどれほど深刻な意味を持つか、まだ十分に了解されていなかったといえよう。なぜなら、彼女に、そのことが深刻な意味を持つと了解されるのも、もっぱら(彼女の内においてではなく)夫との間においてでしかないからである。従って彼女は、依然妻として、当然のごとく夫に縋り付こうとしたのである。

(そして序に言えば、おそらくここにこの幼な妻の本質的な甘え——夫に対しての、そして自分に対しての——が読み取れるのではないか。彼女の母親は〈男にも劣らぬ位、勝氣の女〉、〈まだ一度も武弘の外には、男を持つた事〉はないと言っている。つまりそうしたこの女の倨傲と充足が……。そしてさらに序に言えば、ここにはまたこの女の平生が、すなわち夫への対し方が語られているのではないか。貞淑な妻たらんとしつつも、しかし本来的に可愛い妻でしかなく、また可愛い妻のままでよいとする——たとえば多襄丸は武弘夫婦を藪の中に誘ったとき、男は〈異存のある筈はありません。が、女は馬も下りずに、待つてゐると云ふのです〉と、真砂の言動に一瞬意外の感を抱いている。もっとも多襄丸は、〈あの藪の茂つてゐるのを見ては、さう云ふのも無理はありますまい〉とすぐに納得してしまうのだが、しかしここにも若いこの女の本質的な甘えが見受けられるのである——、しかも可愛い妻のままでよいとしながら、やはり貞淑な妻たらねばならないとする……。そしてまたそこに、実は夫の強い意向が働いていたのではないか。可愛い妻であってもらいたいが、同時に、いやそれ以上に貞淑な妻であってもらいたいという、夫の、虫のよい、しかし強い要求があったのではないか。その意味でこの夫は、まだ妻をあるがままに受け入れるほど成熟していない。むしろ妻とはこうあるべきだという自らの固有の観念の中で、ひたすら妻をいとおしむ、いわば若い男に特有の理想主義者、厳格主義者であったといえよう。)

ところで、夫に縋り付こうとした真砂の意識には、もとより多襄丸は存在していない。彼女にとって多襄丸は、ただただ謂れない暴力であり、偶然の災厄にすぎない。だから真砂は夢中で夫の傍に走り寄ろうとして、すでに述べたように、思わず多襄丸と交錯し、その場に倒れたのである。

もっとも真砂はそれを〈蹴倒〉されたと訴えるのだが、しかし多襄丸の存在は彼女にとって、すべて夫と自分の間を妨げる謂れない暴力であってみれば、彼女が夫のもとへ走り寄ろうとして多襄丸にぶつかりその場に倒れたそのことは、まさに当然のごとく、多襄丸によってその場に〈蹴倒〉されたということになるのである。

因に、武弘の死霊の言葉を語るという巫女は、きわめて微細にこの時の状況を推理している。それによれば、盗人は妻を手ごめにすると優しく妻を慰めはじめる。杉の根方に縛られ口も利けない武弘は、〈何度も妻へ目くばせを〉するが、妻は〈ぢつと膝へ目をやつてゐる〉。それがどうやら〈盗人の言葉に、聞き入つてゐるやうに見える〉。武弘は〈妬しさに身悶えをした〉。だが、やがて盗人の誘いの言葉に〈妻はうつとりと顔を擡《もた》げ〉、今まで見たこともないほどの美しさを湛えながら、〈「では何処へでもつれて行つて下さい」〉という。しかもそればかりか妻は、盗人と逃げようとするとき、〈「あの人を殺して下さい。わたしはあの人が生きてゐては、あなたと一しよにはゐられません」〉と叫ぶのだ。――

なるほどこの推理は、妻を眼前で凌辱された男の〈妬しさ〉を、見事に再現しているといえるだろう。しかしこの推理には種々問題があり、いずれ詳しく触れたいが、少なくとも夫の眼前で見ず知らずの男に突然暴行を受けた女が、その男の言葉に〈うつとり〉として、さらに〈「何処へでもつれて行つて」〉くれと頼み、あまつさえその男に夫を〈「殺して」〉くれと願うなどというのは、夫＝武弘の嫉妬が描き出した妄想とでもいわないかぎり、あまりに不自然であり、[34] それゆえに事実から外れているといわなければならない。

もとより当の真砂にとって、それは理不尽な、ほとんど無茶苦茶な言い掛りであったといえよう。繰り返すまでもなく、彼女にとって多襄丸とは、ただただ謂れない暴力でしかなく、だからこそ彼女はそれから逃れ、〈思はず夫の側へ、転ぶやうに走り寄〉ろうとして多襄丸に〈蹴倒〉される、つまりまたしても、謂れない暴力を振るわれるのである。が――、

《丁度その途端です。わたしは夫の眼の中に、何とも云ひやうのない輝きが、宿つてゐるのを覚りました。何とも云ひやうのない、――わたしはあの眼を思ひ出すと、今でも身震ひが出ずにはゐられません。口さへ一言《ごん》も利けない夫は、その刹那の眼の中に、一切の心を伝へたのです。しかも其処に閃いてゐたのは、怒りでもなければ悲しみでもない、――唯わたしを蔑んだ、冷たい光だつたではありませんか？　わたしは男に蹴られたよりも、その眼の色に打たれたやうに、我知らず何か叫んだぎり、とうとう氣を失つてしまひました。》

おそらく、自分が犯されたことがどれだけ深刻な意味を持つか、まだ十分に理解しえなかった真砂は、だから妻として当然のごとく、必死に夫のもとに縋り寄ろうとするのだが、しかしまたしても偶然の災厄に似た多襄丸の謂れない暴力によって（と真砂は思い込んでいる）、まさに決定的にその場に頓挫したのである。しかもそのことによって彼女は、漸く、自分がこんなにも夫のもとに至らんとしながら、もはや至りえぬ存在であったことに気付くのである。

そしてそのとき彼女は、夫の眼に、〈怒りでもなければ悲しみでもない、――唯わたしを蔑んだ、冷たい光〉を見出す。もとよりその時の夫＝武弘の眼が、実際にどうなっていたかは知るよしもない。喪心したごとく虚ろに見開かれていたか、(35) 嫉妬に狂い熱く燃えていたか、それとも依然、武弘の死霊＝巫女のいうように騙されるなと〈目くばせ〉をしていたか――。しかしいずれにしても真砂はその時その眼に、すでに己れが夫のもとに至りえぬ女であることを、とは、夫から隔てられ夫から拒まれた女であることを、感じ取らざるをえなかったのである。（そしてこの時、彼女は初めて、自らに起きたことの深刻な意味をはっきりと知ったのである。）

たしかにそれは真砂にとって、言語道断の悪夢のような〈瞬間〉であったといえよう。この時彼女は、それこそ

彼女の人生、その幸福のすべて、甘えと自足の中で保持してきた妻の座を一挙に辷り落ちたのである。いわば貞淑な妻であることはもとより、可愛い妻であることすらも、いや、もはや妻たることそのことが許されず、だから彼女は、自らを妻ならぬものとして、絶望と恐怖のうちに受け止めなければならなかったのである。

しかもまさにこのことは、すでにあの、かしこに至らんとしてここにいる自分に出会う、かくかくあらんとしてかくかくあらんとする自分に出会うという事態を完全に踏み外していたのである。いわば彼女はすでに妻であらぬことによって、本来の自己の姿、自己が自己である姿に立ち帰ることができなかったのである。

あの〈そのつどすでに存在したとおりのままで本来的に存在〉する――ことができず、従ってあのあまりにも自明な自己の〈自己同一性〉を見失い、どこへも至りえずどこへも帰りえず、だから真砂はこの時、自らを決定的な未知性と他者性において見出していた、つまり自らの死そのものと面接していたのである。

彼女は〈我知らず何か叫んだぎり、とうとう氣を失つてしま〉う。彼女にこうした辛く耐えがたい苦痛を強いた一切の根源である夫の蔑みに冷たく光る〈眼〉(と、この時も彼女はそう思い込んでいる)に抵抗し、それを拒否すべく、彼女は絶叫し、ついに、というより、まずさしあたり、自らの意識を絶ったのである。[36]

《その内にやつと氣がついて見ると、あの紺の水干の男は、もう何処かへ行つてゐました。跡には唯杉の根がたに、夫が縛られてゐるだけです。わたしは竹の落葉の上に、やつと体を起したなり、夫の顔を見守りました。が、夫の眼の色は、少しもさつきと変りません。やはり冷たい蔑みの底に、憎しみの色を見せてゐるのです。恥しさ、悲しさ、腹立たしさ、――その時のわたしの心の中《うち》は、何と云へば好《よ》いかわかりません。わたしはよろよろ立ち上りながら、夫の側へ近寄りました。

「あなた。もうかうなつた上は、あなたと御一しよには居《を》られません。わたしは一思ひに死ぬ覚悟です。しかし、――しかしあなたもお死になすつて下さい。あなたはわたしの恥を御覧になりました。わたしはこの儘あなた一人、お残し申す譯には参りません。」
わたしは一生懸命に、これだけの事を云ひました。》

真砂が何を〈叫んだ〉か——、〈おそらく我を失った女の絶望の叫びであり、それゆえに意味不明の絶叫〉であったろうことはすでに述べた。（さらにその叫び声を、多襄丸は〈多襄丸にしか聞こえないように〉、〈聞いてその場に留まらざるをえないように、聞き取った〉ということもすでに述べた。）そして彼女は、その状況に堪《こら》え切れずに気を失ったのだが、しかし多分その失神はそれほど長い時間ではなかったにちがいない。気の強い彼女は、程無く、その自失のうちにある打開策を見出していたのである。（そして、だから意識を取り戻した、といえようか。）

すなわち、このとき真砂は、先に述べたあの分裂病者のいわゆる自己の〈自己同一性〉の喪失の危機に直面したというべく(37)、と同時に、その危機を根底から否認すべく、まさに一気に彼女自身の抹殺を企てたのである。いわば自己の主体性を纂奪され、自らの死に面接せしめられた彼女は、だからというかなおもというか、我武者羅に自己の究極的な可能性を求めて、つまり最終的に自己自身を奪回すべく、逆に自らその死に絶対的に徹し切らんとしたのである。

かくして、死への跳躍は、彼女の最も痛酷な自己主張と化したといえよう。——が、それにしても、この時その死は、単なる死であってはならない。それはあくまで純粋にして無欠の、まさに絶対的な死でなければならないのだ。真砂は、自分の〈恥〉を見た夫を一人この世に残して置く訳にはいかないという。なぜなら自分を〈蔑〉む眼が、つまり自分を否定する状況が、このまま続いてはならないからである。要するに彼女は、〈蔑〉まれたまま死ぬことはできないのである。そしてここに、真砂の、言いようもなく激しい自矜が籠められているのだ。

〈多襄丸は、真砂がこのとき〈二人の男に恥を見せるのは、死ぬよりもつらい〉と叫んだといっているが、彼女が〈恥を見せるのは、死ぬよりもつらい〉と思っている相手は夫一人であり、多襄丸なぞ勘定に入っていない。だから彼女の視野から、〈あの紺の水干の男〉はすでに早々に消えているのだ。）

《わたしは一生懸命に、これだけの事を云ひました。それでも夫は忌はしさうに、わたしを見つめてゐるばかりなのです。わたしは裂けさうな胸を抑へながら、夫の太刀を探しました。が、あの盗人に奪はれたのでせう、太刀は勿論弓矢さへも、藪の中には見当りません。しかし幸ひ小刀《さすが》だけは、わたしの足もとに落ちてゐるのです。わたしはその小刀を振り上げると、もう一度夫にかう云ひました。

「ではお命を頂かせて下さい。わたしもすぐにお供します。」》

すでに狂気としか言いようがない。真砂はあきらかに夫を殺害しようとしている。しかも夫を殺すのに、手元に得物がないとはいえ、女だてらに〈太刀〉や〈弓矢〉を探している。もとより〈太刀〉や〈弓矢〉が彼女にふさわしかろうはずもなく、結局は自分の〈小刀〉を手にしたごとくだが、しかしそこにはそれだけ真剣な彼女の面貌が窺われるわけであり、しかしまた、それだけ奇矯で非現実的な彼女の言動ではあるのだ。

彼女は〈わたしはその小刀を振り上げ〉てと続けるが、しかしこうしたことも実際にあったことかどうか。彼女はすでに夫を殺そうとしている、いや殺さなければならない。その彼女の狂気が生んだ幻想ととれなくもないのだ。

その場に放心したように倒れている彼女の視線は、しかし、もっぱら夫の周辺に向けられていたことであろう。もとより夫の腰にもはや〈太刀〉はなく、背に〈弓矢〉のあろうはずもない。一方、彼女の丁度眼の前に、先程多襄丸に叩き落とされた〈小刀〉が、陽を受けてキラリと光ったかもしれない。真砂の眼は懶げにそれに移り、ぼんやりと、しかし次第に異様な赫きをもってそれを見詰めていたかもしれない。——

《「ではお命を頂かせて下さい。わたしもすぐにお供します。」

夫はこの言葉を聞いた時、やつと唇を動かしました。勿論口には笹の落葉が、一ぱいにつまつてゐますから、声は少しも聞えません。が、わたしはそれを見ると、忽ちその言葉を覚りました。夫はわたしを蔑んだ儘、『殺せ』と一言云つたのです。わたしは殆ど、夢うつつの内に、夫の縹《はなだ》の水干の胸へ、づぶりと小刀を刺し通しました。》

勿論、彼女の言葉は文字通り心の叫びであり、彼女は一言も口に出してはいなかった（すべては無言劇なのだ）。そして夫もまた、なにも語ってはいなかったろう。しかし彼女は、そのなにも語らない夫の口の動き――おそらく、笹の落葉を頬張って苦しげに歪む夫の口の動きを、言葉として聞き取るのである。むしろ彼女自身の願い通りに――。

《夫はわたしを蔑んだ儘、『殺せ』と一言云つたのです。》

だが、このほとんど彼女自身の願いが籠められた言葉が、実は彼女を決定的な窮地に追い込んでいたということを看過してはならない。いわばこの一瞬こそが、この事件における最も劇的な一瞬ではなかったか。

真砂は夫の〈蔑〉みを峻拒すべく夫を殺害しようとする。しかし、そうして夫を殺そうとしたまさにその時、夫は依然真砂を〈蔑んだ儘〉、〈『殺せ』〉と言ったというのだ。つまり夫は永劫に、死の彼方においてまで、真砂を〈蔑んだ儘〉であろうとしているのではないか。とすれば、真砂はこの夫を、願い通り殺しうるのであろうか。

いや、真砂はこの夫を殺してはならないのである。殺したら最後、彼女は永劫に、死の彼方においてまで、〈蔑〉まれたままでいなければならない。従って、この殺人は無効であり、というより不可能であったのである。

そしてこの時、真砂に最も決定的な危機が見舞うのである。純粋にして無欠の絶対的な死への飛翔――、つまり究極的に自己自身を奪還する最後の手段が、かくして不可能となったのである。

真砂は絶体絶命の地点に立たされた。そしてこの時、まだ彼女に残されたことはただひとつ、いままさに自己が崩壊しているその崩壊へと崩れ去ること、つまり狂気＝〈妄想〉へと最終的に自己を解体することであるのだ。(38)

《わたしは殆ど、夢うつつの内に、夫の縹の水干の胸へ、づぶりと小刀を刺し通しました。

わたしは又この時も、氣を失つてしまつたのでせう。》

傍点を施したように、この時点での真砂の記憶はきわめて曖昧となっている。彼女にはその時自分が、夢にいたのか現《うつつ》にいたのか、あるいは失神していたのかいなかったのかすら判然としない。しかも一切がそうした現実とは断じがたい模糊とした状態の中で、しかし彼女は、夫を刺殺した手応えだけをありありと記憶する。とは、おそらく彼女は、現実には絶対に殺すことのできない夫を、狂気＝〈妄想〉において、いや狂気＝〈妄想〉においてのみ、まさにたしかな手応えをもって刺殺したのだ。

（あるいはこの時すでに、彼女の倒れている傍で、太刀をかざした二人の男達の熱い闘いが、または恐怖と興奮で震慄する一種滑稽な闘いが、始まっていたのかもしれない。そして真砂の眼は、多襄丸の太刀が夫の胸へ〈づぶり〉と食い込む様子を、〈夢うつつの内〉に見ていたのかもしれない。）

《わたしは又この時も、氣を失つてしまつたのでせう。やつとあたりを見まはした時には、夫はもう縛られた儘、とうに息が絶えてゐました。その蒼ざめた顔の上には、竹に交つた杉むらの空から、西日が一すぢ落ちてゐるのです。わたしは泣き声を呑みながら、死骸の縄を解き捨てました。》

と真砂は続ける。しかし真砂の証言は、その〈妄想〉によって、歴然事実との矛盾を来たしているといわなければならない。真砂の〈妄想〉によれば、彼女は杉の根方に縛られたままの夫の胸を小刀で刺し通したという。とすれば夫はおそらくガックリと頭を前に垂れたろう。が彼女は、〈その蒼ざめた顔の上に〉（傍点佐々木）、〈西日が一すぢ落ちてゐる〉（同）たというのである。

このことに関し、事実は多襄丸がその太刀で〈無我夢中のうちに武弘の胸を刺していたのだ〉ということはすでに述べた。とすれば、武弘はそのままドウと仰向けに倒れたにちがいない。武弘の〈蒼ざめた顔の上に〉（同）は、だから〈西日が一すぢ落ちてゐる〉（同）たということになるのである。

もとより真砂は〈妄想〉において、縛られたままの武弘を殺した。それゆえ気が付いた時、夫は〈縛られた儘、とうに息が絶えてゐ〉たとならなければならないわけで、このことにより、彼女の〈妄想〉は一貫するのだが、また同時に、事実との矛盾を残したのである。[39]

がそれにしても、真砂が〈死骸の縄を解き捨て〉たという一事は、どう解釈したらよいか——。このことに関し、真砂がしきりに〈縄目〉についてこだわっているのは注目に価する。たとえば真砂は初め、〈縄〉で縛られた夫の〈無念〉さを気づかいつつ、しかし夫が〈いくら身悶えをしても、体中にかかつた縄目は、一層ひしひしと食ひ入るだけ〉であったと述べている。この言葉をあらためて検討すれば、ここで真砂が〈縄目〉といっているのは、おそらく夫の〈無念〉さの象徴であったといえよう。すなわち夫は妻の純潔を失って、〈身悶え〉するほどに〈無念〉なのだ。が、いかに〈身悶え〉しても、〈縄目〉——つまり〈無念〉さは〈一層ひしひしと食ひ入るだけ〉だったのである。そしてここには、真砂が夫の心情を、きわめて的確に捉えている、あるいは直覚していることが窺われるのである。

しかしまたこのことは、夫が妻の純潔にそれほど強く囚われていることを、真砂が常々切実に感じ取っていたからではなかったか。いわば真砂はこの夫に、若い男特有の理想主義、厳格主義を感じ取り、それに調子を合わせつつ、そのひとりよがりにいささかウンザリしていたにちがいないのだ。

おそらく真砂にとって、夫の〈体中にかかつた縄目〉とは、そのまま夫自身を繋縛する（と真砂は、反面冷ややかに思っていたろう）リゴリズムではなかったか。しかも真砂は、実は夫のそうしたリゴリズムに対しひたすら貞淑な妻たらんと対処しつつ、そのリゴリズムにおいて自己の自己性を、つまり生きることのすべてを失ったのではないか（〈わたしは男に蹴られたよりも、その眼の色に打たれた〉）。ばかりか、そのリゴリズムによって、真砂は死ぬことすらかなわなかったのだといえよう（〈夫はわたしを蔑んだ儘、『殺せ』と一言云つた〉）。

しかし真砂はいまや現実の一切を改変し、〈妄想〉の中で夫を殺害した。彼女自身の自己性を奪い返すべく、彼女は自らが貞操を失ったこと、無法へと陥ったことを〈蔑〉む夫を殺さなければならないのである。いやその夫の〈蔑〉みの根基、夫の夫たる所以――そのリゴリズム＝〈縄目〉を、彼女は自らの手で解かなければならないのだ。そしてだからこそ彼女は〈泣き声を呑みながら〉、一心に〈死骸の縄を解き捨て〉ようとするのである。

とまれ、すでに〈櫛〉を失った女、とは、自らを飾り、いわば自らをあるべきものたらしめんとする手立を失った女が、その手立を失わねばならなかった根源としての夫の〈体中にかかつた縄目〉＝リゴリズムを〈解き捨て〉ようとする図は、悲惨といわなければならない。そこには、あくまで夫に止めを刺し、続いて自らも死に、かくして自己の自己性を奪い返さんとする真砂の、凄まじいまでの怨みが燃えているのである。

（断るまでもなく、「藪の中」の遺留品は〈櫛〉と〈縄〉だけであった。言うなれば、この事件は〈櫛〉と〈縄〉の棄てられた事件なのである。）

《さうして、――さうしてわたしがどうなつたか？　それだけはもうわたしには、申し上げる力もありません。兎に角わたしはどうしても、死に切る力がなかつたのです。小刀を喉に突き立てたり、山の裾の池へ身を投げたり、いろいろな事もして見ましたが、死に切れずにかうしてゐる限り、これも自慢にはなりますまい。（寂しき微笑）わたしのやうに腑甲斐ないものは大慈大悲の観世音菩薩も、お見放しなすつたものかも知れません。しかし夫を殺したわたしは、盗人の手ごめに遇つたわたしは、一体どうすれば好いのでせう？　一体わたしは、――わたしは、――（突然烈しき歔欷《すすりなき》）》

かくして、真砂の〈懺悔〉は終わるのだが、しかしそれにしても、最後に来て、またしても皮肉な事態が彼女の前に現出しているといわざるをえない。

繰り返すまでもなく、真砂は失った自己の自己性を自らの手にすべく、完璧なる死を翹望する。しかも彼女は己れの翹望を冷たく阻む夫の〈蔑〉みの視線、いやそのような夫の存在そのものを斥けるために、現実には不可能な殺人（夫殺し）を〈妄想〉において遂行し、さらに引き続き〈妄想〉の中で、夫の〈死骸の縄を解き捨て〉る、とは、すでに述べたように、夫の夫たる所以（夫自身の自己性）を無きものにせんとしつつ、同時にそのことによって、執拗に自己の自己性を自らにもたらさらんとしているのだ。

いわば彼女は、分裂病者の〈強迫行為〉にも似て、〈妄想〉において、夫の殺害と自己の自己性を無限反復的に確認しているといえようか。[40]

が、もしそうだとすれば、彼女はいまその無限反芻において、自身を抹殺する機会を失っているのだ。なぜなら、いま彼女が〈妄想〉におけるその無限反芻を中断すれば、その時彼女はふたたび自己の自己性を見失ってしまうのである。そしてこの意味で、彼女の自身を抹殺せんという企ては無理であり、不可能であるのだ。

おそらくいくばくかして彼女はフラフラ立ち上ったであろう。そして彼女の手には〈小刀〉が握られていたにちがいない。彼女はその〈小刀を喉に突き立てたり、山の裾の池へ身を投げたり、いろいろな事〉をしてみたろう。しかし彼女が〈妄想〉の中に住まうかぎり、彼女は決して〈死に切れずにかうしてゐる〉しかないのだ。ただ、彼女がある時ふと正気にかえることができたとすれば、おそらくその時が、痛ましくも、彼女の死の時であるのだろう。——

まさしく彼女は〈大慈大悲の観世音菩薩〉にも見放されたにちがいない。彼女はいまはただ〈一体どうすれば好いのでせう？〉と力なく呟くばかりであるという。その意味でいえば、おそらく彼女こそが、真に〈中有の闇〉に沈んでいるのではないか。[41]（巫女のいうように、武弘がいま〈中有に迷つてゐ〉るとしても、ひたすら己れの嫉妬に狂える彼は、むしろ幸福ですらあるといえよう。）

4　巫女の物語

さて最後に「巫女の口を借りたる死霊の物語」だが、その内容を分析する前に、この〈物語〉がここに置かれている所以を闡明しなければならない[42]。

まず言うまでもないことだが、この証言（？）が決して金沢武弘の〈死霊〉の語ったものではないということである。あくまで〈巫女〉の口寄せ（死口）であり（だから実際は〈巫女〉の語ったものであり）、そのことはいかに時代が平安の昔の話であっても、動かせない事実といえよう。少々穿っていえば（そしてこのことに関しては度々記したが）、〈多襄丸の白状〉と〈真砂の懺悔〉の証言の食い違いに困惑した検非違使が、例によって〈巫女〉の口寄せに頼ったのであり、おそらくその時、検非違使はそれまでの六人の証言をすべて〈巫女〉に語り聞かせていたのではないか。そして〈巫女〉はその相矛盾する証言の一々を取捨選択し、まさに一つの〈物語〉を制作した、といえる。しかもこの〈巫女〉のいわば共感能力は、後にも言うように、いささか偏向があるとはいえ、きわめて優れたものであり、おそらくは当時評判の〈巫女〉ではなかったか。

従って、この〈巫女の口を借りたる死霊の物語〉は、〈多襄丸の白状〉や〈真砂の懺悔〉と同列のものではなく、それを同列のものとして扱うのは、作者芥川の策略にまんまと引っ掛かることになる、といえよう。

そしてそれに加えてあらかじめ言っておけば、この一節には〈巫女〉のそうした推理の跡がはっきりと分かるように示されている。たとえば〈(長き沈黙)〉、〈(再、長き沈黙)〉、〈(三度、長き沈黙)〉などのト書きは、〈巫女〉が以後どのように〈物語〉の筋を運ぼうかと長考している様子を示し、〈(突然迸る如き嘲笑)〉、〈(再、迸る如き嘲笑)〉などのト書きは、自らの推理が的確に運んでいることに対する〈巫女〉会心の笑いと取れる。それが〈嘲笑〉

なのは、〈巫女〉が女性でありながら、なぜか同性の真砂を憎んでおり、彼女が真砂の魂胆を見破った（と確信した）たびの、いわば〈それ見たことか〉という侮蔑が込められているからである。

〈巫女〉の〈物語〉は次ぎのように始まる。

《――盗人は妻を手ごめにすると、其処へ腰を下した儘、いろいろ妻を慰め出した。おれは勿論口は利けない。体も杉の根に縛られてゐる。が、おれはその間に、何度も妻へ目くばせをした。この男の云ふ事を真に受けるな、何を云つても嘘と思へ、――おれはそんな意味を伝へたいと思つた。しかし妻は悄然と笹の落葉に坐つたなり、ぢつと膝へ目をやつてゐる。それがどうも盗人の言葉に、聞き入つてゐるやうに見えるではないか？　おれは妬しさに身悶えをした。が、盗人はそれからそれへと、巧妙に話を進めてゐる。一度でも肌身を汚したとなれば、夫との仲も折り合ふまい。そんな夫に連れ添つてゐるより、自分の妻になる気はないか？　自分はいとしいと思へばこそ、大それた真似も働いたのだ、――盗人はたうとう大胆にも、さう云ふ話さへ持ち出した。

盗人にかう云はれると、妻はうつとりと顔を擡げた。おれはまだあの時程、美しい妻は見た事がない。しかしその美しい妻は、現在縛られたおれを前に、何と盗人に返事をしたか？　おれは中有《ちゆう》に迷つてゐても、妻の返事を思ひ出す毎に、嗔恚《しんゐ》に燃えなかつたためしはない。妻は確かにかう云つた、――「では何処へでもつれて行つて下さい。」（長き沈黙）

妻の罪はそれだけではない。それだけならばこの闇の中に、いま程おれも苦しみはしまい。しかし妻は夢のやうに、盗人に手をとられながら、藪の外へ行《ゆ》かうとすると、忽ち顔色を失つたなり、杉の根のおれを指さした。「あの人を殺して下さい。わたしはあの人が生きてゐては、あなたと一しよにはゐられません。」――妻は気が狂つたやうに、何度もかう叫び立てた。「あの人を殺して下さい。」――この言葉は嵐のやうに、今でも遠い闇の底へ、まつ逆様におれを吹き落さうとする。一度でもこの位憎むべき言葉が、人間の口を出た事があらうか？　一度でもこの位呪はしい言葉が、人間の耳に触れた事があらうか？　一度でもこの位、――（突然迸る如き嘲笑）》

前にも述べたように、この〈巫女〉の推理は、妻を眼前で凌辱された夫の〈妬しさ〉を見事に再現しているといえる。しかし男の〈妬しさ〉はそれとして、いやしくも夫の眼前で見ず知らずの男に突然暴行を受けた女が、その男の言葉に〈うつとり〉として、さらに〈「何処へでもつれて行つて」〉くれと頼み、あまつさえその男に夫を〈「殺して」〉くれと願うなどというのは、夫＝武弘の嫉妬が描き出した妄想とでもしないかぎり、あまりに不自然であり、簡単には信じられないといわざるをえない。

しかし、これも前に記したように、ここから中村光夫氏は、〈この作品のもっとも重要なテーマ〉は〈強制された性交によっても、女は相手の男に惹きつけられることがあるということ〉だとし、さらに〈この夫によれば〉としながらも、〈彼の妻は性感と甘言によってだけ動かされる、動物的存在であり、しかも自己の非を蔽うために夫を殺すという動物にはない残酷な知慧も備えているので、このような女性を愛していた彼が、人生に絶望するのは当然です〉と続けている。要するに中村氏は、〈巫女〉の推理を夫の言葉として、しかもそれをそのまま事実として受け取っているのだ。[43]

もとより当の真砂にとって、これはまさにとんでもない言い掛かりではなかったか。しかし中村氏にこの言あるは、氏が〈巫女〉の、いわばきわめて自然主義的な人間観＝女性観を共有しているからに他ならない。〈残酷な知慧〉を備えた〈動物的存在〉――。おそらく〈巫女〉の〈物語〉の一切は、このきわめて自然主義的、さらにいえば人間を生物学的、生理学的な欲望の束として捉える、一種科学主義的（？）な人間観＝女性観から発想されていたといっても差し支えない。（無論平安の時代にも、科学主義とは言わないまでも、唯物主義は存在していただろう。）

そして〈巫女〉はその視点に立脚しつつ、前六人の陳述を取捨選択し、それを夫になり代わって、他ならぬ妻の言動に沿い、連続的、必然的に再構成しながら、ついに真砂の悪心を証明してみせたわけなのである。

従ってその推理は、きわめて合理的、客観的に仕上げられていると言わざるをえない。しかしその的確な推理の運行にもかかわらず、その前提、その出発の人間観＝女性観のきわめて一方的であり、安直であることは蔽うべくもない。

〈巫女〉はおそらく、多襄丸の〈女は突然わたしの腕へ、気違ひのやうに縋りつきました。しかも切れ切れに叫ぶのを聞けば、あなたが死ぬか夫が死ぬか、どちらか一人死んでくれ、二人の男に恥を見せるのは、死ぬよりもつらいと云ふのです。いや、その内どちらにしろ、生き残つた男につれ添ひたい、——さうも喘ぎ喘ぎ云ふのです〉と言う部分と、真砂の〈「あなた。もうかうなつた上は、あなたと御一しよには居《を》られません。わたしは一思ひに死ぬ覚悟です。しかし、——しかしあなたもお死になすつて下さい。あなたはわたしの恥を御覧になりました。わたしはこの儘あなた一人、お残し申す訳には参りません」〉と言う部分（ともに真砂の発した言葉としてあり、ともに夫への殺意を仄めかしている）を、それがどのような痛切な状況下において発せられていたか（あるいは発せられていたとされたか）を考えず、ただ、というより一層、〈残酷な知慧〉を備えた〈動物的存在〉の言葉として繋ぎ合わせてみたのだ。〈「あの人を殺して下さい。わたしはあの人が生きてゐては、あなたと一しよにはゐられません。」——妻は気が狂つたやうに、何度もかう叫び立てた。「あの人を殺して下さい」〉——。

たしかにその前提、出発は安直ながら、しかしその後の〈巫女〉の推理はまさに直線的に、とはつまり必然的、合理的に展開してゆくし、またそこに〈推理〉なるものの総てがあるといってよい。最初の〈長き沈黙〉を挟み、〈うつとりと顔を擡げ〉、〈「では何処へでもつれて行つて下さい」〉と言うに留まった妻は、一気に〈「あの人を殺して下さい」〉と叫んで、その〈欲望〉の本体を曝け出す。そして〈巫女〉は、いわば自らの推理が、まさに思惑通りに進捗していることに、〈(突然迸る如き嘲笑)〉を漏らすのだ。しかし――、

《その言葉を聞いた時は、盗人さへ色を失つてしまつた。「あの人を殺して下さい。」――妻はさう叫びながら、盗人の腕に縋つてゐる。盗人はぢつと妻を見た儘、殺すとも殺さぬとも返事をしない。――と思ふか思はない内に、妻は竹の落葉の上へ、唯一蹴りに蹴倒された。(再、迸る如き嘲笑)盗人は静かに両腕を組むと、おれの姿へ眼をやつた。「あの女はどうするつもりだ? 殺すか、それとも助けてやるか? 返事は唯頷けば好《よ》い。殺すか?」――おれはこの言葉だけでも、盗人の罪は赦してやりたい。(再、長き沈黙)》

しかし妻の言葉は、そう推理する〈巫女〉にとっても、やはり極端なものではなかったか。〈巫女〉はそのことを、盗人の躊躇によって表している。つまりさすがに盗人も妻の言葉に驚きたじろいで、その生殺の権を夫に委ねる。すると夫はそのことだけでも、〈盗人の罪は赦してやりたい〉というのだ。いわば妻の悪心を憎む夫と盗人の、それゆえの男の友情が芽生えたというわけなのである。無論これまた妻、いや女にとって、とんでもない筋書といえる。しかしこうして男達の困惑を介して、逆に妻の悪辣さが証明されるように、〈巫女〉はその場面を創作したのである。

《妻はおれがためらふ内に、何か一声叫ぶが早いか、忽ち藪の奥へ走り出した。盗人も咄嗟に飛びかかつたが、これは袖さへ捉へなかつたらしい。おれは唯幻のやうに、さう云ふ景色を眺めてゐた。》

〈(再、長き沈黙)〉の後、〈巫女〉は〈多襄丸の白状〉にも〈真砂の懺悔〉にも共通する、妻が〈何か叫んだ〉という証言を踏まえ、しかし〈多襄丸の白状〉における、女が〈藪をくぐって逃げたのかも知れない〉という言を取り、〈真砂の懺悔〉のその場に〈気を失ってしまひました〉という言を(当然のごとく)捨てて、女が〈忽ち藪の奥へ走り出した〉と推理する。盗人は女の〈袖さへ捉へなかつたらしい〉というが、すこし追いかければ捕まえるこ

ともできただろうに――。が、それはともかく、〈藪の奥〉に逃げたというのは、おそらくは女が最後戻ってきて、男の胸から小刀を抜くという展開を用意していたからに他ならない。（さすがに〈巫女〉も、いかに真砂が残酷とはいえ、彼女が〈夫の縹の水干の胸へ、づぶりと小刀を刺し通し〉たとは思えなかったにちがいない。しかしそのかわり彼女が、倒れている夫から〈そつと胸の小刀を抜〉き、そうして結局夫を死に至らしめたという、むしろ真砂の巧まぬ狡猾さを際立たせる筋書を考えていたのかもしれない。）

《盗人は妻が逃げ去つた後《のち》、太刀や弓矢を取り上げると、一箇所だけおれの縄を切つた。「今度はおれの身の上だ。」――おれは盗人が藪の外へ、姿を隠してしまふ時に、かう呟いたのを覚えてゐる。その跡は何処も静かだつた。いや、まだ誰かの泣く声がする。おれは縄を解きながら、ぢつと耳を澄ませて見た。が、その声も気がついて見れば、おれ自身の泣いてゐる声だつたではないか？（三度、長き沈黙）》

〈巫女〉は多襄丸が〈縄を切つた〉というが、前にも触れたように、これは縄が証拠物件として検非違使に押収されていて、すでに〈巫女〉も実際を見せられていたろうから、信用していいだろう。そして〈多襄丸の白状〉の〈今度はわたしの命ですから〉とあるのを、〈「今度はおれの身の上だ」〉と少し変えて、おそらくは女に裏切られずにはいない男の悲哀と嗟嘆を漂わせつつ、多襄丸を舞台から退場させたのである。

だがその後、〈誰かの泣く声〉がして、〈気がついて見れば、おれ自身の泣いてゐる声だつた〉という言は、いかにも危ういといわなければならない。なぜなら人が自身声を上げて泣くのを聞くというのは、まさに〈声を上げて泣く〉という直接経験そのもの（身体知覚）であって、〈誰かの泣く声〉と訝って、それを〈おれ自身の泣いてゐる声〉だと気づくなどという回りくどいものではないからだ。[44]

おそらく〈巫女〉は真砂の、その場に〈気を失つてしまひました〉という言葉を当然のごとく捨てはしたが、しかしなにかしら引っ掛かるものがあって（意識を取り戻した真砂に、〈泣き声を呑みながら〉という言がある）、如上のようないささか危うい推理を強いられたのではないか。

《おれはやつと杉の根から、疲れ果てた体を起した。おれの前には妻が落した、小刀《さすが》が一つ光つてゐる。おれはそれを手にとると、一突きにおれの胸へ刺した。何か腥《なまぐさ》い塊がおれの口へこみ上げて来る。が、苦しみは少しもない。唯胸が冷たくなると、一層あたりがしんとしてしまつた。ああ、何と云ふ静かさだらう。この山陰の藪の空には、小鳥一羽囀《さへづ》りに来ない。唯杉や竹の杪《うら》に、寂しい日影が漂つてゐる。日影が、――それも次第に薄れて来る。もう杉や竹も見えない。おれは其処に倒れた儘、深い静かさに包まれてゐる。

その時誰か忍び足に、おれの側へ来たものがある。おれはそちらを見ようとした。が、おれのまはりには、何時か薄闇が立ちこめてゐる。誰か、――その誰かは見えない手に、そつと胸の小刀を抜いた。同時におれの口の中には、もう一度血潮が溢れて来る。おれはそれぎり永久に、中有の闇へ沈んでしまつた。……》

「検非違使に問はれたる木樵りの物語」によれば、〈死骸は縹の水干に、都風のさび烏帽子をかぶつた儘、仰向けに倒れて〉いて、〈何しろ一刀とは申すものの、胸もとの突き傷でございますから、死骸のまはりの竹の落葉は、蘇芳に滲みたやうでございます〉という。〈胸もとの突き傷〉で〈仰向けに倒れて〉というのだから、小刀を上から、あるいは水平に胸に突き刺して、そのままドウと〈仰向けに倒れ〉たということか。少々不自然だが、それなりに辻褄は合っている。

しかし先に少し触れたように、〈誰か忍び足に、おれの側へ来たものがある〉、〈その誰かは見えない手に、そつと胸の小刀を抜いた〉とあるのは、実際に名指しはしていないものの、十分女性＝真砂の所業を思わせる。しかしそうだとすれば、胸元深く刺し込まれ、あまつさえ血に濡れた小刀を、女性＝真砂が〈そつと〉抜けるかどうか疑問が残る。またその分、逆に〈巫女〉は誰とも断定せずに、急いで武弘を〈中有の闇〉に沈ませたのではないか。

注

（1）「言葉と存在との出合い―ニーチェの場合―」（『情熱を喪った光景』河出書房新社、昭和四十七年十二月）。

（2）言うまでもないことだが、巫女は事件に直接関係していない。彼女はおそらく彼女独特の共感能力によって、武弘の見たであろう決定的な局面を推理しているにすぎない。（このことは小論全体に係わる問題であり、いずれ詳しく言及するが、序にここに記しておく。）

（3）三省堂、昭和十七年十二月。

（4）和田繁二郎『芥川龍之介』（創元社、昭和三十一年三月）。

（5）長谷川泉「藪の中」（『新編近代名作鑑賞』至文堂、昭和四十二年五月）。

（6）「解釈と鑑賞」昭和四十四年四月。なおこの論は短いものながら、核心に触れた好論である。

（7）しかし、いま差し当たり端的に言っておけば、ここにはきわめて素朴な誤謬が見受けられる。駒尺氏は、たとえば引用したように、〈ここで作者のみているものは、むしろ意識的なウソだと思う〉と言っているが、もし〈人間のエゴイズムというものがどのような状況にあってもぬぐい切れぬもの〉であり、〈告白が、まさにその自己密着性の故にどうしても利己心からまぬがれることができぬ〉ものであるなら、告白とはついにエゴイズムの完全な支配下にあり、さらにまたエゴイズムの完璧な表現であることになろう。そしてそうだとすれば、告白とは意識、無意識の区別なく、自動的にエゴイズムそのものであるといえよう。しかもまたそうだとすれば、なぜそのエゴイズム＝告白自体を〈ウソ〉といわなければならないのか。しかしそれがよし〈ウソ〉であるとしたら、ではそのとき、そのエゴイズム＝告白を〈ウソ〉と定める基準はなにか、いやもともとそこには、エゴイズム＝告白をこえた基準＝真実が、すでに想定されていなければならないのではないか。しかもそうだとすれば、真実は追究されうるはずといえよう。

（8）浅井清「藪の中」（「国文学」昭和四十七年十二月）。

（9）高田瑞穂「『藪の中』論」（『芥川龍之介論考』有精堂、昭和五十一年九月）。

（10）「『藪の中』原典と作家の主体―『藪の中』論（一）―」（「北九州大学文学部紀要」昭和四十九年二月）、「比較文学的考察よりみた独創性―『藪の中』論（二）―」（「同」昭和五十年六月）、「『藪の中』の構成の性格―その重層性と『俊寛』―」（「日本近代文学」同五十一年十月）、「『藪の中』主題考―『藪の中』論（三）―」（「北九州大学文学部紀要」同十二月）。以上はのち『芥川龍之介論攷―自己覚醒から解体へ―』（桜楓社、昭和六十三年二月）に所収される。他に「二つの『藪の中』論を読んで」

(「評言と構想」同五十四年十一月)、『鑑賞日本現代文学』第十一巻『芥川龍之介』(角川書店、昭和五十六年七月)。なお引用は『鑑賞日本現代文学』第十一巻『芥川龍之介』によった。

(11)　右に掲げた海老井氏の論のうち、ことに「『藪の中』論」(一)(二)(三)は、きわめて詳細な研究史にもなっていて参考となる。なお小論は、比較文学的研究にはほとんどわたることはないが、この面でも海老井氏の論、ことに「『藪の中』論」(二)や『鑑賞日本現代文学』第十一巻『芥川龍之介』は、研究史を克明に辿っていて有益である。

(12)　しかし海老井氏のこの部分は、以下のごとく、少々整理しておく必要があろう。すなわち〈近代的個人における、相対化されそれゆえに多様化されてしまった人生〉と氏は言っているが、この場合の〈相対化〉〈多様化〉という言葉は、あくまで個々の人間が自分自分に勝手なことを考えたり行なったりしてまとまりがつかない、というほどの意味であろう。従ってその個々の人間は、それぞれの〈自分自分〉に牢固として支えられているわけで、そのかぎり、〈主観的に人生を認識し、エゴイスチックにしか生きようとしない、近代的個人〉ということになる、といえようか。とすればここにおける〈近代的個人〉は微塵も揺らいではいない。まさしくエゴイズムに貫徹され、というより、エゴイズムそのものとして存在しているのである。たとえそれが否定的なものであっても——。

(13)　樫山欽四郎『哲学概説』(創文社、昭和三十九年三月)参照。なお小論は、本質的な部分において、樫山氏の思索に多くの教示を得ている。

(14)　木村敏『異常の構造』(講談社現代新書、講談社、昭和四十八年九月)参照。なお小論は、後にその都度記すように、木村氏の論考に多くの示唆を得ている。

(15)　浅井氏前掲論文。

(16)　「『藪の中』私考—三つの陳述の信憑性をめぐって—」(「評言と構想」昭和五十四年三月、のち『芥川龍之介研究』双文出版社、平成五年五月に所収)。

(17)　足立和浩『人間と意味の解体』(勁草書房、昭和五十三年七月)参照。

(18)　樫山氏前掲書参照。なおハイデッガー『存在と時間』は『世界の名著』第七十四巻『ハイデガー』(原佑、渡辺二郎訳、中央公論社、昭和五十五年二月)によった。

(19)　「『藪の中』から」(「すばる」昭和四十五年六月)。

(20)　「芥川龍之介を弁護する—事実と小説の間—」(「中央公論」昭和四十五年十二月臨時増刊)。

(21) ただ若い夫のために一言弁護しておけば、〈太刀〉は己の身を飾るため、〈鏡〉は妻に贈るためであったろう。

(22) 「藪の中」が『今昔物語』の巻第二十九第二十三話「具妻行丹波国男於大江山被縛語《メヲグシテタンバノクニニユキシヲトコオホエヤマニシテシバラレタルコト》」に拠っていることは改めて言うまでもない。ただ原典では、もっぱらこの若い男の未熟さが（そしてつけくわえれば、その後の成熟が――）、話の中心になっていることを断っておきたい。

(23) すでに述べたように、巫女は事件に直接関係していない。従って彼女の〈物語〉はいかに真実らしくあろうとも、優れた推理という枠を出ない。（おそらく彼女は他六人の陳述内容をすでに知っている。そしてそれを巧みに再構成している気配がある。）言うまでもなく死者は口を利かない。利いたとすれば、それを聞いたとする人間が利いたのである。いや「藪の中」は、死者も口を利くお伽噺だというなら、私達はどうやら、顔を洗って出直すしかない。（しかしこの問題は先にも言ったように、小論全体に係わることであり、いずれ闡明するだろう。）

(24) 駒尺氏前掲論文。

(25)(26) 福田恆存「『藪の中』について―公開日誌〈4〉―」（「文学界」昭和四十五年十月）。なお福田氏はこの論で、この小説の主題を〈事実、或は真相といふものは、第三者の目にはつひに解らないものだといふ事〉と押え、多襄丸、真砂、武弘の陳述の内容は、〈いずれも現実の事実ではなく、三人が銘々さう思ひこんでゐる心理的事実に過ぎぬ〉と断じつつ、まさに『人間・この劇的なるもの』の著者にふさわしく、そうした陳述の姿勢に、たとえ破滅に向かおうとも、つねに〈自分を主役に仕立てたい〉とする人間の、執拗なまでの〈自己劇化〉を読むのである。たしかにここには人間を〈自己〉〈自我〉として固定されたもの、動かぬものとして捉えず、むしろ〈自己〉〈自我〉たろうとする〈情熱〉の度合によって測らんとする意図が示されているようで共鳴されるが、しかしそれにしては、肝腎の、この小説における人間達の織りなす〈劇〉を、たとえば〈真相は恐らくこんな事ではなかったか。多襄丸は目的を達してしまふと、持前の残忍さから全く無目的に武弘の胸を刺し、大笑ひしながら逃げ去ったのであらう〉などと解しているようでは、あまりにお粗末にすぎるというしかない。因にこの論は、前出中村氏論文に対して書かれており、その後の応酬――福田恆存「フィクションといふ事―公開日誌〈5〉―」（「文学界」昭和四十五年十一月）、中村光夫「私信―再び『藪の中』をめぐって―」（「すばる」昭和四十六年八月）――によって「藪の中」論争という形に発展するのだが、しかしこの論争は高名な評論家の高名な論争の割には、二、三、目につく意見はあるものの、概ね凡庸な、と言うより、いささか不真面目な饒舌がならべられていて失望させられる。

(27) 前掲駒尺氏論文。

(28) 笠井秋生氏は前掲論文で、大岡昇平氏の前掲論文を踏まえつつ、こうした多襄丸の発言を、検非違使に対して、〈実力伯仲した男同士の対等な決闘〉ということを印象づけ、その結果、〈極刑〉を免れて生きのびようとするためのものと評している。

(29) 従ってこの場面から、女性不信を云々する謂れはない。

(30) もとより、真砂の場合がそれである。

(31) 注(18)に同じ。

(32)(33) 『時間と自己』(中公新書、中央公論社、昭和五十七年十一月)。

(34) 中村光夫氏は「『藪の中』から」(前出)において、〈この作品のもっとも重要なテーマ〉は、〈強制された性交によっても、女は相手の男に惹きつけられることがあるということ〉だとし、さらに〈この夫によれば〉としながらも、〈彼の妻は、性感と甘言によってだけ動かされる、動物的存在であり、しかも自己の非を蔽うために夫を殺すという動物にはない残酷な知慧も備えているので、このような女性を愛していた彼が、人生に絶望するのは当然です〉と続けている。だがはたして、このようなあまりに異常な〈動物的〉女性の登場する猟奇小説を、芥川は描こうとしていたのであろうか。いや芥川が描こうとしていたのは、ただひたすら夫をのみ愛するしかない妻という、いわばあまりに〈人間的〉な女性の姿ではなかったのか。

(35) 因に『今昔物語』(巻第二十九「具妻行丹波国男於大江山被縛語第廿三」)によれば、夫は〈我レニモ非ヌ顔ツキシテ有〉(岩波書店『日本古典文学大系』第二十六巻『今昔物語集』五)ったという。この辺が一番妥当なところではないか。

(36) サルトル「情緒論粗描」(『サルトル全集』第二十三巻『哲学論文集』竹内芳郎訳、人文書院、昭和三十二年十二月)に、ジャネに診察を受けた婦人患者の嗚咽やヒステリーの発作を巡って、次のような説明がある。すなわち、辛く耐えがたい苦痛に対したとき、人はその状況の変更を試みる。しかし状況の客観的条件を変えることができないとき、人は状況を変えるかわりに自分自身を変える。つまり自分自身の意識を夢やヒステリーに〈魔術的〉に変えることによって、状況を辛うじて回避するというのである。

(37) 言うまでもなく、ここで真砂を分裂病患者(統合失調症)であると診断しているのではない。精神病とはそれ自体異常な事態ではまったくなく、ただなんらかの理由で(それもきわめて人間的な、つまり人と人との間に生ずる齟齬、軋轢によって)、いわば人間の〈実存論的構造〉の全体の均衡が破れ、極端に偏った事態であるにすぎないとすれば、真砂の意識に、そうした変化があったのではないかと臆測するまでである(木村敏『異常の構造』を参照)。

(38) 〈妄想〉に関し、木村敏「精神分裂病の自覚的現象学」(ことに「精神分裂病の症状論」)(『分裂病の現象学』弘文堂、昭和五十年六月）を参照した。

(39) 駒尺喜美氏は「芥川龍之介『藪の中』」（前出）において、真砂が夫の返事を待ちつつ、しかし〈勿論口には笹の落葉が一ぱいにつまつてゐますから、声は少しも聞えません〉とわざわざ断っているのに、その後、夫の〈死骸の縄を解き捨て〉たというに及んで、しかし〈口の中の笹〉については一言も触れていない矛盾（?）を突きながら、〈彼女の周到なウソも、そこまで注意がゆきとどかなかったのである〉と断じている。しかしすでに述べたように真砂は終始一言の〈ウソ〉（少なくとも意識的な〈ウソ〉も吐いていない。むしろ真砂は、その都度彼女の見た（いわゆる正常のものには見えない）真実を語っているのである。とすれば、彼女の陳述に見られるこれらの齟齬（細部においてはきわめて正確でありながら、全体においてなにか歪曲された）は、すべてそうした彼女なりの意識の必然、幻境に住まう彼女なりの意識の真実として解かれなければなるまい。

(40) 〈強迫行為〉については木村敏「分裂病の時間論」（『自己・あいだ・時間』弘文堂、昭和五十六年十月）を参照した。

(41) 以上によって、多襄丸と真砂は一言半句も虚偽の証言を行っていないことが判明した。とすれば武弘の死霊の言葉を語るという巫女こそが、嘘を吐いていたということになる。では巫女はなぜ、あのような益体もない嘘を吐いたのか。無論巫女を責めても仕方あるまい。彼女はおそらく彼女独特の共感能力によって、ありえた真実、ありうべき真実を、きわめて生々と再構成（想像）してみせたまでである。（おそらく彼女は検非違使の依頼に応じて神憑り的な共感状態に入ったのであろうし、その時前以って、他六人の陳述内容をあらかた知らされていたことであろう。）そしてここには、まさしく〈文学〉、言語制作、〈物語〉という問題が関わっているのだ。

(42) 以上〈捜査〉という観点から、犯人を多襄丸と特定した。従ってその観点からすれば、以下は蛇足にすぎないが、いわば〈裏をとる〉という意味で記してみる。

(43) 「『藪の中』から」（前出）。

(44) 大森荘蔵『時間と自我』（青土社、平成四年三月）参照。

「六の宮の姫君」説話

——物語の反復——

「六の宮の姫君」は大正十一年八月の「表現」に発表され、のち第六短篇集『春服』（春陽堂、大正十二年五月）の巻頭に掲載された。芥川の創作集の巻頭に置かれた作品が、いずれもその時期の会心作であったことを考えると、この小説もこの時期の会心作であり自信作であったことが判かる。少なくとも芥川にとって、重要な意味を持つ問題作であったと推測される。ちなみに、この「六の宮の姫君」は芥川のいわゆる「王朝物」の掉尾を飾る。さらには芥川の歴史小説そのものの間近い終焉を予告してもいたのだ。

ところで、これに対し堀辰雄は、〈この作品は彼の歴史小説中最も完成されたものであり、その故に歴史小説中の最高位を占めるべきものである。「鼻」その他の彼独自の逆説的な心理解剖の妙は無いが、いかにも華やかなしかも寂しい、クラシツクの高い香を放つた、何とも言へず美しい作品である。彼の最上の傑作と言はなければならない〉と激賞し(1)、室生犀星は〈小説美。典型的な小説美〉と称賛した(2)。

しかしその後、吉田精一氏はこの作品の材源を『今昔物語集』巻十九第五話および巻十五第四十七話と指摘しつつ、〈六の宮の姫君の話は、今昔物語中最も悲劇的で、印象深いものである。呪われた運命の支配下に置かれた弱い女性のあわれな生活を、世相の背景のもとに如実に伝えている。この題材を捉えたのは流石に彼の眼光の鋭さを語るものであろう。ただ原話がすぐれているだけに、彼の手柄はそれだけ少い。「極楽も地獄も知らぬ、腑甲斐ない女」のはかない一生を、憐れと思いつつも、敢えてさげすもうとしたのが、彼の心境だった〉と評し(3)、これを承けて長野甞一氏は、〈芥川のこの作品を賞するなら、少なくとも半ばの功を原典に帰し、今昔物語をも合わせて賞するのが至当であると思われる。芥川独特の手柄といえば、この原典に眼を着けた鑑賞眼と、それを手際よくまとめたこと、女主人公の思想や性格をいちだんと闡明にしたこと、及び洗練された文章を列挙すべきであると思う〉と述べている。[4] 堀以来の、いわば無条件的な評価に保留が付されたわけだが、しかしここに来て、ある重大な問題が生じたといわなければならない。

「六の宮の姫君」が芥川の歴史小説中〈最上の傑作〉であるかどうかは暫く措いて、しかしこの作品が芥川を代表する名篇であることを誰も否定してはいない。ただしこの作品を原典と比較したとき、そのあまりに類似している点、〈酷評すれば今昔物語の現代語版ともいえる〉[5] 点、どう見てもその創造性、独創性を差し引いて考えなければならないということ、そしてその限りこの作品の良さは、原典の文章を（それもいくつかの物語を潤色しながら）、もっぱら彫琢し洗練させたこと、つまり単にそうした技術的な巧みさにのみ留まるということが暗に言われているわけなのである。ばかりか、芥川の作品の良さは、どれもせいぜい技術的な巧みさにのみ留まるということが暗に言われてさえいるのだ。

が、少なくともこの「六の宮の姫君」の奥行や達成を、そうした原典との見掛け上の関係でのみ測定することが出来るのかどうか。つまり原典を単に〈潤色〉し〈彫琢〉し〈洗練〉して作られたという、その意味でいささか〈手つとり早い作品〉[6] とのみ評定して済ませるのかどうか——。いや、おそらくここには、単にそうした外観では判断しきれぬ、文学を巡るきわめて根源的な問題が隠されているのではないか。

そしてこう見てくるとき、以上の点を大枠として考えつつ、まず多くの先行論文がすでに何度も試みた原典と小説との逐語的比較検討を、ここでも改めて、愚直に遂行してみる必要があるといえよう。

1

「六の宮の姫君」は六つの小節から構成されている。いまいかにも芸のない話だが、正確を期すために、第一節の部分をすべて、原話（『今昔物語集』巻第十九第五話）のその部分とともに並記してみる。まず原話から。(7)——

《今ハ昔、六ノ宮ト云フ所ニ住《スミ》ケル旧《フル》キ宮原《ミヤバラ》ノ子ニ、兵部《ヒャウブ》ノ大輔《タイフ》□ト云フ人有《アリ》ケリ。心□ニシテ旧《フル》メカシケレバ世ニ指出《サシイデ》モ不為《セ》デ、父ノ宮ノ家ノ、木高《コダカ》クシテ、大《オホキ》ナルニ、荒《ア》バレ残《ノコリ》タル東《ヒムガシ》ノ対《タイ》ニゾ住《スミ》ケル。年ハ五十余ニ成《ナリ》ヌルニ、娘一人有《アリ》ケリ。年十余歳許《バカリ》ニテ、形《カタ》チ美麗ニシテ髪ヨリ始メテ姿・様躰此《ヤウダイココ》ハ弊《ツタナ》シト見《ミ》ル所无シ。心バヘ厳《イックシク》シテ気《ケ》ハヒ労《ラウ》タシ。此《カ》ク微妙《ミメウ》ナレバ、可然《シカルベ》キ君達《キムダチ》ナドニモ合セタラムニ、露《ツユ》、愚《オロカ》ニ可思《オモフベキ》ニ非ズ。此《カ》ク美麗ナレドモ、世ニ人不知《シラ》ザリケレバ、殊ニ云ハスル人モ无《ナキ》マヽニ、「何《イカ》デカ進《ススミ》テモ云ハム、云フ人有ラバコソ」ト旧《フル》メカシク思ヒ静メテゾ有《アリ》ケル。「高キ翔《フルマ》ヒモ令為《セシメ》バヤ」ト思ヒケレド、父貧キ身ニテ思ヒ不懸《カケ》ズ。然レバ父モ母モ心ニ懸《カケ》テ、只二人ノ中ニ臥セテ、教フル事ナム有《アリ》ケル。乳母《メノト》ノ心ハ打チ解《トクベ》クモ无シ、相思《オモフベ》可キ兄弟モ无シ。然レバ後《ウシロ》メタ无ク思フ事无限《カギリナ》シ。只父母《ブモ》、此ヲ歎キ泣《ナク》ヨリ外ノ事无シ。

而《シカ》ル間、父モ母モ墓《ハカ》无ク打次《ツツ》キ失《ウセ》ケレバ、姫君ノ心只思ヒ可遣《ヤル》ベシ、哀《アハレ》ニ悲シク置所《オキドコロ》无ク思《オボ》ユル事譬ヘム方《カタ》无シ。月日漸ク過《スギ》テ服《ブク》ナドモ脱《ヌギ》ツ。父母《ブモ》ノ曙暮《アケク》レ後《ウシロ》メタ无キ者ニ宣《ノタマ》ヒシカバ、乳母《メノト》ニモ不被打解《ウチトケラレ》ズ。只何《イカニ》トモ无クテ年来《トシゴロ》ヲ経《ヘタ》ル程ニ、可然《サルベ》キ調度共数《デウドドモアマタ》伝ヘ得《エ》タリケルモ乳母墓《メノトハカ》无ク漸ク仕《ツカ》ヒ失《ウシナヒ》テケリ。然レバ姫君モ、可有《アルベ》クモ无クテ、心細ク悲シク思《オボ》ユル事无限《カギリナ》シ。

而《シカ》ル間、乳母《メノト》ノ云《イハ》ク、「己《オノレ》ガ兄弟ニテ侍ル僧ニ付《ツケ》テ令云《イハシ》メ侍ル也。□ノ前司《ゼンジ》ノ年卅余歳許《バカリ》ナルガ、形モ美麗ニ心バヘモ直《ウルハ》シキ御《オハ》ス也、父モ只今受領《ジュリヤウ》ナレドモ、近キ上達部《カムダチベ》ノ子ナレバ□人也。其レガ此《カ》ク御《オハシマ》スヲ聞《キキ》テ令云《イハシ》メ侍ル也。通ヒ給ハムニ苟《イヤシ》カルベキ人ニモ非ズ。此《カ》ク心細クテ御《オハシマ》スヨリモ吉キ事トナム思ヒ給《タマフ》ル」ト。姫君此ヲ聞《キキ》テ髪ヲ振懸《フリカケ》テ、泣《ナク》ヨリ外ノ事无シ。》

《六の宮の姫君の父は、古い宮腹の生れだつた。が、時勢にも遅れ勝ちな、昔気質《むかしかたぎ》の人だつたから、官も兵部大輔より昇らなかつた。姫君はさう云ふ父母《ちちはは》と一しよに、六の宮のほとりにある、木高い屋形《やかた》に住まつてゐた。六の宮の姫君と云ふのは、その土地の名前に拠《よ》つたのだつた。

父母《ちちはは》は姫君を寵愛した。しかしやはり昔風に、進んでは誰《たれ》にもめあはせなかつた。誰か云い寄る人があればと、心待ちに待つばかりだつた。姫君も父母の教へ通り、つつましい朝夕を送つてゐた。それは悲しみも知らないと同時に、喜びも知らない生涯だつた。が、世間見ずの姫君は、格別不満も感じなかつた。「父母さへ達者でゐてくれれば好い。」——姫君はさう思つてゐた。

古い池に枝垂《しだ》れた桜は、年毎に乏しい花を開いた。その内に姫君も何時《いつ》の間にか、大人寂《おとなさ》びた美しさを具へ出した。が、頼みに思つた父は、年頃酒を過ごした為に、突然故人になつてしまつた。のみならず母も半年《はんとし》ほどの内に、返らない歎きを重ねた揚句、とうとう父の跡を追つて行つた。姫君は悲しいと云ふよりも、途方に暮れずにはゐられなかつた。実際ふところ子の姫君にはたつた一人の乳母《うば》の外に、たよるものは何もないのだつた。

乳母はけなげにも姫君の為に、骨身を惜まず働き続けた。が、家に持ち伝へた螺鈿《らでん》の手筥《てばこ》や白がねの香炉は、何《い》時《つ》か一つづつ失はれて行つた。と同時に召使ひの男女も、誰からか暇をとり始めた。姫君にも暮らしの辛い事は、だんだんはつきりわかるやうになつた。しかしそれをどうする事も、姫君の力には及ばなかつた。姫君は寂しい屋形の対《たい》に、やはり昔と少しも変らず、琴を引いたり歌を詠《よ》んだり、単調な遊びを繰返してゐた。

すると或秋の夕ぐれ、乳母は姫君の前へ出ると、考へ考へこんな事を云つた。

「甥の法師の頼みますには、丹波の前司《ぜんじ》なにがしの殿が、あなた様に会はせて頂きたいとか申して居るさうでございます。前司はかたちも美しい上、心ばえも善いさうでございますし、前司の父も受領《ずりやう》とは申せ、近い上達部の子でもございますから、お会いになつては如何でございませう？　かやうに心細い暮しをなさいますよりも、少しは益《ま》しかと存じますが……」

姫君は忍び音《ね》に泣き始めた。その男に肌身を任せるのは、不如意な暮しを扶《たす》ける為に、体を売るのも同様だつた。勿論それも世の中には、多いと云ふ事は承知してゐた。が、現在さうなつて見ると、悲しさは又格別だつた。姫君は乳母と向き合つた儘《まま》、葛《くづ》の葉を吹き返す風の中に、何時までも袖を顔にしてゐた。……》

さて、以上逐一対照してみると、たしかに二者がぴつたりと重なっていることがよく判かる。勿論この部分でも、すでにいくつかの小さな異同はある。原話が姫君の父を〈旧キ宮原ノ子〉としているのに対し、小説では〈古い宮腹の生まれ〉としている点、乳母の性格を原話が〈乳母ノ心ハ打チ解《トクベ》クモ无シ〉としているのに対し、小説では〈乳母はけなげにも姫君の為に、骨身を惜まず働き続けた〉としている点、姫君の夫について原話が〈□ノ前司〉と欠字になっているのに対し、小説では〈丹波の前司なにがしの殿〉と国名を充てている点等々。しかしどれも大した異同ではない[8]。むしろその程度でしかないと言うことで、二者の重複と類似がいよいよ目立ってくるばかりといえよう。

だが、そうだとするとこの二者は、やはり〈文章〉の精粗とでもいうこと以外、なんの差異もないというべきか。いや、これまた顕著なものではないが、気になるところがないことはないのだ。——

原話ではまず、姫君の父の高雅な出自と、しかしいまはいささか老残零落したその暮らし向き、そして姫君の〈年十余歳許ニテ、形チ美麗ニ〉、〈心バヘ厳シテ気ハヒ労タ〉き有様、その行く末に対する父母の〈歎キ〉が語られてゆく。いわば説話物語における典型的な状況設定が行われているといってよいだろう[9]。

が、ここでさらに説話物語としての典型的な点は、老残落魄した父母の、しかし当然親として姫君の行く末を思う気持は語られながら、肝心の姫君の心の動きが、ついに語られずに終わっていることなのである。

このことは、直後、〈父モ母モ墓无ク打次キ失セ〉たという時、〈姫君ノ心只思ヒ可遣ベシ〉とのみ記されている部分でも同じだし、父母の死後、姫君が〈只何トモ无クテ年来ヲ経ル程ニ〉とか、〈可有クモ无クテ、心細ク悲シク思ユル事无限シ〉とかいわれている部分でも同じなのだ。無論〈心細ク悲シク思ユル事无限シ〉という形で姫君の心情が描かれてもいるようだが、しかしこれはむしろごく当たり前の、まさに表面的、常套的な説明（紋切り形）にすぎない。

要するに、ここでは一貫して姫君の内面は描かれていない。姫君はただ外面からのみ描かれているにすぎないといえる。『今昔物語集』の説話の一々が、つねに事実の記述によって成り立っていること、だからもっぱら人間の動作や表情が写されていること、たとえ人間の〈心理〉が写されているとしても、それは一切の複雑さ、晦渋さとは無縁な、まるで表情や動作のごとく目に見える、端的で当たり前の、いわば〈陰影に乏しい原色ばかり〉のものとして写されていること、このことはなによりも芥川の発見なのだが、[10] まさにそのことがここでも際立っているといえるのである。

さて、これに対し小説だが、ここではまず父母の姫君の行く末に対する憂いが簡約に纏められたあと、原話とはやや異なり、いささか姫君に沿った叙述が続く。〈姫君も父母の教へ通り、つつましい朝夕を送つ〉たとあり、〈それは悲しみも知らないと同時に、喜びも知らない生涯だつた〉という説明が加えられ、さらに〈が、世間見ずの姫君は、格別不満も感じなかつた〉とされるのである。そして父母の死に際し、〈姫君は悲しいと云ふよりも、途方に暮れずにはゐられなかつた。「父母さへ達者でゐてくれれば好い。」――姫君はさう思つてゐた〉、

もとより目に立つ相違ではない。しかしいま少々先走っていえば、ここには僅かながら作者が、姫君の内面に分け入ろうとしている気配があるといえる。そしてさらに先走っていえば、ここに一切の〈心理〉的説明を遠ざけよ

うとした原典に対する「六の宮の姫君」の、近代小説としての一徴証があるといえよう。

だが、それにしてはこの内面描写は、いかにも微妙曖昧なものといわざるをえない。たしかにそれとなく姫君の内面に踏み込みながら、しかも逆にその〈心理〉的説明はおぼめかされ、読者は依然姫君の心の正体をはっきりとは知らされることなく、ただ姫君の周りをぐるぐると回らなければならないのだ。

とりわけ、〈悲しみも知らないと同時に、喜びも知らない〉という不得要領な言葉（では一体どうだというのだ?）はこの小説の主調音のように、後にも少しずつ形を変えながら繰り返されてゆく。それは原典の漠然とした表現を明確なものにしようとしながら、むしろより一層漠然としたものにしようとしているかのごとき感を読者に抱かせるのである。

そしてこうしたこと〈朧化〉といっておこう）は、第一節の後段、乳母のもたらした〈丹波の前司なにがしの殿〉との縁談の段においても同様に行われているのである。原話では〈泣《ナク》ヨリ外ノ事无シ〉としかないが、小説では〈その男に肌身を任せるのは、不如意な暮しを扶ける為に、体を売るのも同様だつた。勿論それも世の中には、多いと云ふ事は承知してゐた。が、現在さうなつて見ると、悲しさは又格別だつた。姫君は乳母と向き合つた儘、葛の葉を吹き返す風の中に、何時までも袖を顔にしてゐた〉と変わる。少々説明が細かくなったわけだが、それだけとは限らないのだ。

原話では姫君は〈泣《ナク》ヨリ外ノ事无シ〉とのみ書かれているのに対し、小説では姫君はこの結婚が〈体を売るのも同様〉のものであることを、〈それも世の中には、多いと云ふ事〉も、それとして自覚しているように書かれている。いわば零落した貴族の娘が富裕な受領階級の男と婚姻しなければならぬ時代の趨勢——。しかしこうしたことから、その厳しい現実の必然をはっきりと認識し、だがにもかかわらずその前に自分が意気地なく屈服してゆくことへの、姫君の無念の涙、諦念の涙を読みとることはできないだろう。姫君の意識はそれほど明晰ではなく、だからそれほど悲劇的でもないといわなければならない。
むしろ姫君の涙は、名門意識に支えられ、それゆえおそらく狷介であったろう父母の膝下にのみ育てられ、だから父母の作り上げた家庭の論理しか知らないまま、ただただ寵愛されて来たこの〈ふところ子〉の姫君の、世間を前にした茫漠たる恐怖によるそれにすぎない。言いかえれば、それは〈世間見ず〉の箱入娘、いまだ男を知らぬ処女の物怖じによるそれにすぎないのだ。それを証拠に彼女の新婚生活は、要するに幸せであったではないか。(11)

2

さて第二節だが、ここでも原話と小説をそのまま対比してみよう。
《其ノ後《ノチ》、乳母《メノト》度々《ドド》消息《セウソク》取リ伝《ツタフ》ト云ヘドモ、姫君ミ見モ不入《イレ》ネバ、若キ女房《ニヨウバウ》ナドノ有ルニ、姫君ノ御文ト思《オボ》シク返事ヲ令書《カカシ》メツ、遣ル。如此《カクノゴト》クシテ度々《ドド》ニ成《ナリ》ヌレバ、其ノ日ト定メテ既ニ来リ始メヌレバ、云フ甲斐《カヒ》无クテ通ヒ行《アル》ク。女ノ有様ノ此《カ》ク微妙《メデタ》ケレバ、男《ヲト》コ志ヲ尽《ツク》シテ思《オモヒ》タルモ理《コトワリ》也。男モ和纔《ワヅカ》ニ□人ノ子也《ナリ》ケレバ、気《ケハ》ヒ・有様モ不弊《ツタナカラ》ズナム有《アリ》ケル。
姫君、憑《タノ》モシキ人モ无キマヽニ、此ノ人ヲ憑《タノ》ミテ過《スグ》ル程ニ、此ノ夫ノ父、陸奥《ムツ》ノ守《カミ》ニ成《ナリ》ニケリ。春比《ハルノコロホヒ》忩《イソギ》テ国ニ下《クダ》ルニ、男ナレバ京ニ留《トドマ》ルベキ事ニ非ズトテ、父ノ共《トモ》ニ下《クダル》ニ、妻《メ》ヲ見置《オキ》テ行カム事ノ破《ワリ》无ク心苦シク思《オボエ》ケレバ、祖《オヤ》ニ被知《シラレ》テ打チ解《トケ》タル中ラヒニモ非《アラ》ネド、相《アヒ》具セムトモ恥《ハヅカシ》クテ不云《イハ》デ心ニ思《オモヒ》砕ケ乍《ナガ》ラ、下《クダ》ル日ニ成《ナリ》テ深キ契《チギリ》ヲ云ヒ置《オキ》テ、泣々《ナクナ》ク別レテ、夫ハ陸奥ヘ下《クダリ》ヌ。国ニ行着《ユキツキ》テ後《ノチ》、何《イツ》シカ消息《セウソ》ク上ゲムト思フニ、慥《タシカ》ナル便《タヨリ》モ无クテ、歎キ乍《ナガ》ラ過グル間ニ、年月モ過《スギ》ニケリ。》
《しかし姫君は何時の間にか、夜毎に男と会ふやうになつた。男は乳母《うば》の言葉通りやさしい心の持ち主だつた。顔かたちもさすがにみやびてゐた。その上姫君の美しさに、何も彼も忘れてゐる事は、殆ど誰の目にも明らかだつた。姫君も勿論この男に、悪い心は持たなかつた。時には頼もしいと思ふ事もあつた。が、蝶鳥《てふとり》の几帳《きちよう》を立てた陰に、灯台《とうだい》の光を眩《まぶ》しがりながら、男と二人むつびあふ時にも、嬉しいとは一夜《よ》も思はなかつた。

その内に屋形《やかた》は少しづつ、花やかな空気を加へ始めた。黒棚や簾《すだれ》も新たになり、召使ひの数も殖えたのだつた。乳母は勿論以前よりも、活き活きと暮しを取り賄《まかな》つた。しかし姫君はさう云ふ変化も、寂しさうに見てゐるばかりだつた。

或時雨《しぐれ》の渡つた夜、男は姫君と酒を酌みながら、丹波の国にあつたと云ふ、気味の悪い話をした。出雲路へ下る旅人が大江山の麓に宿を借りた。宿の妻は丁度その夜《よ》、無事に女の子を産み落した。すると旅人は産家《うぶや》の中から、何《なに》とも知れぬ大男が、急ぎ足に外へ出て来るのを見た。大男は唯「年は八歳、命《めい》は自害」と云ひ捨てたなり、忽ち何処かへ消えてしまつた。旅人はそれから九年目に、今度は京へ上る途中、同じ家に宿つて見た。所が実際女の子は、八つの年に変死してゐた。しかも木から落ちた拍子に、鎌を喉へ突き立ててゐた。――話は大体かう云ふのだつた。姫君はそれを聞いた時に、宿命のせんなさに脅《おびや》かされた。その女の子に比べれば、この男を頼みに暮してゐるのは、まだしも仕合せに違ひなかつた。

「なりゆきに任せる外はない。」――姫君はさう思ひながら、顔だけはあでやかにほほ笑んでゐた。》（以下、後に引用）

原話では、男は〈気ヒ《ケハ》・有様モ不弊《ツタナカラ》ズナム有《アリ》ケル〉とあり、姫君も〈此ノ人ヲ憑《タノ》ミテ過《スグ》ル程ニ〉となる。要するに結婚生活は幸せであったのである。小説でも、〈姫君も勿論この男に、悪い心は持たなかつた。時には頼もしいと思ふ事もあつた〉とあり、ここでも依然、原話と小説がぴったりと重なっていることが明らかである。

だが、小説ではこの後、〈が、蝶鳥《てふとり》の几帳《きちよう》を立てた陰に、燈台の光を眩しがりながら、男と二人むつびあふ時にも、嬉しいとは一夜も思はなかつた〉とか、男によって暮らし向きが次第に潤ってくる様子に、〈しかし姫君はさう云ふ変化も、寂しさうに見てゐるばかりだつた〉という説明が施される。

繰り返すまでもなく、原典では一切の〈心理解剖〉が省かれ、事実の簡潔な叙述が続く。一方小説では〈古典の空白な行間を埋め〉るごとく、少しずつ〈心理解剖〉が重ねられてゆく。つまり姫君の内面が、〈あくまで原話に沿いながら〉敷衍されてゆくのだ。[12]

しかも一見稚拙にさえ映る原典の文章は、芥川の技巧の冴えによってすっかり垢抜けし、優美、いや幽玄の趣きさえ呈してゆく。が、しかし、そこにもそうと言うだけでは読み過ごしえぬ、芥川独特の策略が潜んでいることに注意しなければならない。

と言うのは、姫君の内面描写の、たしかに幽玄の趣きに包まれてゆくとは言い条、いかにも縹渺模糊として捉え所がないということなのである。つまり〈姫君も勿論この男に、悪い心は持たなかつた。時には頼もしいと思ふ事もあつた〉と言いながら、同時に〈男と二人むつびあふ時にも、嬉しいとは一夜も思はなかつた〉とか、華やかになった周りの様子を〈寂しさうに見てゐるばかりだつた〉とか（結局姫君は嬉しいのか悲しいのか?）、ここでも姫君の意識は微妙にぼかされて、だから終始とりとめもなく、さながら原典の（一見稚拙にさえ映る）文章に帰ってしまっているかのような印象を与えるのである。（しかしおそらくここに、作者芥川の端倪すべからざる〈方法〉が隠されていることは以下に言う通りである。）

もちろん、『今昔物語集』に登場して来る人間達も、考えたり感じたりしていなかったはずはない。ただ『今昔物語集』の筆者は、一人の人間が考えたり感じたりしていることを、ただその表情や動作だけから見分けなければならないように描いている、といえようか。いわば彼や彼女を、他人が見ているように外部から描いているのだ。[13]

それに対して芥川は、『今昔物語集』の筆者の書かなかった感情や思考を、その人間の表情や動作の間隙に書き込んでゆく。つまり物語に書かれた一人の人間の表情や動作から、その人間の考えていることや感じていることを解釈し分析して行くのである。が「六の宮の姫君」という小説の場合、この〈方法〉が問題なのだ。ここでは姫君の表情や仕種、とは姫君の外面に対応する内面が描き出されようとしていながら、それが明確に対応するようには描かれていない。むしろ矛盾や撞着の中に曖昧にはぐらかされる。まるで姫君の外面と内面の間に、なにか乗り越えがたい距離を作り出すためかのように――。

従って読者は、姫君の心の中を知ることが出来ず、（すでに述べたごとく）ひたすら姫君の性根を思い計って、その周りをぐるぐると回りつづける。読者は終始姫君がなにを考え、なにを感じているのか、本当の所では判からない。そしてこの時、原典とまったく同じように、小説においても、姫君が一種謎のごとき得体の知れない人間として見えてくるべく描かれていることに読者は気づくのである。（しかも、だからこそ姫君は読者にとって、まさしく生々しい存在となるのだといえよう。我々が他人を、いや自分自身を、知ろうとして知ることの出来ない時、つまりつねに外部からしか見ることが出来ないように見る時、他人の存在が、そしてそれ以上に自分自身の存在が、もっとも生々しく感じられてくるように――。）

かくして「六の宮の姫君」は、表情や仕種においてのみ生きる原話の姫君の、その内面に分け入って、そこに一貫した〈意味〉を、因果の脈略を、つまり〈言葉〉を与えることにより、まさしく近代小説として自立しつつ、しかし一方その〈言葉〉を矛盾や撞着の中へそれとなく〈朧化〉することによって、近代小説として解体する。しかもそのことによって自己を隠弊し無化しつつ、再び原典へと限りなく膚接し回帰してゆくといえるのである。

ところで、第二節中段は、男が姫君に語ったという〈気味の悪い話〉を巡ってである。この挿話も『今昔物語集』を典拠としていることは断るまでもない。巻第二十六「東ニ下リシ者、宿人家値産語《ヒトノイヘニヤドリテサンニアヘルコト》第十九」[14]がそれで、細部に相違はあるものの、これまたほとんど〈現代語訳〉と言ってもよいものである。小説では〈姫君はそれを聞いた時に、宿命のせんなさに脅《おびやか》された〉と続く。評家もいうように、〈宿命のせんなさ〉を印象づけるために挿入された話柄であろうが、[15] ここでもそうとだけいって済まされない問題があるのだ。

もとより〈女の子〉の誕生と最期の符合は単なる偶然にすぎない。そこにはなんの繋がりもあるはずはない。しかしそのまったくの偶然が、きわめてありそうなものに見えてくる。つまりひとつの必然に見えてくる。が、そう見えてくるのも、要するに〈女の子〉の誕生と最期があまりにも無意味な接続でしかなく、だから人はそこに、不可避の連鎖を、〈宿命のせんなさ〉を、そしてさらにいえばそういう〈言葉〉＝〈意味〉を見出さざるをえないからなのだ。

だが姫君が、〈宿命のせんなさ〉という〈言葉〉によって〈女の子〉を弔い、自らを慰めるとき、そう言うにはあまりに軽い、というより重い〈女の子〉の生涯の一瞬一瞬を、恬として見逃がしていることに留意しなければならない。ただ偶然に弄ばれた〈女の子〉の短い生涯。それはまさになんの〈意味〉もなく、言いがたい空虚な感触を湛えているばかりなのである。そのことに姫君は脅えつつ（おそらく姫君の中にも、そんな言いがたい茫漠とした感触が湛えられていたのかも知れず、だから思わず彼女は脅えてしまったのかも知れない）、それを〈宿命のせんなさ〉という〈言葉〉に紛らせ、さらに〈その女の子に比べれば、この男を頼みに暮してゐるのは、まだしも仕合せに違ひなかつた〉という思いに縋って、〈女の子〉の生涯の一瞬一瞬の言いがたさから、いや自らの生涯の一瞬一瞬の言いがたさから、姫君は無意識に身を翻していたのだといえよう。

従ってここでも姫君は、深く〈宿命のせんなさ〉を自覚し、重い諦念と断念に沈んでいったわけではさらにないのだ。〈宿命のせんなさ〉という決定的な〈言葉〉に思いを馳せながら、しかし自らの〈言葉〉の真の〈意味〉に気づかぬまま、むしろまったく表層的に姫君は、この〈話〉の傍を素通りしていったといわざるをえない。ささやかないまの〈仕合せ〉を守らんために、〈「なりゆきに任せる外はない」〉と思案を巡らす姫君。しかも〈顔だけはあでやかにほほ笑んでゐた〉という姫君のその表情からは、男とともにあることに自足した姫君の、さらにはその自足を保たんとする、したたかな女としての成熟さえもが窺えるのである。

評家は姫君のことを〈呪われた運命の支配下に置かれた弱い女性〉[16]とか、〈はっきりとした自我を持たず、生活意欲のない女〉[17]とか言う。たしかに一面当たっていないこともないが、正鵠を射てはいない。姫君は決して〈呪われた運命〉の下に置かれているわけではない。むしろ〈呪われた運命〉の下に置かれた〈女の子〉と比べ、〈男を頼みに暮らしてゐる〉自分を〈まだしも仕合せに違ひな〉いと安堵する女なのである。また、なるほど〈はっきりとした自我を持〉っているとはいえないだろう。が、〈生活意欲のない女〉とはもとより言えないのである。彼女は己れのささやかな〈仕合せ〉を、ひそかに祈り続ける女なのだ。

要するに、姫君はこの薄幸な〈女の子〉とはまったく無縁に生きる一人の平凡な女にすぎない。ただ、まさにそのように平凡に生きることによって、彼女自身もまた〈宿命のせんなさ〉に流されていることに気づいてはいない女なのだ。

思うに、この挿話の意味はここにある。この姫君という女の心の中――ああも思い、こうも思い煩いつつ、しかしなにひとつ核心に触れえぬまま、とりとめもなく寧日を送る拙い、だがごく普通の女の心の中を写し出さんがためであったのである。そしてこのように、姫君がその〈気味の悪い話〉をぼんやりと聞き流す姿において、この挿話が原話の一場面として相応であることを、芥川は知っていたにちがいないといわなければならない。

さて、小説は姫君の凡庸な〈朝夕〉を写して続く。引用を続けよう――。

《屋形の軒に当つた松は、何度も雪に枝を折られた。姫君は昼は昔のやうに、琴を引いたり双六を打つたりした。夜は男と一つの褥《しとね》に、水鳥の池に下《お》りる音を聞いた。それは悲しみも少ないと同時に、喜びも少ない朝夕だつた。

が、姫君は相不変《あひかはらず》、この懶《ものう》い安らかさの中に、はかない満足を見出してゐた。》

付け加えることはなにもあるまい。姫君は無論、〈熱烈に意志し〉(18)て生きているわけではない。しかし、単に無為の日々を送っているわけでもないのだ。おそらくそのどっちでもあり、どっちでもない。ただ多分なにもなく、しかし多分すべてがあるような人生の日々、空白でありながら充足し、充足しながら空白な人生の日々に身を任せながら、いわばその表層を掠めて姫君は生きているというべきである。

さて第二節後段、男との別離の場面――。

《しかしその安らかさも、思ひの外急に尽きる時が来た。やつと春の返つた或夜、男は姫君と二人になると、「そなたに会ふのも今宵ぎりぢや」と、云ひ悪《に》くさうに口を切つた。男の父は今度の除目《ぢもく》に、陸奥《むつ》の守《かみ》に任ぜられた。男もその為に雪の深い奥へ、一しよに下らねばならなかつた。勿論姫君と別れるのは、何よりも男には悲しかつた。が、姫君を妻にしたのは、父にも隠してゐたのだから、今更打ち明ける事は出来悪《にく》かつた。男はため息をつきながら、長長とさう云ふ事情を話した。

「しかし五年たてば任終《にんはて》ぢや。その時を楽しみに待つてたもれ。」

姫君はもう泣き伏してゐた。たとひ恋しいとは思はぬまでも、頼みにした男と別れるのは、言葉には尽せない悲しさだつた。男は姫君の背《せな》を撫でては、いろいろ慰めたり励ましたりした。が、これも二言目には、涙に声を曇らせるのだつた。

其処へ何も知らない乳母は、年の若い女房たちと、銚子や高坏《たかつき》を運んで来た。古い池に枝垂《しだ》れた桜も、莟《つぼみ》を持つた事を話しながら。……》

それにしても、なんと突然の、無惨な破局であったろう。〈悲しみも知らないと同時に、喜びも知らない〉という姫君、〈悲しみも少ないと同時に、喜びも少ない〉という姫君に、〈言葉には尽せない悲しさ〉の巡ってくる時があったのである。

しかしそうは言いながら、ここでもまた芥川は、それとなく姫君の内面を〈朧化〉する。〈たとひ恋しいとは思はぬまでも〉——。まるで姫君には〈恋しい〉などという激情を知る資格もないというかのように。だが、あるいは姫君は事実、自らの心の正体を把握できなかったのかもしれず、だから説明できなかったのかもしれない。その意味で、〈言葉には尽せない悲しさ〉という一句はこの場合絶妙である。無量の思い、〈尽せ〉ぬ〈言葉〉を内に抱えながら、姫君自身ただ泣き伏すしかなかったわけなのである。

3

さて、第三節——。

《任終《ニンハテ》ノ年忩《イツ》ギ上《ノボ》ラムト為《ス》ルニ、其ノ時ノ常陸《ヒタチ》ノ守《カミ》□ト云フ人、任国《ニンゴク》ニ有《アリ》テ花ヤカニテ有ルニ、此ノ陸奥ノ守《カミ》ノ子ヲ聟《ムコ》ニセムト人ヲ遣《オコ》セテ度《ド》ゝ《ド》迎へケレド、陸奥ノ守《カミ》、「極《キハ》メテ賢《カシコ》キ事也」ト喜《ヨロコビ》テ、子ヲ常陸ニ遣リツ。然レバ、陸奥ノ国ニ五年居《ヰ》テ、常陸ニ三四年有ル間ニ、墓《ハカ》无クシテ七八年ニモ成《ナリ》ヌ。此ノ常陸ノ妻《メ》ハ若《ワカク》シテ愛敬付《アイギヤウヅキ》ナドハ有《アレド》モ、彼《カ》ノ京ノ人ニハ可当《アタルベ》クモ非《アラ》ネバ、常ニ心ヲ京ニ遣《ヤリ》ツゝ、恋ヒ侘《ワ》ブト云《イヘ》ドモ甲斐《カヒ》无シ。態《ワザ》ト京ニ消息《セウソク》ヲ遣《ツカハセ》ドモ、或《アルイ》ハ不尋得《タヅネエ》ザル由ヲ云《イヒ》テ消息《セウソク》ヲ持《モテ》返リ、或《アルイ》ハ使京ニ留《トドマリ》テ返事ヲ不持来《モテキタラ》ズ。》

《六年目の春は返つて来た。が、奥へ下つた男は、遂に都へは帰らなかつた。その間に召使ひは一人も残らず、ちりぢりに何処かへ立《た》ち退《の》いてしまふし、姫君の住んでゐた東の対《たい》も或年の大風に倒れてしまつた。姫君はそれ以来乳母《うば》と一しよに侍の廊《ほそどの》を住居《すまひ》にしてゐた。そこは住居とは云ふものの、手狭《てぜま》でもあれば住み荒してもあり、僅に雨露の凌《しの》げるだけだつた。乳母はこの廊へ移つた当座、いたはしい姫君の姿を見ると、涙を落さずにはゐられなかつた。が、又或時は理由《わけ》もないのに、腹ばかり立ててゐる事があつた。

暮しのつらいのは勿論だつた。棚の厨子《づし》はとうの昔、米や青菜に変つてゐた。今では姫君の袿《うちぎ》や袴《はかま》も身についてゐる外は残らなかつた。乳母は焚き物に事を欠けば、立ち腐れになつた寝殿へ、板を剝ぎに出かける位だつた。しかし姫君は昔の通り、琴や歌に気を晴らしながら、ぢつと男を待ち続けてゐた。

するとその年の秋の月夜、乳母は姫君の前へ出ると、考へ考へこんな事を云つた。

「殿はもう御帰りにはなりますまい。あなた様も殿の事は、お忘れになつては如何でございませう。就てはこの頃或典薬之助《てんやくのすけ》が、あなた様にお会はせ申せと、責め立てて居るのでございますが、……」》

原話では、もっぱらその後の男の消息が伝えられ、姫君は以降、終章の男との再会の場面まで登場しない。しかし小説ではその後の男の消息とともに、京に残された姫君のその後の様子が描かれる。その点では、この部分は芥川の創作といってよい。だがここでも、小説は原話を少しも変えてはいない。小説はただ、男の留守にありえたであろう、あるいはあったであろう姫君の日々が写されているにすぎない。

男が去った後、生活はたちまち窮迫する。やがて住む所にも着る物にも、そしておそらくは食べるものにも事欠く始末となる。しかし〈姫君は昔の通り、琴や歌に気を晴らしながら、ぢつと男を待ち続けてゐた〉。だが、この場合にも字面に騙されてはならないだろう。姫君は〈昔の通り〉相も変わらず、暢気に、とは退屈に、単調に〈琴や歌に気を晴らし〉ていたのではない。ただ〈ぢつと男を待ち続けてゐた〉のだ。そのあらゆる外見、さらには忖度から外れ、〈ぢつと〉帰らぬものを〈待ち続け〉て立ち尽くす姫君の、深い悲傷の姿を疑うことは出来ないだろう。

だが、にもかかわらずここに至っても、姫君の性根は依然朦朧として摑まえどころがないように描かれていることは、確認しておかなければならない。――

かくして六年目の秋、姫君の前に乳母は再婚話を持ち出す。言うまでもなく乳母は、〈いたはしい姫君の姿〉に堪え切れなくなったのだ。しかし乳母が姫君の本心を知っていたという保証はない。男への怨み、生活の不如意、だからそれらを一挙に解消する新しい男との結婚――。しかしもしかするとそうした思惑の一切は、乳母自身のものではなかったか。乳母は本当は自分が〈いたはし〉かったので、しかもそのことに気づかないまま、〈理由もないのに、腹ばかり立ててゐ〉たのだ。

《姫君はその話を聞きながら、六年以前《まへ》の事を思ひ出した。六年以前には、いくら泣いても、泣き足りない程悲しかつた。が、今は体も心も余りにそれには疲れてゐた。「唯静かに老い朽ちたい。」……その外は何も考へなかつた。姫君は話を聞き終ると、白い月を眺めたなり、懶《ものう》げにやつれた顔を振つた。

「わたしはもう何も入《い》らぬ。生きようとも死なうとも一つ事ぢや。……」》

たしかに〈六年以前《まへ》〉男と別れた時は、〈いくら泣いても、泣き足りない程悲しかつた〉。いわば姫君はあの時、心の底から泣いていたのだ、とはそれほどに姫君は、男を〈恋し〉ていたといえよう。

しかしそうだといって姫君が、いまもなお一心に男を恋い慕い、男の帰りを〈待ち続け〉ていたかどうかは定かでない。たしかに男の帰りを〈待ち続け〉ながら、その度に裏切られ、姫君はただ時の流れに徒に流されるのを感じるばかりであったにちがいない。その虚空にひとり漂うごとき六年の歳月――。そしてもはや昔と同じように男の帰りを〈待ち続け〉るには、姫君の〈体も心も余りにそれには疲れてゐた〉のだ。姫君はすでに力尽き、時の流れに空しく流されるのを感じるばかりで、あるいは自分がなにをしているのかさえ忘れてしまっているのかもしれない。その姫君の忘却と放心。〈「唯静かに老い朽《く》ちたい。」……〉。姫君はもう、〈その外は何も考へ〉られないというのだ。

たしかに、これはまたなんとも異様な無関心であり無気力ではある。〈「わたしはもう何も入らぬ。生きようとも死なうとも一つ事ぢや。……」〉。

だが、だとしてもこれは、姫君がすでに生きることを放棄したこと、諦め切ってしまったことを意味しているわけでもなく、まして死んでしまったことを意味しているわけでもない。もはやいかなる夢も慰めも、だからいかなる〈言葉〉も剝ぎ取られて、いわばこの世界の中でまったくの赤子のごとく真裸で泣く人間存在のもっとも純粋で単純なあり方に還元されて、まさしく姫君がそこに存在していることを意味しているのである。

そしてその純粋性、単純性こそ、姫君のもっとも本来的な存在のありようであったのではないか。あるいは姫君はずっと以前から、こうした純粋性、単純性の中にだけ生息していたのかもしれない。〈言葉〉は尽きぬほどあるがなんの真実の〈言葉〉もなく、だから他との共通の理解もなく、いや自分自身からすら隔絶されて、まさしく異星人のように、姫君はひとり虚空を漂っていたのだ。

勿論人には、そんな姫君はただ無能、白痴のごとく映るにちがいない。たしかにこの一種先天的な無関心と無気力――。人の世が認める価値の中に生きることに対する、さらには生存そのものに対する無関心と無気力。だから人にも判からず、自分にも判からず、とはどんな価値判断にも染まらずに、しかも彼女だけの世界に生きる鉄壁の孤独。そして序に言えば、姫君はまさにその絶対的な孤独において、つまりその現実にはなんの役にも立たない無垢性、高貴性において、やはり生まれながらの貴種であったといわなければならない[19]。

だが、そのいわば生存それ自体が孕む絶対的な孤独において、姫君は逆に人の世の一切を拒むことなく、すべてを受容してこれまで生きて来たといえるのではないか。

《「たまくらのすきまの風もさむかりき、身はならはしのものにざりける。」》

後に姫君が臨終で呟くこの歌からは、彼女がこの世の一切を堪え、だから終始すべてをありのままに受け入れて来たということが語られているといえよう。[20]

第三節の最後、次のような場面がある。

《丁度これと同じ時刻、男は遠い常陸《ひたち》の国の屋形に、新しい妻と酒を斟《く》んでゐた。妻は父の目がねにかなつた、この国の守の娘だつた。

「あの音は何ぢや？」

男はふと驚いたやうに、静かな月明かりの軒を見上げた。その時なぜか男の胸には、はつきり姫君の姿が浮んでゐた。

「栗の実が落ちたのでございませう。」

常陸の妻はさう答へながら、ふつつかに銚子の酒をさした。》

いわば姫君の生涯に示された女の存在の重さと対照的な、男の生の軽さが語られているといえなくもない。[21]が、どちらにしろ、男もまた季節の推移、時の流れの中を、とりとめもなく漂っているばかりなのだ……。

4

さて第四節――。

男は二、三度京の妻（姫君）のもとへ手紙を送った。しかし使が帰らなかったり、幸いに帰って来たと思えば、姫君の屋形が判からなかったりで、ついに姫君のその後の消息を知ることは叶わなかった。

九年目の晩秋、男はようやく京へ帰ることが出来た。上洛するやいなや、旅装も解かずに男は六の宮へ駆け付けた。が、荒れ果てた廃屋には、老いたる尼が一人住んでいるきりであった。もと姫君に仕えていた女の母で、暇を取った娘夫婦と田舎へ下ったが、姫君のことが気に掛かって最近一人再び京へ戻って来たばかり、すぐにもここを訪れたが、すでに姫君の姿はなく、老尼もただ途方に暮れるばかりという。――

以上、この節のあらましだが、原話と小説の間にほとんど差異はなく、(22)しかも肝心の姫君も登場していないので、双方を引用する煩は省こう。ただ双方ともそのような姫君の欠場において、一層の〈朧化〉が施されていることに留意しなければならないといえよう。

原話においても小説においても、姫君は最後まで杳として行方知れず(23)、ただ最後に登場するが、それもまさに臨終の一瞬でしかない。だから姫君を主人公とするこの物語は、もう終了したといってもよいのだ。(24)なるほど〈「たまくらの」〉という歌(25)が姫君の口を吐くが、それは要するに男と別れてからの歳月、というより〈「身はならはしのものにざりける」〉という姫君の、生涯全体を貫いて変わらぬ姿を語ったにすぎない。

5

第五節。やはり原話、次に小説を引用する。

《家ニ行《ユキ》タルニ、此ノ人ニ不値《アハ》ズシテハ世ニ可有《アルベ》クモ不思《オボエ》ザリケレバ、只足手ノ向《ムキ》タラム方《カタ》ニ行《ユキ》テ尋ネムト思《オモヒ》テ、物詣《モノマウデ》ノ様《ヤウ》ニテ、藁履《ワラグツ》ヲ着ハキ、笠ヲ着テ所々ヲ尋ネ行《アル》クト云ヘバ、更ニ不尋得《タヅネエ》ザリケレバ、「若《モシ》、西ノ京ノ辺《ホトリ》ニヤ有ラムト」思《オモヒ》テ、二条ヨリ西様ニ、大《オホキナル》垣ニ副《ソヒ》テ行ク程ニ、申酉《サルトリ》ノ時許《バカリ》ニ掻暗《カキクラ》ガリテ、雲痛《イタ》ク降レバ、「朱雀《シュジャク》門ノ前ノ西ノ曲殿ニ立《タチ》隠レムト」思《オモヒ》テ立寄《タチヨリ》タレバ、連子《レンジ》ノ内ニ人ノ気《ケ》ハヒ有リ。和《ヤハ》ラ寄《ヨリ》テ臨《ノゾ》ケバ莚《ムシロ》ノ極《キハメ》テ穢《キタナゲ》ナルヲ曳《ヒ》キ廻《メグラ》シテ人二人居《キ》タリ。一人ハ年老《オイ》タル尼也、一人ハ若キ女ノ極《キハメ》テ痩セ枯《カレ》テ色青ミ影ノ様《ヤウ》ナル、賤《アヤ》シキ様ナル莚《ムシロ》ノ破《ヤブレ》ヲ敷《シキ》テ其レニ臥シタリ。牛ノ衣ノ様《ヤウ》ナル布衣《ホイ》ヲ着テ、破《ヤブレ》タル莚ヲ腰《コシ》ニ曳懸《ヒキカケ》テ、手枕シテ臥シタリ。和纔《ワツ》カニ此《カ》ク賤《アヤ》シ乍《ナガ》ラ□ナル者ヨ、ト見ユ。恠《アヤ》シク思レバ、近ク寄《ヨリ》テ吉ク臨《ノゾ》ケバ、此ノ失《ウシナ》ヒタル人ニ見成シツ。目モ暗《ク》レ心《ムネ》モ騒《サワギ》テ守《マボ》リ居《ヰ》タル程ニ、此ノ人ノ極《キハメ》テ□ニ労《ラウ》タ気《ゲ》ナル音《コエ》ヲ以テ此《カ》ク云フ、

タマクラノスキマノ風《カゼ》モサムカリキ、ミハナラハジノモノニザリケル

ト。此《カ》ク云《イフ》ヲ聞クニ、現《アラハ》ニ其ニテ有レバ、奇異《アサマシ》ク思ヒ乍《ナガ》ラ、懸《カケ》タル莚《ムシロ》ヲ掻キ開《アケ》テ、「此《コ》ハ何《イカ》ニ、此《カ》クテハ御《オハシ》マシケルヲ、尋ネ奉ルトテ此《カ》ク迷《マド》ヒ行《アル》キツルニ」ト云《イヒ》テ、寄《ヨリ》テ抱《イダ》ケバ、女白《カホ》ヲ見合セテ、「早ウ遠ク行《ユキ》ニシ人也《ナリ》ケリト」思フニ、難堪《タヘガタ》クヤ有《アリ》ケム、即チ絶入《タエイリ》テ失《ウセ》ニケリ。男暫《シバシ》ハ「生《イキ》ヤ返《カヘ》ル」ト抱《イダ》キタリケレドモ、ヤガテ水エ《ヒ》痓《スクミ》ニケレバ、此《カ》ク見成シテ、其レヨリ家ニモ不行《ユカズ》シテ、愛宕護《アタゴ》ノ山ニ行《ユキ》テ、髻《モトドリ》ヲ切《キリ》テ法師ニ成《ナリ》ニケリ。道心 萌《オコリ》ニケレバ、貴ク行ヒテゾ有《アリ》ケル。出家ハ、于今始《イマニハジメ》ヌ機縁《キエン》有ル事也。

此ノ事ハ委《クハ》シク語リ不伝《ツタ》ヘズト云《イヘ》ドモ、万葉集ニトモ云フ文ニ被注《シルサレ》タレバ此《カ》ク語リ伝ヘタルトヤ。

《男は翌日から姫君を探しに、洛中を方方歩きまはつた。が、何処へどうしたのか、容易に行き方《がた》はわからなかつた。》

すると何日か後《のち》の夕ぐれ、男はむら雨《さめ》を避ける為に、朱雀門《すじやくもん》の前にある、西の曲殿《きよくでん》の軒下に立つた。其処にはまだ男の外にも、物乞ひらしい法師が一人、やはり雨止《あまや》みを待ちわびてゐた。雨は丹《に》塗りの門の空に、寂しい音を立て続けた。男は法師を尻目《しりめ》にしながら、苛立《いらだ》たしい思ひを紛らせたさに、あちこち石畳みを歩いてゐた。その内にふと男の耳は、薄暗い窓の櫺子《れんじ》の中に、人のゐるらしいけはひを捉《とら》へた。男は殆ど何の気なしに、ちらりと窓を覗いて見た。

窓の中には尼が一人、破れた筵《むしろ》をまとひながら、病人らしい女を介抱してゐた。女は夕ぐれの薄明りにも、不気味な程痩せ枯《が》れてゐるらしかつた。しかしその姫君に違ひない事は、一目見ただけでも十分だつた。男は声をかけ

ようとした。が、浅ましい姫君の姿を見ると、なぜかその声が出せなかつた。姫君は男のゐるのも知らず、破れ筵の上に寝反りを打つと、苦しさうにこんな歌を詠んだ。

「たまくらのすきまの風もさむかりき、身はならはしのものにざりける。」

男はこの声を聞いた時、思はず姫君の名前を呼んだ。姫君はさすがに枕を起した。が、男を見るが早いか、何かかすかに叫んだきり、又筵の上に俯伏《うつぶ》してしまつた。尼は、――あの忠実な乳母は、其処へ飛びこんだ男と一しよに、慌てて姫君を抱き起した。しかし抱き起した顔を見ると、乳母は勿論男さへも、一層慌てずにはゐられなかつた。

乳母はまるで気の狂つたやうに、乞食法師のもとへ走り寄つた。さうして、臨終の姫君の為に、何なりとも経を読んでくれと云つた。法師は乳母の望み通り、姫君の枕もとへ座を占めた。が、経文を読誦《どくじゆ》する代りに、姫君へかう言葉をかけた。

「往生は人手に出来るものではござらぬ。唯御自身怠らずに、阿弥陀仏の御名《みな》をお唱へなされ。」

姫君は男に抱かれた儘、細ぼそと仏名を唱へ出した。と思ふと恐しさうに、ぢつと門の天井を見つめた。

「あれ、あそこに火の燃える車が、……」

「そのやうな物にお恐れなさるな。御仏《みほとけ》さへ念ずればよろしうござる。」

法師はやや声を励ました。すると姫君は少時《しばらく》の後《のち》、又夢うつつのやうに呟き出した。

「金色《こんじき》の蓮華《れんげ》が見えまする。天蓋のやうに大きい蓮華が、……」

法師は何か云はうとした。が、今度はそれよりもさきに、姫君が切れ切れに口を開いた。

「蓮華はもう見えませぬ。跡には唯暗い中に、風ばかり吹いて居りまする。」

「一心に仏名を御唱へなされ。なぜ一心に御唱へなさらぬ？」

法師は殆ど叱るやうに云つた。が、姫君は絶え入りさうに、同じ事を繰り返すばかりだつた。

「何も、――何も見えませぬ。暗い中に風ばかり、――冷たい風ばかり吹いて参りまする。」

男や乳母は涙を呑みながら、口の内に弥陀を念じ続けた。法師も勿論合掌した儘、姫君の念仏を扶けてゐた。さう云ふ声の雨に交る中に、破れ筵を敷いた姫君は、だんだん死に顔に変つて行つた。……………》

明らかに前半部、原話と小説はぴったり重なっている。男が抱き寄せた時、姫君は男を見上げながら、〈「早ウ遠ク行ニシ人也ケリト」思〉ったとある。その幽かな視線は、なにか遠い記憶を求めてさまようといった按配である。つまり姫君の中で男の存在は、それほどに遠く薄らいでいたといえるだろう。だから姫君は遠い昔へと記憶を遡らせながら、その間を流れた歳月の空しさに思い至って、〈難堪《タヘガタ》クヤ有〉ったとでもいえようか。(26)そしておそらくこれを承けて小説では、姫君は〈男を見るが早いか、何かかすかに叫んだきり、又筵の上に俯伏《うつぶ》してしまつた〉とある。姫君の心の中にどのような思いが走ったかはここでも定かでない。ただその時すでに姫君は、男の腕に抱かれつつ、深く暗い闇の中を辿っていたのだ。

ところで、後半部は原話と小説はまったく違う。だがこの部分は周知のように、『今昔物語』巻第十五「造悪業《アクゴフヲツクリシ》人、寂後唱念佛《ニネンブツヲトナヘテ》往生語《セルコト》第四十七」を挿入したと考えるのが妥当だろう。日頃〈罪ヲ造《ツク》ル人、地獄《ヂゴク》ニ堕《オ》ツ〉などということを〈虚言《ソラコト》〉と嘲笑し悪業を重ねていた男が死に臨み、〈火ノ車〉が地獄から自分を迎えに来るのを見る。ある〈智《サト》リ有ル僧〉がその男に対かって、すでに〈火ノ車〉を見て地獄を信じたのだから、〈「弥陀《ミダ》ノ念仏ヲ唱フレバ、必ズ、極楽《ゴクラク》ニ往生《ワウジヤウ》ス、ト云フ事ヲ信ゼヨ」〉と諭す。男が〈「南无阿弥陀仏《ナモアミダブツ》」ト慥《タシカ》ニ千度唱〉えたとき僧が〈「火ノ車ハ、尚《ナホ》、見ユヤ否ヤ」〉と問うと、男は〈「火ノ車ハ忽ニ失《ウセ》ヌ。金色《コンジキ》シタル大キナル蓮花一葉《レングヱイチエフ》ナム、目ノ前ニ見ユル」〉と言って死んでゆく。〈其ノ時ニ、僧、涙ヲ流シテ、悲ビ貴ビテ返《カヘリ》ニケリ。此レヲ見聞ク人、不貴《タフトバ》ズト云フ事无シ〉。〈此レヲ思フニ、仏ノ説キ給フ所ニ露《ツユ》モ不違《タガハ》ネバ、只、念仏ヲ可唱《トナフベ》キ也トナム語リ伝ヘタルトヤ〉[27]。——

姫君の死に会い、男が即刻出家した次第、さらには〈出家ハ、于今始《イマニハジメ》ヌ機縁有ル事也〉という評語の部分が削除され、それに代わって、『今昔』の別の説話による姫君の死の克明な描出が用意されたわけなのである。その結果、たしかに原典(『今昔物語集』)と小説はまたしてもぴったりと重なったといえるのだが、しかしここには少しくこだわってみなければならない問題があるのだ。

姫君の死に臨んだ男の茫然自失。その絶望を契機とした男の決然たる出家への飛躍。——言うまでもなくこの結末には、原話(「六宮《ノ》姫君《ノ》夫出家《セル》語《コト》」)の主題が提示されていたはずである。この原話を含む『今昔物語集』巻第十九の第一語以下第十八語までは、〈出家譚〉が配列されており、おそらく『今昔』の筆者は、これらが〈出家譚〉として読まれ、共感されることを願っていたといってよい。またそうしたことの背後に、仏教がまさに人間救済の最高の理法であった時代と社会、いわば揺るぎない仏教的共同体が存在していたことは断るまでもない。

だが、この結末の数行に至るまで、原話の中心が姫君の零落、落魄の生涯であったことも言うまでもない。しかし原話は姫君の死に際し、この姫君を九年間も置き去りにしていた男の唐突な悔悟と改悛、出家への跳躍によって完結する。が、では肝腎の姫君は、その最期は、その魂は……?　しかし原話は結局姫君を沈黙の彼方に放置したまま、王法としての仏教的世界観を開陳して終わるのである。

だが、まさしくそこに、この原話の矛盾と分裂が露呈されているといわなければならない。あれほど篤く姫君の孤独を見つめながら、原話は最後に来て姫君の孤独から男の〈決定《けつぢやう》〉へと目線を翻す。もとより男は、出家するほどに重く姫君の孤独を受け止め、それを内に抱え込んでしまったにちがいない。またたからこそその男の出家によって、男自身の孤独ばかりか姫君の孤独さえ救われたのだと結論して、原話はその円環を閉じたのだといえよう。が、それにしても、男の出家によって一切が、男自身の孤独ばかりか姫君の孤独もが癒されたと考えるには、近代の読者、仏教的共同体に生きていない近代の読者はあまりに懐疑的であるといわざるをえない。いや誰よりも芥川こそ懐疑的ではなかったか。おそらく彼はこの結末に、なにか突き放されたような空虚感、未完結感を覚えたにちがいない。そして、だからこそこの結末に代えて、芥川は他の説話を採用することにしたのだといえよう。

かくして「六の宮の姫君」第五節の後半部は、新しい原話をもとに、姫君の臨終の場面とその魂のゆくえを、あたうかぎり詳細に描き出す。が、依然として問題は残っているといわなければならない。と言うのは、小説において、その新しい原話もまた、著しい改変を加えられているからである。

無論、罪人が姫君に変わったことは不問に付してよいだろう。死を前にして、罪人も姫君もない。では何処が問題なのか。――まず姫君もまた〈火の燃える車〉に怯えなければならない。しかし法師の言葉に励まされ、やがて姫君も〈金色《こんじき》の蓮華〉を見ることが出来た。が、原話の罪人はそこで死んでゆくことが出来たのに対し、姫君は〈「蓮華はもう見えませぬ」〉と呟かなければならない。しかも〈「跡には唯暗い中に、風ばかり吹いて居ります る」〉と続けるのである。〈「何も、――何も見えませぬ。暗い中に風ばかり、――冷たい風ばかり吹いて参りまする」〉。そして姫君は、その暗黒の中に逝ったのである。

〈火の燃える車〉が〈地獄〉への転落を予兆しているとすれば、〈金色の蓮華〉は〈極楽〉への往生を約束していた。原話の罪人が〈「金色《コンジキ》シタル大キナル蓮華《レングヱイチエフ》一葉ナム、目ノ前ニ見ユル」〉と言いつつ死んでいった時、だから彼はたしかに〈極楽〉へ行くことが出来たはずである。またそれゆえに〈僧、涙ヲ流シテ、悲ビ貴ビテ返《カヘリ》ニケリ。此レヲ見聞ク人、不貴《タフトバ》ズト云フ事无シ〉。〈此レヲ思フニ、仏ノ説キ給フ所ニ露《ツユ》モ不違《タガハ》ネバ、只、念仏ヲ可唱《トナフベ》キ也〉という結語がもたらされたのである。が、そうだとすれば、その〈金色の蓮華〉すら消え失せて、ただ暗黒の中に一人佇むという姫君の身は、一体どこをさまよっているのであろうか。

さて、ここで想い起こされるのは『発心集』巻四の七話「或る女房、臨終に魔の変ずるを見る事」という説話の存在である。[28] 芥川がそれを参考にしたかどうかは不明だが、そこでも〈或る女房〉は最後、暗黒の中に一人佇んでいたのである。以下その全文を引用してみよう。[29]

《或る宮腹の女房、世を背《そむ》けるありけり。病ひをうけて限りなりける時、善知識に、ある聖を呼びたりければ、念仏すすむる程に、此の人、色まさをになりて、恐れたるけしきなり。あやしみて、「いかなる事の、目に見え給ふぞ」と問へば、「恐しげなる者どもの、火の車を率《ゐ》て来るなり」と云ふ。聖の云ふやう、「阿弥陀仏の本願を強く念じて、名号をおこたらず唱へ給へ。五逆の人だに、善知識にあひて、念仏十度《とたび》申しつれば、極楽に生る。況《いはん》や、さほどの罪は、よも作り給はじ」と云ふ。即ち、此の教へによりて、声をあげて唱ふ。

しばしありて、其のけしきなほりて、悦《よろこ》べる様なり。聖、又これを問ふ。語つて云はく、「火の車は失《う》せぬ。玉のかざりしたるめでたき車に、天女の多く乗りて、楽をして迎ひに来たれり」と云ふ。聖の云はく、「それに乗らんとおぼしめすべからず。なほなほ、ただ阿弥陀仏を念じ奉りて、仏の迎ひに預《あづ》からんとおぼせ」と教ふ。これによりて、なほ念仏す。

又、しばしありて云はく、「玉の車は失《う》せて、墨染めの衣着たる僧の貴げなる、只ひとり来たりて、『今は、いざ給へ。行くべき末は道も知らぬ方なり。我そひてしるべせん』と云ふ」と語る。「ゆめゆめ、その僧に具せんとおぼすな。極楽へ参るには、しるべいらず。仏の悲願に乗りて、おのづから至る国なれば、念仏を申してひとり参らんとおぼせ」とすすむ。

とばかりありて、「ありつる僧も見えず、人もなし」と云ふ。聖の云はく、「その隙《ひま》に、とく参らんと心を至して、つよくおぼして念仏し給へ」と教ふ。其の後、念仏五六十返ばかり申して、声のうちに息絶えにけり。

これも、魔のさまざまに形を変へて、たばかりけるにこそ。》

たしかにこの説話の女房と小説の姫君の最期は酷似しているといわざるをえない。この説話の聖は女房に、一切の〈魔〉を拒絶し、ただひたすらに念仏することを教える。いわば須臾の幻視にかける一切の自力を排除し、ただひたすらに仏にすがり他力を待つことを教えるのである。だから女房が〈「ありつる僧も見えず、人もなし」〉と、一切の〈魔〉が消えて、自らが暗黒の中に一人たたずんでいることを告げた時も、聖は〈「その隙に、とく参らんと心を至して、つよくおぼして念仏し給へ」〉と、なおひたすら念仏することをのみ諭すのである。

小説はまったくこれに一致する。姫君が〈「金色の蓮華が見えまする。天蓋のやうに大きい蓮華が、……」〉と言った時、〈法師は何か云はうとした〉という。〈が、今度はそれよりもさきに、姫君が切れ切れに口を開いた〉とあり、法師が何を言おうとしたかは書かれていない。しかしおそらく法師はその時、なんであれ姫君が幻想にすがらんとすることを叱ろうとしたにちがいない（〈「極楽へ参るには、しるべいらず」〉）。そして姫君が〈「蓮華はもう見えませぬ。跡には唯暗い中に、風ばかり吹いて居りまする」〉と言った時、法師は〈「一心に仏名を御唱へなされ。なぜ一心に御唱へさらぬ？」〉と、〈殆ど叱るやうに云つた〉という。まさしく姫君が暗黒の中に一人たたずんでいることを告げた時、法師は、だからこそ今、ただひたすらに念仏するように声を高めて姫君を励ましたのである（〈「つよくおぼして念仏し給へ」〉）。〈が、姫君は絶え入りさうに、同じ事を繰り返すばかりだつた〉。〈「何も、――何も見えませぬ。暗い中に風ばかり、――冷たい風ばかり吹いて参りまする」〉。〈男や乳母は涙を呑みながら、口の内に弥陀を念じ続けた。法師も勿論合掌した儘、姫君の念仏を扶けてゐた。さう云ふ声の雨に交る中に、破れ筵を敷いた姫君は、だんだん死に顔に変つて行つた〉――。とは、このように姫君は、法師に扶けられながら、一心に念仏しつつ、やがて死んでいったわけなのである（〈其の後、念仏五六十返ばかり申して、声のうちに息絶えにけり〉）。

繰り返すまでもなく、『発心集』の説話の女房と小説の姫君の死の場面は酷似しているといわざるをえない。しかし今はそのことは暫く措いて、こうして小説は、新たに拠った原話（「造悪業人《アクゴフヲツクリシ》、寂後唱念佛《ニネンブツヲトナヘテ》往生語《セルコト》」）の思想的境位を一歩超えたということが出来る。自らの思いをこらし幻視の中に極楽浄土を現出させながら死んでいったもの、しかもそれをまさしく浄土へ往生しえたものとして寿ぐ安易な信仰の位相を一歩深めて、いわば自力によるはからいをすべて放下し、ただひたすらなる念仏によってのみやがて浄土へと往生することを願う信仰（往生浄土の思想）のもっとも深奥の本質において、姫君の臨終とその魂のゆくえを、果てまで描いたといってよいのだ。

が、にもかかわらずここにおいても、問題は依然残っているといわなければならない。はたして姫君はこの時、『発心集』の説話の女房のように、本当に極楽へ往生していたのか――？

なるほど姫君は、男や乳母と同じように法師に扶けられながら、〈口の内に弥陀を念じ続け〉ていたかもしれない。しかし彼女の心の眼には、もう〈何も見〉えない。ただ〈暗い中に風ばかり、――冷たい風ばかり吹いて〉いるのを感じるだけであるというのだ。そしてそれはまさしく彼女が、もう何年も見つづけて来た昏黒の光景ではなかったか。しかも彼女は、その昏黒の光景の中に、今も、いやこれからの前途にも、〈冷たい風ばかり〉が吹きすさんでいるというのである。

たしかに彼女は〈ぢつと男を待ち続けてゐた〉のだ。しかし彼女の願いは終に叶えられず、だから彼女は空しく虚空を漂っていただけにすぎなかったのである。それは一面に広がる昏黒の光景を見つめつづけることでもあったといえよう。そして彼女は、そのいわば絶対の孤独感を、生のもっともたしかな感触とし、それを〈ならはし〉として、それ以外のなにものをも必要とせず（〈「わたしはもう何も入らぬ。生きようとも死なうとも一つ事ぢや。……」〉）、その一種異様な無気力、無関心の中で、生きて来たし、死んでゆくしかない。そしてこの意味で彼女には、その昏黒の光景の無限に続く様が、しかもその中を、自分が永劫に辿りつづける姿が〈見え〉るばかりだったのである。

だがそうだとすれば今でも姫君は、依然として生きていた時と同じように、闇の中を一人辿っているわけだし、その姫君の魂のゆくえを果てまで描こうとした小説も、まだなお完結することが出来ないといわなければならない。

原典にはない、小説独自の後日譚が、だから必須であった所以なのだ。

6

さて第六節。

《それから何日か後《のち》の月夜、姫君に念仏を勧めた法師は、やはり朱雀門の前の曲殿に、破《や》れ衣《ころも》の膝を抱へてゐた。するとその処へ侍が一人、悠悠と何か歌ひながら、月明りの大路を歩いて来た。侍は法師の姿を見ると、草履の足を止めたなり、さりげないやうに声をかけた。

「この頃この朱雀門のほとりに、女の泣き声がするさうではないか?」

法師は石畳みに蹲《うずく》まつた儘、たつた一言返事をした。

「お聞きなされ。」

侍はちよいと耳を澄ませた。が、かすかな虫の音《ね》の外は、何一つ聞えるものもなかつた。あたりには唯松の匂《にほひ》が、夜気《やき》に漂つてゐるだけだつた。侍は口を動かさうとした。しかしまだ何も云はない内に、突然何処からか女の声が、細《ほ》そぼそと歎きを送つて来た。

侍は太刀に手をかけた。が、声は曲殿の空に、一しきり長い尾を引いた後《のち》、だんだん又何処かへ消えて行つた。

「御仏《みほとけ》を念じておやりなされ。——」

法師は月光に顔を擡《もた》げた。

「あれは極楽も地獄も知らぬ、腑甲斐ない女の魂でござる。御仏を念じておやりなされ。」

しかし侍は返事もせずに、法師の顔を覗きこんだ。と思ふと驚いたやうに、その前へいきなり両手をついた。

「内記《ないき》の上人《しやうにん》ではございませんか？　どうして又このやうな所に――」
在俗の名は慶滋《よししげ》の保胤《やすたね》、世に内記の上人と云ふのは、空也上人の弟子の中にも、やん事ない高徳の沙門《しやもん》だつた。》
明らかに姫君は、いまだ極楽には至り着いていない。朱雀門の前の曲殿の空に長く漂う姫君の鬼哭――。そしてその姫君の鬼哭を、誰よりも早く聞いたもの、また誰よりも間近に、痛切に聞いているものこそ、〈姫君に念仏を勧めた法師〉であったといえよう。

〈「あれは極楽も地獄も知らぬ、腑甲斐ない女の魂でござる」〉と法師は言う。姫君が生きていた時とまったく同じように、虚空を一人ただよっているとすれば、たしかに彼女は極楽ばかりか地獄をも知らずに、とはつまり、この現世、この穢土しか知らずに、だから永劫に〈無明の闇〉[30]にとどまりつづけなければならぬ〈腑甲斐ない女〉でしかないと法師は言うのだ。

だが、おそらくその言葉は、誰よりも法師自身に向けられていたのではないか。自らの信仰（信心）をかけて説いた念仏。しかしその念仏は一人の女をもまったく救うことが出来なかったのである。とすればその信仰（信心）はまったく無力ではないのか。しかも彼は依然として〈「御仏を念じておやりなされ」〉とその無力な念仏に自他を委ねるしかない。おそらく彼は他の誰よりも、自らの身の〈腑甲斐な〉さを託たなければならなかったにちがいない。そしてまさしくここに、本願他力の思想の最奥のアポリアが、試練があったのである[31]。

だがそれにしても、原話の未完結であったことを厭い、わざわざ善知識を登場させて、姫君の迷える魂を果てまで導くように意図しながら、しかし依然その魂の迷いつづける様を如何ともしえぬとすれば、小説はここに至っても、なお完結することが不可能であったといわなければならない。男が出家の彼方に消え去る結末を、かならずしも男（そして姫君）の救いを意味してはいないとして避けたにしても、その代わり、夙に出家したはずの法師が依然として途方に暮れざるをえない姿を描いたことは、滑稽にも悲惨な矛盾といってよいのだ。

無論、小説はこの〈乞食法師〉が〈やん事ない高徳の沙門〉、〈内記の上人〉であったという種明かしで終わる。〈木に竹をついだ感じ〉などと評判が悪いが[32]、なににせよ作品は終わらなければならないからである。

＊

さて、『今昔』の「六宮《ノ》姫君《ノ》夫《ノ》出家《セルコト》語」の末尾には、この説話が『万葉集』より出ている旨の注記があった。知られているように、それは『万葉集』巻第十六の次の箇所である[33]。

夫《せ》の君に恋ふる歌一首　短歌を并せたり

さ丹《に》つらふ　君が御言《みこと》と　玉梓《たまづさ》の　使も来《こ》ねば　思ひ病む　わが身ひとりそ　ちはやぶる　神にもな負《おほ》せ　卜《うら》部坐《べま》せ　亀もな焼きそ　恋ひしくに　痛きわが身そ　いちしろく　身に染《し》み透り　村肝《むらきも》の　心砕けて　死なむ命　急《にはか》になりぬ　今更に　君か吾《わ》を喚《よ》ぶ　たらちねの　母の命《みこと》か　百足《ももた》らず　八十《やそ》の衢《ちまた》に　夕占《ゆふけ》にも　卜《うら》にもそ問ふ　死ぬべきわがゆゑ

反歌

卜部《うらべ》をも八十《やそ》の衢《ちまた》を占問《うらと》へど君をあひ見むたどき知らずも

或本の反歌に曰はく

わが命は　惜しくもあらず　さ丹つらふ　君に依りてそ長く欲《ほ》りする

右は伝へて云はく、ある時に娘子《をとめ》ありき。姓は車持氏なり。其の夫《せ》久しく年序《とし》を逕《へ》て往来を作《な》さず。時に娘子、係恋に心を傷ましめ、痾疹《やまひ》に沈み臥《こや》り、痩羸《そうるい》日に異《け》にして、忽に泉路に臨みき。ここに使を遣して其の夫《せ》の君《きみ》を喚《よ》び来れり。而乃歔欷《すなはちきよき》流涕して、この歌を口號《くちずさ》み、登時《すなはち》逝歿《みまか》りきといへり。

すでにここには、長い歳月男をただ空しく待ち暮らす女の哀しい姿が反映している。

ところで、これもよく知られているように、「六宮《ノ》姫君《ノ》夫出家《セルコト》語」は『古本説話集』第二十八話「曲殿の姫君の事」と、冒頭と末尾に少々の相違がある他は、ほとんど同文同一の説話である。いま冒頭はしばらく問わず、『古本』の末尾を見ると、そこには『今昔』の〈万葉集〉云々に代わって、〈このことは、詳しからねど、古今に書かれたり〉とある。[34]

一方、この説話にある姫君が死の直前に口ずさんだ〈手枕の……〉の歌は、[35]『拾遺和歌集』巻第十四に〈よみ人しらず〉として六首並んでいる中の一首という。その六首は、

思ふとていとこそ人に馴《な》れざらめしかならひてぞ見ねば恋しき
手《た》枕の隙間の風も寒かりき身はならはしの物にぞ有ける
吹《ふく》風に雲のはたてはとゞむともいかゞ頼まん人の心は
若草にとゞめもあへぬ駒よりもなつけわびぬる人の心か
逢ふことのかた飼《が》ひしたる陸奥《みちのく》のこまほしくのみ思ほゆる哉
陸奥の安達《あだち》の原の白真弓《しらまゆみ》心こはくも見ゆる君かな

であるが、[36]国東文麿氏は、これらの恋歌の内容と第五、第六首に〈陸奥〉が見えることから、〈「曲殿姫君（六宮姫君）」の話に似通うところの物語が『拾遺集』以前にあり、この六首はその中に含まれていたものを、順次に抜き出して並べたものではないか〉として、〈そうだとすると、「たまくらの……」は二首目におかれていることで、筋の上から、この『古本』『今昔』の話と同じであるとは思われないが、『古本』の話の作者はこの物語の内容をおぼろげながら知っており、その所収話が一括されて『拾遺集』に入れられていることも知っていたのであろう。その中の最も印象的な「たまくらの……」の歌を記憶にとどめていて、それを末尾に用いた物語を新しく書きあげた。

それが『古本』の話といえるのではなかろうか。書きあげたあと、この歌の他の五首とともに『古今集』にあると思い違いして、「このことは、くはしからねど古今にかゝれたり」と記したのではないか〉と推定している。[37] 国東氏の推定通りとして、やはりここにも、長い歳月男をただ徒に待ち暮らす女の哀れな姿が投影しているのだ。

ただ、女が死に臨みながらも、男に再会しえた感動によって完結する『万葉集』の話に比べれば、女がただ空しく男を待ち暮らし、そのまま中断されたように終わる『拾遺集』の六首の（背後に予想される）話の方が、その人生の甲斐なさにおいて、「曲殿姫君（六宮姫君）」の原話にふさわしいとはいえるだろう。また、だからこそ『古本』『今昔』の筆者は、そのなんの保証もなく赤裸となって生きる女、そのいわば存在それ自体が湛える絶対的な孤独において死んでゆく女の魂を、仏教的摂理によって救済しつつ、その〈物語〉を完結させようとしていたわけだといえよう。

ただ彼等に、どれほどの成算があったのか。女＝姫君の死を見とった男の出家——。しかしそれは、男がまたしても女＝姫君を置き去りにして行っただけではないのか。依然女＝姫君の魂は、まるで抛り出されたごとく、闇の中にさまようばかり。そしておそらくこの時、『古本』『今昔』の筆者は、自らの物語が終に女＝姫君の魂のゆくえに関与しえぬということに、しかもなおその物語を完結させなければならないということに気づいていたし、さらにいえばそのことによって物語の無力と限界に、もっといえば物語の欺瞞に逢着していたのだ。

そして、おそらくこの物語の無力と限界、欺瞞に、芥川はだれよりも意識的であったにちがいない。人間の魂のゆくえを果てまで語らんとして〈言葉〉を尽くし、しかし所詮どう終わらすことも出来ずに〈言葉〉を継ぎながら、結局うやむやに反復を重ねてゆくしかない物語の無力と限界、欺瞞ということに——。

だから小説は、あたうかぎり忠実に、原典の無力と限界、欺瞞をなぞって来た。しかもそればかりではない。この現世、この穢土の一切の価値を拒否して出家したはずの〈乞食法師〉が、実は〈やん事ない高徳の沙門〉、〈内記の上人〉として、侍から土下座の礼を受ける、とはつまり、この現世、この穢土の価値の中に再び引きずり戻され、だからまたしても無明の闇にさまよわなければならないという小説の結末も[38]、要するに終わりあるようで終わりなく続く文学の宿命に、あたうかぎり忠実であろうとした結果なのだといってよい。ただしかし、ここには決して芥川の、絶望があったわけではないだろう。その終わりない反復が文学の宿命であるとすれば、おそらく芥川は、むしろ進んでその文学の宿命に従ったのであり、だからそのことは、むしろひとつの希望であったにちがいないといえよう。

注

（1）「芥川龍之介論」（筑摩書房版『堀辰雄全集』第四巻、昭和五十三年一月）。

（2）『芥川龍之介の人と作』上巻（三笠書房、昭和十八年四月）。

（3）『芥川龍之介』（三省堂、昭和十七年十二月）。ただし以下引用は新潮文庫（昭和三十三年）所収のものによる。

（4）（5）『古典と近代作家―芥川龍之介―』（有朋堂、昭和四十二年四月）。

（6）〈歴史小説〉に関して、〈日本のは大抵古人の心に、今人の心と共通する、云はばヒュマンな閃きを捉へた、手っ取り早い作品ばかりである〉（「澄江堂雑記」―「歴史小説」―「新潮」大正十一年四月）という芥川自身の言葉がある。

（7）岩波書店『日本古典文学大系』第二十五巻『今昔物語集』四による。

（8）この異同の一々の説明は前出長野甞一氏論文に譲る。ただし、乳母については後に触れよう。

（9）山口仲美「説話文学の表現」（『日本の説話7』東京美術、昭和四十九年十一月）参照。

（10）〈『今昔物語』の作者は、事実を写すのに少しも手加減を加へてゐない。これは僕等人間の心理を写すのにも同じことである。尤も『今昔物語』の中の人物は、あらゆる伝説の中の人物のやうに複雑な心理の持主ではない。彼等の心理は陰影に乏しい原色ばかり並べてゐる。しかし今日の僕等の心理にも如何に彼等の心理の中に響き合ふ色を持つてゐるであらう〉（「今昔物語鑑賞」新潮社『日本文学講座』第六巻、昭和二年四月）。

（11）そう言えば、原話の父母はかなり名門貴族としての矜恃を持つ人物として描かれているが、その辺小説では割合と抑えられた描き方になっている。

(12) 長野氏前掲論文。

(13) そしてここに、人間の内面というものに対する、古典の筆者の謙虚な洞察があったのだといえる。

(14) 注(7)の書に所収。

(15) 注(12)に同じ。なおこのことに関しそれ以降の大方の「六の宮の姫君」論は、この長野論文を踏襲している。

(16) 吉田氏前掲論文。

(17) 注(12)に同じ。

(18) 「文放古」(「婦人公論」大正十三年四月)。

(19) おそらく乳母には、この姫君の生まれながらの高貴さは判からない。なぜなら所詮乳母は生まれながら卑賤の身でしかないからだ。そしてこの二者の隔絶は、原話にも小説にもはっきり記されている。

(20) たとえば勝倉壽一氏は『芥川龍之介の歴史小説』(教育出版センター、昭和五十八年六月)の中の「『六の宮の姫君』—疲労と倦怠—」において、〈父母に、乳母に、前司にと、ただ頼ることによってのみ生を維持してきた姫君の、自らは運命の転変にも、生活の困窮にも、結婚問題にも積極的に関わることなく、周囲の動きのままに翻弄されるばかりで、前司の愛を受け入れて幸福を見い出そうとする努力も、夫の帰還を待ち続ける強い意志も、往生を乞い願う気力さえも持ち合わせなかった、「腑甲斐ない」生と死を語ることが構想の中核をなして〉いると言っている。たまたま勝倉氏の論を引用したわけだが、おそらくこうした観点は、現在の「六の宮の姫君」論に共通するものといってよいだろう。しかしよく考えるとこうした「六の宮の姫君」評は、〈作者はその短篇の中に意気地のないお姫様を罵つてゐるの。まあ熱烈に意志しないものは罪人よりも卑しいと云ふらしいのね〉と言った「文放古」の〈一知半解〉のインテリ女性の感想と同じものだといってよい。(そう言えば吉田精一氏は前掲の論文で〈「極楽も地獄も知らぬ、腑甲斐ない女」のはかない一生を、憐れと思いつつも、敢えてさげすもうとした〉と評していた。)しかし芥川は「文放古」において、こうした〈一知半解〉の観点をあらかじめ封じていたといってよい。姫君は〈人生の喜怒哀楽を知らず、運命の開拓に積極的に関わろうとせずに衰亡の日を迎えるに至る〉(勝倉氏)などとは決していえぬ。むしろ姫君はその都度その都度まさに精一杯に生きていたので、しかし精一杯に生きていたからこそその都度その都度報われず、だから無意味なものの生起としてしかたちあらわれない人生の日々を、姫君は果てまで歩いて来たのである。つまり〈意味〉なるものからついに隔てられた人生、あるいは人生の〈意味〉をついに把ええぬ魂の姿——。そしてこう考えるとき、はじめて姫君の木偶のような不得要領の正体が、我々自身のものであったことが判かるのである。

(21)　ここで姫君になり代わって、男の軽薄や不実を非難してもはじまらない。女との間で、所詮男は軽薄であり、不実でしかなく、そのことを変えはしない。

(22)　原話のこの節で老尼の口から語られる〈寝殿〉の崩壊してゆく様の一部は、小説ではすでに第三節の地の文の中で使われている。

(23)　これは本来『源氏物語』の「雲隠」の巻のそれと比況しうる手法といえるかもしれない。

(24)　だからその後の姫君については何も判からないし、またなにも変わったことは起きなかったというべきだろう。そしてその意味では、この度も強引な乳母の説得に従って、姫君はもしかすると再婚していたかも知れない。

(25)　後にも詳述する通り、『今昔物語集』のこの説話は、『拾遺集』恋四に「よみ人知らず」として並んでいる六首中の一首（〈たまくらの……〉）から出発、成長したものという。

(26)　海老井英次氏は「『六の宮の姫君』の自立性」（「語文研究」昭和四十二年十月、のち『芥川龍之介論攷』桜楓社、昭和六十三年二月に所収）の中で、〈原典には、長い間別れていた夫と再会した余りの感動に「堪へ難くやありけむ、即ち絶え入りて失せにけり」と、姫君の死が、まったく《刹那の感動》的に語られている〉と言っているが、正確な解釈とは言いがたい。

(27)　引用は岩波書店『日本古典文学大系』第二十四巻『今昔物語集』三による。

(28)　志村有弘「『六の宮の姫君』論―芥川と菊池―」（『近代作家と古典』笠間書院、昭和五十二年四月所収）参照。

(29)　引用は新潮社（『日本古典集成』）『方丈記　発心集』による。

(30)　従来、姫君の歩む闇を〈中有の闇〉とする論が多い。おそらく「藪の中」からの借用だろうが、〈中有〉とは本来、輪廻の一期間――死んでまた生まれかわるまでの中間の状態（中陰）――を指すので、やがて行き着く先はある。が、姫君の場合、永劫に行き着く先はないのだ。その意味で煩悩と迷いの根源としての〈無明〉、その永劫に続く〈闇〉としての〈無明の闇〉こそ、ふさわしいと言えよう。

(31)　自力を一切放下すべく、多念義から一念義、さらに無念義へと動揺、彷徨しつつ、しかもなお無言の仏を前にして、〈念仏はまことに浄土にむまるゝたねにてやはんべらん。また地獄におつべき業にてやはんべらん。惣じてもて存知せざるなり〉（『歎異抄』）と言い、〈このうへは、念仏をとりて信じたてまつらんとも、またすてんとも面々の御はからひなり〉（『同』）と言うしかなかった親鸞の、絶対他力の信仰の最終のアポリアなのだ。

(32) 長野氏前掲論文。

(33) 引用は岩波書店『日本古典文学大系』第七巻『萬葉集』四による。

(34) 引用は朝日新聞社(『日本古典全書』)『古本説話集』による。

(35) この歌の解釈について、篠崎美生子「『六の宮の姫君』—その自立性—」(「繡」第二号、平成二年三月)参照。

(36) 引用は岩波書店『新日本古典文学大系』第七巻『拾遺和歌集』による。

(37) 国東文麿『今昔物語集作者考』(武蔵野書院、昭和六十年十二月)。

(38) 下西善三郎「『曲殿の姫君』と『六の宮の姫君』—『今昔』と芥川—」(『古典の新生と変容』明治書院、昭和五十九年十一月)参照。なお海老井氏は前出の論で、この結末に〈近代の短編小説としての形式的充足〉を見ているが、その〈近代の短編小説としての形式的充足〉とはどういうことかが、この場合問題となっているのである。

「一塊の土」評釈

――人間の掟と神々の掟――

「一塊の土」は大正十三年一月号の「新潮」に発表され、のち第七短篇集『黄雀風』（新潮社、大正十三年七月）の巻頭を飾った。当初から好評で、生田長江（「一月の創作」―「報知新聞」大正十三年一月十一日）や渡辺清（「新年号から」―「時事新報」同一月十二日）等の好意ある批評が寄せられたが、中でも特記すべきは、翌月の「文芸春秋」で正宗白鳥が次のように賞賛したことである。

《ふと芥川龍之介君の「一塊の土」に心惹かれて、最初から読み直した。熟読した。そして、感歎措く能はざるものがあつた。私の読んだ新年の数十篇の創作中では、これが最大の傑作である。芥川君の作中でも、これほど、力の籠つた、無駄のない気取り気のない、奇想や美辞を弄した跡のない小説を私は一度も読んだことがない。読んだあとで広い人生に私は思ひ及んだ。今までに私の知つてゐる芥川君の創作のうまさは、その作に書かれてあるだけのうまさであつた。この作では、私は作者のにほひを離れて人生を見詰めることが出来た。

この絶好の短篇に感歎したことを作者に伝へるために、この一文を草して文芸春秋へ送る。》（「郷里にて」）

白鳥にあって、同時代作家に対するこれほどの賛辞は希有のことといってよい。まさしく「一塊の土」は白鳥の心の琴線に触れ、その批評魂を震わせたといえる。芥川にしてもこの白鳥の批評はよほど嬉しかったとみえて、〈文芸春秋の御批評を拝見しました御厚意難有く存じました十年前夏目先生に褒められた時以来最も嬉しく感じました〉（大正十三年二月十二日）と、早速謝辞の手紙を書く。芥川における〈十年前夏目先生に褒められた時〉の意味を考え合わせれば、これは単なる挨拶とはいえない。いわば師なきあと、不安と孤独のうちに歩んだ小説道をあらためて確かな道程《みちのり》として認めてもらったような、そんな感激が込められているといえる。

ちなみに白鳥は芥川の死後にもこの時のことを追想しつつ、〈芥川氏は、現代の写実に於いても、可成りに傑れた技倆を現してゐる。「秋」には若い姉妹の心の動揺が巧みに描かれてゐる。ことに「一塊の土」はいゝ。「地獄変」と相並んで、この作者の全作中で、最高位に立つものである。お民といふ田舎女の忍苦の生涯には、作者自身の心が動いてゐる。そして自然主義系統の作家の作品に比べると、秩序整然として冗語がない〉（「芥川氏の文学を評す」――「中央公論」昭和二年十月）と論じている。白鳥の感銘は、いまだ薄れても揺らいでもいなかったといえよう。

ところで「一塊の土」はのちに『農民小説集』（藤森成吉、加藤武雄、木村毅編――新潮社、大正十五年六月）の巻頭に収録された。その序文に〈階級争闘の喊声は、先づ都会の労働者より起つて、今や農民の間に波及しつゝある。農民文芸の呼び声は、一面、この農民の階級的自覚と呼応するもので、所謂土の精神といふが如き一般論的題目は姑く措くも、農民小説の社会的意義は、これより益々深刻なるものある可く、我等は、たゞこの意味のみに於ても農民小説の前途に多くの期待を有たざるを得ない〉とあるが、もとより先の白鳥の評価は、こうした〈喊声〉や〈期待〉、つまり〈農民小説の社会的意義〉というがごとき時宜、時流に適った論脈とは本質的に無縁である。そのような時代思潮をこえた所で、まさに〈広い人生〉を写し出しているという一点に、白鳥は率直に感動しているのだといえよう。(1)

「一塊の土」は仁太郎という男の死後、その母のお住（姑）とその妻のお民（嫁）が力を合わせ、あるいは反目し合いながら、挙句お民が腸チブスで呆気なく死ぬまでの九年余の農家の生活を描いている。全体は七節より構成されているが、まず立論のため、各節の冒頭の一文を引用してみよう。

㈠　お住の倅に死別れたのは茶摘みのはじまる時候だつた。
㈡　お民は仁太郎の在世中と少しも変らずに働きつゞけた。
㈢　お民は女の手一つに一家の暮しを支へつづけた。
㈣　お民は愈《いよいよ》骨身を惜しまず、男の仕事を奪ひつづけた。
㈤　お住はその後三四年の間、黙々と苦しみに堪へつづけた。
㈥　仁太郎の死後八年余り、お民は女の手一つに一家の暮らしを支へつづけた。
㈦　けれどもお住は死なゝかつた。

気がつくことは、㈠と㈦、つまり初めと結びを除いてすべて〈……つづけた〉とある点、しかも㈠㈤㈦はお住についてであり、㈡㈢㈣㈥は〈お民は〉とある点等――。平岡敏夫氏はこのことに関し、〈労働の継続をあらわす〉だけでなく〈労働の継続が加算されていく〉のをあらわし、〈農民の果てしない労動、とくにお民という農婦のそれを、効果的に訴える方法となっている〉とし、ばかりか〈お民の果てしない労働をとらえつつ、それにともなうお住の果てしない苦しみをも描き出して行くのである〉と評している。(2)お民の〈労働〉と、それに対するお住の〈苦しみ〉、そしてその反目と葛藤。その〈継続〉と〈加算〉。たしかにこの作品の内容は、右のような各節冒頭の一文によっても明瞭にうかがうことができる。けだし白鳥が〈秩序整然として冗語がない〉と称えた所以といえよう。

またこのことに関し（作品の中心の節にはお民、それを包摂する前後の節にはお住という配置から）、従来〈お民とお住のどちらが主人公かという問題〉があり、各人各説のようだが、しかし後にも述べるように、この問題を論ずることはおそらく無意味のことと言わざるをえない。お民とお住は反目と葛藤の両項であり、いずれの軽重をも問うことはできない。ここはひとまず平岡氏もいうように、〈お住・お民一体としての、果てしない農民の営みと苦しみ〉

と把捉しておくこととしよう。(3)

なお芥川の多くの小説に材源、素材があるごとく、「一塊の土」もその例に漏れない。早く瀧井孝作に、〈十三年一月に出た、百姓女を描いた秀作「一塊の土」も、湯河原生れの力石君の協力した材料のやうでした。その青年とは格別の間柄であつたのでせう〉（「純潔─『藪の中』をめぐりて─」─「改造」昭和二十六年一月）との言及がある。〈力石君〉とは田端の芥川家にしばしば出入りしていた力石平蔵（平三）のこと。神奈川県湯河原の出身。「一塊の土」の他に、「トロッコ」「百合」なども力石の素材提供によるという。

石井茂氏の調査によれば、力石の提供した素材のモデルは小沢ラク（お民）といい、夫の市太郎（仁太郎）は四十才の若さで死んでいる。死ぬまでの何年かは石切りの家業に就くことができず軽労働に従っていたという。ラクは夫の死後十一年、子育てに追われながらも農業に専念し、やがて村に流行したチブスに罹って発病後一月ほどで死ぬ。このほか姑お住に当たるイセ、息子広次に当たる真一という子供のいたことも明らかにされている。ラクの嫁入り先は神奈川県足柄下郡吉浜村（現湯河原町吉浜）で、力石平蔵の父熊五郎はラクの夫市太郎の弟という。(4)

*

さて第一節は冒頭の一文の後、次のように続く。

《伜の仁太郎《にたろう》は足かけ八年、腰ぬけ同様に床に就いてゐた。かう云ふ伜の死んだことは「後生よし」と云はれるお住にも、悲しいとばかりは限らなかつた。お住は仁太郎の棺《くわん》の前へ一本線香を手向けた時には、兎に角朝比奈の切通しか何かをやつと通り抜けたやうな気がしてゐた。》

ところで、〈仁太郎の葬式をすました後《のち》、まづ問題になつたものは嫁のお民の身の上だつた〉。〈お民には男の子が一人あつた。その上寝てゐる仁太郎の代りに野良仕事も大抵は引受けてゐた。それを今出すとすれば、子供の世話に困るのは勿論、暮しさへ到底立ちさうにはなかつた。かたがたお住は四十九日でもすんだら、お民に壻《むこ》を当がつた上、倅のゐた時と同じやうに働いて貰はうと思つてゐた。壻には仁太郎の従弟に当る与吉を貰へばとも思つてゐた〉――。

こうして仁太郎の死の善後策が、お住の思惑において一気に語られる。それはまず第一に自分達の今後の〈暮し〉をどうするかということであり、その上でのお民の身の振り方、つまりは〈壻を取る〉ことなのだ。

もっともお住がお民の壻取りを、単に労働力の補塡とのみ考えていないことは注意する必要がある。(5) お民は〈足かけ八年〉、子を生み、その上寝ていた〈仁太郎の代りに野良仕事も大抵は引受けてゐ〉て、それで十分やって来たのである。だから〈お民に壻を当がつた上〉も、お住は他ならぬお民に、〈倅のゐた時と同じやうに働いて貰はうと思つてゐた〉のだ。(お住は壻に与吉を考えているという。しかし後段〈「あいつもお前この頃ぢや、ぱつたり博奕《ばくち》を打たなえと云ふぢやあ」〉とお住自身も言うように、そんな与吉に〈働いて貰〉える保証はないのである。)

ではなぜその上にも、お住はお民の壻取りにこだわるのか。あるいはそれは、お住自身にもはっきりと意識されてはいなかったのではないか。(ただ、今は〈お民に壻を当が〉うというお住の心裡のニュアンスだけを確認して、次に進もう。)

《それだけに丁度初七日の翌朝《よくあさ》、お民の片づけものをし出した時には、お住の驚いたのも格別だつた。お住はその時孫の広次《ひろじ》を奥部屋の縁側で遊ばせてゐた。遊ばせる玩具《おもちや》は学校のを盗んだ花盛りの桜の一枝《ひとえだ》だつた。

「のう、お民、おらあけふまで黙つてゐたのは悪いけんど、お前はよう、この子とおらとを置いたまんま、はえ、出て行つてしまふのかよう?」

お住は詰《なじ》ると云うよりは訴へるやうに声をかけた。が、お民は見向きもせずに、「何を云ふぢやあ、おばあさん」と笑ひ声を出したばかりだつた。それでもお住はどの位ほつとしたことだか知れなかつた。

「さうずらのう。まさかそんなことをしやしめえのう。……」》

〈お住はなほくどくどと愚痴まじりの歎願を繰り返した〉。無論自分達の今後の〈暮し〉にとって、お民は是非とも必要な人間にちがいなかったからである。

《「はいさね、わしもお前さんさへ好けりや、いつまでもこの家にゐる気だわね。——かう云ふ子供もあるだものう、すき好んで外へ行くもんぢやよう。」

お民もいつか涙ぐみながら、広次を膝の上に抱き上げたりした。広次は妙に羞しさうに、奥部屋の古畳へ投げ出された桜の枝ばかり気にしてゐた。……》

この〈桜の枝〉がなぜ〈学校のを盗んだ〉ものなのかはしばらく措く。ただ母の〈膝の上〉でなぜ〈広次は妙に羞しさうに〉しているのか。もとより〈いつにない光景に接した幼児の心理[6]〉にはちがいない。しかしさらに言えば、それは母親らしくないお民の、久し振りに見せた母親らしさへの、広次の憚りや戸惑いではなかったか。おそらくお民はすでにそれほどに、力仕事に母性＝女性を失っていたのだ。

＊

さて第二節、お住の期待通り〈お民は仁太郎の在世中と少しも変らずに働きつゞけた〉。しかし〈壻をとる話は思つたよりも容易に片づかなかつた。お民は全然この話に何の興味もないらしかつた〉。お住は〈機会さへあれば〉、お民の〈気を引いて見たり〉、〈相談を持ちかけたり〉した。〈けれどもお民はその度ごとに、「はいさね、いづれ来年にでもなつたら」と好い加減な返事をするばかりだつた。これはお住には心配でもあれば、嬉しくもあるのに違ひなかつた〉。——

お住はもう、一家の経済がお民一人の労働によって支えられるであろうことを承知している。だからこれ以上、余計なことはすべきでない。現状維持、平穏無事。お住はたしかに〈嬉しくもあるのに違ひなかつた〉。しかし同時にお住は〈心配でもあ〉った。要するに壻取りの一件だが、〈お住は世間に気を兼ねながら、兎に角嫁の云ふなり次第に年の変るのでも待つことにした〉。

《けれどもお民は翌年になつても、やはり野良へ出かける外には何の考へもないらしかつた。お住はもう一度去年よりは一層願にかけたやうに壻をとる話を勧め出した。それは一つには親戚には叱られ、世間にはかげ口をきかれるのを苦に病んでゐたせゐもあるのだつた。

「だがのう、お民、お前今の若さでさ、男なしにやゐられるもんぢやなえよ。」》

ここに来て、お住がお民の再婚にこだわる理由が明らかとなる。〈「今の若さでさ、男なしにやゐられるもんぢやなえ」〉。つまりお住はこうして密かに、しかし強く、いわばお民の〈性〉の渇きに関心していたのである。

なるほどお住は〈世間に気を兼ね〉、さらに〈親戚には叱られ、世間にはかげ口をきかれるのを苦に病〉む。しかしここにいう〈世間〉とか〈かげ口〉とかはいわゆるお住の〈世間〉であり〈かげ口〉であって、お住はむしろ自分が現状に満足しているという後ろめたさを周囲に照射し、その影に怯えているにすぎない。要するにお住は、自分がお民の〈性〉の渇きを決して等閑視してはいないということを、周囲に、そしてなによりも自分自身に言い〈聞かせて〉やりたいだけだったのではないか。

そしてここには、後に言うように、お住の女としての内々の強い関心事、〈性〉、とは種と生命への意識をこえた親和力があったといえよう。

一方お民もここに来て、あらためて自らの決意を明らかにする。

《「ゐられなえたつて、仕かたがなえぢや。この中へ他人でも入れて見なせえ。広も可哀さうだし、お前さんも気兼だし、第一わしの気骨《きぼね》の折れることせつたら、ちつとやそつとぢやなからうわね。」

「だからよ、与吉を貰ふことにしなよ。」》

しかしお民は、〈「そりやおばあさんには身内でもよ、わしにややつぱし他人だわね。何、わしさへ我慢すりや……」〉とにべなく断る。〈「でもよ、その我慢がさあ、一年や二年ぢやなえからよう」〉と言うお住の言葉には、依然〈「男なしにやゐられるもんぢやなえ」〉という思いが込められている。しかしお民は〈「好《い》いわね。広の為だものう。わしが今苦しんどきや、此処の家の田地《でんぢ》は二つにならずに、そつくり広の手へ渡るだものう」〉と、その自覚を一層明瞭に語るのである。

自らの労働によって〈「此処の家の田地は二つにならずに、そつくり広の手へ渡る」〉。もとよりそれは土地に執着する〈農民の感覚であり、知恵である〉(7)。が、そうと言うばかりではすまされない。〈田地〉(空間)を確保するに加え、それを子孫(時間)にまで広め伝えんとする気概と努力。いわばそれは人間がこの時空、この地上での生をより強大にせんとする気概と努力につながっているのである(8)。

そしてこれは本来(これも後に言うように)、男としての〈力〉への意志、人間の地上での生を今日まで守り支えてきた〈力〉への意志に通うものであるのだ。

そしてお住も実際、その〈力〉への意志に守り支えられている以上、お民にそれ以上抗うことはできない。お住は僅に、〈「だがのう、お民、(お住はいつも此処へ来ると、真面目に声を低めるのだつた。)何しろはたの口がうるせえからのう。お前今おらの前で云つたことはそつくり他人にも聞かせてくんなよ。……」〉と呟く。いわばお民の白日の正論の前に、お住の関心事は公然と口にするのも憚られるのである。それはまさに光を厭う内々のことであり、お住は〈此処へ来ると、声を低め〉ざるをえないのである。

《かう云ふ問答は二人の間に何度出たことだかわからなかつた。しかしお民の決心はその為に強まることはあつても、弱まることはないらしかつた。実際又お民は男手も借りずに、芋を植ゑたり麦を刈つたり、以前よりも仕事に精を出してゐた。のみならず夏には牝牛《めうし》を飼ひ、雨の日でも草刈りに出かけたりした。この烈しい働きぶりは今更他人を入れることに対する、それ自身力強い抗弁だつた。お住もとうとうしまひには壻を取る話を断念した。尤も断念することだけは必しも彼女には不愉快ではなかつた。》

石割透氏はこうしたお民の姿を、〈農村女性の性的抑圧とそれを暗に強いる農村共同体〉の問題として指摘している。(9) しかし見てきたように、ここではお住（そしてお住のいわゆる〈世間〉）は、お民の〈性〉について配慮し、しきりに再婚を勧めこそすれ、これを〈抑圧〉などしていないことは事実である。お民は自ら〈男手〉を拒む。まことに米田利昭氏の言うごとく、〈人はセックスのみに生きるものにあらず〉。(10)（ただし米田氏が続けて言うように、〈気楽に生きたいという女がいてもよいではありませんか〉ということにはならないのだが――。）

そしてここでは、ひとまず三好行雄氏の〈再婚を拒むお民は、その代償として、自身を労働力の軸とすること、いわば男＝夫としての役割をひきうけなければならない〉という評言を引用しておこう。(11) たしかに一人だけの長い力仕事は、お民を〈男手〉を必要としない女、中性と化し、いやほとんど男にしていたのではないか（後家の頑張り）。

勿論それは石割氏も言うように〈不自然〉ではある。しかし人間、生物として、生理としての〈自然〉だけに生きるとはかぎらない。

*

第三節、〈お民は女の手一つに一家の暮しを支へつづけた。それには勿論「広の為」と云ふ一念もあるのに違ひなかつた〉。しかし芥川はここで、〈しかし又一つには彼女の心に深い根ざしを下ろしてゐた遺伝の力もあるらしかつた〉と付け加える。

《お民は不毛の山国からこの界隈へ移住して来た所謂「渡りもの」の娘だつた。「お前さんとこのお民さんは顔に似合はなえ力があるねえ。この間も陸稲《をかぼ》の大束を四把《は》づつも背負《しよ》つて通つたぢやなえかね。」――お住は隣の婆さんなどからそんなことを聞かされるのも度たびだつた。》

おそらくこれは、もともとお住が定住者として家に住み着き、守旧姑息な性分の持主であるのに対し、[12] お民が〈移住〉者（民）として、とは開拓者（民）として、事に挑戦してゆく進取果敢な気性の持主であることを描き分けるためではないか。[13] そしてたしかに、この二人の〈遺伝の力〉が新しい展開をもたらすのは以下のごとくであるのだ。

《お住は又お民に対する感謝を彼女の仕事に表さうとした。孫を遊ばせたり、牛の世話をしたり、飯《めし》を炊いたり、洗濯をしたり、隣へ水を汲みに行つたり、――家の中の仕事も少くはなかつた。しかしお住は腰を曲げたまゝ、何かと楽しさうに働いてゐた。》

興味深いことは、お民が強い意志のもとに外へ出て働くのに応じて、お住が〈妻としての役割〉[14] を自ら担ってゆくことである。いわばお民が〈男＝夫としての役割〉を引き受けるのに対し、お住は（本来の）〈女＝妻としての役割〉、つまり〈家の中の仕事〉、〈家事〉を〈何かと楽しさうに〉引き受けてゆく。こうして二人の女は我から夫婦のそれぞれの役割を担って、一家を営んでゆくのである。

《或秋も暮れかかつた夜、お民は松葉束を抱へながら、やつと家へ帰つて来た。お住は広次をおぶつたなり、丁度狭苦しい土間の隅に据風呂《すゑぶろ》の下を焚きつけてゐた。

「寒かつつらのう。晩かつたぢやや？」

「けふはちつといつもよりや、余計な仕事をしてゐたぢやあ。」

お民は松葉束を流しもとへ投げ出し、それから泥だらけの草鞋《わらじ》も脱がずに、大きい炉側《ろばた》へ上りこんだ。炉の中には櫟《くぬぎ》の根つこが一つ、赤あかと炎を動かしてゐた。お住は直《すぐ》に立ち上らうとした。が、広次をおぶつた腰は風呂桶の縁につかまらない限り、容易に上げることも出来ないのだつた。

「直《すぐ》と風呂へはえんなよ。」

「風呂よりもわしは腹が減つてるよ。どら、さきに藷《いも》でも食ふべえ。――煮てあるらねえ？　おばあさん。」

お住はよちよち流し元へ行き、惣菜に煮た薩摩藷を鍋ごと炉側へぶら下げて来た。

「とうに煮て待つてたせえにの、はえ、冷たくなつてるよう。」

二人は藷を竹串へ突き刺し、一しよに炉の火へかざし出した。

「広はよく眠つてるぢや。床の中へ転がして置きや好《い》いに。」

「なあん、けふは莫迦寒いから、下ぢやとても寝つかなえよう。」

お民はかう云ふ間にも煙の出る藷を頬張りはじめた。それは一日の労働に疲れた農夫だけの知つてゐる食ひかただつた。藷は竹串を抜かれる側から、一口にお民に頬張られて行つた。お住は小さい鼾《いびき》を立てる広次の重みを感じながら、せつせと藷を炙《あぶ》りつづけた。

「何しろお前のやうに働くんぢや、人一倍腹も減るらなあ。」

お住は時時嫁の顔へ感歎に満ちた目を注いだ。しかしお民は無言のまま、煤けた榾火《ほだび》の光りの中にがつがつ薩摩藷を頬張つてゐた。》

まことに、三好氏も言うごとく、〈ここに描かれているのは、《一日の労働》を終えた夫と妻の、平和な晩餐図〉（傍点三好氏）[15]、その充溢と感動なのである。

なおこの場面は平岡氏も指摘するように[16]、長塚節の「土」（初出「東京朝日新聞」明治四十三年六月十三日～十一月七日、のち明治四十五年五月、春陽堂より刊行）冒頭の一節に酷似している。西風の激しい冬至前の夕方、お品が一日の行商と身体の変調から疲れ切って帰って来ると、娘のおつぎは弟の与吉を背負って竈の火を焚きつけている。お品はおつぎから与吉を受け取り、竈の前に腰を掛けるが、〈ぞくぞくする〉心持ちの悪さは止まない。お品が、〈「おつう、そんな姿《なり》で汝《わり》や寒かねえか」〉と聞くと、おつぎは〈「寒かあんめえな」〉と事もなげに答える。お品が鍋の蓋を取って〈「こりや芋か何でえ」〉と聞くと、おつぎは〈「うむ、少し芋足して暖め返《けえ》したんだ」〉と答える。この後二人はこれに麦飯を混ぜて雑炊にする。〈お品は左手に抱いた与吉の口へ箸の先で少しづつ含ませながら雑炊をたべた。お品は芋を三つ四つ箸へ立てて与吉へ持たせた。与吉は芋を口へ持つていつて直ぐに熱いというて泣いた。お品は与吉の頬をふうふうと吹いてそれから芋を自分の口で嚙んでやつた。お品の茶碗は恁《か》うして冷えた。おつぎは冷たくなつた時鍋のと換てやつた〉――。

芥川が「一塊の土」執筆に際し、「土」をなにほどか意識していたことはこれだけでも想像に難くない。が、お品が身体の大儀なのにもかかわらず与吉をなにかと母親らしく労っているのに対し、お民は〈「広はよく眠ってるぢや。床の中へ転がして置きや好いに」〉と言い、一人で〈煙の出る藷を頰張りはじめ〉る。すでに母性＝女性を棄ててほとんど男になり切ったお民の、一種粗笨な気配が強調されているのも確かといえよう。

無論、過酷な労働によって、お民が次第に〈人間らしい悩み〉(17)、いや、〈人間らしさ〉そのものを喪っていったなどというのではない。むしろそこには、男と同じように自らの仕事に熱中するお民、自らの可能性の実現を目指すお民の、まさに〈人間〉としての自負と自足があるのだ。

さて「土」に関しては、やはり「土」よりも有名な漱石の序文「『土』に就いて」に触れないわけにはいかない。漱石は言う。

《「土」の中に出て来る人物は、最も貧しい百姓である。教育もなければ品格もなければ、たゞ土の上に生み付けられて、土と共に成長した蛆同様に憐れな百姓の生活である。先祖以来茨城の結城郡に居を移した地方の豪族として、多数の小作人を使用する長塚君は、彼等の獣類に近き、恐るべく困憊を極めた生活状態を、一から十迄誠実に此「土」の中に収め尽くしたのである。彼等の下卑で浅薄で、迷信が強くて、無邪気で、狡猾で、無欲で、強欲で、殆んど余等（今の文壇の作家を悉く含む）の想像にさへ上りがたい所を、ありありと眼に映るやうに描写したのが「土」である。》

あるいは、

《「土」を読むものは、屹度自分も泥の中を引き摺られるやうな気がするだらう。余もさう云ふ感じがした。或者は何故長塚君はこんな読みづらいものを書いたのだと疑がふかも知れない。そんな人に対して余はたゞ一言、斯様な生活をして居る人間が、我々と同時代に、しかも帝都を去る程遠からぬ田舎に住んで居るといふ悲惨な事実を、ひしと一度は胸の底に抱き締めて見たら、公等《きみたち》の是から先の人生観の上に、又公等の日常の行動の上に、何かの参考として利益を与へはしまいかと聞きたい。》

〈蛆同様〉、〈獣類に近き〉以下、よくも並べたものだが、しかし翻って「一塊の土」のお民やお住が、少なくとも漱石が並べるような無残な姿で描かれていないのは確かである。もっとも「土」が極貧の小作農を扱っているのに比し、「一塊の土」が自作農を扱っていること、また時代や土地柄が違うということもあるだろう。しかしいずれにしても同じ土に生きる〈百姓〉の、その汗と泥に塗れた野鄙、野性の生活を、〈蛆同様〉、〈獣類に近き〉と評する倨傲（!）からは、芥川の眼が限りなく遠かったことだけは言っておかなければならない。

〈煙の出る藷を頬張〉るお民の一種粗放な仕種を、〈一日の労働に疲れた農夫だけの知つてゐる食ひかただつた〉と、その充足や愉楽において見る眼、それこそが他ならぬ芥川の、〈人間〉や〈人間の生活〉、さらに言えば〈広い人生〉を見る眼であったというべきなのだ。

ちなみに白鳥は「『土』と『荷風集』」（「中央公論」大正十五年三月）で「土」を論じ、

《私は戦国時代にも人間はそれぐ〳〵に瞬間の楽みを楽んでゐた如く、いくら貧苦に虐げられてゐる農夫だつて、それ相当に生を楽んでゐるに違ひないと思つてゐて、勘次などが無自覚ならば尚更、時として盲目的歓喜を感じることがある訳だと思つてゐるので、その歓喜がもつと潑溂と書かれてゐたなら、全篇に流れてゐる陰惨沈鬱の感じがもつと引き立つだらうと思はれるが、さうでないところに作者の人生観をも芸術的天分をも窺ふことが出来る。十幾年の努力でやうやく光明に向ひかけた勘次の家が子供の火遊びから雑作なく焼けてしまつたところまで読むと、勘次の顔を見るに忍びない気持がした。》

と言っている。おそらく芥川の心は、こういう白鳥の言葉に通うものではなかったか。

思うに〈蛆同様〉、〈獣類に近き〉人間達の姿を知ることは、〈公等《きみたち》の是から先の人生観の上に、又公等の日常の行動の上に、何かの参考として利益を与へはしまいか〉などと、お高くとまって他人事のように言う漱石よりも、そのいわゆる〈蛆同様〉、〈獣類に近き〉人間達と一体となり、ハラハラと一喜一憂する白鳥にこそ、〈博大の心と云つたやうなもの〉[18]が漂っているように思われる。そして序にいえば、こうする（ハラハラと一喜一憂する）以外、〈小説〉を読む読み方など本来ないのではあるまいか。

＊

ところでヘーゲルは『精神現象学』の中で、人間がそれぞれ二つの〈掟〉のいずれかに帰属して生きる姿を描いている。[19]一つは〈人間の掟〉、もう一つは〈神々の掟〉。前者の極には男、強さ、共同体（民族および国家）、つまり日の明るみの中で妥当する地上の権利、そして意識されたもの等の規定が属し、後者の極には女、弱さ、家族、とは光を厭う暗々の地下の権利、そして意識されざるもの等の規定が属す。

ヘーゲルはこれをギリシア悲劇——アイスキュロスの「オレステイア」三部作、あるいはソフォクレスの「アンティゴネー」にその表象を得て語っているが、そこで男達はもっぱら全体の秩序を守るべく、炉辺を去り、命をかけて外なる闘いへと赴いてゆく。それに対し、女達は家に残り、ひたすら安らかさの内に種と生命を育み、そして死者達を弔う。[20]

はじめ両者は〈美しい調和と均衡〉を得て、互に保証し補い合っているように見える。しかしやがて調和と均衡は破れ、激しい対立と相剋に移り、最後両者の〈没落〉に終わる。

その両者の対立と相剋の無限の媒介となるものが〈自己意識〉である。男は男の〈掟〉だけを正義と自覚し、女は女の〈掟〉だけを正義と自覚する。そして両者はその意地と面目にかけて自らの〈掟〉を主張しあい、互いを排斥しあう。結果〈神々の掟〉は〈人間の掟〉のうちにただ〈暴虐〉だけを見る。〈人間の掟〉は〈神々の掟〉のうちにただ〈我儘と不従順〉だけを見る。（言うまでもなく、〈ここでは、男女の身体上の差異や肉体的な結合が直接問題となっているのではない。神の掟と人間の掟が社会的な権力をあらわすのに見合って、男と女も、社会的な役割を担うかぎりでの男であり、女である〉[21]——。）

このヘーゲルの記述は「一塊の土」読解に際し、きわめて示唆的なものといってよい。第四節、〈お民は愈《いよく》骨身を惜しまず、男の仕事を奪ひつづけた。時には夜もカンテラの光りに菜《な》などをうろ抜いて廻ることもあつた〉。つまりお民はいよいよその〈自己意識〉において、〈男の役割〉を領略しつづけてゆくのだ。一方、《お住はかう云ふ男まさりの嫁にいつも敬意を感じてゐた。いや、敬意と云ふよりも寧ろ畏怖を感じてゐた。お民は野や山の仕事の外は何でもお住に押しつけ切りだつた。この頃ではもう彼女自身の腰巻さへ滅多に洗つたことはなかつた。お住はそれでも苦情を云はずに、曲つた腰を伸ばし伸ばし、一生懸命に働いてゐた。のみならず隣の婆さんにでも遇へば、「何しろお民があゝ云ふ風だからね、はえ、わたしはいつ死んでも、家《いへ》に苦労は入らなえよう」と、真顔に嫁のことを褒めちぎつてゐた。》

と、お住もますますその〈自己意識〉において、〈女の役割〉を分担してゆくのである。

　だが、こうした二人の間の〈女の役割〉はやがて破綻してゆかざるをえない。

《しかしお民の「稼ぎ病」は容易に満足しないらしかつた。お民は又一つ年を越すと、今度は川向うの桑畑へも手を拡げると云ひはじめた。何でもお民の言葉によれば、あの五段歩《たんぶ》に近い畑を十円ばかりの小作に出してゐるのはどう考へても莫迦莫迦しい。それよりもあそこに桑を作り、養蚕を片手間にやるとすれば、繭相場に変動の起らない限り、きつと年に百五十円は手取りに出来るとか云ふことだつた。けれども金は欲しいにもしろ、この上忙しい思ひをすることは到底お住には堪へられなかつた。殊に手間のかかる養蚕などとは出来ない相談も度を越してゐた。お住はとうとう愚痴まじりにかうお民に反抗した。

「好いかの、お民。おらだつて逃げる訳ぢやなえ。逃げる訳ぢやなえけどもの、男手はなえし、泣きつ児はあるし、今のまんまでせえ荷が過ぎてらあの。それをお前飛んでもなえ、何で養蚕が出来るもんぢや？　ちつとはお前おらのことも考へて見てくんなよう。」

　お民も姑に泣かれて見ると、それでもとは云はれた義理ではなかつた。しかし養蚕は断念したものの、桑畑を作ることだけは強情に我意を張り通した。「好いわね。どうせ畑へはわし一人出りやすむんだから。」――お民は不服さうにお住を見ながら、こんな当つこすりも呟いたりした。》

　もとよりお民の勤労への意欲は〈「病」〉などではない。すでにお民が自ら明言しているように、〈「わしが今苦しんどきや、此処の家の田地は二つにならずに、そつくり広の手へ渡るだものう」〉。――いわばお民はこのように、父祖伝来の土地を将来にわたって保全すべく、さらにそうして共同体全体の秩序の精神に相即すべく、自らの命

――〈意力と才力〉[22]の限りを尽くしてその〈夢〉を追い求めているのだ。それが男の〈力〉への意志、現在をのり越えてゆこうとする野心、そうして文化と歴史を形成し推進してゆこうとする使命感に重なっていることは、もはや繰り返すまでもないことだろう。[23]

だが、それが自らをも巻き込む強圧に変わる時、ただひたすらこの一日の平和と安逸を願う女にとって、それは理不尽な男の〈暴虐〉となるのである。なぜ、なんのために、自分が、こうして苦しまなければならないのか？

お住は再び〈壻を取る話を考へ出〉す。以前の〈暮しを心配したり、世間を兼ねたりした為〉とは違い、〈今度は片時でも留守居役の苦しみを逃れたさに〉。しかもそれだけ〈今度の壻を取りたさはどの位痛切だか知れなかつた〉。が、〈炉側に胡座をかいたお民は塩豌豆を嚙みながら、「又壻話かね、わしは知らなえよう」と相手になる気色も見せな〉いのだ。

《「ものゝ、さうばかり云つちやゐられなえぢや。あしたの宮下の葬式にやの、丁度今度はおら等《たち》の家もお墓の穴掘り役に当つてるがの。かふ云ふ時に男手のなえのは、……」

「好《い》いわね。掘り役にやわしが出るわね。」

「まさか、お前、女の癖に、――」

お住はわざと笑はうとした。が、お民の顔を見ると、うつかり笑ふのも考へものだつた。

「おばあさん、お前さん隠居でもしたくなつたんぢやあるまえね？」

お民は胡座の膝を抱いたなり、冷かにかう釘を刺した。突然急所を衝かれたお住は思はず大きい眼鏡を外した。しかし何の為に外したかは彼女自身にもわからなかつた。

「なあん、お前、そんなことを！」

「お前さん広のお父さんの死んだ時に、自分でも云つたことを忘れやしまえね？　此処の家の田地を二つにしちや、御先祖様にもすまなえつて、……」

「ああさ。そりやさう云つたぢや。でもの、まあ考へて見ば。時世時節と云ふこともあるら。こりやどうにも仕かたのなえこんだの。……」

お住は一生懸命に男手の入《い》ることを弁じつづけた。が、兎に角お住の意見は彼女自身の耳にさへ尤もらしい響を伝へなかつた。それが第一に彼女の本音、——つまり彼女の楽になりたさを持ち出すことの出来ない為だつた。》

まさしくお住は〈楽になりた〉い。それがお住の〈本音〉——種と生命の根からの叫びである。しかし同時にお住は、〈楽になりた〉いと思うことに負い目を感じなければならない（〈「逃げる訳ぢやなえけども」〉）。たしかに人間はただ単にぬくぬくと生きているわけにはいかない。よりよい生を求めて努力しなければならない。しかもその努力が男によって支えられている以上、その大義において、女は男に従わざるをえない（〈「われら負い目あるにより、とがめあるをうけがう」〉「アンティゴネー」(24)）。お住が口籠もらざるをえない所以である。

しかもお民はそのお住の負い目に付け込み、〈ぴしぴし姑をきめつけにかかつた〉。のみならずこれにはお住の知らない天性の口達者も手伝つてゐた〉。——お民は嵩にかかって自らの大義をかざす。公然の正論。だからそれは〈口達者〉といわれるほどに整合的なのだ。

（なおここで〈墓掘り〉のことが話題となるが、それが最後の〈墓掘り〉、そしてお民の死への伏線となっていることは断るまでもない。ただこの場合、お民の労働が既に個人の欲望をこえて、共同体の義務になっていること、そしてその〈最高の労働〉（ヘーゲル）においてお民が死ぬことの意味が大事なのである(25)。）

《「お前さんはそれでも好からうさ。先に死んでつてしまふだから。——だがね、おばあさん、わしの身になりや、さう云つてふて腐つちやゐられなえぢやあ。わしだつて何も晴れや自慢で、後家を通してる訳ぢやなえよ。骨節《ほねぶし》の痛んで寝られなえ晩なんか、莫迦意地を張つたつて仕かたがなえと、しみじみ思ふこともなえぢやなえ。そりやなえぢやなえけんどね。これもみんな家《うち》の為だ、広の為だと考へ直して、やつぱし泣き泣きやつてるだあよ。……」》

無論お民は、〈ただ仕事熱心な男まさりの気の強い女(26)〉という形でも、〈肉体労働に本能的に順応できる「渡りもの」の娘(27)〉という形でも描かれていない。むしろ〈人間らしい悩み〉に苦しむお民を、芥川はほとんど一刷毛で描いている。いわばお民は、そうして自らの〈自然〉（女性性）に復讐されているのである。が、にもかかわらずお民は、〈「骨節の痛んで寝られなえ晩」〉、〈「莫迦意地を張つたつて仕かたがなえと、しみじみ思ふことも」〉ある。〈「家《うち》の為だ、広の為だ」〉という大義のもとに、〈「やつぱし泣き泣きやつてるだあよ」〉。そしてここにはお民の〈人間の掟〉に生きることの〈苦しみ〉と同時に、密かな、しかし高い〈誇り〉、〈自らの犠牲の実りを楽しむ徳〉（ヘーゲル）があることを見逃してはならない。

〈お住は唯茫然と嫁の顔ばかり眺めてゐた〉。お住はあらためてお民の強い意志に〈畏怖〉を感じざるをえない。そして〈そのうちにいつか彼女の心ははつきりと或事実を捉へ出〉す。〈それは如何にあがいて見ても、到底目をつぶるまでは楽は出来ないと云ふ事実だつた〉。――

〈「だがの、お民、中中お前世の中のことは理屈ばつかしぢや行かなえせえに、とつくりお前も考へて見てくんなよ。おらはもう何とも云はなえからの」〉と、お住は〈半ば独語のやうにかう話の結末をつけ〉る。お住は依然、〈「世の中のことは理屈ばつかしぢや行かなえ」〉と信じている。おそらく〈神々の掟〉に生きるお住にすれば、いかにお民の〈「理屈」〉が正当でも、お民は〈女〉以外のものではなく、とすれば、いずれはお民は弱さと闇に帰り、〈男手〉に委ねられるはずなのである。お住にとって、それが〈天道〉というものなのだ。

《二十分の後《のち》、誰か村の若衆が一人、中音に唄をうたひながら、静にこの家の前を通りすぎた。「若い叔母さんけ

ふは草刈りか。草よ靡《なび》けよ。鎌切れろ。」――唄の声の遠のいた時、お住はもう一度眼鏡越しに、ちらりとお民の顔を眺めた。》

なるほど、お民は依然〈「若い叔母さん」〉であり、〈村の若衆〉――いまだ共同体の成員たりえない若者達の、夜更けの戯《ざ》れ唄の対象ではある。お住はその唄を聞き、いわば我が意を得たかのように〈ちらりとお民の顔を眺め〉る。〈が、お民はランプの向うに長ながと足を伸ばしたまま、生欠伸をしてゐるばかりだつた〉。

《「どら、寝べえ。朝が早えに。」

お民はやつとかう云つたと思ふと、塩豌豆を一摑みさらつた後《のち》、大儀さうに炉側を立ち上つた。……》

お民はなんの反応も示さない。たしかに後段にもあるように、お民はこの時もう、ただの〈「稼ぎ病」〉にとり憑かれた〈若後家〉ではなかったし、〈況や村の若衆などの「若い小母さん」ではなほ更なかつた〉というべきなのだ。

＊

さて第五節。

《お住はその後《ご》三四年の間、黙々と苦しみに堪へつづけた。それは云はばはやり切つた馬と同じ軛《くびき》を背負《しょは》された老馬の経験する苦しみだつた。お民は不相変家《うち》を外にせつせと野良仕事にかかつてゐた。お住もはた目には不相変小まめに留守居役を勤めてゐた。しかし見えない鞭の影は絶えず彼女を脅やかしてゐた。或時は風呂を焚かなかつた為に、或時は籾を干し忘れた為に、或時は牛の放《はな》れた為に、お住はいつも気の強いお民に当てこすりや小言を云はれ勝ちだつた。》

〈横暴な夫がそうするように〉[28]、お民は〈家《うち》を外に〉しては仕事の鬼となり、家に帰っては妻＝お住を容赦なく管理する。お住＝妻はまるで奴婢のごとく〈小まめに留守居役を勤め〉る。たしかにこの地上に生きるために、女も男と〈同じ軛を背負〉って生きなければならない。〈彼女は言葉も返さず〉、〈黙々と苦しみに堪へつづけた〉。〈ぢつと苦しみに堪へつづけた〉。その〈忍従に慣れた精神〉。ただお住は〈孫の広次が母よりも寧ろ祖母の彼女に余計なついてゐ〉ることを頼りに、〈以前に変ら〉ず日を送るのだ。

《或夏の日の照りつけた真昼、お住は納屋の前を覆つた葡萄棚の葉の陰に隣のばあさんと話してゐた。あたりは牛部屋の蠅の声の外に何の物音も聞えなかつた。隣のばあさんは話をしながら、短い巻煙草を吸つたりした。それは倅の吸ひ殻を丹念に集めて来たものだつた。

「お民さんはえ？　ふうん、干し草刈りにの？　若えのにまあ、何でもするのう。」

「なあん、女にや外へ出るよか、内の仕事が一番好《い》いだよう。」

「いいや、畠仕事の好きなのは何よりだよう。わしの嫁なんか祝言から、はえ、これもう七年が間、畠へはおろか草むしりせえ、唯の一日も出たことはなえわね。子供の物の洗濯だあの、自分の物の仕直しだあのつて、毎日永の日を暮らしてらあね。」

「そりやその方が好いだよう。子供のなりも見好くしたり、自分も小綺麗になつたりするはやつぱし浮世の飾りだよう。」

「でもさあ、今の若え物は一体に野良仕事が嫌ひだよう。――おや、何ずら、今の音は？」

「今の音はえ？　ありやお前さん、牛の屁だわね。」

「牛の屁かえ？　ふんとうにまあ。――尤も炎天に甲羅を干し干し、粟の草取りをするのなんか、若え時にや辛いからね。」

二人の老婆はかう云ふ風に大抵平和に話し合うのだつた。》

女達の会話の話題は太古以来、同性（女性自身）に対する悪口と相場が決まっているかのようだ。お住は〈「女にや外へ出るよか、内の仕事が一番好《い》い」〉とお民を諷し、〈隣のばあさん〉は逆に嫁が〈「七年が間、畠へはおろか草むしりせえ、唯の一日も出たことはなえ」〉と嘆く。（とはいえ彼女は、つい男の口真似のごとく嫁を非難するが、最後は〈「尤も炎天に甲羅を干し干し、粟の草取りをするのなんか、若え時にや辛い」〉と、女の立場に立って嫁に同情する。そこに彼女の、女としての〈本音〉があるのだ。）

しかしそれにしてもこの場面で大切なのは、会話の中味よりもその場の長閑さである。夏の真昼の日を避《よ》けた葉陰の薄明、〈牛の屁〉——、たしかに眠たくなるような〈平和〉な光景。が、それこそが女達の親和する世界の佇まいではないか。種と生命の永遠がこうした平和と安穏の中で保たれるように、女達はそうしてウツラウツラと、宇宙の静謐な運行の中にまどろんでいるのである。

＊

第六節、〈仁太郎の死後八年余り、お民は女の手一つに一家の暮らしを支へつづけた。同時に又いつかお民の名は一村の外へも弘がり出した〉。すでに触れたように、もはやお民は〈「稼ぎ病」に夜も日も明けない若後家〉でも、まして〈村の若衆などの「若い小母さん」〉でもなかった。〈その代りに嫁の手本だった。今の世の貞女の鑑だつた。「沢向うのお民さんを見ろ。」——さう云ふ言葉は小言と一しよに誰の口からも出る位だつた〉。

まさしくお民の労働は〈人間の掟〉のもとに、すでにつねに〈真に一般的なもの、国家共同体に向かってい〉（へーゲル）たのである[29]。だからお民の勤労への意欲に相応し、国家共同体は全体の〈徳〉の名においてお民を顕彰せずにはいない。いわば共同体全体の秩序の精神を映す〈鑑〉として——。

一方、〈お住は彼女の苦しみを隣の婆さんにさへ訴へなかつた。訴へたいとも亦思はなかつた。しかし彼女の心の底に、はつきり意識しなかつたにしろ、何処か天道を当にしてゐた。その頼みもとうとう水の泡になつた。今はもう孫の広次より外に頼みになるものは一つもなかつた。お住は十二三になつた孫へ必死の愛を傾けかけた。けれどもこの最後の頼みも途絶えさうになることは度たびだつた〉。お住は〈神々の掟〉のもとに、すべてを自分一人の胸の内に仕舞って堪え続ける、ただその内にも、種と生命の証（〈孫〉への必死の愛）を育みながら——。

そして〈或秋晴のつづいた午後、本包みを抱へた孫の広次は、あたふた学校から帰つて来〉て、祖母に〈かう真面目に尋ねかけ〉る。

《「ねえ、おばあさん。おらのお母さんはうんと偉い人かい？」

「なぜや？」

お住は庖丁の手を休めるなり、孫の顔を見つめずにはゐられなかつた。

「だつて先生がの、修身の時間にさう云つたぜ。広次のお母さんはこの近在に二人とない偉い人だつて。」

「先生がの？」

「うん、先生が。譃だのう？」》

つまりお民の〈徳〉は、こうして彼等にとってもっとも公共の場である〈学校〉、その〈修身の時間〉において喧伝されていることが明らかとなる。

しかしこのことはお住にとって、まるで信じがたいことではないか。

《お住はまづ狼狽した。孫さへ学校の先生などにそんな大譃を教へられてゐる、——実際お住にはこの位意外な出来事はないのだつた。が、一瞬の狼狽の後、発作的に怒《いかり》に襲はれたお住は別人のやうにお民を罵り出した。

「おお、譃だとも、譃の皮だわ。お前のお母さんと云ふ人はな、外でばつか働くせゐに、人前は偉く好《い》いけれどな、心はうんと悪《わる》な人だわ。おばあさんばつか追ひ廻してな、気ばつか無暗と強くつてな、……」

広次は唯驚いたやうに、色を変へた祖母を眺めてゐた。》
まるで猛烈社員の夫に取り残された妻のように、お住は内攻するお民への憎悪を爆発させる。お住には〈「外でばつか働くせゑに、人前は偉く好《い》い」〉というお民の実体が理解できない。ただ自分に対する〈暴虐〉として反発するしかない。（ここであの冒頭の〈遊ばせる玩具《おもちゃ》は学校のを盗んだ花盛りの桜の一枝《ひとえだ》だつた〉という一文を想い起こそう。もともり、これは〈貧〉からする盗みではない。いや、お住にとっておそらく公共のものという観念はもともとない。いわば女は元来、公共とか〈法〉になじまぬ存在なのだ(30)。）
《そのうちにお住は反動の来たのか、忽ち又涙をこぼしはじめた。
「だからな、このおばあさんはな、われ一人を頼みに生きてゐるだぞ。わりやそれを忘れるぢやなえぞ。われもやがて十七になつたら、すぐ嫁を貰つてな、おばあさんに息をさせるやうにするんだぞ。」》
夫に絶望した妻が子に縋るように、こうしてお住は孫の広次に因果を含める。そうしてお住はまたしても、自らを庇護する〈男手〉に頼り、それを当てにしているのだ(31)。
〈かう云ふ小事件のあつた翌晩、お住はとうとうちよつとしたことから、お民とも烈しいいさかひをした〉。〈だんだん云ひ募るうちに、お民は冷笑を浮べながら、「お前さん働くのが厭になつたら、死ぬより外はなえよ」と云つた〉。〈するとお住は日頃に似合はず、気違ひのやうに吼《たけ》り出した〉。お住は、自分の膝を枕に寝入っていた広次を揺り起こし、いつまでも罵り続けた。
《「広かう、起きろ。広、かう、起きて、お母さんの云ひ草を聞いてくよう。お母さんはおらに死ねつて云つてゐるぞ。な、よく聞け。そりやお母さんの代になつて、銭は少しは殖《ふ》えつらけんど、一町三段《たん》の畠はな、ありやみんなおぢいさんとおばあさんの開墾したもんだぞ。そりようどうだ？　お母さんは楽がしたけりや死ねつて云つてるぞ。――お民、おらは死ぬべえよう。何の死ぬことが怖いもんぢや。いいや、手前の指図なんか受けなえ。おらは死ぬだ。どうあつても死ぬだ。死んで手前《てまえ》にとつ着いてやるだ。……」

お住は大声に罵り罵り、泣き出した孫と抱き合つてゐた。が、お民は不相変ごろりと炉側へ寝ころんだなり、そら耳を走らせてゐるばかりだつた。》

＊

そして最終、第七節——。

《けれどもお住は死なかつた。その代りに翌年の土用明け前、丈夫自慢のお民は腸チブスに罹り、発病後八日目に死んでしまつた。尤も当時腸チブス患者はこの小さい一村《そん》の中にも何人出たかわからなかつた。しかもお民は発病する前に、やはりチブスの為に倒れた鍛冶屋の葬式の穴掘り役に行つた。鍛冶屋にはまだ葬式の日にやつと避病院へ送られる弟子の小僧も残つてゐた。「あの時にきつと移つたずら」——お住は医者の帰つた後《のち》、顔をまつ赤にした患者のお民にかう非難を仄かせたりした。》

お住の〈非難〉、それは〈「女の癖に」〉、〈穴掘り役に行つた〉りして（「だから言わないこっちゃない」）という程のものではなかったか。そしてそれが、生前のお民へ放ったお住の最後の反噬となる。しかもあの〈口達者〉なお民も、いまは〈顔をまつ赤にし〉てなんの抗弁もできない。こうしてお民は自らの冒瀆した〈神々の掟〉にしたたかに逆襲されながら、空しく〈没落〉してゆくのである。

《お民の葬式の日は雨降りだつた。しかし村のものは村長を始め、一人も残らず会葬した。会葬したものは又一人も残らず若死したお民を惜しんだり、大事の稼ぎ人を失つた広次やお住を憐んだりした。殊に村の総代役は郡でも近近《ちかぢか》にお民の勤労を表彰する筈だつたと云ふことを話した。お住は唯さう云ふ言葉に頭を下げるより外はなかつた。「まあ運だとあきらめるだよ。わし等もお民さんの表彰に就いちや、去年から郡役所へ願ひ状を出すしさ、村長さんやわしは汽車賃を使つて五度《たび》も郡長さんに会ひに行《ゆ》くしさ、やさしい骨を折つたことぢやなえ。だがの、わし等もあきらめるだから、お前さんも一つあきらめるだ。」——人の好い禿げ頭の総代役はかう常談なども付け加へた。それを又若い小学教員は不快さうにじろじろ眺めたりした。》

〈貞女の鑑〉にふさわしく、お民は共同体の名のもとに手厚く葬られる。〈村のものは村長を始め、一人も残らず会葬した〉。しかしそれにしてもその場で、郡からのお民の〈表彰〉がお流れになるという話が出るのはいかにも象徴的である。つまり〈人間の掟〉＝国家共同体とはあくまでも地上の原理であって、〈一塊の土〉に帰ったお民をもうこれ以上顧みはしない。(32)——〈会葬した〉小学教員の〈不快さう〉な目——。)

《お民の葬式をすました夜、お住は仏壇のある奥部屋の隅に広次と一つ蚊帳《かや》へはひつてゐた。ふだんは勿論二人ともまつ暗にした中に眠るのだつた。が、今夜は仏壇にはまだ灯明《とうみよう》もともつてゐた。その上妙な消毒薬の匂も古畳にしみこんでゐるらしかつた。お住はそんなこんなのせゐか、いつまでも容易に寝つかれなかつた。》

賑やかな(?)弔いも済み、人々が散り散りに帰った夜、お住は多分、そこに空しく置き忘れられたようにあったお民の位牌を、大事そうに〈仏壇〉に供えたにちがいない。いわば再び我が手に戻ったお民、だからすでに対立も葛藤も消えたそのお民の魂を、真に血のつながる一族の根生いに還すごとく——。そして思えばそれが、〈神々の掟〉＝家族、とは地下の根付きに従うお住の義務だったのではないか。お住は〈そんなこんなのせゐか、いつまでも容易に寝つかれ〉ず、しかし同時にその自らの義務を果した安堵感に、思わず〈ほつと〉してもいたのではないか。(33)

《お民の死は確かに彼女の上へ大きい幸福を齎してゐた。彼女はもう働かずとも好かつた。小言を云はれる心配もなかつた。其処へ貯金は三千円もあり、畠は一町三段《たん》ばかりあつた。これからは毎日孫と一しよに米の飯を食ふの

も勝手だつた。日頃好物の塩鱒を俵で取るのも亦勝手だつた。お住はまだ一生のうちにこの位ほつとした覚えはなかつた。》

たしかに、それが女の定めのごとくお民の死を見送った今、お住に、あれほどに願っていた平和と安逸が訪れようとしている。〈彼女はもう働かずとも好かつた〉。なにをするのも〈勝手だつた〉。〈お住はまだ一生のうちにこの位ほつとした覚えはなかつた〉。その自由と安息。が、

《この位ほつとした？――しかし記憶ははつきりと九年前の或夜を呼び起した。あの夜も一息ついたことを云へば、殆ど今夜に変らなかつた。あれは現在血をわけた倅の葬式のすんだ夜だつた。今夜は？――今夜も一人の孫を産んだ嫁の葬式のすんだばかりだつた。》

〈現在血をわけた倅の葬式のすんだ夜〉、〈今夜も一人の孫を産んだ嫁の葬式のすんだばかり〉、とはなんとお住は、こうして身内の男達（すでにお民が、少なくとも〈男手〉であったことは間違いない）を葬る度ごとに、〈ほつと〉して来たのだ。しかもそれがいかに女の定めだとしても、それはそうして彼女と因縁を結んだ男達の死を糧に、ただのうのうと生きのびる、もしくは単に生きのこるだけのことではなかったか。

あるいはこの時お住は、〈「お前さん働くのが厭になつたら、死ぬより外はなえよ」〉というあの夜の、お民の冷罵を思い起こしていたかもしれない。たしかにその通り、〈「働くのが厭」〉、〈「楽がした」〉い、とはもっぱら女として、あの種と生命の盲目の循環の内にまどろんでいたい、だから目的もなく意味もなく、ただ生きているだけで他には何もしたくない以上、お住は我から心底、〈「おらは死ぬべえよ」〉と言うしかなかったのだ。

無論、仁太郎やお民の人生になにかがあったわけではない。いやお住自身、彼等が現に空しく大地の懐に、〈一塊の土〉に帰ったのを見届けたではないか。だがその度に、後に生き残っただけで、彼等と同様、さらに彼等以上に、自分の人生になにもないことをお住は否定できない。

《お住は思はず目を開いた。孫は彼女のすぐ隣に多愛のない寝顔を仰向けてゐた。お住はその寝顔を見てゐるうちにだんだんかう云ふ彼女自身を情ない人間に感じ出した。同時に又彼女と悪縁を結んだ倅の仁太郎や嫁のお民も情ない人間に感じ出した。その変化は見る見る九年間の憎しみや怒りを押し流した。いや、彼女を慰めてゐた将来の幸福さへ押し流した。彼等親子は三人とも悉く情ない人間だつた。が、その中《うち》にたつた一人生恥を曝した彼女自身は最も情ない人間だつた。すると急にとめどもなしにぽたぽた涙がこぼれはじめた。「お民、お前なぜ死んでしまつただ？・」——お住は我知らず口のうちにかう新仏《しんぼとけ》へ話しかけた。……》

お住は〈彼女自身を情ない人間に感じ出した。同時に又彼女と悪縁を結んだ倅の仁太郎や嫁のお民も情ない人間に感じ出した〉。〈が、その中にたつた一人生恥を曝した彼女自身は最も情ない人間だつた〉——。もはやこれにもつけ加えることはない。生きてあること、さらには現に生きてあることの〈情な〉さ、まさにそれだけが作品を領し、お住の涙のように溢れ出る。(34)

しかしそればかりでない。最後、

《お住は四時を聞いた後《のち》、やつと疲労した眠りにはひつた。しかしもうその時にはこの一家の茅屋根《かや》の空も冷やかに暁を迎へ出してゐた。……》

ただ生きてあるだけのお住のいる〈この一家の茅屋根の空〉に、またしても〈暁〉が訪れる。〈冷やかに〉。たしかにこれからも、すべては変わりなく、そして終わりなく続くのだ。(35) ただ一層、お住（人）の嘆きを深めながら。(36)

……

注

（1）おそらく「一塊の土」が好評であった所以は、こうした時代思潮にそった側面があったからであろう（芥川にもそうしたものに対する関心がなかったわけではない）。しかし同時にその時代思潮によって、「一塊の土」は芥川の出身階級や、その資質ゆえの限界を指摘されても来たのであり、それが現在までの評価史の大勢でもあるといえよう。たとえば関口安義氏は「孤独と宿命―『一塊の土』―」（『芥川竜之介　実像と虚像』洋々社、昭和六十三年十一月）で、あの蔵原惟人の「プロレタリア・レアリズムへの道」（「戦旗」昭和三年五月）における〈現実に対する認識の態度があくまで非社会的・個人的〉な〈ブルジョワ・レアリズム〉という言葉を借りて、〈「一塊の土」は批判的リアリズムを基調とする社会小説では決してなかった〉と論じながら、種々の読みを導いている。しかし〈プロレタリア・レアリズム〉とか、〈ブルジョワ・レアリズム〉というがごとき、安直で、しかも粗雑な観念を使っての裁断をする前に、もっとしっかり眼前の作品を読むべきではないか。（関口氏は〈貧しさゆえに生ずる家庭内での不和や憎悪〉と言っているが、〈貧しさゆえに生ずる〉というふうには書かれていないし、〈働いても働いても楽にならないはずの農民〉というのもいかがなものか。）なお「一塊の土」が〈作家論的な位置づけの難しい作品〉（東郷克美「一塊の土」『芥川竜之介事典』明治書院、昭和六十年十二月）とされるのも、こうした研究史の因襲的な論法を繰り返しているからに他ならない。

（2）（3）「一塊の土」（『芥川竜之介　抒情の美学』大修館、昭和五十七年十一月）。なお小論はこの論考より種々の示唆を得ている。

（4）「芥川竜之介『一塊の土』モデル論」（「日本文学」昭五十五年十一月）。

（5）三好行雄「『一塊の土』をめぐって―芥川竜之介に関する些細な考察―」（「ちくま」昭和五十一年十月）に〈労働力を喪失した老婆と孫が、土地をかかえてどう生きのびるかというシンタックスで、お民の壻取りが思いつかれたはず〉とあるが。

（6）注（2）に同じ。

（7）注（5）に同じ。

（8）広次の名が〈広く次ぐ〉という意味を持っていることは言うまでもない。そしてお民にとって、広次は〈未来〉であり、あとはみな〈他人〉にすぎない。

（9）「芥川竜之介『一塊の土』雑感」（「葦の葉」昭和六十二年十一月）。石割氏は続けて、〈そうしたお民のエネルギーは、そのまま抑圧された性的エネルギーが転化したそれであり、そこにこそお民の不自然さがあった〉、あるいは〈村落共同体と家族制度の論理、価値観に、がんじがらめにされて、お民は無意識に自由を束縛され、性の抑圧は一層つのり、益々不自然さを増していく。こうした不自然な、健康過剰という病いを背負ったお民を、腸チブスという病いで死なせたところに、作者の批評が窺える〉と言っている。なお引用は「近代文学研究」（昭和六十三年八月）による。

(10) 「芥川学者へ―石割透氏の『一塊の土』を読んで―」（「葦の葉」昭和六十二年十二月）。なお引用は「近代文学研究」（同右）による。

(11) 注（5）に同じ。

(12) お住の名がこの〈住〉に通うのは明らかである。

(13) モデルのラクの生まれたのは旧足柄下郡下中村、〈国府津・二宮間を流れて相模湾に注ぐ中村川の支流小竹川《おだけ》が小高い山あいを流れる谷合の部落〉。土地柄〈勤勉で忍従型の人間〉が多く、ラクの父秋沢綱五郎もその一人で一時産をなしたという。〈ラクの男まさりな豪快不屈な精神や体格は、多分にこの父親ゆずりのもの〉。当時としてははるばる遠い所に嫁し、〈土地の者からは「渡り者」とひそかな軽蔑を投げかけられ、しかも後家の身を立派に通したのだから、その堅固不抜な人がらが察せられ〉る（以上前出石井論文）。

(14)(15) 注（5）に同じ。

(16) 注（2）に同じ。

(17) 前出関口論文。

(18) 正宗白鳥「島崎藤村論」（「中央公論」昭和七年三月）。

(19) 以下ヘーゲルからの引用は樫山欽四郎訳『精神現象学』（『世界の大思想』第一期第十二巻、河出書房新社、昭和四十一年四月）による。

(20) 以上はもとより古代ギリシアにおける人間の運命を語ったものである。しかし同時に時代をこえて、現在の人間の運命をもおそるべき適確さで語ってもいるといえる。

(21) 長谷川宏『ヘーゲルを読む』（河出書房新社、平成七年十月）。

(22) 菊地弘「一塊の土」（『芥川龍之介―意識と方法―』明治書院、昭和五十七年十月）。

(23) 片岡鉄兵「作家としての芥川氏」（「文芸春秋」昭和二年九月）には、〈「一塊の土」は或る意味で写実の極致であらう。一人の女の運命が、一塊の土と朽ち果てる運命が、恐しいほど冷やかに客観され、必然を追つて描破されて居る〉というよく引用される一文があるが、さらに〈一塊の土の運命を辿つて行つて何に達するかと云ふと、一塊の土である。作者はまざ〳〵と一塊の土をさし指すのみ。そして口を噤む。つまり、作者は何を主張もしない、要求もしない。一塊の土と我らとの生活に、何をつながうともしないのだ。そこには、切り離された一塊の土があるばかりである〉、あるいは〈我々の注目しなければならないのは此作品の女主人公が一塊の土の運命を追う必然性の、そのモオタアを作者が何に見て居るかと云ふことである。それは実に、女主人公自身の、一つの自恃、一つの彼女には彼女なりの理性命令であることだ。其所から、驚くべき意志の力が展開されるのである。その力は、自己の内側から内側へと、ぜんまいのやうに巻くところの方向を取つて、刻々に土の結成へ進むのである〉という一文もある。なお小泉浩一郎氏が「『一塊の土』論争雑感」(「葦の葉」昭和六十三年二月、ただし引用は前出の「近代文学研究」による)で、お民の労働への意欲を、〈あのバルザックの描いた農民の《原始的蓄積》への欲望の野蛮さと逞しさの日本版〉と言っているのは興味を引く。

(24) 樫山訳『精神現象学』より引用。

(25) 村上林造「『一塊の土』論―その農民小説的達成をめぐって―」(「日本文学」平成三年一月、のち『土の文学［長塚節　芥川龍之介］』翰林書房、平成九年一月所収)参照。

(26)(27) 注(17)に同じ。

(28) 注(5)に同じ。

(29) お民の名には〈移民〉〈植民〉という意味も含まれているのだろうが、より本質的には、この〈国家共同体〉に相即する〈民族〉〈国民〉という意味が含まれているのではないか。

(30) 〈この女性という、国家共同体の永遠の反語は、たくらみによって、統治という一般的な目的を私的な目的に変え、その一般的な活動をこの一定の個人の仕事に転換し、国家の公の財産を、家族の私有物や装飾品に顚倒させてしまう〉(ヘーゲル)。

(31) 従来〈広次の描写が幼な過ぎ〉(たとえば岸和枝「芥川龍之介『一塊の土』研究―作品の位置をめぐって―」―「玉藻」平成三年三月)るという指摘があるが、それ自体かならずしも不自然なものではない。ただそこには、広次に一日も早く大きくなってもらいたいというお住の焦りにも似た思い(〈「どうしてどうして待てるもんか!」〉)が倒影していることは確かだろう。

(32) モデルのラクも大正九年八月、村に流行したチブスにかかり、四十六歳で死去している。ラクは次男で末っ子の正雄が発病した時、可愛さのあまり隔離病棟に入れず、自宅で四十余日献身的な看護をし、正雄が快方に向かうのと逆に自分が感染して死んだという。〈さて、その葬式であるが、小説では「嫁の手本」「今の世の貞女の鑑」として、雨天にもかかわらず「村のものは村長を始め一人も残らず会葬した」という盛況ぶりと叙しているが、それを肯定する人は近親者には一人もいず、当の正雄も体力衰弱から会葬もできず、人伝えにも盛大であったとは聞いていないと言う。ましてや、人の聞こえを憚る避病院で法定伝染病患者として死んだ者の葬儀が、そんなに盛大である筈がないということで、これは小説的虚飾として解すべきであろう〉（以上前出石井論文）。

（33）〈死は国家のための労働の結果であろうと、その反対であろうと、自然的な否定性であり、そこには意識が自らのうちに帰って、自己意識となるということがない。死は分裂、別離であって、そこに単独の自立存在が得られるにしても、それは生きていた時のそれとは異なっている〉。〈そこで家族は、抽象的な自然的な死という運動を意識ある運動で補い、自然の作業を中断して、個人を破壊から奪い取ろうとする。これによって死んだ普遍的存在もまた自らのうちに帰った存在、普遍的な個体性に高められる。家族を大地という原始的な不滅の個体性の懐に委ねるのである。こうすることによって、故人を共同体の一員にとりかえすのである。だから埋葬という最後の義務は、完全な「神々のおきて」となる〉（以上は便宜上、樫山欽四郎『ヘーゲル精神現象学の研究』創文社、昭和三十六年五月の要約による）。

（34）言うまでもなく、〈文学〉とはこの不幸の意識そのものであって、ここから〈何かの参考として利益を与へ〉られるようなものではない。

（35）前出三好論文はこの部分を〈いわば認識が告発に転じる間髪のひまに、認識を唐突に遮断する抒情とともに現われる鮮明な風景——このきわだって龍之介的な収束のしかた〉と評している。

（36）かくしてお民とお住、〈人間の掟〉と〈神々の掟〉の両極（両性）の葛藤と相剋は両者の〈没落〉に終わる。しかしすべてが変わりなく、そして終わりなく続くように、無数のあらたなる両性（両極）の葛藤と相剋が繰り返される。やがて芥川はその両者を〈永遠に超えんとするもの〉と〈永遠に守らんとするもの〉の葛藤と相剋として思い描くが、いずれにしてもこの時、〈どちらが主人公か〉という問いが、人間、男と女のどちらが主人公かと問うほどに愚かな問いであることだけは確かなことであるといえよう。なお、〈人間の掟〉と〈神々の掟〉の葛藤と相剋については、拙著『島崎藤村—「春」前後—』における「家」論の中で詳述した。

「少年」箚記

——知覚と想起——

「少年」は大正十三年四月号の「中央公論」に「少年」と題して、前半の三章「一　クリスマス」「二　道の上の秘密」「三　死」が、五月号の同誌に「少年続編」と題して後半の三章「一　海」「二　幻燈」「三　お母さん」が発表された。のち第七短篇集『黄雀風』（新潮社、大正十三年七月）収録に際し、後半の各章を「四」「五」「六」と改め、多少の字句の改訂の後、「少年」の題名のもとに一編の作品としてまとめられた。[1]

「少年」は、――堀川保吉という芥川龍之介らしき人物が主人公ないし語り手として登場してくる作品を〈保吉物〉と呼ぶなら、〈保吉物〉の一つである。しかし、作者の体験あるいは嘱目の風景をひたすらありのままに描こうとするのを〈私小説〉と呼ぶなら、かならずしも（〈保吉物〉がそうでないように）〈私小説〉ではない。もし今これをさしあたりいえば、むしろ体験あるいは嘱目の風景の意味するもの、それが体験あるいは嘱目の風景となる所以を描こうとしたもの、といっておこう。が、それにしてもどのようにして――。（以下、順をおって評釈してゆこう。）

1　クリスマス

大正十二年のクリスマスの午後、堀川保吉は須田町から新橋行の乗合自動車に乗った。〈彼の席だけはあつたものの、自働車の中は不相変身動きさへ出来ぬ満員である。のみならず震災後の東京の道路は自働車を躍らすことも一通りではない〉。保吉は本も読めず、が、隣りの席ではフランス人の宣教師が、まるで〈奇蹟を行つてゐる〉ように、〈小さい横文字の本を読みつづけてゐる〉。

自動車が大伝馬町に着いた時、〈十二二〉の、〈褪紅色の洋服に空色の帽子を阿弥陀にかぶつた、妙に生意気らしい少女〉が乗ってくる。宣教師は彼女に席をゆずってやるが、やがて〈膝の上に毛糸の玉を転がしたなり、さも一かど編めるやうに二本の編み棒を動かしてゐる〉少女に、〈「けふは何日だか御存知ですか?」〉と話しかける。〈「十二月二十五日でせう」〉、〈「ええ、十二月二十五日です。十二月二十五日は何の日ですか?」〉。〈巧みにクリスト教の伝道へ移るのに違ひない〉その問いに、思わず〈顔をしかめ〉た保吉は、しかし、少女の答えを聞いて、これまた思わず〈微笑〉する。〈「けふはあたしのお誕生日」〉。

〈少女はもう大真面目に編み棒の先へ目をやってゐた。しかしその顔はどう云ふものか、前に思つたほど生意気ではない。いや寧ろ可愛い中にも智慧の光りの遍照した、幼いマリアにも劣らぬ顔である〉。宣教師は〈丁度人の好《い》いお伽噺の中の大男か何か〉のように哄笑し、少女の〈「世界中のお祝ひするお誕生日」〉を祝福する。のみか〈宣教師の眼はパンス・ネエの奥に笑ひ涙をかがやかせてゐる〉。〈「あなたはきつと賢い奥さんに――優しいお母さんにおなりなさるでせう。ではお嬢さん、さやうなら」〉という言葉を残して、宣教師は尾張町の辻で乗合自動車を降りてゆく――。

この小話のポイントは言うまでもなく、少女がなんのためらいもなく、〈クリスマス〉を〈「あたしのお誕生日」〉と言い放ったところにある。少女の無智? いや、そう言うより、少女のいわば自分だけの〈私的な認識〉が、大人たちの常識、とは〈公的な認識〉をこえて、潑剌として主張されていたこと、ばかりか、その言葉の真の意味で、まさに的確に主張されていたこと（〈「けふは何の日」〉〈「あたしのお誕生日」〉）、そのことに保吉が深い感銘を受けたところにある。

〈数時間の後、保吉はやはり尾張町の或バラックのカフエの隅にこの小事件を思ひ出した〉。あの宣教師は？　あの少女は？〈保吉も亦二十年前《ぜん》には娑婆苦を知らぬ少女のやうに、或は罪のない問答の前に娑婆苦を忘却した宣教師のやうに小さい幸福を所有してゐた。大徳院の縁日に葡萄餅を買つたのもその頃である。二州楼の大広間に活動写真を見たのもその頃である〉。

《「本所深川はまだ灰の山ですな。」

「へええ、さうですかねえ。時に吉原はどうしたんでせう？」

「吉原はどうしましたか、――浅草にはこの頃お姫様の婬売が出ると云ふことですな。」

隣りのテエブルには商人が二人、かう云ふ会話をつづけてゐる。》

保吉の内にも外にも、〈娑婆苦〉は猛烈に吹き荒れている。〈が、そんなことはどうでも好い〉。〈けふはお目出たいクリスマス〉、〈「世界中のお祝ひするお誕生日」〉。保吉は食後の紅茶を前に煙草をくゆらせながら、〈大川の向うに人となつた二十年前《ぜん》の幸福を夢みつづけ〉る。言うまでもなく、あの自分だけの〈私的な認識〉の中にいた無垢で至福の時を――。

以下、〈この数篇の小品は一本の巻煙草の煙となる間に、続続と保吉の心をかすめた追憶の二三を記《しる》したものである〉と作品は続く。

2　道の上の秘密

二章は、〈保吉の四歳の時である。彼は鶴と云ふ女中と一しよに大溝《おおどぶ》の往来へ通りかかつた。黒ぐろと湛へた大溝の向うは後に両国の停車場になつた、名高い御竹倉の竹藪である。本所七不思議の一つに当る狸の莫迦囃子と云ふものはこの藪の中から聞えるらしい。少くとも保吉は誰に聞いたのか、狸の莫迦囃子の聞えるのは勿論、おいてき堀や片葉の葭《よし》も御竹倉にあるものと確信してゐた〉と始まる。どうやら、幼い時の〈小さい幸福〉への追憶の夢は始まっているらしい。

するとへつうや〉（傍点芥川、以下同じ）は、土埃の道の上に長々と走る二条の線を指して、〈「坊ちゃん、これを御存知ですか？」〉とたずねる。

《「何でせう？　坊ちゃん、考へて御覧なさい。」

これはつうやの常套手段である。彼女に何を尋ねても、素直に教へたと云ふことはない。必ず一度は厳格に「考へて御覧なさい」を繰り返すのである。》

〈保吉は爾来三十年間、いろいろの問題を考へて見た。しかし何もわからないことはあの賢いつうやと一しょに大溝《おおどぶ》の往来を歩いた時と少しも変つてはゐない〉——。

保吉は、〈永遠そのもののやうに通じてゐる〉二条の線を見ながら、〈幻燈の中に映る蒙古の大沙漠〉を思い浮かべたりする。〈二すぢの線はその大沙漠にもやはり細ぼそとつづいてゐ〉た——。

やがて保吉をしてあれこれと考え倦ませた末、つうやは〈Delphi の巫女〉のごとく、〈おごそかに道の上の秘密を説明した〉。〈「これは車の輪の跡です」〉。

《これは車の輪の跡です！　保吉は呆気にとられたまま、土埃の中に断続した二すぢの線を見まもつた。同時に大沙漠の空想などは蜃気楼のやうに消滅した。今は唯泥だらけの荷車が一台、寂しい彼の心の中におのづから車輪をまはしてゐる。……

保吉は未だにこの時受けた、大きい教訓を服膺《ふくよう》してゐる。三十年来考へて見ても、何一つ碌にわからないのは寧ろ一生の幸福かも知れない。》

この小話はここで終わる。しかし幼時の〈小さい幸福〉への遡源の旅は、早くも暗礁に乗り上げているといわざるをえない。保吉の浸っていたいわば原生的とも秘私的ともいうべき豊潤な経験の世界は、〈少しでも保吉の教育に力を添へたいと思〉うつうやの〈大人の知恵〉によって、空しく色褪せてしまう。つまりそうして、過去の〈小さい幸福〉は、所詮その幻滅と喪失の苦い思いにおいて〈想起〉されるしかなかったといえよう。

〈何一つ碌にわからないのは寧ろ一生の幸福かも知れない〉。が、もとより人にそんなことは許されない。いわば子供の〈私的な認識〉は、その都度つねに、大人の〈公的な認識〉によって覆され、塗りかえられて来たのだ。保吉も〈爾来三十年間、いろいろの問題を考へて見た〉。が、しかし、〈何もわからないことはあの賢いつうやと一しよに大溝の往来を歩いた時と少しも変つてはゐない〉。とはつまり、人はそうして終始、〈認識〉の試行錯誤の道の上を彷徨しつづけるしかないのか――。

3　死

これもその頃の話である。晩酌の膳に向かった父は、〈「とうとうお目出度なつたさうだな、ほら、あの槇丁の二絃琴の師匠も。……」〉と話している。傍らにいて父から刺身をもらった保吉は、〈感謝の意を表する〉ため、〈「さつきはよそのお師匠さん、今度は僕がお目出度なつた！」〉と言う。すると父は勿論、母や伯母も〈一時にどつと笑ひ出した〉。

《笑ひ声の静まつた後《のち》、父はまだ微笑を浮べたまま、大きい手に保吉の頸すじをたたいた。

「お目出度なると云ふことはね、死んでしまふと云ふことだよ。」

あらゆる答は鋤のやうに問の根を断つてしまうものではない。寧ろ古い問の代りに新しい問を芽ぐませる木鋏《きばさみ》の役にしか立たぬものである。三十年前の保吉も三十年後の保吉のやうに、やつと答を得たと思ふと、今度はその又答の中に新しい問を発見した。

「死んでしまふつて、どうすること？」

「死んでしまふと云ふことはね、ほら、お前は蟻を殺すだらう。……」

父は気の毒にも丹念に死と云ふものを説明し出した。》

しかし、父の説明は保吉に満足を与えない。〈成程彼に殺された蟻の走らないことだけは確かである。けれどもあれは死んだのではない。唯彼に殺されたのである〉。

《「殺されたのは殺されただけぢやないの？」

「殺されたのも死んだのも同じことさ。」

「だつて殺されたのは殺されたつて云ふもの。」

「云つても何でも同じことなんだよ。」

「違ふ。違ふ。殺されたのと死んだのとは同じぢやない。」

「莫迦、何と云ふわからないやつだ。」

父に叱られた保吉の泣き出してしまつたのは勿論である。》

そして〈その後数箇月の間〉、保吉は〈丁度ひとかどの哲学者のやうに死と云ふ問題を考へつづけた〉。〈死は不可解そのものである〉。〈殺された蟻は死んだ蟻ではない。それにも関らず死んだ蟻である。この位秘密の魅力に富んだ、摑へ所のない問題はない〉――。

つうやと〈道の上の秘密〉を問うていた保吉は、ここで、父と〈死〉を問う保吉に変わっている。〈やつと答を得たと思ふと、今度はその又答の中に新しい問を発見し〉ながら？　――しかし〈死〉とはまた、なんと究極的な

問いであることか。(2)

ところで、いささか唐突な論及となるが、国木田獨歩は生涯にわたって〈死〉に強くこだわっていた。たとえば「死」(「国民之友」明治三十一年六月)。〈自分〉(大野)が親友の富岡竹次郎を訪れると、富岡はその直前に短刀で自殺していた。

《死の影は此惨憺たる一室を覆ふてゐる、しかし自分と富岡の死との間には天地の隔離があつて却て自分の脳底暗黒の裡には生きてゐる富岡が分明に微笑してゐる、渠の平常《ふだん》の行為容貌性癖一口にいへば生命ある活動する平常《ふだん》の渠が極めて分明である、眼を開けると富岡の血にまみれた死体が横たはつてゐる、眼を閉づると富岡は生きて現れて来る、乃ち此時は自分の目前に在る「死」の事実よりも自分の脳底に深く刻まれてゐる「死体」の幻影の方が自分の感情に取つては更らに力ある事実であつた。》

つまり眼を開ければ、見えるのは富岡の〈死体〉であり、眼を閉じれば、生きている富岡が〈想起〉されるばかりで、目前にあるはずの富岡の〈死〉そのものに、〈自分〉はついにまみえることは出来ないのである。

獨歩はこのことを「岡本の手帳」(「中央公論」明治三十九年六月)でも繰り返す。

《吾等は死を見る能はず、たゞ死体を見るのみ。生を見ることなし、たゞ生体を見るのみ。故に生死の不思議に打たれずして生体の死体となりしを見るのみ。否、生体を見而して死体を見るのみ。

凡て人が事実を見ずして幻影を見るの尤も甚だしき例は死の場合なり。》

そして死を旦夕に控えた『病牀録』(新潮社、明治四十一年七月)に、

《死は遂に問題なり。正確なる事実として、痛切に吾人に触るること、恐らく無からん。少くとも余に於ては、この当然厳粛なるべき事実を単なる思索上の問題としての外に取扱ふ事を得ざるなり。》

〈一念死の問題に到達するごとに、常に吾が死の甚だ遠からざるを知る〉(傍点獨歩、以下同じ)。しかり〈知るなり、

唯知るなり〉。しかも〈思ふに、知る事は単に知る事なり。触るゝ事にあらず〉。

《余は何うしても死ぬやうな気がしない。

問題としての死は、或は神秘に、或は深遠に、或は厳粛に、或は態とシヤレて滑稽に論ずることを得べし。事実としての死は遂に死ぬまで吾人の胸に痛切真摯に触れ得ざるものゝ如く思はる。

一度死んで見なければ、真の死を事実として取扱ふを得ず。

要するに、古来幾多の死生観は単に問題に過ぎざる可し。人を後にし、事を先にし、総ゆる死に関する智識を綜合して、死とは何ぞやと論じたる閑事業に過ぎざる可し。》

獨歩はまさしく究極のことを言っている。すべて人は死ぬ。無論そのことを知らぬものはいない。しかし知っているとどれほど〈言葉〉を費やしても、現にそうして生きている以上、死んでいるわけではない。〈一度死んで見なければ〉、〈死〉に触れることにも、〈死〉を経験することにもならない。(3)

獨歩を深く敬愛した芥川が、これ等の文章を読んでいなかったはずはない。しかしそれはともかく、保吉もまた〈此事に思ひ悩やむで今は益々自分を苦めてゐる〉(「死」)のではないか。

さて、話は続く。

《保吉は死を考へる度に、或日回向院の境内に見かけた二匹の犬を思ひ出した。あの犬は入り日の光の中に反対の方角へ顔を向けたまま、一匹のやうにぢつとしてゐた。のみならず妙に厳粛だつた。死と云ふものもあの二匹の犬と何か似た所を持つてゐるのかも知れない。……》

さらに、〈すると或火ともし頃である。保吉は役所から帰つた父と、薄暗い風呂にはひつてゐた〉。そこへ女中が父を呼びに来た。父は身体を拭き、硝子障子をあけた。その時、湯気の中に見た父の後ろ姿が、〈なぜか四歳の保吉の心にしみじみと寂しさを感じさせた〉。〈「お父さん」〉と保吉は思わずそう呼びかけようとした。しかし〈二度目の硝子戸の音は静かに父の姿を隠してしまつた〉。《保吉はひつそりした据ゑ風呂の中に茫然と大きい目を開いた。同時に従来不可解だつた死と云ふものを発見した。——死とはつまり父の姿の永久に消えてしまふことである！》

言うまでもなく、ここで描かれているのは体験や嘱目の風景そのものではない。（前に述べたように）その体験や嘱目の風景の意味するもの、あるいはそれが体験や嘱目の風景となる所以のもの、つまりこの場合、生の途次にある〈性〉とか〈別離〉、いやそれよりもなおその背後に、つねに遍在する〈死〉の見えない影である。(4)しかし無論、これで〈死〉が言い当てられたわけのものではない。常に目に見えない影として遍在する〈死〉。とすれば、〈死〉はいまこれと具体的には決して語りえない。だからこの小話も自ずから、〈死〉を語るべき試みのひとつにすぎないといえよう。(5)

4 海

〈保吉の海を知つたのは五歳か六歳の頃である〉。初めて見た大森の海は、〈日の光りに煙〉り、〈何か妙にもの悲しい神秘〉を感じさせた。しかし海の〈不可思議〉はそればかりではない。〈渚へ下りた時〉、彼は〈あらゆる海の幸を享楽した〉。〈茶屋の手すりに眺めてゐた海は何処か見知らぬ顔のやうに、珍らしいと同時に無気味だつた。——しかし干潟に立つて見る海は大きい玩具箱《おもちゃばこ》と同じことである〉。〈さざ波〉、〈蟹や寄生貝《やどかり》〉、〈海草〉、〈法螺貝〉、〈浅蜊〉——。〈保吉の享楽は壮大だつた〉。しかしそういう享楽の中にも、〈多少の寂しさ〉がないわけではなかった。

《彼は従来海の色を青いものと信じてゐた。両国の「大平《だいへい》」に売つてゐる月耕や年方の錦絵をはじめ、当時流行の石版《せきばん》画《ゑ》の海はいづれも同じやうにまつ青だつた。殊に縁日の「からくり」の見せる黄海の海戦の光景などは黄海と云ふのにも関らず、毒毒しいほど青い浪に白い浪がしらを躍らせてゐた。しかし目前の海の色は——成程目前の海の色も沖だけは青あをと煙つてゐる。が、渚に近い海は少しも青い色を帯びてゐない。正にぬかるみのたまり水と選ぶ所のない泥色をしてゐる。いや、ぬかるみのたまり水よりも一層鮮かな代赭色《たいしやいろ》をしてゐる。彼はこの代赭色の海に予期を裏切られた寂しさを感じた。しかし又同時に勇敢にも残酷な現実を承認した。海を青いと考へるのは沖だけ見た大人の誤りである。》

〈海は実は代赭色をしてゐる。バケツの錆に似た代赭色をしてゐる〉。——それは海の色に関する保吉の、まさに原生的、秘私的経験といえる。無論それまで、保吉に海の色に関する〈知識〉がなかったわけではない。いわば〈青い〉と人のいう〈言葉〉の中で、保吉は海の色を考えていたのだ。

しかし、いま保吉は海を目前に見る（いわゆる〈知覚〉する）。そしてそう直接に〈知覚〉した以上、その経験になんらの虚妄も錯覚もない。〈代赭色の海〉。その鮮烈な印象——。

ところで記述は次のように続く。

《三十年前《ぜん》の保吉の態度は三十年後の保吉にもそのまま当嵌る態度である。代赭色の海を承認するのは一刻も早いのに越したことはない。且又この代赭色の海を青い海に変へようとするのは所詮徒労に畢《をは》るだけである。それよりも代赭色の海の渚に美しい貝を発見しよう。海もそのうちには沖のやうに一面に青あをとなるかも知れない。が、将来に惝《あこが》れるよりも寧ろ現在に安住しよう。——保吉は予言者的精神に富んだ二三の友人を尊敬しながら、しかもなほ心の一番底には不相変ひとりかう思つてゐる。》

無論これは、〈幻滅〉ということを語っているのではない。〈知覚〉とその経験の事実性、そしてその根源性ということが語られている。もとより〈三十年前の保吉の態度〉も、〈三十年後の保吉〉の態度も、なんの変わりもない。人はそうして、なによりも〈知覚〉とその経験において、刻々のいま〈現在〉を、まず直接に、そして端的に生きるのである。

さて話は次のような後日談に続く。

《大森の海から帰つた後《のち》、母は何処かへ行つた帰りに「日本昔噺」の中にある「浦島太郎」を買つて来てくれた。かう云ふお伽噺を読んで貰ふことの楽しみだつたのは勿論である。が、彼はその外にももう一つ楽しみを持ち合せてゐた。それはあり合せの水絵具に一一挿絵を彩ることだつた。彼はこの「浦島太郎」にも早速彩色を加へることにした。「浦島太郎」は一冊の中に十ばかりの挿絵を含んでゐる。彼はまづ浦島太郎の龍宮を去るの図を彩りはじめた。龍宮は緑の屋根瓦に赤い柱のある宮殿である。乙姫は——彼はちよつと考へた後、乙姫もやはり衣装だけは一面に赤い色を塗ることにした。浦島太郎は考へずとも好《い》い。漁夫《れふし》の着物は濃い藍色、腰蓑は薄い黄色である。唯細い釣竿にずつと黄色をなするのは存外彼にはむづかしかつた。蓑亀も毛だけを緑に塗るのは中中なまやさしい仕事ではない。最後に海は代赭色である。バケツの錆に似た代赭色である。——保吉はかう云ふ色彩の調和に芸術家らしい満足を感じた。殊に乙姫や浦島太郎の顔へ薄赤い色を加へたのは頗る生動の趣でも伝へたもののやうに信じてゐた。》

保吉は、実際に見たことのない〈想像〉の世界のものを、まさしく大人からの受け売り（大仰にいえば、蓄積され定着されてきた日本の文化伝承、習慣）に則って彩色する。〈龍宮〉、〈乙姫〉、〈浦島太郎〉、〈蓑亀〉——。しかし保吉は最後に、海は、自分が実際に見た〈代赭色〉で仕上げるのである。

〈保吉は匆匆《そうそう》母のところへ彼の作品を見せに行〉く。〈彼は当然母の口から褒め言葉の出るのを予期してゐた。しかし母はこの彩色にも彼ほど感心しないらしかつた〉。

《「海の色は可笑しいねえ。なぜ青い色に塗らなかつたの？」

「だつて海はかう云ふ色なんだもの。」

「代赭色の海なんぞあるものかね。」

「大森の海は代赭色ぢやないの？」

「大森の海だつてまつ青だあね。」

「ううん、丁度こんな色をしてゐた。」

母は彼の強情さ加減に驚嘆を交へた微笑を洩らした。が、どんなに説明しても、――いや、癇癪を起して彼の「浦島太郎」を引き裂いた後さへ、この疑ふ余地のない代赭色の海だけは信じなかつた。……》

こうして、あの子供の原生的、秘私的な〈認識〉は、大人たちのいわば歴史的、総合的な〈認識〉による試練、あるいは蹂躪にさらされる。

さて、話は次のように閉じられる。

《「海」の話はこれだけである。尤も今日の保吉は話の体裁を整へる為に、もつと小説の結末らしい結末をつけることも困難ではない。たとへば話を終る前に、かう云ふ数行をつけ加へるのである。――「保吉は母との問答の中にもう一つ重大な発見をした。それは誰も代赭色の海には、――人生に横はる代赭色の海にも目をつぶり易いと云ふことである。」

けれどもこれは事実ではない。のみならず満潮は大森の海にも青い色の浪を立たせてゐる。すると現実とは代赭色の海か、それとも亦青い色の海か？　所詮は我我のリアリズムも甚だ当にならぬと云ふ外はない。かたがた保吉は前のやうな無技巧に話を終ることにした。が、話の体裁は？――芸術は諸君の云ふやうに何よりもまづ内容である。形容などはどうでも差支へない。》

重要なのは後半である。〈代赭色の海〉、とは子供の〈私的な認識〉が必ずしも真実なのでもない。事実、〈青い色の海〉もある。〈すると現実とは代赭色の海か、それとも亦青い色の海か?〉。いや海の色それ自体などというものはない。その時その場で色彩を変える海があるだけである。

なるほど、いずれは〈青い色の海〉、とは大人の〈公的な認識〉に軍配はあがるだろう。しかしそれが絶対であるという保証はどこにもない。とすれば〈所詮は我我のリアリズム〉、つまり対象の〈実在〉を言い当てようとする〈認識〉の所業は、〈甚だ当にならぬと云ふ外はない〉[6]。

5　幻燈

七歳の保吉が父に幻燈を買ってもらった時のことである。玩具屋の主人は、〈「このランプへかう火をつけて頂きます」〉と言って、そっとそのランプを幻燈器の中へ移した。〈「ランプを入れて頂きますと、あちらへああ月が出ますから、――」〉(傍点芥川)。幻燈は向こうの白壁に、〈丁度差渡し三尺ばかりの光りの円〉を描いた。〈成程月に似てゐる〉。続けて主人が〈「こちらへかう画をさすのですな」〉というと、〈光りの円はいつの間にかぼんやりと何か映してゐる〉。〈夢のやうに何処からか漂つて来た薄明りの中の石鹸玉《しやぼんだま》である〉。〈「あのぼんやりしてゐるのはレンズのピントを合せさへすれば――この前にあるレンズですな。――直に御覧の通りはつきりなります」〉。すると〈石鹸玉は見る見る一枚の風景画に変つた〉。もっとも〈日本の風景画ではない〉。〈水路の両側に家家の聳えた何処か西洋の風景画である〉。

《時刻はもう日の暮に近い頃であらう。三日月は右手の家家の空にかすかに光りを放つてゐる。その三日月も、家家も、家家の窓の薔薇の花も、ひつそりと湛へた水の上へ鮮かに影を落してゐる。人影は勿論、見渡したところ鷗一羽浮んでゐない。水は唯突当りの橋の下へまつ直に一すぢつづいてゐる。

「イタリヤのベニスの風景でございます。」》

〈三十年後の保吉にヴェネチアの魅力を教へたのはダンヌンチオの小説である。けれども当時の保吉はこの家家だの水路だのに唯たよりのない寂しさを感じた。彼の愛する風景は大きい丹塗りの観音堂の前に無数の鳩の飛ぶ浅草である。或は又高い時計台の下に鉄道馬車の通る銀座である。それらの風景に比べると、この家家だの水路だのは何と云ふ寂しさに満ちてゐるのであらう。鉄道馬車や鳩は見えずとも好《い》い。せめて向うの橋の上に一列の汽車でも通つてゐたら〉——。

《丁度かう思つた途端である。大きいリボンをした少女が一人、右手に並んだ窓の一つから突然小さい顔を出した。どの窓かははつきり覚えてゐない。しかし大体三日月の下の窓だつたことだけは確かである。少女は顔を出したと思ふと、更にその顔をこちらへ向けた。それから——遠目にも愛くるしい顔に疑ふ余地のない頬笑みを浮かべた！が、それは掛け価のない一二秒の間の出来ごとである。思はず「おや」と目を見はつた時には、少女はもういつの間にか窓の中へ姿を隠したのであらう。窓はどの窓も同じやうに人気のない窓かけを垂らしてゐる。……》

〈「さあ、もう映しかたはわかつたらう？」〉。父の言葉に保吉は茫然と我に返った。〈父は葉巻を啣へたまま、退屈さうに後ろに佇んでゐる〉。〈保吉は急にこの幻燈を一刻も早く彼の部屋へ持つて帰りたいと思ひ出した〉。——《保吉はその晩父と一しよに蠟を引いた布の上へ、もう一度ヴェネチアの風景を映した。中空の三日月、両側の家、家家の窓の薔薇の花を映した一すぢの水路の水の光り、——それは皆前に見た通りである。が、あの愛くるしい少女だけはどうしたのか今度は顔を出さない。窓と云ふ窓はいつまで待つても、だらりと下つた窓かけの後《うしろ》に家家の秘密を封じてゐる。保吉はとうとう待ち遠しさに堪へかね、ランプの具合などを気にしてゐた父へ歎願するやうに話しかけた。

「あの女の子はどうして出ないの？」

「女の子？　何処かに女の子がゐるのかい？」

父は保吉の問の意味さへ、はつきりわからない様子である。

「ううん、ゐはしないけれども、顔だけ窓から出したぢやないの？」

「いつさ？」

「玩具屋の壁へ映した時に。」

「あの時も女の子なんぞは出やしないさ。」

「だつて顔を出したのが見えたんだもの。」

「何を云つてゐる？」

父は何と思つたか保吉の額へ手のひらをやつた。それから急に保吉にもつけ景気とわかる大声を出した。

「さあ、今度は何を映さう？」》

保吉はそれを耳にもかけず、ヴェネチアの風景を眺めつづけていた。〈窓は薄明るい水路の水に静かな窓かけを映してゐる。しかしいつかは何処かの窓から、大きいリボンをした少女が一人、突然顔を出さぬものでもない〉――。

《彼はかう考へると、名状の出来ぬ懐しさを感じた。同時に従来知らなかつた或る嬉しい悲しさをも感じた。あの画の幻燈の中にちらりと顔を出した少女は実際何か超自然の霊が彼の目に姿を現はしたのであらうか？　或は又少年に起り易い幻覚の一種に過ぎなかつたのであらうか？　それは勿論彼自身にも解決出来ないのに違ひない。が、兎に角保吉は三十年後の今日さへ、しみじみ塵労に疲れた時にはこの永久に帰つて来ないヴェネチアの少女を思ひ出してゐる。丁度何年も顔を見ない初恋の女人でも思ひ出すやうに。》

さて、この小話のポイントは、はたして少女は窓から顔を出したのか、つまり少女は本当に存在したのか？　ということである。

保吉はたとえ〈一二秒の間の出来ごと〉とはいえ、少女の顔が見えたという。とすれば、たしかに少女はいたのである。（前に述べたように）〈知覚〉経験の事実性、言い換えれば無謬性においてそういえる。(7)しかも保吉に二度と見ることが出来ない（現にスクリーンに映っていない）以上、少女はいなかったといわざるをえない。

だが保吉は、〈「顔を出したのが見えたんだもの」〉と主張してやまない。とはつまり、保吉はそのことを覚えている（記憶）のであり、〈思ひ出してゐる〉（想起）のである。

要するに、目には見えないが、目を瞑れば見えるのである。ということは、頭の中で思っている（思考）のであり、さらにいえば、言葉と文脈において〈想起〉している、あるいは言葉と文脈においてしか〈想起〉できないのだ。

まさしく思い出の中で、少女は繰り返し生き生きと存在する。しかしそれは終始言語命題的に、とはいわば言葉のアヤの中でその都度想像されているというしかない。もともと、過去それ自体などというものはないからである。物それ自体などというものがないように(8)——。

6　お母さん

保吉が八歳か九歳の秋である。回向院の境内では〈戦争ごつこ〉が始まっていた。陸軍大将は〈鑢《やすり》屋の子の川島〉である。川島は〈四人の部下を任命(?)した〉。保吉は〈地雷火〉である。〈地雷火は悪い役ではない。唯工兵にさへ出合はなければ、大将をも俘《とりこ》に出来る役である〉。保吉は〈得意〉になつて、〈誰よりも先へ吶喊し〉、やがて敵の大将に追いすがる。〈と思ふと石に躓いたのか、俯向けに其処へ転ん〉で、〈顔は一面に鼻血にまみれ〉、保吉は〈大声に泣きはじめた〉。〈敵味方の少年はこの騒ぎに折角の激戦も中止したまま、保吉のまはりへ集まつた〉。〈「やあ、負傷した」と云ふものもある。「仰向けにおなりよ」と云ふものもある。「おいらのせいぢやなあい」と云ふものもある〉。すると突然川島が嘲笑の声を挙げた。〈「やあい、お母さんつて泣いてゐやがる！」〉。

　みなはたちまち笑い出した。しかし〈保吉は泣いたにもせよ、「お母さん」などと云つた覚えはない〉。〈それを云つたやうに誣《し》ひるのはいつもの川島の意地悪である。——かう思つた彼は悲しさにも増した口惜しさに一ぱいになつたまま、更に又震へ泣きに泣きはじめた〉。少年達は〈口口に川島の言葉を真似しながら、ちりぢりに何処かへ駈け出して行つた〉——。

《保吉は爾来この「お母さん」を全然川島の発明した譃とばかり信じてゐた。処が丁度三年以前、上海へ上陸すると同時に、東京から持ち越したインフルエンザの為に或病院へはひることになつた。熱は病院へはひつた後《のち》も容易に彼を離れなかつた。彼は白い寝台の上に朦朧とした目を開いたまま、蒙古の春を運んでくる黄沙の凄じさを眺めたりしてゐた。すると或蒸暑い午後、小説を読んでゐた看護婦は突然椅子を離れると、寝台の側へ歩み寄りながら、不思議さうに彼の顔を覗きこんだ。

「あら、お目覚になつていらつしやるんですか？」

「どうして？」

「だつて今お母さんつて仰有つたぢやありませんか？」

保吉はこの言葉を聞くが早いか、回向院の境内を思ひ出した。川島も或は意地の悪い譃をついたのではなかつたかも知れない。》

　ところでここでまず、泣きながら無意識に母を呼ぶ少年の声に、作者芥川龍之介の〈宿命の根源〉を読む三好行雄氏の論に言及しなければならない。(9) 実にこの論は、現在の「少年」論に決定的な影響を与えているといえるからである。

生後まもなく母を狂気に奪われた少年の、〈識閾下の即自の闇〉にはぐくまれた〈自分にだけ必要な母の幻像〉――。

《「少年」のモチーフの根は、その識閾下にひそむ母親願望にまで確実に届いている。母が生きていて、しかも、狂気が子を拒むという、この種の不在がいっそう悲劇的なのである。こばまれてあることを知っているから、母親への呼びかけは無意識の行為としてしかあらわれないし、意識は無意識の呼びかける声を聞くことができない。いうまでもなく、かれが呼ぶのは現実の母ではなく、無意識の闇にひそむ仮現の母である。「少年」はこうして、宿命の強いる無意識の秘儀をえがくことで、龍之介のきわどい肉声をひびかせることになった。》

そして三好氏はここに、その出発以来秘匿しつづけて来た母の姿を、やがて来る〈肉体の死を代償〉として奪還しようとする芥川の、密かな決意を読むのである。〈芥川龍之介はようやく、みずからの宿命をまじろぐことなく見すえることができた〉――。おそらくここに、「お母さん」というこの章が「少年」最終章に置かれた所以もある。少年の日への〈三十年〉の月日の遡行。そのはてに芥川に、自らをとらえてはなさぬ宿命からの、〈死を賭けた解放への願いがたしかなものとして兆していたのだ――。

しかしそれにしても、「少年」が芥川の自伝的要素の濃い作品として読まれるのは、けだし当然といえる。いや、作品をつねに作者の実生活の影として読むことを私小説的な読書偏向として退け、作品独自の世界、その自律性をこそ追究すべきであるという議論は、むしろ抽象的といえる。〈完全に自己を告白することは何人にも出来ることではない。同時に又自己を告白せずには如何なる表現も出来るはずのものではない〉(『侏儒の言葉』「告白」)と芥川もいっている。

だが無論作品を一体として読むかぎり、三章や四章に出てくる母を、いわば母一般として読みながら（もとよりそれを養母芥川儔《とも》と読んでもよい）、六章に来て、〈「お母さん」〉と呼ばれるべき母を急に、〈狂気の母〉（つまり実母新原ふく）として読みかえるのは、いささか御都合主義的との謗りを免れまい。

が、それはともかく（そして以下はより本質的な疑問だが）、三好氏のいわゆる〈無意識〉〈識閾下〉という言葉の意味についてである。三好氏自身言っていたように、〈意識は無意識の呼びかける声を聞くことができない〉。つまり人は自らの〈無意識〉〈識閾下〉とは、ついに無縁でしかないのだ。

しかも保吉が自ら知らぬうちに〈「お母さん」〉と言ったとしても、それが意識上に出現したのは、この場合、川島の〈「やあい、お母さんつて泣いてゐやがる！」〉という言葉によるのであり、他の少年達のそれに同意する言葉によるのである。

無論、保吉は自らの声を聞かなかったのだから、〈「お母さん」などと云つた覚えはない〉という。しかしその時断然と否定したにもかかわらず、二十数年を隔てて、保吉はふたたび自ら知らずに〈「お母さん」〉と言ったという。しかも今回も、保吉はそれを看護婦の言葉で知るのである。

こうして、同じ経験が度重なるのを通して、保吉はようやく自分がその都度、母を呼んだのではないかと疑いはじめる。

もとより、保吉が内に秘めつづけていた事実にまみえる、といったことではない。要は、〈真実〉が、他人の口――言葉や文脈、その繰り返しを通して、制作され、あるいは捏造されてゆくことである。

おそらくこの小話の意味はここまでであり、それ以上のことはなにも言われていない。無論保吉はいまもって、自分が〈「お母さん」〉と言ったと確信しているわけではない。むしろ半信半疑。しかもそういう形で〈真実〉が着々と制作され、あるいは捏造されてゆくことに、深甚なる驚異、というより恐怖を感じているのである。[10]

注

（1）〈同時代評〉や〈研究史〉については、篠崎美生子「芥川『少年』の読まれ方―『小品』から『小説』へ―」（「繍」第六号、平成五年十二月）参照。

（2）おそらく初回の「少年」が「三　死」を最終章にしているのは偶然ではない。

（3）このことについて、拙稿「『窮死』前後―最後の獨歩―」（「国文学研究」第百二十八集、平成十一年六月）で論及した。

（4）あるいは〈二匹の犬〉の光景について雌雄が〈一匹のやうに〉なって子を生む、しかもそのように個体を無化（死）しながら種を存続せしめる〈性〉の〈厳粛〉――とれないこともない。しかしこれも所詮は、〈態とシヤレて滑稽に論〉じたという域を出ないのはいうまでもない。

（5）すでに早く「大川の水」（「心の花」大正三年四月）において、〈夜と水との中に漂ふ「死」の呼吸〉が語られている――。

（6）因に小林秀雄「様々なる意匠」（「改造」昭和四年九月、のち『文芸評論』白水社、昭和六年七月所収）の一節を引用しておく。〈子供は母親から海は青いものだと教へられる。この子供が品川の海を写生しようとして、眼前の海の色を見た時、それが青くもない赤くもない事を感じて、愕然としてその青色の色鉛筆を投げだしたとしたら彼は天才だ、然し嘗つて世にかかる怪物は生れなかつただけだ。それなら子供は「海は青い」といふ概念を持つてゐるのであるか？　だが品川湾の傍に住む子供は、品川湾なくして海を考へ得まい。かくの如く子供にとつて言葉は概念を指すのでもなく対象を指すのでもない。言葉がこの中間を彷徨する事は、子供がこの世に成長する為の必須な條件である〉。

（7）〈幽霊の正体見たり枯尾花〉。しかしたとえ〈一二秒の間の出来ごと〉でも、それを〈幽霊〉と見たのは動かない現実である。

（8）〈かりに言語以前の過去経験があるとしてもそれは形をもたない模糊とした不定形《アモルファス》な経験である。それは確定され確認された形を持たない未発の経験でしかあるまい。それが確定された形を備えた過去形の経験になるためには言葉に成ることが必要なのである。そして言葉に成り過去形の経験に成ること、それが想起なのである〉。〈過去形の経験は想起されることがなければ全くの「無」なのである。その無は忘却の空白として誰にも親しいものである。その空白から想い出そうと様々な言葉を探し、選び、試みる。ああではなかった、こうでもなかった、と何度かしくじった後で遂に一つの文章や物語が想い出される。こうして過去形の言葉が作り上げられること、それが過去形の経験が制作されることなのであり、それが「過去を想い出す」といわれることなのである〉。〈ある知覚・行動の経験、例えば海水浴の経験は今最中の経験であり、そこには太陽や海や五体の動きはあるが、多くは言葉はない。海水浴は作歌ではないからである。この海水浴を想起するとは、この知覚・行動経験が今一度繰り返されたりその薄められた模造経験をすることではない。海水浴をしたという過去形の経験をすることである。太陽や海や日焼けはそこにはない。それらは過ぎ去り消え去っている〉（大森荘蔵『時間と自我』青土社、平成四年三月。なお傍点大森氏）。

（9）「宿命のかたち―芥川龍之介における〈母〉―」（『芥川龍之介論』筑摩書房、昭和五十一年九月）。

（10）駒尺喜美「少年」（『芥川龍之介作品研究』八木書店、昭和四十四年五月）に、〈芥川を理解するには、「少年」は欠かせぬ重要な作品〉とあるが、さらに、芥川のすべての作品のカラクリはこの「少年」に隠されているといっても過言ではない。たとえば「鼻」（「新思潮」大正五年二月）は単に、人間のエゴイズムというものをとらえた作品ではない。むしろ他人の評判＝言葉に一喜一憂して生きなければならない人間の姿を写している。「龍」（「中央公論」同八年五月）も、〈見渡す限り西も東も一面の人の海〉、そのほとんどの人が見たというからには、龍は真実見えたという話である。「南京の基督」（「同」同九年七月）の宋金花は、梅毒の症状が潜伏期に入ったのをキリストと交って平癒したものと思い込む。いわば信仰＝物語の至福、つまり想起＝言葉の経験が描かれているのだが、しかし梅毒がやがて再発するとき、金花が自らの身体知覚、その真実性や直接性に苦しむのはいうまでもない。「秋山図」（「改造」同十年一月）の煙客翁はたしかに「秋山図」を見た。しかしそれから五十年、彼はそれを繰り返し想起しながら、「秋山図」以上の「秋山図」を自ら制作、いや捏造していたのである。そして「庭」（「中央公論」同十一年六月）の次男は、〈殆ど幻のやうに昔の庭を見る事が出来た〉という。しかし〈細かい部分になると、はつきりした事はわからない。だから彼は〈昔の庭〉を〈ああではなかった、こうでもなかった、と何度かしくじ〉りながら、自ら制作、捏造、いや創造するしかなかったのである。

「大導寺信輔の半生」周辺

——「西方の人」「続西方の人」へ——

《信輔の家庭は貧しかつた。尤も彼等の貧困は棟割長屋に雑居する下流階級の貧困ではなかつた。が、体裁を繕ふ為により苦痛を受けなければならぬ中流下層階級の貧困だつた。退職官吏だつた彼の父は多少の貯金の利子を除けば、一年に五百円の恩給に女中とも家族五人の口を餬して行かなければならなかつた。その為には勿論節倹の上にも節倹を加へなければならなかつた。彼等は玄関とも五間の家に――しかも小さい庭のある門構への家に住んでゐた。けれども新らしい着物などは誰一人滅多に造らなかつた。父は常に客にも出されぬ悪酒の晩酌に甘んじてゐた。母もやはり羽織の下にはぎだらけの帯を隠してゐた。》

《信輔はこの貧困を憎んだ、いや、今もなほ当時の憎悪は彼の心の奥底に消し難い反響を残してゐる。彼は本を買はれなかつた。夏期学校へも行かれなかつた。新らしい外套も着られなかつた。が、彼の友だちはいづれもそれ等を受用してゐた。彼は彼等を羨んだ。時には彼等を妬みさへした。しかしその嫉妬や羨望を自認することは肯じなかつた。それは彼等の才能を軽蔑してゐる為だつた。けれども貧困に対する憎悪は少しもその為に変らなかつた。彼は古畳を、薄暗いランプを、蔦の画の剝げかかつた唐紙を、――あらゆる家庭の見すぼらしさを憎んだ。が、それはまだ好かつた。彼は只見すぼらしさの為に彼を生んだ両親を憎んだ。殊に彼よりも背の低い、頭の禿げた父を憎んだ。父は度たび学校の保証人会議に出席した。信輔は彼の友だちの前にかう言ふ父を見ることを恥ぢた。同時にまた肉親の父を恥ぢる彼自身の心の卑しさを恥ぢた。国木田獨歩を模倣した彼の「自ら欺かざるの記」はその黄ばんだ罫紙の一枚にかう言ふ一節を残してゐる。――

「予は父母を愛する能はず。否、愛する能はざるに非ず。父母その人は愛すれども、父母の外見を愛する能はず。貌を以て人を取るは君子の恥づる所也。況や父母の貌を云々するをや。然れども予は如何にするも父母の外見を愛する能はず。……」》

《けれどもかう言ふ見すぼらしさよりも更に彼の憎んだのは貧困に発した偽りだつた。母は「風月」の菓子折につめたカステラを親戚に進物にした。が、その中味は「風月」所か、近所の菓子屋のカステラだつた。》

かつて吉本隆明氏は「芥川龍之介の死」[1]において、おそらくこれら「大導寺信輔の半生」（「三　貧困」）の数節に基づき、次のように論じた。

《芥川龍之介は、中産下層階級という自己の出身に生涯かかずらった作家である。この出身階級の内幕は、まず何よりも芥川にとって自己嫌悪を伴った嫌悪すべき対象であったため、抜群の知的教養をもってこの出身を否定して飛揚しようとこころみた。彼の中期の知的構成を具えた物語の原動機は、まったく自己の出身階級にたいする劣勢感であったことを忘れてはならない。》

吉本氏は以下、このことを繰り返し論じている。――芥川は〈形式的構成の努力の連続によってこぼたれた自己の神経に苦しめられ、それは必然的に作品の内実を不安な意識で彩った〉（傍点吉本氏）。〈中産下層の出身コムプレックスを吐き出すために、「人生は一行のボオドレエルにも若かない」という誤解にみちた言葉を、文字通り文学的に実践しようと試みてきた生涯の創造的努力のなかに、悲劇は進行していたのである〉。

いわゆる芥川の初期、中期を彩る〈形式的構成〉美――〈出身を否定〉し、架空の世界への絢爛たる飛翔――。しかしその無理を重ねた力技のうちに〈悲劇は進行〉し、まさにこの「大導寺信輔の半生―或精神的風景画―」（「中央公論」大正十四年一月、のち『大導寺信輔の半生』岩波書店、昭和五年一月に所収）前後、彼の作品世界はようやく深い亀裂を現しはじめる。

信輔の「自ら欺かざるの記」の最後には〈「予は憎悪を憎悪せんとす。貧困に対する、虚偽に対する、あらゆる憎悪を憎悪せんとす」〉と記されていたという。出自あるいは骨肉にまつわるものへの憎悪とそこからの脱出、その努力に費やされた信輔の半生――。しかし信輔はいまや、そのことをも憎悪してきた自分を隠さない。たしかにそこに、信輔の心の素顔があり、と同時に、すでに〈造形的努力の持続〉――仮面をかぶり続けることの緊張と不安に疲れた、芥川の素顔があったといえよう。(2)

だが、このことは初期の作品「父」（「新思潮」大正五年五月）に、すでに顕著に表れている。中学四年の修学旅行で〈上野停車場〉に集まった時、級友達は駅にやってくる人間達の品評をはじめる。中でも能勢という級友の〈形容〉が〈一番辛辣で、且一番諧謔に富んで〉いた。すると〈妙な男〉が時刻表の前で数字を見上げている。〈羊羹色の背広を着て、体操に使ふ球竿のやうな細い脚を、鼠の粗い縞のズボンに通してゐる。縁の広い昔風の黒い中折れの下から、半白の毛がはみ出してゐる所を見ると、もう可也な年配らしい。その癖頸のまはりには、白と黒と格子縞のハンケチをまきつけて、鞭かと思ふやうな、寒竹の長い杖をちよいと脇の下へはさんでゐる〉。このどこから見ても〈パンチの挿絵〉中の人物の登場に、級友達は喜んで能勢をけしかける。しかし〈横顔だけ見て、自分はすぐに、それが能勢の父親だ〉とわかり、それを言おうか言うまいかと躊躇していたその時、〈「あいつかい。あいつはロンドン乞食さ」〉という能勢の声を聞く。皆は〈一時にふき出し〉、中には〈わざわざ反り身になつて〉能勢の父親の格好を真似るものさえいた。しかし〈自分は、思はず下を向い〉てしまう。〈能勢の顔を見るだけの勇気が、自分には欠けてゐた〉からである。――

おそらく〈自分〉が〈下を向いた〉のは、能勢が父親を嘲笑しながら、そう嘲笑する自分をも嘲笑していることに気付いていたからに他ならない。〈あとで、それとなく聞くと、その頃大学の薬局に通つてゐた能勢の父親は、能勢が自分たちと一しよに修学旅行に行く所を、出勤の途すがら見ようと思つて、自分の子には知らせずに、わざわざ停車場へ来たのださうである〉と小説は続く。たしかに吉本氏が後の「芥川龍之介」[3]の中で指摘しているように、この能勢の父親は、〈背の低い、頭の禿げた〉、そして〈度たび学校の保証人会議に出席〉する信輔の父親と重なる。しかも能勢の〈「あいつはロンドン乞食」〉といった心情は、〈彼の友だちの前にかう言ふ父を見ることを恥ぢた。同時にまた肉親の父を恥ぢる彼自身の心の卑しさを恥ぢた〉という信輔の心情と重なる。そしてその背後には、始終出自と骨肉にまつわるものへの愛憎に錯綜していた芥川の、心の姿があったといえよう。[4]

さて〈飛揚〉といい〈飛翔〉といえば、連想は自ずから「或阿呆の一生」（「十九　人工の翼」）に及ぶ。[5]

《人生は二十九歳の彼にはもう少しも明るくはなかつた。が、ヴォルテエルはかう云ふ彼に人工の翼を供給した。

彼はこの人工の翼をひろげ、易やすと空へ舞ひ上つた。同時に又理智の光を浴びた人生の歓びや悲しみは彼の目の下へ沈んで行つた。彼は見すぼらしい町々の上へ反語や微笑を落しながら、遮るもののない空中をまつ直に太陽へ登つて行つた。丁度かう云ふ人工の翼を太陽の光りに焼かれた為にとうとう海へ落ちて死んだ昔の希臘人も忘れたやうに。……》

芥川自らの人生の〈飛翔〉と〈失墜〉を語る、あまりにも有名な一節である。

ところでここにいう、〈人生の歓びや悲しみ〉を湛えて〈彼の目の下へ沈んで行つ〉た〈見すぼらしい町々〉――。それは加藤明氏の言うように[6]、「大導寺信輔の半生」（「一　本所」以下同）にある〈見すぼらしい本所の町々〉そのものではなかったか。〈信輔はもの心を覚えてから、絶えず本所の町々を愛した。並み木もない本所の町々はいつも砂埃りにまみれてゐた。が、幼い信輔に自然の美しさを教へたのはやはり本所の町々だつた〉。〈家々も樹木も往来も妙に見すぼらしい町々だつた〉。〈実際彼の自然を見る目に最も影響を与へたのは見すぼらしい本所の町々だつた〉。

無論ここに言う〈自然〉とは（後に言うように）、信輔の出生＝生命そのものに繋がる〈自然〉ということであっただろう。しかし信輔はその〈見すぼらしい自然〉を懐かしみつつ、それを眼下に見下ろしながら、〈人工の翼〉をひろげ、〈空中をまつ直に太陽へ登つて行つた〉のである。

そしてこの〈人工の翼〉が、まさにその〈見すぼらしい〉出自と骨肉、その貧困と虚偽を〈脱出するたつた一つの救命袋〉（「四　学校」）であり、彼はそれを〈中学から高等学校、高等学校から大学と幾つかの学校を通り抜けること〉（同）で身に着け、その無限の知的上昇を、さらにその社会階層的上昇を自らに約束していたのだ。

しかも〈昔の希臘人〉イカルスのように、彼はついには〈失墜〉しなければならなかった。――

因みにこのイカルスの神話は「歯車」でも言及されている。[7]

《そのうちに或店の軒に吊つた、白い小型の看板は突然僕を不安にした。それは自動車のタイアアに翼のある商標を描いたものだつた。僕はこの商標に人工の翼を手《た》よりにした古代の希臘人を思ひ出した。彼は空中に舞ひ上つた揚句、太陽の光に翼を焼かれ、とうとう海中に溺死してゐた。マドリツドへ、リオへ、サマルカンドへ、――僕はかう云ふ僕の夢を嘲笑《あざわら》はない訳には行かなかつた。同時に又復讐の神に追はれたオレステスを考へない訳にも行かなかつた。》（「五　赤光」）

しかもこの場合、墜落するイカルスの運命は、同時に〈復讐の神に追はれたオレステス〉に準えられていた。

アイスキュロス「オレステス三部曲」――。

トロイア戦争の総帥、アルゴスの王、アトレウス家のアガメムノンは凱旋の当夜、妻、王妃のクリュタイメストラによって惨殺される。トロイア遠征の途上、しつこい無風状態のため船隊が港に釘づけになったとき、神託の命によって娘のイフィゲネイアを生贄として海に投じた罪を咎められたのである。無論アガメムノンは気儘に娘を屠ったのではない。彼は悶え苦しむ。しかし戦いの総帥として、国家の立場、公の大義において、やはり彼は娘を犠牲にしなければならなかったのである。十年間もの空閨を守れと言われ（しかし彼女はすでに夫の従兄であるアイギストスと通じている）、あまつさえ娘を殺されたクリュタイメストラは躊躇なく夫を殺害する。人々によって彼女は罵られ呪われるが、しかし彼女からすれば、アガメムノンこそその放埒と専横のうちに、生命という〈自然〉の本源を犯したのである。クリュタイメストラは女本然の性《さが》に立って、人々に対し自らの正義を誇らかに主張する。

さてアガメムノンとクリュタイメストラの息子オレステスだが、彼はまさに強いられた形で〈母殺し〉を引き受けなければならない。男として当然のごとく公の立場に立たざるをえなかった父、しかし一方、女として当然のごとく父に復讐した母――。オレステスはその間に立ち、自らも男として公の秩序を守るために、〈父殺し〉を弾劾しなければならない。しかもそのことは同時に、〈母殺し〉の科を負わされることになるのである。

かくしてオレステスは母を殺した科により、母の怨念によって使嗾される復讐の女神エリーニュス、もと地下の国に住むもの、夜の母と呼ばれるものに追いまわされ、郷里を捨てて諸国を巡るのである。(8)

さてこの戯曲のもっとも重い主題は、他でもなく〈母殺し〉である。繰り返すまでもなく、オレステスは母を殺すべくして殺さざるをえなかった。父の公の〈正義〉を継ぐべく、いわば全体の輿望に応じる形で、母の放縦を、いや生命の本然を破ったのである。

ところで、〈僕の母は狂人だつた〉と芥川がはじめて書いたのは、大正十五年九月九日に脱稿した「点鬼簿」（「改造」大正十五年十月）であった。とは生涯の大半を通し、彼は実母の発狂を隠蔽し続けた、あるいは実母の存在を抹殺し続けたのである。そこに彼が出自と骨肉からの脱出を念じ、絢爛たる架空の世界への飛翔を願い続けた真の理由があったといえる。

しかしそれはまさに〈母殺し〉、自らの生命の根基を根扱ぎにする所業——あらゆる罪の中で最も重い罪であり、されればこそもと大地と闇の娘達エリーニュスの厳しい復讐の追跡を受けなければならなかったのである。

おそらく芥川の心には、つねに母から自らへと繋がれた生命の〈自然〉を、闇から闇へと葬らざるをえなかったことへの、深い恐れと痛みがあったにちがいない。しかも彼はなお、あの全体の輿望に応ずるに等しい知的、社会階層的上昇、〈立身出世〉を願い続けなければならない。いわば多くのオレステス達とたちまじり、〈父〉の正義、とは国家共同体の正義、〈立身出世〉への烈しい競争を繰り広げなければならなかったのである。

信輔にとって、〈当時の友だちは一面には相容れぬ死敵だつた。彼は彼の頭脳を武器に、絶えず彼等と格闘した〉（「六　友だち」以下同）。そのためにも〈彼の友だちは頭脳を持たなければならなかつた。頭脳を、——がつしりと出来上つた頭脳を〉。そしてその〈精神的格闘は何よりも殺戮の歓喜の為に行はれたものに違ひなかつた〉——。

これに続いて「大導寺信輔の半生」は、次のような印象的な一齣で終わる。〈或風の寒い四月の午後、高等学校の生徒だつた彼は彼等の一人、——或男爵の長男と江の島の崖の上に佇んでゐた〉。——彼のこだわる〈社会的階級の差別〉、しかも彼の最も憎悪する〈上流階級の青年〉の一人と。

《目の下はすぐに荒磯だつた。彼等は「潜り」の少年たちの為に何枚かの銅貨を投げてやつた。少年たちは銅貨の落ちる度にぽんぽん海の中へ跳りこんだ。しかし一人海女《あま》だけは崖の下に焚いた芥火の下に笑つて眺めてゐるばかりだつた。

「今度はあいつも飛びこませてやる。」

彼の友だちは一枚の銅貨を巻煙草の箱の銀紙に包んだ。それから体を反らせたと思ふと、精一ぱい銅貨を投げ飛ばした。銅貨はきらきら光りながら、風の高い浪の向うへ落ちた。するともう海女はその時にはまつ先に海へ飛びこんでゐた。信輔は未だにありありと口もとに残酷な微笑を浮べた彼の友だちを覚えてゐる。彼の友だちは人並み以上に語学の才能を具へてゐた。しかし又確かに人並み以上に鋭い犬歯をも具へてゐた。……》

友達の〈残酷な微笑〉の間に覗かれた〈鋭い犬歯〉に、信輔は戦慄しなければならない。あの〈格闘〉を重ね、〈殺戮〉を縦にしていたはずの信輔が――。そしておそらくそこには、〈殺戮の歓喜〉よりも、むしろその犠牲となるものの心の痛み、悲しみを、同時にその身に抱えこまざるをえない信輔の、心の優しさ、弱さが示されている。いわば生命を削る〈格闘〉よりも、むしろ同時にその生命の〈自然〉をいとおしむ心根こそが信輔のものであり、また芥川のものだったといえよう。（〈能勢の顔を見るだけの勇気〉がなく、〈思はず下を向い〉てしまった〈自分〉のように。）

もう一つ、「大導寺信輔の半生」で印象的な「二　牛乳」の一節。

《信輔は全然母の乳を吸つたことのない少年だつた。元来体の弱かつた母は一粒種の彼を産んだ後さへ、一滴の乳も与へなかつた。のみならず乳母を養ふことも貧しい彼の家の生計には出来ない相談の一つだつた。彼はその為に生まれ落ちた時から牛乳を飲んで育つて来た。それは当時の信輔には憎まずにはゐられぬ運命だつた。》

《信輔は壜詰めの牛乳の外に母の乳を知らぬことを恥ぢた。これは彼の秘密だつた。誰にも決して知らせることの出来ぬ彼の一生の秘密だつた。この秘密は又当時の彼には或迷信をも伴つてゐた。彼は只頭ばかり大きい、無気味なほど痩せた少年だつた。のみならずはにかみ易い上にも、磨ぎ澄ました肉屋の庖丁にさへ動悸の高まる少年だつた。その点は――殊にその点は伏見鳥羽の役に銃火をくぐつた、日頃胆勇自慢の父とは似ても似つかぬのに違ひなかつた。彼は一体何歳からか、又どう言ふ論理からか、この父に似つかぬことを牛乳の為と確信してゐた。いや、体の弱いことをも牛乳の為と確信してゐた。若し牛乳の為とすれば、少しでも弱みを見せたが最後、彼の友だちは彼の秘密を看破してしまふのに違ひなかつた。彼はその為にどう言ふ時でも彼の友だちの挑戦に応じた。》

つまり〈自然〉から遺棄された運命への呪詛。しかも彼はそれを〈友だちの挑戦に応じ〉ることで、そのような〈スパルタ式の訓練〉を重ねることで、さらには〈羅馬の建国者ロミュルスに乳を与へたものは狼である〉という知識の後ろ盾を得ることによって、〈牛乳に育つたこと〉、つまりそのように〈自然〉から遺棄された運命を、〈寧ろ彼の誇り〉、大義に繋がるものとしての〈誇り〉へと換えてゆくのである。

が、にもかかわらず、それに続く次の一節には、ある信輔の心根が揺らいでいる。

《信輔は中学へはひつた春、年とつた彼の叔父と一しよに、当時叔父が経営してゐた牧場へ行つたことを覚えてゐる。殊にやつと柵の上へ制服の胸をのしかけたまゝ、目の前へ歩み寄つた白牛に干し草をやつたことを覚えてゐる。牛は彼の顔を見上げながら、静かに干し草へ鼻を出した。彼はその顔を眺めた時、ふとこの牛の瞳の中に何にか人間に近いものを感じた。空想？——或は空想かも知れない。が、彼の記憶の中には未だに大きい白牛が一頭、花を盛つた杏の枝の下に柵によつた彼を見上げてゐる。しみじみと、懐しさうに。……》

おそらくこのもの言わぬ、しかしだからこそ生命そのもののように〈彼を見上げてゐ〉る白牛の瞳。そこにはまた、〈もの静かな狂人〉（「点鬼簿」）として床に臥しながら、自らを〈見上げてゐ〉た実母の瞳への、芥川のなにか罪科の疚しさにも似た思いが重なっていたといえよう。(9)

だが無論、芥川は死闘を止めない。が、それにしても何のために——。

芥川はそれこそ〈僕の母は狂人である〉と打ち明けた「点鬼簿」において、おそらくその〈母〉を狂わせた〈父〉（実父新原敏三）の実像に迫っている。(10) あるいは母の発狂の原因は、あげて父の所為ではなかったのか。(11)

《僕は母の発狂した為に生まれるが早いか養家に来たから、（養家は母かたの伯父の家だつた。）僕の父にも冷淡だつた。僕の父は牛乳屋であり、小さい成功者の一人らしかつた。僕に当時新らしかつた果物や飲料を教へたのは悉く僕の父である。バナナ、アイスクリイム、パイナアツプル、ラム酒、——まだその外にもあつたかも知れない。僕は当時新宿にあつた牧場の外の槲の葉かげにラム酒を飲んだことを覚えてゐる。ラム酒は非常にアルコオル分の少ない、橙黄色を帯びた飲料だつた。

僕の父は幼い僕にかう云ふ珍らしいものを勧め、養家から僕を取り戻さうとした。僕は一夜大森の魚栄でアイスクリイムを勧められながら、露骨に実家へ逃げて来いと口説かれたことを覚えてゐる。僕の父はかう云ふ時には頗る巧言令色を弄した。が、生憎その勧誘は一度も功を奏さなかつた。それは僕が養家の父母を、——殊に伯母を愛してゐたからだつた。

僕の父は又短気だつたから、度々誰とでも喧嘩をした。僕は中学の三年生の時に僕の父と相撲をとり、僕の得意の大外刈りを使つて見事に僕の父を投げ倒した。僕の父は起き上つたと思ふと、「もう一番」と言つて僕に向つて来た。僕は又造作もなく投げ倒した。僕の父は三度目には「もう一番」と言ひながら、血相を変へて飛びかかつて来た。この相撲を見てゐた僕の叔母——僕の母の妹であり、僕の父の後妻だつた叔母は二三度僕に目くばせをした。僕は僕の父と揉み合つた後、わざと仰向けに倒れてしまつた。が、もしあの時に負けなかつたとすれば、僕の父は必ず僕にも摑みかからずにはゐなかつたであらう。

僕は二十八になつた時、——まだ教師をしてゐた時に「チチニウイン」の電報を受けとり、倉皇と鎌倉から東京へ向つた。僕の父はインフルエンザの為に東京病院にはひつてゐた。僕は彼是三日ばかり、養家の伯母や実家の叔母と病室の隅に寝泊りしてゐた。そのうちにそろそろ退屈し出した。そこへ僕の懇意にしてゐた或愛蘭土の新聞記者が一人、築地の或待合へ飯を食ひに来ないかと云ふ電話をかけた。僕はその新聞記者が近く渡米するのを口実にし、垂死の僕の父を残したまま、築地の或待合へ出かけて行つた。

僕等は四五人の芸者と一しよに愉快に日本風の食事をした。食事は確か十時頃に終つた。僕はその新聞記者を残したまま、狭い段梯子を下つて行つた。すると誰か後ろから「ああさん」と僕に声をかけた。僕は中段に足をとめながら、段梯子の上をふり返つた。そこには来合せてゐた芸者が一人、ぢつと僕を見下ろしてゐた。僕は黙つて段梯子を下り、玄関の外のタクシイに乗つた。タクシイはすぐに動き出した。が、僕は僕の父よりも水々しい西洋髪に結つた彼女の顔を、――殊に彼女の目を考へてゐた。

僕が病院へ帰つて来ると、僕の父は僕を待ち兼ねてゐた。のみならず二枚折の屛風の外に悉く余人を引き下らせ、僕の手を握つたり撫でたりしながら、僕の知らない昔のことを、――僕の母と結婚した当時のことを話し出した。それは僕の母と二人で簞笥を買ひに出かけたとか、鮨をとつて食つたとか云ふ、瑣末な話に過ぎなかつた。しかし僕はその話のうちにいつか瞼《まぶた》が熱くなつてゐた。僕の父も肉の落ちた頰にやはり涙を流してゐた。

僕の父はその次の朝に余り苦しまずに死んで行つた。死ぬ前には頭も狂つたと見え「あんなに旗を立てた軍艦が来た。みんな万歳を唱へろ」などと言つた。僕は僕の父の葬式がどんなものだつたか覚えてゐない。唯僕の父の死骸を病院から実家へ運ぶ時、大きい春の月が一つ、僕の父の柩車の上を照らしてゐたことを覚えてゐる。》

しかしおそらくこれは〈父〉なるものの、いや〈男〉なるもののカリカチュア以外のなにものでもない。つねに〈成功者〉であることを自負し、さらに失ったものを奪回しようとし、〈血相を変へて〉挑戦し続ける。しかも死に際しても〈旗を立てた軍艦〉を夢見るとは――。これが〈父〉なるものの、いや〈男〉なるものの〈正義〉とすれば、それはなんとも俗悪な権力欲、あるいは卑小な野心に憑かれたものの姿ではないか。

しかし、〈僕〉自身、つまり〈息子〉なるものも笑えたものではない。父の死の床に付き添いながら、〈そのうちにそろそろ退屈し出し〉、いわば〈付き合い〉（〈仕事〉のうち）を口実にして、〈待合へ出かけ〉、〈来合せてゐた芸者〉に心惹かれる。なんと持って生まれた人間、いや〈男〉の軽薄、とでもいわざるをえない。（父を嘲笑し憎悪するその自らを嘲笑し憎悪する――。）

このわれひとともに備わった軽薄に対する〈デグウ〉。それこそがその生涯にわたって、芥川の精神を苛んでいたものではなかったか。が、だからこそそのわれひとともに備わった軽薄は浄化されなければならないのだ。（すくなくとも〈母〉の抹殺に疼く〈我が心〉を癒さんがためにも――。）

たとえば早く「素盞嗚尊《すさのをのみこと》」[12]は〈少年のやうに純粋〉であるにもかかわらず、いや〈少年のやうに純粋〉であればこそ、空を渡る風に憧れ、〈「素盞嗚よ。お前は何を探してゐるのだ。おれと一しよに来い」〉という声に誘われて、勢い人との間に〈自負〉と〈膂力〉をかけて〈雌雄〉を競う、要するに勝利を目指して死闘を重ねてゆくのである。

だがそれは思兼《おもひかね》の尊《みこと》に〈「莫迦げてゐますよ」〉と一蹴される。〈「第一私に云はせると、競争する事が既によろしくない。第二に到底勝てさうもない競争をするのが論外です。第三に命まで捨てるに至つては、それこそ愚の骨頂ぢやありませんか」〉。もとより素盞嗚との力較べに敗れて死んだ若者への皮肉だが、皮肉は素盞嗚をこそ撃っているのだ。

まさしく〈「莫迦げ」〉た男の意地。〈「莫迦げ」〉た男の根性[13]。だが、いわばその男の宿業の浄化にこそ、以後の芥川の〈書く〉ことにかけた主題があったのだ。しかも皮肉なことに、またしてもそれは戦いとらねばならない。だがどのように。素盞嗚は遍歴を重ね、ようやく櫛名田姫《くしなだひめ》との生活に〈炉辺の幸福〉を見出す。しかし妻の死と自らの老い（これもまた生命の〈自然〉）。そして娘を奪おうとする葦原醜男《あしはらしこを》を相手に最後の戦いを繰り返すが、それにも疲れ、男が娘を奪って去るに任す。素戔嗚は男に〈「おれよりももつと手力《たぢから》を養へ。おれよりももつと智慧を磨け」〉、そして〈「おれよりももつと仕合せになれ」〉と呼びかける。自分を越えて娘たち二人の命の〈「仕合せ」〉を願う素戔嗚を、芥川は〈天上の神神に近い、悠悠たる威厳に充ち満ちてゐた〉というが、〈「もつと仕合せにな」〉

るためには、依然として〈「手力を養」〉い〈「知恵を磨」〉けと言うしかなかったところに、ついに止揚しえぬ素戔嗚の矛盾が残っていたのだ。

そしてその戦いは芥川の最期まで続くのである。おそらく「西方の人」（「改造」昭和二年七月）や絶筆「続西方の人」（同九月、ともに短篇集『西方の人』岩波書店、昭和四年十二月に所収）は、〈クリスト〉の一生に仮託して、〈父〉＝〈男〉＝〈息子〉なるもの、そして自己自身の聖化を戦い取るべき、彼の最後の戦いであったといえよう。(14)

*

「西方の人」はすでに「2　マリア」と「3　聖霊」において、その構造を明らかにする。(15)〈「永遠に守らんとするもの」〉と〈「永遠に超えんとするもの」〉の対立と葛藤――。

《マリアは唯の女人だつた。が、或夜聖霊に感じて忽ちクリストを生み落した。我々はあらゆる女人の中に多少のマリアを感じるであらう。同時に又あらゆる男子《なんし》の中《うち》にも――。いや、我々は炉に燃える火や畠の野菜や素焼きの瓶《かめ》や巌畳《がんでふ》に出来た腰かけの中《うち》にも多少のマリアを感じるであらう。マリアは「永遠に女性なるもの」ではない。唯「永遠に守らんとするもの」である。クリストの母、マリアの一生もやはり「涙の谷」の中に通つてゐた。が、マリアは忍耐を重ねてこの一生を歩いて行つた。世間智と愚と美徳とは彼女の一生の中《うち》に一つに住んでゐる。ニイチエの叛逆はクリストに対するよりもマリアに対する叛逆だつた。》（「2　マリア」）

《我々は風や旗の中《うち》にも多少の聖霊を感じるであらう。聖霊は必ずしも「聖なるもの」ではない。唯「永遠に超えんとするもの」である。ゲエテはいつも聖霊に Daemon の名を与へてゐた。のみならずいつもこの聖霊に捉はれないやうに警戒してゐた。が、聖霊の子供たちは――あらゆるクリストたちは聖霊の為にいつか捉はれる危険を持つてゐる。聖霊は悪魔や天使ではない。勿論、神とも異るものである。我々は時々善悪の彼岸に聖霊の歩いてゐるのを見るであらう。善悪の彼岸に、――しかしロンブロゾオは幸か不幸か精神病者の脳髄の上に聖霊の歩いてゐるのを発見してゐた。》（「3　聖霊」）

なぜ、〈クリスト〉の一生を語ろうとして、〈マリア〉から、――聖書において〈クリスト〉の誕生と死を除き、ほんの数度しか登場しない〈マリア〉を語ることから始めたのか。[15] おそらくそこにこのキリスト伝の特異性があるといえるが、[16] そのことはしばらく措いて（ただ〈クリスト〉の生涯がその生誕から死に至るまで、ことごとく母〈マリア〉への〈叛逆〉に終始していたというのは、まさに紛れもない真実をついた指摘といわざるをえず、以下言及する通りである）、芥川はまず、〈クリスト〉の五体を衝迫するほとんど不可抗の力を〈聖霊〉と呼び、それを〈「永遠に超えんとするもの」〉、ゲエテのいわゆる〈Daemon〉になぞらえている。しかも〈クリスト〉、さらには〈あらゆるクリストたち〉といいつつ、彼等を〈聖霊〉に捉われまいとしても捉われざるをえない、いわば〈聖霊の子供たち〉と評しながら、いつしか自らをも〈あらゆるクリストたち〉の一人に数えあげてゆくのである。

さて「10　父」で、〈クリスト〉は早くも〈聖霊の子供〉であることを自覚する。すでに〈バプテズマのヨハネに遭遇〉する前に――。さらに〈悪魔〉との〈問答〉＝〈論理以上の論理的決闘〉に勝利し（「12　悪魔」）、〈彼等に対するクリストの愛は彼の一生を貫いてゐる〉たという〈四人の弟子〉たちを従えるに及び、〈クリスト〉は〈見る鋭い舌に富んだ古代のジヤアナリストになつて行つた〉（「13　最初の弟子たち」）という。そして「14　聖霊の子供」において、〈クリストは古代のジヤアナリストになつた〉と確言し、〈彼の天才は飛躍をつづけ、彼の生活は一時代の社会的約束を踏みにじつた〉と語りつつ、しかも〈クリストは彼の詩の中にどの位情熱を感じてゐたであらう。「山上の教へ」は二十何歳かの彼の感激に満ちた産物である〉と続ける。〈彼はどう云ふ前人も彼に若かないのを感じてゐた。この海のやうに高まつた彼の天才的ジヤアナリズムは勿論敵を招いたであらう。が、彼等はクリストを恐れない訳《わけ》には行《ゆ》かなかつた。それは実に彼等には――クリストよりも人生を知り、従って又人生に対する恐怖を抱いてゐる彼等にはこの天才の量見の呑みこめない為に外ならなかつた〉[17]――。

明らかなように、こうして芥川は〈クリスト〉の前半生に自らの前半生を仮託しながら、〈クリスト〉が〈聖霊の子供〉として、内なる〈詩的情熱〉に駆られつつ、〈天才的ジヤアナリスト〉に上り詰めていつた次第を一挙に描き出していくのだ。[18]

だが、なにゆえに〈ジヤアナリスト〉なのか？　しかしここでもその問いはしばらく措いて、ここに来て、ふたたび〈マリア〉に言及される。――「17　背徳者」。

《クリストの母、美しいマリアはクリストには必しも母ではなかつた。彼の最も愛したものは彼の道に従ふものだつた。クリストは又情熱に燃え立つたまま、大勢の人々の集つた前に大胆にもかう云ふ彼の気もちを言ひ放すことさへ憚らなかつた。マリアは定めし戸の外に彼の言葉を聞きながら、悄然と立つてゐたことであらう。我々は我々自身の中《うち》にマリアの苦しみを感じてゐる。たとひ我々自身の中《うち》にクリストの情熱を感じてゐるとしても、――しかしクリスト自身も亦時々はマリアを憐んだであらう。かがやかしい天国の門を見ずにありのままのイエルサレムを眺めた時には。……》

まさに〈クリスト〉と〈マリア〉の心の対立と葛藤を描いて余すところない一節といえる。〈我々は我々自身の中にマリアの苦しみを感じてゐる。たとひ我々自身の中にクリストの情熱を感じてゐるとしても〉。言うまでもなくこれは、〈母〉を排斥し抹殺しつづけた芥川の心の疼きが言わせた言葉であっただろう。

が、まるでその疼きを振り払うように、「18　クリスト教」で〈クリストは我々に天国にたいする悄怳《しやうきやう》を呼び起した第一人だつた〉、〈クリストは兎に角我々に現世の向うにあるものを指し示した〉、〈我々はいつもクリストの中《うち》に我々の求めてゐるものを、――我々を無限の道へ駆りやる喇叭の声を感じるであらう〉ことを高らかに謳い上げるのである。そして「19　ジヤアナリスト」で〈「善いサマリア人」や「放蕩息子の帰宅」はかう云ふ彼の詩の傑作〉と例示し、「20　エホバ」で〈クリストはこの神の為に――詩的正義の為に戦ひつづけた〉と強調するのだ。しかしこの息も切らぬような〈クリスト〉鑽仰の間隙に、次のごとき苦い吐息のあることを見逃すことはできない。

《クリストの度たび説いたのは勿論天上の神である。「我々を造つたものは神ではない、神こそ我々の造つたものである。」――かう云ふ唯物主義者グウルモンの言葉は我々の心を喜ばせるであらう。それは我々の腰に垂れた鎖を截りはなす言葉である。が、同時に又我々の腰に新らしい鎖を加へる言葉である。のみならずこの新らしい鎖も古い鎖よりも強いかも知れない。神は大きい雲の中から細かい神経系統の中に下《くだ》り出した。しかもあらゆる名のもとにやはりそこに位してゐる。クリストは勿論目のあたりに度たびこの神を見たであらう。（神に会はなかつたクリストの悪魔に会つたことは考へられない。）彼の神も亦あらゆる神のやうに社会的色彩の強いものである。しかし兎に角我々と共に生まれた「主なる神」だつたのに違ひない。クリストはこの神の為に――詩的正義の為に戦ひつづけた。あらゆる彼の逆説はそこに源を発してゐる。後代の神学はそれ等の逆説を最も詩の外《ほか》に解釈しようとした。それから、――誰《たれ》も読んだことのない、退屈な無数の本を残した。ヴオルテエルは今日では滑稽なほど「神学」の神を殺す為に彼の剣を揮つてゐる。しかし「主なる神」は死なゝかつた。同時に又クリストも死なゝかつた。神はコンクリイトの壁に苔の生える限り、いつも我々の上に臨んでゐるであらう。ダンテはフランチエスカを地獄に堕《おと》した。が、いつかこの女人を炎の中から救つてゐた。一度でも悔い改めたものは――美しい一瞬間を持つたものはいつも「限りなき命」に入つてゐる。感傷主義の神と呼ばれ易いのも恐らくはかう云ふ事実の為であらう。》

（「20　エホバ」）

すでに神は天上から――〈大きい雲の中から細かい神経系統の中に下り出した〉。〈あらゆる神のやうに社会的色彩の強いもの〉、〈我々と共に生まれた「主なる神」〉、要するにそれはもう絶対の神ではない。この地上においてなんの支えもなく、切れ切れの〈神経〉のように震える神でしかない。

そしておそらくここに、芥川が〈クリスト〉の戦い、〈神の為〉の、そして〈詩的正義の為〉の戦いを、〈ジヤアナリズム〉と呼ばざるをえなかった所以がある、といっていい。〈クリストはこの神の為に――詩的正義の為に戦ひつづけた〉。が、その神がすでに天上の神でなく、その伝え広めるべき言葉が絶対のものではないならば、〈詩的正義の為の戦ひ〉とは所詮地上の〈正義〉、その相対的価値のための戦いに終わるしかないだろう。つまりは単に〈数〉を恃む〈ジヤアナリズム〉、とはあの権力欲や野心の不純と倨傲をひきずっているのだ。

しかもそれが、ただ地上に蠢くものの戦いに止まる以上、その戦いにおいて〈母〉に強いた犠牲を、〈息子〉は一体どうして償いうるのか。――おそらくこの一節には、そうした取り返しようのない〈背徳〉への思いが、痛切に裏打ちされているといわなければならない。

〈しかし「主なる神」は死ななかつた。同時に又クリストも死ななかつた〉と芥川は言う。とは無論、かくして一切は終わりなく続くのである。

一切は終わりなく続く――。だがその飴のようにのびる地上の時間を、縦に断ち切る〈美しい一瞬〉。それは〈何ものよりも自由を愛する彼の心〉（「24　カナの饗宴」）に、最後まで消えぬ見果てぬ夢ではなかったか。（そしておそらくここには、地上において、空中の火花を見るごとく、一瞬天上の〈自由〉を垣間見ようとする芥川の、あの〈刹那の感動〉の美学が裏打ちされているのだ。）

しかしこのいわゆる〈刹那の感動〉こそは、この地上において〈感傷主義〉（「23　ラザロ」）でしかなく、あるいは現実についに手にすることのできない幻想ではなかったか。しかもこの〈自由〉への仰望こそは、まさに見果てぬ夢として、向後も〈クリスト〉を衝迫して止まないものであったのだ。

「西方の人」はここに来て、とみに風雲急を告げる。「25　天に近い山の上の問答」――、〈クリスト〉は〈やつと三十歳に及んだ時に彼の一生の総決算をしなければならない苦しみを嘗めてゐた〉。彼は〈「大いなる死者たち」〉――モオゼやエリヤと問答しながら、〈愈彼の見苦しい死の近づいたのを感じずにはゐられなかつた〉。

《天に近い山の上には氷のやうに澄んだ日の光の中に岩むらの聳えてゐるだけである。しかし深い谷の底には柘榴や無花果も匂つてゐたであらう。そこには又家々の煙もかすかに立ち昇つてゐたかも知れない。クリストも亦恐らくはかう云ふ下界の人生に懐しさを感じずにはゐなかつたであらう。しかし彼の道は嫌でも応でも人気《ひとけ》のない天に向つてゐる。彼の誕生を告げた星は――或は彼を生んだ精霊は彼に平和を与へようとしない。「山を下る時イエス彼等（ペテロ、ヤコブ、その兄弟のヨハネ）に命じて人の子の死より甦るまでは汝等の見し事を人に告ぐべからずと言へり。」――天に近い山の上にクリストの彼に先立つた「大いなる死者たち」と話をしたのは実に彼の日記にだけそつと残したいと思ふことだつた。》（「25　天に近い山の上の問答」）

おそらく〈クリスト〉は、もとより自らが〈神の子〉でなく、ただの〈人の子〉であり、しかもなお自らの歩むべき〈道が〉、〈嫌でも応でも人気のない天に向つてゐる〉という動かしようのない事実を、明確に自覚しはじめたのだ――。

さらに「27　イエルサレムへ」――〈彼を生んだ聖霊はおのづから彼を翻弄し出した。我々は蠟燭の火に焼かれる蛾の中にも彼を感じるであらう。蛾は唯蛾の一匹に生まれた為に蠟燭の火に焼かれるのである。クリストも亦蛾と変ることはない〉。〈クリストはイエルサレムへ驢馬を駆つてはひる前に彼の十字架を背負つてゐた。それは彼にはどうすることも出来ない運命に近いものだつたであらう。彼はそこでも天才だつたと共にやはり畢に「人の子」だつた〉。

――自らの手で自らの〈運命〉を証すように、彼は〈神〉へ通じる唯一の道、十字架への道を急ぐ。その〈神の子〉にのみ可能な、しかも〈「人の子」〉にはついに不可能な道を――。

もとより不可能と知りつつ、あえてそれに挑戦する、そこに人間の〈自由〉、そのもっとも悲劇的な姿があると言ってよい。しかもそこには当然〈死〉（〈自死〉）がかけられなければならない。なぜなら〈死〉こそは地上の子が超えるべきもっとも至高なるもの、至上なるもの（あえて言えば人間の尊厳、いや意地と倨傲のすべてがかけられているもの）であるから。こうしてすでに〈クリスト〉の前には、いわばとうから十字架への道は敷かれていたのだ。[19]

そして「28　イエルサレム」――〈ゲツセマネの橄欖《かんらん》はゴルゴタの十字架よりも悲壮である。クリストは死力を揮ひながら、そこに彼自身とも、――彼自身の中の聖霊とも戦はうとした。ゴルゴタの十字架は彼の上に次第に影を落さうとしてゐる。彼はこの事実を知り悉してゐた〉。〈「わが父よ、若し出来るものならば、この杯《さかづき》をわたしからお離し下さい。けれども仕かたはないと仰有るならば、どうか御心のままになすつて下さい」〉。

〈クリスト〉はすでに自らが〈凡胎の子〉であることを自らに隠さない。しかも彼は、〈凡胎の子〉にはついに超えられぬであろう道を歩まなければならないのだ。その〈どうすることも出来ない運命〉（「27　イエルサレムへ」）に蹂躙されながら、〈クリスト〉は烈しく戦き、同時に抗い、しかしその苦しみに身を預ける――。が、そうだとすれば〈クリスト〉はまさにこの時、〈母〉という〈運命〉に身を委ね、その一生を〈忍耐を重ね〉て〈「涙の谷」の中〉に歩いて行った〈マリア〉の苦しみを、まざまざと我が身に（「人の子」として）感じてはいなかったか。

少々さかのぼって〈クリスト〉十二歳の折、過越の祭りの後、見失った我が子を探して両親がイエルサレムに戻ってみると、〈彼教師の中に坐し、聴き且問ひゐたり。聞者皆其知慧《さとき》と其応対とを奇《あや》しとせり〉という一節――。「続西方の人」（「8　或時のマリア」）はこれに続けて次のようにいう。

《クリストの父母は彼を見つけ、「さんざんお前を探してゐた」と言つた。すると彼は存外平気に「どうしてわたしを尋ねるのです。わたしはわたしのお父さんのことを務めなければなりません」と答へた。「されど両親は其語れる事を暁《さと》らず」と云ふのも恐らくは事実に近かつたであらう。けれども我々を動かすのは「其母これらの凡《すべて》の事を心に蔵《と》めぬ」と云ふ一節である。美しいマリアはクリストの聖霊の子供であることを承知してゐた。この時のマリアの心もちはいぢらしいと共に哀れである。マリアはクリストの言葉の為にヨセフに恥ぢなければならなかつたであらう。それから彼女自身の過去も考へなければならなかつたであらう。最後に――或は人気のない夜中に突然彼女を驚かした聖霊の姿も思ひ出したかも知れない。「人の皆無、仕事は全部」と云ふフロオベルの気もちは幼いクリストの中にも漲つてゐる。しかし大工の妻だつたマリアはこの時も薄暗い「涙の谷」に向かひ合はなければならなかつたであらう。》

〈マリア〉は自分がある夜突然〈聖霊〉に憑かれたことを思い返しながら、しかし自分が所詮〈大工の妻〉であり、〈クリストの母だつたと云ふ以外に所謂ニウス・ヴァリユウのない女人〉（「続西方の人」―「11　或時のクリスト」）、まさに〈凡胎〉でしかないという事実を痛切に自覚しつつ、その〈母〉という〈運命〉――驕慢なる我が子から冷たく〈「わが母とは誰ぞ」〉と拒まれ、〈永遠に超え〉られていく〈運命〉に身を委ね、その犠牲の悲しみに耐えていたのだ。（ただ〈母〉にとって、〈息子〉とはなべて〈聖霊の子供〉ではないか。）

とすれば〈クリスト〉の十字架への道は、またしてもその〈母〉の悲しみの上に歩まれていたと言わなければならない。少なくとも〈クリスト〉はそのことに気付き、以後つねに〈母〉の悲しみを自らの宿業として意識せざるをえなかったといえよう。

ついで「西方の人」（「31　クリストよりもバラバを」）に、〈クリストは彼自身に、――彼自身の中のマリアに叛逆してゐる〉という。もとより〈マリア〉は〈永遠に守らんとするもの〉。しかし〈マリア〉は単に〈平和に至る道〉

（「続西方の人」――「11　或時のクリスト」）を歩むもの、そして単にあの生命の〈自然〉を生きるものではない。そこにも続けてあるように、〈マリアは唯この現世を忍耐して歩いて行つた女人〉。だからここにいう〈平和〉とは、この〈現世〉の苦しみ（〈娑婆苦〉）を生きること、そのことを耐え忍ぶこと、その〈忍耐〉を涯まで破らず守り通すことにかけられている。[20] しかも己れゆえの〈母〉の苦しみを一層強いるように、〈クリスト〉は十字架に上る。芥川はそれを〈マリアへの叛逆〉、いや〈彼自身の中のマリアへの叛逆〉、そしてそれこそが〈「人間的な、余りに人間的な」叛逆〉というのである。[21]

かくして「32　ゴルゴタ」。

《十字架の上のクリストは畢に「人の子」に外ならなかつた。

「わが神、わが神、どうしてわたしをお捨てなさる?」

勿論英雄崇拝者たちは彼の言葉を冷笑するであらう。況や聖霊の子供たちでないものは唯彼の言葉の中に「自業自得」を見出すだけである。「エリ、エリ、ラマサバクタニ」は事実上クリストの悲鳴に過ぎない。しかしクリストはこの悲鳴の為に一層我々に近づいたのである。のみならず彼の一生の悲劇を一層現実的に教へてくれたのである。》

〈十字架の上のクリスト〉の〈悲鳴〉には、所詮〈人の子〉でしかないもののすべて――その弱さ、醜さ、惨めさ、つまりはあの生命の〈自然〉のすべてがさらけ出されているというのだ。

が、そうだとすればそこにはまた〈母〉に背いた〈人の子〉の心の叫び――その苛責と慙愧がほとばしり出ていたはずではないか。（芥川はこのことを「続西方の人」――「20　受難」に〈十字架にかかつたクリストは多少の虚栄心を持つてゐたものの、彼の肉体的苦痛と共に精神的苦痛にも襲はれたであらう。殊に十字架を見守つてゐたマリアを眺めることは苦しかつた訳である〉と記している。）

　そして「33　ピエタ」に、

《クリストの母、年をとつたマリアはクリストの死骸の前に歎いてゐる。――かういふ図の Piéta と呼ばれるのは必しも感傷主義的と言ふことは出来ない。唯ピエタを描かうとする画家たちはマリア一人だけを描かなければならぬ。》

　たしかに〈マリア〉だけが〈クリスト〉の屍骸を葬ることができるのだ。〈マリア〉は〈クリスト〉を生んだ〈母〉として、この地上における〈クリスト〉の一切の〈叛逆〉、その罪過を〈一人だけ〉の心に堪えて、我が子を地下の根生いに返す。しかもそうして、とは自らの受苦を耐え切ることを通して、〈マリア〉の〈復讐〉は完成されていたのではないか。

　こうして芥川は〈クリスト〉の一生を〈マリアへの叛逆〉、〈彼自身の中のマリアへの叛逆〉、さらに〈「人間的な、余りに人間的な」叛逆〉と跡付けながら、最後に至り〈クリスト〉がその総身の〈苦痛〉を洩らし、しかもその一生を〈マリア〉の〈復讐〉に委ね終える、そのことを描出することによって、辛うじて自らを浄化しようとしたのだ。

　そしてだからこそその上に立って、彼は「36　クリストの一生」に、敢然とその総括を試みるのである。

《勿論クリストの一生はあらゆる天才の一生のやうに情熱に燃えた一生である。彼は母のマリアよりも父の聖霊の支配を受けてゐた。彼の十字架の上の悲劇は実にそこに存してゐる。彼の後に生まれたクリストたちの一人、――ゲエテは「徐ろに老いるよりもさつさと地獄へ行きたい」と願つたりした。が、徐ろに老いて行つた上、ストリントベリイの言つたやうに晩年には神秘主義者になつたりした。聖霊はこの詩人の中《うち》にマリアと吊り合ひを取つて住まつてゐる。彼の「大いなる異教徒」の名は必しも当つてゐないことはない。彼は実に人生の上にはクリストよりも更に大きかつた。況や他のクリストたちよりも大きかったことは勿論である。彼の誕生を知らせる星はクリストの誕生を知らせる星よりも円《まる》まるとかがやいてゐたことであらう。しかし我々のゲエテを愛するのはマリアの子供だつた為ではない。マリアの子供たちは麦畠の中や長椅子の上にも充ち満ちてゐる。いや、兵営や工場や監獄の中にも多いことであらう。我々のゲエテを愛するのは唯聖霊の子供だつた為である。我々は我々の一生の中にいつかクリストと一しよにゐるであらう。ゲエテも亦彼の詩の中に度たびクリストの髯を抜いてゐる。クリストの一生は見じめだつた。が、彼の後に生まれた聖霊の子供たちの一生を象徴してゐた。（ゲエテさへも実はこの例に洩れない。）クリスト教は或は滅びるであらう。少くとも絶えず変化してゐる。けれどもクリストの一生はいつも我々を動かすであらう。それは天上から地上へ登る為に無残にも折れた梯子である。薄暗い空から叩きつける土砂降りの雨の中に傾いたまゝ。……》

またしても〈クリストたちの一人〉ゲエテの名が喚起される。〈実に人生の上にはクリストよりも更に大きかつた〉というゲエテ。そして彼が〈「人間的な、余りに人間的な」〉存在であったのも、〈聖霊〉が〈この詩人の中にマリアと吊り合ひを取つて住まつてゐ〉たからに他ならない。つまりゲエテは〈聖霊の子供〉であると同時に〈マリアの子〉であり、だからあのゲエテも、というよりあの円満この上ないゲエテさえ、〈人の子〉としての、とは〈マリア〉の苦しみを刻印された、まさに〈見じめ〉な忍苦の一生を生きざるをえなかったのだ。が、しかも〈我々のゲエテを愛するのはマリアの子供だつた為ではない〉、〈聖霊の子供だつた為である〉と芥川は言い放つ。なぜなら、現に〈人の子〉として、だから恥多く罪深き一生を生きるしかなかったとしても、なお〈聖霊の子供〉としてゲエテがそれら一切を〈永遠に超えん〉として強烈に生きたからに他ならないからだと、芥川は言うのである。(22)

そして〈クリスト〉に帰れば、まさにそれと同じことにおいてこそ、〈クリストの一生はいつも我々を動かす〉

のだ。「西方の人」最終章「37　東方の人」にも〈クリストの、――或はクリストたちの一生の我々を動かすのは〉とあり、さらに「続西方の人」末尾「22　貧しい人たちに」にも、〈しかし彼の一生はいつも我々を動かすであらう〉とある。

繰り返すまでもなく、〈クリスト〉の一生は〈人の子〉としての〈見すぼらしい〉無残な一生でしかない。しかもなお、なにかを〈永遠に〉求め続けるそのことを、この〈人生の上に何か美しいものを残して行つた〉(「西方の人」―「35　復活」)と芥川は表現する。たとえそれが〈人の子〉にかこつけた、いわば恥の上に恥を上塗り、罪の上に罪を上塗る、欺瞞と不純にみちたものであろうとも――。

だが〈見すぼらしい〉無残な一生としてなにものも残すことなく、しかも〈何か美しいものを残して行つた〉となぜ言えるのか。(23)――おそらくここに「続西方の人」の、最後に書かれなければならなかった所以がある。

無論「続西方の人」は「1　再びこの人を見よ」にあるごとく、「西方の人」の補遺的色彩が濃い。しかし〈古代のジヤアナリスト〉(「5　生活者」)、〈目ざましい彼のジヤアナリズム〉(「6　ジヤアナリズム至上主義者」)等、〈ジヤアナリスト〉〈ジヤアナリズム〉と特記された章は、他に「7　クリストの財布」、「14　孤身」、「21　文化的なクリスト」と枚挙に暇ない。中でも「9　クリストの確信」に、

《クリストは彼のジヤアナリズムのいつか大勢の読者の為に持て囃されることを確信してゐた。彼のジヤアナリズムに威力のあつたのはかう云ふ確信のあつた為である。従つて彼は又最期の審判の、――即ち彼のジヤアナリズムの勝ち誇ることも確信してゐた。尤もかう云ふ確信も時々は動かずにゐなかつたであらう。しかし大体はこの確信のもとに自由に彼のジヤアナリズムを公けにした。「一人の外に善者《よきもの》はなし、即ち神なり」――それは彼の心の中を正直に語つたものだつたであらう。しかしクリストは彼自身も「善き者」でないことを知りながら、詩的正義の為に戦ひつづけた。この確信は事実となつたものの、勿論彼の虚栄心である。クリストも亦あらゆるクリストたち

のやうにいつも未来を夢みてゐた超阿呆の一人だつた。若し超人と云ふ言葉に対して超阿呆と云ふ言葉を造るとすれば、……》

そして最終章「22　貧しい人たちに」——。

《クリストのジヤアナリズムは貧しい人たちや奴隷を慰めることになつた。それは勿論天国などに行かうとは思はない貴族や金持ちに都合の善かつた為もあるであらう。しかし彼の天才は彼等を動かさずにはゐなかつたのである。いや、彼等ばかりではない。我々も彼のジヤアナリズムの中に何か美しいものを見出してゐる。何度叩いても開かれない門のあることは我々も亦知らないわけではない。狭い門からはひることもやはり我々には必しも幸福ではないことを示してゐる。しかし彼のジヤアナリズムはいつも無花果《いちじく》のやうに甘みを持つてゐる。彼は実にイスラエルの民の生んだ、古今に珍らしいジヤアナリストだつた。同時に又我々人間の生んだ、古今に珍らしい天才だつた。「予言者」は彼以後には流行してゐない。しかし彼の一生はいつも我々を動かすであらう。彼は十字架にかかる為に、——ジヤアナリズム至上主義を推し立てる為にあらゆるものを犠牲にした。ゲエテは婉曲にクリストに対する彼の軽蔑を示してゐる。丁度後代のクリストたちの多少はゲエテを嫉妬してゐるやうに。——我々はエマヲの旅びとたちのやうに我々の心を燃え上らせるクリストを求めずにはゐられないのであらう。》

芥川はもはや〈クリスト〉に託して、自らの思いの丈を語っている。——〈クリストは彼自身も「善き者」でないことを知りながら、詩的正義の為に戦ひつづけた〉。だからその戦い、その〈ジヤアナリズム至上主義〉は、たかだか〈彼の虚栄心〉、権力欲と野心を出るものではないことを心得ていた。しかも芥川は彼を、〈我々も彼のジヤアナリズムの中に何か美しいものを見出してゐる〉と言って、〈クリスト〉の、さらに自分自身の勝利、究極の逆転を祈念して止まないのである。(24)

最後に蛇足を一つ。

《私は知己を百代の後に待たうとしてゐるものではない。

公衆の批判は、常に正鵠を失しやすいものである。現在の公衆は元より云ふを待たない。歴史は既にペリクレス時代のアゼンスの市民や文芸復興期のフロレンスの市民でさへ、如何に理想の公衆とは縁が遠かつたかを教へてゐる。既に今日及び昨日の公衆にして斯くの如くんば、明日の公衆の批判と雖も亦推して知るべきものがありはしないだらうか。彼等が百代の後よく砂と金とを弁じ得るかどうか、私は遺憾ながら疑ひなきを得ないのである。

よし又理想的な公衆があり得るにした所で、果して絶対美なるものが芸術の世界にあり得るであらうか。今日の私の眼は、唯今日の私の眼であつて、決して明日の私の眼ではない。と同時に又私の眼が結局日本人の眼であつて、西洋人の眼でない事も確である。それならどうして私に、時と処とを超越した美の存在などが信じられやう。成程ダンテの地獄の火は、今も猶東方の豎子をして戦慄せしむるものがあるかも知れない。けれどもその火と我々との間には、十四世紀の伊太利なるものが雲霧の如くにたなびいてゐるではないか。

況んや私は尋常の文人である。後代の批判にして誤らず、普遍の美にして存するとするも、書を名山に蔵する底の事は、私の為すべき限りではない。私が知己を百代の後に待つものでない事は、問ふまでもなく明かであらうと思ふ。

時時私は廿年の後、或は五十年の後、或は更に百年の後、私の存在さへ知らない時代が来ると云ふ事を想像する。その時私の作品集は、堆い埃に埋もれて、神田あたりの古本屋の棚の隅に、空しく読者を待つてゐる事であらう。いや、事によつたらどこかの図書館に、たつた一冊残つた儘、無残な紙魚の餌となつて、文字さへ読めないやうに破れ果ててゐるかも知れない。しかし――

私はしかしと思ふ。

しかし誰かが偶然私の作品集を見つけ出して、その中の短い一篇を、或はその一篇の中の何行かを読むと云ふ事がないであらうか。更に虫の好い望みを云へば、その一篇なり何行かなりが、私の知らない未来の読者に、多少にもせよ美しい夢を見せるといふ事がないであらうか。

私は知己を百代の後に待たうとしてゐるものではない。だから私はかう云ふ私の想像が、如何に私の信ずる所と矛盾してゐるかも承知してゐる。

けれども私は猶想像する。落莫たる百代の後に当つて、私の作品集を手にすべき一人の読者のある事を。さうしてその読者の心の前へ、朧げなりとも浮び上る私の蜃気楼のある事を。

私は私の愚を嗤笑すべき賢達の士のあるのを心得てゐる。が、私自身と雖も私の愚を笑ふ点にかけては敢て人後に落ちやうとは思つてゐない。唯、私は私の愚を笑ひながら、しかもその愚に恋々たる私自身の意気地なさを憐れまずにはゐられないのである。或は私自身と共に意気地ない一般人間をも憐れまずにはゐられないのである。》

(「後世」——「東京日日新聞」大正八年七月二十七日)(25)

福田恆存氏はこの一節に〈文学史のもつとも本質的な問題〉を読みとっている。(26) しかしこれは単に〈文学史〉の問題ではない。〈一般人間〉を巻き込んだ〈歴史〉全体の問題ではないか。その〈一行〉、いやその〈一分〉にかけた人間の〈愚〉、まさにその〈恋々たる〉思いにこそ、人間のすべての〈罪と罰〉は発しているのだ。

注

(1)「解釈と鑑賞」(昭和三十三年八月。のち『芸術的抵抗と挫折』未来社、昭和三十四年二月所収)。

(2)「大導寺信輔の半生」(未完)、のち『大導寺信輔の半生』(岩波書店、昭和五年一月)に所収、別稿がある。

(3)「芥川龍之介における虚と実」(「国文学」昭和五十二年五月。のち『悲劇の解読』筑摩書房、昭和五十四年十二月所収)。

(4)「芋粥」(「新小説」大正五年九月)における五位や「毛利先生」(「中央公論」同八年一月)における毛利先生に対する嘲笑と憐憫にも、同じ心の姿があったといえよう。

(5) 死後「改造」(昭和二年十月)に掲載。

(6) 「『歯車』論―ギリシア神話の暗合をもとに―」(「日本文学」昭和五十九年一月)。

(7) 第一章を「大調和」(昭和二年六月)、以下第六章まで死後「文芸春秋」(昭和二年十月)に掲載。

(8) 『オレステス三部曲』に関する記述は拙著『島崎藤村―「春」前後―』(審美社、平成九年五月)より引用。

(9) 〈あらゆる悪をつつみこんで、それを《悲しみ》としてひきうける抱擁者=《母》による救済のモチーフ〉(三好行雄『芥川龍之介論』筑摩書房、昭和五十一年九月)。しかし芥川にとって、《母》は初めから、所詮〈救済〉者たりえなかったのではないか。

(10) 新原敏三については森啓祐『芥川龍之介の父』(桜楓社、昭和四十九年二月)参照。なお「大導寺信輔の半生」の背景については三嶋譲「『大導寺信輔の半生』ノート―虚構化の方向―」(「近代文学論集」第二号、昭和五十一年十二月)以下を参照。

(11) 宮坂覚「芥川龍之介小論―〈狂人の娘〉(「歯車」「或阿呆の一生」)〈復讐の神〉(「歯車」)と父の〈性〉への忌避をめぐって―」(「玉藻」昭和六十年十二月)参照。

(12) 「大阪毎日新聞」に大正九年三月三十日より六月六日まで連載。のち短編集『春服』に収められるに際し、前半四分の三ほどが削除され、後半だけが独立して「老いたる素戔嗚尊」と改題された。

(13) 藤村の「家」に西(柳田国男)の言葉として次のようにある。〈「真実に遊ぶと言ふことは、女にばかり有ることで、男には無いサ。見給へ――小説を読んでさへ左様だ、只は読まない――何かしらに仕ようといふ気で、既に読んでるんだ。厭だね、男の根性といふ奴は。ホラ、――あのゾラの三ヶ条――生きる、愛する、働く――厭な主義ぢやないか。ツマラない……」〉(なおこのことについて前出の拙著『島崎藤村』で触れた)。

(14) 芥川の作品には、「奉教人の死」や「舞踏会」、「六の宮の姫君」などのいわば〈女物語〉の系譜に対し、「地獄変」や「素戔嗚尊」、そしてこの「西方の人」「続西方の人」などのいわば〈男物語〉の系譜があるといえる。

(15) 因に関口安義「芥川龍之介のイエス論―『西方の人』『続西方の人』―」(『芥川龍之介　実像と虚像』洋々社、昭和六十三年十一月)に、芥川がこの二作品の資料をおもに四福音書に求め、〈禁欲的といえるほど〉そこに留まっているという指摘がある。

(16) しかしこれは独創ではない。カトリック信仰は基督の〈情熱〉よりも、むしろマリアの〈忍耐〉とそれへの人々の共感に支えられていることは、現にその寺院の内を巡れば一目瞭然である。

(17) 〈ヨハネ〉は漱石だったかもしれない。その他もろもろ――。

(18) 繰り返しいえば、こうして芥川はこの現世を天国へと〈永遠に超えん〉とする〈クリスト〉の〈詩的情熱〉、〈詩的正義の為の戦〉の姿を、まさに自らの作家的、芸術家的戦いの姿に重ねて描き出す。そしてここに「西方の人」「続西方の人」の最大の目論見があったといえよう。

(19) 後にも述べるように、「続西方の人」において、この〈挑戦〉は〈ジヤアナリズム至上主義〉として強調される。芥川にとって、これは〈信仰〉の問題ではない。〈死〉を賭した〈詩的正義〉の戦いであり、その可能性の問題といえる。

(20) おそらく「おぎん」(「中央公論」大正十一年九月)の〈まりやおぎん〉は、すでに生きながらの〈地獄〉を生きていたのだ。だから向後〈両親の跡を追つて〉、〈地獄の底〉へ落ちようとも、なんの変わりもないだろう。そしてその覚悟に〈「流人となれるえわの子供」、あらゆる人間の心〉があるといえる。

(21) 言うまでもなくこれは、冒頭「2　マリア」の〈ニイチエの叛逆はクリストに対するよりもマリアに対する叛逆だつた〉に呼応している。

(22) 因に、佐藤泰正氏は一貫して〈天上から地上へ登る為に無残にも折れた梯子〉の所をそのまま読み取るように主張している(「芥川龍之介管見―近代日本文学とキリスト教に関する一試論―」―「国文学研究」昭和三十六年九月、のち『近代日本とキリスト教・試論』創文社、昭和三十八年九月所収。「『西方の人』論」―「国語と国文学」昭和四十五年二月、のち『文学その内なる神』桜楓社、昭和四十九年三月所収、他)が、これは吉田精一氏(「芥川龍之介の人と作品―『西方の人』を中心に―」―「国文学」昭和四十一年十二月、他)や笹淵友一氏(「芥川龍之介とキリスト教―『西方の人』について―」―「国文学」昭和四十一年十二月、他)の指摘するように、〈地上から天上へ登る〉の〈誤記〉か〈誤植〉というべきだろう。なぜなら芥川の〈クリスト〉は、まだ一度たりとも〈天上〉にいたためしはないからである。

(23) 少々溯って、そこにはあの〈「人の皆無、仕事は全部」と云ふフロオベルの気もち〉(「続西方の人」―「8　或時のマリア」)、つまり〈仕事〉にかける男達の強い執着が溢れている。

(24) 〈「人の皆無、仕事は全部」〉。しかしそれが〈神〉に通じず、〈絶対〉なるものに保証されていないとすれば、その〈仕事〉とは一体なにか。ただの自己執着ではないか。

(25) のち『梅・馬・鶯』(新潮社、大正十五年十二月)に「澄江堂雑記」―「第二十九　後世」として収録される。

(26) 「芥川龍之介Ⅰ」(『福田恆存著作集』第六巻『作家論』新潮社、昭和三十三年三月)。

「歯車」解読

——終わりない言葉——

芥川龍之介はその自伝的遺書「或阿呆の一生」の最終章（五十一）を「敗北」と名づけている。高橋敏夫氏も言うように、〈じつに芥川龍之介らしい退場のしかた〉ではないか。しかも芥川龍之介のその目論見は、まんまと当たったかにみえる。芥川の死後あらわれた膨大な数の追憶、否定、再評価等々の大半が、芥川の〈敗北〉から書き起こされ、そして〈敗北〉で締めくくられている。のみならずいまなお芥川の巧妙な仕掛けは生きている。高橋氏の続けて言うように、〈われわれは、芥川龍之介を「敗北」と切り離して思い起こすことに慣れていない〉。依然〈われわれは、懐疑家芥川好みの懐疑なき素朴で怠惰な読者〉でしかないのかもしれない。(1)

だが、では一体なにが〈敗北〉なのか。〈自殺〉がか？　それについては萩原朔太郎の周知の一文がある。《何故に芥川君は自殺したか？　自分はもはや、これ以上のことを語り得ない。しかしながらただ、一つの明白なる事実を断定し得る。即ち彼の自殺は、勝利によつての自殺で、敗北によつての自殺でないといふことである。実に彼は、死によつてその「芸術」を完成し、合せて彼の中の「詩人」を実証した。》（「芥川龍之介の死」(2)）

しかしこの一種デスペレートな哀悼をそのまま肯うこともできないだろう。〈死によつてその「芸術」を完成し、合せて彼の中の「詩人」を実証〉することが、どうして〈勝利〉といえるのか？

たしかに、それが戦いである以上、つねに〈勝利〉がめざされていたとすれば、――しかしこのことに関し、これ以上の贅言を重ねるのは差し控えよう。芥川自身の言う〈敗北〉への過程を、もっとも直接に、そして微細に描

いたであろう「歯車」を、以下具に読み進めて行くに如くはないからである

「歯車」は「一　レエン・コオト」のみ「大調和」（昭和二年六月）に発表され、没後あらためて「一」から「六」までの全文が「文芸春秋」（同十月）に掲載された。自筆原稿および「文芸春秋」発表のものには、それぞれの章の脱稿日が記されているが、それは次のごとくである。

一　レエン・コオト　昭和二年三月二十三日
二　復讐　同　三月二十七日（「文芸春秋」には記入なし）
三　夜　同　三月二十八日
四　まだ？　同　三月二十九日
五　赤光　同　三月三十日
六　飛行機　同　四月七日

「歯車」約七十五枚の執筆速度はこれをそのまま信じるとかなり速い。それゆえ葛巻義敏氏のように〈作られた日付〉（傍点葛巻氏）というものもあるが[3]、一方最終脱稿日の日付が平松ます子（麻素子）との心中未遂の日と重なるという芥川文の回想もある[4]。

もう一つ、「歯車」をめぐる基礎的な問題として見落とせないのは、佐藤春夫の追憶にある、「歯車」という表題が佐藤の薦めによるものだったというものである。〈「歯車」と云へばあの作品はアルス児童文庫のことで自分が訪ねた時彼が机辺からその最初の一章を取り出して自分に見せたものだ。その時題は「夜」と書いてあつた。その上に二三字消した跡があるので自分はそれを見てゐると彼は題が気に入らぬかと云つた。さうして消してあるのは「東京の夜」だと云つた。東京の夜は気取り過ぎるし「夜」ではあまり個性がなさ過ぎるので自分は「歯車」と云

ふ題を薦めて見た。彼は即座にペンを取上げてさう直した〉。[5]

しかし自筆原稿によると、原題にはまず「ソドムの夜」とあり〈ソドム〉が〈東京〉と訂され、さらに〈東京の〉が消されて「夜」だけが生きていたという経緯が明らかである。[6] が、このことの意味もいまはふれずに後に廻すとしよう。

1　レエン・コオト

まず冒頭、主人公〈僕〉は〈或知り人の結婚披露式につらなる為に鞄を一つ下げたまま、東海道の或停車場へその奥の避暑地から自動車を飛ばし〉ている。〈自動車の走る道の両がはは大抵松ばかり茂つてゐた〉。そこで自動車に乗り合わせていた〈理髪店の主人〉が〈「妙なこともありますね。××さんの屋敷には昼間でも幽霊が出るつて云ふんですが」〉と語り出す。

《「尤も天気の善い日には出ないさうです。一番多いのは雨のふる日だつて云ふんです。」》

「雨の降る日に濡れに来るんぢやないか?」

「御常談で。……しかしレエン・コオトを着た幽霊だつて云ふんですが。」

駅に着いてみると、上り列車は二、三分前に出たばかり。ただ待合室のベンチに〈レエン・コオトを着た男が一人ぼんやり外を眺めてゐ〉る。〈僕は今聞いたばかりの幽霊の話を思ひ出した。が、ちよつと苦笑したぎり、兎に角次の列車を待つ為に停車場前のカツフエへはひることにした〉。〈それはカツフエと云ふ名を与へるのも考へものに近いカツフエだつた〉。

《埃じみたカツフエの壁には「親子丼」だの「カツレツ」だのと云ふ紙札が何枚も貼つてあつた。

「地玉子、オムレツ」

僕はかう云ふ紙札に東海道線に近い田舎を感じた。それは麦畠やキヤベツ畠の間に電気機関車の通る田舎だつた。

……》

〈次の上り列車に乗つたのはもう日暮れに近い頃だつた〉。汽車は混んでいて、しかも〈僕の前後にゐるのは大磯かどこかへ遠足に行つたらしい小学校の女生徒ばかりだつた〉。その女生徒の群れを眺めていると、彼女等がもう〈一人前の女〉に見えたり、中で皆より〈ませて〉いる子がかえって〈女生徒〉らしく見えてならなかった。そして〈この矛盾を感じた僕自身を冷笑しない訳には行かなかつた〉――。

〈僕〉は〈やつと或郊外の停車場〉へ着いて、省線電車に乗り換えるために風の寒い中をプラットフォームに立っていると、偶然この春パリから帰ったばかりのT君に出会った。

省線電車は汽車ほど混んでいず、二人は並んで腰掛けてパリの話などを交わした。〈「フラン」〉の〈「暴落」〉、しかし向こうから見ると〈「のべつに大地震や大洪水がある」〉日本。

《するとレエン・コオトを着た男が一人僕等の向うへ来て腰をおろした。僕はちよつと無気味になり、何か前に聞いた幽霊の話をT君に話したい心もちを感じた。》

が、その前にT君が〈僕〉に話し掛ける。

《「あすこに女が一人ゐるだらう？　鼠色の毛糸のシヨオルをした、……」

「あの西洋髪に結つた女か？」

「うん、風呂敷包みを抱へてゐる女さ。あいつはこの夏は軽井沢にゐたよ。ちよつと洒落た洋装などをしてね。」》

しかし彼女は誰の目にも見すぼらしいなりをしていた。彼女は〈どこか眉の間に気違ひらしい感じのする顔〉をしていた。しかもそのまた風呂敷包みの中から〈豹に似た海綿〉をはみ出させていた。〈「軽井沢にゐた時には若い亜米利加人と踊つたりしてゐたつけ。モダアン……何と云ふやつかね」〉。〈レエン・コオトを着た男は僕のT君と別れる時にはいつかそこにゐなくなつてゐた〉。

《僕は省線電車の或停車場からやはり鞄をぶら下げたまま、或ホテルへ歩いて行つた。往来の両側に立つてゐるのは大抵大きいビルデイングだつた。僕はそこを歩いてゐるうちにふと松林を思ひ出した。のみならず僕の視野のうちに妙なものを見つけ出した。妙なものを？——と云ふのは絶えずまはつてゐる半透明の歯車だつた。僕はかう云ふ経験を前にも何度か持ち合せてゐた。歯車は次第に数を殖やし、半ば僕の視野を塞いでしまふ、が、それも長いことではない、暫らくの後には消え失せる代りに今度は頭痛を感じはじめる、——それはいつも同じことだつた。眼科の医者はこの錯覚(?)の為に度々僕に節煙を命じた。しかしかう云ふ歯車は僕の煙草に親まない二十前にも見えないことはなかつた。僕は又はじまつたなと思ひ、左の目の視力をためす為に片手に右の目を塞いで見た。左の目は果して何ともなかつた。しかし右の目の瞼《まぶた》の裏には歯車が幾つもまはつてゐた。僕は右側のビルデイングの次第に消えてしまふのを見ながら、せつせと往来を歩いて行つた(7)。》

結婚披露式の晩餐はとうに始まっていた。人々はいずれも陽気だった。が、〈僕〉の心もちはだんだん憂鬱になるばかりだった。〈僕〉はこの心もちを遁れるために、隣席の〈獅子のやうに白い頬髯を伸ばした〉名高い老漢学者に話し掛ける。

《「麒麟はつまり一角獣ですね。それから鳳凰もフエニックスという鳥の、……」

この名高い漢学者はかう云ふ僕の話にも興味を感じてゐるらしかつた。僕は機械的にしやべつてゐるうちにだんだん病的な破壊欲を感じ、堯舜を架空の人物にしたのは勿論、「春秋」の著者もずつと後《のち》の漢代の人だつたことを話し出した。するとこの漢学者は露骨に不快な表情を示し、少しも僕の顔を見ずに殆ど虎の唸るやうに僕の話を截り離した。

「もし堯舜もゐなかつたとすれば、孔子は譃をつかれたことになる。聖人の譃をつかれる筈はない。」》

〈僕〉は黙ってしまった。しかも〈僕〉の皿の上には〈小さい蛆が一匹静かに肉の縁《ふち》に蠢いてゐた〉。それは〈僕の頭の中にWormと云ふ英語を呼び起した。それは又麒麟や鳳凰のやうに或伝説的動物を意味してゐる言葉にも違ひなかつた〉。

《やつと晩餐のすんだ後、僕は前にとつて置いた僕の部屋へこもる為に人気のない廊下を歩いて行つた。廊下は僕にはホテルよりも監獄らしい感じを与へるものだつた。しかし幸ひにも頭痛だけはいつの間《ま》にか薄らいでゐた。僕の部屋には鞄は勿論、帽子や外套も持つて来てあつた。僕は壁にかけた外套に僕自身の立ち姿を感じ、急いでそれを部屋の隅の衣裳戸棚の中へ抛りこんだ。それから鏡台の前へ行き、ぢつと鏡に僕の顔を映した。鏡に映つた僕の顔は皮膚の下の骨組みを露はしてゐた。蛆はかう云ふ僕の記憶に忽ちはつきり浮かび出した。

僕は戸をあけて廊下へ出、どこと云ふことなしに歩いて行つた。するとロツビイへ出る隅に緑いろの笠をかけた、背の高いスタンドの電燈が一つ硝子戸に鮮かに映つてゐた。それは何か僕の心に平和な感じを与へるものだつた。僕はその前の椅子に坐り、いろいろのことを考へてゐた。が、そこにも五分とは坐つてゐる訳に行かなかつた。レエン・コオトは今度も亦僕の横にあつた長椅子の背中に如何にもだらりと脱ぎかけてあつた。

「しかも今は寒中だと云ふのに。」

僕はこんなことを考へながら、もう一度廊下を引き返して行つた。廊下の隅の給仕だまりには一人も給仕は見えなかつた。しかし彼等の話し声はちよつと僕の耳をかすめて行つた。それは何とか言はれたのに答へたAll rightと云ふ英語だつた。「オオル・ライト」?——僕はいつかこの対話の意味を正確に掴まうとあせつてゐた。「オオル・ライト」? 「オオル・ライト」? 何が一体オオル・ライトなのであろう?》

〈僕〉は部屋へ帰り鞄から原稿用紙を取り出し、〈或短篇〉の続きを書こうとする。〈けれどもインクをつけたペンはいつまでたつても動かなかつた。のみならずやつと動いたと思ふと、同じ言葉ばかり書きつづけてゐた。All right……All right……All right, sir……All right……〉。

《そこへ突然鳴りだしたのはベツドの側にある電話だつた。僕は驚いて立ち上り、受話器を耳へやつて返事をした。

「どなた?」

「あたしです。あたし……」

相手は僕の姉の娘だつた。

「何だい? どうかしたのかい?」

「ええ、あの大へんなことが起つたんです。ですから、……大へんなことが起つたもんですから、今叔母さんにも電話をかけたんです。」

「大へんなこと?」

「ええ、ですからすぐに来て下さい。すぐにですよ。」

電話はそれぎり切れてしまつた。僕はもとのやうに受話器をかけ、反射的にベルの鈕《ぼたん》を押した。しかし僕の手の震へてゐることは僕自身はつきり意識してゐた。給仕は容易にやつて来なかつた。僕は苛立たしさよりも苦しさを感じ、何度もベルの鈕を押した、やつと運命の僕に教へた「オオル・ライト」と云ふ言葉を了解しながら。

僕の姉の夫はその日の午後、東京から余り離れてゐない或田舎に轢死してゐた。しかも季節に縁《えん》のないレエン・コオトをひつかけてゐた。僕はいまもそのホテルの部屋に前の短編を書きつづけてゐる。真夜中の廊下には誰も通らない。が、時々戸の外に翼の音の聞えることもある。どこかに鳥でも飼つてあるのかも知れない。》

こうして「一　レエン・コオト」は終わる。たしかにすでに諸家の指摘にもあるように、〈僕〉というきわめて鋭敏な人間の不安と焦燥が、刻々に描き出されている。だが断るまでもなく、すべては異常ではない。ただ彼にはすでに眼前の世界が確固とした〈意味〉を失っているのだ。これも多く言われるように、〈麦畠やキャベツ畠の間に電気機関車の通る田舎〉、駅前の〈「地玉子、オムレツ」〉という紙札のある〈カツフエ〉というちぐはぐ、〈一人前の女〉とも見えれば、ただの〈小学生〉にも見える〈女生徒〉の矛盾、〈「フランの暴落」〉に〈「大地震や大洪水」〉、〈「モダアン……何と云ふやつ」〉――まさしく世界の関節は外れ、確定した〈意味〉が見失われてしまっている。のみならず〈僕〉の右目を被う〈半透明の歯車〉。〈僕〉には世界はぼんやりと不明確にしか見えない。なによりも距離感や立体感、要するに実在感を喪っているのだ。

〈僕〉は苛立って、千年一日の惰眠を貪るごとき隣席の高名な老漢学者の伝説の世界を粉砕しようとする。だがその側から〈蛆〉＝〈Worm〉＝〈伝説的動物〉が皿の上の肉の縁に蠢き、鏡に映った顔の下の骨組みに這って見える始末なのだ。つまり依然伝説の世界は実在しているかのように……。

しかもこうして〈意味〉の崩壊したはずの世界に、〈レエン・コオト〉が繰り返し、なにか脈絡や連関があるかのように、つまり〈意味〉ありげに出現してくるのである。無論〈僕〉は〈レエン・コオトの幽霊〉という超常現象に脅えるほど子供じみてはいない。〈苦笑した〉り〈ちよつと無気味にな〉ったりするが、〈「今は寒中だと云ふのに」〉というほどに冷静なのだ。

ではなにがそれほど気がかりなのか。それは偶然であるはずなのに、それが度々繰り返されることによって、〈レエン・コオト〉の出現になにかの必然＝〈意味〉があるかのように思われてしまうこと、そのことである。――ということは、〈僕〉は世界の〈意味〉を否定せざるをえないにもかかわらず、なおそれに拘泥せざるをえない。いわばそういう形で、〈意味〉と〈無意味〉の間に宙吊りとなってもがいているのである。

次いで〈僕〉は給仕だまりの前で〈「オオル・ライト」〉という〈言葉〉を耳にする。いつか、というよりもいつも、どこか〈僕〉と関わりないところで、いわばすでにつねに〈「オオル・ライト」〉と、〈意味〉の了解がなされているのかもしれない。〈僕〉は一層焦らなければならない。

ところで、たとえば海老井英次氏は〈この作品は、どこかに私小説的にしか読めないという性格を確かに有しており、芥川龍之介について何らの知識も無くこれを読んでも、そこに深刻な人間のドラマを読み取り得るかかなり疑わしい〉といっている[8]。この言の当否は暫く問わず、いまこれを逆手に取ることで、一種興味深い問題につきあたる。

この「歯車」に芥川晩年のもっとも衝撃的な事件、すなわち昭和二年一月六日の義兄西川豊の鉄道自殺が深く影を落としていたことは、すでにこの直後作中であかされていた。〈僕の姉の夫はその日の午後、東京から余り離れてゐない或田舎に轢死してゐた。しかも季節に縁のないレエン・コオトをひつかけて〉。しかしつとに三好行雄氏は西川豊の死を報じた昭和二年一月八日の「東京日日新聞」の〈現場には黒カバン一個とオーバーコート一着あり〉云々という記事を紹介し、〈この《オーバーコート》が、季節にうそざむい《レエン・コオト》に変えられたわけで、《完成された表現》をめざす龍之介の技巧はなお死んでいない〉と評したのは周知のことだろう[9]。

さらに酒井英行氏は以下のようにいっている[10]。〈「僕」が、「東海道の或停車場」に向かう自動車に乗っていた正確な時刻は分からないが、それが午後であることは確実である。そして「次の上り列車に乗つたのはもう日暮に近い頃だつた」のである。一方、姉の夫は、「その日の午後」、「或田舎」で轢死していた〉。〈この時間関係から推測すれば、姉の夫は、「僕」が「東海道の或停車場」に着く以前に轢死していた、というのが、作者の意図した設定であると考えられる〉。〈想像を逞しゅうすれば、「僕」が自動車のなかで、「レエン・コオトを着た幽霊」の話を聞いていた時刻に、姉の夫は轢死していたのだ、という読みも成り立つであろう[11]〉。そして酒井氏は〈僕〉の行く先々に出没する〈レエン・コオトの男〉は、〈義兄の幽霊〉だったのであり、〈義兄の幽霊〉が〈僕〉の行く先々に出没して、〈「僕」を《死》の世界に誘導〉しようとしていたと云うのである。[12]

たしかに「歯車」はこうも読めるといえる。しかもそうであれば、いわゆる《完成された表現》をめざす龍之介の技巧〉、つまりその虚構は実生活上の事実を下敷きにしながら、ここまで徹底していたとも言えよう。

（さらにもう一つ、石割透氏の〈ここには「その日」の午後と「短篇」を書いている「いま」と、更にこの「歯車」を綴っている時間と三つの時間が重ね合わされている〉という指摘を付け加えなければならない。[13] つまり〈僕〉の〈その日〉の午後から〈短篇〉を書いている〈いま〉までの一連の時間、そしてさらにそれを綴っているいわば真の今――。いうまでもなくその真の今は、ひとまず先に示した脱稿日三月二十三日を下限としたいつかであり、書いているのは作者芥川龍之介である。）

そしてこう見て来れば、作品は作者芥川が自身の実生活上の事実を、逐一再現、再生したものでないことが明らかとなる。正確に言えば、作者芥川が〈その日〉以降の一連の時間、いわば過去経験を、〈義兄の幽霊〉に誘導された〈運命〉の時間として〈想起〉し、とは新たに〈言葉〉＝〈意味〉において構成し、創作したものであると言えよう。

つまり〈意味〉を喪った世界をひたすら彷徨する自己の、だから〈ぼんやりした不安〉とでもいうしかない無定形《アモルファス》な時間を想い起こしつつ、それを事後的に整理し、〈死〉に直結する〈運命〉の時間、〈地獄〉巡りの時間として表現する、とはそうして〈意味〉を与え（少なくとも〈意味〉への道を切り開い）たのである。

つまり〈言葉〉＝〈意味〉とはほとんど無縁なその時その場の現在経験を、一連の〈言葉〉＝〈意味〉によって繋がる〈僕〉の過去経験として〈想起〉し、（いわば物語存在として）存在せしめたのである。

いうなれば人生の窺い知れない不可解さをなんとしても解きほぐしたいという一種絶望的な意思――、そしてここに〈書く〉こと、つまり〈言葉〉、とは〈物語〉を紡ぐ作家芥川龍之介の〈完成された表現〉への性《さが》があったといえよう。

しかしこれはなんとも強引で性急な総括ではないか。作品をしてなにか超常現象の跋扈する、一種子供だましの世界に思わせかねない危険。宇野浩二に有名な〈この「歯車」は、無理やりに、怪奇に、怪奇に、と工《たく》んでゐるやうなところが随所にあり、何も彼《か》もあまりに誇張して書いてあるので、不自然な気がするところも可也あり、それに、筆がすべり過ぎてゐて、興味を殺ぐやうなところも多分にある〉という批判のある所以である。(14)

だがそれにしても、果たして、〈意味〉は与えられたのか？　与えられたとしてもどのようにして？

〈僕〉は〈「オオル・ライト」〉という〈対話の意味を正確に摑まうとあせ〉る。そこへ〈姉の娘〉から電話がかかって来る。もう一度その場面を引用すれば、

《「ええ、あの大へんなことが起つたんです。ですから、……大へんなことが起つたもんですから、今叔母さんにも電話をかけたんです。」

「大へんなこと？」

「ええ、ですからすぐに来て下さい。すぐにですよ。」

電話はそれぎり切れてしまつた。僕はもとのやうに受話器をかけ、反射的にベルの鈕《ぼたん》を押した。しかし僕の手の震へてゐることは僕自身はつきり意識してゐた。給仕は容易にやつて来なかつた。僕は苛立たしさよりも苦しさを感じ、何度もベルの鈕を押した、やつと運命の僕に教へた「オオル・ライト」と云ふ言葉を了解しながら。》

注意すべきは、〈僕〉は〈姉の娘〉の〈「大へんなことが起つた」〉という〈言葉〉で、すでに一切を決定的に〈了解〉したと言うことである？(15)

しかし〈「大へんなことが起つた」〉という〈言葉〉で、〈僕〉はなにを一体〈了解〉しえたのか。〈「大へんなこ

とが起つた」〉？　つまり〈理不尽なこと〉、いわば理解を絶したことが起こった？――しかもそのことを〈了解〉したというのである。

とは〈僕〉は〈了解〉したといいながら、本当はまだなんの〈意味〉にも至り着いていないのではないか。たしかに〈言葉〉は飛び交った。しかも手は震え、〈苛立たしさよりも苦しさを感じ〉た。だが〈僕〉は依然、〈意味〉と〈無意味〉の間に宙吊りになったままであるのに変わりはないのだ。

さらにこのことはその後、義兄の死、しかも〈季節に縁のないレエン・コオトをひつかけてゐた〉という事実を知った時も同じだろう。たしかに知ってみれば、度々繰り返された〈レエン・コオトの男〉の出没は、義兄の死の〈暗合〉（〈義兄の幽霊〉？）であったのかもしれない。しかし〈暗合〉であったかもしれないのであって、そう断定する根拠はどこにもない。憶測以外のなにものでもなく、少なくともそれらの間を繋ぐ因果関係などまったくないといえよう（まさに謎がひとつ増えたというにすぎないのだ）。

なるほどこうして〈僕〉に、情報としての〈言葉〉は届いた。しかしそれでなにかが解明されたり、確認されたわけではない。（有体にいえば〈義兄の死〉という事実が知らされたにすぎない。）その情報は依然自らの過去経験――いわばその〈運命〉の時間の〈正確な意味〉を解き明かしてはいないのである。だから〈僕〉は相変わらず〈意味を正確に摑まうとあせ〉りながら、〈意味〉と〈無意味〉の間に宙吊りになったまま、〈ぼんやりした不安〉の中を彷徨しなければならない。そしておそらくここに、〈言葉〉なるものの曖昧な正体が暗示されている。

そして向後に続く〈僕〉の、こうした〈言葉〉の藪の中の終わりない彷徨を予告して、「一　レエン・コオト」の章は序章としての役割を終えるのである。

2 復讐

《僕はこのホテルの部屋に午前八時頃に目を醒ました。が、ベッドをおりようとすると、スリッパアは不思議にも片つぽしかなかつた。それはこの一二年の間《あひだ》、いつも僕に恐怖だの不安だのを与へる現象だつた。のみならずサンダアルを片つぽだけはいた希臘神話の中の王子を思ひ出させる現象だつた。僕はベルを押して給仕を呼び、スリッパアの片つぽを探して貰ふことにした。給仕はけげんな顔をしながら、狭い部屋の中を探しまはつた。

「ここにありました。このバスの部屋の中に。」

「どうして又そんな所へ行つてゐたのだらう？」

「さあ、鼠かも知れません。」》

ところで、この〈スリッパアの片つぽ〉がなくなったという〈現象〉はさまで〈不思議〉なものではない。要するにそのことに気付かなかったのであり（空白状態）、だから思い出せなかったまでなのである。（それは誰にでもよくある経験ではないか。それを〈希臘神話〉など持ち出して宇野浩二から顰蹙を買ったのだが、しかしこの〈希臘神話〉が以後重要な働きをするのは、後に言うとおりである。）

ただしここで注意すべきは、むしろスリッパ紛失の理由を、〈鼠〉の所為にする給仕のほとんど当てずっぽうの〈言葉〉に、以後〈僕〉が執拗に拘泥し、呪縛されてゆく、さらに言えば、幻想ないし妄想に苛まれてゆくことなのである。

さて〈僕〉は〈前の小説を仕上げにかか〉る。〈凝灰岩《ぎやうくわいがん》を四角に組んだ窓〉から庭の雪が見える。〈僕は巻煙草をふかしながら、いつかペンを動かさずにいろいろのことを考へてゐた。妻のことを、子供たちのことを、就中姉の夫のことを。……〉。

《姉の夫は自殺する前に放火の嫌疑を蒙つてゐた。それも亦実際仕かたはなかつた。彼の家の焼ける前に家の価格に二倍する火災保険に加入してゐた。しかも偽証罪を犯した為に執行猶予中の体になつてゐた。けれども僕を不安にしたのは彼の自殺したことよりも僕の東京へ帰る度に必ず火の燃えるのを見たことだつた。僕は或は汽車の中から山を焼いてゐる火を見たり、或は又自動車の中から(その時は妻子とも一しよだつた。)常磐橋界隈の火事を見たりしてゐた。それは彼の家の焼けない前にもおのづから僕に火事のある予感を与へない訳には行かなかつた。

「今年は家《うち》が火事になるかも知れないぜ。」

「そんな縁起の悪いことを。……それでも火事になつたら大変ですね。保険は碌についてゐないし、……」

僕等はそんなことを話し合つたりした。》

〈僕〉はふたたびペンを動かそうとするがペンは一行と進まない。〈僕〉はベッドの上に転がって、〈トルストイのPolikouchka〉を読み始める。しかしその小説の主人公の一生の悲喜劇は、〈多少の修正を加へさへすれば、僕の一生のカリカテュアだつた〉。〈殊に彼の悲喜劇の中《うち》に運命の冷笑を感じるのは次第に僕を無気味にし出した〉。〈僕〉は〈窓かけの垂れた部屋の隅へ力一ぱい本を抛りつけた〉。〈すると大きい鼠が一匹窓かけの下からバスの部屋へ斜めに床の上を走つて行つた〉。〈僕〉は大急ぎでバスの部屋を探し回るが、〈白いタッブのかげにも鼠らしいものは見えな〉かった。〈僕は急に無気味になり、慌ててスリッパアを靴に換へると、人気のない廊下を歩いて行つた〉。

《廊下はけふも不相変牢獄のやうに憂鬱だつた。僕は頭を垂れたまま、階段を上つたり下りたりしてゐるうちにいつかコツク部屋へはひつてゐた。コツク部屋は存外明るかつた。が、片側に並んだ竈は幾つも炎を動かしてゐた。僕はそこを通りぬけながら、白い帽をかぶつたコツクたちの冷やかに僕を見てゐるのを感じた。同時に又僕の堕ちた地獄を感じた。「神よ、我を罰し給へ。怒り給ふこと勿れ。恐らくは我滅びん。」――かう云ふ祈禱もこの瞬間にはおのづから僕の唇にのぼらない訳《わけ》には行かなかつた。》

〈僕〉はホテルを出て、雪解けの道を姉の家に急ぐ。公園の樹木はみな枝や葉を黒ませている。〈僕はダンテの地獄の中にある、樹木になつた魂を思ひ出し〉、反対側へ道を変える。しかしすぐ〈「ちよつと通りがかりに失礼ですが、……」〉と、〈鼻の左の側《わき》に黒子《ほくろ》〉のある〈金鈕の制服を着た二十二三の青年〉に呼び止められる。

《彼は帽を脱いだまま、怯づ々々かう僕に話しかけた。

「Aさんではいらつしやいませんか？」

「さうです。」

「どうもそんな気がしたものですから、……」

「何か御用ですか？」

「いえ、唯お目にかかりたかつただけです。僕も先生の愛読者の……」

僕はもうその時にはちよつと帽をとつたぎり、彼を後ろに歩き出してゐた。先生、A先生、――それは僕にはこの頃では最も不快な言葉だつた。僕はあらゆる罪悪を犯してゐることを信じてゐた。しかも彼等は何かの機会に僕を先生と呼びつづけてゐた。僕はそこに僕を嘲る何ものかを感じずにはゐられなかつた。何ものかを？――しかし僕の物質主義は神秘主義を拒絶せずにはゐられなかつた。僕はつい二、三箇月前にも或小さい同人雑誌にかう云ふ言葉を発表してゐた。――「僕は芸術的良心を始め、どう云ふ良心も持つてゐない。僕の持つてゐるのは神経だけである。」……》

〈姉は三人の子供たちと一しよに露地の奥のバラツクに避難してゐた〉。〈僕等〉はいろいろのことを話し合った。〈体の逞しい姉の夫は人一倍痩せ細つた僕を本能的に軽蔑してゐた。のみならず僕の作品の不道徳であることを公言してゐた。僕はいつも冷やかにかう云ふ彼を見おろしたまま、一度も打ちとけて話したことはなかつた。しかし姉と話してゐるうちにだんだん彼も僕のやうに地獄に堕ちてゐたことを悟り出した。彼は現に寝台車の中に幽霊を見たとか云ふことだつた。が、僕は巻煙草に火をつけ、努めて金のことばかり話しつづけた〉。ただ残された義兄の肖像画の口髭のところだけがぼんやりしているのを〈薄気味悪〉く感じながら――。轢死した彼は顔もすっかり肉塊になり、しかしただ口髭のところだけが残っていたということだった。

《「何をしてゐるの？」

「何でもないよ。……唯あの肖像画は口のまはりだけ、……」

姉はちよつと振り返りながら、何も気づかないやうに返事をした。

「髭だけ妙に薄いやうでせう。」

僕の見たものは錯覚ではなかつた。しかし錯覚ではないとすれば、――僕は午飯の世話にならないうちに姉の家を出ることにした。

「まあ、善《い》いでせう。」

「又あしたでも、……けふは青山まで出かけるのだから。」

「ああ、あすこ？　まだ体の具合は悪いの？」

「やつぱり薬ばかり嚥《の》んでゐる。催眠薬だけでも大変だよ。ヴェロナァル、ノイロナァル、トリオナァル、ヌマアル……」》

三十分ほど後、〈僕〉はあるビルのレストランに入ろうとするが、〈定休日〉で、〈愈不快になり、硝子戸の向うのテエブルの上に林檎やバナナを盛つたのを見たまま、もう一度往来へ出る〉。すると会社員らしい二人と擦れ違うが、〈彼等の一人はその拍子に「イラ々々してね」と言つたらしかつた〉。

《僕は往来に佇んだなり、タクシイの通るのを待ち合せてゐた。タクシイは容易に通らなかつた。のみならずたまに通つたのは必ず黄いろい車だつた。（この黄いろいタクシイはなぜか僕に交通事故の面倒をかけるのを常としてゐた。）そのうちに僕は縁起の好《い》い緑いろの車を見つけ、兎に角青山の墓地に近い精神病院へ出かけることにした。

「イライラする、——Tantalizing——Tantalus——Inferno……」

タンタルスは実際硝子戸越しに果物を眺めた僕自身だつた。僕は二度も僕の目に浮かんだダンテの地獄を咀《のろ》ひながら、ぢつと運転手の背中を眺めてゐた。そのうちに又あらゆるものの譃であることを感じ出した。政治、実業、芸術、科学、——いづれも皆かう云ふ僕にはこの恐しい人生を隠した雑色《ざつしよく》のエナメルに外ならなかつた。僕はだんだん息苦しさを感じ、タクシイの窓をあけ放つたりした。が、何か心臓をしめられる感じは去らなかつた。》

精神病院へ曲がる横丁がなぜか今日は見つからず、〈僕〉は車をおりて道を探すが、いつか青山斎場の前へ出る。〈彼是十年前《ぜん》にあつた夏目先生の告別式以来、一度も僕は門の前さへ通つたことのない建物だつた〉。〈僕は砂利を敷いた門の中《なか》を眺め、「漱石山房」の芭蕉を思ひ出しながら、何か僕の一生も一段落のついたことを感じない訳《わけ》には行かなかつた。のみならずこの墓地の前へ十年目に僕をつれて来た何ものかを感じない訳にも行かなかつた〉。

ホテルへ帰ると玄関のところで、〈レエン・コオトを着た男〉と〈緑いろの服を着た自動車掛り〉が喧嘩をしている。〈僕〉はホテルに入ることに〈何か不吉な心もち〉を感じ、もとの道を引き返す。日暮れに近い銀座通りの賑やかさに〈僕〉は一層憂鬱になる。〈罪〉などというものを知らないような往来の人々も不快でしかない。〈僕〉は本屋に入り、ぼんやりと書棚を見上げる。

《それから「希臘神話」と云ふ一冊の本へ目を通すことにした。黄いろい表紙をした「希臘神話」は子供の為に書かれたものらしかつた。けれども偶然僕の読んだ一行は忽ち僕を打ちのめした。

「一番偉いツォイスの神でも復讐の神にはかなひません。……」

僕はこの本屋の店を後ろに人ごみの中《なか》を歩いて行つた。いつか曲り出した僕の背中に絶えず僕をつけ狙つてゐる復讐の神を感じながら。……》

ところで、〈義兄の幽霊〉によって予兆されていたという〈僕〉の〈死〉への〈運命〉は、「二　復讐」においては、すでにはるか以前から予兆されていたものとされる。〈スリツパア〉がいつも片方しかないのは、〈一二年〉も前からのことだし、〈僕を不安にした〉のは義兄の〈自殺したことよりも〉、むしろそれ以前から〈僕の東京へ帰る度に必ず火の燃えるのを見たこと〉なのである。そしてそれは急速に堕地獄の不安、恐怖となって〈僕〉に迫る。しかも〈僕〉がはるか以前から犯してきた〈罪〉への〈復讐〉として――。

たしかにここでも、〈暗合〉につぐ〈暗合〉は刻々と無気味さを募らせる。すでに触れたように、給仕の当てずっぽうにいった〈鼠〉という〈言葉〉に導かれての地獄巡り。そして後にも触れるように、やがてそれは〈モオル〉――〈Mole〉――〈鼹鼠〉――〈la mort〉――〈死〉と〈綴り直〉されて(16)、文字通り〈僕〉を〈言葉〉の地獄巡りに導くのだ(17)。

しかも〈火事〉から〈竃〉の火、イアソンやタンタルス、エリューニスなどのギリシア神話や古典悲劇、ダンテ「神曲」（「地獄篇」）の登場人物、それにおそらく地獄の火炎の色に通ずるために忌避される〈黄いろ〉（のちに〈赤〉）、その反対色で心の鎮静を齎す〈緑いろ〉等々、これまた〈言葉〉の重層や照応（そしてこれも以降繰り返し記される）。さすが〈言葉〉の錬金術師芥川の、手練の技ではあると一先ず言っておこう。（ただこうした〈暗合〉の連鎖を芥川の現実、さらにその真摯な記録として、そこにそのまま彼の発狂や自殺への不安や恐怖、必然や経緯を読み取ることは、冒頭にふれた、まさに〈懐疑なき素朴で怠惰な読者〉に相応のものといわなければならない。）

むろんここでも芥川が執筆時を下限として、それ以前からの日々の経験の〈意味〉を〈復讐〉として総括しようとしていたことを否定できない。だがなにが一体〈復讐〉なのか。そして〈罰〉なのか？

このことに関し、海老井英次氏の次の指摘は示唆的である。すなわち〈タンタロスは神々の中に立ちまじり、神の食事を味わったり、神々の会話を人間にもらしたり、実子ペロプスを料理して神々に供して神々を試みたりしたために、タルタロス（地獄）へ落とされた。第一高等学校在学時に「みづから神にしたい」という自覚から出発して、芸術家として神に代わる創造者たらんとして「人工の翼」で飛翔した芥川自身も、ある意味では神々を試みた者であり、その当然の帰結として、今や神々の「復讐」をうけ、堕地獄の苦しみの中に居るのである〉[18]と。

まさに神々にとって代わろうとした〈創造者〉＝〈芸術家〉＝〈作家〉に対する〈神々の「復讐」〉――。しかも〈僕〉には、すでに厳しく〈神々の「復讐」〉の刃は下されている。〈「神よ、我を罰し給へ。怒り給ふこと勿れ。恐らくは我滅びん」〉。それは多分〈僕〉の、〈神々の「復讐」〉への反噬、いや悲鳴であったのではないか。

〈僕〉には〈先生〉（〈作家〉）という〈言葉〉が〈最も不快〉である。それこそ神を摩する行為、〈あらゆる罪悪を犯してゐること〉のなによりの証。そして〈僕はそこに僕を嘲る何ものかを感じずにはゐられなかった〉。

しかも〈僕の物質主義は神秘主義を拒絶せずにはゐ〉ない。〈「僕の持つてゐるのは神経だけ」〉なのだ。〈政治、実業、芸術、科学〉――、すべて〈僕〉には、ただ〈この恐しい人生を隠した雑色のエナメルに外ならな〉い。

だがこうして〈僕〉は神に代わり、自らあらゆる〈意味〉を〈無意味〉としながら、しかしというか当然というか、自ら新しい〈意味〉の〈創造者〉たりえず、また自ら招き寄せた〈無意味〉にも耐えられない。いや、その無力感、空無感こそが、まさに堕地獄の徴としてその身を苛むのである。

〈僕〉は偶然（?）青山斎場の前へ出て、師の漱石を偲ぶ。〈作家〉（!）への端緒をきりひらいてくれた漱石を偲び、しかし〈僕〉は烈しい慚愧のうちに、現に地獄巡りを続ける自らの拙い運命を省みる。〈何か僕の一生も一段落のついたことを感じない訳《わけ》には行かなかつた。のみならずこの墓地の前へ十年目に僕をつれて来た何ものかを感じない訳にも行かなかつた〉。——おそらく〈神々の復讐〉、そして断罪は次から次へと、こうした形において執行されている、といえよう。[19]

こうして、作者芥川は少なくとも〈僕〉の数年来の過去経験の〈意味〉を、〈神々の復讐〉として〈想起〉する。つまりそう事後的に整理し構成する。が、注意すべきは、いわばその〈想起〉が、まさに〈意味〉として、つまり〈言葉〉の連関と脈絡において、いわば向こうから突然〈僕〉にやって来ること、そのことである。

だが再び注意すべきは、〈想起〉＝〈やって来る〉としても、その〈意味〉はなにひとつ確定したものを示さないこと、そのことである。

繰り返し断るまでもなく、こうした〈想起〉以前に、確固とした過去経験の事実があったわけではない。すべては後からの言語的制作を待って、その中で初めて存在する。しかもそれはなにかしら夢のように曖昧模糊、有体にいえばほとんど無根拠で、恣意的な、だからまさに夢物語なのだ。[20]

給仕のその場凌ぎの好い加減な〈言葉〉に始まった幻想の地獄巡り。東京に帰る度に見たという火事（ただそれも〈妻子とも一しよだつた〉と言うごとく、〈妻子〉を証人として辛うじて本当らしい話となるのだが——）。通りで話しかけてきた青年の〈言葉〉。義兄が〈寝台車の中に幽霊を見た〉という姉の話。擦れ違った〈会社員らしい男〉達の会話。のみならず〈僕〉は様々な出会い頭のものに〈言葉〉を探り出し〈意味〉を読み取ろうとして、最後書物の中の〈言葉〉に虚を突かれる。

すべては〈神々の復讐〉を実現して、踵を接するごとく継起する？　しかしよく見れば、それはまるで天から降って来たように理由もなく、出し抜けに〈僕〉を襲う。しかも〈僕〉は相も変わらず、その〈意味〉などほとんどない無根拠、恣意的なものに、〈意味〉が隠されているかのような強迫観念に急かされて〈言葉〉に執す。あの

〈「オオル・ライト」〉という給仕の〈言葉〉に拘らざるをえなかったように――。

こうして〈言葉〉は〈僕〉の周囲で次第に増殖し氾濫する。しかもその中で、〈僕〉は依然〈意味〉と〈無意味〉の間に宙吊りになったままであることに変わりない。

たとえば義兄の肖像画の〈口髭だけはなぜかぼんやりしてゐた〉のを、初め〈僕〉は単に自分だけの〈錯覚〉だと思う。しかし姉の何気なく言った〈「髭だけ妙に薄いやうでせう」〉という〈言葉〉を（まるで待っていたかのように）耳にすることによって、それが〈錯覚ではなかつた〉ことを確信するのだ。

もとよりそれで〈僕〉が、〈正確な意味〉に至り着けたわけではないだろう。〈僕の見たものは錯覚ではなかつた〉ことが〈了解〉されただけにすぎない。が、それが〈錯覚ではないとすれば、――〉、〈僕〉はなにを確実に見たのか？――いや、〈僕〉はその後なにも言わない。ただここでも謎が一層深まったというにすぎない。

つねにすでにそう考える――とはつねにすでに一拍置いて、いわば作者のいう〈後から〉、〈僕〉はそう思い当たるというわけではないか。

とすれば〈僕〉は、現に〈言葉〉を与えられながら、相も変わらず〈意味〉からずれ、〈意味〉から隔てられて、だから〈意味〉を求めている。つまりそうして依然〈意味〉と〈無意味〉の中間に、あの〈ぼんやりした不安〉の中に、彷徨しなければならないのだ……。

おそらくこの終わりない彷徨、右往左往。(21)

3　夜

《僕は丸善の二階の書棚にストリントベルグの「伝説」を見つけ、二三頁づつ目を通した。それは僕の経験と大差のないことを書いたものだつた。のみならず黄いろい表紙をしてゐた。僕は「伝説」を書棚へ戻し、今度は殆ど手当り次第に厚い本を一冊引きずり出した。しかしこの本も挿し画の一枚に僕等人間と変りのない、目鼻のある歯車ばかり並べてゐた。(それは或独逸人の集めた精神病者の画集だつた。)僕はいつか憂鬱の中に反抗的精神の起るのを感じ、やぶれかぶれになつた賭博狂のやうにいろいろの本を開いて行つた。が、なぜかどの本も必ず文章か挿し画かの中に多少の針を隠してゐた。どの本も?――僕は何度も読み返した「マダム・ボヴァリイ」を手にとつた時さへ、畢竟僕自身も中産階級のムツシウ・ボヴァリイに外ならないのを感じた。……》

ところでここに明らかにされているのは、〈読書〉(〈言葉〉の遍歴)なるものの本質といえる。すでに二章で〈トルストイの Polikouchka〉を読み、主人公の〈一生の悲喜劇は多少の修正を加へさへすれば、僕の一生のカリカテュアだつた〉と言っていたように、〈ストリントベルグの「伝説」〉にも〈僕の経験と大差のないこと〉が書かれているというし、〈「マダム・ボヴァリイ」を手にとつた時さへ、畢竟僕自身も中産階級のムツシウ・ボヴァリイに外ならないのを感じ〉るのである。つまり〈僕〉はつねに、自らの〈一生〉、自らの過去経験が、すでに〈書物〉の中に書かれていることを確認しているのである(あの「希臘神話」を手にした時でさえ)。

だから〈殆ど手当り次第に〉引きずり出した〈画集〉の中に、〈僕〉は〈僕等人間と変りのない、目鼻のある歯車〉を見出してしまうのだし、また〈どの本も必ず文章か挿し画かの中に多少の針を隠してゐ〉るのだ。

不変の〈書物〉などというものは存在せず、〈書物〉はつねにその都度(〈何度も読み返した〉としてもその都度)の

〈解釈〉においてはじめて存在するといえる。いわばそれ自体偶然の〈言葉〉の羅列の中に、その都度事後的になにかの〈意味〉＝必然を〈想起〉（見出）してしまうのだ。そうして〈僕〉はあらゆる〈書物〉の中に、自分の人生の〈物語〉を紡ぎ出していくだろう。――あの慚愧すべき拙い人生を。

次いで〈僕〉は〈「宗教」と云ふ札を掲げた書棚の前に足を休め、緑いろの表紙をした一冊の本へ目を通〉す。〈この本は目次の第何章かに「恐しい四つの敵、――疑惑、恐怖、驕慢、官能的欲望」と云ふ言葉を並べてゐた〉。〈僕〉はその言葉に〈一層反抗的精神の起る〉のを感じる。〈それ等の敵と呼ばれるものは少くとも僕には感受性や理智の異名に外ならなかつた〉。そして〈伝統的精神もやはり近代的精神のやうに〉、〈僕を不幸にするのは愈僕にはたまらなかつた〉と言う。つまり〈僕〉にとって、近代以前の精神も近代以後の精神もともに無力でしかない。（このことに関して、東洋的精神と西洋的精神の対立ととるのは正確でないことは後に触れる。）

《僕はこの本を手にしたまま、ふといつかペン・ネエムに用ひた「寿陵余子《じゆれうよし》」と云ふ言葉を思ひ出した。それは邯《かん》鄲《たん》の歩みを学ばないうちに寿陵の歩みを忘れてしまひ、蛇行匍匐《だこうほふく》して帰郷したと云ふ「韓非子」中の青年だつた。今日の僕は誰の目にも「寿陵余子」であるのに違ひなかつた。[22]》

〈僕〉はポスターの展覧室へ入り、〈聖ヂヨオヂらしい騎士が一人翼のある龍を刺し殺してゐ〉る一枚を見る。しかも〈その騎士は兜の下に僕の敵の一人に近いしかめ面を半ば露して〉いた。〈僕〉はまた〈「韓非子」の中の屠龍《とりう》の技《ぎ》の話〉を思い出し、そのまま丸善を出て日本橋通りを行くが、〈何ものかの僕に敵意を持つてゐる〉のを感じ、〈或カッフェへ避難する〉。（〈翼のある龍〉が龍之介自身であることは言うまでもない。）

〈僕はこのカッフェの薔薇色の壁に何か平和に近いものを感じ〉るが、〈僕の左の壁にかけたナポレオンの肖像画を見つけ、そろそろ又不安を感じ出〉す。〈ナポレオンはまだ学生だつた時、彼の地理のノオト・ブックの最後に「セエント・ヘレナ、小さい島」と記してゐた。それは或は僕等の言ふやうに偶然だつたかも知れなかつた。しかしナポレオン自身にさへ恐怖を呼び起したのは確かだつた。……》。

《僕はナポレオンを見つめたまま、僕自身の作品を考へ出した。するとまづ記憶に浮かんだのは「侏儒の言葉」の中のアフォリズムだつた。(殊に「人生は地獄よりも地獄的である」と云ふ言葉だつた。)それから「地獄変」の主人公、――良秀《よしひで》と云ふ画師《ゑし》の運命だつた。》

依然〈僕〉は無気味な〈暗合〉を発見してはそれに脅える。しかし繰り返すまでもなく、〈「寿陵余子」〉というペン・ネームにしても、それ自体、もともと〈現在〉を予兆するものだったわけではない。いま現在思い出され、あるいは思い当たり思い知ることで、はじめて衰滅の予兆の〈意味〉を持ったのである。つまりあの〈書物〉＝〈読書〉の場合と同じように、〈過去〉それ自体などというものはない。すべてはその都度の〈想起〉＝〈解釈〉において〈意味〉と成る。そしてここでも一切の事後である執筆時のいま現在において、作者芥川がそう記憶を整理し制作しているのだ。(酒井氏に〈作者が暗合を仕組むから、《暗合》が存在する〉という指摘がある。[23])

だがそうだとすれば、そう〈書くこと〉そのことこそ、もっとも呪われていることではないか?

さて、ここで記述は〈僕〉が〈ひとり往来を歩いてゐるうちにふと、遠い松林の中にある僕の家を思ひ出〉す場面に続く。

《それは或郊外にある僕の養父母の家ではない、唯僕を中心にした家族の為に借りた家だつた。僕は彼是十年前にもかう云ふ家に暮らしてゐた。しかし或事情の為に軽卒にも父母と同居し出した、同時に又奴隷に、暴君に、力のない利己主義者に変り出した。……》

このこれまでとはやや異質な叙述は、おそらく「歯車」におけるもっとも中心的な問題に繋がって行く。たとえば石崎等氏はここに描かれた〈松林のある風景〉は〈《家》の象徴〉、芥川の〈荒涼とした精神的自画像の背景《バック》であり、最も日本的な《家》霊というべきものである〉と言っている[24]。〈家〉なるものが男女の〈性〉に根差し、夫婦、親子、兄弟、姉妹等、それなくしては人間が存在しえぬ究極の〈背景〉であるとすれば、たしかにいま〈僕〉はその切っても切れぬ人間の根源的な関係に思いを致しているといえよう。その重い〈意味〉は後にも触れるが、いまはただこの〈僕〉の現在の孤独なホテル暮らしの背後に、そうした〈性〉＝〈家〉（〈養父母の家〉ばかりか〈僕の家〉の存在が幾重にも絡み付いていること、そして〈僕〉は時にそのことを〈ふと〉思い起こさざるをえないことを記して先に進もう[25]……。

《前のホテルに帰つたのはもう彼是十時だつた。ずつと長い途を歩いて来た僕は僕の部屋へ帰る力を失ひ、太い丸太の火を燃やした炉の前の椅子に腰をおろした。それから僕の計画してゐた長篇のことを考へ出した。それは推古から明治に至る各時代の民を主人公にし、大体三十余りの短篇を時代順に連ねた長篇だつた。僕は火の粉の舞ひ上るのを見ながら、ふと宮城の前にある或銅像を思ひ出した。この銅像は甲冑を着、忠義の心そのもののやうに高だかと馬の上に跨つてゐた。しかし彼の敵だつたのは、――

「譃！」

僕は又遠い過去から目近《まぢか》い現在へすべり落ちた。》

いわば日本民族全体の詩と真実を語るべき壮大な長篇小説の構想（そしてそれはまた日本民族全体の歴史の〈想起〉に他ならない）――。

しかしそれは〈「譃！」〉という内心の声で、たちまちに否定されてしまう。いや〈「譃！」〉ではないにしても、それは無根拠で恣意的な夢物語に変わりないのだ。

〈僕〉はそこへ来合わせた〈先輩の彫刻家〉を部屋に誘う。

《彼は僕の部屋へ来ると、鏡を後ろにして腰をおろした。それからいろいろのことを話し出した。いろいろのことを？——しかし大抵は女の話だつた。僕は罪を犯した為に地獄に堕ちた一人に違ひなかつた。が、それだけに悪徳の話は愈僕を憂鬱にした。僕は一時的清教徒になり、それ等の女を嘲り出した。

「S子さんの唇を見給へ。あれは何人もの接吻の為に……」

僕はふと口を噤み、鏡の中に彼の後ろ姿を見つめた。彼は丁度耳の下に黄いろい膏薬を貼りつけてゐた。

「何人もの接吻の為に？」

「そんな人のやうに思ひますがね。」

彼は微笑して頷いてゐた。僕は彼の内心では僕の秘密を知る為に絶えず僕を注意してゐるのを感じた。けれどもやはり僕等の話は女のことを離れなかつた。僕は彼を憎むよりも僕自身の気の弱いのを恥ぢ、愈憂鬱にならずにはゐられなかつた。

やつと彼の帰つた後、僕はベッドの上に転がつたまま、「暗夜行路」を読みはじめた。主人公の精神的闘争は一々僕には痛切だつた。僕はこの主人公に比べると、どのくらゐ僕の阿呆だつたかを感じ、いつか涙を流してゐた。同時に又涙は僕の気もちにいつか平和を与へてゐた。が、それも長いことではなかつた。僕の右の目はもう一度半透明の歯車を感じ出した。歯車はやはりまはりながら、次第に数を殖やして行つた。僕は頭痛のはじまることを恐れ、枕もとに本を置いたまま、〇・八グラムのヴェロナァルを嚥み、兎に角ぐつすりと眠ることにした。

けれども僕は夢の中に或プウルを眺めてゐた。そこには又男女の子供たちが何人も泳いだりもぐつたりしてゐた。僕はこのプウルを後ろに向うの松林へ歩いて行つた。すると誰か後ろから「おとうさん」と僕に声をかけた。僕はちよつとふり返り、プウルの前に立つた妻を見つけた。同時に又烈しい後悔を感じた。

「おとうさん、タオルは？」

「タオルは入らない。子供たちに気をつけるのだよ。」

僕は又歩みをつづけ出した。が、僕の歩いてゐるのはいつかプラットフォオムに変つてゐた。それは田舎の停車場だつたと見え、長い生け垣のあるプラットフォオムだつた。そこには又Hと云ふ大学生や年をとつた女も佇んでゐた。彼等は僕の顔を見ると、僕の前へ歩み寄り、口々に僕へ話しかけた。

「大火事でしたわね。」

「僕もやつと逃げて来たの。」

僕はこの年とつた女に何か見覚えのあるやうに感じた。のみならず彼女と話していることに或愉快な興奮を感じた。そこへ汽車は煙をあげながら、静かにプラットフォオムへ横づけになつた。僕はひとりこの汽車に乗り、両側に白い布を垂らした寝台の間を歩いて行つた。すると或寝台の上にミイラに近い裸体の女が一人こちらを向いて横になつてゐた。それは又僕の復讐の神、――或狂人の娘に違ひなかつた。……

僕は目を醒ますが早いか、思はずベツドを飛び下りてゐた。僕の部屋は不相変電灯の光に明るかつた。が、どこかに翼の音や鼠のきしる音も聞えてゐた。僕は戸を空けて廊下へ出、前の炉の前へ急いで行つた。それから椅子に腰をおろしたまま、覚束ない炎を眺め出した。そこへ白い服を着た給仕が一人焚き木を加へに歩み寄つた。

「何時?」

「三時半ぐらゐでございます。」

しかし向うのロツビイの隅には亜米利加人らしい女が一人何か本を読みつづけた。彼女の着てゐるのは遠目に見ても緑いろのドレツスに違ひなかつた。僕は何か救はれたのを感じ、ぢつと夜のあけるのを待つことにした。長年の病苦に悩み抜いた揚句、静かに死を待つてゐる老人のやうに。……》

さて、このホテルの一室と〈僕〉と〈先輩の彫刻家〉との会話から〈僕〉の夢にかけての一節は、「歯車」における重要な問題点の一つとして、従来から議論のある個所である。

すでに触れたように、「歯車」の原題が「ソドムの夜」であった事実から、たとえば宮坂覚氏[26]は中谷克己氏の論[27]を受けて、そもそも〈僕〉の戦慄の背後には、〈姦淫〉、〈詐欺〉等の罪悪のために〈硫黄と火〉によって神に滅ぼされた〈ソドム〉の地獄図が映し出されているという。しかも〈僕〉は〈狂人の娘〉との過ちによってまさに〈ソドム〉の火炎の中を逃げ惑わなければならない。――

周知のように、晩年の芥川は秀しげ子との関係に苦しんでいた。「或阿呆の一生」の「二十一　狂人の娘」、「三十八　復讐」に如実であり、小穴隆一宛の遺書には〈僕は過去の生活の総決算の為に自殺するのである。しかしその中でも大事件だつたのは僕が二十九歳の時に秀夫人と罪を犯したことである〉とある。つまり〈狂人の娘〉＝秀しげ子とは、芥川＝〈僕〉を滅ぼしにきた〈復讐の神〉であるのだ。

が、小穴隆一宛の遺書には、続けて〈僕は罪を犯したことに良心の呵責は感じてゐない。唯相手を選ばなかつた為に（秀夫人の利己主義や動物的本能は実に甚しいものである。）僕の生存に不利を生じたことを少からず後悔してゐる〉とあるのは見逃せない。つまり我ながら拙くも愚かな不倫事件であったと〈後悔してゐる〉にすぎない[28]。そしてそれかあらぬか加藤明氏は、「歯車」において〈婉曲に語〉られる〈僕〉と〈狂人の娘〉の過ちとその帰趨は、ソドムの罪と罰に比すべく、〈あまりに軽いもの〉ではないかといっている[29]。

それに対して宮坂氏は、〈復讐の神、――或狂人の娘〉の問題がなぜ〈重い〉のか、それは芥川における実父新原敏三との関係、つまり〈母存命中に、父が同じ家で叔母との間に異母弟を儲けたという幼児体験〉、そしてそれに始まる〈父の《性》に対する忌避〉、さらに〈父の《性》への忌避と裁きの刃が、自らの《性》を鋭く抉り、同じ重さで忌避と裁きを行った〉のであり、このことが〈過剰とも思え虚構とも見紛う秀しげ子への拘りとなって現れた〉というのである。[30]

たしかにそう見る時、続く「暗夜行路」を読んで涙する場面の意味が定かとなる。おそらくその涙は、ともに〈性〉に翻弄された男の子供、しかも自分もまた〈性〉に翻弄される男として、いわば相憐れむ涙だったのである。だがそうだとすると、〈僕の復讐の神、――或狂人の娘〉＝秀しげ子との過誤＝ソドムの地獄絵と、こう特定して読み解くことの理由は一層薄弱となる。[31] そしてここにはむしろ、人間の〈性〉、いや〈性〉に根差す人間のまさに根源的な関係への思いが色濃く炙り出されてきているといえないか。（すぐ後で〈僕〉は、そうして人間を結びつけているものを〈親和力〉と呼び、やがて〈男女の家族〉が〈愛し合ふ為に憎み合ひながら〉生きることに思いを馳せるだろう。）のみならず、あの夢の中で〈向うの松林へ歩いて行〉く〈僕〉に〈後ろから「おとうさん」〉と声をかける妻――。彼女は〈「おとうさん、タオルは？」〉と〈僕〉の身を気遣い、〈僕〉は〈僕〉で〈「子供たちに気をつけるのだよ」〉と言い残して、しかも〈烈しい後悔を感じ〉ながら、先へと〈歩みをつづけ〉る場面の一種哀切な情調に、やはり注意すべきであるといえよう。

〈僕〉は所詮は妻子に背を向けて〈歩みをつづけ〉なければならない。それにもかかわらず〈僕〉は、彼等と深く関わって来たのだ。〈僕〉はいまさらに〈烈しい後悔を感じ〉ざるをえない。[32]

4　まだ？

〈僕〉は〈前の短篇〉を書き上げ、雑誌社に送る。そして〈仕事を片づけたことに満足し、何か精神的強壮剤を求め〉て、銀座の本屋へ出掛ける。〈冬の日の当つたアスファルトの上には紙屑が幾つもころがつてゐ〉た。しかしそれらは〈光の加減か、いづれも薔薇の花にそつくり〉に見える。〈目金をかけた小娘が一人何か店員と話してゐた〉のを気にかけながら、〈僕〉は〈「アナトオル・フランスの対話集」や「メリメエの書簡集」を買ふ〉ことにする。

《僕は二冊の本を抱へ、或カッフェへはひつて行つた。それから一番奥のテエブルの前に珈琲の来るのを待つことにした。僕の向うには親子らしい男女が二人坐つてゐた。その息子は僕よりも若かつたものの、殆ど僕にそつくりだつた。のみならず彼等は恋人同志のやうに顔を近づけて話し合つてゐた。僕は彼等を見てゐるうちに少くとも息子は性的にも母親に慰めを与へてゐることを意識してゐるのに気づき出した。それは僕にも覚えのある親和力の一例に違ひなかつた。同時に又現世を地獄にする或意志の一例にも違ひなかつた。しかし、——僕は又苦しみに陥るのを恐れ、丁度珈琲の来たのを幸ひ、「メリメエの書簡集」を読みはじめた。彼はこの書簡集の中にも彼の小説のやうに鋭いアフォリズムを閃かせてゐた。それ等のアフォリズムは僕の気もちをいつか鉄のやうに巌畳《がんじやう》にし出した。（この影響を受け易いことも僕の弱点の一つだつた。）僕は一杯の珈琲を飲み了つた後《のち》、「何でも来い」と云ふ気になり、さつさとこのカッフェを後ろにして行つた。》

〈僕〉は往来を歩きながら、額縁屋の飾り窓にベエトオヴェンの肖像画のあるのを見る。〈僕〉はその〈髪を逆立てた天才そのものらしい〉ベエトオヴェンを、滑稽に感ぜられてならない。そのうち〈僕〉は高等学校以来の旧友に出会う。彼は〈片目だけまつ赤に血を流してゐた〉。

《「どうした、君の目は？」

「これか？　これはただの結膜炎さ。」

僕はふと十四五年以来、いつも親和力を感じる度に僕の目も彼のやうに結膜炎を起すのを思ひ出した。》

二人はカフェに入る。〈「久しぶりだなあ。朱舜水《しゆしゆんすゐ》の建碑式以来だらう」〉。〈「さうだ。あのシユシユン……」〉。しかし〈僕はなぜか朱舜水と云ふ言葉を正確に発音出来な〉い。〈それは日本語だつただけにちよつと僕を不安にした〉。

《「君はちつとも書かないやうだね。「点鬼簿」と云ふのは読んだけれども、……あれは君の自叙伝かい？」

「うん、僕の自叙伝だ。」

「あれはちよつと病的だつたぜ。この頃は体は善《い》いのかい？」

「不相変薬ばかり嚥んでゐる始末だ。」

「僕もこの頃は不眠症だがね。」

「僕も？——どうして君は『僕も』と言ふのだ？」

「だつて君も不眠症だつて言ふぢやないか？　不眠症は危険だぜ。……」

彼は左だけ充血した目に微笑に近いものを浮かべてゐた。僕は返事をする前に「不眠症」のシヤウの発音を正確に出来ないのを感じ出した。

「気違ひの息子には当り前だ。」》

〈僕〉はまた往来を歩いて行く。〈アスファルトの上に落ちた紙屑は時々僕等人間の顔のやうにも見えないことはなかつた〉。

《すると向うから断髪にした女が一人通りかかつた。彼女は遠目には美しかつた。けれども目の前へ来たのを見ると、小皺のある上に醜い顔をしてゐた。のみならず妊娠してゐるらしかつた。僕は思はず顔をそむけ、広い横町を曲つて行つた。が、暫らく歩いてゐるうちに痔の痛みを感じだした。それは僕には坐浴よりも外に癒《なほ》すことの出来ない痛みだつた。

「坐浴、——ベエトオヴェンもやはり坐浴をしてゐた。……」

坐浴に使ふ硫黄の匂ひは忽ち僕の鼻を襲ひ出した。しかし勿論往来にはどこにも硫黄は見えなかつた。僕はもう

一度紙屑の薔薇の花を思ひ出しながら、努めてしつかり歩いて行つた。》

さて「歯車」の記述はここにきて、一種静穏なものに変わったかに見える。徒労にも等しいとはいえ、〈僕は僕の仕事を片づけたことに満足し〉、さらに歩きはじめる。無論路上には〈まだ？〉躓きの石がないことはない。〈紙屑〉は〈薔薇の花〉にも見え、〈人間の顔〉にも見える。〈遠目には美しかつた〉女も、目の前で見ると〈思はず顔をそむけ〉たくなる。しかしこれを〈僕〉特有の妄想といい幻覚とはいうまい。要するに人間は、そうして一時一時の現に見たり聞いたり感じたりすること（知覚の現在）の中に生きている。（それが〈錯覚〉だとしても、〈錯覚〉もまた〈知覚の現在〉に違いないのだ。）〈髪を逆立てた天才そのもの〉らしいベエトオヴェンも、痔が痛めば坐浴する。つまり異常でもなんでもない、笑止にも当たり前の事実ではないか[33]――。

では問題はなくなったのか？　いや〈まだ？〉なくなった訳ではない。むしろその異常でもなんでもない事実、だからなんらの〈意味〉や根拠も見出せない、つまりは不条理な、いわば〈存在〉そのものの吐き気（サルトル）を催させるようなものの原像が、かえって、そしていよいよ、眼前に浮上してきているのだ――。

〈僕〉は〈目金をかけた小娘が一人何か店員と話してゐ〉るという極当たり前の光景（男と女の！）が〈気がかり〉となる。さらに通り掛かりの女の〈妊娠〉。そしてカフエの〈親子らしい男女の二人〉というこれも極当たり前の光景。とりわけその光景を見て、〈僕〉は〈息子は性的にも母親に慰めを与へてゐることを意識してゐる〉と感じる。〈それは僕にも覚えのある親和力の一例に違ひなかつた〉。しかも〈現世を地獄にする或意志の一例にも違ひなかつた〉。つまり〈僕〉はその眼前に露表するありふれた〈男女の二人〉の〈性〉という〈親和力〉に、いわば言語を絶した〈存在〉そのものの禍々しさ、〈現世〉をそのまま〈地獄〉にする根源的な暗黒を見出さざるをえない[34]。

あるいは〈結膜炎〉の友人との会話[35]。話題は〈僕の自叙伝〉の「点鬼簿」に及ぶ。そのおそらくは冒頭に〈僕の母は狂人だつた〉と記された作品。が、〈僕〉は〈言葉〉がうまく発音できない。もとより日本語とはいえ〈言葉〉とは外部のものである以上、時にうまく発音できないのも当然である。しかし〈僕〉はその理由を〈「気違ひの息子には当り前だ」〉と断定する。[36] つまり〈僕〉はそこにも、母親と息子を結ぶ〈性〉の〈親和力〉、暗い濃密な意志の影を探り出すのである。

しかしそれにしても、なんという惨たる断言。が、だからこそ〈僕〉はその断言を〈綴り直〉さなければならないのだ。眼前に遍在する〈「当り前」〉の、いわば〈その背後に何物も隠さない現象といふ死の姿〉(小林秀雄「『悪の華』一面」)[37]に、終極の〈意味〉と根拠を求めて——。余力の〈まだ?〉ないことはない。〈精神的強壮剤〉(〈「メリメの書簡集」〉)によって、〈「何でも来い」〉という気になった〈僕〉ではないか。

《一時間ばかりたつた後《のち》、僕は僕の部屋にとぢこもつたまま、窓の前の机に向かひ、新らしい小説にとりかかつてゐた。ペンは僕にも不思議だつたくらゐ、ずんずん原稿用紙の上を走つて行つた。しかしそれも二三時間の後には誰か僕の目に見えないものに抑へられたやうにとまつてしまつた。僕はやむを得ず机の前を離れ、あちこちと部屋の中を歩きまはつた。僕の誇大妄想はかう云ふ時に最も著しかつた。僕は野蛮な歓びの中に僕には両親もなければ妻子もない、唯僕のペンから流れ出した命だけあると云ふ気になつてゐた。》

これに解説を加える必要はあるまい。〈僕〉には〈まだ?〉、新たな〈意味〉と根拠を求めるべく、絶対の〈神〉への道が開かれていないことはない。しかし——、

《けれども僕は四五分の後《のち》、電話に向はなければならなかつた。電話は何度返事をしても、唯何か曖昧な言葉を繰り返して伝へるばかりだつた。が、それは兎も角もモオルと聞えたのに違ひなかつた。僕はとうとう電話を離れ、もう一度部屋の中を歩き出した。しかしモオルと云ふ言葉だけは妙に気になつてならなかつた。

「モオル——Mole……」

モオルは鼹鼠《もぐらもち》と云ふ英語だつた。この聯想も僕には愉快ではなかつた。が、僕は二三秒の後、Mole を la mort に綴り直した。ラ・モオルは、——死と云ふ仏蘭西語は忽ち僕を不安にした。死は姉の夫に迫つてゐたやうに僕にも迫つてゐるらしかつた。けれども僕は不安の中にも何か可笑しさを感じてゐた。のみならずいつか微笑してゐた。この可笑しさは何の為に起るか？——それは僕自身にもわからなかつた。》

〈新しい小説〉への没頭。つまり新しい〈意味〉を求めて〈言葉〉の〈綴り直〉しに熱中しているまさにその時、外部から〈電話〉＝〈言葉〉が闖入してくる。（もっとも小説を書いている最中にも、〈僕〉のペンは外部の〈誰か僕の目に見えないものに抑へられ〉てしまうのだが——。）

その〈モオルと聞えたのに違ひなかつた〉というほどにも〈曖昧〉な〈言葉〉。しかも〈僕〉はその〈Mole〉〈鼹鼠〉という英語を〈la mort〉〈死〉という仏蘭西語に〈綴り直〉す。清水康次氏はこのことを〈変容のモチーフ〉と呼び、〈言葉〉を〈新しいコンテキスト〉に組み込む〈きわめて詩的な作業〉として、「歯車」の場合、〈言葉〉は〈地獄や暗を意味するコンテキストになだれこんでいく〉、つまり〈「歯車」の変容のモチーフは、地獄や暗をいわば目的地点とする〉というのである。[38]

しかし〈鼹鼠〉という英語から〈死〉という仏蘭西語への〈綴り直〉しに、どれだけの必然的な〈変容のモチーフ〉があるといえようか。いやこれは、いわばあからさまなまでに無意味な符合でしかない。[39] 所詮この〈綴り直〉しに〈目的地点〉などはない。様々に〈変容〉しながら、拡散し漂流するだけのもの。[40] そしてだからこそ〈僕〉は、一旦は〈死は姉の夫に迫つてゐたやうに僕にも迫つてゐるらしかつた〉と脅えながら、〈何か可笑しさを感じ〉ざるをえない。ただ〈この可笑しさは何の為に起るか？——それは僕自身にもわからなかつた〉としても、おそらくそこに映し出されているものは、〈綴り直〉し、つまり増殖し氾濫しながら、しかしただそれだけでしかない〈言葉〉の迷走、その無稽、無能に対する、作者芥川の苦笑まじりの不安な横顔である、といえよう。[41]

《僕は久しぶりに鏡の前に立ち、まともに僕の影と向ひ合つた。僕の影も勿論微笑してゐた。僕はこの影を見つめているうちに第二の僕のことを思ひ出した。第二の僕、——独逸人のいはゆるDoppelgaengerは仕合せにも僕自身に見えたことはなかつた。しかし亜米利加の映画俳優になつたK君の夫人は第二の僕を帝劇の廊下に見かけてゐた。(僕は突然K君の夫人に、「先達はつい御挨拶もしませんで」と言はれ、当惑したことを覚えてゐる。)それからもう故人になつた或隻脚《かたあし》の翻訳家もやはり銀座の或煙草屋に第二の僕を見かけてゐた。死は或は僕よりも第二の僕に来るのかも知れなかつた。若し又僕に来たとしても、——僕は鏡に後ろを向け、窓の前の机へ帰つて行つた。》

吉本隆明氏はこれを〈主人公の入眠状態〉と説明しているが、[42]そんな苦しい言い方をする必要はない。おそらく〈K君の夫人〉にしても〈隻脚《かたあし》の翻訳家〉にしても、ただ〈僕〉を見たと〈錯覚〉したにすぎない。ただの〈錯覚〉。しかし当人がそうと気づかず公言〔〈言葉〉に〕すれば、それが公認の真実、永遠の真実となりかねない。しかもそのことに〈僕〉はなんら抗えないのだ。そしてこの時恐るべきことに、〈僕〉はその〈言葉〉の前で否定され抹殺される。〈死は或は僕よりも第二の僕に来るのかも知れなかつた。若し又僕に来たとしても〉。いやすでに〈死〉は〈僕〉に来ているのだ。

《四角に凝灰岩《ぎやうくわいがん》を組んだ窓は枯芝や池を覗かせてゐた。僕はこの庭を眺めながら、遠い松林の中に焼いた何冊かのノオト・ブツクや未完成の戯曲を思ひ出した。それからペンをとり上げると、もう一度新らしい小説を書きはじめた。》

〈言葉〉はなにも齎さず、〈僕〉をどこにも連れ出しはしない。外部で空しく猖獗するのみで、しかも〈僕〉の存在を否定し抹殺する。〈僕〉はいまさらに〈何冊かのノオト・ブツクや未完成の戯曲〉、つまり己れのアリバイを焼いてしまったことを想い起こす——。

だが、にもかかわらず〈僕〉は〈まだ？〉諦めはしない。〈僕〉は〈意味〉＝〈言葉〉を求めて、〈もう一度新らしい小説を書きはじめた〉。

5　赤光

〈日の光は僕を苦しめ出した。僕は実際鼹鼠《もぐらもち》のやうに窓の前へカアテンをおろし、昼間も電灯をともしたまま、せつせと前の小説をつづけて行つた〉。〈僕〉はこうして次第にデスペレートに〈小説〉に没頭して行く。しかし〈仕事に疲れると、テエヌの英吉利文学史をひろげ、詩人たちの生涯に目を通した〉。しかも〈彼等はいづれも不幸だつた。エリザベス朝の巨人たちさへ、――一代の学者だつたベン・ジヨンソンさへ彼の足の親指の上に羅馬とカルセエヂとの軍勢の戦ひを始めるのを眺めたほど神経的疲労に陥つてゐた。僕はかう云ふ彼等の不幸に残酷な悪意に充ち満ちた歓びを感じずにはゐられなかつた〉。つまり自身それほどにも嗜虐的に、そして絶望的になりながら――。

《或東かぜの強い夜《よる》、(それは僕には善い徴《しるし》だつた。）僕は地下室を抜けて往来へ出、或老人を尋ねることにした。彼は或聖書会社の屋根裏にたつた一人小使ひをしながら、祈禱や読書に精進してゐた。僕等は火鉢に手をかざしながら、壁にかけた十字架の下にいろいろのことを話し合つた。なぜ僕の母は発狂したか？　なぜ僕の父の事業は失敗したか？　なぜ又僕は罰せられたか？――それ等の秘密を知つてゐる彼は妙に厳かな微笑を浮かべ、いつまでも僕の相手をした。のみならず時々短い言葉に人生のカリカテュアを描いたりした。僕はこの屋根裏の隠者を尊敬しない訳には行かなかつた。しかし彼と話してゐるうちに彼も亦親和力の為に動かされてゐることを発見した。――
「その植木屋の娘と云ふのは器量も善いし、気立ても善いし、――それはわたしに優しくしてくれるのです。」

「いくつ？」

「ことしで十八です。」

それは彼には父らしい愛であるかも知れなかつた。しかし僕は彼の目の中に情熱を感じずにはゐられなかつた。のみならず彼の勧めた林檎はいつか黄ばんだ皮の上へ一角獣の姿を現してゐた。(僕は木目《もくめ》や珈琲茶碗の亀裂《ひび》に度たび神話的動物を発見してゐた。）一角獣は麒麟に違ひなかつた。僕は或敵意のある批評家の僕を「九百十年代の麒麟児」と呼んだのを思ひ出し、この十字架のかかつた屋根裏も安全地帯ではないことを感じた。》

いわば〈僕〉の運命の根源、その〈秘密〉を知っているというこの〈屋根裏の隠者〉は、あるいは〈僕〉にとっては〈神〉、とは言わないまでも、〈僕〉を守護してくれる存在であるかもしれない。しかし〈僕〉は彼もまたあの〈親和力の為に動かされてゐる〉ことに気づかざるをえない。(43)（まさに〈神〉を冒瀆する〈悪魔〉のまなざし——。）

《「如何ですか、この頃は？」

「不相変神経ばかり苛々してね。」

「それは薬では駄目ですよ。信者になる気はありませんか？」

「若し僕でもなれるものなら……」

「何もむづかしいことはないのです。唯神を信じ、神の子の基督を信じ、基督の行つた奇蹟を信じさへすれば……」

「悪魔を信じることは出来ますがね。……」

「ではなぜ神を信じないのです？　若し影を信じるならば、光も信じずにはゐられないでせう？」

「しかし光のない暗《やみ》もあるでせう。」

「光のない暗とは？」

僕は黙るより外はなかつた。彼も亦僕のやうに暗の中を歩いてゐた。が、暗のある以上は光もあると信じてゐた。僕等の論理の異るのは唯かう云ふ一点だけだつた。しかしそれは少くとも僕には越えられない溝に違ひなかつた。……》

もはや〈僕〉には〈「悪魔を信じること」〉しかできない。しかしそれは〈「光のない暗」〉を歩むことでしかない。あの〈緑いろの表紙〉の本に書かれていた〈「恐しい四つの敵、――疑惑、恐怖、驕慢、官能的欲望」〉。だが〈それ等の敵〉は、〈僕には感受性や理智の異名に外ならな〉かった。つまり〈僕〉にはすでに〈伝統的精神〉に〈光〉を見ることはできない。と同時に、まさにその〈感受性や理智〉ゆえに、〈近代的精神〉にも〈光〉を見ることができないのだ。とすればたしかに〈僕〉は、〈光のない暗〉を蛇行匍匐する現代の〈「寿陵余子」〉に違いなかった。《僕はこの一二年の間、僕自身の経験したことを彼に話したい誘惑を感じた。が、彼から妻子に伝はり、僕も亦母のやうに精神病院にはひることを恐れない訳にも行かなかつた。》

現に〈神〉がいない以上（そして現に〈僕〉が〈神〉でない以上）、いわば一切の〈懺悔〉は天上に届かず、この地上（とは〈家族〉の中）に留まって、地上相応の仕打ちを受けるしかない。

〈僕〉は書棚のドストエフスキイ全集から『罪と罰』を借りてホテルへ戻ってゆく。〈僕は努めて暗い往来を選び、盗人《ぬすびと》のやうに歩いて行つた〉。

〈僕は暫らくの後、いつか胃の痛みを感じ出した。この痛みを止めるものは一杯のウィスキイのあるだけだつた。僕は或バアを見つけ、その戸を押してはひらうとした〉。しかし狭い中に煙草の煙、芸術家らしい青年達、女が一人熱心にマンドリンを弾くといった雰囲気に、たちまち当惑して〈僕〉は外へ引き返す。〈するといつか僕の影の左右に揺れてゐるのを発見した。しかも僕を照らしてゐるのは無気味にも赤い光だつた。僕は往来に立ちどまつた。

けれども僕の影は前のやうに絶えず左右に動いてゐた。僕は怯づ々々ふり返り、やつとこのバアの軒に吊つた色硝子のランタアンを発見した。ランタアンは烈しい風の為に徐ろに空中に動いてゐた。……》。

《僕の次にはひつたのは或地下室のレストオランだつた。僕はそこのバアの前に立ち、ウィスキイを一杯註文した。

「ウィスキイを？　Black and White ばかりでございますが、……」

僕は曹達水の中にウィスキイを入れ、黙つて一口づつ飲みはじめた。僕の鄰には新聞記者らしい三十前後の男が二人何か小声に話してゐた。のみならず仏蘭西語を使つてゐた。僕は彼等に背中を向けたまま、全身に彼等の視線を感じた。それは実際電波のやうに僕の体にこたへるものだつた。彼等は確かに僕の名を知り、僕の噂をしてゐるらしかつた。

「Bien……très mauvais……pourquoi?……」

「Pourquoi?……le diable est mort!……」

「Oui, oui……d'enfer……」

僕は銀貨を一枚投げ出し、(それは僕の持つてゐる最後の一枚の銀貨だつた。）この地下室の外へのがれることにした。》

〈僕〉はまたぞろ、無気味な〈暗合〉に取り囲まれる。〈赤い光〉、〈Black and White〉、そしてまたなにやら〈意味〉ありげな仏蘭西語——。いやすべてが〈意味〉ありげでありながら、実は正体不明なのだ。が、だからこそ〈僕〉は最後の〈銀貨〉(通貨)を投げ出すのだが、にもかかわらずそこから〈のがれる〉しかない。

《夜風の吹き渡る往来は多少胃の痛みの薄らいだ僕の神経を丈夫にした。僕はラスコルニコフを思ひ出し、何ごとも懺悔したい欲望を感じた。が、それは僕自身の外にも、——いや、僕の家族の外にも悲劇を生じるのに違ひなかつた。のみならずこの欲望さへ真実かどうかは疑はしかつた。》

繰り返すまでもなく、〈神〉のいない以上、〈懺悔〉は地上に留まり、ただ〈悲劇〉となるしかない。しかも地上に留まり、周囲との和解に還ろうとする〈欲望〉も、〈僕〉には〈真実かどうか〉疑わしい。が、そうだとすれば、〈僕〉に残されていることはなにか。

《若し僕の神経さへ常人のやうに丈夫になれば、――けれども僕はその為にはどこかへ行かなければならなかつた。マドリツドへ、リオへ、サマルカンドへ、……

そのうちに或店の軒に吊つた、白い小型の看板は突然僕を不安にした。それは自動車のタイアアに翼のある商標を描いたものだつた。僕はこの商標に人工の翼を手よりにした古代の希臘人を思ひ出した。彼は空中に舞ひ上つた揚句、太陽の光に翼を焼かれ、とうとう海中に溺死してゐた。マドリツドへ、リオへ、サマルカンドへ、――僕はかう云ふ僕の夢を嘲笑《あざわら》はない訳には行かなかつた。同時に又復讐の神に追はれたオレステスを考へない訳にも行かなかつた。》

要するに〈僕〉自身、新しい〈意味〉と〈言葉〉を求めて、この地上から〈翼〉を駆って、ひとり空中高く飛翔し〈どこかへ行かなければならな〉い（そして〈まだ？〉その可能性は残されている？）[44]――。そういえば「一レエン・コオト」の最後――〈僕〉が〈ホテルの部屋に前の短篇を書きつづけてゐ〉る時にも、〈時々戸の外に翼の音の聞えることもあ〉ったという。しかしそれは、〈どこかに鳥でも飼つてあ〉ったからなのではない。おそらくそれは〈僕〉のペンの音、〈ペンから流れ出した命〉にかける〈僕〉の夢の羽ばたきだったのだといえよう。（「三夜」にも〈どこかに翼の音や鼠のきしる音も聞えてゐた〉とある。つまりは夢と現の拮抗する音であったというべきか。）

ところで、この一節はおのずから「或阿呆の一生」の「十九　人工の翼」を思い起こさせずにはいない。

《人生は二十九歳の彼にはもう少しも明るくはなかつた。が、ヴォルテエルはかう云ふ彼に人工の翼を供給した。

彼はこの人工の翼をひろげ、易やすと空へ舞ひ上つた。同時に又理智の光を浴びた人生の歓びや悲しみは彼の目の下へ沈んで行つた。

彼は見すぼらしい町々の上へ反語や微笑を落しながら、遮るもののない空中をまつ直に太陽へ登つて行つた。丁度かう云ふ人工の翼を太陽の光りに焼かれた為にとうとう海へ落ちて死んだ昔の希臘人も忘れたやうに。……》

このほとんど同文の執筆時期の差を詳らかにすることはできないだろう。しかし「或阿呆の一生」のそれが芥川の人生に対する最終の結論だったとしても、同じく〈死〉が確認されているとはいえ、「歯車」のそれは、依然〈僕〉の心の揺らぎを示しているといわなければならない。たとえ自らの〈夢を嘲笑はない訳には行かなかつた〉としても、さらにまた〈復讐の神に追はれたオレステスを考へない訳にも行かなかつた〉としても。オレステスがエリュウニスの追跡に脅えながらも、すでにつねに自らの正義を貫かなければならなかったように、〈僕〉もまた〈まだ？〉手をあげるわけにはゆかないのだ。（芥川は遺稿「闇中問答」―「文芸春秋」昭和二年九月の中で〈ヤコブと力を争つた天使〉をして問わせている。〈「お前はお前のエゴを忘れてゐる。お前の個性を尊重し、俗悪な民衆を軽蔑しろ」〉。しかし〈僕〉は〈「お前の来る所に平和はない」〉と答えるしかない。神の前で告白することのできぬ彼は、こうして闇の中で、おそらくは同じ心の揺らぎを自問自答していたのだ。）

《僕は運河に沿ひながら、暗い往来を歩いて行つた。そのうちに或郊外にある養父母の家を思ひ出した。養父母は勿論僕の帰るのを待ち暮らしてゐるのに違ひなかつた。恐らくは僕の子供たちも、――しかし僕はそこへ帰ると、おのずから僕を束縛してしまふ或力を恐れずにはゐられなかつた。運河は波立つた水の上に達磨船を一艘横づけにしてゐた。そのまた達磨船は船の底から薄い光を洩らしてゐた。そこにも何人かの男女の家族は生活してゐるのに違ひなかつた。やはり愛し合ふ為に憎み合ひながら。……が、僕はもう一度戦闘的精神を呼び起し、ウィスキイの酔ひを感じたまま、前のホテルへ帰ることにした。》

　またしても〈男女の家族〉、その〈親和力〉、根源的な力に拉がれながら、〈地獄よりも地獄的〉な人生、いわば〈意味〉と根拠を欠いた存在の永劫の反復に耐える人々の姿。あるいはそれが人間の本当の姿ではないか？　その存在の原像[45]――だが〈僕〉は〈もう一度〉、戦いに立ち向かわなければならない。

　〈僕は又机に向ひ、「メリメエの書簡集」を読みつづけた。それは又いつの間にか僕に生活力を与へてゐた〉。しかし〈僕は晩年のメリメエの新教徒になつてゐたことを知ると、俄かに仮面のかげにあるメリメエの顔を感じ出した〉。が、彼は真に、あの〈伝統的精神〉に帰れたのか。いや、救いのない〈伝統的精神〉に帰っただけではないのか。そして〈僕〉は、〈彼も亦やはり僕等のやうに暗《やみ》の中を歩いてゐる一人だつた〉と思わざるをえない。

　〈暗の中を？――「暗夜行路」はかう云ふ僕には恐しい本に変りはじめ〉た。光のない永遠の闇を、果てまで歩もうとする〈強健な個性〉への〈畏敬の念〉ともとれる。[46]しかし逃れられない永遠の闇を、歩まねばならない人間の運命への恐怖ともとれないことはない。

　〈僕は憂鬱を忘れる為に「アナトオル・フランスの対話集」を読みはじめ〉る。〈が、この近代の牧羊神もやはり十字架を荷つてゐた〉。つまり彼もまた十字架を負って、果てまで歩まなければならない。

　〈一時間ばかりたつた後《のち》、給仕は僕に一束の郵便物を渡しに顔を出〉す。〈一つはライプツィツヒの本屋から僕に「近代の日本の女」と云ふ小論文を書けと云ふもの〉。しかしその英語の手紙の〈「日本画のやうに黒と白の外に色彩のない女の肖像画でも満足である」〉という一行に、〈Black and White と云ふウィスキイの名を思ひ出し、ずたずたにこの手紙を破つてしま〉う。次は〈黄いろい書簡箋〉に書かれた〈知らない青年〉からの手紙。〈しかし二三行も読まないうちに「あなたの『地獄変』は……」と云ふ言葉は僕を苛立たせずには措かなかつた。〉――またしても種々の〈暗合〉が犇き出す。いや、それは〈暗合〉が犇き出すというよりも、〈僕〉が手当たり次第に〈暗合〉を紡ぎ出しているかのようだ。

《三番目に封を切つた手紙は僕の甥から来たものだつた。僕はやつと一息つき、家事上の問題などを読んで行つた。けれどもそれさへ最後へ来ると、いきなり僕を打ちのめした。

「歌集『赤光』の再版を送りますから……」

赤光！　僕は何ものかの冷笑を感じ、僕の部屋の外へ避難することにした。》

評者は多くここで、「僻見」（「斎藤茂吉」――「女性改造」大正十三年三月）の次の一節を引用する。すなわち芥川は斎藤茂吉の『赤光』(47)を絶賛して、〈近代の日本の文芸は横に西洋を模倣しながら、堅には日本の土に根ざした独自性の表現に志してゐる。苟くも日本に生を享けた限り、斎藤茂吉も亦この例に洩れない。いや、茂吉はこの両面を最高度に具へた歌人である〉という。そこからたとえば関口安義氏は、〈芥川はこのような茂吉の強さ、赤い炎の如く輝く雄姿に目をみはり、おそれの気持を懐いている〉とまとめている。(48)

〈日本の土に根ざし〉た〈強靭な精神〉の前には〈寸時もいたたまれなかったはず〉という評もある。(49)が、すくなくとも〈僕〉にとって、『赤光』はそれほどに〈おそれ〉を懐くべきものであったのか。すでに彼は、〈伝統的精神〉も〈近代的精神〉のように、〈やはり僕を不幸にする〉といっていた。とすれば、〈僕〉はここで、むしろ「暗夜行路」に対してと同じように、いわば逃れられない運命に拉がれながら歩むものの〈不幸〉を感じとっていたのかもしれないではないか。

と言って宮坂覚氏の(50)、〈歌集にポイントが置かれるのではなく、赤光すなわち陽が没せんとする時空を染める《赤い光》によってである。その後に確実に到来する《光なき暗》への恐怖である〉（傍点宮坂氏）というのも、そのままでは肯えない。（たしかに地獄の業火、風に揺れるランタアンの赤い光……。）

ところで『赤光』はまさに赤光に染められている。なかで〈赤光〉という語彙がそのまま使われた歌二首のうちの一首——〈赤光のなかに浮びて棺ひとつ行き遥けかり野は涯ならん〉を含む「黄涙余録」の数首。

自殺せし狂者の棺のうしろより眩暈して行けり道に入日あかく
葬り火は赤々と立ち燃ゆらんか我がかたはらに男居りけり
自殺せる狂者をあかき火に葬りにんげんの世に戦きにけり
たのまれし狂者はつひに自殺せりわれ現なく走りけるかも

陸続と続くこれらの歌を、もし〈僕〉が読んでいたとすれば——。おそらく〈僕〉は、時ならぬ『赤光』の送付に烈しく〈打ちのめ〉されたに違いない。ここには〈自殺せし狂者〉、つまり〈死〉と〈狂気〉、いや〈にんげん〉と〈狂気〉と〈死〉が、〈葬り火〉に赤々と照らし出されている。が、それにしても、一体〈狂気〉とはなにか、〈死〉とはなにか。

〈廊下には誰も人かげはなかつた。僕は片手に壁を抑へ、やつとロツビイへ歩いて行つた〉。〈僕〉は煙草を吸おうとするが、給仕は〈僕〉がいつも吸う〈スタア〉だけはあいにく品切れで、〈エエア・シツプ〉ならあるという。〈人工の翼はもう一度僕の目の前へ浮かび出した〉。すでにあの天空を駆るべき〈翼〉も、墜落する負のイメージを伴っている。

《僕は頭を振つたまま、広いロツビイを眺めまはした。僕の向うには外国人が四五人テエブルを囲んで話してゐた。しかも彼等の中の一人、——赤いワン・ピイスを着た女は小声に彼等と話しながら、時々僕を見てゐるらしかつた。

「Mrs Townshead……」

何か僕の目に見えないものはかう僕に囁いて行つた。ミセス・タウンズヘツドなどと云ふ名は勿論僕の知らないものだつた。たとひ向うにゐる女の名にしても、——僕は又椅子から立ち上り、発狂することを恐れながら、僕の部屋へ帰ることにした。

僕は僕の部屋へ帰ると、すぐに或精神病院へ電話をかけるつもりだつた。が、そこへはひることは僕には死ぬことに変らなかつた。》

〈僕の向う〉で、なにかがしきりに語られてはいる。が、なにが語られているかは判からない。ただ〈僕〉抜きで、なにかの〈了解〉が成立している（あの〈「オオル・ライト」〉という言葉の場合と同じように）。つまり〈僕〉の外部で〈言葉〉が跳梁しつつ、しかし〈僕〉はそこから排除され、抹殺されている。その完き孤絶——。おそらく〈狂気〉とはこの孤立無援をおいてない。

〈僕〉はさながら、すでに〈精神病院〉の鉄格子の中に隔離されている存在なのだ。そしてそのことは、つまり〈僕〉の〈死〉そのものを意味しているのだ——。

しかし〈僕はさんざんためらつた後、この恐怖を紛らす為に「罪と罰」を読みはじめた。しかし偶然開いた頁は「カラマゾフ兄弟」の一節だつた〉。

《僕は本を間違へたのかと思ひ、本の表紙へ目を落した。「罪と罰」——本は「罪と罰」に違ひなかつた。僕はこの製本屋の綴ぢ違へに、——その又綴ぢ違へた頁を開いたことに運命の指の動いてゐるのを感じ、やむを得ずそこを読んで行つた。けれども一頁も読まないうちに全身の震へるのを感じ出した。そこは悪魔に苦しめられるイヴァンを描いた一節だつた。イヴァンを、ストリントベルグを、モオパスサンを、或はこの部屋にゐる僕自身を。

……》

〈製本屋の綴ぢ間違へ〉などと、相変わらずの作為（？）が〈興味を殺ぐ〉が（いうまでもなく、もう告白に赴くラスコルニコフは必要でない。〈悪魔に苦しめられるイヴァン〉が必要だったのだ）、ここでは〈悪魔〉しか信じられず、しかもその〈悪魔〉に苦しめられる、とは〈神〉（〈伝統的精神〉）も信じられず、それを否定し、自ら拠って立つべきものとして信ずる〈近代的精神〉（〈感受性と理智〉）にも背かれて、依然現代の〈寿陵余子〉として蛇行匍匐する〈僕〉の苦衷を窺えば足りる。（序にいえば、ここにはいわゆる〈日本的近代〉と〈西洋的近代〉の落差ということが、意識されていないことに注意すべきだろう。イヴァンもストリントベルグもモーパッサンも〈僕〉も、まったく同列なのだ。）ただそうだとすれば、〈理智〉の〈翼〉を駆って、ひとり空中高く飛翔することは、もう〈僕〉にはほとんど不可能なのかもしれない。

《かう云ふ僕を救ふものは唯眠りのあるだけだつた。しかし催眠剤はいつの間にか一包みも残らずになくなつてゐた。僕は到底眠らずに苦しみつづけるのに堪へなかつた。が、絶望的な勇気を生じ、珈琲を持つて来て貰つた上、死にもの狂ひにペンを動かすことにした。二枚、五枚、七枚、十枚、――原稿は見る見る出来上つて行つた。僕はこの小説の世界を超自然の動物に満たしてゐた。のみならずその動物の一匹に僕自身の肖像画を描いてゐた。けれども疲労は徐ろに僕の頭を曇らせはじめた。僕はとうとう机の前を離れ、ベッドの上へ仰向けになった。それから四五十分間は眠つたらしかつた。しかし又誰か僕の耳にかう云ふ言葉を囁いたのを感じ、忽ち目を醒まして立ち上つた。

「le diable est mort」》

孤独な眠り――、しかしそこにも〈誰か〉の〈囁〉きが聞こえる。しかもその〈囁〉きは皮肉にも、現に〈悪魔〉に〈苦しめられ〉ている〈僕〉に対し、〈「悪魔は死んだ」〉という。（つまり〈僕〉の内に蟠踞する一切の〈意味〉と根拠の否定そのものを否定する、外なる〈誰か〉の囁き――。）

《凝灰岩の窓の外はいつか冷えびえと明けかかつてゐた。僕は丁度戸の前に佇み、誰もゐない部屋の中を眺めました。すると向うの窓硝子は斑《まだ》らに外気に曇つた上に小さい景色を現していた。それは黄ばんだ松林の向うに海のある風景に違ひなかつた。僕は怯づ怯づ窓の前へ近づき、この風景を造つてゐるものは実は庭の枯芝や池だつたことを発見した。けれども僕の錯覚はいつか僕の家に対する郷愁に近いものを呼び起してゐた。

僕は九時にでもなり次第、或雑誌社へ電話をかけ、兎に角金の都合をした上、僕の家へ帰る決心をした。机の上に置いた鞄の中へ本や原稿を押しこみながら。》

孤立に脅えて、〈僕〉は一時の地上（〈家族〉）への〈郷愁〉、地上への回帰に思いを馳せる。もとよりつかのまの〈錯覚〉に駆られて――。

6　飛行機

《僕は東海道線の或停車場からその奥の或避暑地へ自動車を飛ばした。運転手はなぜかこの寒さに古いレエン・コオトをひつかけてゐた。僕はこの暗合を無気味に思ひ、努めて彼を見ないやうに窓の外へ目をやることにした。すると低い松の生えた向うに、――恐らくは古い街道に葬式が一列通るのをみつけた。白張りの提灯や龍燈はその中に加はつてはゐないらしかつた。が、金銀の造花の蓮は静かに輿の前後に揺いで行つた。……》

「一　レエン・コオト」の冒頭と対応して〈レエン・コオト〉が現れる[50]。しかし〈僕〉は〈この暗合を無気味に〉思い眼を逸らすが、そこには早く次の事象――〈葬式が一列〉通つている。もはや言うまでもない。〈僕〉には一切の事象が終始、そしていよいよ〈死〉を暗示して迫って来ている。そして――、

《やつと僕の家へ帰つた後《のち》、僕は妻子や催眠薬の力により、二三日は可也平和に暮らした。僕の二階は松林の上にかすかに海を覗かせてゐた。僕はこの二階の机に向かひ、鳩の声を聞きながら、午前だけ仕事をすることにした。鳥は鳩や鴉の外にも雀も縁側へ舞ひこんだりした。それも亦僕には愉快だつた。「喜雀堂《きじやくどう》に入《い》る。」――僕はペンを持つたまま、その度にこんな言葉を思ひ出した。》

たしかに〈平和〉は実現した。（ばかりか〈翼〉の音に囲まれて、〈僕〉の〈仕事〉も捗っているかに見える。）しかしそれ

が所詮〈妻子と催眠薬の力〉によってもたらされたものでしかない以上、束の間に消え失せてしまうだろう。（それにしても〈妻子〉と〈催眠薬〉が同列に扱われていることに注意すべきだろう。これでは〈妻子〉は、かえって〈催眠薬〉と同等までに貶められている、といわれなければならない。）

〈或生暖かい曇天の午後〉、〈僕〉は雑貨店へインクを買いに行く。しかしあいにく〈僕〉の嫌いな〈セピア色のインク〉しかない。〈僕〉はやむなくそこを出て、〈人通りの少ない往来をぶらぶらひとり歩いて行つた〉。そこへ〈近眼らしい四十前後の外国人が一人肩を聳《そび》やかせて通りかかつた。彼はここに住んでゐる被害妄想狂の瑞典人《スウエデンじん》だつた。しかも彼の名はストリントベルグだつた。僕は彼とすれ違ふ時、肉体的に何かこたへるのを感じ〉る。《この往来は僅かに二三町だつた。が、その二三町を通るうちに丁度半面だけ黒い犬は四度も僕の側を通つて行つた。僕は横町を曲りながら、ブラツク・アンド・ホワイトのウイスキイを思ひ出した。のみならず今のストリントベルグのタイも黒と白だつたのを思ひ出した。それは僕にはどうしても偶然であるとは考へられなかつた。若し偶然でないとすれば、――僕は頭だけ歩いてゐるやうに感じ、ちよつと往来に立ち止まつた。道ばたには針金の柵の中にかすかに虹の色を帯びた硝子の鉢が一つ捨ててあつた。この鉢は又底のまはりに翼らしい模様を浮き上らせてゐた。そこへ松の梢から雀が何羽も舞ひ下つて来た。が、この鉢のあたりへ来ると、どの雀も皆言ひ合はせたやうに一度に空中へ逃げのぼつて行つた。……》

またしても無気味な〈暗合〉の羅列――。ただ一々のことは、それにかかずらう暇もないほどに次々と継起してゆくが、〈僕〉の拘泥は、それら一切が〈偶然であるとは考へられな〉いという形で一層切迫度を増してゆく、といえる。しかも〈若し偶然でないとすれば、――〉。ではそれら一切は〈必然〉なのか？

しかしそれが〈必然〉だとすれば、それはまたなんと気恥ずかしいまでに他愛なく、貧弱な〈必然〉ではないか。いやそこには所詮、なんの謂われもないのだ。ただあるがままの事実、あるいは（〈その背後に何物も隠さない〉）現象があるだけではないか。しかもそれを〈頭〉で、とは〈言葉〉で厳密に、そして事後的に確認しようとすると、それはあるがままの事実、あるいは現象から離れて、〈言葉〉そのものの両義性に分断されているのではないか。そしてだからこそ〈僕〉は、まさに〈頭だけ歩いてゐるやうに感じ〉なければならないのだ。

《僕は妻の実家へ行き、庭先の籐椅子に腰をおろした。庭の隅の金網の中には白いレグホオン種の鶏が何羽も静かに歩いてゐた。それからまた僕の足もとには黒犬も一匹横になつてゐた。僕は誰にもわからない疑問を解かうとあせりながら、兎に角外見だけは冷やかに妻の母や弟と世間話をした。

「静かですね、ここへ来ると。」

「それはまだ東京よりもね。」

「ここでもうるさいことはあるのですか?」

「だつてここも世の中ですもの。」

妻の母はかう言つて笑つてゐた。実際この避暑地も亦「世の中」であるのに違ひなかつた。僕は僅かに一年ばかりの間にどのくらゐここにも罪悪や悲劇の行はれてゐるかを知り悉してゐた。徐ろに患者を毒殺しようとした医者、養子夫婦の家に放火した老婆、妹の資産を奪はうとした弁護士、――それ等の人々の家を見ることは僕にはいつも人生の中に地獄を見ることに異らなかつた。》

なぜ〈白いレグホオン種の鶏が何羽も静かに歩いてゐ〉るのか。なぜ〈黒犬も一匹横になつてゐ〉るのか。が、そんなことは〈誰にもわからない疑問〉でしかない。それよりも〈人生〉はもともと、〈地獄を見ることに異らな〉いほどに、それ自体不条理なのではないか。しかし〈僕〉は〈疑問を解かうとあせ〉る――。（おそらく〈偶然〉か〈必然〉かという〈疑問〉を。）

《「この町には気違ひが一人ゐますね。」

「Hちやんでせう。あれは気違ひぢやないのですよ。莫迦になつてしまつたのですよ。」

「早発性痴呆と云ふやつですね。僕はあいつを見る度に気味が悪くつてたまりません。あいつはこの間もどう云ふ量見か、馬頭観世音の前にお時宜をしてゐました。」

「気味が悪くなるなんて、……もつと強くならなければ駄目ですよ。」

「兄さんは僕などよりも強いのだけれども、——」

無精髭を伸ばした妻の弟も寝床の上に起き直つたまま、いつもの通り遠慮勝ちに僕等の話に加はり出した。

「強い中に弱いところもあるから。……」

「おやおや、それは困りましたね。」

僕はかう言つた妻の母を見、苦笑しない訳《わけ》には行かなかつた。すると弟も微笑しながら、遠い垣の外の松林を眺め、何かうつとりと話しつづけた。(この若い病後の弟は時々僕には肉体を脱した精神そのもののやうに見えるのだつた。)

「妙に人間離れをしてゐるかと思へば、人間的欲望もずいぶん烈しいし、……」

「善人かと思へば、悪人でもあるしさ。」

「いや、善悪と云ふよりも何かもつと反対なものが、……」

「ぢや大人の中に子供もあるのだらう。」

「さうでもない。僕にははつきりと言へないけれど、……電気の両極に似てゐるのかな。何しろ反対なものを一しよに持つてゐる。」》

〈偶然〉か〈必然〉かの〈誰にもわからない疑問〉は、〈「気違ひ」〉か〈「馬鹿」〉か、〈「強い」〉か〈「弱い」〉か、〈「妙に人間離れをしてゐるかと思へば、人間的欲望もずいぶん烈しいし」〉という〈疑問〉となり、さらに〈「善人」〉か〈「悪人」〉か、〈「大人」〉か〈「子供」〉かの〈疑問〉に続く。しかも〈「電気の両極に似て」〉、〈「反対なもの」〉が〈「一しよに」〉ある——。

おそらく〈僕〉はまたしても、こうして〈言葉〉の両義性に分断される。〈あらゆる言葉は銭のやうに必ず両面を具へてゐる〉(『侏儒の言葉』「言葉」)。ということは〈言葉〉というものがもともと事象と一対一に対応できないもの、ということではないか。つねに事象を両義的、さらに多義的に語り、だから決して究極の〈意味〉や根拠に通じない。つまり終わりないものなのだ。(52)

《そこへ僕等を驚かしたのは烈しい飛行機の響きだつた。僕は思はず空を見上げ、松の梢に触れないばかりに舞ひ上つた飛行機を発見した。それは翼を黄いろに塗つた、珍らしい巣葉の飛行機だつた。鶏や犬はこの響きに驚き、それぞれ八方へ逃げまはつた。殊に犬は吠え立てながら、尾を捲いて縁の下へはひつてしまつた。

「あの飛行機は落ちはしないか?」

「大丈夫。……兄さんは飛行機病と云ふ病気を知つてゐる?」

僕は巻煙草に火をつけながら、「いや」と云ふ代りに頭を振つた。

「ああ云ふ飛行機に乗つてゐる人は高空の空気ばかり吸つてゐるものだから、だんだんこの地面の上の空気に堪へられないやうになつてしまふのだつて。……」》

もとよりこれは、あの〈空中に舞ひ上つた揚句、太陽の光に翼を焼かれ、とうとう海中に溺死し〉た〈古代の希臘人〉の運命に重なる。そしてまたひたすらに〈意味〉=〈言葉〉を求めて、〈唯書いてゐ〉る〈僕〉の運命に——。しかも〈僕〉はいつか、〈「この地面の上の空気に堪へられない」〉、とはあの鉄壁の孤独、孤高に〈舞ひ上つて〉、ついに現実には生きられなくなってしまっているのだ。

《妻の母の家を後《のち》ろにした後、僕は枝一つ動かさない松林の中を歩きながら、ぢりぢり憂鬱になつて行つた。なぜあの飛行機はほかへ行かずに僕の頭の上を通つたのであらう？　なぜ又あのホテルは巻煙草のエアア・シツプばかり売つてゐたのであらう？　僕はいろいろの疑問に苦しみ、人気のない道を選つて歩いて行つた。

海は低い砂山の向うに一面に灰色に曇つてゐた。その又砂山にはブランコのないブランコ台が一つ突つ立つてゐた。僕はブランコ台を眺め、忽ち絞首台を思ひ出した。実際又ブランコ台の上には鴉が二、三羽とまつてゐた。鴉は皆僕を見ても、飛び立つ気色さへ示さなかつた。のみならずまん中にとまつてゐた鴉は大きい嘴を空へ挙げながら、確かに四たび声を出した。

僕は芝の枯れた砂土手に沿ひ、別荘の多い小みちを曲ることにした。この小みちの右側にはやはり高い松の中に二階のある木造の西洋家屋が一軒白じらと立つてゐる筈だつた。(僕の親友はこの家のことを「春のゐる家」と称していた。)が、この家の前へ通りかかると、そこにはコンクリイトの土台の上にバス・タツブが一つあるだけだつた。火事――僕がすぐにかう考へ、そちらを見ないやうに歩いて行つた。すると自転車に乗つた男が一人まつすぐに向うから近づき出した。彼は焦茶いろの鳥打ち帽をかぶり、妙にぢつと目を据ゑたまま、ハンドルの上へ身をかがめてゐた。僕はふと彼の顔に姉の夫の顔を感じ、彼の目の前へ来ないうちに横の小みちへはひることにした。しかしこの小みちのまん中にも腐つた鼹鼠の死骸が一つ腹を上にして転がつてゐた。

何ものかの僕を狙つてゐることは一足毎に僕を不安にし出した。そこへ半透明な歯車も一つづつ僕の視野を遮り出した。僕は愈最後の時の近づいたことを恐れながら、頸すぢをまつ直にして歩いて行つた。歯車は数の殖ゑるのにつれ、だんだん急にまはりはじめた。同時に又右の松林はひつそりと枝をかはしたまま、丁度細かい切子《きり》硝子《こがらす》を透かして見るやうになりはじめた。僕は動悸の高まるのを感じ、何度も道ばたに立ち止まらうとした。けれども誰かに押されるやうに立ち止まることさへ容易ではなかつた。……

三十分ばかりたつた後、僕は僕の二階に仰向けになり、ぢつと目をつぶつたまま、烈しい頭痛をこらへてゐた。すると僕の瞼の裏に銀色の羽根を鱗のやうに畳んだ翼が一つ見えはじめた。それは実際網膜の上にはつきりと映つてゐるものだつた。僕は目をあいて天井を見上げ、勿論何も天井にはそんなもののないことを確めた上、もう一度目をつぶることにした。しかしやはり銀色の翼はちやんと暗い中に映つてゐた。僕はふとこの間《あひだ》乗つた自動車のラディエタア・キヤツプにも翼のついてゐたことを思ひ出した。……》

繰り返すまでもなく、冒頭の〈レエン・コオトの男〉の再現を始めとして、「六　飛行機」の章は、これまでに登場した、奇怪な、予兆めいた〈暗合〉の数々が、まさに〈愈最後の時に近づいた〉ように輻湊してくる。いわばその計算され尽くしたような照応は、巧妙であり緻密である。(53)

〈なぜあの飛行機はほかへ行かずに僕の頭の上を通ったの〉か。〈なぜ又あのホテルは巻煙草のエエア・シツプばかり売つてゐた〉のか。なぜ鴉は〈四たび声を出した〉のか。(54)なぜ〈自転車に乗つた男〉の顔に〈姉の夫の顔〉を感じたのか。なぜ〈「春のゐる家」〉は〈火事〉となったのか。しかも〈バス・タツブ〉をひとつ残して——。なぜ〈鼹鼠の死骸〉が転がっていたのか。しかし〈僕〉が偏執的に拘るこうした〈いろいろの疑問〉に、いったい確定した答え、というより〈意味〉や理由があるのだろうか。

もとより〈僕〉は答えられず、また〈意味〉も理由もないのだ。そしてただなんの〈意味〉も理由もない事象が、目の前を流れ過ぎているだけではないか。(55)

さらにあの〈意味〉や根拠を欠いた存在そのものの原像としての〈歯車〉の出現——(距離感もなく、立体感もない半透明なものの渦)(56)。しかも〈僕〉は歩いてゆかなければならなず、そのことに堪えなければならない。〈頸すぢをまつ直にして〉、しかし〈誰かに押されるやうに立ち止まることさへ容易ではな〉く——。(つまりかくありながら、〈僕〉は〈果てまで歩みつくす〉(57)ほかはない。いや果てまで戦い続けるしかないのだ。)

加うるに、〈僕〉の最後の希望、それによってあの絶対の〈意味〉へと飛び立つべき〈翼〉が、まだ〈瞼の裏〉に輝いているではないか。しかし〈僕はふとこの間乗つた自動車のラディエタア・キヤツプにも翼のついてゐたことを思ひ出〉す。つまりすでに〈翼〉も、ただの事実、あの〈その背後に何物も隠さない現象といふ死の姿〉そのものに変わらないのだ。

《そこへ誰か梯子段を慌しく昇つて来たかと思ふと、すぐに又ばたばた駈け下りて行つた。僕はその誰かの妻だつたことを知り、驚いて体を起すが早いか、丁度梯子段の前にある、薄暗い茶の間へ顔を出した。すると妻は突つ伏したまま、息切れをこらへてゐると見え、絶えず肩を震はしてゐた。

「どうした？」

「いえ、どうもしないのです。……」

妻はやつと顔を擡《もた》げ、無理に微笑して話しつづけた。

「どうもした訳ではないのですけれどもね。唯何だかお父さんが死んでしまひさうな気がしたものですから。

……」

それは僕の一生の中でも最も恐しい経験だつた。——僕はもうこの先を書きつづける力を持つてゐない。かう云ふ気もちの中に生きてゐるのは何とも言はれない苦痛である。誰か僕の眠つてゐるうちにそつと絞め殺してくれるものはないか？》

「歯車」はこうして終わる。しかしそれにしてもこの最後の場面(58)、劇的だがいまに始まったことではない、といわなければならない。〈言葉〉＝〈意味〉を求めて、しかし一切の〈言葉〉＝〈意味〉の無力、無根に行き暮れているちょうどその時、ほかならぬ〈妻〉が、〈僕〉のすぐ側で、〈僕〉の〈死〉を言い当てているではないか。〈僕〉のすぐ側で、すでに〈僕〉は排除され抹殺されている。とは〈僕〉はいつのまにか〈狂気〉、そして〈死〉に行き着いているのではないか。[59]

無論〈僕〉は〈まだ?〉生きている。死んだも同然、〈地獄〉に堕ちたも同然ながら、しかし現に生きている以上、なお〈意味〉と根拠を求めて歩き尽くさなければならず、戦い続けることを止めたわけではない。[60]まさに終わりなく、だからいつ終わっても同じだというべきなのかもしれない。〈死〉、その中断としての〈死〉が残されているばかりだというべきなのかもしれない。

注

（1）集英社文庫『河童』（平成四年九月）解説（「『不安』の風景」）。
（2）「改造」（芥川龍之介氏特輯、昭和二年九月）。
（3）葛巻義敏編『芥川龍之介未定稿集』（岩波書店、昭和四十三年二月）解説。
（4）芥川文述、中野好子記『追憶　芥川龍之介』（筑摩書房、昭和五十年二月）。
（5）「芥川龍之介を憶ふ」（「改造」昭和三年七月、のち『わが龍之介像』有信堂、昭和三十四年九月所収）。
（6）宮坂覚「『歯車』―〈ソドムの夜〉の彷徨―」（「国文学」昭和五十六年五月）参照。
（7）因みに当時の芥川の書簡（斎藤茂吉宛、昭和二年三月二十八日）に、〈この頃半透明なる歯車あまた右の目の視野に廻転する事あり、或は尊台の病院の中に半生を了ることと相成るべき乎〉とある。なおこの視野を遮る〈半透明の歯車〉について、椿八郎「『歯車』と眼科医」（「文芸春秋」昭和三十八年三月）は〈閃輝暗点〉、また加賀乙彦「『歯車』の診断」（『現代日本文学大系』第四十三巻『芥川龍之介』月報1、昭和四十三年八月）は〈閃光暗点〉なる眼疾患という。
（8）「『歯車』論・序章」（「国文論輯」昭和六十年八月、のち『芥川龍之介論攷―自己覚醒から解体へ―』桜楓社、昭和六十三年二月所収）。
（9）「歯車」（『芥川龍之介論』筑摩書房、昭和五十一年九月）。
（10）「『歯車』断想」（『芥川龍之介　作品《テキスト》の迷路《ラビリンス》』有精堂、平成五年七月）。

(11) なお酒井氏も右の論で触れているが、すでに細川正義「『歯車』の世界」(「日本文芸研究」昭和四十九年六月)に、〈理髪店の主人〉が〈レエン・コオトを着た幽霊〉の話をした時刻は、姉の夫が〈レエン・コオトを着て轢死をした時刻と重なる〉という指摘がある。

(12) 酒井氏は同じ論で、年譜に照らしつつ、昭和二年一月二日、芥川が田端の自宅に帰った後で、義兄の家が焼け(同四日)、義兄が自殺した(同六日)という事実を上げ、〈龍之介は、義父母、妻、三人の子供のいる田端の自宅に帰り、義兄の自殺の後始末のために奔走しながら、しばしば帝国ホテルに滞在して原稿を執筆し、三月まで鵠沼に帰ることはなかった〉と指摘している。

(13) 石割透「『歯車』を読む」(『作品論　芥川龍之介』双文社出版、平成二年十二月)参照。

(14) 『芥川龍之介』(文芸春秋新社、昭和二十八年五月)。

(15) この箇所に関し、すでに田中実「『歯車』と横光利一『機械』」(『対照読解　芥川龍之介〈ことば〉の仕組み』蒼丘書林、平成七年二月)に言及がある。

(16) 安藤公美「『歯車』論―意味の代行・一九二〇年代のことば―」(「玉藻」平成八年三月)参照。

(17) 石割透氏は前出論文に、この〈「監獄」「蛆」「蜥蜴」「鼠」「鼹鼠」のイメージと結びつく強い閉鎖感覚、密閉された地下感覚〉のうちに、やがて〈僕〉がホテルの廊下や地下をさまようという指摘がある。

(18) 海老井氏前出論文。

(19) いわば〈僕〉のおどろおどろしい心象風景の底に、作者はこうして、人間でありながら神のごとく人間を超えんとする倨傲と苦悩――その罪と罰という、人間にとってきわめて倫理的な、それゆえ普遍的な問題を追っているのだ。

(20) 芥川は遺稿「凶」(大正十五年四月)、「鵠沼雑記」(大正十五年七月)等で、この〈想起〉の無媒介性を方法的に用いながら、特異な心象風景を描き出している。たとえば「鵠沼雑記」の一節――〈僕は風呂へはひりに行つた。彼是午後の十一時だつた。風呂場の流しには青年が一人、手拭を使はずに顔を洗つてゐた。それは毛を抜いた鶏のやうに痩せ衰へた青年だつた。僕は急に不快になり、僕の部屋へ引返した。すると僕の部屋の中に腹巻が一つぬいであつた。僕は驚いて帯をといて見たら、やはり僕の腹巻だつた〉。おそらく実際は、〈僕〉は部屋で腹巻をぬぎ、風呂へ入りに行き、顔を洗い、出て来ただけだったのだろう。――〈想起〉の現在において、まずなによりも(そしてまさに無媒介的に)、誰も入っていない風呂場で裸になって顔を洗っている自分の過去経験の断片が、〈鶏のやうに痩せ衰へた〉姿として、〈不快〉に想い起こされ、それを中心にあらためて、一つの物語が構成、制作されたということではないか。

(21)〈僕〉の過去から現在への経験の〈意味〉は、だから無論、すべて〈言葉〉で〈想起〉〈思惟〉され、こうして確認される。とは〈僕〉の経験の一切、その実在の一切は、ただ〈言葉〉にのみかかっているといわなければならない。

(22)瀧田哲太郎宛書簡（大正九年三月三十一日）に、〈僕自身西洋を学んで成らずその内に東洋を忘れてゐる所が邯鄲寿陵両所の歩き方を学び損なつた青年に似てゐる〉とある。

(23)酒井氏前掲論文。

(24)「松林のある風景―『歯車』一面―」（「現代国語研究シリーズ1・芥川龍之介」尚学図書、昭和四十七年五月）。

(25)なお〈家〉〈性〉等に関し、拙論「『家』」（『島崎藤村―「春」前後―』審美社、平成九年五月）参照。

(26)注（6）参照。

(27)「『歯車』―死への急進と死の論理の構築―」（吉村稠、中谷克己『芥川文芸の世界』明治書院、昭和五十二年八月）。

(28)「侏儒の言葉」（「罪」）に、〈道徳的並びに法律的範囲に於ける冒険的行為、――罪は畢竟かう云ふことである〉とある（右の中谷氏の論参照）。

(29)「『歯車』論―ギリシア神話の暗合をもとに―」（「日本文学」昭和五十九年一月）。

(30)「芥川龍之介小論―〈狂人の娘〉（「歯車」「或阿呆の一生」）〈復讐の神〉（「歯車」）と父の〈性〉への忌避をめぐって―」（「玉藻」昭和六十年十二月）。

(31)佐藤泰正「『歯車』論―芥川文学の基底をなすもの―」（梅光学院大学「国文学研究」昭和四十年十一月、のち『文学　その内なる神』桜楓社、昭和四十九年三月所収）に、〈「復讐の神――狂人の娘」は三章の末尾に登場したままで、この作中から消えてゆく〉とある。また中谷氏の前掲論文にも、〈「狂人の娘」は㈢をもって作中から消えてゆく〉とある。

(32)〈姉と弟の関係〉について、拙論「『家』」（前掲）参照。なお〈僕〉の夢にある〈年をとつた女〉は、おそらく「点鬼簿」の〈四十恰好の女人〉、つまり姉初のことを暗示しているだろう。加藤氏前掲論文参照。

(33)「侏儒の言葉」（「或自殺者」）に、〈ナポレオンでも蚤に食はれた時は痒いと思つたのに違ひないのだ〉とある（中谷氏前掲論文参照）。

(34)そう言えば「歯車」が〈結婚披露式〉から書き出されていたのは暗示的である（前出石割氏論文、安藤氏論文参照）。

(35)〈結膜炎〉もまた〈閃輝（光）暗点〉と同じく眼疾患。つまり視界（外界）を遮蔽し、事物の実在感を喪わせかねないもの、ということだろう。

(36)　加藤氏前出論文。

(37)　「仏蘭西文学研究」（第三輯、昭和二年十一月）。

(38)　「『歯車』論―コンテキストを失った言葉」（「国文学」平成四年二月、のち『芥川文学の方法と世界』和泉書院、平成六年四月所収）。

(39)　安藤氏前出論文に、〈本来意味を担う必要のない音を、僕は変換への欲望に駆られたかのように綴り直す〉とある。

(40)　浅野洋「『蜃気楼』の〈意味〉―漂流する〈ことば〉―」（『一冊の講座　芥川龍之介』有精堂、昭和五十七年七月）参照。なおそこでは「蜃気楼」の〈達成〉をめぐって、〈最も深いところで《近代》の《ことば》そのものが幻想にほかならぬという自己断罪を負いながら、《意味》と切断された新たな《ことば》を望むという地平に踏み込む試みだった〉とある。ただし〈《意味》と切断された新たな《ことば》》などないし、望みうべくもないが――。

(41)　あの書くことそのことの呪われてある事実。終わりない言葉の連なり。

(42)　『共同幻想論』（河出書房新社、昭和四十三年八月）。

(43)　プリニウス『博物誌』によれば、〈一角獣〉は〈生きたまま捕えることはできない〉と信じられていたが、罠として仕掛けられた〈一人の若い処女〉に気を許し、頭を娘の膝に乗せて眠っているところを捕獲された、との伝説を持つという（石割氏前出論文参照）。

(44)　寺横武夫「『歯車』」（『芥川龍之介研究』明治書院、昭和五十六年三月）に、この〈主人公〉は〈「本や原稿を押しこ」んだ鞄を提げ〉、〈創作の場を求めて、あえて家郷を後にした浮遊人種〉という指摘がある。

(45)　「河童」（「改造」昭和二年三月）の詩人トックは、〈当り前の河童の生活位、莫迦げてゐるものは〉ない。〈親子夫婦兄弟などと云ふのは悉く互に苦しめ合ふことを唯一の楽しみにして暮らしてゐる〉、〈殊に家族制度と云ふものは莫迦げてゐる以上にも莫迦げてゐる〉という一方、〈芸術は何ものの支配をも受けない、芸術の為の芸術である、従つて芸術家たるものは何よりも先に善悪を絶した超人でなければならぬ〉という。しかしそのトックが〈小さい窓の前を通りかか〉った時、そこに〈夫婦らしい雌雄の河童が二匹、三匹の子供の河童と一しよに晩餐のテエブルに向つてゐる〉光景を見て〈ため息をしながら〉、〈「ああ云ふ家庭の容子を見ると、やはり羨しさを感じるんだ」〉といい、〈ぢつと腕を組んだまま〉、その〈平和な五匹の河童たちの晩餐のテエブルを見守つてゐ〉たという。

(46)　寺横氏前出論文。

(47) 『赤光』（東雲堂書店、大正二年十月）。

(48) 「〈滅び〉への道―「歯車」―」（『芥川龍之介　実像と虚像』洋々社、昭和六十三年十一月）。

(49) 注（46）に同じ。

(50) 注（6）に同じ。

(51) 〈即ち彼にとつてレエン・コオトは常に死のイメージと結びつき、そのレエン・コオトの中に自己を死に導いていく運命の糸を見ていたのである〉（細川氏前掲論文）。

(52) 大森荘蔵氏は「言語ゲームはゲームか」（『大森荘蔵著作集』第九巻『時は流れず』岩波書店、平成十一年二月）において、ウィトゲンシュタインのいわゆる〈言語ゲーム〉を論じながら、〈言葉の意味〉について次のように言っている。すなわち〈一つの寸劇から言葉の意味を抽出してかくかくしかじかと言うことはできない。言葉の意味とはそのような単純な箇条書きにはならない、そのような単純な意味追求を目指すことがいけないのだ、というのがウィトゲンシュタインの言いたい所なのである。言葉の意味は箇条書きで与えられるようなものではなく、言語劇の全体として与えられるものなのである。その言語劇の紆余曲折を省略したり要約したりすることはできない。またその紆余曲折のすべてを尽すこともできない。つまり言葉の意味の追求には終りがない。高々あるのはやがて訂正さるべき中間報告とか部分的知見だけである。実際、言語ゲームと呼ばれる寸劇はウィトゲンシュタインが「生の形式《レーベンスフォルム》」と呼ぶものの断片的事例なのである。人間の生に完了した意味がないようにその生の中で使われる言葉の意味にも完了がないのである。このことを見事に見せるのがウィトゲンシュタインの全著作である。そこに着手される意味追求の殆どは完結していない。結論じみた帰結を見ることができない。代りに多くの文が仮定形や疑問形をとる。……だとしたらどうだろう。そうも言えるがこうも言える。こう言えることも忘れてはならないのではないか。こういった調子なのである。つまり、彼にとっては意味探索は常に途上のものであり途上のものである他はないのである。一件落着などはありえない。事実、ウィトゲンシュタインはその病死に至るまで「他我」の意味、つまり自分以外の人間が考えたり感じたりするということの意味を追求したが、どんな結論めいたものも書かれたことがなかった。当然、意味の追求を旨とする哲学とはシジフォスの労役のように果てもなく休息もない永遠の苦役ということになる。何ゲームであれ、およそゲームといわれるものがその苦役にかかわりを持つことはありえない〉。

(53) 広津和郎「文芸雑感―『歯車』その他―」（「文芸春秋」昭和二年十二月）に、〈一糸乱れず、冷静に、こくめいに、そして巧みな筆で、真に迫るやうに写して行つた〉とある。

(54)　松尾睐「芥川龍之介『歯車』について」(「鶴見大学紀要」平成三年三月)に、〈四という数字に反応する主人公〉という指摘がある。

(55)　この前後、「蜃気楼」(「婦人公論」昭和二年一月)の叙述を彷彿とさせる。因に篠崎美生子「『蜃気楼』―〈詩的精神〉の達成について―」(「国文学研究」平成三年六月)に、「蜃気楼」が〈無気味な小さな「事件」とその種明しというパターンの集積〉に見えて、〈実は確たる意味(解釈)を一つも語り得ないまま〉、とは〈物語としての機能を果たさないまま、幕を閉じている〉作品という見解がある。

(56)　清水氏前掲論文に、「暗夜行路」前篇末尾(「第二　十四」)、時任謙作が夜の銀座をさまよう場面――〈出来るだけしつかりした足どりで歩かう。彼は下腹に力を入れて、口を堅く結んでみた。そして毎時《いつも》のやうに、きよろ〳〵せずに穏かな眼で行く手を真直ぐに見て歩かう、さう思つた〉という一節が、「歯車」の〈僕〉の街を行く場面と対応する旨の指摘がある。なお作中〈僕〉が読む本は、『暗夜行路』前編(新潮社、大正十一年七月)であるという。

(57)　佐藤氏前掲論文。

(58)　『追想　芥川龍之介』(前出)によれば、この出来事は早く、〈大正十五年の初秋の或日〉のことであったという。

(59)　理屈からいえば、〈この先を書きつづける力を持つてゐない〉とされる小説は、〈僕〉がいま書いている〈超自然の動物〉の登場する小説(「河童」)といえる(酒井氏前掲論文)。しかしここはひとまず〈書きつゞける〉ことそのこと、つまりもう〈意味〉と根拠を求め〈つづける力を持つてゐない〉という〈僕〉の絶望の言ととっておこう。ただそうだとしても、ここですべてが終わったわけではない。以降いくつもの遺作となった作品が〈書きつづけ〉られたのである。

(60)　「或阿呆の一生」最終章「五十一　敗北」に、〈彼はペンを執る手も震へ出した。のみならず涎《よだれ》さへ流れ出した。彼の頭は〇・八のヴェロナアルを用ひて覚めた後の外は一度もはつきりしたことはなかつた。しかもはつきりしてゐるのはやつと半時間か一時間だつた。彼は唯薄暗い中にその日暮らしの生活をしてゐた。言はば刃のこぼれてしまつた、細い剣《つるぎ》を杖にしながら〉とある。しかしここまで来れば、あるいはここまで来ても、彼が〈敗北〉と書きながら、依然〈生〉の〈意味〉と根拠を求めて〈書きつづけ〉ていることは明らかである。つまり彼は依然〈生〉のこちら側で戦っている。それこそ〈生〉の方を向き、だから〈死〉から目を背けて――。その魂の流れ。最後に宇野浩二「一途の道」(「明日香」昭和十四年五月)の一節を引用しておこう。
《しかし、昭和二年には、その前の年から書きつづけたものがあるとして、七月二十四日の早朝に自ら命を絶つた芥川が、「悠々荘」、「彼」、「彼(第二)」、「玄鶴山房」、「蜃気楼」、「河童」、「誘惑」、「浅草公園」、「三つのなぜ」、「たね子の憂鬱」、「古千屋」、「冬と手紙と」、「三つの窓」、「闇中問答」、「歯車」、「或阿呆の一生」、（最後の三篇は遺稿として発表された、）の十六篇の長短の小説を書いたといふ事は、それが必死の仕事であつたといふ事だけでも、然もそれが大抵すぐれた小説であつたといふ事は、実に驚歎に余りある事ではないか。「闇中問答」の最後にかういふ文章がある。

「芥川龍之介！　芥川龍之介、お前の根をしつかりとおろせ、お前は風に吹かれている葦だ。空模様は何時変るかも知れない。唯しつかり踏んばつてゐろ。それはお前自身の為だ。同時に又お前の子供たちの為だ。うぬ惚れるな。同時に卑屈にもなるな。これからお前はやり直すのだ。」

右の短い文章だけでも、芥川が人生と芸術に対して闘ひ抜いた、といふ私の説は間違つてゐないかと思ふ。》

年譜、著書目録

年譜

明治二十五年（一八九二）　**一歳**

三月一日、東京市京橋区入船町八丁目一番地（外国人居留地の一郭、現中央区明石町）に、父新原《にいはら》敏三、母フクの長男として生まれる。辰年辰月辰日辰刻生まれに因んで龍之介と命名される。父四十二歳、母三十三歳の厄年により、捨子の形式が採られ、父の旧友松村浅次郎が拾い親となる。二姉があり、長女ハツ（明治十八年六月生まれ）は明治二十一年四月死去。次女ヒサ（同二十一年三月生まれ）は獣医葛巻義定に嫁し、一男（義敏）一女をもうけるが離婚、弁護士西川豊と再婚し、一女（瑠璃子）一男をもうけ、西川死後葛巻家に復縁する。なお戸籍上、明治二十七年六月五日出生、同日死亡の二男敏二が記録されているという。敏三は周防国生見《いきみ》村（現山口県玖珂《くが》郡美和町生見）出身の平民で、戊辰戦争の折、長州藩諸隊農民兵として出兵したという。明治十六年頃より入船町で牛乳搾取販売業耕牧舎を営み、入船町と新宿に牧場を持ち、支店もいくつかあった。フクの実家（本所区小泉町十五番地。現墨田区両国三丁目）は代々江戸城の御数寄屋坊主を勤める旧家の士族。実兄芥川道章《どうしよう》は当時東京府勤務。龍之介出生の約八ヶ月後の十月末にフクが突然発狂（以後その死まで新原家で生活）、子のなかった道章、儔《とも》（幕末の大通津藤細木香以の姪）夫妻に引き取られる。ただし実質的には生涯独身であった伯母フキ（フクの姉）が龍之介の養育に当たり、新原家には叔母フユ（フクの妹）が家事手伝いに入る。芥川家はフキが一中節の名取りであったというように、文学、美術、演芸を愛好し、江戸の文人的通人的趣味が色濃く残る家庭であった。

明治二十六年（一八九三）　**二歳**

実家新原家、芝区新銭座町十六番地（現港区浜松町一丁目）に牧場を求めて移転。

明治二十八年（一八九五）　**四歳**

芥川家、春から秋にかけ旧幕時代からの古屋を改築する。

明治三十年（一八九七）　**六歳**

回向院の隣の江東《えひがし》尋常小学校付属幼稚園に入園。

明治三十一年（一八九八）　**七歳**

四月、江東尋常小学校（現両国小学校）に入学。五月、芥川道章が東京府内務部第五課長（年俸七二〇円）を最後に退職する。

明治三十二年（一八九九）　**八歳**

七月、敏三とフユの間に得二出生、フクとの子として届けられる。

明治三十三年（一九〇〇）　**九歳**

五月、北清事変起こる。両国広小路の絵草紙屋大平《だいへい》で石版刷の戦争画などを求める。

明治三十四年（一九〇一）　**十歳**

尋常四年のこの年、初めて俳句を作る。〈落葉焚《た》いて葉守《も》りの神を見し夜かな〉。泉鏡花などの現代小説を読み始める。

明治三十五年（一九〇二）　**十一歳**

三月、同級生の清水昌彦、野口真造らと回覧雑誌「日の出界」を創刊、表紙画やカットをはじめ、編集、執筆にあたり、溪水、龍雨などの筆名を用いた。四月、高等科一年に進学。十一月二十八日、実母フク死去（行年四十三）。

明治三十七年（一九〇四）**十三歳**

二月、日露戦争起こる。八月、新原家より除籍、正式に芥川家と養子縁組。異母弟得二が新原家推定家督相続人となり、得二の生母フユが敏三の後妻として入籍。

明治三十八年（一九〇五）**十四歳**

三月、江東尋常小学校高等科三年を修了。成績優秀で二年から中学へ進学できたが、健康問題等で一年延期したもの。四月、東京府立第三中学校（現都立両国高校）に入学。担任は卒業までの五年間、広瀬雄（英語）。同級に西川英次郎、清水昌彦、能勢五十雄、山本喜誉司ら、二級上に久保田万太郎、河合栄治郎、三級上に後藤末雄らがいた。

明治四十年（一九〇七）**十六歳**

中学の同級生山本喜誉司の姪塚本文《ふみ》を知る。海軍将校の夫塚本善五郎を日露戦争で失った鈴《すず》が、文、八洲《やしま》の二子とともに実家の山本家に身を寄せていたもの。

明治四十二年（一九〇九）**十八歳**

三月、姉ヒサと葛巻義定の婚姻が届け出られた。八月、その間に義敏誕生（しかし翌年九月のヒサ離婚により長らく新原家で育ったが、大正十二年より芥川家で生活することになった）。

明治四十三年（一九一〇）**十九歳**

二月、「東京府立第三中学校学友会雑誌」第十五号に「義仲論」を発表。三月、府立第三中学校を卒業。西川英次郎が一

番で答辞を読み、龍之介は二番で、「多年成績優秀者」として賞状を受ける。九月、第一高等学校第一部乙（文科）入学。この年から中学の成績優秀者は高等学校に無試験で入学を許可される制度が実施され、龍之介はこの選に入る。同級に菊池寛、倉田百三（翌年独法科に転科）、成瀬正一、井川（恒藤）恭、松岡譲、久米正雄、佐野文夫、山本有三、土屋文明等、独法科には秦豊吉、藤森成吉、一級上の文科には豊島与志雄、山宮允、近衛文麿、岡田（林原）耕三がいた。秋から翌年二月にかけ芥川家は本所小泉町より府下豊多摩郡内藤新宿二丁目七十一番地（現新宿区新宿二丁目）の耕牧舎牧場脇の敏三の持家に転居。葛巻義定、ヒサ夫妻の新居として敏三が建てたものだったが、夫妻の離婚によって空家となっていた。

明治四十四年（一九一一）　**二十歳**

第二学年になる。一高は二年まで原則として全寮制だが、寮生活に馴染めず、毎土曜日には帰宅していた。

明治四十五（大正元）年（一九一二）　**二十一歳**

七月三十日、明治天皇崩御。八月一日、一高で行われた明治天皇の哀悼式に出席。秋、山宮允に伴われ、吉江孤雁を中心とするアイルランド文学研究会に出席、日夏耿之介、西條八十らを知る。なお以降、しばしば観劇や演奏会、展覧会等に通う。

大正二年（一九一三）　**二十二歳**

四月、菊池寛が佐野文夫の罪を負って退学（京都帝大英文科に進む）。七月、第一高等学校卒業。二十六名中、井川（恒藤）が一番、龍之介は二番。九月、武蔵野に遊ぶ。国木田獨歩の「武蔵野」を読んで以来、毎秋出掛けていた。東京帝国大学文科大学英吉利文学科に入学。久米正雄、成瀬正一は同じく英文科、松岡譲は哲学科、なお井川（恒藤）恭は京都帝大法科に進む。十月、斎藤茂吉『赤光』が刊行され、衝撃を受ける。十一月、一高時代の恩師菅虎雄を鎌倉に訪ね、以後拓本、法帖の類に興味を抱くようになる。

大正三年（一九一四）**二十三歳**

一月、鵠沼の山本家の別荘に遊ぶ。二月、久米、菊池、松岡、成瀬、土屋、豊島、山宮らと第三次「新思潮」を創刊。龍之介は柳川隆之介の筆名で翻訳「バルタザアル（アナトオル・フランス）」を発表。三月、成瀬と巣鴨の癲狂病院を見学、また医科大学で人体解剖を見学。四月「大川の水」を「心の花」に、五月、処女小説「老年」を「新思潮」に発表。七月下旬から約一ヶ月、千葉県の一の宮に滞在。この頃より幼い時からその家族とも顔馴染であった吉田弥生への思い募る。九月、「青年と死と」を「新思潮」に発表。この九月号で第三次「新思潮」は廃刊となる。十月末、芥川家は府下北豊島郡滝野川町字田端四三五番地（現北区田端）に新築移転、龍之介終生の住み家となる。

大正四年（一九一五）**二十四歳**

一月、吉田弥生との恋終わる。四月、「ひよつとこ」を「帝国文学」に発表。八月、井川（恒藤）の郷里松江に旅行、二十日近く滞在する。「松江印象記」を「松陽新報」に書く。なおこの頃より塚本文への想いが芽生え始める。十一月、「羅生門」を「帝国文学」に発表。級友岡田（林原）耕三の紹介で、久米とともに漱石山房の木曜会に出席、以後漱石に師事する。またそこで内田百間、鈴木三重吉、小宮豊隆、池崎忠孝（赤木桁平）らを知る。

大正五年（一九一六）**二十五歳**

二月、菊池、久米、成瀬、松岡と第四次「新思潮」創刊。創刊号に「鼻」を発表、漱石の称讃を受ける。四月、「孤独地獄」を「新思潮」第二号に、五月、「父」を第三号に発表。「虱」を「希望」に発表、最初の作品依頼で、稿料（一枚三十銭）を得る。また「鼻」が「新小説」に再掲されて文壇に第一歩を踏み出す。六月、「酒虫」を「新思潮」第四号に発表。七月、東京帝国大学文科大学英吉利文学科を卒業。卒業論文は「ウイリアム・モリス研究」。成績は二十人中二番。引き続き大学院に在籍するも、のち除籍。八月、「仙人」を「新思潮」第六号に発表。同十七日より翌月上旬まで千葉県一の宮に久米と滞在。九月「芋粥」を「新小説」に発表して好評を得る。十月、「手巾」を「中央公論」に発表、文壇的地位を獲得。十一月、「煙草」（のち「煙草と悪魔」）を「新思潮」第九号に発表。十二月一日、第一高等学校教授畔柳都太郎の紹介で、横須賀の海軍機関学校嘱託教官（英語）に就任、月俸六十円。このため前月下旬から鎌倉町和田塚（現鎌倉市由比ヶ浜）の野間方に下宿。同九日、夏目漱石死去。二晩通夜して十二日、葬儀の受付をする。なおこの月、塚本文との婚約成立。

大正六年（一九一七）**二十六歳**

一月、「MENSURA ZOILI」を「新思潮」二巻一号に、「運」を「文章世界」に、「尾形了斎覚え書」を「新潮」に発表。三月、第四次「新思潮」漱石先生追慕号をもって廃刊。四月（および七月）、「偸盗」を「中央公論」に発表。五月、第一短篇集『羅生門』を阿蘭陀書房より刊行。六月、「さまよへる猶太人」を「新潮」に発表。同二十七日、江口渙、佐藤春夫の発起で出版記念会「羅生門の会」が日本橋のレストラン鴻の巣で催され、谷崎潤一郎、有島武郎、鈴木三重吉、和辻哲郎等二十三名が出席。九月、「或日の大石内蔵之助」を「新潮」に発表。同十四日、横須賀市汐入五八〇番地尾鷲方に下宿を移す。十月二十日から十一月四日まで、「戯作三昧」を「大阪毎日新聞」に連載。十一月、第二短篇集『煙草と悪魔』を新潮社より刊行。この頃より我鬼の号を用い始める。

大正七年（一九一八）**二十七歳**

一月、「西郷隆盛」を「新小説」に、「首が落ちた話」を「新潮」に発表。二月二日、塚本文子（明治三十三年七月四日生まれ）と結婚。同月、薄田泣菫を通じて大阪毎日新聞社々友となり、新聞へは大毎（東日）以外一切執筆しない、報酬月額五十円、小説稿料は従来通り等々の契約を結ぶ。三月二十九日、鎌倉町大町字辻小山別邸に転居。当初はフキも同居したが、翌月中旬に田端に帰る。四月、「世之助の話」を「新小説」に、「袈裟と盛遠」を「中央公論」に発表。五月一日から二十二日まで、「地獄変」を「大阪毎日新聞」（「東京日日新聞」）に連載。「蜘蛛の糸」を「赤い鳥」に発表。七月、「開化の殺人」を「中央公論」に発表。『鼻』を春陽堂より刊行。九月、「奉教人の死」を「三田文学」に発表、切支丹研究家、好書家を騒がす。十月「枯野抄」を「新小説」に発表。同二十三日より十二月三日まで、「邪宗門」を「大阪毎日」「東京日日」に連載（中絶）。十一月「るしへる」を「雄弁」に発表。

大正八年（一九一九）**二十八歳**

一月、「毛利先生」を「新潮」に、「あの頃の自分の事」を「中央公論」に発表。第三短篇集『傀儡師』を新潮社より刊行。二月、「開化の良人」を「中外」に発表。三月、海軍機関学校を辞し、大阪毎日新聞社に入社。出勤の義務はなく、年数本の小説を書き、他の新聞に執筆しない、稿料とは別に月給百三十円等々の条件であった。同十六日、実父新原敏三死去（行年七十）。「きりしとほろ上人伝」（続篇五月）を「新小説」に発表。四月、鎌倉から田端の自宅に転居。書斎を我鬼窟と号し、日曜の面会日には室生犀星、小島政二郎、南部修太郎、佐々木茂索、瀧井孝作、小穴隆一らが集まる。五月、「龍」を「中央公論」に、「私の出遇つた事」（のち「蜜柑」「沼地」）を「新潮」に発表。同月四日より十八日まで、菊池寛と長崎、大阪、京都の旅に出る。六月、岩野泡鳴を中心とする「十日会」に出席して秀《ひで》しげ子を知る。同三十日より八月八日まで、「路上」を「大阪毎日新聞」に連載（前編で中絶）。七月、「疑惑」を「中央公論」に発表。九月、「じゆりあの・吉助」を「新小説」に、「妖婆」（続篇十月）を「中央公論」に発表。十一月、「芸術その他」を「新潮」に発表。

大正九年（一九二〇）**二十九歳**

一月、「舞踏会」を「新潮」に、「鼠小僧次郎吉」を「中央公論」に、「尾生の信」を「中央文学」、「葱」を「新小説」に発表。第四短篇集『影燈籠』を春陽堂より刊行。三月三十日より六月六日まで、「素盞嗚尊」（のち「素盞嗚尊」「老いたる素戔嗚尊」）を「大阪毎日」（「東京日日」）に連載。四月、「秋」を「中央公論」に発表。同十日、長男比呂志誕生（戸籍上は三月三十日生）。五月、「黒衣聖母」を「文章倶楽部」に、「或敵打の話」を「雄弁」に発表。七月、「南京の基督」

を「中央公論」に、「杜子春」を「赤い鳥」に発表。八月、「捨児」を「新潮」へ、九月、「影」を「改造」へそれぞれ発表。十月、「お律と子等」（のち「お律と子等と」）を「中央公論」（続篇十一月）に発表。

大正十年（一九二一）　**三十歳**

一月、「山鴫」を「中央公論」に、「秋山図」を「改造」に、「アグニの神」を「赤い鳥」（続篇二月）に発表。同五日より二月二日まで、「奇怪な再会」を「大阪毎日新聞」に連載。三月九日、大阪毎日新聞社より海外視察員として中国特派が決まり、上野精養軒で送別会が行われる。十四日、第五短篇集『夜来の花』を新潮社より刊行。十九日、東京発。風邪のため大阪に滞在して二十七日大阪発、翌日門司出帆。三十日、上海に上陸後、乾性肋膜炎のため約三週間里見病院に入院。その後、杭州（西湖）、蘇州、揚州、南京、蕪湖、廬山、漢口、洞庭湖に遊び、京漢鉄道で洛陽を経て六月十四日、北京に到着。市内や万里の長城の見物、梅蘭芳の京劇などを楽しみ、天津、奉天、朝鮮を経て七月末帰宅。翌月から九月まで「上海游記」を「大阪毎日新聞」に連載。遡って四月、「往生絵巻」を「国粋」に、「奇遇」を「中央公論」に発表。九月、「母」を「中央公論」に発表。『戯作三昧他六篇』『地獄変他六篇』を春陽堂より刊行。十月、「好色」を「改造」に発表。湯河原中西屋旅館へ静養に出掛ける。十一月、『或る日の大石内蔵之助他五篇』を春陽堂より刊行。

大正十一年（一九二二）　**三十一歳**

一月、「将軍」を「改造」に、「俊寛」を「中央公論」に、「藪の中」を「新潮」に、「神々の微笑」（「神神の微笑」）を「新小説」に発表。二月にかけて「江南游記」を「大阪毎日新聞」に連載。二月、短篇小説集『芋粥他六篇』を春陽堂より刊行。三月、「トロッコ」を「大観」に発表。短篇小説集『将軍』を新潮社より刊行。四月下旬より五月末まで京都を経て長崎へ再遊。五月、「お富の貞操」（続篇九月）を「改造」に発表。随筆集『点心』を金星堂より刊行。七月、「庭」を「中央公論」に、「一夕話」を「サンデー毎日」に発表。同九日、森鷗外死去。同二十七日、初めて志賀直哉を我孫子に訪ねる。八月、「六の宮の姫君」を「表現」に、「魚河岸」を「婦人公論」に発表。短篇小説集『沙羅の花』を改造社より刊行。九月、「おぎん」を「中央公論」に発表。十月、「百合」を「新潮」に発表。短篇小説集『奇怪な再会』を金星堂より刊行。十一月八日、二男多加志誕生。同月、『邪宗門』を春陽堂より刊行。この年より澄江堂の号を用いる。

大正十二年（一九二三）　**三十二歳**

一月、菊池寛が「文芸春秋」を創刊、巻頭に「侏儒の言葉」を発表、以後大正十四年十一月まで連載する。三月、「猿蟹合戦」を「婦人公論」に、「雛」を「中央公論」に、「二人小町」を「サンデー毎日」へ発表。同中旬より一月間、湯河原中西屋旅館に静養。四月、「おしの」を「中央公論」に、五月、「保吉の手帳」（のち「保吉の手帳から」）を「改造」に発表。第六短篇集『春服』を春陽堂より刊行。六月九日、有島武郎が波多野秋子と軽井沢の別荘にて情死。八月、「子供の病気」を「局外」に発表。鎌倉平野屋別荘に滞在、岡本一平、かの子夫妻を知る。九月一日、関東大震災。一家は無事で龍之介は被災した東京市内を見て廻る。十月、「お時宜」（のち「お時儀」）を「女性」に発表。一高在学中の堀辰雄を知る。十一月、「芭蕉雑記」を「新潮」（続編大正十三年五月、続々篇同七月）に発表。十二月、「あばばばば」を「中央公論」に発表。

大正十三年（一九二四）　**三十三歳**

一月、「一塊の土」を「新潮」に、「糸女覚え書」を「中央公論」に、「三右衛門の罪」を「改造」に、「或敵打ちの話」（のち「伝吉の敵打ち」）を「サンデー毎日」に発表。二月、「金将軍」を「新小説」に発表。三月、「僻見」を「女性改造」に書き始める。四月、「文章」を「女性」に、「寒さ」を「改造」に、「少年」（続篇五月）を「中央公論」に発表。五月、「文放古」を「婦人公論」に発表。金沢に室生犀星を訪れ、また京都へ廻って瀧井孝作、志賀直哉らに会う。七月、「桃太郎」を「サンデー毎日」に発表、第七短篇集『黄雀風』を新潮社より刊行。下旬より一月間、初めて軽井沢に避暑、鶴屋旅館に滞在。堀辰雄、室生犀星、山本有三、片山広子（松村みね子）等と交遊。九月、「十円札」を「改造」に発表。同月随筆集『百艸』を新潮社より、十月、短篇小説集『報恩記』を而立社より刊行。同二十日、叔父竹内顕二死去。二十九日、文の弟塚本八洲喀血し衝撃を受ける。龍之介も感冒、神経性胃アトニー、痔疾、神経衰弱などで健康次第に衰える。

大正十四年（一九二五）　**三十四歳**

一月、「大導寺信輔の半生―或精神的風景画―」を「中央公論」に、「俊寛」を「文芸春秋」に、「馬の脚」を「新潮」（続篇二月）に発表。二月、萩原朔太郎が田端に転居、交際を深める。三月、「越びと（旋頭歌）」を「明星」に発表。谷崎潤一郎、里見弴、水上瀧太郎、久保田万太郎、小山内薫等と『泉鏡花全集』（全十五巻、春陽堂刊）の校訂、編集に参加。四月十日より一月程修善寺新井旅館に静養。同月、『現代小説全集』第一巻として『芥川龍之介全集』を新潮社より刊行、自筆年譜を収める。七月十二日、三男也寸志誕生。八月下旬より約三週間、軽井沢鶴屋旅館に滞在。九月、「海のほとり」を「中央公論」に、「尼提」を「文芸春秋」に、「死後」を「改造」に発表。十一月、大正十二年九月より編集を依頼されていた『近代日本文芸読本』（全五巻、興文社刊）が刊行され、無断収録問題や印税配分問題等で精神的に苦しむ。同月、『支那游記』を改造社より刊行。

大正十五（昭和元）年（一九二六）　**三十五歳**

一月、「湖南の扇」を「中央公論」に、「年末の一日」を「新潮」に発表。中旬から一月あまり湯河原中西屋旅館に静養。二月、「追憶」を「文芸春秋」（昭和二年二月まで）に発表。四月、「凶」（十三日浄書、未発表）を書く。下旬、妻と三男を伴って鵠沼東屋旅館へ行く。当時、鵠沼には塚本八洲の療養のため塚本一家が移住していた。以後年末まで鵠沼を生活の主拠点とするが、大腸カタル、痔疾、および不眠症、神経衰弱の亢進に苦しむ。七月、東屋の貸別荘イの四号（玄関を入れて三間）を借り、妻、也寸志と三人の〈西洋皿一枚づつの生活〉を始める。「鵠沼雑記」（二十日、未発表）を書く。九月、「春の夜」を「文芸春秋」に発表。十月、「点鬼簿」を「改造」に発表。十二月、随筆集『梅・馬・鶯』を新潮社より刊行。二十五日、大正天皇崩御。二十七日、文たち田端に帰る。三十一日より鎌倉小町園に滞在。

昭和二年（一九二七）　三十六歳

一月一日、鎌倉小町園にて新年を迎え、二日、鵠沼に寄って田端に帰る。「玄鶴山房」（続篇二月）を「中央公論」に、「彼」を「女性」に、「彼・第二」（のち「彼　第二」）を「新潮」に、「悠々荘」を「サンデー毎日」に発表。四日、西川豊宅全焼。直前に多額の保険がかけられていたため、不在中の西川に放火の嫌疑がかかる。六日、千葉県山武郡土気トンネル付近で西川が鉄道自殺する。高利の借金も含めて龍之介はその後始末に奔走。この間、帝国ホテルに投宿して「河童」「歯車」などを執筆。しばしば銀座の米国聖書協会に住み込んでいた室賀文武を訪ねる。二月、「僕は」を「驢馬」に発表。二月末、改造社『現代日本文学全集』宣伝のため大阪に行く。三月、「蜃気楼―或は『続海のほとり』―」を「婦人公論」に、「河童」を「改造」に発表。三月三十日、昨年暮以来、生活していなかった鵠沼に行き、四月二日まで滞在し完全に引き上げる。七日、「歯車」最終章「六　飛行機」を脱稿した後、帝国ホテルに向かう。この日、妻文の幼な友達平松麻素子との心中を計画していたとされる。平松の知らせで文、小穴隆一、葛巻義敏が駆け付け未遂に終わる。なおこの頃、興文社『小学生全集』とアルス『児童文学全集』がたがいに誹謗宣伝を開始、前者の共同編集、後者の執筆を引き受けていたため苦しむ。十六日、菊池寛宛ての遺書を書く。小穴隆一宛ての遺書を書いたのもこの頃といわれる。「浅草公園」を「文芸春秋」に発表、またこの月より、「文芸的な、余りに文芸的な」を「改造」に連載。同誌に「饒舌録」を連載中の谷崎潤一郎と「小説の筋」論争を展開。「今昔物語鑑賞」を『日本文学講座』第六巻（新潮社）に発表。五月、「たね子の憂鬱」を「新潮」に、同六日より二十二日まで「本所両国」を「東京日日新聞」に連載。十三日より二十五日まで改造社『現代日本文学全集』の宣伝のため東北、北海道、新潟を廻る。またこの頃、再び帝国ホテルで自殺未遂。月末、宇野浩二が精神の変調を来し衝撃を受ける。六月「歯車」第一章「レエン・コオト」を「大調和」に発表。二十日、「或阿呆の一生」を脱稿。久米正雄に原稿を託す文章を書く。生前最後の第八短篇集『湖南の扇』を文芸春秋社より刊行。七月十日、「西方の人」を脱稿。同二十日、八月に開講予定だった改造社主催の民衆夏季大学講師依頼に〈ユク〉と打電。同二十三日深夜、「続西方の人」を脱稿。二十四日午前一時頃、伯母フキに下島勲宛の短冊〈自嘲　水洟や鼻の先だけ暮れ残る〉を渡す。午前二時頃、書斎から階下に降り、文と三人の息子が眠る部屋の床に入る。この時すでにベロナール、ジャールの致死量を飲んでいた模様。枕元に聖書があった。午前六時頃、文が異常に気付く。文、フキ、小穴、菊池、葛巻義敏等への遺書があった。二十七日谷中斎場にて葬儀、遺骨は染井慈眼寺墓地に埋葬される。なお二十五日、「或旧友へ送る手記」が「東京日日新聞」「東京朝日新聞」などに、八月、「西方の人」が「改造」に、「続芭蕉雑記」が「文芸春秋」に、九月「闇中問答」および「十本の針」が「文芸春秋」に、「続西方の人」が「改造」に、「小説作法十則」が「新潮」に、十月、「或阿呆の一生」が「改造」に、「歯車」(二章以下)および「侏儒の言葉」(続編十二月)が「文芸春秋」にそれぞれ掲載された。十一月、『芥川龍之介全集』(全八巻)が岩波書店より刊行され始める(昭和四年二月まで)。十二月、随筆集『侏儒の言葉』が文芸春秋社より刊行された。

なお翌昭和三年六月には、童話集『三つの宝』が改造社より、さらに同四年十二月、短篇集『西方の人』が、同五年一月、『大導寺信輔の半生』が、同六年七月、『文芸的な、余りに文芸的な』が、同八年三月、『澄江堂遺珠』がそれぞれ岩波書店より刊行された。

〈付記〉本年譜作成に当たり先行年譜を参照したが、特に平岡敏夫編「芥川龍之介年譜」(『芥川龍之介　抒情の美学』大修館書店、昭和五十七年十一月)、宮坂覚編「年譜」(『芥川龍之介全集』第二十四巻、岩波書店、平成十年三月)、さらに森啓祐『芥川龍之介の父』(桜楓社、昭和四十九年二月)に負うところ大きく、記して謝意にかえたい。

著書目録

羅生門　大正六年五月二十三日（阿蘭陀書房）
羅生門、鼻、父、猿、孤独地獄、運、手巾、尾形了斎覚え書、虱、酒虫、煙管、貉、忠義、芋粥

煙草と悪魔（新進作家叢書第八篇）　大正六年十一月十日（新潮社）
煙草と悪魔、或日の大石内蔵之助、野呂松人形、さまよへる猶太人、ひよつとこ、二つの手紙、道祖問答、MENSURA ZOILI、父、煙管、片恋

鼻（新興文芸叢書第八篇）　大正七年七月八日（春陽堂）
鼻、羅生門、猿、孤独地獄、運、手巾、尾形了斎覚え書、虱、酒虫、貉、忠義、芋粥、西郷隆盛

傀儡師　大正八年一月十五日（新潮社）
奉教人の死、るしへる、枯野抄、開化の殺人、蜘蛛の糸、袈裟と盛遠、或日の大石内蔵之助、首が落ちた話、毛利先生、戯作三昧、地獄変

影燈籠　大正九年一月二十八日（春陽堂）
蜜柑、沼地、きりしとほろ上人伝、龍、開化の良人、世之助の話、小品四種（黄粱夢、英雄の器、女体、尾生の信）、あの頃の自分の事、じゆりあの・吉助、疑惑、魔術、葱、バルタザアル（翻訳）、春の心臓（翻訳）

夜来の花 大正十年三月十四日（新潮社）
秋、黒衣聖母、山鴫、杜子春、動物園、捨児、舞踏会、南京の基督、妙な話、鼠小僧次郎吉、影、秋山図、アグニの神、女、奇怪な再会

戯作三昧他六篇（ヴェストポケット傑作叢書第三篇） 大正十年九月八日（春陽堂）
戯作三昧、奉教人の死、世之助の話、開化の殺人、魔術、毛利先生

地獄変他六篇（ヴェストポケット傑作叢書第四篇） 大正十年九月十八日（春陽堂）
地獄変、きりしとほろ上人伝、枯野抄、龍、首が落ちた話、蜜柑と沼地（蜜柑、沼地）

或る日の大石内蔵之助他五篇（ヴェストポケット傑作叢書第九篇） 大正十年十一月十八日（春陽堂）
或る日の大石内蔵之助、あの頃の自分の事、小品四種、袈裟と盛遠、葱、開化の良人

芋粥他六篇（ヴェストポケット傑作叢書第十篇） 大正十一年二月一日（春陽堂）
杜子春、野呂松人形、酒虫、MENSURA ZOILI、手巾、芋粥、西郷隆盛

将軍（代表的名作選集第三十七篇） 大正十一年三月十五日（新潮社）
将軍、羅生門、鼻、猿、運、藪の中、手巾、虱、秋

点心（随筆感想叢書） 大正十一年五月二十日（金星堂）
随筆感想集（三十二編）

沙羅の花　大正十一年八月十三日（改造社）
小説随筆集（二十六編）

奇怪な再会（金星堂名作叢書第八篇）　大正十一年十月二十五日（金星堂）
妙な話、黒衣聖母、影、奇怪な再会、アグニの神

邪宗門　大正十一年十一月十三日（春陽堂）
邪宗門

春服　大正十二年五月十八日（春陽堂）
六の宮の姫君、トロツコ、おぎん、往生絵巻、お富の貞操、三つの宝、庭、神神の微笑、奇遇、藪の中、母、好色、報恩記、老いたる素戔嗚尊、わが散文詩

黄雀風　大正十三年七月十八日（新潮社）
一塊の土、おしの、金将軍、不思議な島、雛、文放古、糸女覚え書、子供の病気、寒さ、あばばばば、魚河岸、或恋愛小説、少年、保吉の手帳から、お時儀、文章

百艸（感想小品叢書第八篇）　大正十三年九月十七日（新潮社）
随筆感想集（十三編）

報恩記（歴史物傑作選集第二巻）　大正十三年十月二十五日（而立社）
奉教人の死、きりしとほろ上人伝、るしへる、おしの、じゅりあの・吉助、尾形了斎覚え書、糸女覚え書、おぎん、煙草と悪魔、さまよへる猶太人、黒衣聖母、報恩記、神神の微笑、邪宗門

芥川龍之介集（現代小説全集第一巻）　大正十四年四月一日（新潮社）
小説集（四十編）

支那游記　大正十四年十一月三日（改造社）
上海游記、江南游記、長江游記、北京日記抄、雑信一束

梅・馬・鶯　大正十五年十二月二十五日（新潮社）
随筆感想短歌発句集

湖南の扇　昭和二年六月二十日（文芸春秋社出版部）
湖南の扇、温泉だより、浅草公園、誘惑、春の夜、尼提、カルメン、彼、彼 第二、僕は、O君の新秋、春の夜は、鬼ごつこ、或社会主義者、塵労、年末の一日、海のほとり、蜃気楼

芥川龍之介集　昭和二年九月十二日（新潮社）
小説随筆感想短歌俳句集

侏儒の言葉　昭和二年十二月六日（文芸春秋社出版部）

侏儒の言葉、澄江堂雑記、病中雑記、追憶、文芸的な、余りに文芸的な

澄江堂句集　印譜附　昭和二年十二月二十日（文芸春秋社出版部）

自選句および所蔵印印影

芥川龍之介集（現代日本文学全集第三十篇）　昭和三年一月九日（改造社）

小説随筆感想短歌俳句集

三つの宝　昭和三年六月二十日（改造社）

白、蜘蛛の糸、魔術、杜子春、アグニの神、三つの宝

西方の人　昭和四年十二月二十日（岩波書店）

三つの窓、手紙、冬、古千屋、たね子の憂鬱、十本の針、闇中問答、歯車、或阿呆の一生、西方の人、続西方の人

大導寺信輔の半生　昭和五年一月十五日（岩波書店）

大導寺信輔の半生、第四の夫から、馬の脚、早春、桃太郎、三つのなぜ、点鬼簿、悠々荘、玄鶴山房、白、河童

文芸的な、余りに文芸的な　昭和六年七月五日（岩波書店）

文芸的な、余りに文芸的な、本所両国、凶、鵠沼雑記、ある鞭、其の他、晩春売文日記、機関車を見ながら、或旧友へ送る手記、わが家の古玩、小説作法十則、文壇小言、文芸雑談、明治文芸に就いて、今昔物語に就いて、続芭蕉雑記、文芸講座

澄江堂遺珠　昭和八年三月二十日（岩波書店）

詩集

煙草と悪魔（文芸傑作選集）　昭和十年十二月五日（荻原星文館）

奉教人の死、きりしとほろ上人伝、るしへる、おしの、じゆりあの・吉助、尾形了斎覚え書、糸女覚え書、おぎん、煙草と悪魔、さまよへる猶太人、黒衣聖母、報恩記、神神の微笑、邪宗門

地獄変　昭和十一年四月二十五日（野田書房）

地獄変

〈注記〉没後十年までに限定し、再刊本、縮刷本、文庫本、個人全集等は除いた。

あとがき

本書に収めた論文のうち、もっとも早いものは「『地獄変』幻想」である。今から丁度二十年前（昭和五十八年）モーリス・ブランショの著作——『焔の文学』（『火の部分』）、『文学空間』、『来るべき書物』等をしきりに読み漁っていた頃で、着想もそこから得た。その後ブランショに導かれて、ハイデッガーの『存在と時間』やヘーゲルの『精神現象学』を読み、さらに樫山欽四郎氏や大森荘蔵氏の著述を読み進めた。その読書遍歴は、「『藪の中』捜査」（昭和五十八、九年）以下それぞれの論に、自ずと投影されているだろう。

もとよりその都度、芥川研究の諸先達の教示を仰いだ。ことに三好行雄氏には種々異を立てたとはいえ、計り知れない学恩を被っていること、前著『島崎藤村—「春」前後—』の場合とまったく同じである。記して泉下の三好氏に、感謝の意を伝えたい。

初出、原題等は以下のごとくである。

「羅生門」縁起—言葉の時—

「早稲田大学大学院文学研究科紀要」第三十輯（昭和五十九年三月）に発表。

「地獄変」幻想—芸術の欺瞞—

上（1～6）を「文学」（昭和五十八年五月）、下（7～10）を「文学」（昭和五十八年八月）に発表。

「奉教人の死」異聞—その女の一生—

「『奉教人の死』異聞—〈語り手〉と〈作者〉をめぐって—」（1～4）を「比較文学年誌」第二十四号（昭和六十三年三月）、「『奉教人の死』異聞—〈その女の一生〉—」（5）を「文学年誌」第九号（昭和六十三年九月）に発表。

「舞踏会」追思—開化の光と闇—

「比較文学年誌」第二十九号（平成五年三月）に発表。

「秋」前後—時を生きる—

「比較文学年誌」第三十四号（平成十年三月）に発表。

「お律と子等と」私論—「点鬼簿」へ—

「芥川龍之介『お律と子等と』から『点鬼簿』へ—〈日本的優情〉〈日本的感性〉—」を「早稲田大学感性文化研究所紀要」第一号（平成十四年三月）に発表。

「藪の中」捜査—言葉の迷宮—

「『藪の中』捜査—言葉の迷宮—」（1～2）を「文学年誌」第七号（昭和五十八年十二月）、「『藪の中』捜査—真砂の場合—」（3）を「比較文学年誌」第二十号（昭和五十九年三月）、「『藪の中』捜査—〈巫女の口を借りたる死霊の物語〉について―」（4）を「文学年誌」第十二号（平成十四年七月）に発表。

「六の宮の姫君」説話―物語の反復―

「『六の宮の姫君』説話―物語の反復―」（1～4）を「文学年誌」第十号（平成二年十二月）、「『六の宮の姫君』説話―物語の終わりをめぐって―」（5～6）を「国文学研究」第一〇二集（平成二年十月）に発表。

「一塊の土」評釈―人間の掟と神々の掟―

「比較文学年誌」第三十二号（平成八年三月）に発表。

「少年」箚記―知覚と想起―

「国文学研究」第一三三集（平成十三年三月）に発表。

「大導寺信輔の半生」周辺―「西方の人」「続西方の人」へ―

「繍」第十四号（平成十四年三月）に発表。

「歯車」解読―終わりない言葉―

未発表。

いくつか若干の斧鉞を加えたが、論旨は動かしていない。

引用本文は岩波書店刊全十二巻全集（昭和五十二年七月～五十三年七月）によった。（「奉教人の死」のみ同店刊普及版全集によった。）漢字は新字体を用い、ルビは一部を残して省いた。

本書は早稲田大学学術出版補助費の交付を受けて成った。

装丁は林佳恵氏により、校正は辻吉祥氏の助力を得た。あわせて謝意を表したい。

最後に、出版をお引き受けいただいたばかりか、種々の御配慮をいただいた翰林書房社長今井肇氏に、厚く御礼申し上げる。

平成十五年八月一日

佐々木雅發

【著者略歴】
佐々木雅發（ささき　まさのぶ）
昭和15年東京生まれ、早稲田大学文学部卒。同大学大学院博士課程修了。現在同大学文学部教授。
著書　『鷗外と漱石—終りない言葉—』（三弥井書店）、『パリ紀行—藤村の「新生」の地を訪ねて—』（審美社）、『熟年夫婦パリに住む—マルシェの見える部屋から—』（TOTO出版）、『島崎藤村—「春」前後—』（審美社）、『画文集　パリ土産』（里山房）、『獨歩と漱石』（翰林書房）。

芥川龍之介　文学空間

発行日	2003年 9 月 21 日　初版第一刷 2007年 3 月 30 日　初版第二刷
著　者	佐々木雅發
発行人	今井　肇
発行所	翰林書房
	〒101-0051 東京都千代田区神田神保町 1-14
	電　話　(03) 3294-0588
	FAX　(03) 3294-0278
	http://www.kanrin.co.jp
	Eメール● Kanrin@mb.infoweb.ne.jp
印刷・製本	シ　ナ　ノ

落丁・乱丁本はお取替えいたします

ISBN978-4-87737-181-4